SAUERLÄNDER

Lisa Tetzner, geboren 1894 in Zittau, war Märchenerzählerin, Kinderfunkleiterin und Autorin von sozial engagierten Romanen, die Jugendliche bis heute fesseln. Ihre Bücher über ›Die Kinder aus Nr. 67‹ und ›Hans Urian‹ waren und sind große Erfolge. 1933 folgte sie ihrem Mann Kurt Kläber (alias Kurt Held) in das Schweizer Exil. Sie starb 1963 in Carona (Kt. Tessin).

Emil Zbinden, 1908 in Niederönz in der Schweiz geboren, arbeitete nach seiner Schriftsetzerlehre zunächst als Typograph. Später besuchte er die Staatliche Akademie für Graphische Künste in Leipzig. Nach seiner Rückkehr in die Schweiz arbeitete er als freischaffender Künstler und Graphiker. Er starb 1991 in Bern.

Weitere Informationen zum Kinder- und Jugendbuchprogramm der S. Fischer Verlage, auch zu E-Book-Ausgaben, gibt es bei www.fischerverlage.de

Lisa Tetzner

Die Schwarzen Brüder

Erlebnisse und Abenteuer eines kleinen Tessiners

Sonderausgabe mit Filmfotos

Mit Bildern von Emil Zbinden

SAUERLÄNDER

Sonderausgabe mit dem Originaltext zum Film ›Die Schwarzen Brüder‹
Szenenmotive aus dem Film: © Martin Valentin Menke und Aliocha Merker für enigma film GmbH
Eine Produktion von enigma film GmbH im Verleih von Studiocanal

Erschienen bei FISCHER Sauerländer

Der Jugendroman ›Die Schwarzen Brüder‹ erschien erstmals 1940 (Bd. 1) und 1941 (Bd. 2) im Verlag H. R. Sauerländer & Co., Aarau; verfasst von Kurt Kläber (alias Kurt Held) zusammen mit Lisa Tetzner und verlegt unter dem Namen Lisa Tetzner.

Umschlagfoto: enigma film GmbH
Satz: Pinkuin Satz und Datentechnik, Berlin
Druck und Bindung: CPI books GmbH
Printed in Germany
ISBN 978-3-7373-6716-5

Liebe Leser!

In einer alten Chronik, die zwischen vielen dicken, längst vergilbten Büchern in der Staatsbibliothek aufbewahrt ist, fand ich einen sonderbaren Bericht: »Kleine Schweizer Sklaven«. Die gab es zu jener Zeit, als arme Bergbauern im Kanton Tessin ihre Buben zwischen acht und fünfzehn Jahren als Kaminfegerbuben nach Mailand verkauften.

»In notdürftige Lumpen gehüllt«, las ich da, »barfuß oder nur mit schlechten Schuhen versehen und ohne Strümpfe müssen sie, klappernd vor Kälte und entkräftet vor Hunger, von frühmorgens bis spätabends unter dem fortwährenden Geschrei: ›Spazzafornello!‹, das ihren jungen Lungen auch nicht zuträglich sein kann, die Stadt von einem Ende zum andern durchziehen. Von Locarno bis Arona werden diese Kinder in Barken, wie Tiere zusammengepfercht, transportiert. Eine solche vollgepfropfte Barke schlug kürzlich zwischen Cannobio und Cannero um, und sechzehn kleine Kaminfeger ertranken.« Aus dieser alten Chronik erfuhr ich auch von Giorgio und seinen Freunden und wie diese kleinen, behänden Buben durch den offenen Kamin und den Rauchfang bis hinauf zu den Dächern klettern mussten, um mit ihren nackten Händen den Ruß herabzuwerfen. Und die Erlebnisse und Abenteuer der kleinen Schweizer Buben sind so seltsam, aufregend und rührend zugleich, dass es sich wahrlich verlohnt, sie ausführlich zu berichten.

Sie geschahen vor hundert Jahren. Damals stand Mailand noch unter österreichischer Oberhoheit. Seither hat sich vieles geändert. Die Buben legen keine Leimruten mehr, um kleine Vögel zu fangen, die Adler sind selten geworden, und die Kaminfegermeister kaufen keine Knaben mehr von ihren Eltern. An Stelle dieser lebendigen Besen lassen sie heute ihre langen, mit Bleilot beschwerten Drahtbürsten in den Kamin hinabfallen.

Aber, ob nicht auch darum so manche Eltern noch heute ihre Kinder, wenn sie nicht folgen wollen, mit den Worten schrecken:

»Warte nur, ich sag's dem schwarzen Mann, der schwarze Mann wird dich gleich holen!«?

Vielleicht wissen sie nicht einmal, warum sie ihren Kindern mit diesen Worten drohen. Giorgio aber, der kleine Held unserer Geschichte, wusste es nur zu genau. Und ich hoffe, ihr gewinnt ihn und die anderen tapferen Buben, die sein mühevolles Leben teilten, lieb und freut euch an der guten, treuen Kameradschaft, die sie miteinander verband, und darüber, dass die Geschichte endlich zu einem guten Ende kam.

Die Hauptpersonen unserer Geschichte sind

Giorgio	unser Held.
Sein Vater	der kein schlechter, böser Vater ist, aber unverschuldet in Not gerät.
Seine Mutter	wenn sie nicht das Bein gebrochen hätte …
Die Großmutter	»Nonna« genannt. Sie wollte, dass Giorgio nach Mailand ging, denn sie war überzeugt, dass etwas aus ihm würde.
Anita	Giorgios Freundin, die eigentlich auf seine Rückkehr warten wollte, aber …
Antonio Luini	der Mann mit der Narbe, ein gefährlicher Mensch, den der Teufel holen sollte; stattdessen holt ihn die Polizei.
Alfredo	Giorgios bester Freund, der ein trauriges Leben und ein Geheimnis hat.
Bianca	seine Schwester. Von ihr erfährt man aber erst im zweiten Band.
Ihre Stiefmutter	die sich wie eine Hexe benimmt.
Ihr Onkel	der sich von dieser zu bösen Taten verleiten lässt.

Battista Rossi	Giorgios Meister, ein Mailänder Kaminfeger. Kein böser Mann, aber ...
Seine Frau	sie allerdings ist eine wahre Hexe.
Anselmo, ihr Sohn	ein unerfreulicher Knabe, der ganz und gar seiner Mutter gleicht.
Angeletta, ihre Tochter	sie ist fast wie ein wirklicher Engel, und wenn Giorgio sie nicht hätte ...
Giuseppe	genannt: die »Zitrone« oder das Zitronengesicht; noch ein Mailänder Kaminfeger, der aber mehr trinkt als arbeitet.
Die Schwarzen Brüder	Mailänder Kaminfegerbuben. Freunde von Giorgio.
Dante	ein Fischerknabe aus Magadino.
Antonio	der stärkste der schwarzen Brüder.
Augusto	ein Knabe, der weder Vater noch Mutter hat.
Der Rotkopf	er bleibt in Mailand und wird zuletzt der Häuptling der schwarzen Brüder.
Die Wölfe	eine Bande Mailänder Straßenbuben; die Feinde der schwarzen Brüder.
Der Blatternarbige	ihr Häuptling.
Die Katze	der tapferste der Wölfe.
Der Einäugige	einer, der es auch versteht, um sich zu schlagen.
Doktor Casella	ein Arzt aus Lugano, der erst im zweiten Band auftritt, ein hilfsbereiter Mensch, und wenn er Giorgio nicht gefunden hätte, dann ...
Lorenzo	dessen Sohn, der hilfsbereit ist wie sein Vater. Wir werden ihn aber erst am Schluss kennenlernen.

Erster Teil

Der Mann mit der Narbe

CASA SCUOLA COMUNALE

I Wir lernen Giorgio und seine Tessiner Bergheimat kennen, aber sofort auch den Mann mit der Narbe und seine böse Prophezeiung

An einem Morgen im Spätsommer des Jahres 1838 kam ein Mann das Verzascatal herunter. Er war mittelgroß, von breiter, stämmiger Gestalt, und sein Gesicht flößte einen leisen Schrecken ein, besonders wenn man den Mann abseits der allgemeinen Fahrstraße traf.

Das Gesicht war nicht ausgesprochen bösartig. Der Mann hatte zwei dunkle Augen, wie fast alle hierzulande, eine große Nase, die kühn aus dem schmalen, gelben Gesicht heraussprang, darunter einen Schnauzbart, der auf beiden Seiten nach unten hing, und einen breiten, unschönen Mund, von dem man aber nur die roten Lippen sah, denn das andere wurde von einem buschigen Vollbart überdeckt.

Das Gefährliche und zugleich Abstoßende lag in der Narbe, die von der Stirn über die rechte Wange bis zu dem Kinn lief und das eine Auge beinahe streifte, weshalb man den frühen Wanderer auch den Mann mit der Narbe nannte.

Er kam von Prato im Maggiatal und wollte nach Sonogno. Er ging ziemlich eilig und hatte kaum einen Blick für die hohen, felsigen Hänge, auf denen das erste Frührot wie eine zarte Decke lag. Er sah auch nicht die brausenden Wasser der Verzasca, die kleinen, schnellen Forellen, die von Tümpel zu Tümpel sprangen. Er blickte nur immer vor sich hin und war wütend darüber, dass dieses Sonogno nicht auftauchen wollte. Endlich sah er die ersten Häuser. Sie lagen wie riesige Felsblöcke vor ihm. Unbehauen und ungeschlacht lehnten sie sich an die steilen Hänge, die beinahe senkrecht in die Schlucht fielen. Wenn man die Bewohner besuchen wollte, musste man von einem Haus ins andere steigen, so steil und eng standen sie übereinander.

Der Mann hemmte seinen Schritt. Nun, da er wusste, dass er dem Dorf nahe war, konnte das Geschäft, um dessentwillen er nach

Sonogno kam, bis zum Abend warten, und er schlug einen Seitenweg ein. An einer Grasbank setzte er sich, zog ein Stück Brot, ein Stück Käse und eine Flasche Wein aus der Tasche und aß.

Im Dorf war es noch still. Vereinzelt krähte ein Hahn. Trotzdem waren bereits viele Leute wach, und auch der kleine Giorgio, von dem wir in diesem Buche erzählen wollen und um dessentwillen der Mann mit der Narbe den weiten Weg von Prato nach Sonogno gemacht hatte, lag schon mit offenen Augen auf seinem Strohsack.

Vor ungefähr einer halben Stunde war die Großmutter aufgestanden, die mit in seiner Kammer schlief. Dabei erwachte Giorgio jeden Morgen. Die alte Frau schlüpfte in ihren Rock, dann ging sie – ihre hohe hagere Gestalt reckte sich wie ein dürrer Baum in die Höhe –, eine Weile vor sich hin sprechend, auf und ab, bis sie auf einmal über die Stiege nach unten polterte. Giorgio hatte sich nicht gerührt, obwohl er bereits ganz munter war. Diese Zeit am Morgen, wo er allein in seiner Kammer lag, war beinahe die schönste Stunde des langen Tages, und er genoss sie Minute um Minute.

Es schlug fünf von der nahen Kirche. Er zählte jeden Schlag. Die erste Viertelstunde war vorbei. Unterdessen war die Sonne über dem Monte Zucchero hervorgekommen. Langsam, wie ein glühender Ball, schob sie sich über den hohen Berg, und nun schien es, als wollte sie den Abhang hinunterrollen.

Als Giorgio das zum ersten Mal gesehen hatte, war er schreiend aufgesprungen: »Nonna, die Sonne fällt ins Tal!« Die Nonna hatte ihn getröstet und ihn einen Dummkopf genannt, und als er wieder aufsah, war sie tatsächlich schon eine Handbreit über die Bergkuppe gestiegen und dachte gar nicht daran, ins Tal herabzufallen.

Seitdem wartete Giorgio jeden Morgen mit mehr oder weniger Neugier auf diesen Augenblick. Er hatte heute keine Angst mehr. Er würde die Sonne ja auch nicht aufhalten können, aber er sah immer wieder mit einer gewissen Freude, wie sich der Himmel über dem Monte Zucchero rötete, dann brannte, und wie die Sonne auf einmal von der glühenden Bergkuppe in den Himmel sprang.

Nun stieg sie jede Minute höher. Er konnte das, ohne sich umzudrehen, an der grauen Wand verfolgen. Zuerst erreichte sie den Gekreuzigten, dann fielen ihre Strahlen auf das kleine Muttergottesbild, nun beleuchteten sie den Kopf, den Hals, die Brust der Maria, und jetzt hatte sie das kleine Bild schon hinter sich gelassen und kroch noch tiefer die Wand hinunter. Giorgio lauschte, während er das beobachtete, auf alle Geräusche im Haus. Die Nonna hatte bei ihrem Gang nach unten an die Schlafkammer der Eltern geklopft. Die Mutter stand auf. Ein paar Augenblicke später hörte er auch die laute, helle Stimme seines Vaters. Jetzt zog er sich wohl an und ging in den Stall, und nun kam die Mutter herauf und pochte an die Tür. »Aufstehen!«, rief sie.

Giorgio schloss die Augen und tat, als schliefe er noch.

»Aufstehen!« Die Mutter rief und pochte lauter.

Giorgio glaubte jetzt wirklich, fest zu schlafen. Die Mutter stand schon im Zimmer. Er wusste es, aber es war so schön, die paar Minuten vom ersten Klopfen der Mutter bis zu diesem Augenblick noch das Gefühl zu haben, man schliefe. Nun fasste sie ihn am Kopf, schüttelte ihn hin und her und sagte nochmals: »Aufstehen! Aufstehen! Es wird gleich halb schlagen, und du musst das Ave läuten!«

Er öffnete die Augen und blinzelte die Mutter an. Die Mutter stand unmittelbar am Bett. Es war eine fünfunddreißigjährige Frau. Sie sah aber schon recht alt und vergrämt aus. Die schwarzen Haare durchzogen weiße Strähnen, die Wangen waren eingefallen und blass und die Augen lagen tief in ihren großen Höhlen.

»Ich komm schon.« Giorgio versuchte, sich noch einmal auf die andere Seite zu drehen. Aber auch das war nur ein Manöver, um die paar Minuten bis zum Aufstehen zu strecken; denn schon hatte die Mutter die leichte Decke von ihm genommen, und er lag nun, nur mit seinem Hemd bekleidet, auf dem dicken, harten Laubsack.

Mit einem Sprung stand er neben der Mutter. Er reichte ihr bis an die Schulter, versuchte, die Arme um sie zu schlingen und lachte sie mit seinen hellen, gelben Augen an. Aber die Mutter hatte sich bereits wieder umgedreht und ging nach der Tür.

Giorgio fuhr mit seinen dünnen, sehnigen Beinen in die kurzen Hosen und band sie mit einem Strick über den Hüften zusammen. Der Vater holte das Vieh aus dem Stall. Bianca, die alte Kuh, muhte leise, er hörte das klägliche Meckern der kleinen Ziege, die er nach seiner Freundin Anita benannt hatte. Die Stalltür fiel krachend zu. Der Vater trieb das Vieh auf die Weide.

Der Knabe strich sich mit seinen Händen über das struppige bräunliche Haar, auch über das feste, bubenhafte Gesicht, und schon war er fertig und polterte die steinernen Treppen hinunter, der Mutter nach.

Das Haus, in dem Giorgio mit seinen Eltern wohnte, stand am Ende des kleinen Dorfes. Es war eines der typischen Steinhäuser, wie sie im ganzen Verzascatal stehen. Sie sind aus rohen, festen Platten gebaut, die ohne Zement nur lose aufeinander geschichtet werden, auch das Dach besteht aus solchen Steinen. Wie eine Treppe liegen sie übereinander, und dort, wo beide Treppen zusammenstoßen, ist ein schmaler, gerader Steg.

Unten war der große Stall. Von ihm führte eine Tür in die Küche, von dieser ging eine geländerlose Steinstiege in den ersten Stock. Rechts lag die Kammer, in der die Eltern schliefen, und links die, in der die Zwillinge ihr Lager hatten. Von dieser Kammer führte wieder eine Treppe in das Dachgeschoss, wo er mit der Großmutter schlief.

Er schoss die beiden Stiegen hinunter, aber er musste noch eine dritte Treppe hinabsteigen, die sich an das untere Haus anlehnte, denn das Haus seiner Eltern stand unmittelbar über einem anderen. Nun kam er in die Gasse.

Bis hierher war die Sonne noch nicht gekommen. Es war kalt, ihn fror, und er setzte sich in Trab. Er musste durch das halbe Dorf. Die Gasse, vielmehr der steinige Weg, der den Ort zerteilte, ging einmal hinauf und hinunter, dann kam er auf den kleinen Platz, wo aus einem alten Brunnen das Wasser rauschte.

Von dem Platz ging er über den Friedhof, und nun war er an der Kirche.

Die Kirche von Sonogno war das Schönste des kleinen Dorfes.

Sie hatte einen hohen spitzen Glockenturm, in dem die Glocken wie kleine Äpfel hingen, und ein lang gestrecktes Schiff, das sich auf der einen Seite an das Dorf lehnte, während es auf der anderen Seite viele Meter in die Tiefe ging.

Giorgios Vater war seit Jahren Kirchendiener. Das brachte ein paar Rappen ein, und da der Vater einer der ärmsten Bewohner Sonognos war, konnte er das Geld gut brauchen. Zu seinen Obliegenheiten gehörte es auch, jeden Morgen die Glocken zu läuten. Da er aber um diese Jahreszeit eine halbe Stunde früher mit dem Vieh auf die Weide zog, besorgte das Giorgio.

Der Knabe stieß die schwere Kirchentür auf und trat ein. In der Kirche war es noch kälter als auf der Straße. Ein leichter Räuchergeruch wehte ihm entgegen und heimelte ihn an. Er lief durch das lange Schiff bis zum Altar. Durch die hohen Fenster drang schon ein Sonnenstrahl. Er sah hinauf. Der Strahl malte blaue und grüne Lichter auf die gegenüberliegende Wand. Er bog an dem kleinen Gitter, das das Allerheiligste von der Kirche trennte, nach rechts ab und ging durch die kleine Pforte in den Glockenturm.

Ob der alte Kauz wieder im Fenstersims saß? Den ersten Tag hatte er sich vor dem Tier, das wie ein Mensch auf ihn heruntersah und seinen Kopf so spaßig drehen konnte, gefürchtet. Auch die Fledermäuse waren furchtbare Tiere; aber jetzt war er an sie gewöhnt und ängstigte sich nicht mehr vor ihnen. Der Kauz saß da. Es saß sogar noch eine andere Eule neben ihm; sie war kleiner und hatte lustige, spitze Ohren. Wahrscheinlich war das seine Frau. Giorgio wollte schon lange einmal zu ihnen hinaufsteigen und sehen, ob sie da oben ein Nest mit Jungen hatten, und sich eines davon holen.

Da hing der Strick, und gerade schlug es drei viertel. Jetzt musste er beginnen. Er zog den Strick nach unten. Das erste Mal war es immer schwer. »Bim«, der erste Schlag. »Bam«, der zweite sprang dem ersten nach. Dann schwangen die Glocken beinahe von selber, und er brauchte nur noch wenig zu ziehen. Nach drei Minuten ließ er den Strick los. Die Glocken konnten jetzt allein ausschwingen. Die Käuze saßen immer noch da. Bis Mittag! Er winkte zu ihnen hinauf. Nun wollte er etwas essen, und er lief wieder aus dem hohen Glockenturm und aus der Kirche hinaus.

Die ersten Leute kamen. Giorgio grüßte. Das war der kleine Beppo, der Vater seiner Freundin Anita. Ob Anita schon auf war? Sie wohnte in einem dunklen Häuserviereck am anderen Ende des Dorfes. Er machte einen Umweg zu ihr hinunter. Aber es war noch still in dem düsteren Haus, und er kehrte eilig zurück.

Da stand der alte Scala, der Grottowirt, vor seinem Gasthaus. Giorgio mochte ihn nicht, er sah auf die Seite. Dort hinkte der dicke Baretta, der Jäger, vorüber. Er hatte seine Flinte über der Schulter, und der Dackel trippelte neben ihm. Aber da war Giorgio schon wieder bei seinem Haus und kletterte nach oben.

Er ging durch den Stall nach der Küche. In dem rauchigen Raum saßen die Nonna, die Mutter und die Zwillinge. Die Zwillinge waren sechs Jahre alt. Carlo war rund und quecksilbrig wie eine junge Katze. Pietro steif und langsam, er stolperte immer über seine Füße.

Die Zwillinge kauten Polentaschnitten. Die Nonna kaute ein Stück Brot. Sie tauchte es in Wasser und sog wie ein Säugling daran. Solange Giorgio denken konnte, war das das Einzige, was die Nonna am Morgen aß.

Die Mutter hatte schon gegessen und wartete auf Giorgio. »Wo bleibst du bloß wieder?«, fragte sie. »Wir müssen Futter holen.«

Giorgio stopfte sich eilig ein Stück Polenta in den Mund, ein anderes steckte er in die Tasche, dann nahm er einen Korb und die Sichel von der Wand. Die Mutter war bereits gegangen.

Sie stiegen hinter dem Haus den Berg hinauf. Er war steil, die Hänge schossen fast senkrecht in die Höhe, und einmal musste er der Mutter und einmal die Mutter ihm die Hand geben.

Es war warm geworden. Die Sonne fiel wie ein Feuerstrahl in das Tal. Sie schwitzten bei jedem Schritt, und der Schweiß lief ihnen in Bächen den Rücken hinunter.

Sie kletterten immer höher hinauf. Rechts und links bogen kleine Hänge ab, Reben standen darauf; sie wanden sich um die Felsen wie Girlanden. Wo der Hang ein paar Schritte breiter wurde, lagen

Maisäcker; aber keiner war größer als zehn bis zwölf Quadratmeter, dann kam wieder Fels, und es ging steil hinauf und hinunter.

Das Dorf lag jetzt ungefähr zweihundert Meter unter ihnen, man sah aber nur die Spitze des Kirchturms und von da aus steil hinab in das Wasser der Verzasca. Es schoss in wilden Wirbeln von einem Stein zum andern oder spritzte wie eine Fontäne in die Höhe.

Links führte ein kleiner Pfad durch eine Schlucht. Sie mussten ihn noch hinauf, dann kamen sie auf eine kleine Matte, die sich wie ein schmales Band um eine Felswand zog. Auf der Matte wuchs hohes schönes Gras.

»Das wollen wir heute mähen.« Die Mutter stellte ihren Korb ab. Giorgio stellte seinen Korb daneben. Er nahm die lange Leine heraus, die er mitgebracht hatte, und sah sich um. Dort war ein kleiner Kastanienbaum. Er prüfte seine Stärke. Ob er wohl hielt? Sicher. Er band den Strick fest um den Baum, knüpfte sich das Ende um den Leib und ließ sich langsam hinunter. Er rutschte bis an den Rand der abschüssigen Matte. Sie fiel beinahe dreihundert Meter steil ab.

Unter ihm kochte, zischte und donnerte das Wasser der Verzasca. Ihm schwindelte einen Augenblick; aber dann besann er sich, dass er angeseilt war, und gleich darauf drehte er sich schon nach der anderen Seite, fasste die Sichel fester und sichelte.

Auch die Mutter hatte sich festgebunden. Sie schwebte wie er über dem Abgrund und mähte das hohe Gras. Sie sichelten eilig und mit beiden Händen. Keiner sprach ein Wort. Giorgio sah nur manchmal in den Himmel.

Die Sonne stach wie eine Nadel. Sie war in die Mitte des Tales vorgerückt und hüllte alles in eine milchige Farbe. Giorgio sah, dass sich rechts vom Monte Zucchero ein großer Adler erhob. Er legte die Hand vor die Augen. Ja, jetzt kam er über das Tal herüber. Es war sicher einer von den Steinadlern, von denen der Vater erzählt hatte.

Sie kreisten in den letzten Tagen immer über der kleinen Herde und beunruhigten die Ziegen. Der alte Baretta war hinter ihnen her und wollte sie schießen. Ob er sie wohl traf? Wahrscheinlich nicht.

Der Alte zitterte ja schon, wenn er das Gewehr nur in der Hand hatte, wie wollte er da treffen.

Die Wiese war zur Hälfte abgemäht. Giorgio schob das Gras während des Mähens immer nach oben. Wie weit war übrigens die Mutter? Er blickte zu ihr hinüber. Da sah er, dass die Mutter steif und starr geradeaus blickte. Was hatte sie bloß?

Er rief: »Mutter!« Sie rührte sich nicht. Sie starrte weiter vor sich hin. Giorgio legte beide Hände vor die Augen. Da entdeckte er, warum die Mutter so unbeweglich vor sich hin sah. Vor ihr tanzte eine große Viper auf und ab.

Giorgio hatte noch nie eine so große Schlange gesehen. Es sah aus, als stünde sie auf ihrem Schwanz, und der Kopf bewegte sich immer vor dem Gesicht der Mutter hin und her.

Gerade wollte er noch einmal rufen, da besann er sich: Wenn sich die Mutter auf seinen Ruf hin rührte, biss die Schlange zu. Aber was sollte er machen? Er musste versuchen, näher zu schleichen. Würde der Strick langen? Jedenfalls probierte er es. Er zog sich nach oben. Vom Pfad aus konnte er der Mutter ins Gesicht sehen. Sie hielt den Mund halb geöffnet und alles bebte an ihr.

Er ließ sich nieder und kroch auf die Schlange zu. Er kroch so behutsam wie möglich; aber die Schlange spürte, dass ein anderer Mensch nahte. Sie tänzelte schneller, und ihre Zunge schoss wie ein kleiner Blitz hin und her.

Giorgio blieb liegen und wartete, bis sie sich wieder beruhigt hatte, dann schob er sich Schritt für Schritt weiter, hob die Hand mit seiner Sichel, schlug blitzschnell zu, und die Schlange war in zwei Teile zerschnitten, die beide auf und ab zuckten.

Die Mutter war immer noch wie gelähmt, dann wurde sie weiß und fiel in sich zusammen. Ein Glück, dass sie fest an ihrem Strick hing. Giorgio pflückte ein paar Arnikas, zerrieb sie zwischen den Händen und hielt sie der Mutter unter die Nase. Sie kam schon wieder zu sich, strich sich ein paar Mal über die Stirn, nickte Giorgio zu und sichelte weiter.

Auch Giorgio machte kein Aufhebens von dieser Sache; Vipern

gab es hier überall, und es kam oft vor, dass er einer den Kopf einschlug oder sie zufällig mit der Sichel durchschnitt. Man musste nur versuchen, schneller zu sein als sie und sich nicht von ihnen beißen zu lassen.

Sie sichelten noch eine Stunde, dann schoben sie das Gras zusammen, verteilten es auf ihre beiden Körbe und kletterten genauso langsam die Hänge und Matten wieder hinunter, wie sie heraufgeklettert waren.

Im Dorf war es inzwischen lebendig geworden. Ein paar Kameraden von Giorgio trieben ihre Ziegen heim. Am Dorfbrunnen tranken vier Kühe. Zwei Esel mit Lasten, die wohl von Locarno kamen, bogen bei der Kirche in die Straße ein, und aus dem kleinen Kramladen, der neben dem Grotto war, hörte man die Stimmen der feilschenden und schimpfenden Frauen.

Die Mutter und Giorgio schütteten das Gras in eine Ecke des Stalles und gingen in die Küche. Die Nonna hatte eine Minestra gekocht. Sie dampfte auf dem großen Kaminfeuer, und die ganze Küche roch danach.

Bevor Giorgio essen konnte, musste er noch einmal in die Kirche, den Mittag einläuten. Er nahm einen Sack mit. Er wollte ja sehen, ob die Käuze Junge hatten. Junge Käuze fängt man am besten mit einem Sack.

Vor der Kirche spielte Anita. Sie war ein quicklebendiges rundes Mädchen, hatte zwei blanke helle Augen und rotes Haar, das das pausbackige Gesicht wie ein feuriger Kranz umlohte. Er wollte sie mitnehmen; aber sie spielte mit Enverino, dem Sohn des Grottowirtes. Enverino war ein großer grober Kerl. Er war zwei Jahre älter als Giorgio, außerdem bildete er sich viel darauf ein, dass sein Vater ein Grotto und einen Kramladen hatte und das halbe Dorf bei ihnen verschuldet war.

Giorgio konnte den langen unbeholfenen Knaben nicht leiden. Er sah auf die Seite und rannte eilig an den beiden vorbei. Er läutete hastig und ohne Andacht die Glocken, dann kletterte er auf einer brüchigen Leiter zu den beiden Käuzen hinauf. Die beiden Alten liefen aufgeregt auseinander. Der kleinere schlug mit den Flügeln. Giorgio hätte ihn anfassen können. Er griff in das Loch, in das die beiden sonst immer verschwanden, hinein, packte etwas Leichtes, Flaumiges, stopfte es in seinen Sack und rutschte schnell wieder die Leiter hinunter. Der kleine Kauz flatterte hoch, als wollte er sich auf ihn stürzen; aber Giorgio schlug die Tür zum Turm zu und rannte davon.

Enverino und Anita spielten noch immer.

»Was hast du in deinem Sack?«, fragte Anita und kam näher. Giorgio machte den Sack auf und sah das erste Mal hinein: »Einen kleinen Kauz.«

»Ach zeig ihn!« Anita zappelte aufgeregt mit Händen und Beinen.

Giorgio ließ sie in den Sack hineinsehen.

»Ist der noch klein!« Sie schlug vor Aufregung und Freude die Hände zusammen. »Schenkst du ihn mir?«

Giorgio schüttelte den Kopf.

»Warum nicht?«

»Weil du mit Enverino spielst.«

»Ach der«, sagte sie verächtlich. »Mit dem spiele ich doch nur, weil du nie da bist. Bitte, gib mir den Kauz.«

»Nein.« Giorgio blieb fest. »Aber vielleicht bringe ich dir heute Abend einen Vogel mit.«

»Was für einen?«, wollte sie wissen.

»Ich weiß es noch nicht.«

»Aber vergiss es nicht.«

»Ich vergesse es nicht. Wenn ich heute Abend zurückkomme, werde ich pfeifen.« Er band seinen Sack wieder zusammen, blinzelte Anita noch einmal zu und rannte weiter.

»Kommst du endlich wieder«, hörte er Enverino noch sagen.

»Ja«, antwortete Anita schnippisch, »aber ich spiele nicht mehr mit dir.«

»Hat der Giorgio dich aufgehetzt?«, knurrte Enverino. »Ich werde ihm alle Knochen zerschlagen.«

Anita lachte hellauf. »Versuch's nur. Du holst ihn ja doch nicht ein.«

Nein, Enverino hätte ihn nicht mehr eingeholt. Giorgio war schon auf der Steintreppe, die zu seinem Haus hinaufführte; aber er bog vor der Tür nach rechts ab. Hier hatte er einen kleinen Felsspalt mit einem Gitter abgeschlossen. Dahinter waren seine Tiere: zwei Meisen, zwei Kaninchen und ein kleiner Specht. Jetzt kam noch der Kauz dazu.

Giorgio warf den Sack in eine Ecke. Er wollte den Kauz später zu dem Specht in den Käfig setzen. Unten wartete die Minestra. Nach der Suppe gab es noch ein Stück Polenta. Auch die Nonna, die am Kamin sitzen geblieben war, bröckelte sich heute ein paar Stücke von dem runden, goldgelben Kuchen ab.

Nach dem Essen wollte Giorgio gleich wieder zu seinem Stall. Aber die Mutter hielt ihn zurück. »Wir müssen noch Unkraut jäten.«

»Im Grund?«, fragte der dicke Carlo.

Die Mutter nickte.

»Dann bring mir Erdbeeren mit.« Auch Pietro bettelte, und die Mutter und Giorgio versprachen es ihnen.

Sie nahmen diesmal nur die kurzen Hacken mit und stiegen gleich hinter dem Haus in einen tiefen Schlund. Der Weg in die Tiefe war noch gefährlicher als der in die Höhe. Sie sprangen von einem Stein zum andern, hielten sich da an einem Strauch und dort an einem Baum fest, bis sie in der Talsohle ankamen.

Das Tal war ein Gewirr von Felsbrocken mit ausgewaschenen Steinen und umgestürzten Bäumen, kleinen Höhlen und tiefen Löchern, und darüber und dazwischen sprühte, zischte, wirbelte und spritzte das Wasser der Verzasca.

Sie schoss hier von einem Felsen herunter und sammelte sich in einem tiefen Loch, spritzte ein paar Schritte weiter wie eine Fontäne in die Höhe und fiel einige Meter tiefer in einem Sprühregen auf die Felsen zurück.

Wo ihr Pfad endete, hatte man ein paar Bäume umgehauen, und

auf den glitschigen, dicken Stämmen kletterten sie auf die andere Seite der Schlucht. Hier ging es nicht so steil nach oben. Der Fels war hie und da gespalten, hatte Absätze, und zwischen jedem Spalt und jedem Absatz waren kleine Felder und Gartenstücke.

Die Mutter grüßte eine Nachbarin, die Bohnen pflückte, und blieb einen Augenblick stehen. Giorgio sprang unterdessen weiter. Da war endlich ihr Feld.

Es waren zwei winzige Maisäcker, die mitten in der prallen Mittagssonne lagen. Die Bohnenstauden, die sie umrahmten, standen in voller Blüte, und die alten Rebstöcke, die sich an den Felsen lehnten, bildeten ein so dichtes Laubdach, dass die eine Hälfte der Äcker völlig im Schatten stand.

Giorgio ging mit seiner kleinen Hacke dem Unkraut zu Leibe. Jetzt war auch die Mutter hinter ihm. Er hörte den gleichmäßigen Schlag ihrer Hacke neben der seinen und hackte eifrig weiter.

»Giorgio!«, rief die Mutter plötzlich.

Giorgio richtete sich auf. »Ja, Mutter?«

»Du könntest nun nach den Beeren sehen, den Rest kann ich allein hacken.«

»Gerne.« Giorgio steckte seine Hacke in den Strick, der seine Hose zusammenhielt, schichtete das Unkraut noch auf die Seite, dann ging er den schmalen Pfad, den sie gekommen waren, weiter.

Er kannte zwei gute Erdbeerplätze. Der eine war an einem kleinen Hang, der sich wie ein grünes Band ungefähr hundert Meter höher um den felsigen Berg zog. Er stieg hinauf. Aber es musste schon jemand da gewesen sein. Die Blätter lagen zertreten am Boden, und es waren nur noch ein paar vereinzelte Beeren zu sehen.

Der zweite Platz war in einer Mulde unten am Wasser. Eigentlich hätte er wieder bei der Mutter vorbeigehen müssen; aber es gab eine Schlucht, durch die man sich unmittelbar in die Mulde hineinlassen konnte. Er sprang zu der Schlucht hinüber. Hier waren zwei Risse wie von einem großen Keil in die Schlucht hineingetrieben, und wenn man es vorsichtig anstellte, konnte man in ihnen wie in einer Rutschbahn nach unten gleiten.

Es gelang, obwohl er sich die Beine aufschlug; aber auf einmal waren die Risse durch einen abgebröckelten Stein wie vermauert. Der Stein konnte erst vor einigen Tagen abgestürzt sein; denn das letzte Mal war er noch ohne Schwierigkeiten in die Mulde geglitten. Was sollte er machen? Hinauf konnte er nicht mehr, und bis in die Mulde waren es noch ungefähr vier Meter.

Etwas oberhalb des Steines stand eine junge Kastanie. Wenn er sich daran hängte und sie nach unten bog, war die Entfernung kleiner. Er tat es, und die Kastanie bog sich tatsächlich um fünfzig Grad. Er ließ sie los und landete glücklich in den hohen Farnen, die die Mulde wie ein kleiner Wald überdeckten.

Schön war es hier. Außer den Farnen gab es Schachtelhalme, Orchideen, dicke Butterblumen, Glockenblumen, und das Wasser der Verzasca war ein paar Meter so sanft und ölig, als könne es gar nicht so zischen und springen, wie es das oberhalb und unterhalb der Mulde tat.

Das Wasser war auch tiefer hier. Beinahe mannstief und so blau und grün, als hätte man Farbe hineingeschüttet. Er sah zwei große, getüpfelte Forellen. Als er näher kam, schossen sie wie zwei Blitze davon.

Er bog die Farne auseinander. Wirklich, hier gab es noch Erdbeeren. Sie waren so groß, rund und reif wie alles in dieser Schlucht, und es dauerte nicht lange, so hatte er beide Hände voll. Er machte aus ein paar Farnblättern und zwei gebogenen Binsen einen richtigen Korb und tat die Beeren hinein.

Der Rückweg war leichter. Er kletterte einige vom Wasser überspritzte Felsen hinauf, und da er barfuß war, fand er überall Halt. Dann ging er den Wasserlauf entlang. Einmal schoss das Wasser wie ein Pfeil an ihm vorbei, ein andermal quirlte und schäumte es auf, als wollte es in lauter Tropfen zerspringen. Dann musste er es durchwaten; aber er kam ziemlich schnell vorwärts, und schließlich stand er wieder an so einem kleinen Pfad wie dem, den er mit seiner Mutter heruntergekommen war.

Er wollte ihn hinaufgehen. Da fiel ihm ein, dass er Anita einen

Vogel versprochen hatte. Er bog noch einmal in eine der kleinen Schluchten ab, die hier überall von den steilen Felsen gebildet wurden. Er ging ganz langsam, auch leise, und plötzlich blieb er stehen und äugte geradeaus.

Vor ihm war ein kleiner Platz, und zwischen dem niedrigen Gras flatterte etwas ängstlich auf und ab. Da sprang Giorgio auch schon vor. »Ein Fink«, jubelte er, »ein Fink!« Und er legte seine Hand über das kläglich flatternde und piepsende Tier. Der Vogel hing an einer Leimrute, die Giorgio hier ausgelegt hatte. Es gab viele Plätze im Tal, wo der Knabe Leimruten auslegte, denn der alte Grottowirt zahlte für jeden gefangenen Singvogel einige Rappen. Den Finken sollte der Wirt aber nicht bekommen. Der war für Anita.

Er zog die Leimrute von den kleinen Füßen; dann band er das Tier in einen Lappen. Nun musste er eilen, wenn er noch bis zum Abendläuten heimkommen wollte.

Er sprang wieder über das Wasser und lief einen schmalen Hang entlang, um den Weg abzukürzen, als er plötzlich ein großes Tier vor sich sah.

Was war das? Es hatte eine spitze Schnauze, ein silbriges Fell und kleine, ihn wütend anblitzende Augen. War es ein wildernder Hund? Aber der hätte doch sicher gebellt? War es ein Fuchs? Aber Füchse sahen doch braun aus. War es vielleicht ein Marder? Dafür war er zu groß. Ein Wolf? Es war schon lange kein Wolf mehr im Tal gesehen worden, und auch der Vater konnte sich kaum noch der zottigen großen Tiere erinnern, die früher die Ziegen und die Kälber niedergeschlagen und zerrissen hatten.

Giorgio wusste auch nicht, was er machen sollte. In der einen Hand hatte er den Vogel und in der anderen den Korb mit den Beeren. Seine einzige Waffe, die Hacke, baumelte an seiner Hinterseite, und das Tier war knapp sechs Meter von ihm entfernt.

Er war schon entschlossen, den Vogel oder die Beeren fallen zu lassen und mit der freien Hand nach der Hacke zu fassen, da schnüffelte das Tier ein paar Mal laut, sah ihn noch einmal an, drehte sich eilig um und lief davon.

Giorgio ging ihm nach. Er bekam einen scharfen, säuerlichen Geruch in die Nase. Hatte er den schon einmal gerochen? Natürlich, er erinnerte sich, es war ein Dachs, der da vor ihm herlief, ein großer, ausgewachsener Dachs.

Jetzt wurde er mutiger und sprang hinter dem Tier her; aber da bog es unter eine Felswand und war einen Augenblick später verschwunden. Sicher hat er da seine Höhle, dachte Giorgio, und er merkte sich die Felswand.

Mit ein paar Sprüngen erreichte er seinen Weg wieder, und nach einigen Minuten langte er oben im Dorf an. Er war diesmal unterhalb der Kirche herausgekommen, aber das wollte er auch. Er ging über den kleinen Friedhof, bog in das dunkle Gemäuer ein, in dem Anita wohnte, und pfiff.

»Giorgio!«, antwortete Anita schon.

»Ja, ich bin da«, sagte Giorgio.

Einen Augenblick später sah das Mädchen aus einem der schwarzen Fensterlöcher, die in großen Abständen in den dicken Steinmauern lagen. »Hast du den Vogel?«

Giorgio bejahte. »Es ist ein Fink!«

»Ein Fink!«, jauchzte sie, und ihr Gesicht wurde ganz hell. »Ich komme.«

Wie der Wind musste sie die Treppen heruntergeweht sein, denn Giorgio hatte noch nicht bis drei gezählt, da stand sie zapplig und bettelnd vor ihm.

»Zeig ihn mir!« Sie hob die Hände.

Giorgio setzte zuerst den Korb mit den Erdbeeren auf die Erde, dann packte er das Tuch vorsichtig aus.

»Da ist er.«

»Tatsächlich, ein Fink!« Ihre Hände klatschten zusammen, und sie ließ sich das sorgsam wieder zusammengeknöpfte Tuch geben.

»Und du schenkst ihn mir wirklich?« Sie wollte es noch immer nicht glauben.

»Ja«, erwiderte Giorgio.

»Danke! Danke! Danke!« Sie schloss ihn stürmisch in ihre

Arme, und als hätte sie Angst bekommen, Giorgio könnte es sich doch noch anders überlegen, drehte sie sich genauso stürmisch, wie sie gekommen war, um und rannte mit ihrem Finken ins Haus zurück.

Giorgio war einen Moment ganz verstört, weil sie ihn so schnell wieder verlassen hatte; da tauchte ihr Gesicht oben am Fenster auf. »Weißt du«, rief sie herunter, »ich will ihn nur schnell in einen Käfig tun, damit er mir nicht wieder davonfliegt!« Aber dann war sie endgültig verschwunden.

Giorgio trabte weiter. Es war sicher bereits sechs vorbei, und der Vater war bestimmt schon daheim; denn es hatte, als er noch unten am Wasser war, bereits zum Abend geläutet. Er bekam auf einmal ein schlechtes Gewissen. Das war ja eigentlich seine Aufgabe, und er lief noch schneller.

Er trat in die Küche. Es waren aber nur die Mutter und die Nonna da. Die Mutter fragte ihn auch gleich: »Wo warst du so lange?«

»Oben am Hang waren keine Beeren«, entschuldigte er sich, »ich musste noch hinunter in die Schlucht gehen.« Er stellte sein Körbchen auf den Tisch.

»So«, erwiderte die Mutter, »und inzwischen musste der Vater zur Kirche, und die Zwillinge mussten ohne Beeren ins Bett.«

»Ich kann doch nichts dafür«, trotzte Giorgio.

»Nun«, sagte die Mutter, »der Vater wird dir's schon erzählen, wenn er heimkommt!«

»Wo ist er denn?«

»Zum Läuten gegangen.«

Da kam er. Er stand groß in der Tür. Giorgio sah ihn an. Ja, das würde heute sicher ein Donnerwetter geben.

In dem breiten, von struppigen, schwarzen Haaren umrahmten Gesicht, in dem man nur die kleinen Augen, die breite Nase und die weißen Zähne sah, blitzte es schon.

»Ist der Lausbub da?«, grollte seine tiefe Stimme.

»Ja«, sagte die Mutter, »er behauptet, er hätte so lange nach den Beeren gesucht.«

Giorgio, der am Kamin stand, nickte. »Ich habe außerdem einen Dachs gesehen.«

»Dem bist du natürlich nachgelaufen«, knurrte der Vater, der sich unterdessen an den Tisch gesetzt hatte.

»Ja«, stammelte Giorgio; er merkte erst jetzt, dass es besser gewesen wäre, von der Dachsgeschichte zu schweigen.

»Nun«, erwiderte der Vater, »dafür sollst du jetzt sehen, wie es uns schmeckt«, und er langte nach dem Topf mit Buchweizengrütze, den die Nonna auf den Tisch gestellt hatte.

Die Eltern aßen langsam und schweigend. Es gab noch Kastanien, und zuletzt bekam der Vater Brot und Käse. Giorgio blieb geduldig am Kamin. Wenn es nicht schlimmer kam, das bisschen Hunger war zu ertragen.

»So«, sagte der Vater, nachdem er das letzte Stück Brot genießerisch mit einem Schluck Wein hinuntergespült hatte, »nun wollen wir uns noch einmal unseren Landstreicher ansehen.«

Aber da sagte jemand vom Stall her: »Permesso?«

»Herein«, antwortete die Mutter.

Es war die Magd vom Grottowirt. Sie schob ihr dickes, aufgeschwemmtes Gesicht in die Küche.

»Im Grotto ist einer, der will Euch sprechen, Roberto«, sagte sie zum Vater.

»Mich?« Der Vater war erstaunt.

»Ja, Euch.«

»Wer denn?«

»Ich kenn ihn nicht. Sie nennen ihn den Mann mit der Narbe.«

Der Vater stand auf und langte nach seiner Kappe. »Da will ich einmal gehen.«

Giorgio freute sich. Nun kam er um seine Predigt und um seine Prügel; denn sicher war er, bis der Vater heimkehrte, schon längst in seiner Kammer.

Er bekam jetzt sogar etwas von der Grütze. Sie setzten sich alle noch zusammen. Die Nonna spann mit ihren zittrigen, dünnen Händen. Die Mutter hatte sich Stroh geholt und flocht es zu schmalen Bändern. Giorgio half ihr. Die Bänder wurden kreisförmig zusammengelegt, mit dünnen Hanffäden aneinandergebunden, bis sie einen Hut bildeten. Die Hüte sammelte der Grottowirt und brachte sie nach Locarno auf den Markt.

Der Vater war inzwischen ins Grotto gegangen. An dem großen Steintisch saßen ein paar Bauern und tranken ihren Wein, und etwas abseits von ihnen hockte hinter einem Liter Nostrano der Mann, der am Morgen von Prato gekommen war. Die Magd zeigte auf ihn: »Da sitzt er.«

Roberto trat näher. »Ihr wollt mich sprechen?«

Der Mann schob ihm einen Stuhl und ein Glas Wein hin. »Trinkt erst«, antwortete er.

Die beiden tranken und sahen sich an. Giorgios Vater gefiel der Mann nicht. Er sah ihm zu hart und zu bösartig aus, und da erblickte er auch die Narbe.

Er wollte den Mann gerade fragen, bei welchem Streit man ihn so verunziert habe, da sagte der Narbige: »Ihr habt einen Sohn?«

»Ja.« Giorgios Vater trank wieder.

»Er ist dreizehn?«

»Er wird dreizehn.«

»Ich suche solche Knaben.«

»So.« Roberto trank wieder einen Schluck.

»Ich bringe sie für ein halbes Jahr nach Mailand«, fuhr der Mann fort, »ich gebe sie dort in Dienst. Der Vater bekommt dreißig Franken für seinen Sohn.«

Roberto wusste jetzt, warum ihn der Mann sprechen wollte. »Ich verkaufe meinen Sohn nicht für tausend Franken.«

Der Mann machte nur: »Oho!«

»Nein«, sagte Roberto lauter, »solange wir noch zu essen und zu trinken haben, würde ich lieber mein letztes Hemd als meinen Buben verkaufen.«

Der Mann mit der Narbe sah auf. »Das hat mir schon mancher gesagt, und auf einmal waren das letzte Brot und der letzte Wein von seinem Tisch verschwunden.«

Sie sahen sich wieder eine Weile an. »Nun«, erwiderte Roberto grob, »vorläufig haben wir von beidem noch genug.«

»Ich glaub es schon«, beschwichtigte ihn der Mann. »Ich komme dann im nächsten Jahr wieder.«

Roberto stand auf, sein Glas war auch leer. »Gut«, sagte er und blinzelte den Mann an, »dann könnt Ihr ja wieder vorsprechen.«

»Verlasst Euch darauf.« Das Gesicht des Mannes zog sich seltsam zusammen. »Ich spreche bestimmt wieder vor, und dann gebt Ihr mir wahrscheinlich Euern Knaben sogar mit Freuden mit nach Mailand.«

»Mit Freuden nie«, erwiderte Roberto, schob das leere Glas beiseite und ging.

Die Familie saß noch am Kamin, als der Vater zurückkam.

»Was gab's?«, fragte die Mutter.

»Es war wirklich ein Mann mit einer Narbe, der mich sprechen wollte«, antwortete der Vater.

»Und was wollte er?«

»Er kauft Kinder.«

»Kinder!« Die Mutter und die Nonna schrien auf, und auch Giorgio sah erschrocken von seinem Stroh hoch.

»Der Mann wollte mir für den da«, und der Vater zeigte auf Giorgio, »dreißig Franken geben, wenn ich ihn für einen Winter mit nach Mailand lasse.«

»Dreißig Franken?«, wiederholte die Mutter. »Was soll er denn dort?«

»Wohl arbeiten«, meinte der Vater.

»Und was hast du dem Kerl geantwortet?« Die Mutter sah ihn fragend an.

Der Vater kniff die Augen zusammen. »Dreißig Franken sind

mir für einen so großen Buben zu wenig. Er ist mir schon sechzig wert.«

»O du Rabenvater!«, schrie die Großmutter und warf dem Vater ein Stück Holz vor die Füße.

»War das immer noch zu wenig?« Der Vater sah sie lachend an. »Im nächsten Jahr kommt er übrigens wieder.«

»Warum?«

»Er sagte, ich würde ihm dann meinen Buben sogar mit Freuden für dreißig Franken geben.«

»Dieser Teufel!«, rief die Mutter.

Der Vater lachte wieder. »So sah er auch aus.«

2 Ein Adler, ein Dachs und der Frost vor der Weinlese

Giorgio konnte das erste Mal in seinem Leben nicht schlafen. Sonst brauchte er sich nur auf seinen Laubsack zu legen, sich auszustrecken, die Decke über den Kopf zu ziehen und schon war er eingeschlafen. Heute dachte er immer an den Mann mit der Narbe.

Er war ins Dorf gekommen, um Kinder zu kaufen, und wollte auch ihn für dreißig Franken mitnehmen. Für diese dreißig Franken sollte er ein halbes Jahr nach Mailand. Was hätte er wohl in Mailand machen müssen? Arbeiten, meinte der Vater. Aber er arbeitete auch hier den ganzen Tag, bis der Rücken und alle Glieder schmerzten; dazu musste er nicht erst nach Mailand gehen.

Er versuchte, den Mann auf die Seite zu schieben und an die Schlange zu denken, die er am Morgen getötet hatte. Aber der Narbige kam wieder, und er spürte, dass dieser Mann doch eine Rolle in seinem Leben spielen würde. Er wollte ja auch im nächsten Jahr zurückkommen.

Giorgio beschloss deswegen, sich den Mann einmal anzusehen. Er war den ganzen Abend im Grotto gewesen, also war er sicher auch morgen früh noch da. Jedenfalls wollte er versuchen, mit der Nonna aufzustehen und im Grotto nach ihm zu fragen. Er hatte das kaum zu Ende gedacht, da schlief er endlich ein.

Er wachte noch vor der Nonna auf, schlüpfte in die Hosen, schlich sich an ihr vorbei die Treppen hinunter und ging hinüber zum Grotto.

Die dicke Magd kehrte Stroh und Abfälle auf die Straße.

»Ist der Mann mit der Narbe noch da?«, fragte Giorgio.

Die Magd sah ihn verschlafen an. »Gerade ist er gegangen. Wenn du springst, kann du ihn noch einholen.«

»Wohin ist er?«

»Er wollte das Tal hinunter.«

»Nach Frasco?«

»Wahrscheinlich!«

Die Magd war mit ihrer Arbeit fertig und ging wieder ins Haus.

Giorgio kannte einen kleinen Weg, der hinter dem Grotto ums Dorf herumführte. Wenn er sich beeilte, holte er den Mann sicher noch ein.

Er lief, was er laufen konnte. Dort, wo der kleine Weg in die Straße mündet, versteckte er sich oberhalb der Straße hinter ein paar Himbeersträuchern. Da polterten Schritte, und einen Augenblick später kam der Mann.

Der große, über die Stirn gedrückte Hut, die blitzenden Augen, der schwarze Bart, die Nase, die wie ein Adlerschnabel aus seinem Gesicht sprang, auch die Narbe, die sich über die ganze Wange zog, das alles sah genauso aus, wie sich Giorgio einen Mann, der Kinder kauft, vorgestellt hatte. Sollte er ihm einen Schabernack oder einen Streich spielen, damit ihm die Lust verging, jemals wieder in ihr Dorf zu kommen und Kinder zu kaufen? Aber was? Er konnte wie eine Weihe schreien. Er konnte einen Stein den Felsen hinunterrollen. Er konnte mit einem Holzstück werfen. Er konnte …?

Als ob er Giorgios Gedanken erraten hätte, blickte der Mann zu ihm herauf. Sah er ihn? Giorgio bückte sich tiefer ins Gebüsch. Da senkte der Mann seinen Blick wieder; aber es war für Giorgios Streiche bereits zu spät, denn der Mann war inzwischen an seinem Versteck vorübergegangen und bog um den nächsten Felsen.

Giorgio ging erst langsam, dann immer schneller heim. Er konnte das Gesicht des Mannes nicht vergessen. Ja, es verfolgte ihn den ganzen Morgen, während er die Glocken läutete, während des Essens, und er vergaß es erst, als er mit der Mutter wieder zum Heuen musste, über dem Abgrund hing und das Gras sichelte.

Auch der Vater konnte den Mann mit der Narbe nicht vergessen. Hatte er ihm nicht beinahe gedroht? Er hatte gesagt, dass Brot und Wein oft schneller vom Tisch verschwinden, als man denkt; aber vorläufig war noch keine Gefahr, dass das geschah.

Nein, Roberto hatte mit seiner Familie sein Auskommen. Er besaß ein Haus und ein Stück Garten, seine Weiden und seine Grashänge. Im Stall standen eine Kuh und ein Kalb und außerdem zwei

Ziegen und Zicklein. Er hatte Hühner und Kaninchen, er besaß ein großes Maisfeld und einen Weizenacker. Sein Wein stand gut, auch seine Hirse. Was konnte ihm also passieren und was wollte er mehr?

Und doch schien es, als sollte der Mann mit der Narbe recht behalten.

Ein paar Wochen später, an einem schönen Spätsommertag, war der Vater mit den Kühen und Ziegen, wie alle Tage, auf die Alp gestiegen. Giorgio holte mit der Mutter Futter. Die Zwillinge spielten hinter dem Haus, und die Nonna kochte Polenta.

Da sah Giorgio seinen Vater kurz vor dem Mittagessen von der Alp herunterkommen. »Da kommt der Vater«, sagte er zur Mutter.

»Wo?« Die Mutter richtete sich auf.

Er zeigte es ihr.

»Wenn der Vater so springt, ist sicher etwas passiert«, meinte die Mutter. »Komm, wir gehen auch heim.«

Sie waren gleichzeitig mit dem Vater am Haus.

»Was ist geschehen?«, rief die Mutter ängstlich.

»Der Adler hat eine Ziege und das Zicklein in eine Schlucht gejagt.«

Der Vater war ganz außer Atem und schwitzte vom schnellen Laufen.

»Die große?«, fragte die Mutter weiter.

»Ja, die Martha und ihr Zicklein.«

Giorgio dachte nur an das Zicklein. »Unsere Anita?«, wollte er wissen.

»Jaja«, wiederholte der Vater, und dann erzählte er. Beppo, der Vater von Anita, und er waren ganz vergnügt mit den Kühen und den Ziegen auf der Alp angekommen, hatten sich gerade niedergesetzt und ein Spiel begonnen, als sie sahen, wie einer der Königsadler, die die Herde schon lange beunruhigten, sich auf die Ziegen stürzte, die große in ein Tobel jagte und mit der kleinen davonwollte.

»Wir haben Steine genommen und ihn beworfen, und er hat das

Zicklein wieder fallen lassen, aber so unglücklich, dass es auch in das Tobel gestürzt ist; jetzt schreien sie beide aus der Tiefe, und der Adler kreist noch immer über ihnen.«

»Was wollt ihr machen?« Die Mutter hatte große erschrockene Augen.

»Ich wollte den Jäger holen, aber er ist nicht da.«

»Ich weiß, wo er ist!«, rief Giorgio.

»Wo denn?«

»Unten im Grund. Um diese Zeit fischt er immer Forellen.«

»Hol ihn und schick ihn herauf«, sagte der Vater. »Ich werde unterdessen versuchen, uns den Adler weiter mit Steinen vom Leibe zu halten.«

Giorgio rannte durch den Ort. Am Kirchplatz spielten wieder Anita und Enverino.

Anita kam gleich zu ihm herüber. »Wo gehst zu hin?«

»Ich hole den Jäger. Ein Adler ist über unsern Ziegen«, stammelte Giorgio aufgeregt.

»Ich komme mit.« Sie ließ Enverino stehen.

Die Kinder fassten sich bei den Händen und jagten zusammen in den Grund.

Der alte Baretta, den sie alle den Jäger nannten, saß tatsächlich an einem der großen Wasserlöcher und angelte.

»Du sollst –!«, schrie Giorgio.

»Sei still.« Der Jäger legte einen Finger an den Mund. »Gerade will eine anbeißen.«

Aber Giorgio blieb nicht still. »Du sollst gleich mit der Büchse auf die Alp kommen. Der Adler hat eine Ziege in das Tobel gejagt und ein Zicklein niedergeschlagen.«

»Soll ich sie ihm vielleicht wieder abjagen?«, sagte der Alte ärgerlich; denn natürlich war nun die Forelle auf und davon. »Da müsste ich ja Flügel haben.«

»Sie haben es ihm schon wieder abgenommen«, erzählte Giorgio eilig weiter, »aber es ist auch in das Tobel gestürzt, und der Adler kreist immer noch darüber.«

»Kunststück«, knurrte der Alte, »wenn man ihm sein Frühstück nicht gönnen will.« Aber dann pfiff er zwei Töne, wie er es immer machte, wenn ihn etwas interessierte, packte sein Angelgerät zusammen und sagte: »Kommt!«

Giorgio hatte nicht daran gedacht, mit auf die Alp zu gehen, noch weniger Anita; aber der Alte hatte so bestimmt »Kommt!« gesagt, dass sie mitgingen.

Der Alte holte noch Flinte, Kugeln und Pulverhorn, und sie stiegen auf die Alp hinauf. Sie sahen den Adler schon von weitem. Er kreiste in kühnen, großen Schleifen über der Schlucht. »Es sind sogar zwei!«, schrie Giorgio.

Der Jäger beschattete seine Augen.

»Ja«, meinte er, »zu dem Männchen ist noch das Weibchen gekommen.«

Sie kannten den Jäger; denn kaum hatte der kleine Zug die Alp erreicht, schrie der größere der Adler auf, und die beiden Vögel flogen mit großen Schlägen davon.

Die Männer begrüßten sich.

»Du hättest durch den Wald kommen sollen«, sagte Giorgios Vater, »sie haben dich erkannt.«

»Ich hätte durch den Himmel kommen sollen«, äffte ihn der Alte nach, »das wäre noch besser gewesen.«

»Streitet euch nicht gleich«, mischte sich der kleine Beppo ein, »überlegt lieber, was wir machen können.«

»Leben die Ziegen noch?«, wollte der alte Baretta wissen.

Sie gingen zur Schlucht und horchten.

»Ich glaube, wenigstens eine«, meinte Roberto.

Giorgio hörte jetzt auch ein paar klägliche, dünne Laute. Sie stiegen wie ein leises Wimmern aus der tiefen Schlucht herauf. »Wir sollten sie holen, damit wir wenigstens die Tiere retten«, meinte der alte Baretta.

»Aber wer?« Roberto sah ihn an. »In das Loch kann man nur mit einem Seil, und die Stricke, die wir mithaben, sind für einen Mann zu schwach.«

»Auch für einen Buben?«, fragte der Alte.

Roberto kniff die Augen zusammen. »Einen Buben können sie unter Umständen tragen.«

Der Alte drehte sich zu Giorgio um. »Hast du Lust?«

Und ob Giorgio Lust hatte. Er strahlte. Die kleine Ziege, die unten lag, war außerdem seine Lieblingsziege. »Ja«, rief er laut, »ja.«

Der kleine Beppo knüpfte die Stricke, die die Männer mithatten, zu einem Seil zusammen. Giorgios Vater schlug ein paar gespitzte Pfähle in der Schlucht in die Erde und legte einen anderen, dickeren Pfahl dazwischen.

Der Jäger beobachtete inzwischen die Adler. Sie waren zurückgekommen; aber sie kreisten so hoch über der Alp, dass sie auch der beste Schütze nicht getroffen hätte.

»So«, meinte der kleine Beppo, »jetzt wird es reichen.« Er band ein Stück Holz an das untere Ende des Strickes. Giorgio klemmte es zwischen seine Beine und die beiden Männer ließen ihn langsam über das Querholz, das sie zwischen die Pfähle gelegt hatten, in die Schlucht hinunter.

Giorgio war auch jetzt nicht ängstlich, obwohl er einmal gegen einen Strauch und ein andermal gegen einen Felsen stieß. Die Schlucht war ungefähr dreißig Meter tief. Es war mehr ein Spalt als eine Schlucht, und der linke Zipfel mündete in das Bett der Verzasca.

Die Ziege lag ganz auf dem Grund und schien tot zu sein. Das Zicklein hing ein paar Meter höher in einem Gesträuch. Das Zicklein war es, das so kläglich wimmerte.

Als das Tier Giorgio kommen sah, schrie es lauter und zappelte sich etwas frei; aber dadurch rutschte es langsam auch auf den Grund der Schlucht.

Giorgio kletterte ihm nach. Endlich erreichte er es. Das Zicklein sah schlimm aus. Der Adler hatte mit seinen Krallen in beide Seiten geschlagen, und aus der Brust und dem Leib floss Blut. Es tropfte aber auch vom Kopf; der Adler hatte wahrscheinlich hineingehackt.

Giorgio versuchte, das Tier hochzuheben. Da schrie es noch kläglicher. Jetzt sah er, dass es sich durch den Fall auch die beiden Hinterbeine gebrochen hatte und nicht mehr stehen und gehen konnte.

Was sollte er mit dem armen Tier machen? Er strich ihm ein paarmal behutsam über seinen blutenden Kopf. Dabei sah es ihn mit seinen großen, ängstlichen Augen verzweifelt an. Am besten war es wohl, wenn er es an den Strick band und von den Männern nach oben ziehen ließ.

Bevor er das hinaufrief, sah er nach der Ziege. Sie lag ein paar Schritte weiter in einem Gebüsch, war wirklich tot und hatte schon große, verglaste Augen. Ein Ast war ihr mitten durch den Leib gedrungen.

Er kletterte wieder zu der kleinen Ziege hinüber. »Die große ist tot!«, rief er zu dem Vater hinauf. »Nur die kleine lebt noch. Ich binde sie an das Holz. Wenn ich wieder rufe, zieh sie nach oben!«

»Gut«, antwortete der Vater.

Während er sich dergestalt mit der kleinen Ziege beschäftigte, waren die Adler immer höher gestiegen. Sie hatten wohl gesehen, dass die Männer jemand in die Schlucht ließen und ihnen ihre Beute, die sie schon so sicher glaubten, wieder genommen werden sollte. So dachten wenigstens die Männer, auch der alte Jäger; aber die Adler dachten nicht so.

Sie kreisten zuerst noch höher, bis sie kaum mehr zu sehen waren; aber während der kleinere beinahe in der Himmelsbläue verschwand, tauchte der andere in der Nähe des Kastanienwaldes wieder auf, der sich wie eine große, dunkelgrüne Raupe von Sonogno bis hinauf zu der Alp zog. Er versuchte, sich den Männern von hinten zu nähern.

Der alte Baretta, der ihn kommen sah, steckte seinen Hut und seine Jacke über einen Stock, um ihn zu täuschen, und schlich von Strauch zu Strauch, während sich Roberto und der kleine Beppo über die Schlucht beugten.

Giorgio hatte zum zweiten Mal gerufen.

In diesem Augenblick – der alte Baretta hob schon seine Büchse – strich das Männchen mit Gekreisch wieder ab; aber zur gleichen Zeit ließ sich das Weibchen, das alle aus den Augen verloren hatten, wie ein Pfeil aus der Höhe hernieder.

Nur Anita sah den Vogel aus der Luft schießen und schrie ängstlich; aber bevor die überraschten und entsetzten Männer überhaupt zur Besinnung kamen, war der Adler an ihnen vorbei in die Schlucht hinabgeschossen.

Giorgio hatte das Zicklein längst festgebunden und schrie das dritte Mal »Hallo!«. Da erst hörte er den Schrei Anitas und dann das Geschrei der Männer. Er sah in die Höhe und erblickte über seinem Kopf den Adler.

Der Knabe erschrak noch mehr als die Männer, wie er das große Tier so unmittelbar über sich sah, ja, er zitterte am ganzen Körper, die Knie wurden ihm weich, und er sank vor Schreck zusammen.

Der Adler hatte sich unterdessen ungefähr fünf Meter über ihm in den Zweigen eines alten, verdorrten Baumes niedergelassen. Er schlug mit den Flügeln, öffnete seinen Schnabel, kreischte, hob einmal das rechte und einmal das linke Bein, und seine Augen blitzten Giorgio wie zwei feurige Kugeln an. Giorgio zitterte noch immer. Besonders beunruhigten ihn diese großen, kalten Augen, die ihn unablässig anstarrten.

Die kleine Ziege hatte den Adler auch erspäht und spürte wohl doppelt die Gefahr, die ihr drohte. Ihr klägliches Schreien und die Tatsache, dass der große Vogel noch immer nur wie ein Seiltänzer auf seinem Ast hin und her tanzte, machten Giorgio wieder lebendiger und mutiger.

Aber was sollte er gegen den Vogel machen? Er war über einen Meter groß. Sein Schnabel war so spitz wie eine Hacke und seine Krallen so scharf wie Sicheln. Sollte er ihn mit Geschrei verscheuchen? Sollte er einen Stein aufheben? Einen Ast? Auch die Männer überlegten, wie sie Giorgio helfen konnten. Giorgios Vater war um die Schlucht herumgelaufen. Er konnte jetzt den Adler und seinen Knaben sehen. Der alte Baretta war ihm mit seiner Flinte gefolgt.

Aber der Adler saß unmittelbar über Giorgio, und wenn der Alte schoss, konnte er genauso gut Giorgio wie den Adler treffen.

Der Adler kreischte lauter, dass dem Knaben der Atem stockte; es war ein bösartiges und wildes Schreien. Er hob außerdem seine Flügel immer schneller, und Giorgio wurde von dem Wind, den die Flügel machten, beinahe umgeworfen.

Er überlegte weiter: Widerstand war wohl unmöglich. Das Beste war zu fliehen. Der Adler wollte ja auch nicht ihn. Er wollte die kleine Ziege. Aber die Schlucht hatte kaum ein Versteck und kaum einen Ausgang.

Da schrie die Ziege zum zweiten Mal. Sie jammerte so kläglich und verzweifelt, dass Giorgio am liebsten mitgeschrien hätte. Sie spürte wahrscheinlich, dass sich der Adler gleich wieder auf sie stürzen würde und es dann mit ihrem Leben vorbei war.

Nein, Giorgio konnte nicht fliehen. Er konnte das Tier nicht im Stich lassen, und er nahm alle Kräfte zusammen, bückte sich, hob einen Stein auf und warf ihn gegen den Adler. Er nahm einen Ast, dann wieder einen Stein, dann wieder einen Ast und schleuderte alles gegen das große, schreckliche Tier. Er traf den Adler auch. Das erste Mal gegen die Brust. Der Adler tänzelte von einem Bein auf das andere. Er traf ihn gegen die Flügel. Der Adler hüpfte höher und kam wieder auf seinen Ast. Er traf ihn gegen den Kopf. Der Adler kreischte auf und entfaltete seine Flügel.

Kam er jetzt? Giorgio hielt schon wieder einen Stein in der Hand; aber der Adler stürzte sich nicht herab, er flog in die Höhe.

Der Knabe starrte ihm nach. Waren er und die Ziege gerettet? Der Adler war schon in gleicher Höhe mit der Alp; aber da ließ er die Flügel wieder fallen und stürzte zum zweiten Mal in die Tiefe.

Giorgio schloss die Augen. Diesmal war es sicher nicht nur mit der Ziege, sondern auch mit ihm vorbei. Er hörte es schon dicht über sich prasseln. Er spürte Federn um sich, die Krallen streiften ihn, und dann stürzte er von einem schweren Schlag getroffen auf die Seite.

Kam nun das Ende? Er blieb seltsamerweise ruhig. Er hörte nur seinen Herzschlag und manchmal, von ganz weit her, die Stimme Anitas und die polternde Stimme seines Vaters, die seinen Namen riefen.

Da öffnete er die Augen wieder. Tatsächlich, unmittelbar über ihm hockte der Adler. Aber was war das? Seine Flügel waren in die Zweige einer kleinen Kastanie geklemmt, die Krallen hingen still nach unten, und aus der Brust des Vogels tröpfelte Blut. Nur die großen Augen hatten noch etwas von der alten Bissigkeit und dem alten Grimm.

Giorgio sprang auf. Der Vogel musste tot sein. Er rührte sich nicht mehr. Hatte er sich zu Tode gestürzt? Hatte er sich wie die alte Ziege irgendwo aufgespießt? Er ging vorsichtig näher und stieß ihn mit einem Stock an. Der Vogel war wirklich tot. Er fiel nun ganz in sich zusammen.

Aber der Vogel hatte sich nicht zu Tode gestürzt; es war auch sonst nichts Außergewöhnliches mit ihm geschehen. Der alte Baretta hatte einfach, als das große Tier wieder aus der Schlucht in die Höhe stieg, seine Büchse abgedrückt und es trotz seiner zittrigen Hände mitten in die Brust getroffen.

Von oben riefen sie immer noch.

»Vater«, antwortete Giorgio.

»Du lebst!«, rief der Vater erleichtert.

»Jaja, und die kleine Ziege lebt auch. Zieht sie jetzt in die Höhe!«

Die Ziege wimmerte wieder, während sie an dem Strick in der Luft schwebte. Giorgio band auch die große Ziege über das Querholz. Das war schon schwieriger, besonders weil das schwere Tier überall hängen blieb. Nun wollte er den Strick um den Adler binden; aber er hatte noch immer Angst vor dem großen, unheimlichen Tier, deshalb warf er den Strick nur wie eine Schleife um den befederten Hals. »Zieht an!«, rief er den Männern hinauf, und auch der Adler schwebte in die Höhe.

Danach zogen sie Giorgio selber hinauf. Sein Vater schloss ihn in die Arme. »Bub, ich dachte schon, der Adler hätte dich auch getötet.«

»Ach«, prahlte Giorgio, der seinen Mut wiedergefunden hatte, »ich habe ihn erst mit einem Ast und dann mit ein paar Steinen beworfen, da ist er davongeflogen.«

Der alte Baretta drängte sich heran. »Bist ein tapferer Kerl.« Er strich ihm ein paarmal über den Kopf. Auch Anita fiel ihm um den Hals, und von Anitas Vater bekam er ein kleines Messer geschenkt.

Der andere Adler flog noch immer laut kreischend über ihnen, schoss aber gleich wieder so hoch, dass ihn der alte Baretta nicht treffen konnte.

Der kleine Beppo hatte inzwischen das andere Vieh zusammengetrieben. Giorgios Vater weidete die tote Ziege aus, und der alte

Baretta versuchte, dem Zicklein Holzstücke um die gebrochenen Beine zu binden.

»Ich glaube, Roberto«, sagte er, »du musst sie gleichfalls töten. Der Adler hat ihr ja den halben Kopf zerhackt und die Brust und den Leib zerfleischt.«

Der Vater knurrte nur.

Sie banden die tote Ziege an einen dicken Ast. Roberto legte sich das eine Ende auf die Schulter, der kleine Beppo das andere. Der alte Baretta nahm den Adler, und Giorgio und Anita trugen abwechselnd die kleine Ziege. Sie schrie noch immer. So stiegen sie langsam von der Alp wieder ins Tal. Die Kühe folgten.

Giorgio wurde drei Tage wie ein Held gefeiert. Jedem musste er seinen Kampf mit dem Adler in der Schlucht erzählen. Die kleine Anita wich dabei nicht von seiner Seite, obwohl Enverino sie mit Zucker und all seinen Spielsachen fortzulocken versuchte.

Das alles machte aber die Ziegen nicht wieder lebendig. Auch die kleine war inzwischen geschlachtet worden, und der Vater war recht verzweifelt. »Das sieht ja beinah so aus, als ob der Mann mit der Narbe hexen könnte«, knurrte er.

»Warum denn?«, fragte die Nonna.

»Nun, er hat mir Unglück versprochen, und da ist es.«

»Unglück nennst du das? Ach«, seufzte die Nonna, »ihr wisst heute gar nicht mehr, was Unglück ist. Damals, als ich noch jung war, kamen zuerst die Franzosen, dann die Pest, dann ein großes Wasser, dass kaum vier Häuser in Sonogno stehen blieben, dann ...«

Aber der Vater, der die Geschichte der Nonna bereits hundert Mal gehört hatte, war schon wieder gegangen.

Er sollte jedoch bald spüren, dass der Tod der beiden Ziegen wirklich nur der Anfang einer ganzen Kette von Unglücksfällen war, die in der nächsten Zeit wie ein Unwetter über ihn und Sonogno hereinbrausten.

Es waren knapp drei Wochen nach dem Tod der beiden Ziegen vergangen. Der Herbst war ungewöhnlich heiß, die Verzasca war nur noch ein kleines, tröpfelndes Wässerchen, da ging der Vater hinunter in den Grund, um Mais zu brechen. Schon nach ein paar Minuten kam er zurück. »Irgendein Kerl ist in unserem Feld gewesen; der ganze Mais ist umgestürzt und herausgerissen. Heute Abend stelle ich mich mit dem Gewehr hin, und wenn ich ihn erwische, schieße ich ihn tot.«

Die Mutter sah ihn an. »Aber wer soll es denn gewesen sein?«

»Ich weiß es auch nicht.« Der Vater hatte kleine, giftig blitzende Augen. »Vielleicht jemand aus Frasco. Ich kann mir nicht denken, dass im Ort einer wohnt, der uns die letzten Maiskolben stiehlt, nachdem wir schon das Pech mit den Ziegen hatten.«

Als der Vater gegen Abend wieder hinunter in die Schlucht ging, nahm er tatsächlich das Gewehr mit. Giorgio begleitete ihn.

Die beiden kleinen, übereinanderliegenden Äcker waren von vorn bis hinten zerwühlt. Die schweren Maisstängel waren knapp über dem Boden umgeknickt, die Kolben herausgerissen, und die Täter hatten sie wohl mitgenommen. Die beiden Äcker sahen übrigens so aus, als wäre nicht einer, sondern ein halbes Dutzend Menschen damit beschäftigt gewesen, alles zu zerstören und zu vernichten.

»Sieh«, sagte Giorgio zu seinem Vater, »die Kerle waren auch an den Bohnen.« Der Vater sah es. Die Bohnenstangen waren umgerissen, und man hatte die Stauden vom Holz heruntergezerrt.

Giorgio versuchte, die Stangen wieder aufzurichten. Da stutzte er. »Vater! Das waren gar keine Menschen, das waren Tiere. Hier sind überall Tatzen, lange spitze Tatzen.«

»Unsinn«, brummte der Vater und kam näher.

»Bestimmt. Sieh nur! Da sind die Tiere entlanggegangen.« Er zeigte auf die großen Spuren, die von den Bohnen in die Maisstauden führten.

Der Vater schüttelte noch immer den Kopf.

»Was für Tiere sollen es denn gewesen sein? – Hunde? Ich habe noch nie gehört, dass Hunde Bohnen oder Mais fressen. Füchse auch nicht. Rehe oder Gämsen können es gleichfalls nicht gewesen sein; denn sie haben keine Krallen.«

Da kam die Frau des Grottowirtes vorbei.

Der Vater zeigte ihr den Schaden.

Die Frau war gar nicht erstaunt. »Bei uns war das Feld vorige Woche auch so zerwühlt. Die Hirse war zertrampelt und gefressen, auch der Mais, und sogar an die Kartoffeln sind die Biester gegangen.«

»Biester«, wiederholte der Vater. »Was für Biester waren es denn?«

»Ich habe mit dem alten Baretta gesprochen; auch mein Mann. Er sagte, es müssten Dachse sein. Wahrscheinlich zwei Alte mit ihren Jungen. Er hat sich auch schon nach ihnen umgesehen; aber er konnte ihre Höhle nicht finden.«

»Dachse!«, schrie Giorgio erfreut. »Wenn es Dachse sind, weiß ich, wo sie wohnen.«

»Wo denn?«, wollte der Vater wissen.

»Unten in der Nähe der Mulde, wo der große Erdbeerenschlag ist. Ich habe es dir doch erzählt. Ich habe dort einen Dachs getroffen.«

»Komm«, sagte der Vater nur, »wir wollen uns die Halunken einmal ansehen.«

Die Grottowirtin warnte. »Dazu braucht ihr einen Hund und noch ein paar Männer, ein Dachsbau ist groß.«

»Ich will ihn aber jetzt holen«, beharrte der Vater, der noch immer wütend über die zerstörten Äcker war.

»Nun«, sagte die Frau, »dann werde ich euch den alten Baretta nachschicken; er saß vorhin im Grotto und wird wohl noch da sein.« Sie ging eilig ins Dorf.

Der alte Baretta kam auch nach ein paar Minuten. Er brachte einen Spaten und seinen Hund mit. Auch der Grottowirt und Enverino waren mitgekommen.

»Du weißt also, wo die Dachse stecken«, wandte sich der alte Baretta an Giorgio. »Ich suche schon die ganze Woche nach ihrem Bau.«

Giorgio führte die Männer in die Schlucht an den kleinen Felsen, unter dem damals, als er für die Zwillinge Erdbeeren und für Anita den Finken geholt hatte, der Dachs verschwunden war.

»Siehst du«, zischte der alte Baretta und fasste Giorgio leicht an der Schulter. »Der Hund hat den Bau schon gewittert.« Es war tatsächlich so; er schoss wie ein Pfeil unter den Felsen und fing sofort zu jaulen und zu scharren an. Die Männer stürzten ihm nach.

»Jetzt vorsichtig.« Der Alte hob die Hand. »So ein Dachsbau hat mindestens drei Ausgänge, und bevor wir die Tiere richtig gesehen haben, sind sie uns durch einen der Ausgänge entwischt, und wir haben das Nachsehen.«

Sie ließen den Dackel vor dem ersten Loch und suchten vorsichtig die ganze Schlucht ab.

»Da ist noch ein Loch.« Der alte Baretta zeigte auf eine kleine Öffnung, die unter einer Brombeerhecke war. Er wandte sich an Giorgios Vater. »Du hast dein Gewehr?«

Roberto zeigte es.

»Stell dich hinter diesen Baum«, der Jäger schob ihn hinter eine Kastanie, »und sobald du eine spitze Schnauze in der Öffnung siehst, schieß los.«

Der Vater nickte. »Darauf kannst du dich verlassen.«

Die andern suchten weiter. Das dritte Loch war an einer schmalen Felskante, zu der man nur über den Felsen herankonnte.

»Das haben sie verdammt schlau angelegt«, brummte der alte Baretta. »Aber wir sind auch nicht dumm.« Und er rollte einen schweren Stein vor das Loch.

Er stellte außerdem den Grottowirt in die Nähe. »Wenn du siehst, dass sich der Stein rührt«, erklärte er ihm, »dann rufe!« In einem kleinen Buchenstrauch entdeckten sie noch ein viertes Loch. Es war halb zu. Die Dachse mussten es lange nicht benutzt haben.

»Diese Biester«, lachte der alte Baretta, »vier Löcher. Ich glaube, wir haben es wirklich mit ein paar Schlaumeiern zu tun.« An das vierte Loch sollte sich Enverino stellen.

»Ich habe Angst«, sagte Enverino. »Wenn sie nun herauskommen und mich beißen!«

Der Alte gab ihm einen Knüppel. »Dann schlägst du sie auf die Nase!«

»Ich weiß nicht.« Der große Enverino fürchtete sich noch immer.

»Soll ich dir erst mit dem Stock Mut machen?« Der Jäger war ernstlich böse.

»Nein«, stammelte Enverino.

Der Alte drohte ihm noch einmal; dann kletterte er mit Giorgio wieder zu dem ersten Loch zurück.

Der kleine Dackel stand noch immer wie eine Schildwache davor und scharrte aufgeregt mit den Füßen. Er war aber nicht in das Loch hineingegangen, sondern wartete auf den Befehl seines Herrn.

Der alte Baretta bog sich zu dem Hund hinunter, streichelte ihm einige Male über den Kopf und sagte: »So, Karo, nun geh und mach deine Sache gut.«

Der Hund schoss sofort wie ein Pfeil in das Loch hinein. Der alte Baretta und Giorgio stellten sich beide dem Eingang gegenüber. Der Alte hatte seine Flinte schussfertig in der Hand, und Giorgio krallte seine Hand um einen Stein. »Hörst du etwas?«, fragte der Jäger.

Der Knabe hörte nichts. Ja, es war eine Weile sogar beängstigend still. Aber plötzlich bellte der Hund dumpf auf, und später heulte er.

»Sie sind drin, die Dachse«, erklärte der alte Baretta, »und Karo hat sie.« Er horchte in das Loch hinein. Da verstummte das Gebell.

»Sie sind ihm wahrscheinlich ausgewichen. Pass auf, gleich wird es knallen!«

Tatsächlich, oben, wo Roberto stand, knallte es.

Der alte Baretta sprang auf. »Hast du einen?«, rief er zu Giorgios Vater hinauf.

»Ich habe wenigstens auf einen geschossen«, rief der Vater zurück. »Aber er ist wieder in seinem Loch verschwunden.«

»Nun, immerhin weiß er jetzt, dass da oben jemand aufpasst, und wahrscheinlich wird er nun an einem anderen Loch erscheinen.«

»Hilfe!«, schrie da Enverino.

Der Alte hob seinen Kopf. »Hab ich es nicht gesagt. Da kommt er schon.«

Es war aber kein Dachs aus Enverinos Loch gekommen, sondern etwas oberhalb des Loches stand einer. Ein großes, stattliches Tier. Es schien erst jetzt Enverino und die Männer gesehen zu haben; denn es stutzte, drehte sich eilig um und verschwand im Unterholz.

Enverino schrie noch immer.

»Soll ich ihm nach?«, fragte Giorgio.

Der alte Baretta hielt ihn fest: »Lass ihn nur. Das ist wahrscheinlich der Papa. Den holen wir uns später. Erst wollen wir uns die Mama und ihre Kinder holen.«

Im Bau blieb noch alles stumm. Nur manchmal hörten sie ganz entfernt ein leises Jaulen oder Fauchen.

»Ich glaube, wir werden sie ausgraben müssen«, meinte der alte Baretta. »Sie haben sich wahrscheinlich ineinander verbissen.«

Giorgio holte das Grabscheit.

Es war recht schwierig, den Gang zu verfolgen. Er ging ein paar Schritte geradeaus, dann bog er um einen großen Stein, scharf nach unten. Sie hörten den Hund wieder lauter bellen, und endlich stießen sie auf ihn. Giorgio sah zuerst seinen Schwanz und die Hinterbeine.

»Vorsichtig«, warnte der Alte. Er packte den Hund fest um den Leib und zog ihn aus dem Loch heraus. Erst kam der Körper, dann der Kopf. Dahinter tauchte aber auch der Kopf des Dachses auf.

Die beiden Tiere hatten sich ineinander verbissen. Der Dachs war viel größer als der Dackel; aber der Dackel hatte seine Zähne so fest in die Schnauze des Dachses vergraben, dass sich das schwere Tier kaum rühren konnte.

»Halt du den Hund jetzt«, bat der alte Baretta Giorgio, hob seine Flinte und schoss dem Dachs von der Seite ins Herz.

Das Tier bäumte sich auf, zitterte noch einmal und fiel zusammen. Der Hund zog es nun vollends aus dem Loch. Es war ein erstaunlich kräftiges Tier. Auf dem Kopf hatte es silbrige Haare, und dieser silbrige Glanz zog sich bis zu dem kleinen buschigen Schwanz hinunter.

Unterdessen waren auch der Vater, der Grottowirt und Enverino gekommen. Der alte Baretta hob den Dachs hoch. »Das ist ein prächtiger Kerl. Dafür geben sie uns in Locarno mindestens fünf Franken.«

»Mein Mais und meine Bohnen wären mir lieber«, knurrte der Vater.

Der alte Baretta tröstete ihn. »Nun kann er wenigstens keinen neuen Schaden mehr anrichten.«

Auf einmal merkten sie, dass der Hund erneut in das Loch gekrochen war. Er bellte auch wieder.

»Sollte da noch einer drin sein?«, lachte der Jäger.

Der Dackel kam schon wieder aus dem Loch heraus und zerrte einen weiteren Dachs hinter sich her. Er war kleiner als der erste, spuckte, quiekte und fauchte und versuchte zu beißen.

»Ein Sohn«, lachte der Alte, packte das Tier hinten am Hals und steckte es in einen Sack, den er aus seiner Jagdtasche zog. »Graben wir lieber noch ein Stück«, meinte der Grottowirt. »Wo zwei sind, können auch drei sein.«

Sie gruben einen halben Meter tiefer.

Auf einmal bildete der Gang eine Vertiefung. In der hintersten Ecke lagen noch zwei kleine Dachse. Sie krochen ängstlich zusammen.

»Das nenne ich Glück«, jauchzte der alte Baretta und steckte die beiden auch in seinen Sack.

Der Grottowirt hatte noch weitergegraben. »Da hast du auch deinen Mais und deine Bohnen, Roberto«, lachte er und zeigte in eine zweite Vertiefung.

Hier lagen angefressene Maiskolben, Bohnen, Hirse, ein paar Äpfel und allerlei Gemüsereste wie in einer Vorratskammer.

»Diese Diebe!«, schrie der Vater.

»Für die Jungen bekommen wir auch ein paar Franken«, tröstete ihn der alte Baretta, »dann wird dein Schaden nicht so groß.«

»Einen möchte ich haben«, bettelte Giorgio.

»Ich will auch einen«, sagte Enverino.

Der alte Baretta, der Giorgio einen gab, blinzelte Enverino nur an: »Wer vor den Alten Angst hat, bekommt auch keinen Jungen.«

Sie schaufelten die Grube wieder zu und gingen mit den Dachsen heim. Giorgio brachte den seinen in sein Felsenloch und steckte ihn vorläufig zu dem kleinen Buntspecht, den er vor ein paar Wochen gefangen hatte.

Der alte Baretta schoss in der gleichen Woche auch noch den anderen Dachs. Er war wieder auf dem Feld von Giorgios Eltern gewesen und hatte, wie um sich zu rächen, auch die letzten Bohnenstangen umgerissen und die letzten Maiskolben und Kürbisse aus der Erde gewühlt.

»Jaja«, stöhnte Roberto, als er den neuen Schaden sah, »es scheint wirklich, als ob wir in diesem Jahr noch betteln gehen sollten.«

Es kam aber noch schlimmer. Die ersten Trauben waren reif; sie waren saftig und groß, und jeder spürte schon den Nostrano auf der Zunge. Da setzte über Nacht unerwartet Frost ein. Er kam so plötzlich, und es war gleich so kalt, dass am nächsten Morgen auch die Reben in den geschütztesten Stellen erfroren waren und die Trauben wie gesprungene Glaskugeln zwischen den welken Blättern hingen.

Gegen Abend fiel Schnee. Er fiel unaufhörlich und dicht. Am zweiten Abend konnte man die Trauben unter der dicken Schneedecke kaum finden. Auch das letzte Gras war noch draußen. Ein Teil der Hirse, Mais, Bohnen. Man hatte ja noch keinen Frost im Verzascatal erwartet.

Alle Leute jammerten und klagten, und als der Vater ganz verzweifelt in die Küche trat, sagte sogar die Nonna: »Nun bekommen wir wirklich noch ein böses Jahr.«

»Wir *bekommen* es noch. Wir *bekommen* es noch!«, jammerte der Vater. »Es ist ja schon da! Erst die Ziegen, dann der Mais und nun der ganze Wein.«

»Ich habe noch viel schwerere Jahre erlebt«, erwiderte die Nonna und strich sich das spärliche Haar aus dem Gesicht.

»Ich weiß schon«, sagte der Vater ärgerlich, »die Franzosen, die Pest, das große Wasser.«

Die Nonna nickte nur. »Und einmal«, setzte sie hinzu, »hatten wir eine große Hungersnot und mussten Wurzeln und Laub essen; allein in unserem Dorf sind sieben Menschen verhungert.«

»Nun«, brummte der Vater, »wenn wir das letzte Gras nicht hereinbekommen, müssen unsere Kühe und Ziegen auch bald Wurzeln und Laub fressen, und wenn uns der Grottowirt nicht weiter borgt, essen wir es bald.«

»Versündige dich nicht«, sagte die Nonna, »das Unglück kommt manchmal schneller, als man denkt.«

Der Vater sah sie einen Augenblick nachdenklich an, dann sagte er: »Das hat der Mann mit der Narbe auch gesagt«, nahm seine Mütze und ging.

3 Dürre, Waldbrand, eine gestürzte Kuh und eine kranke Mutter machen die Prophezeiung wahr

Der Frost blieb, der Schnee auch, die Trauben faulten, und der Wein wurde so schlecht und säuerlich, dass die Bewohner von Sonogno kaum Essig daraus machen konnten. Auch das Gras konnte nicht mehr geschnitten werden. Es wurde wirklich ein böser Herbst und ein noch böserer Winter. Das Thermometer fiel immer tiefer. In der Schlucht hingen von allen Felsen Eiszapfen; auch die wildesten Wasserfälle gefroren oder überzogen sich mit einer dicken Eisdecke. Es schneite nicht übermäßig viel. Der Schnee bedeckte kaum das Gras, aber alles, was unter ihm lag, fror so zusammen, dass auch das Wild bald kein Futter mehr fand.

Die Rehe kamen ins Dorf; Gämsen ließen sich in der Nähe der ersten Häuser sehen. Unbekannte Vögel saßen auf den Böden, Fenstern, Dächern und Dachsimsen der Häuser. Ein Fuchs strolchte eines Tages offen durch die Gassen von Sonogno und wurde vom Hund des Wirtes verfolgt. Fasane waren in den Spalt eingedrungen, in dem Giorgio das Laub und das Heu für seine Tiere bewahrte, und eines Tages kam sogar ein Marder in seine Tierhöhle. Aber der Dachs, der inzwischen ein ausgewachsenes Tier geworden war, biss ihn wieder hinaus.

Die Menschen froren und hungerten bald genauso wie die Tiere. Giorgio saß mit seinen Eltern in der Küche oder im Stall. Die Nonna spann, der Vater schnitzte Quirle und Löffel, die Mutter und Giorgio flochten Strohseile, und die Zwillinge spielten. Abends ging der Vater für einen Augenblick ins Grotto. Die Männer spielten dort und tranken und schimpften dabei über die schlechten Zeiten.

Während der Vater fort war, erzählte die Nonna Geschichten. Sie war alt und weit in der Welt herumgekommen. Vieles, was sie erzählte, kannte Giorgio schon. Die Geschichte von den vier Wölfen, die einmal ins Verzascatal gekommen waren und ein paar Lämmer raubten. Als die Nonna ein Kind war, gab es auch noch Bären im Tal. Ihr Vater hatte einmal so ein großes Tier erschossen.

Wenn der Vater wiederkam, legten sie sich alle um den großen Kamin. Sie schliefen nicht mehr in ihren kalten Kammern. Sie behielten ihre Laubsäcke in der Küche, und am Abend schoben sie sie recht nahe an die warme Asche des Kamins. Die Nonna, die in ihrem Stuhl schlief, hütete die Nacht hindurch das Feuer, und früh, wenn sie aufwachten, brannte es schon wieder lichterloh.

Schließlich wurde es so kalt, dass die Leute auch am Tag kaum aus den Häusern gingen. Giorgio hatte Anita schon vierzehn Tage nicht gesprochen. Nur abends in der Kirche sahen sie sich auf einen Husch; aber alle beeilten sich, nach dem Amen des Pfarrers so schnell als möglich nach Hause zu kommen, weil sie sonst in dem eisigen Kirchenschiff erfroren wären.

Endlich wurde es wärmer. Der Schnee taute. Das Wasser schoss und strömte wieder über die Eiskrusten und riss sie langsam weg. Auch das erste Grün zeigte sich. Noch spärlich und nur an den sonnigen Hängen; aber es war wenigstens etwas, an dem man seine Freude haben konnte und auf dem die Augen wieder mit Wohlgefallen ruhten.

Es war auch höchste Zeit, dass der Winter Abschied nahm. Die Kühe hatten tatsächlich nur noch Laub und Stroh zu fressen. Die Ziegen bekamen schon lange welke Blätter, und auch den Menschen ging es schlecht. In keinem Haus gab es mehr als ein paar Hände voll Maisgrieß, etwas schlechte, fettlose Milch – denn von was sollte die Milch fett werden? –, etwas Ziegenkäse und ein paar Löffel Salz.

Die noch weniger hatten als Giorgios Eltern standen beim Wirt im Schuldenbuch. Er borgte hie und da aus seinem kleinen Laden, aber nicht viel, damit er seine Schulden auch eintreiben konnte. Es war also wirklich höchste Zeit, dass man die Kühe wieder hinaustreiben konnte, sonst hätten die Menschen auch bald Laub essen müssen.

Nun warteten alle auf den Regen, der sonst immer um diese Zeit wie ein großer Segen über das Tal kam. Es regnete oft drei bis vier

Wochen hintereinander. Das ganze Land sog die Feuchtigkeit ein und speicherte sie für den heißen Sommer auf. Aber der Regen kam nicht. Auf die große Kälte folgte eine große Trockenheit.

Jeden Tag ging die Sonne wie ein roter, runder Ballon auf und jeden Abend ging sie genauso rot und feurig unter.

Die Bauern sahen nach Osten und Westen; aber keine Wolke war zu sehen, kein Nebelstreif, kein Wind, der von irgendwoher ein paar Schäferwolken oder gar einen Donner trieb. Der Himmel war blank und blau wie ein großer See, und nicht ein Wolkenstäubchen trübte die blaue Flut.

Die Bauern wollten säen; aber auch das konnten sie nicht. Die Erde war von der Kälte trocken; die Sonne machte sie noch mürber; sie wurde wie Staub, und jeder Windhauch wirbelte den Staub hoch, der den ganzen Tag wie ein leichter Nebel über den Äckern, Wiesen und Feldern stand.

Nur der Mais kam in die Erde, weil man ihn tief einhacken konnte, und unten in den Äckern am Wasser pflanzte man auch den Weizen, die Hirse, die Bohnen und die Kürbisse, weil man dort das Wasser wenigstens in der Nähe hatte. Allerdings auch nicht lange. Die wilde, laute, übermütige Verzasca, die sonst um die Zeit wie ein toller, großer Strom durch das Tal schoss und schäumte, verkümmerte und versiegte immer mehr. Sie war nur noch ein kleiner, armseliger, dünner Wurm, der sich mühsam über die Felsen stürzte und um die großen Steine schlängelte.

Das spärliche Gras verschwand bald wieder. Das Vieh fraß es ab, oder die Sonne machte es gelb und stachelig, und es vertrocknete.

Die Bauern, die in diesen Wochen die Kühe sonst immer in den Ställen hatten, weil die Wiesen in der Nähe noch genügend Nahrung gaben, mussten jetzt schon mit ihnen auf die erste Alp und bald auf die zweite. Da es aber noch zu kalt war, um mit den Kühen draußen zu bleiben, kehrten sie jeden Tag zurück. Das war mühsam; außerdem machte es die Kühe nicht fetter.

Es war schon Mitte Mai, und noch immer hatte es nicht geregnet. Auch Ende Mai zeigten sich noch keine Wolken. Einmal kamen sie; der Monte Zucchero war einen Augenblick von ihnen umringt, und die Blitze umtanzten ihn wie große, feurige Flammen. Aber am Morgen war der Himmel wieder hell. Wahrscheinlich wollte die Natur den Menschen nur zeigen, dass Blitz, Donner und Wolken noch nicht gestorben waren. Sie kamen sicher auch einmal wieder, nur heute und morgen noch nicht.

Wenn es auch im Juni nicht regnete, konnte es so schlimm werden wie in den Jahren, von denen die Nonna erzählte, wo es weder Mais noch Brot noch Wein und Gemüse gegeben hatte und allein in Sonogno sieben Menschen verhungert waren.

Die Bauern sprachen darüber. Sie sprachen früh, mittags und abends davon. Sie gingen jetzt jeden Tag in die Kirche und baten um Regen, baten kniefällig und verzweifelt; aber er wollte und wollte nicht kommen.

Der alte Baretta sagte: »Unser Pfarrer sollte einmal mit dem Regenheiligen durchs Dorf gehen.«

Der kleine Beppo nickte: »Im Grotto haben sie es auch schon gesagt.«

Die Mutter, die bei dem Gespräch dabei war, meinte: »Sprich doch einmal mit ihm.«

Roberto ging am nächsten Morgen zu ihm.

»Hm«, machte der Pfarrer, »ist es denn wirklich so schlimm?«

»Sehr schlimm«, klagte Roberto. »Wenn es nicht bald regnet, haben wir alle nichts mehr zu essen, und auch das Vieh kommt um.«

»Vielleicht am Sonntag«, vertröstete ihn der Pfarrer.

»Bestimmt«, drängte Roberto weiter.

»Wir werden sehen. Wir werden sehen.« Der Pfarrer schob Roberto wieder aus seiner Pfarrstube hinaus.

Am Sonntag musste Giorgio um neun die Glocke noch einmal läuten. Er läutete sie scharf und schnell.

»Wir sollen ihn also heraustragen«, sagten die Bauern, die langsam nach der Kirche gingen.

Giorgios Vater nickte: »Ja, und hoffentlich bringt er uns wirklich Regen.«

Der Regenheilige war ein ehemaliger Mönch, der vor vielen, vielen Jahren in Sonogno Pfarrer gewesen war. Man hatte ihn bis Mailand wegen seiner Güte und Hilfsbereitschaft gekannt, und als er starb, sprachen alle von ihm wie von einem Heiligen. Deswegen hatte man ihn auch nicht unter die Erde gelegt, sondern in einem schweren Zinnsarg beigesetzt; denn er sollte weiter mit seinem Segen in der Kirche bleiben. Er stand rechts vom Altar auf einem kleinen Postament.

Nun trug man ihn immer, wenn es lange nicht geregnet hatte, durch das Dorf und über Land, und wenn es nach einem solchen Gang, der von der ganzen Gemeinde begleitet werden musste, nicht regnete, half auch alles Beten nicht mehr; es gab eine böse und grausame Zeit, und niemand konnte auf Hilfe hoffen.

Die Männer nahmen den schweren Sarg auf die Schultern. Die Mädchen, die ihre weißen Tücher wie Fahnen um sich geschlungen hatten, trugen den Heiland und die Mutter Gottes. Die Frauen hielten gelbe Kerzen in ihren verarbeiteten, rissigen Händen. Die kleinen Lichter der Kerzen leuchteten wie winzige Blitze in der hellen, durchsichtigen Juniluft, und über allem schwebte der bunte, schwere Baldachin, den die Burschen trugen; denn der Pfarrer hatte auch das Allerheiligste mit auf diesen Gang genommen.

Unter den Burschen, die den Baldachin trugen, waren auch Giorgio und Enverino, und während der Pfarrer »Hilf uns! Segne uns! Hilf uns! Segne uns!« sang, wiederholte die Gemeinde mit den Buben die Litanei und das Amen.

Sie zogen mit dem schweren Sarg bis an die Dorfgrenze und wieder zurück. Manchmal trugen ihn vier, wenn es steiler oder abschüssiger wurde, sechs oder acht Männer. Sie zogen auch über den kleinen Friedhof, um die Kirche und um den Glockenturm herum, aber am Abend war noch immer keine Wolke am Himmel, auch am nächsten Morgen nicht, und am Mittag sagte die alte Nonna ganz leise und senkte dazu ihren spitzen Kopf: »Nun kann uns niemand mehr helfen. Jetzt gibt es wirklich ein böses Jahr.«

Giorgio merkte noch wenig davon. Im Gegenteil, er war in diesen Tagen in vielen Dingen freier als sonst. Es gab nichts mehr zu sicheln, zu sensen und zu hacken. Er konnte den halben Tag mit Anita auf dem Kirchplatz spielen, und sobald er das satt hatte, strolchte er im Wald oder in der Schlucht umher.

Wenn auch die Polentaschnitten immer kleiner, die Suppen immer fettloser wurden, er spürte den Hunger noch nicht besonders; denn in der Schlucht gab es trotz der Trockenheit Pilze, Heidelbeeren und Erdbeeren. Man konnte sogar die dicken Sauerampferstauden essen.

Er fing auch Vögel und brachte sie heim. Einmal fing er zwei Wildtauben und ein andermal einen jungen Fasan. Einmal erwischte er sogar einen Hasen in seiner Falle, und hie und da brachte er der Mutter ein paar Forellen mit. Die schnellen Tiere hausten zu dieser Zeit ziemlich eng zusammen in den kleinen Tümpeln, die die Verzasca jetzt bildete, und waren leicht mit einem kleinen Netz zu fangen. Die Mutter freute sich, wenn er unerwartet so einen Braten oder ein paar Forellen mit heimbrachte, und auch der Vater lobte ihn, wenn in dem Topf, den ihm Giorgio jeden Mittag auf die Alp brachte, anstatt der mageren Suppe und der Polentaschnitten ein Stück Wildbret oder eine Forelle lag.

Die Männer waren schon auf der dritten Alp. Ja, sie zogen wegen der Dürre mit ihren Tieren immer höher hinauf. Auf der dritten Alp waren sie doch sonst erst im Juli oder Anfang August. Der Weg war steil und lag unter der prallen Sonne. Aber Giorgio ging ihn trotzdem gern.

Auch Anita brachte ihrem Vater jeden Mittag das Essen. Da die beiden Männer schon seit Jahren ihr Vieh zusammen weideten, gingen die Kinder meistens gemeinsam auf die Alp.

Die ersten hundert Meter waren die schwersten. Sie mussten sich an alten Kastanienwurzeln und Felsstücken in die Höhe ziehen. Dann wurde der Weg besser. Er führte über Wiesen, Halden und kleine Hänge. Wenn auch die Wiesen grau und gelb waren, die Sträucher kaum Blätter hatten, nicht eine Blume blühte, höchstens im Schatten der Bäume, so sprangen, stürmten, kletterten und zogen sie sich doch übermütig immer höher hinauf. Sie folgten einer Eidechse, einer Viper. Manchmal stürzten sie einem der großen schönen Schmetterlinge nach, die es hier oben zu Hunderten gab. Den Elstern verlegten sie den Weg, oder den Fasanen, die manchmal scheu und vorsichtig aus dem Wald kamen. Sie verfolgten auch die Grillen, oder sie gingen einer Armee Ameisen nach. Einige hundert Meter höher gab es dicke, runde und wachsame Murmeltiere. Sie standen wie Pflöcke in ihren Löchern. Die Kinder mussten sich leise heranschleichen, um wenigstens ihre Köpfe und die kleinen Schwanzstumpen zu sehen, wenn sich die Tiere wie Taucher in ihre Löcher stürzten. Manchmal sahen sie auch Gämsen, aber nur aus der Entfernung. Alte und junge. Die jungen stießen ihre Köpfe zusammen und balgten sich wie kleine Ziegen. Es war meistens weit über Mittag, wenn sie bei den Männern ankamen. Die saßen oder lagen in dem spärlichen Schatten eines Baumes, würfelten, spielten Karten, erzählten sich etwas oder schliefen. Die Ziegen und die Kühe weideten in der Nähe, schlugen mit den Schwänzen nach den Bremsen und Fliegen und fraßen das dürre, stachlige Gras.

Die Kinder blieben bis zum Abend auf der Alp, streiften über die Hänge, Anita jagte Heuschrecken nach, Giorgio schoss mit einer kleinen Schleuder nach Vögeln, oder sie versuchten, eines der dicken Murmeltiere auszugraben; aber sie kamen nie auf den Grund der tiefen Falllöcher.

Eines Tages sagte der Vater: »Wir ziehen morgen ganz hinauf. Das Gras ist auch hier zu Ende.«

Die Kinder waren traurig; nun konnten sie nur noch einmal in der Woche zu den Vätern steigen. Die Männer blieben jetzt auch über Nacht mit den Tieren draußen und kochten sich selber das Essen. Die Kinder brauchten ihnen nur noch jeden Samstag die Vorräte für die nächste Woche zu bringen.

Giorgio und Anita waren durch diese gemeinsamen Gänge auf die Alpen immer bessere Freunde geworden. Sie hatten sich gern, und Giorgio tat Anita zuliebe alles, was er ihr von den Augen ablesen konnte.

»Warum spielst du eigentlich noch mit diesem Enverino?«, fragte er sie, als sie wieder einmal gemeinsam den Berg herabstiegen. »Enverino ist dumm. Außerdem ist er feige. Er hat sogar vor Dachsen Angst.«

»Ich kann doch nicht den ganzen Tag dasitzen und auf dich warten«, antwortete sie schnippisch. »Ich hab dir außerdem schon einmal gesagt, ich spiele nur mit ihm, wenn du nicht da bist.«

»Du hast ihn also nicht so gern wie mich?«, fragte Giorgio weiter.

Anita lachte. »Ja woher! Er stottert ja, wenn er mit mir spricht, und er wird rot oder blass, wenn ich ihn nur ansehe.« Giorgio war mit Anitas Antwort zufrieden. Er fasste sie an der Hand, und das letzte Stück des Weges sprangen, kugelten und tollten sie wie zwei übermütige, junge Hunde dahin.

Es war ein überheller Abend, als sie endlich ins Dorf kamen. Die untergehende Sonne lag wie eine große, gelbe Fackel auf den dürren Hängen um das Dorf. Es sah schaurig aus, und der Regen wollte noch immer nicht kommen.

Als sie eine halbe Stunde später alle um den Tisch saßen und die dünne Abendsuppe löffelten – auch Anita aß mit, solange ihr Vater mit Giorgios Vater oben auf der Alp blieb –, sagte die Nonna auf einmal: »Wenn es nur nicht noch brennt. Es riecht schon den ganzen Tag nach Feuer.«

»Das möge die Jungfrau verhüten.« Die Mutter schlug heimlich ein Kreuz.

Aber die Nonna galt nicht umsonst als die beste Prophetin im Dorf: Am nächsten Morgen brannte es. Es war zuerst nur ein kleines Feuer, wie es Giorgio zu vielen Malen im Frühjahr und Herbst gesehen hatte. Sie brannten ja oft selber den dürren Ginster und das alte Gras ab, damit es ein paar Wochen später wieder umso saftiger aus der Asche schoss; aber bald züngelten die kleinen Flammenstreifen, die aus der Schlucht kamen, die Schlucht hinauf und in den Wald hinein.

Es sah schaurig aus, besonders nachts. Giorgio stand bis Mitternacht an seinem Dachloch und sah dem Feuer zu. Die kleinen Flammen kletterten wie Wichtelmänner mit ihren Laternen die Felsen hinauf und hinunter. Einmal umfassten sie einen Ginsterbusch, dann loderten sie auf; ein andermal züngelten sie über eine magere Grasfläche, dann glühte alles, als sei die Wiese ein großer, glühender Teppich geworden.

Als das Feuer aber in den Wald sprang, sah es noch schlimmer aus. Zuerst brannten nur das alte, trockene Laub und das Unterholz, später liefen die kleinen Feuerflammen auch an den alten Kastanien entlang hinauf und machten aus ihnen große, flackernde, stöhnende und prasselnde Fackeln.

Im Dorf wurde man unruhig. Immerhin war der Wald der wichtigste und wertvollste Besitz der kleinen Gemeinde. Man schaufelte Gräben, versuchte, die Flammen auszuschlagen; aber es war vergeblich.

Wenn wenigstens die Männer alle da gewesen wären; doch die meisten weideten, wie Giorgios und Anitas Vater, ihr Vieh auf den Alpen. Ob sie wussten, dass der Wald brannte? Sicher, sie mussten ja den Feuerschein sehen.

Sie sahen ihn nicht nur, wie man ein paar Tage später hörte, sie spürten das Feuer auch. Einer der Männer war heruntergekommen und berichtete es.

Die Flammen waren durch den Wald hindurchgelaufen, hatten die Weiden der ersten Alpen erreicht, sie wie im Flug übersprungen, waren bereits über Ginsterbüsche, Haselstauden, Birken und ein kleines Kastaniengestrüpp auf die zweite Alp geklettert und züngelten jetzt nach der dritten und nach der Spitze des Berges hinauf. Das Vieh wurde unruhig. Außerdem fehlte es den Männern an Nahrungsmitteln. Deswegen war der Mann heruntergekommen.

Giorgio und Anita wollten ohnehin wieder zu ihren Vätern hinauf; darum begleiteten sie am nächsten Morgen den Mann, als er auf die Alp zurückging.

Sie mussten des Feuers wegen einen weiten Umweg durch eine kahle, baumlose Schlucht machen und kamen erst gegen Abend bei den Weiden an. Von hier oben sah der Brand noch gefährlicher aus. Die Flammen lagen wie ein feuriger Kranz um die großen Höhen, und außerdem lag über den zuckenden, züngelnden Feuerfunken ein grünlich schwarzer, dumpfer Rauch, der den Feuerkranz noch schauriger und gespenstischer machte.

Roberto und Beppo waren zuerst ärgerlich, als sie die Kinder sahen. »Die hättest du lieber unten lassen sollen«, schimpfte Giorgios Vater, und Beppo sagte dasselbe.

Nun war es aber zu spät, und allein konnte man sie auch nicht wieder ins Dorf schicken. Vor allen Dingen nicht vor dem nächsten Morgen.

»Na«, erwiderte der Mann, »vielleicht können wir sie sogar gebrauchen. Giorgio ist ja schon ein Mann, und Anita ist auch kein Kind mehr.«

Von den Nachbarweiden waren noch ein paar Männer gekommen. Sie traten alle zusammen und berieten darüber, ob es nicht besser sei, mit dem Vieh ins Dorf zurückzukehren, wenigstens bis sich das Feuer gelegt oder eine andere Richtung eingeschlagen hätte.

Das war nicht ungefährlich, aber wahrscheinlich weniger schlimm als zu warten, bis das Vieh und sie selber von den Flammen eingeschlossen waren.

Anitas Vater hatte auch schon herausgefunden, dass es am besten wäre, auf dem gewöhnlichen Weg ins Tal zu gehen. Man musste nur ungefähr fünfzehn oder zwanzig Meter durch den brennenden Grasgürtel und weiter unten durch den brennenden Wald.

Nach langen Beratungen beschlossen die Männer, den Abstieg zu wagen, und am nächsten Morgen brachen sie auf. Es waren vier Leute aus Sonogno, zwei von Frasco, Giorgio und Anita, vierzehn Kühe, sieben Kälber, zweiundzwanzig Ziegen und ein paar kleine Zicklein.

Das Feuer hatte sich schon bis an die dritte Alp heraufgefressen, und als sie an den ersten Felshang kamen, sahen sie, dass nur noch ein paar Meter fehlten, bis die Flammen auch die letzte Weide erreichten.

Die Kühe, die das Feuer jetzt nicht nur rochen, sondern auch seine Hitze spürten, brüllten und wollten nicht weiter. Roberto schlug mit einem schweren Stecken auf die erste. Sie bäumte sich, brüllte, blieb aber dennoch stehen.

»Schieb sie doch einfach den Hang hinunter!«, schrie der kleine Beppo.

Zwei andere Männer warfen sich mit gegen das Tier. Die Kuh fiel in die Knie, rutschte dann tatsächlich den Hang hinab, kam auch gut unten an, sprang aber sofort wieder auf – sie stand ja mit den Füßen im glimmenden Gras –, brüllte lauter und wollte den Hang wieder hinauf. Da sie aber immer abrutschte, machte sie plötzlich kehrt und rannte, den Schweif gerade erhoben, in den Rauch und in das Feuer hinein.

»Ist sie durch?«, fragte Beppo, legte die Hand vor die Augen und versuchte durch den Rauch zu sehen.

»Sicher«, meinte Roberto, und sie schoben die zweite Kuh über den Hang.

Die nächsten waren tapferer und sprangen zum Teil selber in das

Feuer hinein. Auch Kälber stürzten sich bald, ohne sich zu besinnen, den Kühen nach. Nur eine alte Kuh, deren Kalb knapp drei Wochen alt war, wollte sich nicht hinunterschieben lassen. Da band sich der kleine Beppo einen Lappen vor den Mund, den er vorher nass gemacht hatte, packte das Kalb und ging mit ihm in das Feuer hinein.

Er sprang mit großen Sätzen über die ersten Flammen.

»Es ist gar nicht so schlimm!«, schrie er zurück. »Es sind nur die ersten Meter. Hier, wo ich stehe, ist alles Asche.«

»Hü!«, schrie Giorgios Vater und schlug die Kuh noch einmal. Nun sprang auch sie hinab.

Jetzt waren nur noch die Ziegen da.

Die kleinen trugen die Männer durch den Rauch und die Flammen. Die großen waren störrischer, vor allen Dingen, weil man den Bock nicht dazu brachte, den Hang hinunterzugehen.

»Da müssen wir den Stinker eben auch tragen«, sagte ein dicker Mann aus Frasco. Er band ihm die Vorderbeine zusammen und Giorgios Vater die Hinterbeine. So schleiften sie ihn den Hang hinunter durch das Feuer hindurch. Die anderen Ziegen folgten dem Bock ohne weiteres, und nun sprangen auch Giorgio und Anita durch den Rauch.

Das Feuer war hinter der Halde tatsächlich schon erloschen. Nur wo kleine Laubberge waren, Gesträuch oder ein einzelner Baum, brannte es noch. Aber wo diese Brände zu nahe an den Pfad kamen, konnte man sie leicht ausschlagen oder umgehen.

Auf der ersten Alp stießen die Männer wieder auf die Kühe. So weit waren die aufgestörten Tiere im ersten Schreck gerannt. Jetzt standen sie vor den brennenden Bäumen und wollten zum zweiten Mal nicht weitergehen. Ja, sie kamen den Männern wieder brüllend entgegen.

Manche Bäume brannten bis in die Spitzen. Andere waren schon ausgebrannt oder umgestürzt und lagen über dem schmalen Steg. Es war außerdem hier unten noch viel heißer als oben. Die Luft war erfüllt von dem Feuer, auch der Rauch war schwärzer und dichter, und alle mussten husten.

Beppo und Roberto gingen an den Kühen vorbei. Sie wollten sehen, wo man das Vieh am besten durch die Bäume treiben konnte.

Nach ein paar Minuten kamen sie zurück.

Roberto rieb sich den Ruß aus dem Gesicht. »Es ist ganz gleich, wo wir durchgehen. Es ist überall gefährlich.«

Sie machten es diesmal mit der ersten Kuh so wie mit dem Bock. Sie banden ihr Stricke um die Vorderbeine, zwei Männer zogen und ein dritter schlug sie von hinten mit dem Stecken. Es war eine mühsame Arbeit. Die Kuh stemmte sich immer wieder mit allen Kräften in den abschüssigen Boden; aber langsam kamen sie weiter, und die erste Kuh war glücklich durch den Wald hindurch.

Im Dorf waren inzwischen die Frauen, der Grottowirt, der alte Baretta und noch ein paar Männer zusammengelaufen. Sie sahen und hörten, dass die Männer mit dem Vieh durch den brennenden Wald wollten, und stellten sich am Ende des Waldes auf, um die Tiere in Empfang zu nehmen.

Mit der zweiten Kuh ging es noch schlechter. Auch das erste Kalb brachten sie kaum vorwärts. Da schlug ein brennender Ast von einem der Bäume hinter den Kühen nieder, und als hätte sie diese brennende Fackel getroffen, rannten die Kühe auf einmal alle von selber los.

Die Männer machten verdutzte und erschrockene Gesichter. »Wenn das nur gutgeht«, sagte Giorgios Vater.

»Da fällt schon eine!«, schrie einer der Männer.

»Dort noch eine!«

Auch ein Kalb stürzte über die Kühe. Während aber die eine Kuh und das Kalb wieder aufsprangen und wie gehetzt weiterrannten, blieb die erste Kuh liegen.

Die Männer gingen vorsichtig näher; denn es konnte ja jeden Augenblick wieder ein brennender Ast herabstürzen.

»Es ist deine Bianca«, sagte Beppo zu Giorgios Vater.

»Ich habe es mir schon gedacht«, antwortete Roberto, halb trotzig, halb verzweifelt. »Es war ja auch damals mit den Ziegen so. Wenn es einen trifft, dann bin ich es.«

»Nun«, tröstete ihn ein anderer, »es ist besser, es hat deine Kuh getroffen als dich selber.«

»Außerdem hast du noch das Fleisch«, sagte ein Dritter.

Ein Vierter versuchte zu spotten. »Bis heute Abend ist es sogar schon gebraten.«

Jetzt mussten nur noch die Ziegen durch den Wald gebracht werden. Die Leute aus dem Dorf kamen den Männern zu Hilfe, und es ging schneller als bei den Kühen.

»Komm«, sagte Giorgio zu Anita. »Nun müssen wir auch gehen. Wir sind die Letzten.«

»Ich fürchte mich.« Anita hatte große, ängstliche Augen und zitterte.

»Soll ich dich tragen?«

»Nein, wenn du dann fällst, ist es noch schlimmer.«

Giorgio fasste nach ihrer Hand. »Mach die Augen zu. Ich führe dich.«

»Ach ja.« Anita gab sie ihm und lehnte sich an ihn.

Es war wirklich schaurig. Die hohen Bäume glühten bis in die Spitzen, und die kleinen Flammen tanzten von einem Ast zum anderen.

»Wie tausend Eichhörnchen mit ihren roten Haarbüscheln«, sagte Anita.

»Ich denke, du hast die Augen zu«, erwiderte Giorgio.

»Dann hab ich noch mehr Angst. Sieh nur«, sie zeigte in die Schlucht, »sogar unsere Tannen brennen.«

In der Schlucht standen ein paar hohe Tannen, die Giorgio und Anita besonders liebten. Die Flammen mussten sie gerade erst erfasst haben; denn sie sahen aus wie große, mit Feuer übergossene Weihnachtsbäume. Sie spürten auch die Hitze.

»Schneller!«, rief Anita ängstlich. »Ich brenne schon!«

»Schneller!«, schrien auch die Männer und zeigten entsetzt auf einen Baum, der ein paar Meter vor ihnen stand. Es war zu spät. Die große, fast ausgebrannte Kastanie schlug prasselnd einige Schritte vor den Kindern nieder.

Sie waren einen Augenblick vollständig vom Rauch, den glühenden Holzstücken und der Asche eingehüllt. Anita schrie; aber Giorgio blieb ruhig.

»Komm«, rief er, »wir springen um den Baum herum.«

»Wenn ich nur noch könnte«, schluchzte Anita.

»Was hast du denn?«

»Ich weiß nicht. Mein Fuß brennt, als stünde er im Feuer. Ich glaube, ich bin auf ein Stück glühendes Holz getreten.«

Nun nahm sie Giorgio doch auf den Arm. Sie war so leicht wie eine Feder, und er ließ sie erst wieder los, als sie in die Arme ihres Vaters gleiten konnte.

»Madonna«, stöhnte der kleine Beppo; sein spitzes Ziegengesicht zitterte und war über und über rot. »Da habt ihr ja Glück gehabt.«

Auch Giorgios Vater war erschrocken. »Wir dachten, der Baum hätte euch erschlagen.«

»Ich habe nicht einmal Angst gehabt«, prahlte Giorgio stolz und sah sich schon wieder nach den kleinen Ziegen um.

Am Abend versuchten die Männer, an die tote Kuh heranzukommen, um wenigstens das Fell und das Fleisch zu retten; aber es war unmöglich. Zwei weitere Bäume waren umgestürzt, und die Kuh lag darunter.

»Dio mio«, stöhnte der Vater verzweifelt. »Wir sind dieses Jahr vom Unglück verfolgt. Ich möchte nur wissen, was jetzt noch kommt.«

»Beten wir lieber, dass nichts mehr kommt«, murmelte die Nonna.

»Das wollen wir«, sagte die Mutter, und doch sollte gerade sie das nächste und schwerste Unglück treffen.

Das Feuer war langsam erloschen, weil es keine Nahrung mehr fand. Die Berge und Felsen lagen schwarz und wie verkohlt über dem Dorf, und es regnete noch immer nicht.

Die Bauern streiften das Laub in der Schlucht von den Bäumen und brachten es den Kühen und Ziegen, weil es nichts anderes für die Tiere mehr gab. Auch die Mutter hatte ihren Korb genommen und war in die Schlucht gegangen.

Es war mühsam, zu einem Korb Laub zu kommen; denn am Wege hatten die Leute schon alles Laub von den Zweigen abgerissen. Die Mutter musste von Fels zu Fels springen, um einen Baum zu finden, der noch genügend Blätter hatte.

Endlich war ihr Korb voll, und sie kletterte wieder zurück. Kurz bevor sie auf den Weg kam, rutschte sie aus. Nicht schwer, sie stemmte sich gleich wieder in die Höhe; aber da spürte sie, dass sie den Fuß nicht mehr aufsetzen konnte. Sie hatte ihn unmittelbar über dem Knöchel gebrochen.

Trotzdem versuchte sie noch heimzukommen; aber die Schmerzen und Stiche im Fuß wurden immer ärger. Sie rief um Hilfe. Leider ging den ganzen Tag niemand durch die Schlucht, und erst am Abend fanden sie zwei Burschen. Die Mutter war ohnmächtig geworden und lag blass und leblos neben ihrem Korb.

Die Burschen legten ihre Hände zusammen und trugen die Mutter heim. Der Vater war noch im Weinberg. Die Nonna und Giorgio betteten die Ohnmächtige auf ein paar Lumpen in der Küche, dann holte Giorgio Wasser. Sie spritzten es über das blasse Gesicht, und langsam kam die Mutter wieder zu sich.

Jetzt sahen sie erst, dass sie den Fuß gebrochen hatte. Die Nonna untersuchte ihn. Er war dick geschwollen, und die Mutter schrie bei jeder Bewegung auf.

Giorgio holte die alte Baretta, die bei allen Krankheiten um Rat gefragt wurde. Die Alte besah sich den Fuß. Sie schüttelte den Kopf. »Hier muss ein Arzt her«, meinte sie. »Ich kann nichts machen.«

Endlich kam auch der Vater. Er war vom Weinberg noch einen Sprung ins Grotto gegangen, und dort erzählten ihm die Burschen, die die Mutter gebracht hatten, was passiert war.

Als er die Mutter liegen sah, strich er sich nur seinen schwarzen Bart und sagte: »Das ist ja eine schlimme Geschichte.«

Die Mutter nickte traurig. Sie versuchte tapfer, ihre Schmerzen zu unterdrücken.

Die Nonna murmelte leise: »Die alte Baretta hat gesagt: Es muss ein Arzt her.«

»Ein Arzt!«, schrie der Vater und hob seine Arme. »Ein Arzt! Wer soll das bezahlen?«

Auch die Mutter winkte ab. »Es wird schon so gehen.«

Der Vater und die Nonna legten zwei Stöcke an das Bein und banden alles fest zusammen. Den nächsten Tag war es auch besser; aber am übernächsten wurde das Bein noch dicker, beinahe unförmig, schwoll blau an, und die Schmerzen wurden so schlimm, dass die Mutter, die man jetzt wieder in ihre Kammer getragen hatte, Tag und Nacht wimmerte.

Am vierten Tag sagte die Nonna: »Ich glaube, Roberto, du musst doch nach einem Arzt schicken.«

»Ich weiß schon«, stöhnte der Vater, »aber er kommt nicht, wenn ich ihm nicht Bargeld auf den Tisch lege, und wo soll ich das hernehmen?«

»Borgt dir der Wirt nichts?«

»Ich habe ihn schon gefragt. Keinen Rappen. Wir stehen ja sowieso vom Winter her mit fünf Franken bei ihm auf der Tafel. Ich soll erst das bezahlen, ehe er mir neues Geld borgt.«

»So verkauf doch die zweite Ziege.«

»Ich habe schon herumgefragt. Keiner will sie haben. Es kann ja niemand seine eigenen Tiere ernähren.«

»Was sollen wir da machen?« Die Nonna hob ihren schmalen Kopf und sah den Vater an.

»Ich weiß es auch nicht«, stöhnte der Vater und begrub das Gesicht in den Händen.

Da stand der Grottowirt in der Küche.

»Roberto«, sagte er, »der Mann mit der Narbe ist wieder im Ort.«

»Was will er denn?«, fragte Roberto.

»Er will wissen, ob du ihm jetzt deinen Giorgio mitgibst?«

»Er soll sich zum Teufel scheren!«, schrie der Vater.

»Ich will's ihm sagen«, lächelte der Wirt und ging wieder.

Es blieb eine Weile still in der Küche. Die Nonna, die gesponnen hatte, ließ den Faden durch die dünnen Finger gleiten, Giorgio, der einen unfertigen Löffel in der Hand hielt, nahm erneut sein Schnitzmesser. Von oben aus der Kammer hörte man ab und zu das Jammern der Kranken.

»Ich würde doch gehen«, sagte plötzlich die Nonna und ließ den Faden wieder fallen.

»Ich gehe nicht«, knurrte der Vater.

»Du brauchst das Geld«, mahnte die Nonna lauter. »Hör, wie die Kranke stöhnt.«

»Ich geh nicht.« Der Vater stampfte auf.

»Dann gehe ich«, sagte die Nonna. Sie schob ihren Spinnrocken zurück und stand auf.

»Bleib! Ich gehe schon.« Der Vater riss seinen Hut von der Wand, sah sich noch einmal verzweifelt in der Küche um, als könnte er in irgendeiner der Ecken eine andere Hilfe finden, dann ging er.

Der Mann mit der Narbe saß wie vor einem Jahr an einem der großen Steintische des Grotto, hatte einen Liter Wein vor sich und trank.

»Die Zeit ist um, Roberto«, nickte er. »Ich habe Euch versprochen, in einem Jahr zurückzukommen. Da bin ich. Gebt Ihr mir diesmal Euern Buben?«

»Ich?«

Roberto wollte sich schon wieder umdrehen.

»Nehmt nur wenigstens Platz.« Der Grottowirt schob ihm einen Stuhl zu.

»Ihr habt in diesem Jahr viel Unglück gehabt«, begann der Narbige aufs Neue.

Roberto nickte. »Ihr habt mir's ja auch gewünscht.« Er starrte dem Mann böse ins Gesicht.

»Eure Frau ist außerdem gefallen?«

»Ja«, mischte sich der Wirt ein, »sie hat den Fuß gebrochen, und Roberto braucht Geld für den Arzt.«

Der Mann mit der Narbe trank. »Diesmal biete ich Euch aber

nicht wieder dreißig Franken für Euern Buben, sondern nur zwanzig.«

»Zwanzig!« Roberto sprang auf.

Der Mann strich sich den Wein aus dem Bart. »Ja, voriges Jahr brauchte ich Euch. Dieses Jahr braucht Ihr mich. Die zehn Franken weniger sind der Lohn dafür, weil ich so geduldig gewartet habe.«

»Ein Halsabschneider seid Ihr also auch.« Roberto rückte dem Mann mit der Narbe näher.

Der Mann hatte aber keine Angst. Er blitzte Roberto nur spöttisch aus seinen schwarzen Augen an. »Merkt Euch das«, erwiderte er, »für jedes weitere Schimpfwort ziehe ich Euch nochmals fünf Franken ab.«

Giorgios Vater hob schon die Faust.

»Roberto«, warnte ihn der Wirt, »denk an deine Frau.«

»Gut«, sagte Roberto, »Ihr sollt ihn haben. Wann muss er gehen?«

»Er muss übermorgen in Locarno sein. Er soll sich bei einem gewissen Ruffino im Grotto ›Pan perdu‹ am Wasser melden. Es kommen da noch mehrere Knaben zusammen, und wir fahren mit einer Barke direkt bis Mailand.«

»Übermorgen schon?«, fragte Roberto nur.

»Ja, und merkt Euch's«, der Mann mit der Narbe nahm einen neuen Schluck, »das Geld zahle ich nicht Euch, sondern dem Wirt, und er zahlt es Euch erst aus, wenn er Nachricht hat, dass Euer Sohn in Locarno eingetroffen ist.«

»Die Frau soll indessen weiterschreien?« Roberto wurde wieder heftig.

»Hat sie es vier Tage ausgehalten, so wird sie es auch noch zwei weitere Tage aushalten. Euer Sohn kann in Locarno dem Arzt auch gleich Bescheid sagen. Dann trifft er zusammen mit meiner Botschaft ein, und Ihr habt Euer Geld, wenn er da ist. Außerdem spart Ihr einen besonderen Boten nach Locarno.« Roberto stöhnte nur; aber was sollte er machen? »Meinetwegen«, knurrte er.

Der Wirt brachte Papier und einen Gänsekiel, legte beides auf den Tisch, und einen Augenblick später unterschrieb Roberto mit drei Kreuzen, dass er seinen Sohn Giorgio für zwanzig Franken für ein halbes Jahr an den Antonio Luini nach Mailand verkauft habe.

»Trinkt Ihr noch ein Glas mit mir?«, fragte der Mann mit der Narbe, nachdem auch der Wirt den Vertrag unterschrieben hatte.

»Nein«, erwiderte Roberto. »Mit Euch nicht. Aber«, er wandte sich an den Wirt, »schreib mir einen Quinto auf, Emilio.«

Giorgio und die Nonna waren noch auf, als der Vater nach einer Stunde zurückkam.

»Hast du das Geld?«, fragte die Nonna.

»Ich bekomme es erst, wenn Giorgio in Locarno ist.«

»Und der Doktor?«

»Giorgio kann ihm gleich bestellen, dass wir ihn brauchen, wenn er übermorgen nach Locarno geht.«

»Schon übermorgen«, dachte Giorgio, der noch immer an seinem Holz schnitzte. Er dachte sonst nichts weiter. Er hatte es ja schon vor einem Jahr, als er den Mann mit der Narbe zum ersten Mal sah, geahnt, dass sein Leben unwiderruflich mit diesem Menschen verbunden war, und eigentlich wartete er die ganze Zeit auf die Stunde, da sich diese Ahnung erfüllte. Er sagte deswegen auch nichts; er stand nur still auf und ging in seine Kammer.

Die Mutter stöhnte noch immer. Er hörte es ganz deutlich, als er an ihrer Stube vorbeiging. Sie schrie sogar manchmal laut auf. Die arme Mutter. Giorgio versuchte, recht leise zu sein.

In seiner Kammer hüllte er sich gleich in seine Decke, um das Stöhnen nicht weiter zu hören. Es würde ja auch bald vorbei sein, tröstete er sich. In zwei Tagen kam der Arzt, der Vater hatte dann Geld, und der Doktor würde das Bein schon wieder in Ordnung bringen.

»Schläfst du?«, fragte ein paar Minuten später die Nonna, die schlurfend in die Kammer getreten war.

Giorgio hatte sich bereits damit abgefunden, dass er in zwei Tagen nach Mailand musste, und nachdem er den Kopf unter die Decke gesteckt hatte, war er eingeschlafen.

4 Ein schwerer Abschied

Am nächsten Morgen hatte Giorgio schon fast vergessen, dass er sich einmal gefürchtet hatte, durch den Mann mit der Narbe nach Mailand verkauft zu werden. Er war jetzt beinahe stolz darauf, in die Welt hinauszumüssen, und dass er es für seine Mutter tat, erhöhte noch seinen Stolz.

Er ging, wie immer am Morgen, zuerst zum Läuten. Auf dem Rückweg sprang er bei Anita vorbei und pfiff.

Anita war noch ganz verschlafen.

»Was willst du denn schon?«, fragte sie.

»Ich gehe morgen nach Mailand!«

»Nach Mailand?« Anita riss ihre verschlafenen Augen auf. »So plötzlich?«

Giorgio nickte. »Morgen Abend muss ich schon in Locarno sein. Von da aus geht es mit einem Schiff weiter.«

Anita verzog auf einmal den Mund.

»Weine nur nicht«, tröstete sie Giorgio. »Ich schenke dir auch alle meine Tiere.«

»Auch den Kauz?« Anitas Tränen verschwanden.

»Auch den Kauz«, bestätigte Giorgio, »und dann zeige ich dir heute noch, wo es die besten Erdbeeren gibt. Wo ich meine Leimruten auslege. Wo die größten Himbeeren stehen. Und wenn du Mut hast, zeige ich dir auch den Schlangenstein.«

»Wollen wir gleich gehen?«, fragte Anita eifrig.

»Ich muss erst den Ziegen Futter geben; aber Punkt acht bin ich fertig.«

»Ich auch. Wo treffen wir uns?«

»In der Schlucht unten am Wasserfall.«

»Gut.« Anita nickte.

Sie war auch pünktlich, hatte ein Kopftuch umgebunden und den Sonntagsrock angezogen.

»Du bist ja so feierlich.« Giorgio betrachtete sie erstaunt.

»Nun, wenn du so weit gehst, muss ich mich doch festlich machen.« Sie trat ganz dicht neben ihn. »Wann kommst du übrigens wieder?«

»In einem halben Jahr.«

»Ist das sehr lange?«

Giorgio schob den Kopf hin und her. »Vielleicht«, antwortete er. »Aber komm jetzt.«

Er führte sie an dem ausgehobenen Dachsbau vorbei, und sie kletterten zusammen in die Erdbeermulde. Er musste sie stützen.

Es war steil und abschüssig. In der Schlucht war es noch dunkel und feucht; denn die Sonne war kaum über die Berge gekommen. Sie schien überhaupt nur ein paar Stunden in den Grund der Schlucht.

Die Mulde stand voll breiter Farne. Sie waren dick und schwer wie Palmenwedel und reichten Anita bis an die Schultern. Sie fürchtete sich.

»Komm nur.« Er bog die Farne auseinander. »Da sind auch schon die Erdbeeren.«

Sie pflückten sich ein paar Hände voll, setzten sich auf einen Stein und aßen die Beeren. »Hier wachsen die besten im ganzen Tal«, sagte Giorgio.

Anita wischte sich den Mund ab. Sie sprang auf. »Wo gehen wir jetzt hin?«

»Zu den Brombeeren und den Himbeeren.«

Er ging wieder voraus. Sie mussten die Verzasca entlang. Der Bach hatte kaum noch Wasser. Da, wo sonst die Fluten in großen Kaskaden über die Felsen sprangen, tröpfelten nur noch kleine Rinnsale die Steine herab.

Die große Trockenheit hatte auch die tiefen Wasserlöcher bis zur Hälfte aufgesogen, und sie konnten bequem hindurch- oder um sie herumgehen.

Ein paar umgestürzte Bäume versperrten ihren Weg. Giorgio half Anita hinüber. Nun kletterten sie durch eine höhlenartige Vertiefung und kamen in einer neuen Schlucht heraus.

»Da«, Giorgio zeigte vor sich hin, »da gibt es die besten Himbeeren, die in Sonogno wachsen.«

Anita klatschte in die Hände. Tatsächlich, der rechte Hang war voll von großen Himbeersträuchern, die bis hinauf in die Spitzen beinahe unter den roten Früchten zusammenbrachen.

»Wie hast du das alles nur gefunden?«, fragte Anita, die schon mit vollen Backen kaute.

Giorgio lachte: »Wenn ich Holz oder Pilze suchte. Aber komm, jetzt zeige ich dir, wo meine Leimruten liegen und wo ich die meisten Vögel fange.«

Sie krochen den Weg wieder zurück, überquerten das Wasser und kamen gleich darauf in das Wäldchen, wo Giorgio ungefähr vor einem Jahr den Finken für Anita gefangen hatte.

»Pst«, machte er und legte seinen Finger auf den Mund. »Ich glaube, es hat sich wieder ein Fink gefangen.«

Sie schlichen leise näher. Es waren sogar zwei Vögel, die auf dem kleinen Platz hin und her hüpften. Sie flogen aber unerwartet in die Höhe.

»Ja«, rief Anita, »die fliegen ja fort.«

Giorgio war auch erstaunt und sah den Vögeln nach, die sich ein paar Schritte weiter auf eine kleine Buche gesetzt hatten und wohl warten wollten, bis die Kinder wieder verschwunden waren. »Das sind Bergfinken«, sagte er. »Das sind die schlauesten. Sie wissen wahrscheinlich, dass Leim auf den Ruten ist, und springen darum herum.«

Giorgio zeigte Anita nun alles. Die Ruten, die quer übereinanderlagen, und die Hirsekörner, die er zwischen die Ruten gestreut hatte. »Wenn die Vögel die Körner sehen, fliegen sie gewöhnlich erst auf die Äste, und dann sitzen sie fest. Ich fange in mancher Woche ein bis zwei Stück.«

»Was machst du damit?«

»Die bekommt der Grottowirt. Er zahlt für einen Finken zwanzig Rappen. Für eine Meise zehn und für eine Nachtigall fünfzig. Aber eine Nachtigall habe ich noch nie gefangen.«

»Und woher bekommst du den Leim?«

»Den gibt er mir. Er muss immer frisch sein, sonst klebt er nicht, und die Vögel bleiben nicht hängen.«

»Ja, aber wer besorgt deine Leimruten nun?«, fragte Anita weiter.

»Du, dafür habe ich sie dir doch gezeigt.«

»Ich? Nein, ich gehe nicht allein in die Schlucht. Da habe ich viel zu viel Angst.«

»Angst!« Giorgio zeigte alle seine Zähne. »Vor was denn?«

»Es soll Molche hier unten geben und Frösche, und es soll auch spuken. Weißt du, die Leute sagen, es ginge eine Frau in der Schlucht um, die einmal in der Verzasca ertrunken sei. Nein, allein gehe ich nicht hier hinunter.«

»Dann schenke ich dir auch meinen Kauz nicht.«

Die kleine Anita blieb fest. »Vielleicht, wenn ich größer bin. Aber jetzt noch nicht.«

»Was soll dann aus meinen Leimruten werden?« Giorgio dachte einen Augenblick nach. »Nun«, sagte er, »ich werde sie dem Carlo zeigen. Der soll sie besorgen, bis ich wiederkomme. Denn es sind die besten Plätze in der Schlucht, und wenn niemand auf sie aufpasst, gewöhnen sich die Vögel an andere Plätze und kommen nie wieder.«

Giorgio legte die Leimruten noch enger und streute neue Körner; dann gingen sie weiter.

»Wo führst du mich hin?«

»An den Ort, wo die Feuermolche sind.«

»Puh«, machte Anita, »zu den Molchen mit den gelben Punkten?«

Giorgio nickte und lief schneller.

Sie mussten wieder durch einen dichten Farnwald. Die Schlucht verengte sich dahinter, und das Wasser hatte tiefe Rillen in den Felsen gewaschen.

»So«, bemerkte Giorgio, »da sind sie.«

Anita setzte sich auf eine Moosbank, und Giorgio spähte vorsichtig in die dunklen, mit Flechten überwachsenen Rillen hinein.

»Da ist schon einer. Siehst du ihn?« Giorgio zeigte auf einen großen Feuersalamander, der langsam aus der Höhlung heraus hinunter nach dem Wasser kroch.

Anita schauerte. »Ja, ich seh ihn; aber pfui, sieht der dick und hässlich aus.«

»Hässlich? Er ist doch schön.« Giorgio kroch ihm nach und packte ihn.

»Oh«, schrie Anita, »fass ihn nicht an. Sie sind giftig.«

Der Knabe schüttelte den Kopf. »Nein. Sie sind nicht giftig. Sieh, sie haben ganz kleine Augen und sind so sanft und zutraulich. Sie haben bestimmt noch keinem Menschen etwas getan.«

Aber Anita blieb furchtsam. »Meine Nonna hat einmal gesagt, die Feuersalamander sind früher ganz groß gewesen, so groß wie ein Haus, und sie haben die Menschen angefallen und gefressen, und erst als der heilige Georg den größten von ihnen besiegte, haben sie ihm versprochen, nur noch als Molche weiterzuleben. Aber, hat meine Nonna erzählt, er hat vergessen, dass sie auch giftig sind, und nun sind sie zwar klein geworden, aber ihr Gift haben sie behalten.«

Giorgio wollte wieder lachen; aber Anita hatte alles so ernst gesagt, dass er das Tier doch lieber zurück ins Wasser warf. Es klatschte schon hinein.

»Da sind noch mehr«, rief Anita und wies in eine der vielen Rillen. Wirklich, da krochen noch zwei mit ihren großen, goldenen Punkten langsam zur Verzasca hinunter.

»Und da und da und da!« Anita sprang auf. »Komm«, sagte sie, »da ist ja alles voller Molche! Jetzt habe ich wirklich Angst.« Und sie lief davon.

Sie kletterten eine steile Felswand hinauf. Hinter der Wand war früher ein langes, tiefes Wasserbett gewesen. Jetzt war es aber so weit ausgetrocknet, dass aus dem langen, tiefen Bett drei voneinander abgeschiedene Wasserlöcher geworden waren.

»Hier fängt der alte Baretta seine Forellen.« Giorgio zeigte in die erste Lache. »Siehst du, da stehen zwei.«

Es waren kräftige, ungefähr dreißig Zentimeter lange Tiere. Die Kinder konnten sie genau sehen. Die schlanken Körper, die roten Punkte und die kleinen Flossen, die sie hie und da wie Flügel bewegten. Anita nahm einen Stein und warf ihn ins Wasser. Das Wasser kräuselte sich, und sie verschwanden.

»Wo sind sie hin?«

»Sie haben ihre Löcher, oder sie gehen unter Steine und Baumwurzeln. Soll ich dir eine fangen?«

»Nein, lass nur. Wir können sie ja doch nicht mitnehmen, und ich habe sie im Wasser viel lieber.«

Eine der Forellen sprang auf einmal in die Höhe und schnellte von einem Tümpel in den anderen.

»Hast du das gesehen«, jauchzte Anita, »sie können springen!« Giorgio nickte. »Sie springen noch viel weiter. Sonst kämen sie ja gar nicht das Tal hinauf und hinunter.«

Plötzlich hörten sie einen Specht. Er pochte laut und unaufhörlich gegen einen Baum.

»Das ist sicher der Vater von meinem«, sagte Giorgio.

»Der Vater?«, fragte Anita.

»Der Vater oder die Mutter. Komm, ich zeige dir ihr Nest.«

Sie krochen die Schlucht weiter hinauf und kamen an ein paar alte Kastanien; die eine lag quer über der Schlucht, ihre Wurzeln standen zum Teil in der Luft; aber sie hatte noch Blätter und Früchte, und die kamen jedes Jahr wieder.

Giorgio stieg auf die Kastanie. »Komm.« Er reichte Anita die Hand.

Das Mädchen hatte zuerst keinen Mut; endlich kam es.

»Das ist das Loch.« Giorgio zeigte auf eine große Öffnung in der Kastanie. »Dahinein legen sie jedes Jahr drei oder vier Eier, und nach sechs Wochen kriechen die Jungen aus, und ich hole sie mir.«

»Alle?«

Giorgio schüttelte den Kopf. »Immer nur eins oder zwei. Deswegen kommen sie auch jedes Jahr wieder. Wenn ich sie alle nehmen würde, würden sie sich sicher ein neues Loch suchen.«

»Sind jetzt noch Junge darin?«

»Nein. Sie sind schon lange ausgeflogen, und vielleicht ist der Specht, der da klopft, gar keiner von den Alten, sondern ein junger.«

Sie kletterten langsam von dem großen Baum herunter. »Wenn du Mut hast«, meinte Giorgio, »gehen wir jetzt noch zu dem Schlangenstein.« Anita schüttelte den Kopf. »Nein, vor den Schlangen habe ich noch mehr Angst als vor den Molchen.«

»Wir müssen ja nicht direkt hingehen«, beruhigte sie Giorgio. »Ich führe dich nur zu einer Stelle, wo du hinuntersehen kannst.«

Anita hatte zuerst auch dazu keinen Mut.

»Komm nur«, lockte Giorgio. »Du musst dich wirklich nicht fürchten.« Er schritt schon voran.

Sie schlugen sich durch ein dichtes Brombeergebüsch, stiegen einen alten Steinbruch hinauf, und oben blieb Giorgio stehen. »So«, sagte er, »ich glaube, von hier aus kannst du sie sehen.« Ein paar Meter unter ihnen war eine große, sonnige Steinfläche. In der Mitte war ein kleines Becken, in dem ein Rest grünlichen Wassers war, und rechts und links wurde die Fläche von hohen Brennnesselstauden und Brombeergesträuch eingesäumt. Giorgio zeigte hinunter. »Da unten liegen die Schlangen immer und sonnen sich.«

Es war aber keine da; stattdessen sahen die Kinder eine kleine Bachstelze, die an den Rand des Beckens flog, ihren Kopf hineinsteckte und trank.

Da packte Giorgio Anita am Arm. »Es kommt eine!« Anita sah sie schon selber. Es war eine große Ringelnatter, die zuerst ihren Kopf und später ihren Leib aus den Brennnesseln schob. Nun bewegte sie sich eilig auf das Becken zu.

»Ich glaube, sie hat es auf den Vogel abgesehen.« Giorgio sah gespannt auf die vorwärtsschießende Schlange hinunter. Der Vogel trank ruhig weiter. Er wippte dazwischen hin und her. Er hatte die Schlange noch nicht gesehen.

Auf einmal gewahrte er sie. Die Schlange war kaum noch einen

Meter von ihm entfernt. Sie hob ihren spitzen Kopf und züngelte den Vogel an.

»Flieg doch!«, schrie Anita dem Vogel zu.

Die Bachstelze versuchte es. Sie flatterte mit den Flügeln, wollte sich vom Boden erheben, hüpfte auch ein paarmal kläglich in die Höhe und piepste ängstlich.

»Ich glaube, sie kann nicht mehr fliegen«, sagte Giorgio.

»Aber warum denn nicht?« Anita war ganz verzweifelt und ballte die Hände.

»Die Schlange hat sie wahrscheinlich verzaubert.«

Inzwischen schob die Schlange ihren Kopf näher und näher an den kleinen Vogel heran. Jetzt war er nur noch einen halben Meter von ihr entfernt. Der Vogel schrie immer noch, aber sein Hüpfen und Flattern ließ nach.

»So hilf ihm doch!« Anita stieß Giorgio in die Seite.

»Wie soll ich ihm denn helfen? Von hier aus kann ich nicht hinunter, und bis ich um den Steinbruch herumgelaufen bin, hat sie den Vogel bestimmt schon gefangen.«

»O du«, jammerte sie und sah sich verzweifelt nach einer anderen Hilfe um. Da sah sie einen Stein. Sie bückte sich, hob ihn auf und warf ihn auf die Schlange.

Die Schlange hatte sich gerade aufgerichtet; sie ringelte sich wie ein Rad in die Höhe, um sich von oben auf den Vogel herabzustürzen; da klatschte der Stein hinter ihr ins Wasser. Sie zuckte zusammen. Diesen Augenblick benutzte der Vogel, um noch einmal zu fliegen, und siehe da, er war aus dem Bannkreis der Schlange hinaus. Die Flügel gehorchten ihm, und er flatterte mit ein paar hellen Jubeltönen davon.

»Ich habe ihn gerettet!«, rief Anita fröhlich. »Ich habe ihn gerettet!«, und sie schrie ihm nach: »Flieg weiter, kleiner Vogel! Flieg weiter und lass dich nie wieder am Schlangenstein sehen!«

Die Schlange, die sich beruhigt hatte, war recht erstaunt, dass der Vogel inzwischen verschwunden war. Sie ging nun selber in das Becken, ringelte sich ein paarmal darin; dann blieb sie, den Kopf auf dem Stein, den Körper im Wasser, still in der grünlichen Lache liegen.

»Da kommt noch eine zweite«, sagte Giorgio. Es war eine kleine Blindschleiche, die langsam auf das Becken zukroch. Aber Anita wollte sie nicht mehr sehen. Sie stampfte auf: »Nein, ich habe genug von den Schlangen, nun will ich wieder heim.«

Giorgio wollte ihr noch die Stelle zeigen, wo man in einen Fuchsbau sehen konnte. »Es ist gar nicht weit. Es sind fünf Junge da, und ich habe sie erst gestern gesehen. Sie sitzen meistens vor der Höhle, quietschen und spielen und sehen aus wie kleine, runde, braune Wollknäuel.«

Anita blieb fest. »Ich will nichts mehr sehen. Ich will heim.« Da schlug es außerdem von der Turmuhr zwölf.

»Oh.« Anita hatte jeden Schlag gezählt. »Ich muss sogar rennen. Um zwölf Uhr kommt mein Vater heim, und ich habe noch nichts gekocht.«

»Sage ihm nur, dass ich morgen nach Locarno gehe und ein halbes Jahr in Mailand bleibe.«

Sie fassten sich bei den Händen und sprangen und kletterten die Hänge wieder hinauf. Am Eingang des Dorfes trennten sie sich. »Vergiss nicht«, erinnerte sie Giorgio noch, »gleich nach dem Essen wiederzukommen. Ich will dir noch meine Tiere geben.« Die Nonna hatte zu Ehren von Giorgios Abschied Bohnen mit Speck gekocht, was es sonst nur an den großen Feiertagen gab. Giorgio bekam auch das erste Mal in seinem Leben eine Schale Wein und ein Stück Ziegenkäse, etwas, was sonst nur der Vater bekam.

»Iss nur tüchtig«, mahnte die Nonna, »wer weiß, was sie dir in Mailand geben.«

»Was sollen sie ihm denn geben?«, brummte der Vater. »Weizen wird in der ganzen Welt gesät. Man wird wohl auch in Mailand Brot daraus backen.«

Die Nonna blinzelte ihn an: »Meistens bekommen die, die ihn auf dem Feld haben, wenig davon in den Magen.«

»Bist du etwa bei mir nicht satt geworden?«

Die Nonna lachte. »So satt, dass ich immer dürr wie eine Bohnenstange war.«

Das Gesicht des Vaters wurde noch brummiger; da lenkte die Nonna wieder ein. »Na, schweigen wir darüber«, sagte sie. »Wir wollen außerdem dem Buben den Weg nicht noch schwerer machen.«

»Wer tut es denn? Du oder ich?«

»Ich will nur, dass er es jetzt nicht so leicht nimmt und später vor Heimweh umkommt.«

Giorgio hatte dem ganzen Gespräch interessiert zugehört. »Habt keine Angst, Nonna«, sagte er. »Ich habe bestimmt kein Heimweh, und ich bin auch tapfer.«

Der Vater schenkte ihm noch eine Schale Wein ein, strich ihm über den Kopf und ging in den Weinberg. Auch die Nonna wandte sich wieder ihrer Arbeit zu. Sie brachte der Mutter das Essen in die Kammer. Giorgio trank die zweite Schale aus, die ihm schon besser als die erste schmeckte, und stieg hinauf zu seinen Tieren.

Die kleine Menagerie war noch in dem schmalen Felsspalt über dem Haus. Den Dachs hatte der Vater dem alten Baretta verkauft; er fraß zu viel, und man hatte ja kaum genug Futter für die Kühe und Ziegen. Die Kaninchen hatten Junge bekommen. Die Kaninchen wollte er den Zwillingen geben. Der Specht war in einem großen Käfig, den sich Giorgio mühsam aus Holzlatten gezimmert hatte. Er war schon recht ausgewachsen, schillerte in all seinen Farben und hämmerte den ganzen Tag an einem Holzklotz herum.

Der kleine Kauz war die erste Zeit sehr scheu gewesen. Jetzt kam er, wenn Giorgio ihn lockte, zutraulich auf seinen Finger; er setzte sich sogar auf seine Schultern und drückte sich an ihn.

Dann waren noch eine Wildtaube da und zwei Meisen. Die beiden Meisen waren genauso zutraulich wie der Kauz. Er hatte sie noch halb flügge aus einem Nest genommen, sie großgefüttert; dann wollte er sie nicht mehr dem Grottowirt geben und behielt sie selber.

Giorgio öffnete den kleinen Käfig. Sie kamen heraus und flogen um ihn herum, setzten sich auf seinen Kopf, zwitscherten um seine Ohren, und als er ihnen Hirse hinhielt, kamen sie auch auf seine Hand.

Da stand Anita unerwartet vor dem Gitter.

»Komm nur herein«, sagte er und öffnete den Riegel. Sie war schon oft in der kleinen Höhle gewesen und kannte auch alle Tiere.

»Dem Kauz«, erklärte Giorgio, »musst du hie und da eine Maus, etwas frisches Fleisch und große Käfer geben. Sieh, wie zutraulich er ist.« Er setzte sich das kluge, spitzohrige Tier auf die Achsel. Es blinzelte Anita an, während die Meisen jetzt ängstlich um die Köpfe der Kinder herumflatterten.

»Du musst ihn übrigens Beppo nennen. Auf Beppo hört er. Der Specht braucht nichts weiter als ein Stück trockenes Holz, aus dem er sich seine Würmer klopfen kann, und Wasser. Aber pass gut auf, wenn du seinen Käfig aufmachst, dass er dir nicht davonfliegt. Er ist schnell. Die Meisen solltest du mitnehmen. Es ist ein Pärchen, und im Frühjahr musst du ihnen Gras und kleine Zweige zustecken, dann bauen sie sich ein Nest und legen Eier.«

Anita sagte zu allem: »Ja«, oder: »Ich werde es tun«, und Giorgio

wurde es auf einmal wehmütig. Es war doch gar nicht so einfach, Abschied zu nehmen und alles, was man liebgewonnen hatte, wegzuschenken, obwohl er wusste, dass es die Tiere bei Anita sicher genauso gut hatten wie bei ihm. »Pflege sie aber wirklich gut«, sagte er noch.

Anita versprach es.

»Sieh«, sagte sie dann, »ich habe dir auch etwas mitgebracht.« Sie nestelte ein seidenes Bändchen von ihrem Hals. Vorn an dem Bändchen hing ein kleines, versilbertes Herz.

»Ich habe es von meiner Patin. Es ist der Madonna del Sasso geweiht. Es soll mich vor allen Krankheiten behüten. Aber ich gebe es dir. Du musst nur aufpassen, dass du es nie verlierst und immer bei dir hast.«

Sie hatte es abgebunden und hängte es Giorgio um. Der Knabe wusste gar nicht, wie er ihr danken sollte. »Gibst du es mir auch gern?«

Anita sah ihn an. »Dir gebe ich alles gern.«

»So«, erklärte sie nach einer Pause, in der sie sich verlegen angesehen hatten, »nun müssen wir noch Abschied nehmen.« Giorgio sah sie erstaunt an.

»Das macht man so«, fuhr sie fort, legte ihre Hände um Giorgios Hals und drückte ihn an sich.

»Woher weißt du das?«, fragte Giorgio, der noch verlegener wurde und sich eilig wieder von ihr losmachte.

»Von meiner Schwester; sie hat es so mit ihrem Schatz gemacht, als sie nach Brissago in Dienst musste.«

Giorgio schüttelte den Kopf. »Mir gefällt das trotzdem nicht.«

»Du Dummkopf«, erwiderte Anita grob, »dann hast du mich auch nicht lieb.«

»Hätte ich dir dann alle meine Tiere geschenkt?«

»Man kann einem Menschen auch etwas schenken, wenn man ihn nicht liebhat«, trotzte Anita weiter.

»Ich nicht«, sagte Giorgio fest. »Wann willst du die Tiere übrigens holen?«

»Morgen früh. Gleich wenn du fort bist.«

»Also tschau«, sagte er noch einmal.

»Tschau.« Er gab ihr die Hand.

»Du willst mich also nicht küssen?« Anita sah ihn wieder zornig an.

»Na, meinetwegen.«

Diesmal drückte er sie an sich, und einen Augenblick später sprang sie den Berg hinunter davon.

Giorgio kraulte den Kauz noch einmal, dann schloss er alle Käfige wieder ab und ging zurück ins Haus. Es war inzwischen dunkel geworden, und er musste zum letzten Mal den Abend einläuten.

Als er zurückkam, dampfte das Essen auf dem Tisch. Die Nonna hatte wieder eine seiner Leibspeisen gekocht. Es gab in Wein gesottene Kastanien, und die Nonna rahmte sogar die Milch ab und goss den Rahm über die Kastanien.

Die Zwillinge aßen schon.

»Kommt der Vater nicht?«, fragte Giorgio.

»Nein«, erwiderte die Nonna, »er kommt erst später. Iss nur auch.«

Er wollte sich gerade noch einmal von den Kastanien nehmen, da rief es unten. Er horchte auf. Das war doch Anitas Stimme. Was wollte sie schon wieder?

Er ließ seine Kastanien stehen und huschte auf die Gasse.

Anita stand bunt und leuchtend in ihrem hellen Kleid an einer Mauer.

»Du«, sagte er nur, »was ist denn los?«

Das Mädchen atmete noch schwer, so hastig war es gelaufen.

»Weißt du«, begann sie, »weißt du überhaupt, was du in Mailand machen sollst?«

Giorgio verneinte.

»Ich habe dem Vater erzählt, dass du morgen nach Mailand gehst, und da sagte er mir: ›Ja, ich weiß es schon, sein Vater hat ihn für zwanzig Franken an den Mann mit der Narbe verkauft. Er wird ein kleiner Kaminfeger.‹«

»Ich soll in Mailand Kamine fegen?« Giorgio wusste nicht, ob er weinen oder lachen sollte.

»Ja«, fuhr Anita erregt fort, »und der alte Baretta, der bei meinem Vater war, hat gesagt, wenn er einen Sohn hätte, würde er ihn nie als Kaminfegerbuben nach Mailand verkaufen. Das sei eine böse, harte Arbeit. Die meisten Buben, die der Mann mit der Narbe für diese Arbeit im Verzascatal gekauft habe, seien nie wiedergekommen.«

»Was ist denn aus ihnen geworden?«

»Ich weiß nicht.« Anita klammerte sich an Giorgio. »Sie sind vielleicht gestorben.«

Sie weinte auf einmal. »Versprich mir, dass du bei mir bleibst. Dein Vater kann ja dem Mann mit der Narbe die zwanzig Franken wiedergeben. Nein, du sollst nicht nach Mailand, und ich hole auch deine Tiere morgen nicht ab.«

Giorgio machte sich wieder frei und sah nachdenklich vor sich hin.

»Versprich's mir! Versprich's mir!«, bettelte Anita weiter.

»Ich weiß nicht«, erwiderte Giorgio, »ob ich es dir versprechen kann. Aber ich werde mit dem Vater reden.«

»Rede mit ihm. Dein Vater kann doch nicht so bös sein, dass er dich nach Mailand schickt.«

Giorgio sah das große, gutmütige Gesicht seines Vaters vor sich. »Das ist er sicher nicht«, antwortete er.

»Aber sprich bestimmt mit ihm, und morgen früh kommst du bei uns vorbei und sagst mir, was er geantwortet hat.«

Giorgio versprach es; dann ging er langsam wieder die Treppe hinauf ins Haus zurück.

Im Stall blieb er noch einmal stehen. Ja, er wollte mit dem Vater sprechen, und wenn der Vater »nein« sagte, konnte er auch mit der Mutter reden, die würde ihn sicher nicht nach Mailand lassen.

Er trat in die Küche. Die Nonna hatte inzwischen die Zwillinge ins Bett gebracht. Sie saß in ihrer Kaminecke, hatte sich den Spinnrocken herangezogen und sprach mit dem Feuer.

Giorgio setzte sich ihr gegenüber.

»Nonna«, sagte er.

Die Alte hörte nicht.

»Nonna«, sagte er lauter.

Da schreckte die Alte auf. »Ach, du bist es. Bist du wieder da?« Und nach einer Pause: »Was willst du?«

»Ich gehe doch nicht nach Mailand.«

Die Nonna hob ihre weißlichen, trüben Augen und sah ihn einen Augenblick an. »Warum nicht?«

»Anita war da und hat mir erzählt, der Mann mit der Narbe verkauft die Kinder, die er hier kauft, in Mailand an die Kaminfeger weiter. Dort müssen sie den ganzen Winter die großen Kamine fegen. Das ist eine schlimme Arbeit. Genauso schlimm wie der Tod.«

»Woher weiß das Anita?«

»Ihr Vater hat es erzählt. Der alte Baretta, der bei ihnen war, hat außerdem gesagt: Kinder, die man liebt, verkauft man nicht an den Mann mit der Narbe. Nonna, warum liebt mich der Vater nicht?«

Die Nonna schwieg eine Weile. »Der alte Baretta hat das gesagt? Der Narr. Er hat ja gar keine Kinder. Das glaube mir aber, Giorgio, der Vater liebt dich genauso wie die Zwillinge, und es ist ihm schwer genug gefallen, dich an den Mann mit der Narbe zu verkaufen.«

»Du willst also auch, dass ich gehe, Nonna?«

Die Nonna zog ihn zu sich heran. »Du weißt doch, was in diesem Jahr alles geschehen ist. Erst das Unglück mit den Ziegen. Dann das Unglück, dass es sechs Monate nicht geregnet hat. Die tote Kuh. Die Geschichte mit dem Dachs, der alles vernichtete, und nun ist auch noch deine Mutter gestürzt und hat das Bein gebrochen. Die Mutter ist schwer krank, und dein Vater braucht das Geld für den Arzt.«

»Wenn ich nun in Mailand sterbe, Nonna?«

»Ein Knabe wie du stirbt nicht so leicht, Giorgio.« Sie lachte sonderbar auf. »Außerdem hat der Mensch nur einen Tod im Leben, und wir wissen ja doch nicht, ob er uns in der Jugend oder im Alter begegnet.«

»Aber du bist doch achtundsiebzig Jahre geworden?«

»Ja, aber glaube mir, wenn ich so dasitze und zurückschaue, denke ich manchmal, es wäre besser gewesen, ich wäre schon mit fünfzehn oder zwanzig Jahren gestorben.«

»Ich möchte aber noch mit der Mutter sprechen«, beharrte Giorgio.

»Warum?« Das Gesicht der Nonna verfinsterte sich. »Soll sie sich neben ihren Schmerzen auch noch um dich ängstigen?«

»Ich muss mich doch wenigstens von ihr verabschieden.« Der große Knabe machte ein weinerliches Gesicht.

»Das sollst du auch. Ich habe ihr schon gesagt, dass du morgen nach Locarno gehst und einen Arzt holst.«

»Und wenn ich nicht mit dem Arzt zurückkomme?«, wandte Giorgio ein.

»Dann werde ich ihr die Wahrheit sagen. Aber erst wenn ich weiß, was der Arzt zu ihrem Bein gesagt hat.«

»Ach, Nonna«, Giorgio kamen die Tränen wieder in die Augen, »ich möchte doch lieber nicht gehen. Ich habe Angst, dass ich nie wieder nach Sonogno komme.«

»Wie alt bist du, Giorgio?«

»Dreizehn, Nonna.«

Die Nonna sah ihn groß an. »Als ich dreizehn Jahre alt war, war ich bereits ein Jahr in Locarno im Dienst und es war ein hartes und schweres Jahr. Haben heute die Knaben von dreizehn weniger Mut als damals die Mädchen von zwölf Jahren? Du solltest dich schämen.«

Er schämte sich wirklich und wischte sich mit den Händen über das Gesicht. »Es geht schon wieder vorbei, Nonna.«

»Sicher. Sicher. Alles geht wieder vorbei. Auch die Angst und der Schmerz.«

Die Nonna sah ihn noch einmal an. »So«, tröstete sie ihn, »nun geh schlafen. Du musst morgen zeitig auf und hast einen weiten Weg.«

Giorgio ging. Er stieg langsam an der Stube der Mutter vorbei in seine Kammer hinauf. Er stieß den kleinen Holzladen auf und sah nochmals auf den Monte Zucchero und hinunter in die Schlucht. Aber was war das? Blitzte es da nicht über dem Berg? Der weite Himmel war einen Augenblick lang ein Feuer, und jetzt hörte er es auch leise und grollend donnern. Es war das erste Mal nach vielen, vielen Monaten.

5 Giorgio fällt ins Wasser und findet dabei einen Freund

Es regnete, als wollte der Himmel auf einmal alles Wasser auf die Erde gießen, das er sonst in einem Jahr auf die Erde goss. Es musste bereits die ganze Nacht geregnet haben; denn als Giorgio von der Nonna geweckt wurde und hinausblickte, sah er das Wasser schon in Hunderten von kleinen Sturzbächen von allen Bergen, Felsen und Hängen springen; und aus der Schlucht der Verzasca brauste es herauf, als ob alle Bäche und Flüsse der Welt über die Felsen, Steine und Abhänge des Tales tosten.

Giorgio zog sich an und ging zuerst zur Mutter. Die Mutter lag bleich und ernst in ihrem Bett. Sie hatte noch immer Schmerzen und stöhnte bei jeder Bewegung.

»Du gehst wohl bei dem Wetter nicht nach Locarno?«, fragte sie.

»Doch«, antwortete Giorgio, der genau wusste, dass ihn am Abend im Grotto ›Pan perdu‹ der Mann mit der Narbe erwartete.

»Du wirst ja tropfnass.«

Giorgio gab sich Mühe und konnte sogar lachen. »Wenn ich nass bin, stelle ich mich in die Sonne, dann werde ich wieder warm und trocken.«

»Die Sonne scheint ja gar nicht.«

»Bis ich in Locarno bin, scheint sie wieder. Aber jetzt addio, Mutter, und lieg schön still. Morgen ist bestimmt der Arzt da, und alle Schmerzen sind vorbei.«

Die Nonna hatte ihm Polenta, ein paar Trauben, ein Stück Ziegenkäse und etwas Brot in einen Sack gesteckt. Sie hängte ihm den Sack um. »Leb wohl«, sagte sie und küsste ihn auf die Stirn.

»Addio!« Er gab ihr die Hand.

Von den Zwillingen verabschiedete er sich nur kurz. »Seht heute Abend nach den Kaninchen.«

Der kleine Carlo versprach es.

»Wo ist der Vater?«

»Im Stall«, sagte die Nonna.

Giorgio schulterte seinen Sack und ging hinüber; aber der Vater stand vor dem Haus.

Er schritt langsam näher. Was war mit dem Vater? Er stand im Regen und lachte. Ja, Giorgio konnte es genau sehen, seine Schultern hüpften auf und ab, und sein Kopf schüttelte sich vor Lachen.

Jetzt hörte Giorgio den Vater auch sprechen. Er lauschte.

»Es regnet«, sagte der Vater. »Es regnet.« Er sagte es immer wieder und freute sich.

Giorgio stupfte ihn: »Vater!«

Der Vater wandte ihm sein Gesicht zu. »Ach, du bist es.«

»Ich gehe, Vater.«

Plötzlich verzog sich das Gesicht des Vaters, und das Lachen verschwand. Roberto hatte vor Freude über den Regen vergessen, dass sein Sohn heute nach Mailand musste.

»Bist du mir böse, Giorgio?«

Giorgio schüttelte den Kopf. »Nein, Vater. Wenn ihr nur das Geld für die Mutter bekommt. Ich bin ja schon dreizehn Jahre alt und müsste sonst auch im nächsten Jahr irgendwohin in den Dienst.«

»Ich wusste es ja, Giorgio. Du bist ein tapferer Kerl. Es ist ja nur für ein paar Monate.« Er strich Giorgio über den Kopf.

Giorgio wurde es wieder elend zumute, und er hätte am liebsten geheult. Sollte er dem Vater nicht sagen, was ihm Anita erzählt hatte? Dann dachte er an die Worte der Nonna, biss die Zähne zusammen und sagte nichts.

»Hast du sonst alles in Ordnung gebracht?«, fragte der Vater noch.

»Am Nachmittag kommt Anita und holt meinen Specht, die Meisen und den Kauz. Die Kaninchen sollen die Zwillinge haben.«

»Gut«, sagte der Vater.

Sie drückten sich beide Hände, sahen sich noch einmal an, und Giorgio ging.

Ganz Sonogno war ein reißender Bach. Aus allen Gassen, von allen Dächern, aus allen Rinnen stürzte das Wasser. Auch von oben hatte der Wasserguss noch immer nicht nachgelassen.

Der kleine Platz in der Mitte des Ortes war ein wahrer See, und von dort sprang das Wasser in lustigen Sprüngen in die Schlucht hinunter.

Auch vom Kirchhof kam ein Bach. Giorgio legte seine Tasche ab und huschte noch einmal in die Kirche. Er wollte, wie alle Tage, den Morgen einläuten. Vorn auf der ersten Bank knieten schon ein paar Frauen. Sie dankten Gott, weil es wieder regnete.

Er läutete seine Glocken, grüßte noch einmal zu den alten Käuzen hinauf und verließ die Kirche durch die kleine Hinterpforte. Jetzt hätte er eigentlich Anita zum letzten Mal pfeifen sollen, aber er machte einen Bogen um ihr Haus. Warum sollte er sie ängstigen? Sie würde früh genug erfahren, dass er doch nach Mailand gegangen war.

Da sah er sie. Sie stand genau an der Stelle, wo er, vor ungefähr einem Jahr, dem Mann mit der Narbe aufgelauert hatte. Sie kam ihm entgegen. »Du gehst doch?«

Er nickte. »Die Nonna ist auch dafür. Sie sagt sogar: Ich muss gehen!«

»Du hattest mir aber versprochen zu bleiben.«

Er schüttelte den Kopf. »Ich habe dir nichts versprochen.«

»Doch.«

»Nun, wenn ich es dir auch versprach, der Vater braucht das Geld, das er für mich bekommen wird, für die Mutter. Du weißt doch, es geht ihr schlecht, und wir müssen einen Arzt holen.«

»Ach«, sagte sie und schob sich einen Schritt näher, »ich habe so Angst um dich.«

Er versuchte zu lachen. »Du musst nicht bange sein. Ich bleibe ja nur ein halbes Jahr. Nächstes Jahr um die Zeit bin ich wieder bei dir.«

»Wenn es nur wahr ist.«

»Bestimmt, Anita, das verspreche ich dir.«

»Hast du auch meine Kette mitgenommen?«

Er zeigte sie ihr, sie hing um seinen Hals. »Sie soll dir Glück bringen.« Sie warf sich noch einmal an seine Brust. »Und vergiss mich nicht.« Dann lief sie eilig davon.

Giorgio schritt nun wacker aus, obwohl es immer noch regnete und das Wasser in kleinen Rinnsalen von seinem Kopf in den Hals und über seinen Körper floss.

Er musste sehr vorsichtig sein. Der Weg führte an schmalen Felskanten dahin, und einmal stürzte er tief ab. Dabei war alles von dem Wasser ausgewaschen, und er musste manchmal bis zu den Knien durch die reißenden Bäche waten.

Nach einer Viertelstunde fiel der Weg steil ab, und er kam nach Frasco. In Frasco standen die Leute auch alle vor ihren Häusern, lachten oder weinten und freuten sich über den Regen.

Zwei Bauern kamen hinter ihm her.

»Wo gehst du hin?«, fragten sie ihn.

»Nach Locarno.«

»Zum Markt?«

»Nein, zum Doktor. Unsere Mutter hat das Bein gebrochen. Wahrscheinlich ist der Brand hineingekommen. Sie stöhnt und hat Fieber.«

»Du bist der Sohn vom Roberto?«

Er bejahte.

»Geh nicht so schnell«, sagten sie, »wir wollen auch nach Locarno, und es ist immer gut, wenn man in Gesellschaft ist.«

Der Ältere hatte einen Esel. Das Tier trug allerlei Ballen auf seinem Rücken, weißes und schwarzes Leinen, auch ein paar bunte Ballen. Der andere schleppte einen Lederbeutel, in dem zwei Dutzend Eier und ein paar Stück Butter waren.

Hinter Frasco mussten sie die Verzasca überschreiten. Eine kleine Holzbrücke führte über das tosende Wasser. Giorgio sah hinunter.

Was war über Nacht aus seiner kleinen, stillen Verzasca geworden? Das Wasser brüllte, wirbelte, kochte, raste, schäumte gelb und schwarz auf; ihn schauerte, und er sah schnell wieder geradeaus.

Der Weg war breiter geworden, doch gleich hinter der Brücke wurde er wieder schmal. Der Esel ging ganz vorsichtig. Manchmal mussten sie große Felsen umgehen, und einmal rutschten sie einen ausgewaschenen Steinpfad hinab.

In Brione wollten die beiden Bauern einkehren und luden Giorgio dazu ein. Er dankte, sagte, er habe es eilig, und ging allein weiter.

Gleich hinter Brione musste er aber doch auf die Männer warten. Aus einem Nebental schoss ein zweiter Strom in die Verzasca. Er führte Holz, Stämme und Schutt mit und warf alles mit solcher Wucht in die Verzasca, dass das gegenüberliegende Ufer davon überschwemmt war und Giorgio nicht weiterkonnte.

Er war nicht der Einzige, der aufgehalten wurde. Ein paar Bauersfrauen in ihren bunten Röcken, die auch nach Locarno mussten, schimpften und hoben die Hände.

Die eine sagte: »Was sollen wir bloß machen?«

Eine andere meinte: »Man muss jemanden zurück nach Brione schicken und Männer holen.«

Sie konnten sich aber nicht einigen, wer gehen sollte, und als sich endlich eine entschloss, kamen schon einige Männer. Es waren die beiden Bauern aus Frasco, der Pfarrer von Brione, der auf seinem Pferd unterwegs war, und zwei Burschen aus Brione, die ihre Ziegen und Schafe nach Locarno trieben. Sie sahen sich den Damm, den das Wasser aufgeschichtet hatte, kopfschüttelnd an.

Der Pfarrer sagte: »Ich kehre wieder um.« Die Burschen wollten mit ihrer Herde einen anderen Weg über die Berge gehen, und Giorgio, der auch nicht warten konnte, schloss sich ihnen an.

Es war ein kleiner Ziegenpfad und recht gefährlich; aber eine Stunde später stiegen sie vor Chiosetta wieder ins Verzascatal zurück.

Hier war das Tal breit, fruchtbar und schön. Es hatte aufgehört zu regnen, und die Sonne brach hie und da wieder aus den Wolken.

Sie gingen durch Maisfelder, durch kleine Weizenäcker, überall standen noch Wasserlachen und kleine Tümpel, und gleich neben dem schmalen Weg wälzten sich die breiten Fluten des Wassers.

In Lavertezzo, in das sie nach einer halben Stunde kamen, stießen sie auf noch mehr Menschen, die nach Locarno unterwegs waren. Ein lustiger Kesselflicker mit seinem Buben schloss sich ihnen an, ein Strohflechter, der seinen Handwerkskorb auf dem Rücken hatte, und ein paar Bauern, die Honig verkaufen wollten.

Giorgio war nun schon beinahe vier Stunden unterwegs. Es wurde Mittag, und die Sonne, die erst nur verstohlen durch die schweren Wolken geschienen hatte, brannte immer voller auf ihn herab.

In San Bartolomeo verschnaufte er deswegen etwas. Das Dorf war genauso klein und eng wie Sonogno. Auch eine kleine, alte Kirche war da. Er ging einen Augenblick hinein. Sie war voller Menschen. Der Priester zelebrierte eine Dankmesse. Auch hier lobten alle Gott, dass es endlich wieder geregnet hatte.

Nach S. Bartolomeo wurde der Weg noch enger. Manchmal musste er auf Händen und Füßen gehen. Einmal war er so steil und gefährlich, dass er Angst bekam. Unter sich sah er die kochenden und tosenden Wasser der Verzasca. Sie rauschten wie ein Meer, und die Wellen schlugen gegen die Felsen, als wollten sie alles zertrümmern. Oft war es so dunkel und finster wie in einem Höllenschlund. Doch gleich darauf stand er wieder mitten in der prallen Sonne.

Ein Bauer mit ein paar Kühen kam ihnen entgegen. Wie sollte Giorgio ausweichen? Er drückte sich fest gegen die Felsen; da waren die schweren Tiere schon vorbei.

Kurz vor Vogorno musste die kleine Karawane wieder haltmachen. Einer der kleinen Nebenbäche hatte die Brücke weggerissen. Ein paar Männer von Vogorno bauten schon einen Notsteg. Sie sägten eine große Kastanie an, die sich drüben an die Felsen lehnte, und sie schlug mit Getöse über die tiefe Schlucht.

Nun taten die Burschen aus Brione das Gleiche auf ihrer Seite. Ein Gastwirt, der mit seinem Sohn von S. Bartolomeo kam, und der Kesselflicker halfen ihnen.

»Passt auf, da drüben!«, schrie der Kesselflicker. Schon senkte sich der hohe Baum und fiel dumpf und mit Geprassel neben den andern. Man legte Holz und ein paar Bretter über die beiden Stämme, und die Ersten kletterten hinüber.

Auch Giorgio tastete sich an den Zweigen über die Schlucht. Das Wasser toste und quirlte wie ein überkochender Kessel. Er sah große Stämme, die die Schlucht hinunterschossen. Auch Geröll und Zweige. Eine Truhe hing in den Zweigen, ein totes Kalb. Giorgio ging immer schneller, ihm wurde schwindlig, da war er glücklich auf der anderen Seite.

Er lief eilig weiter, um den Übergang so bald als möglich hinter sich zu haben; aber je tiefer er in das Tal hinunterwanderte, umso gefährlicher wurde es.

Manchmal bestand der Weg aus großen, steinernen Stufen, die so weit voneinander entfernt waren, dass er nur mit Mühe von einer zur andern gelangen konnte. Da lagen abgestürzte Felsblöcke, die er kaum umgehen konnte. Der Weg wurde immer schwieriger. Die Felsen stiegen wie Mauern in die Höhe, und das Tal war so schmal geworden, als wäre es mit einem schartigen Messer in die Berge hineingeritzt.

Auch hohe Kastanien versperrten den Weg. Farnkraut, das so üppig wucherte, dass er sich mit seinen Händen einen Weg hindurchschlagen musste, Ginster, der sich wie eine Fessel um seine Füße schloss, und dabei dröhnte das Wasser immer lauter, grollte und donnerte, als wollte es die Erde auseinanderreißen und das ganze Tal und die ganze Welt verschlingen.

Giorgio atmete auf, als sich an einer Biegung des Pfades das Tal öffnete und er in eine weite Ebene und auf einen großen See blickte.

Das war sicher die Ebene um Locarno. Dort unten der breite Silberstreifen war der Ticino, und das große Wasser, das wie ein herabgestürztes Stück Himmel mitten in den Berghängen lag, musste der Lago Maggiore sein, von dem er immer nur von seinem Vater, der Nonna oder von andern Einwohnern von Sonogno gehört hatte.

Er blieb stehen und sah sich das alles eine Weile an. Dann ging er weiter.

Der Weg fiel nun wie eine große Treppe nach unten. Mit jedem Schritt wurde das Tal breiter und schöner. Die Kastanien bildeten einen richtigen Wald, und dann sah Giorgio große, breite Wiesen, die voller Gras und Blumen waren. Danach stieg er in Maisfelder, in Hirseäcker, in Kohlpflanzungen, in Bohnenfelder, und mit jedem Schritt kam er weiter in die Ebene hinein.

Rechts war Gordola. Es war schöner als jedes Dorf, das er bisher gesehen hatte. Die Wege waren breiter, die Häuser stattlicher und auch die Menschen sahen sonntäglicher und sauberer aus als in seinem Dorf.

Er fragte nach der Straße nach Locarno.

»Dort, Bub«, sagte eine Frau. »Dort über das Wasser und dann musst du immer an dem See entlanggehen.«

Der Weg führte zuerst über eine große Brücke, dann mitten durch fruchtbare Felder und Wiesen.

Er wanderte wie unter einer großen Laube. Über dem Pfad rankten sich Trauben, Bohnen und vielerlei Blumen: Jelängerjelieber und Rosen, Goldregen und Glyzinien. Es gab Bäume, die er noch nie gesehen hatte. Es waren Oliven- und Maulbeerbäume. Lilien standen zwischen den Feldern, Sonnenrosen, auch Astern, Malven und andere Blütenstauden.

Es sah zwar noch ein wenig dürr und dürftig aus; aber der Regen hatte doch alles schon erfrischt, und besonders die Blumen blühten größer und schöner als in dem abgelegenen Bergwinkel, aus dem er kam.

Giorgio hatte jetzt Hunger. Wahrscheinlich war es der würzige, fruchtbare Duft, der ihm aus dem Mais, den Blumen, den Trauben in die Nase gestiegen war. Außerdem hatte er ja seit dem Morgen nichts gegessen, und es musste, nach der Sonne zu urteilen, schon weit über Mittag sein.

Er suchte sich einen Platz, wo er im Schatten sitzen und in Ruhe sein Essen verzehren konnte. Aber das war gar nicht so einfach. Ein paar Schritte vom Weg stand alles noch voller Wasser. Durch den Regen hatte sich die Ebene in eine riesige Wasserfläche verwandelt.

Endlich fand er ein abseitiges und sogar sauberes Gewässer und daneben einen trockenen Stein, auf dem er sitzen konnte. Er nahm seinen Sack von den Schultern und fasste hinein.

Aber er suchte vergeblich nach den goldgelben Polentaschnitten und nach dem Käse, den ihm die Nonna mitgegeben hatte und dessen Geschmack ihm schon auf der Zunge lag. Der Regen hatte alles zu einem klitschigen, farbigen Brei gemacht, und er konnte nichts anderes tun, als den Brei ins Wasser werfen.

Giorgio pflückte sich ein paar Trauben und setzte sich wieder auf seinen Stein. An seinem Brei taten sich indessen ein paar große Forellen gütlich. Er stand auf. Wie wäre es, wenn er sich eine finge und sie äße? Er streifte die Hosen hoch und stieg in das Wasser hinein; aber schon beim zweiten Schritt waren die Fische davon.

Er hatte gesehen, wo sie hingeschwommen waren. Unter eine große Moosbank. Ehe er ihnen nachschlich, stopfte er erst den Ablauf des kleinen Rinnsals zu, dann ging er zu der Moosbank hinüber. Er fasste vorsichtig darunter. In dem Augenblick gab sie nach, und er stürzte kopfüber ins Wasser.

Das Erste, was er hörte, als er seinen Kopf wieder aus dem Wasser hob, war ein lautes, übermütiges Lachen. Er drehte sich erstaunt, aber auch wütend um. Wer lachte da über sein Missgeschick?

Dort, wo er eben gesessen hatte, stand ein anderer Knabe. Er war etwas größer als Giorgio, aber feiner und schmäler. Er hatte überhaupt etwas Feineres und Durchsichtigeres an sich als der derbe Giorgio, besonders in seinem Gesicht und in den schlanken, zierlichen Händen. Trotzdem musste er auch aus ärmeren Verhältnissen sein; denn er war beinahe noch schlechter angezogen.

Er trug eine zerschlissene Hose und ein genauso zerschlissenes Hemd, und man sah seinen verstaubten und verschmutzten Füßen an, dass er schon viele Stunden unterwegs war.

Er hatte bereits einige Minuten still auf seinem Platz gestanden und mit Neugier und Erstaunen beobachtet, mit welcher Vorsicht Giorgio die schnellen Forellen zu fangen versuchte; als Giorgio ins Wasser fiel, musste er lachen.

»Was lachst du?«, rief ihm Giorgio zu. »Komm lieber ins Wasser und hilf mir.«

»Kommst du nicht allein heraus?«, antwortete der Knabe in einem schönen reinen Italienisch, das Giorgio, der nur seinen dörflichen Dialekt kannte, kaum verstand.

»Heraus! Ach so.« Giorgio lachte jetzt auch. »Nein, heraus will ich nicht. Du hast doch wohl gesehen, ich will die Forellen fangen.«

Der Bub kam interessiert näher. »Was soll ich dabei tun?«

»Gib mir einmal meinen Sack.«

Er brachte ihn.

»So! Nun stell dich hier auf und fass von dieser Seite unter den Stein.« Giorgio hatte beobachtet, dass sich die Forellen bei seinem Sturz von der Moosbank unter einen großen Stein geflüchtet hatten.

Der Knabe fasste darunter. Giorgio hatte auf der anderen Seite seinen Sack aufgestellt. »Ich hab sie!« Er zog den Sack aus dem Wasser. Die Forellen, es waren drei, waren tatsächlich, als sie unter dem Stein hervorkamen, in den Sack geschossen.

Die Knaben patschten beide wieder aus dem Wasser. Giorgio machte den Sack, der noch halb voll Wasser war, auf. Da plätscherten sie. Es waren zwei große und eine kleine. Er fasste hinein. »Die kleine soll wieder ins Wasser.« Und er warf sie in hohem Bogen in den Tümpel zurück.

»Was machen wir mit den anderen?«, fragte der Knabe.

Giorgio starrte den Buben an. Was war das für ein Tölpel! »Das wirst du schon sehen«, erwiderte er.

Er schlug sie mit einem Stein tot, dann stellte er zwei größere Steine zusammen, riss ein paar dünne Weidenruten ab, steckte sie durch die Forellen hindurch und legte sie auf die Steine. »Siehst du nun, was ich damit machen will«, sagte er nicht ohne Stolz und sah den anderen an. »Jetzt brauchen wir nur noch Holz und Feuer, und dann braten und essen wir sie.«

Giorgio hatte das oft gemacht, wenn er unten in seiner Schlucht Forellen gefangen hatte, und er wusste auch, wie gut eine gebratene Forelle schmeckte.

»Wie willst du aber bei dieser Nässe Feuer machen?« Der fremde Knabe war noch immer misstrauisch.

»Ist dort nicht ein Heustall?« Giorgio zeigte nach hinten. Der Knabe nickte.

»Hol etwas Heu. Ich suche in der Zeit Holz und zwei Steine. Wir werden schon Feuer bekommen.«

Holz gab es genug, wenn es auch noch ein wenig feucht war. Auch zwei Quarzsteine fand er, und da war auch der andere mit dem Heu zurück.

»Lege es zwischen die Steine«, kommandierte Giorgio. »Setz dich dann mir gegenüber und blas.«

Giorgio schlug über dem Heu Funken. Der Knabe blies; aber es dauerte eine ganze Zeit, bis eine Flamme aus dem Heu schlug.

»Leg Holz darauf!«, schrie Giorgio.

Der Knabe hatte es bereits getan.

Giorgio sah ihn anerkennend an. »Du bist doch ein tüchtiger Kerl. Wie heißt du eigentlich?«

»Alfredo«, antwortete der Knabe.

»Ich heiße Giorgio, und wo kommst du her?«

»Aus dem Valle Mesocco.«

»Ist das weit?«

»Oh, nur ein paar Stunden.«

»Wohnst du dort?«

»Nein. Ich habe nur einen Besuch gemacht.«

»Und wo willst du hin?«

»Nach Locarno.«

»Da will ich auch hin.« Giorgio drehte, während er das sagte, die Forellen auf die andere Seite; denn sie waren auf der unteren schon braun geworden.

»Was willst du denn da?«, fragte er. »Bist du in Locarno zu Haus?«

»Ach«, stotterte Alfredo. »Ich … nein, zu Haus bin ich da nicht.«

Giorgio blickte Alfredo in die Augen. Auf einmal kam ihm ein Gedanke.

»Musst du vielleicht weiter nach Mailand?«

Alfredo sah erstaunt auf. »Woher weißt du das?«

Giorgio lachte. »Weil ich auch nach Mailand gehe.«

»Du? Ich dachte, du seist hier aus dem Dorf.«

»Nein. Ich bin aus dem Verzascatal. Mein Vater hat mich nach Mailand verkauft, weil meine Mutter gestürzt ist und wir das Geld für den Arzt brauchen.«

»Ich, ich.« Aber Alfredo stotterte wieder und sprach nicht weiter.

»Du musst es mir nicht sagen, warum du nach Mailand gehst, wenn du es mir nicht sagen willst«, meinte Giorgio.

»Es ist ein Geheimnis dabei.«

»Ein Geheimnis?« Jetzt wurde Giorgio doch neugierig.

»Ja, und ich kann es dir erst erzählen, wenn wir in Mailand sind.«

»Warum?«

»Es darf niemand wissen, dass ich nach Mailand gehe und warum.«

Giorgio lachte. »Das Erste hast du mir doch gleich gesagt.«

»Ja, weil du auch nach Mailand willst.«

»So, deswegen. Nun, mir ist es recht. Aber jetzt wollen wir unsere Forellen essen.«

Giorgio warf die eine Alfredo zu, der sie geschickt mit den Händen auffing, während er die andere in die Höhe hielt und vom Schwanz aus in sie hineinbiss.

»Sie schmeckt ausgezeichnet«, schmatzte Alfredo.

»Nicht wahr? Ich esse sie so am liebsten.«

Sie aßen schweigend weiter, bis sie auch das letzte Stück aufgegessen hatten. Da sagte Alfredo: »Aber jetzt musst du auch das Brot mit mir teilen.«

»Hast du Brot?«

Alfredo zog es aus der Tasche. »Man hat es mir in Bellinzona gegeben.«

»Hast du es erbettelt?«

»Nein. Ich habe es von einer Bäuerin bekommen, die ich unterwegs traf und der ich ihren Korb bis Bellinzona trug. Ich besitze auch einen Apfel. Wir wollen ihn gleichfalls teilen.«

Es war schönes Brot, wie Giorgio es sonst nur an Feiertagen bekam. Auch der Apfel schmeckte ihm gut. Er biss mit allen Zähnen hinein.

»Nun sollten wir eigentlich noch Freunde werden«, sagte Alfredo auf einmal impulsiv.

Giorgio sah ihn mit großen Augen an. »Das sind wir doch schon«, meinte er.

»Nein, das werden wir erst durch einen Handschlag und durch einen Schwur.« Alfredo gab Giorgio die Hand.

Giorgio nahm sie. »Was wollen wir uns denn schwören?«

»Wir schwören uns«, sagte Alfredo, »dass wir von heute ab immer wie zwei Brüder zusammenhalten, auch in Mailand, und dass wir Gut und Blut miteinander teilen bis an unser Lebensende.«

Giorgio sah den großen Knaben, der das alles pathetisch und feierlich vorgetragen hatte, halb belustigt und halb ehrfürchtig an.

»Gut, es gilt. Aber wo hast du das her?«

»Aus einem Buch. Zwei Ritter haben sich das versprochen, als sie beide zum Heiligen Grab zogen.«

»Du kannst lesen!« Giorgio blieb der Mund offen.

»Auch schreiben.«

Giorgio schüttelte den Kopf. »Und du gehst nach Mailand als Kaminfeger?«

»Ich habe dir ja schon gesagt, es ist ein Geheimnis dabei. Aber komm. Ich glaube, wenn wir noch bis zum Abend nach Locarno kommen wollen, müssen wir gehen.«

Giorgio trat das Feuer aus, hängte seine Tasche um und sie gingen weiter. Sie trotteten eine Weile schweigsam nebeneinanderher. »Du kommst also aus dem Valle Mesocco?«, fing Giorgio nach einer Pause wieder an.

»Ja, aber ich habe nur jemanden ins Valle Mesocco gebracht. Ich stamme aus der Nähe von Lugano.«

Da aber Alfredo nach dieser Antwort wieder verstummte und Giorgio merkte, er würde jetzt nichts mehr von ihm erfahren, verstummte auch er.

Ihr kleiner Weg war auf die Hauptstraße gestoßen, die von Bellinzona nach Locarno führte. Sie war voller Menschen, die dahin auf den Markt wollten.

Ein paar große Karren ratterten vorbei. Ein paar Männer ritten an den Kindern vorüber, auch eine Frau. Dann kamen Esel, die große Leinenballen trugen. Eine Kuhherde wälzte sich die Straße entlang und allerlei Bauernvolk mit Körben, die mit Gemüse, Hühnern und Früchten angefüllt waren.

»Wir sollten uns den Markt ansehen, wenn wir noch Zeit haben«, meinte Giorgio.

»Wir haben Zeit.« Alfredo zeigte geradeaus. »Da liegt schon Locarno.«

Sie gingen schneller, obwohl sie immer wieder durch die Bauern, die Fuhrwerke und das Vieh aufgehalten wurden. Die kleine Häusergruppe, die ihnen den Weg versperrte, war aber noch nicht Locarno, sondern Minusio.

Der Weg wurde breiter. Die Häuser hörten nicht mehr auf. Es waren meistens kleine Häuser mit großen Gärten, überhaupt schien die ganze Landschaft ein großer Garten geworden zu sein. Feigenbäume wechselten mit Granat- und Orangenbäumen ab. Es gab herrlichen Lorbeer und hohe Kastanien. Giorgio sah Zitronen- und Weinstöcke, große Kirschbäume und alte ehrwürdige Zypressen; Kakteen, die über und über blühten, standen an den Felshängen und Mauern, auch neue und seltene Blumen, die Giorgio noch nie gesehen hatte. Doch Alfredo kannte sie und konnte ihm auch ihre Namen und ihre Herkunft nennen. Er schien überhaupt viel zu wissen. Giorgio wurde immer erfreuter, dass er gerade ihn getroffen und dass dieser große, kluge Knabe sein Freund geworden war.

Wenn das Laub der Bäume und die Blättergirlanden der Weinreben weniger dicht waren, sahen die Buben wieder den See. Er begleitete sie. Manchmal kam er sogar bis an ihre Straße. Die Wellen kräuselten sich leis und hatten eine dunkelblaue Farbe. Eine Kapelle stand an der Straße, darüber eine zweite. Es gab überhaupt viele

Kapellen. Ein paar Priester gingen vorüber, auch zwei Mönche. Die Knaben grüßten sie.

Die Häuser zogen sich weiter den Berg hinauf. Sie klebten wie Schwalbennester an den steilen Abhängen. Hie und da verdichteten sie sich zu kleinen Dörfern, über denen spitz und hoch ein Kirchturm stand.

Auf einmal sahen sie eine riesige Klosterkapelle auf einer der kleinen Höhen, die überall wie Warzen von den hohen Bergen abstanden. Sie glich mehr einem Gebirge von Kapellen. Eine lehnte sich an die andere, und die Knaben blieben stehen, so ergriffen waren sie von dem gewaltigen Bauwerk.

»Das ist die Madonna del Sasso«, sagte Alfredo.

»Du kennst sie?«

»Nein. Ich habe aber von ihr gehört und schon Bilder von ihr gesehen. Nun muss Locarno gleich kommen. Die Kirche liegt unmittelbar über der Stadt.«

Die Gärten verdichteten sich, und die Häuser rückten wieder näher zusammen. Eine kleine Straße führte nach links, und da die meisten Menschen in sie einbogen, gingen die Knaben ihnen nach.

Sie hatte ein holpriges, festes Steinpflaster, und die Esel und Pferde klapperten darauf, als gingen sie auf einer Trommel.

Die Gärten traten zurück, und die Häuser standen noch unmittelbarer an der Straße. Sie waren größer und schöner und nicht so unbehauen wie die Häuser daheim, hatten Fenster, in denen sich die Sonne spiegelte, und beinahe jedes Haus leuchtete in einer anderen Farbe.

Einige waren mit bunten Girlanden geschmückt, mit Bildern und kleinen Madonnen. Sie hatten auch breitere Türen als im Verzascatal, große Kamine, breite Balkone und spitze Türme. Giorgio, der noch nie eine Stadt gesehen hatte, kam aus dem Staunen nicht mehr heraus. Ihre Straße mündete jetzt auf einen großen Platz. Auf diesem waren mehr Menschen, als Giorgio jemals in seinem Leben zu Gesicht bekommen hatte. Und was für Menschen! Städtische und bäuerliche, manche zu Fuß und viele zu Pferd. Einige saßen in Karossen und andere in kleinen Korbwagen.

Es war wirklich ein buntes, festliches Gewimmel. Auf dem großen Platz gingen, saßen oder standen sicher fünfhundert Leute, die zu dem großen Donnerstagmarkt gekommen waren, der alle vierzehn Tage in Locarno abgehalten wurde.

Sie wollten sich gerade in das Gewimmel von Menschen, Tieren und kleinen Buden stürzen, als Giorgio an seine Mutter dachte.

»Halt«, sagte er, »ich muss erst zu Dr. Bariffi und ihm sagen, er soll zu meiner Mutter kommen.«

Die Buben fragten eine Frau nach der Adresse des Arztes.

»Zwei Straßen weiter um die Ecke.« Sie zeigte ihnen die Straße. »Dann das dritte Haus.«

Sie dankten und gingen ihren Weg zurück, zu der Straße hinauf. Es war ein altes, hohes Haus mit einem kupfernen Türschläger. Alfredo, der sich auf diese Schläger verstand, klopfte ihn nieder und schob Giorgio durch die Tür in das Innere.

Der Knabe trat in eine große Halle, in der zwei Stühle standen. Sonst war alles leer, weit und offen, und die Abendsonne blitzte durch zwei bunte Fenster. Er sah sich noch staunend um, da stand unverhofft eine alte Magd vor ihm. »Was willst du denn?«, fragte sie.

Giorgio brachte sein Anliegen vor.

»So, so«, meinte sie. »Nun, der Doktor muss morgen sowieso nach Brione. Der Herr Sindaco hat nach ihm geschickt. Sonst wäre er sicher nicht so bald zu euch gekommen.«

»Die Mutter ist aber sehr krank, und wir haben Geld und können es bezahlen.«

Die Magd zeigte ihre Zahnstumpen; sie lachte. »Wenn es nur ums Bezahlen ginge, könnte der Doktor jeden Tag dreimal um den ganzen See fahren. Mach dir aber keine Sorgen, bis morgen Abend wird der Herr Doktor bei deiner Mutter sein.« Giorgio bedankte sich und ging wieder hinaus.

»Nun komm«, drängte Alfredo ungeduldig. »Hörst du, jetzt gibt es auch Musik.«

Sie sprangen die Straße wieder hinab, und einen Augenblick später waren sie mitten auf dem großen Markt.

Es war lustig, spannend und aufregend. In der Mitte standen in langen Reihen die Bauern und hielten ihre Waren feil. Die einen goldgelbe, zarte Butter und weißen, gekümmelten Käse. Die anderen boten vielerlei Fleischarten und Wildbret an. Die Buben sahen Hasen und Rehe, Rebhühner und Fasane, Gämsen und Kaninchen. Andere verkauften Quark oder Eier. Viele hatten auch Salat und Chicorée in ihren Körben, saftigen Lauch und herrliche Tomaten, blanke Granatäpfel und geplatzte, dicke Feigen, walnussgroße Weinbeeren und rotbackige Birnen und Äpfel, lange Zucchetti, Fenchel, Sellerie und große Gurken. Es sah alles so farbig, lecker, schmackhaft und verlockend aus, und die beiden Knaben hätten am liebsten von allem gekostet, aber sie besaßen ja kein Geld.

Giorgio gefielen auch die Menschen. Besonders die Bauersfrauen. Die einen hatten bunte Tücher um den Kopf, ihre Körper steckten in kleinen, blauen Westen und bunten oder roten Unterröcken, die in blaue Borten ausliefen. Andere trugen kleine lustige Hüte, hatten bestickte weiße Puffärmel und genauso bestickte, bis auf die Erde fallende Röcke. Eine ganze Reihe flochten, während sie ihre Waren feilhielten, wie seine Mutter Stroh. Sie hatten große Strohhüte auf, unter denen man ihre braunen oder roten Gesichter kaum sehen konnte.

Die Männer waren weniger bunt. Einige steckten in kurzen Hosen aus Ziegenfell. Andere trugen kleine, schwarze Hosen, die über den Knien zusammengeknüpft waren. Viele trugen außerdem große tellerförmige Filzhüte, schwarze Bärte, dass man sich vor ihnen fürchten konnte, und die langen Tücher, die sie um ihre Hälse geschlungen hatten, flatterten hinter ihnen wie kleine Fahnen.

Wenn ein Bauer oder eine Bäuerin keine Ware mehr hatten, warfen sie ihre Körbe auf den Rücken und gingen hinüber zu den Buden, die den ganzen Markt umsäumten. Das waren lauter Verkaufsstände, in denen sie nun einkauften.

In der einen gab es Flinten und Pistolen, in der nächsten Geräte für Acker und Garten. In der dritten konnte man Kleider und buntes Tuch kaufen, in einer vierten Hüte und Mützen. Es gab Dutzende solcher Buden, und der große Markt hatte das Aussehen eines gewaltigen Lagers.

Auf einer Querseite standen Buden mit Zucker und Limonaden, auch viele Buden mit Heiligenbildern, Kruzifixen und kleinen Wasserkesseln. Die Bauern und die Locarneser schoben sich an den Buden vorbei. Man hörte die lauten, ihre Ware anpreisenden Stimmen der Händler und die leiseren, feilschenden Stimmen der Käufer.

Die beiden Knaben ließen sich von dem bewegten Strom von einer Bude zur anderen treiben. Giorgio staunte immer mehr. Was es nicht alles gab! Alfredo, der das meiste schon kannte und in Lugano auch solche Märkte gesehen hatte, erklärte es ihm.

»Das sind Pflüge zum Ackern, die man sicher nicht in euerm Tal gebrauchen kann. Das sind Leitern, die stellt man auf, um das Obst besser von den Bäumen zu holen. Das sind Gewehre.«

Gewehre hatte Giorgio schon gesehen, sogar sein Vater besaß eins. »Das sind die neumodischen langen Hosen, die sie in Lugano auch schon tragen, und aus dieser Schafwolle macht man Matratzen.«

Sie gingen schneller, denn sie hörten Musik.

Die Musikanten standen auf einem freien Platz. Es waren vier. Sie hatten lustige, bunte Röcke und Hosen an. Zwei bliesen Trompete, einer zwitscherte auf einer Klarinette und der vierte hämmerte auf einer Pauke oder schlug zwei große Messingteller krachend zusammen.

»Sieh mal«, jauchzte Alfredo, »sie haben auch einen Bären!«

Giorgio hatte das zottige, braune Tier schon gesehen. Es hockte auf seinen Hinterbeinen, die Vorderbeine hielt es erhoben und sah sich kläglich um. In der Nase des Bären war ein Ring. Von dem Ring hing eine Kette nach unten. Ein fünfter, noch junger Mann, der auch zu den Musikanten gehörte, hielt die Kette in der Hand.

»Dreh dich!«, schrie das magere Bürschchen und zog an der Kette. Der Bär versuchte sich nach dem Takt der Musik zu drehen; aber er blieb gleich wieder stehen.

»Dreh dich!« Der Bursche zog fester an der Kette.

»Wenn er nur dem Burschen nichts tut«, sagte Giorgio. »Ich hätte Angst.«

»Du siehst doch, er hält ihn an der Kette, und ich glaube, es tut dem Bären ziemlich weh, wenn er an der Kette zieht.« Der Bär brummte und drehte sich wieder. Dann durfte er sich setzen und bekam eine Rübe.

Die Männer hatten auch zwei kleine Affen, die tanzen mussten. Die Tiere staken in gelben Hosen und kleinen roten Röckchen. Giorgio hatte noch nie einen Affen gesehen. Er stemmte die Hände in die Seiten und starrte die kleinen Tiere mit großen aufgerissenen Augen an.

»Sie sehen ja wie Menschen aus«, staunte er.

Alfredo bestätigte es. »Es gibt noch größere. Die ähneln den Menschen viel mehr.«

Der junge Mann mit dem Bären ging herum und sammelte Geld

in einen Teller; da die Knaben aber keines besaßen, brummte sie der Mann an.

»Was haltet ihr dann Maulaffen feil? Wer nicht bezahlen kann, soll gehen.« Und er stieß sie zurück.

Sie gingen schon. Es gab ja noch so viel anderes zu sehen. Ein paar Schritte weiter war eine Bude, wo eine Frau wahrsagte. Auf einer kleinen Empore stand ein dicker Mann und lud alle Leute ein, in seinen Guckkasten zu sehen. Man sah für ein paar Rappen das Neueste aus der ganzen Welt: den Kaiser Napoleon, wie er aus Russland zurückkam. Die große Seeschlacht bei Trafalgar und einen riesigen Brand, der vor ein paar Monaten in Mailand gewütet hatte.

In einer anderen Bude wurden Zähne gezogen. »So schmerzlos wie möglich«, verkündete ein buckliger Mann mit einem bemalten Spitzhut. Ein paar andere Wundärzte priesen ein Mittel gegen Kröpfe, kranke Augen und Hühneraugen an. Dahinter standen ein Mann und ein Mädchen mit einer großen Bildertafel. Der Mann drehte einen Leierkasten, während das Mädchen zu der Musik sang und immer mit einem Stock auf die Bilder zeigte. Es war die Geschichte eines armen Mädchens, das von seinem Stiefvater so lange geprügelt worden war, bis es sich aus Verzweiflung ins Wasser stürzte:

Ach, sie sprang von einer Eiche
mitten in ein tiefes Wasser,
und nun ist sie eine Leiche
und wird jeden Tag noch blasser.

Man konnte das Lied für zwei Rappen kaufen.

Die beiden Knaben hörten sich das Lied schon zum zweiten Mal an. Dabei bemerkten sie gar nicht, dass es langsam Abend geworden war.

Plötzlich fuhr Giorgio auf. Neben dem singenden Mädchen stand ein Mann und starrte zu ihnen hinüber. Er kannte ihn doch? Wer war es nur? Jetzt wusste er es: der Mann mit der Narbe.

Er teilte die Zuschauer auseinander und kam zu ihnen herüber.

»Bist du nicht der Bursche aus Sonogno?«, herrschte er Giorgio an.

Giorgio sagte: »Ja.«

»Warum bist du nicht im Grotto?«

»Wir wollten uns noch ein wenig den Markt ansehen.«

»Ihr? Wer ist denn der andere?«

Giorgio zeigte auf Alfredo.

»Bist du auch ein junger Kaminfeger?« Der Mann mit der Narbe drehte Alfredo um und sah ihm ins Gesicht.

»Ja, ich bin einer«, nickte Alfredo. »Ich komme aus dem Valle Mesocco. Ein Mann aus Como hat mich angeworben, und ich sollte heute hier sein.«

»Dann kommt mal mit, ihr Landstreicher. Im Grotto warten sie schon auf euch, und ich selber habe bereits gedacht, das Gewitter, der Teufel oder sonst wer hätten euch geholt.«

Er packte die beiden Buben bei der Hand und zog sie aus dem Gewühl heraus.

Schade, dachte Giorgio, es war gerade so schön.

Sie gingen hinter den Zelten entlang. Hier standen überall die Pferde und Esel der Bauern, auch die Zugtiere, die die Karren der Händler auf den Markt gebracht hatten. Dann stolperten sie durch eine enge, schmutzige Gasse hinunter zum See.

Der Mann sagte nichts, er zog sie nur immer schneller vorwärts. Das Grotto ›Pan perdu‹ lag direkt am Wasser. Es war ein zerfallener, schwärzlicher Bau. Erst sahen die Kinder nur das hohe Haus und eine dicke Mauer.

In der Mauer war ein Tor. Der Mann mit der Narbe klopfte. Es wurde vorsichtig geöffnet, und ein großer, finster dreinblickender Mann sah heraus. »Da bringe ich die beiden Letzten. Sie trieben sich auf dem Markt herum«, knurrte der Mann mit der Narbe.

Der Finstere machte nur »so, so«, packte sie an den Händen und zog sie herein. Im gleichen Augenblick schlug das Tor wieder zu.

Sie waren in einem großen, zerfallenen Hof, der an der einen Seite ans Wasser führte, während die drei anderen Seiten von dem Haus und zwei Scheunen umschlossen wurden.

Der Finstere ging auf eine der Scheunen zu.

»Hier hinein«, brummte er und wollte die Knaben in die Scheune stoßen.

»Ich habe Hunger«, sagte da Alfredo und machte sich los.

Giorgio hatte auch großen Hunger; aber er hätte sich nichts zu sagen getraut.

Der Finstere lachte dumpf: »Ich hab euch nicht zu füttern. Ich fahr euch nur über den See.« Er riss das Scheunentor auf und stieß sie unsanft in die Scheune hinein.

»Oh«, schrie da jemand.

Giorgio war über ein paar Beine gefallen.

»Ist da einer?«, fragte er.

»Einer?«, klagte die Stimme. »Mindestens zwei Dutzend.«

Vom See her fiel noch etwas Licht in die Scheune. Giorgio sah sich um. Die große Scheune war voller Buben. Sie lagen in allen Ecken. Die meisten hatten sich ihre Jacken unter den Kopf geschoben und schliefen.

»Legt euch da her«, sagte die Stimme wieder, »und macht nicht solchen Lärm, wir sind den ganzen Tag gelaufen und sind müde.«

»Wir auch«, entgegneten Giorgio und Alfredo.

»Umso besser, da werdet ihr auch bald schlafen.« Er schob den beiden Stroh zu und drehte sich nach der anderen Seite.

Giorgio breitete das Stroh aus und legte seine Tasche unter den Kopf. »Gute Nacht, Giorgio.« Alfredo hatte sich neben ihn gelegt.

Gleich danach war es wieder ganz still. Man hörte nur das laute Schnarchen der Schläfer und das sanfte, gleichmäßige Plätschern des Wassers.

6 Zwanzig Kinder auf einer alten Barke

Giorgio wachte auf, weil er eine Stimme vernahm.

Er lauschte. »Carlo«, sagte der Mann mit der Narbe, »wir fahren früher ab.«

»Warum?«, fragte der Mann, den der Narbige Carlo nannte.

»Ich habe gehört, sie wollen uns morgen Schwierigkeiten machen, wenn wir mit den Burschen nach Mailand fahren. Es ist besser, wir sind schon fort.«

»Wer soll uns Schwierigkeiten machen? Du hast doch für die Kinder bezahlt, hast deine Kaufverträge und die meisten sind sogar freiwillig hergekommen.«

»Ich weiß auch nicht, warum sie plötzlich dagegen sind. Aber es soll etwas in einer Zeitung gestanden haben. Im vorigen Jahr sind zwei der Burschen in Mailand erfroren, und darum macht man jetzt ein Geschrei. Heute Abend waren sogar zwei Männer beim Sindaco von Locarno, um unsere Abfahrt zu verhindern.«

»Nun«, meinte Carlo, »mir ist es gleich, ob wir ein paar Stunden früher fahren. Welche Zeit ist übrigens?«

»Gerade hat es vom S. Vittore zwei geschlagen.«

»Dann sind wir genau, wenn die Sonne aufgeht, hinter der Grenzlinie.«

Der Mann mit der Narbe lachte ein heiseres Lachen. »Ja, und in Sicherheit, und die Locarneser sehen in den Mond.«

Das Tor der Scheune wurde aufgeriegelt, und die beiden Männer standen im Türrahmen.

»Aufstehen!«, rief der Mann mit der Narbe. »Aufstehen! Wir fahren ab.«

Die Knaben schreckten in die Höhe. »Was ist?« »Es ist ja noch dunkel.« »Ich bin noch müde.« Alle sprachen durcheinander.

»Ruhe«, rief der Mann, der Carlo hieß, »ihr weckt ja mit eurem Geschrei die ganze Stadt auf. Packt eure Sachen zusammen und macht euch fertig.«

Die Kinder waren jetzt ganz munter. Einige packten schon ihre Habseligkeiten. Die anderen, die nichts hatten, drängten zur Tür hinaus.

»Wir fahren mit einem Schiff?«, fragte Alfredo.

Der Mann mit der Narbe nickte. »Mit einer Barke.«

Carlo, in dem Giorgio den finsteren Mann vom Abend erkannte, ruderte das Boot langsam heran.

»Ich fürchte mich. Ich gehe nicht auf das Wasser«, jammerte ein kleiner, schmächtiger Bub.

»Ich auch nicht«, sagte ein anderer, »ich habe Angst.«

»Geht!«, schrie der Mann mit der Narbe. »Sonst mache ich euch Beine!«

Die beiden wollten noch immer nicht. Da schlug sie der Mann mit der Narbe auf den Rücken, und die Knaben fielen zu Boden. Er fasste sie nun hinten am Hemd und schleppte sie auf das Boot.

Alfredo war als einer der Ersten auf die Barke gesprungen. »Pass auf!«, rief ihm der Mann mit der Narbe zu. »Und halte sie fest. Wenn sie schreien, drücke ihnen die Hand auf den Mund.«

Sie schrien aber nicht. Sie wimmerten nur leise und zitterten vor Angst. Giorgio sah sich inzwischen die anderen an. Die meisten waren in seinem Alter und in seiner Größe, auch fast so arm und zerlumpt wie er. Sie hatten kaum etwas über den mageren, knochigen Körpern und waren dünn, schlank und hölzern wie Stecken.

»Hast du sie gezählt?«, fragte der Mann mit der Narbe den Schiffer, der als Letzter auf die Barke sprang.

»Mit mir sind es einundzwanzig.«

»Dann sind wir vollständig. Ich bin der Zweiundzwanzigste.«

»Ein bisschen viel für den alten Kasten«, brummte der Schiffer und fuhr sich über das Gesicht.

»Soll ich noch ein Boot für die Bande mieten? Sie kosten mich so schon genug. Pass auf. Ich stoße jetzt ab.«

Er hatte auch ein Ruder genommen, stemmte es gegen die Steinmauer und die Barke glitt in den See hinaus.

Es war noch immer dunkel. Über dem Wasser lag ein kalter Nebel, und Giorgio konnte kaum die Spitze der Barke sehen.

Der Schiffer stand in der Mitte. Er nahm seine beiden Ruder und bewegte sie gleichmäßig hin und her.

»Kann einer von euch mit den Rudern umgehen?«, fragte der Mann mit der Narbe und zeigte auf das zweite Paar.

»Ich«, rief Alfredo.

Ein anderer konnte es auch.

»Dann nehmt sie.« Der Mann mit der Narbe reichte ihnen die Ruder. »Ich werde das Steuer übernehmen.«

Nun ruderten drei, und der Mann mit der Narbe sorgte mit einem kleinen Ruder dafür, dass die Barke immer in der Mitte des Sees blieb.

Der Himmel war bewölkt, aber manchmal schob sich der Mond durch die Wolken; dann wurde es, als habe jemand ein Licht angezündet, heller auf dem Wasser.

Man sah den aufsteigenden Nebel wie einen leichten Dampf. Dann tauchten die hohen Berge auf, die an den beiden Seiten des Sees wie Wände in die Höhe ragten; doch nach einigen Minuten war alles wieder in einen grauen Dunst gehüllt. Die Kinder erblickten weder etwas von Locarno noch von der Madonna del Sasso.

Es war kalt. Die jugendlichen Fahrer froren und drängten sich näher zusammen, die beiden, die Angst hatten, wimmerten noch immer.

Trotz ihrer Schwerfälligkeit kam die Barke ziemlich rasch vorwärts. Manchmal sprang ein Fisch aus dem Wasser. Ab und zu sagte der Schiffer: »Langsamer«, oder: »Schneller.« Das galt den beiden Ruderern, sonst unterbrach nichts die Stille der Nacht.

Giorgio hatte sich an die Dunkelheit gewöhnt, und er sah sich die anderen Knaben an. Vor allem ihre Gesichter. Da standen grobe neben feinen, ungewaschene neben solchen, die man am Tag vorher sicher noch sorgfältig abgeschrubbt hatte. Ein größerer Knabe summte leise vor sich hin. Giorgio beugte sich zu ihm.

»Was summst du?«, fragte er.

»Hör doch zu«, brummte der Knabe ungefällig und summte leise weiter.

Giorgio fing die Melodie auf und sang sie mit.

Bald sangen sie alle, und die Melodie schwang wie ein leises Summen über dem eintönigen Plätschern des Wassers:

Ich bin ein armes Kind.
Ich leide bittre Not.
Ich ziehe mit dem Wind;
wer gibt mir etwas Brot?

Mein Vater trieb mich fort.
Ich habe kaum ein Hemd.
Ich zieh von Ort zu Ort.
Ich bleibe arm und fremd.

Auch meine Mutter gab
mir nie ein liebes Wort.
Ich wandre auf und ab
nach einem Ruheort.

Er muss nicht größer sein,
als meine Wiege war.
Da leg ich mich hinein;
da liegt sich's wunderbar.

Dann deckt mich leise zu,
streut Erd und Laub herab,
damit ich endlich Ruh
und eine Heimat hab.

»Steure nach links«, rief der Schiffer plötzlich, »sonst stoßen wir an Land. Da ist schon der Strand von Ascona.«

Die Buben schreckten auf. Tatsächlich sahen sie rechts eine breite

Sandfläche und dahinter die Mauern und Türme einer Stadt. Ein kleiner Berg, der bei der Kirche in die Höhe stieg, hob sich wie ein großer, dickbackiger Apfel von den höheren Gebirgszügen ab. Von dem Berg läutete ein Glocke.

Der Mann mit der Narbe steuerte nach links; aber sie behielten das Ufer in weiter Sicht. Es wurde heller. Rechts über ihnen färbten sich die Wolken mit einem leichten Rot; noch war es sehr zart, aber es warf doch schon seinen Schimmer auf das Wasser.

»Da kommt die Sonne«, sagte Giorgio wieder zu dem großen Knaben, der jetzt still über das Wasser sah.

Der Knabe zuckte verächtlich seine mageren Schultern. »Warum nicht? Sie kommt ja jeden Tag.«

»Ich glaube, es gibt Sturm«, sagte da der kleine, sommersprossige Bursche, der auf der anderen Seite von Giorgio stand. »Woher weißt du das?« Giorgio drehte sich ihm zu.

Der Bursche schnüffelte mit seiner Stupsnase. »Am Wind, und wie er das Wasser kräuselt.«

»Bist du hier vom See?«, fragte Giorgio weiter.

»Ich bin aus Magadino. Es liegt drüben am Monte Tamaro.«

Er zeigte den Weg zurück, den sie genommen hatten. »Mein Vater ist Fischer, und ich war den ganzen Tag auf dem Wasser.«

»Nun fährst du nach Mailand?«

Der Bursche nickte. »Der letzte Sturm hat meinem Vater das Boot zerschlagen. Er brauchte ein neues. Was sollte er machen? Er hat mich dem da«, er drehte seinen struppigen Kopf nach dem Mann mit der Narbe, »mitgegeben. Es ist ja nur ein halbes Jahr, hat er gesagt, und so schlimm kann es in Mailand auch nicht sein.«

»Glaubst du?«, mischte sich der große Knabe ein. »Ich fahre das zweite Mal. Ihr werdet euch alle noch wundern.«

»Wie ist's denn?« – »Erzähl doch!« Alle bestürmten ihn. Aber der Große war schon wieder verstummt. Er sah aufs Wasser und spuckte hinein.

»Da sind die Inseln!«, rief auf einmal der kleine Fischerbub. Giorgio drehte sich um: »Wo?«

»Dort, siehst du. Es ist eine große und eine kleine. Wir waren schon einmal darauf. Sie heißen die Kanincheninseln; aber ich habe nicht einmal den Schwanz von einem Kaninchen gesehen.«

»Wohnt jemand da?«

»Ein alter Mann soll da wohnen, und Vipern gibt's, und ein paar Eulen haben wir in einem alten Haus gesehen. Dann sind wir schleunigst davongefahren.«

Der rote Schimmer, der auf den Wolken lag, verbreiterte sich. Er fiel auch auf die Spitzen der Berge, und sie bekamen auf einmal einen goldenen Helm.

»Seht nur, wie schön!«, rief Giorgio.

Der Fischerbub nickte. »Ja, das ist wirklich schön.«

Die Röte lief über das ganze Wasser. Wie Purpur lag sie auf den kleinen Wellen, die immer schneller gegen die Barke schlugen. Die Wellen schlugen auch höher, und die Barke schaukelte leicht.

Giorgio hielt sich fester. »Ist das der Sturm?«

Der Fischerbub lachte. »Dann gehen die Wellen viel höher.«

Sie hatten die Insel passiert und kreuzten vor Brissago.

»Noch eine Viertelstunde, Antonio«, sagte der Schiffer, »dann sind wir in Sicherheit.«

Der Mann mit der Narbe drückte ein Augenlid nach unten und die beiden blinzelten sich zu.

Die Knaben konnten jetzt das Ufer besser erkennen. Brissago war ein großer schöner Ort; unmittelbar am Wasser zogen sich ein paar hohe Gebäude hin. Darüber, inmitten von Zypressen, Kastanien und anderen Bäumen, kletterten die Häuser wie eine große Treppe einen steilen Berg hinauf. Auch das gegenüberliegende Ufer wurde sichtbar. Aber sie sahen nur eine kleine Kirche. Vom Ufer bis zu den Bergen lag noch alles in einem tiefen, dunklen Schatten.

»So«, sagte der Schiffer, »das hätten wir wieder geschafft.« Er zog die Ruder ein, nahm eine Pfeife aus der Tasche, setzte sich auf den Bordrand und begann zu rauchen. Der Mann mit der Narbe schien ebenfalls erleichtert. Er setzte sich neben den Schiffer, nahm ein Stück Brot und einen Zipfel Salami aus der Tasche und biss hinein.

Auch die Knaben spürten ihren Hunger aufs Neue, und sie sogen den Duft der Wurst genießerisch und begierig ein. »Nur Geduld«, ermahnte sie der Mann mit der Narbe, »in ein paar Stunden sind wir in Pallanza, dort bekommt ihr auch etwas.«

Der Schiffer konnte aber seine Pfeife nicht zu Ende rauchen, das Schiff schaukelte immer mehr und zu gleicher Zeit strich ein Wind über die Planken.

Er stand auf und sah sich um.

»Was ist?«, fragte der Mann mit der Narbe.

»Es windet«, antwortete der Schiffer.

»Nun, es windet doch immer auf dem Lago Maggiore.«

»So am Morgen kann es gefährlich werden. Jedenfalls ist es besser, wir fahren weiter.«

Der kleine Fischerbub stieß Giorgio an. »Hab ich dir nicht gesagt«, triumphierte er, »es kommt Sturm?«

Sie fuhren weiter; aber obwohl sich die Ruderer anstrengten, kamen sie nur mühsam vorwärts. Die Wellen legten sich wie kleine Barrieren vor die Barke, und sie musste jede einzelne überklettern. Giorgio machte das erst Spaß, auch einem Teil der anderen Knaben, bis die Wellen ihnen ins Gesicht schlugen. »Sieh«, der Fischerbub zeigte vorwärts, »da steigt sogar noch ein Gewitter auf.«

Die Männer starrten auch auf die schwarzen Wolken.

Die Sonne strahlte die Wolken an. Sie lag wie ein Feuer auf dem schwarzen Gewölk, und es sah aus, als ob die Blitze, die plötzlich ins Wasser fuhren, Sonnenstrahlen wären, die an der Wolkenmauer abprallten und nach unten fielen.

Es war schauerlich, und ein paar Kinder fingen zu weinen an. Der Mann mit der Narbe machte ein bedenkliches Gesicht.

»Sollten wir nicht lieber ans Ufer fahren?«

»Wir sind genau auf der Grenze«, sagte der Schiffer, »wenn wir jetzt die Richtung wechseln, müssen wir damit rechnen, dass uns der Wind nach Brissago zurücktreibt.«

»Dann also weiter«, brummte der Narbige und warf sich wieder gegen das Steuer.

Das Gewitter kam näher. Man hörte es zuerst am Grollen des Donners; es rollte sonderbar hohl auf dem Wasser, der Wind pfiff stärker, die Wellen bekamen Schaumkronen und die schwerfällige Barke fiel in sie hinein oder stieg auf sie hinauf, als wäre sie betrunken.

Auch der Regen kam näher. Wie ein Vorhang schob er sich heran. Erst bedeckte er das Wasser, dann strich er über das Ufer, jetzt legte er sich über das Schiff.

Die Kinder wurden nun nicht nur durch die Wellen nass, die die Barke jeden Augenblick mit einem feinen Sprühregen übergossen, auch von oben trommelte das Wasser auf sie herunter. Einige krochen zusammen. Diejenigen, die eine Jacke besaßen, bedeckten sich damit. Aber die meisten hatten nur Hose und Hemd und mussten die Nässe so ertragen.

»Wird das noch schlimmer?«, fragte Giorgio den kleinen Fischerknaben ängstlich.

»Schlimmer?«, lachte der Bub. »Es fängt ja erst an.«

»Wenn das Schiff nun untergeht?«

»Dann müssen wir eben schwimmen. Kannst du schwimmen?«
Giorgio konnte schwimmen. Er hatte es in den tiefen Tümpeln der Verzasca gelernt.

»Aber meinst du«, er hob seine Hand an die Augen, »dass ich bis ans Ufer komme?«

»Ich bestimmt.« Der Kleine zeigte seine Zähne. »Ich schwimme wie eine Ratte.«

»Ich kann überhaupt nicht schwimmen«, klagte ein anderer Knabe und sah unter seiner Jacke hervor.

»Ich bin schon bei ganz anderen Stürmen heil wieder nach Hause gekommen«, tröstete ihn der Fischerbub und sah auf das Wasser hinaus.

Die Wellen waren zu kleinen Bergen geworden. Wenn sich das Schiff hob, stand der Schiffer mit seinen Rudern über ihnen, und wenn es sich senkte, stieg der Mann mit der Narbe in die Höhe.

Die erste große Welle schlug in das Schiff hinein. Es war keine schlimme Welle, aber sie platzte so schnell auf die Kinder, dass die meisten laut aufschrien und nach hinten stürzten. Das ganze Boot kam dadurch ins Schwanken.

»Wollt ihr wohl ruhig bleiben!«, schrie der Mann mit der Narbe, der auch erschrocken war.

»Hier ist lauter Wasser«, riefen die Knaben und klammerten sich an der Hinterseite des Schiffes fest.

»Zurück!«, rief der Narbige gröber. »Schöpft es aus.«

»Das ist das Beste«, bestätigte der Fischerbub. Er hatte sich schon gebückt, ließ das Wasser in seine Kappe rinnen und schüttete es über die Planken aus. Giorgio half ihm, und auch die anderen Kinder wurden wieder mutiger. Die Wellen wurden aber immer größer. Die nächste, die über den Bordrand schlug, füllte den ganzen Boden. Außerdem fuhr zu gleicher Zeit ein Blitz in der Nähe ins Wasser. Alle schrien auf, auch Giorgio. Nur der Fischerbub behielt seine Ruhe.

»Es knallt immer so, wenn der Blitz ins Wasser schlägt«, erklärte er und schöpfte weiter.

Auch Alfredo war durch den Blitz erschrocken. Er glitschte aus, fiel hin und verlor sein Ruder.

»Schafskopf!«, schrie ihn der Fischer an. »Das hat uns gerade noch gefehlt.«

»Da schwimmt es«, sagte der Fischerbub und zeigte ins Wasser.
»Das schöne Ruder«, schimpfte der Schiffer weiter.

Giorgio nahm all seinen Mut zusammen und eilte Alfredo, der noch immer am Boden lag, zu Hilfe.

Alfredo versuchte sich bereits wieder aufzurichten.

»Lass nur, es ist nichts«, sagte er. »Ich habe mir bloß die Hand aufgeschlagen.«

Auch der Schiffer zog seine Ruder ein. »Es hat ja doch keinen Zweck«, brummte er, »gegen den Strom kommen wir nicht auf.« Die Wellen drehten das Schiff jetzt, warfen es nach rechts und nach links; der große schwerfällige Kahn war für sie nur noch ein kleiner Spielball.

Der Sturm wütete nun auch von der Seite, und zu Regen, Blitz und Donner kam noch Hagel. Erst war es nur eine gelbliche Wand, die auf sie zukam, dann verdunkelte sich alles, als hätte man eine Kappe über das Wasser und das Schiff gestülpt, und im gleichen Augenblick prasselte der Hagel wie Peitschenschläge auf die Kinder nieder.

»Au!«, schrie der eine.

»Mein Kopf!«, schrie der andere.

»Hilfe! Hilfe!«, jammerte ein Dritter.

Sie stürzten von einer Seite des schwankenden Schiffes auf die andere und heulten immer lauter.

»Steht ruhig!«, brüllte sie der Schiffer an und versuchte, sie wieder in der Mitte des Schiffes zusammenzutreiben.

Auch der Mann mit der Narbe schrie auf die Kinder ein. Aber es war schon zu spät. Eine große Welle, die das Schiff von der Seite gepackt hatte, drückte es so in das Wasser, dass die Kinder und die beiden Männer wie ein Rudel junger Hunde durcheinander und über den Rand des Schiffes in die Wellen fielen. Einen Augenblick später war die Barke umgeschlagen, und auch die Letzten lagen im Wasser.

Der Hagel peitschte noch immer auf den See, und als Giorgio seinen Kopf wieder aus dem Wasser hob, wäre er am liebsten noch einmal untergetaucht, um den fürchterlichen Hagelkörnern, die sein Gesicht und seine Hände trafen, zu entgehen.

Er sah hier eine Hand und da einen Kopf. Die Barke war verschwunden, und auch von den beiden Männern war nichts mehr zu sehen. Was hatte der Fischerbub gesagt? Du musst eben schwimmen. Nach welcher Seite war das Ufer wohl am nächsten? Nach der rechten? Nach der linken? Er schwamm erst einmal drauflos.

Da musste er plötzlich an Alfredo denken. Sie hatten sich ja geschworen, in Not und Tod zusammenzuhalten. Wo war er wohl? Giorgio drehte sich um, dabei fiel ihm ein, dass er Alfredo gar nicht gefragt hatte, ob er schwimmen konnte. Außerdem hatte sich Alfredo die Hand verletzt.

Giorgio schwamm, trotz der Hagelkörner, zweimal im Kreis herum; aber er sah jetzt auch nichts mehr von den anderen Kindern, dagegen stieß er an eines der großen Längsbretter, die in der Barke gelegen hatten. Er schwang sich darauf.

Herrlich, es trug ihn. Nun musste er sich nur noch gegen die Hagelschläge sichern, dann kam er bestimmt an eines der Ufer.

Giorgio legte sich der Länge nach auf das Brett und schaufelte sich mit den Händen vorwärts. Wie ein Reiter stieg er die hohen Wellen hinauf und hinunter.

Er sah sich noch immer nach Alfredo um. Schwamm da nicht jemand? Es konnte Alfredo sein. Giorgio rief. Aber der Schwimmer hörte nicht. Er rief noch einmal. Da war er endlich neben dem anderen und blickte in sein Gesicht. Er jauchzte auf. Wirklich, es war Alfredo.

Alfredo schien schon recht schwach und müde. Er konnte kaum noch lächeln, als er Giorgio sah. »Mein Arm«, stöhnte er, »ich kann nicht mehr.«

Giorgio glitt von seinem Brett und schob es Alfredo zu.

»Halt dich fest und schwing dich darauf.«

»Wenn ich nur könnte«, klagte Alfredo.

»Warte, ich helfe dir.«

Giorgio schwamm an Alfredo heran, drückte das Brett ins Wasser und wälzte Alfredo darauf. »Liegst du fest?«, fragte er.

Alfredo nickte.

»Warte, ich binde dich noch an der Planke fest.« Giorgio löste seinen Strick vom Leib und tat es. Dann schwamm er mit kleinen Stößen hinter der Planke her.

»Wie geht es?«, rief er Alfredo hie und da zu.

»Schon besser«, lächelte Alfredo.

Die Hagelwolke war vorbeigebraust. Es regnete zwar noch immer; aber es war bereits wieder so hell, dass man durch die Wolken und den Nebelvorhang sehen konnte.

»Sieh«, rief Giorgio, »da drüben ist Land!«

Ein paar Häuser und eine Kirche tauchten auf.

»Ist es Brissago?«, fragte Alfredo.

»Ich glaube, wir landen an der gegenüberliegenden Seite des Sees«, erklärte Giorgio. »Das Schiff hatte sich ja zuletzt ein paarmal gedreht.«

Auch der Sturm legte sich langsam. Die Wellen schlugen nicht mehr so hoch, und ihre weißen Kronen waren verschwunden.

Giorgio gab der Planke immer einen Stoß und schwamm ihr dann nach. Wenn er müde wurde, hängte er sich daran und ruhte sich eine Weile aus. So kamen sie ziemlich schnell vorwärts.

Auf einmal rief Alfredo: »Dort schwimmt noch jemand!«

»Wo?« Giorgio stemmte sich aus dem Wasser, er konnte aber niemand sehen.

»Ich glaube, es ist einer der Männer«, fuhr Alfredo fort.

Giorgio hob sich auf das Brett. Jetzt konnte er den Schwimmenden gleichfalls sehen. Es war der Mann mit der Narbe.

Auch er sah das Ufer seit einigen Minuten. Er war kein guter Schwimmer. Außerdem war er von der Kälte des Wassers wie gelähmt und fürchtete, das nahe Land nicht mehr zu erreichen. Allerlei Gedanken gingen ihm durch den Kopf. Warum hatte er nicht mit der Abfahrt bis zum Morgen gewartet, dann brauchte er jetzt nicht elendiglich zu ersaufen. Ob der Schiffer auch ertrunken war? Er war ein guter Kerl und Saufkumpan gewesen. Und die Kinder? Gott, die Kinder kümmerten ihn nicht weiter. Oder musste er vielleicht ihretwegen so elendiglich Wasser schlucken? Er wusste wohl, es ging ihnen schlecht in Mailand. Es stimmte auch, was man sich in Locarno erzählte und was die Zeitungen schrieben, es waren schon viele von den kleinen Kaminfegern bei ihrem Beruf erstickt oder in ihren Elendslöchern erfroren. Er schwamm immer hastiger. Ja, sicher, es war die Strafe wegen der Kinder. Er wollte – nun, was wollte er? Wenn er glücklich an Land kam, wollte er keine Kinder mehr kaufen oder verkaufen.

Wieder kam eine Welle. Er drehte sich auf die Seite und spuckte das Wasser aus. Da sah er die Planke mit den beiden Knaben.

Vielleicht war das die Rettung? Vielleicht hatte die Madonna sein

Versprechen gehört. Er drehte sich um und schwamm auf das lange Brett zu. Aber wenn er mit dem Brett ans Ufer kommen wollte, musste er die beiden Knaben hinunterschmeißen. Drei Menschen trug die Planke nicht.

Er schwamm wieder hastiger. Es war ja auch nicht schade um sie. Wer waren sie denn? Den Eltern war es sicher gleich, ob diese Kerle ertranken oder erst in Mailand erfroren oder erstickten. Und warum sollten sich gerade diese beiden retten? Die anderen waren bestimmt auch ertrunken. Hoffentlich wehrten sie sich nicht, wenn er sie von der Planke stieß; viel Kraft hatte er nicht mehr. Ein Stoß, zwei Stöße. Was war das? Hoffentlich kam er überhaupt noch hin. »Er geht unter«, hörte er Alfredo noch sagen.

»Halt ihn fest«, rief Giorgio, »sonst ertrinkt er.«

Alfredo bog sich vom Brett hinunter und fasste mit seiner gesunden Hand zu.

»Hast du ihn?«, fragte Giorgio.

»Ja, aber er ist verdammt schwer.«

»Ich komme!«

Giorgio schwamm eilig um das Brett herum und fasste den Mann an den Beinen.

»Ich glaube, er ist ohnmächtig geworden. Er rührt sich nicht mehr.«

»Schieb ihn herauf!«, rief Alfredo.

»Dann musst du aber hinunter.«

»Es wird schon gehen«, antwortete Alfredo. »Ich habe mir schon den Strick abgemacht.«

Alfredo glitt nach der anderen Seite ins Wasser, und sie zogen und schoben den schweren Mann auf die Planke hinauf. Es war gut, dass ihn das Wasser beinahe trug, sonst hätten ihn die Knaben nicht hinaufgebracht.

»Nun häng dich hinten an das Brett«, sagte Giorgio, als sie ihn oben hatten. »Ich bleibe vorn bei seinem Kopf und ziehe.«

Er fasste das Brett mit der rechten Hand, während er mit der linken und den Füßen strampelte.

Alfredo schob, und wenn er nicht mehr konnte, zog er sich, wie es Giorgio gemacht hatte, auf das Brett hinauf und verschnaufte.

Sie trieben langsam in eine kleine Bucht hinein.

»Lenk das Brett nach rechts, dort ist eine Sandbank«, rief Giorgio. Alfredo tat es.

»So, nun noch ein paar Stöße.« Giorgio konnte schon alles genau erkennen: den Strand, die Wiese dahinter, ein paar Erlen und einen großen Feigenbaum, und gleich darauf stieß er auf Grund.

»Hurra!«, rief er. »Ich spüre Steine.«

Auch Alfredo hatte Grund.

Sie mussten noch ein paar Schritte durch das Wasser waten, dann stiegen sie auf den Sand und schoben das Brett vor sich her. Alfredo warf sich zuerst einen Augenblick hin. »Oh!«, stöhnte er.

Giorgio beugte sich schon über den Mann.

»Ob er noch lebt?«

Alfredo sprang auf. »Reiß ihm die Jacke herunter.«

Sie taten es.

»So, nun leg den Kopf etwas tiefer.«

Giorgio machte alles ganz mechanisch.

»Wir müssen seine Arme vor- und zurückstoßen.«

»Woher weißt du das?«

»Ich habe es gesehen. In Lugano war auch einmal ein Mann beinahe ertrunken.«

Die beiden Buben beugten sich über den Leblosen, und Giorgio bewegte seine Arme hin und her.

»Horch«, sagte Alfredo.

»Ja?«

»Ich glaube, er hat gestöhnt.«

Giorgio hörte es jetzt auch, und gleichzeitig sah er, dass wieder Farbe in das finstere, behaarte Gesicht des Mannes kam. Auch die Narbe glühte auf.

»Er atmet«, sagte Giorgio.

»Er lebt!«, rief Alfredo.

Sie nickten sich zu und sahen sich erfreut an.

Zweiter Teil

Die verkauften Knaben

VIA
BORGO
SPESSO

7 Eine lange Reise, die in einem Keller endet

Der Mann mit der Narbe schlug die Augen auf. Er sah sich erstaunt um. Wo war er? Über ihm wölbte sich der Himmel. Rechts standen ein paar Bäume, links stand ein Haus. Er war also nicht ertrunken. Er lebte. Er wollte sich aufrichten, aber seine Augen fielen wieder zu. Er war noch zu schwach.

Nach einer Weile machte er sie zum zweiten Mal auf. Es war tatsächlich so, er war an Land und gerettet. Luft war um ihn, noch immer eine kalte, wässrige Luft; aber er konnte sie einatmen und wieder ausstoßen, und nun wurde ihm auch wohler. Da sah er die Knaben.

»Ihr?«, stotterte er. »Ihr?« Er dachte an seine letzten Gedanken, und seine Augen wurden groß. »Habt ihr mich vielleicht aus dem Wasser gezogen?«

»Ja«, antwortete Giorgio. »Ihr wolltet gerade ertrinken.«

»Aber ich war doch noch weit draußen?«

»Ihr fasstet nach unserer Planke, da gingt Ihr unter.«

»So, ich fasste nach eurer Planke?«

»Ja, und da haben wir Euch hinaufgezogen und ans Ufer gebracht. Ihr wart auch hier noch eine Weile wie tot. Aber mein Freund«, er zeigte auf Alfredo, »hat mir gesagt, was man mit einem Ertrunkenen machen muss, und endlich habt Ihr geatmet und seid wieder aufgewacht.«

»Du hast mir also das Leben gerettet?«

»Ja«, erwiderte Giorgio schlicht. »Wir sind froh.«

»Ihr seid froh? Wisst ihr nicht, dass ich euch nach Mailand bringe?«

»Ja, Ihr habt es gesagt.«

»Wisst ihr auch, was euch in Mailand erwartet?«

Giorgio und Alfredo nickten. »Wir werden Kaminfeger.«

»So, das wisst ihr. Wisst ihr aber auch, dass dieses Handwerk das schlimmste Handwerk für Buben, wie ihr seid, ist?«

Giorgio senkte sein Gesicht. »In unserem Dorf hat sogar einer gesagt, die Kaminfegerbuben in Mailand sterben wie die Fliegen.«

»Das wisst ihr alles, und trotzdem habt ihr mich aus dem Wasser gezogen?« Der Mann mit der Narbe schnäuzte sich und sah sie mit einem leichten Kopfschütteln an. »Wisst ihr, was ich an eurer Stelle getan hätte? Ich hätte den Antonio Luini ersaufen lassen, dann die Beine unter den Arm genommen und wäre so schnell wie möglich wieder in mein Heimatdorf zurückgelaufen.«

Giorgio sprang auf. »Das können wir ja jetzt noch tun.«

»Nein«, erwiderte der Mann, »jetzt ist es zu spät.«

»Warum?«

»Weil ich dann in euer Dorf gehe und dich von deinem Vater zurückverlange. Nein, ihr hättet mich schon ersaufen lassen müssen, um frei zu werden.«

Giorgio setzte sich. Auch Alfredo hatte sich wieder auf den Sand gesetzt. Beide blickten auf das Wasser.

Der Mann mit der Narbe sah auch auf die Wellen. Da fiel ihm das Versprechen ein, das er der Madonna gegeben hatte. Es war dumm gewesen. Es hatte auch keinen Zweck. Wenn er keine Kinder mehr kaufte, kaufte sie ein anderer. Nein, es war schon besser, die Kinder mit nach Mailand zu nehmen. Er wollte ihr ein anderes Opfer bringen. »Du hast dafür einen Wunsch bei mir gut«, wandte er sich an Giorgio.

»Ich auch?«, fragte Alfredo.

»Nein. Nur der, der mich aus dem Wasser gezogen hat.«

»Ich müsste übrigens auch gehen, wenn Ihr ertrunken wärt«, sagte Alfredo leiser. »Mich hat ein Mann aus Como gekauft.«

»Ich weiß.« Der Mann mit der Narbe strich über sein Gesicht. »Es ist ein gewisser Marsalla. Aber wenn ich tot wäre, wüsste ja niemand, dass du dich gerettet hast, und du könntest auch in Ruhe nach Hause gehen.«

»Ich habe kein Zuhause«, antwortete Alfredo.

Giorgio schielte zu ihm hinüber. Alfredo sah plötzlich weiß aus. Es konnte aber auch noch vom Wasser sein.

»Ob wir wohl die Einzigen sind, die sich gerettet haben?«

Giorgio stand auf.

Auch Alfredo schüttelte sich und sprang in die Höhe. »Ja, vielleicht schwimmen noch welche im Wasser.«

»Der kleine Fischerbube. Er sagte, er schwämme wie eine Ratte.«

»Ich glaube, der Große, der mit mir ruderte, konnte auch schwimmen«, meinte Alfredo.

Sie sahen auf den Mann mit der Narbe. Der stemmte sich gleichfalls hoch. Er war noch immer etwas mitgenommen. Nun schüttelte er sich wie ein Hund, und das Wasser spritzte nach allen Seiten.

»Ich glaube kaum, dass noch einer lebt. Aber ihr könnt ja hinauf ins Dorf gehen und dem Nächsten, den ihr trefft, erzählen, was eben auf dem Wasser passiert ist.«

»Geht Ihr nicht mit?« Giorgio starrte ihn erstaunt an.

Der Mann lachte auf. »Lieber nicht. Man kennt mich hier am See und nicht gerade von der besten Seite. Sagt auch keinem Menschen, dass ihr mich gerettet habt. Man könnte euch sonst nachträglich wieder ins Wasser werfen. Aber glaubt nicht, dass ihr mir deswegen davonlaufen könnt. Fragt oben nach der Straße nach Mailand, und gleich hinter dem Dorf erwarte ich euch. Aber springt. Wir müssen heute noch mindestens bis Pallanza oder Stresa kommen.«

Giorgio zögerte einen Augenblick.

»Soll ich euch etwa Beine machen?«

Der Mann mit der Narbe hatte wieder sein altes Gesicht bekommen. Er sah grob und gefährlich aus, und Giorgio tat es das erste Mal leid, dass sie den Mann aus dem Wasser gezogen hatten.

Sie kamen auf einen kleinen Weg und sahen sich noch einmal um. Der Mann mit der Narbe drohte ihnen mit der Faust, dann war er hinter ein paar Weidenbüschen verschwunden.

Der Ort hieß Cannobio. So weit waren sie also vom Sturm nach Süden getrieben worden, und sie hatten geglaubt, in der Nähe von Brissago zu sein.

Der erste Mensch, den sie trafen, war ein Zollwächter. Sie liefen auf ihn zu.

»Herr Zöllner!«, rief Alfredo.

Auch Giorgio rief.

Der Zöllner blieb stehen. »Was ist denn?«

»Eben ist hier eine Barke untergegangen.«

»Woher wisst ihr das?« Der Zöllner sah auf ihre nassen Sachen. »Wart ihr etwa mit darin?«

Die Knaben nickten eifrig. »Wir waren zwanzig Buben«, sagte Alfredo.

»Und zwei Männer«, setzte Giorgio hinzu.

Der Mann sah sie immer erstaunter an. »Wo kam denn eure Barke her?«

»Von Locarno. Wir sind junge Kaminfeger und sollten nach Mailand gebracht werden.«

Der Zöllner spitzte den Mund und pfiff. »Ach, wohl von diesem Antonio. Nun, hoffentlich hat ihn der Teufel geholt und ihm sein sauberes Handwerk für immer gelegt. Aber«, er sah sie an, »wo sind denn die anderen Buben? Ihr seid doch nur zwei?«

»Ich glaube ...«, stotterte Giorgio.

»Was glaubst du?«

»Ich glaube, wir sind die beiden Einzigen, die sich gerettet haben, die anderen sind wohl ertrunken.«

»Das sagst du erst jetzt? Kommt mit!« Der Mann rannte eilig ins Dorf hinein.

Die Knaben hasteten hinter ihm her.

»Sollen wir es ihm sagen?«, flüsterte Giorgio leise Alfredo zu.

»Was denn?«, fragte Alfredo.

»Dass sich Antonio doch gerettet hat?«

»Ich weiß nicht.«

»Wenn wir es ihm sagen«, flüsterte Giorgio weiter, »nehmen sie ihn vielleicht fest und stecken ihn ein, dann sind wir frei!«

»Ich nicht«, sagte Alfredo, »außerdem haben wir ihm versprochen zu schweigen.«

»Aber er scheint doch ein großer Schurke zu sein.«

Alfredo drehte sich nach Giorgio um. »Dann wird ihn der Teufel auch holen, ohne dass wir ihn verraten.«

Sie kamen an einem langgestreckten Haus vorüber. Der Zöllner pochte an den Fensterladen: »Battista!«

»Ja«, antwortete eine piepsende Stimme.

»Läute die Glocke, eine Barke ist untergegangen!«

Sie rannten weiter auf das Zollhaus zu: »Pietro, Carlo, schnell in den Hafen!«

»Wo brennt's denn?«, fragten die beiden Gerufenen und kamen vor die Tür.

Es waren zwei andere Zöllner.

»Eine Barke! Achtzehn Kinder! Wir müssen auf den See!«

Der Zöllner rief noch aus ein paar anderen Häusern die Leute heraus. Die Glocken hatten unterdessen zu läuten begonnen, und als sie endlich an den kleinen Kai kamen, war der halbe Ort schon versammelt, und die ersten Boote fuhren auf den See hinaus.

»Wo ist denn eure Barke untergegangen?«, fragte sie der Zöllner.

Ein Mann mischte sich ein. »Dort drüben.« Er zeigte über das Wasser. »Wir haben sie schon gesichtet!«

Auch Giorgio und Alfredo sahen jetzt ihr Schiff. Es trieb kieloben ungefähr in der Mitte des Sees.

Der Zöllner ließ sie stehen, winkte seinen Kameraden und bestieg sein Boot. Die Kinder zählten: Elf Boote waren schon auf dem Wasser.

»Du«, zischte Alfredo plötzlich.

»Ja.« Giorgio drehte sich zu ihm.

»Jetzt müssen wir gehen.«

»Wollen wir nicht warten, bis die Boote zurückkommen?«

»Dann werden sie uns wahrscheinlich festhalten.«

Giorgio nickte. Alfredo hatte recht. Wenn sie sich jetzt nicht aus dem Staub machten, würde man sie bestimmt hierbehalten und ausfragen, sobald die Boote wieder zurückkamen. Und dann wartete der Mann mit der Narbe vergebens auf sie.

Giorgio wäre trotzdem lieber noch ein paar Minuten geblieben. Er hätte so gerne gewusst, ob man wenigstens den Fischerbub aus Magadino gerettet hatte.

»Geh nach rechts, ich gehe nach links«, flüsterte Alfredo. »Da fällt unser Verschwinden am wenigsten auf.«

Es fiel auch so nicht auf. Die Frauen und Kinder, die noch am Ufer standen, sahen alle aufs Wasser, und im ganzen Ort trafen sie keine lebende Seele mehr.

»Jetzt haben wir vergessen, nach der Straße nach Mailand zu fragen«, sagte Giorgio, als sie den Ort auf einem kleinen Wiesenpfad hinter sich ließen.

»Ich glaube, es geht immer den See entlang«, tröstete ihn Alfredo. »Gehen wir also erst einmal weiter.«

Sie schlüpften durch dichte Weinlauben, gingen an hohen Maisfeldern vorbei und tauchten in kleinen Olivenwäldern unter.

»Ich fürchte, wir sind falsch«, meinte Giorgio.

»Ich fürchte auch.« Alfredo zog seine Stirn in Falten. »Jetzt hätten wir ihn schon treffen müssen.«

Sie kamen wieder in Maisfelder, auf einmal wurden sie angerufen. »Ihr kommt reichlich spät«, sagte eine Stimme. Sie drehten sich um. Sie waren also auf dem richtigen Weg. Der Mann mit der Narbe stand zwischen den Maisstauden. Sie erzählten ihm, was alles passiert war, seitdem sie sich getrennt hatten. Nur von dem, was der Zöllner über ihn gesagt hatte, erzählten sie ihm nichts.

»Ich hörte die Glocken läuten. So, und die Barke haben sie gesichtet? Habt ihr auch gesehen, ob noch jemand aufgefischt wurde?«

Die Knaben schüttelten den Kopf.

»Ich glaube auch nicht, dass noch einer von den anderen lebt. Das Schiff ist ja schon vor einer Stunde untergegangen.«

Sie wanderten weiter. Der Weg führte am Lago Maggiore entlang. Der Mann schritt eilig, beinahe hastig vor ihnen her. Sie konnten ihm kaum folgen. Manchmal blieb er stehen. »Schnell«, schimpfte er dann, »beeilt euch. Wir müssen wirklich sehen, dass wir heute noch bis Pallanza kommen.«

Giorgio wurde aber immer müder. Auch Alfredo konnte nicht mehr. Außerdem hatten sie Hunger.

»Hunger?« Der Mann sah sie spöttisch an. Im nächsten Dorf kaufte er aber doch Wurst und Brot. Hinter dem Ort setzten sie sich ans Wasser. Der Mann brach das Brot in drei Teile. Von der Wurst gab er ihnen nichts. Die aß er allein.

»Auf! Auf!«, trieb er sie dann wieder an.

Sie kamen nach Intra. Vier Ochsenwagen rollten ihnen entgegen. Ein paar Bauern, die auf ihr Feld wollten, grüßten. Der Mann mit der Narbe sah immer auf die Seite, sobald sie jemandem begegneten. Er hatte es überhaupt nicht gern, wenn sie gesehen oder gar gegrüßt wurden.

Nach einigen Stunden erreichten sie Pallanza. Das war ein schöner Ort. Die Leute saßen auf einer Promenade am Wasser. Manche gingen auch hin und her. Man konnte von da aus auf ein paar Inseln sehen, die mitten im See lagen. Zwei kleine, bewimpelte Schiffe fuhren hinüber. Die Knaben wollten stehen bleiben; aber der Mann stieß sie weiter.

Kurz hinter Pallanza blieben die Knaben zum zweiten Mal stehen.

»Ich kann nicht mehr«, stöhnte Giorgio.

»Ich kann auch nicht mehr«, klagte Alfredo. »Außerdem schmerzt meine Hand.«

Der Mann mit der Narbe schimpfte und wollte sie vorwärts treiben; aber als er Alfredos Hand sah, die rot und geschwollen war, lenkte er ein. »Dann müssen wir eben im Freien übernachten.«

Alfredo hatte nichts dagegen.

Giorgio war etwas ängstlich. Er hatte noch nie im Freien geschlafen.

Sie legten sich unmittelbar am Wasser hinter einen Busch. Der Mann lag kaum, so schnarchte er schon. Alfredo schlief schnell ein; aber Giorgio blieb lange wach.

Er hörte viele hundert Frösche quaken. Er hörte die Grillen zirpen. Sie zirpten lauter und schriller als die daheim. Sie waren wohl auch größer. Manchmal vernahm er das laute Plätschern eines Fi-

sches, der aus dem Wasser sprang, und auf einmal hörte er das helle »Kiwi, Kiwi« von kleinen Käuzen. Sie schrien genauso wie die Käuze im Glockenturm.

Er hatte das kaum gedacht, da war er mit allen seinen Gedanken daheim. Es war das erste Mal seit dem Abschied von Sonogno, dass er sich an sein Dorf erinnerte. Er sah die Mutter. Ob der Arzt bei ihr gewesen war? Er sah das fröhliche Gesicht seines Vaters, der sich über den Regen freute. Anita hatte sicher all seine Tiere bereits in ihr Haus geholt. Ob die Meisen auch schon so zutraulich zu ihr waren wie zu ihm?

Er wollte den Gedanken zu Ende denken, da rissen die Fäden ab und er war mit seinen Sinnen auf dem See. Er spürte den Sturm, sah die Gesichter der Buben und dachte wieder darüber nach, ob es nicht unrecht gewesen war, in Cannobio die Rettung des Mannes mit der Narbe zu verschweigen. War er nicht an dem Tod all der andern Kinder schuld? Der Zöllner in Cannobio hatte ihn sogar einen Teufel genannt. Auch das Gesicht des Fischerbuben aus Magadino tauchte erneut vor ihm auf, aber es war jetzt nicht mehr fröhlich wie heute Morgen. Es war blass, und Giorgio schauerte plötzlich. Er fror auch und hatte Angst.

Vor was? Er wusste es selber nicht. Da stieß jemand an seine Hand. Erschrocken drehte er sich um. Vor ihm stand ein großes, schwarzes Tier.

Er schrie auf, und das Tier lief davon.

Durch seinen Schrei waren der Mann mit der Narbe und Alfredo gleichzeitig aufgewacht.

»Was ist denn?«, brummte der Mann.

»Es war ein großes Tier da.«

»Ach«, sagte der Mann, »du träumst. Leg dich auf die andere Seite und schlaf weiter.«

»Ich sehe es sogar«, sagte Giorgio. Das Tier war in großem Bogen wieder zu ihrem Lager zurückgekommen.

Der Mann richtete sich auf. Das Tier stand kaum zehn Meter von ihnen entfernt und starrte sie an. Es hatte große, helle Augen und einen buschigen Schwanz.

Da jaulte es, und der Schwanz wedelte hin und her.

»Ein Hundevieh«, rief der Mann mit der Narbe und warf nach dem Tier.

Der Hund ging aber nicht weg. Er knurrte sogar.

Alfredo stemmte sich in die Höhe. »Wir hatten auch so einen Hund.«

Er ging auf den Hund zu, lockte ihn, und der Hund jaulte und wedelte wieder mit dem Schwanz.

Er zog das Tier näher. Es war ein großer, zottiger Schäferhund. Giorgio fürchtete sich immer noch; aber Alfredo beruhigte ihn. »Du kannst ihn streicheln. Er tut dir nichts.«

Als ihn auch der Mann mit der Narbe streicheln wollte, knurrte er wieder. Er schien überhaupt keine freundschaftlichen Gefühle für den Narbigen zu empfinden. Wahrscheinlich konnte er den Steinwurf nicht vergessen.

»Jagt den Köter fort!«, befahl der Mann.

Er ging aber nicht.

»Dann legt euch etwas weiter ans Wasser mit dem Tier. Ich will ihn nicht in meiner Nähe haben.«

Die Kinder taten es. Der Hund legte sich neben sie. Giorgio wurde nun wohler und friedlicher ums Herz. Er schlief sofort ein.

Als sie erwachten, lag der Hund noch immer bei ihnen. Sie gingen ein paar Schritte ins Wasser, wuschen sich, und der Hund sprang mit hinein.

»Beeilt euch«, rief der Mann mit der Narbe, »sonst kommen wir nie nach Mailand.«

»Ob der Hund wohl mitgeht?«, fragte Giorgio.

»Wir werden es ja sehen.« Alfredo lockte ihn, und er sprang mit.

Als Pallanza außer Sicht war, blieb das Tier stehen. Es bellte, schlug mit dem Schwanz und sah sie bittend an. Der Mann trieb sie weiter. Sie sahen sich noch ein paarmal um. Der Hund saß noch immer an seinem Platz. Erst als die Straße einen Bogen machte, verloren sie ihn aus den Augen, und es war ihnen, als hätten sie einen Freund verloren.

Sie mussten einen Fluss überqueren, später das Delta des Toce. Es war ein einziges großes Wasser, Schlamm und Kiesbecken, und gegen Mittag kamen sie nach Stresa.

Sie mussten sich in der Nähe der Kirche niedersetzen, und der Mann mit der Narbe verließ sie für einen Augenblick. Die Glocken läuteten, und sie sahen zu ihnen hinauf.

Da hörten sie, dass man von ihnen sprach.

Eine Frau sagte zu einer anderen: »Weißt du schon, dass bei Cannobio eine Barke mit zwanzig Kindern untergegangen ist?« Die andere nickte.

»Gerade ist ein Mann von Cannobio gekommen. Sie haben gestern und heute den ganzen See abgesucht; aber außer der Barke und vier Rudern haben sie nur den toten Schiffer und zwei tote Kinder gefunden. Niemand von den Insassen der Barke scheint mehr am Leben zu sein.«

»Wir sind also wirklich die Einzigen, die lebendig ans Ufer gekommen sind«, flüsterte Alfredo.

»Und der Mann mit der Narbe«, setzte Giorgio hinzu. »Glaubst du übrigens noch immer, dass es recht war, seine Rettung zu verschweigen?«

Alfredo blickte auf das Wasser. »Ich weiß nicht. Aber wenn es nicht richtig war, können wir es ja in Mailand noch sagen.«

Zwei Männer gingen hinter den Frauen her. Der eine sagte auch: »Die armen Kinder!«

Die ältere der beiden Frauen drehte sich um. »Man liest gerade eine Messe für sie.«

»So«, sagte der Ältere, der einen Spitzbart hatte, und sah nach der Kirche hinüber; der andere meinte: »Dann wollen wir einen Augenblick in die Kirche gehen.«

Die Leute gingen auf das Gotteshaus zu. Der Spitzbärtige drückte die schweren Flügeltüren auf, und die Frauen gingen hinein. Die Männer warteten noch ein paar Minuten, dann folgten auch sie.

»Sie lesen eine Messe für uns«, seufzte Giorgio, und ihm war wieder recht weh ums Herz.

»Ja«, krächzte in diesem Augenblick der Mann mit der Narbe, der leise wieder zu ihnen getreten war, »es wird höchste Zeit, dass wir endlich aus Stresa verschwinden. Am ganzen Seeufer suchen sie nach den beiden geretteten Knaben, die auf einmal wieder verschwunden sind.«

Hinter Stresa wurde das Land breiter, die hohen Berghänge, die sie bisher begleitet hatten, sanfter, auch die Felder bekamen ein üppigeres Aussehen, und die dunkelblauen Trauben, die sie hie und da mit einem Sprung stahlen, waren so reif und saftig, dass sie immer nur eine von den großen, zuckrigen Beeren in den Mund nehmen konnten.

Kurz vor Arno überholte sie ein Bursche mit Pferd und Wagen. Da die Knaben müde waren, fragte der Mann mit der Narbe den Burschen, ob sie ein Stück mitfahren könnten.

»Sitzt nur auf!« Der junge Mann zeigte mit seiner Peitsche hinter sich.

Sie sprangen auf den Wagen hinauf.

Der Mann knallte mit seiner Peitsche und ließ seine Pferde schneller laufen. Er pfiff oder sang dazu und schien überhaupt ein lustiger Kerl zu sein.

»Wo kommt ihr eigentlich her?«, fragte er den Mann mit der Narbe.

»Von Locarno«, antwortete der.

»Zu Fuß?«

Der Narbige nickte.

»Da habt ihr Glück gehabt«, plapperte der Bursche weiter. »Gestern sind zwanzig Buben und zwei Männer mit einer Barke von Locarno gekommen, und bei Cannobio ist die Barke untergegangen. Bis auf zwei Buben sollen alle ertrunken sein. Die beiden sucht man übrigens, und wenn Ihr nicht dabei wäret, Herr, würde ich sagen: ›Das sind sie‹.« Und er zeigte mit seiner Peitsche auf Giorgio und Alfredo. »Aber ein Mann wurde nicht in dem Bericht erwähnt.«

»Ich habe in Stresa auch davon erzählen hören«, erwiderte der Mann mit der Narbe. »Man las gerade eine Messe für sie. Ja, die armen Buben und die armen Männer.«

»Nun«, sprach der Bursche weiter, »um die Männer soll es nicht schade sein. Sie haben die Kinder im Tessin gekauft und wollten sie als Kaminfeger nach Mailand bringen.« Er zwinkerte mit den Augen. »Ihr wisst ja wahrscheinlich, wie man hierzulande über diesen Handel denkt. Ich glaube, wenn man einen der Männer noch lebendig aus dem Wasser gezogen hätte, wäre er erschlagen worden, oder man hätte ihn wieder ins Wasser geworfen.«

»Meint Ihr?«, entgegnete der Narbige.

»Ja, das meine ich«, sagte der Bursche grob; dann hielt er unverhofft an.

»So«, sagte er wieder freundlicher, »jetzt muss ich nach Borgomanero hinauf, und ihr wollt sicher die Straße weiter.«

Der Mann mit der Narbe nickte. »Ja, bis Castano Primo. Da sind wir daheim.«

»Ach, sind das etwa deine Söhne?«, fragte der Bursche noch. Er hob schon seine Peitsche.

»Der Kleinere.« Er zeigte auf Giorgio. »Der Größere ist der Sohn meines Bruders.«

»Na, dann noch guten Weg.« Die Pferde zogen wieder an.

»Schönen Dank«, grüßte der Narbige zurück, und der Wagen verschwand.

Giorgio und Alfredo hatten während des Gespräches wie auf Kohlen gesessen. Sie hätten so gern gesagt, dass sie die beiden geretteten Buben waren. Ja, es lag ihnen schon in Stresa auf der Zunge und nun wieder.

Aber der Mann mit der Narbe sah sie so grob und feindlich und zugleich höhnisch und verschlagen an, dass ihnen die Worte im Hals steckenblieben.

Jetzt fasste sie der Mann mit der Narbe an: »Das sage ich euch«, und sein schwarzes bissiges Gesicht stand drohend über ihnen, »haltet den Mund und schwatzt nicht, auch wenn euch der Teufel selber fragt. Jetzt habt ihr auch gehört, wer ihr seid. Also du«, er packte Giorgio fest und schüttelte ihn, »bist mein Bub. Und du«, er zog auch Alfredo näher an sich, »bist der Bub meines Bruders. Und wo wollen wir hin? He!«

Der Griff des Mannes war fest, seine Augen blitzten und die Narbe glühte. »Nach Castano Primo«, antworteten die Knaben gehorsam.

Die Straße führte wieder unmittelbar am Wasser entlang, rechts und links von ihnen war Schilf und Sumpf. Ein paar Enten flatterten auf. Ein Raubvogel schwebte über ihnen; aber er verschwand bald. In einem kleinen Dickicht schrie eine Elster. Sie verließ ihr Versteck und flog eine Weile kreischend vor ihnen her.

Sie kamen wieder an einen Fluss. Er war breit und reißend, und Giorgio fragte den Mann, was dies für ein Wasser sei.

»Der Ticino«, antwortete der Mann.

Giorgio lachte, auch Alfredo verzog sein Gesicht.

»Warum fragt ihr erst, wenn ihr mir dann doch nicht glaubt?«

»Ist er es wirklich?«, sagte Giorgio. »Bei Locarno war er viel kleiner.«

»Alles wächst mit der Zeit. Warum sollen nicht auch die Flüsse wachsen? Er ist sogar schiffbar«, setzte er nach einer Weile hinzu, »und wenn unsere Barke nicht untergegangen wäre, würden wir auf ihm und auf dem Naviglio Grande bis Mailand fahren.«

»Bis Mailand?«, wiederholten die Buben, und sie blickten erstaunt in die schlammigen, gelben Fluten.

Die Straße führte am Fluss entlang; aber der Mann mit der Narbe wollte ihn überqueren. Er wölbte die Hände zu einem Trichter und rief: »Hallo!« Von drüben setzte sich langsam ein Fährschiff in Bewegung. Der Fährmann war alt und weißhaarig. »Denkt daran, was ich euch gesagt habe«, warnte sie der Mann mit der Narbe, bevor sie ins Boot stiegen.

Der Fährmann stieß die Fähre ab. Das Boot war groß und ungelenk wie ihre Barke. Der Mann mit der Narbe nahm eine Stange und half bei der Überfahrt. Die Knaben lehnten sich über den Bootsrand und hielten die Hände ins Wasser.

Dann gingen sie noch ungefähr zwei Stunden am Fluss weiter. Endlich blieb der Narbige stehen. »Seid ihr müde?«, fragte er. Sie waren nicht nur müde, sie waren auch hungrig; denn sie hatten den ganzen Tag außer Brot und ein paar Weinbeeren nichts gegessen.

»Da ist ein kleines Gehölz«, sagte der Mann. »Kommt, wir gehen hinüber.«

Sie überquerten einen Bach und legten sich zwischen die Sträucher und Bäume. Sie schliefen auch gleich ein, aber nach wenigen Minuten erwachte Giorgio wieder. Alles an ihm stach und brannte.

Er richtete sich auf. Auch Alfredo und der Mann saßen.

»Was sticht mich so?«, fragte Giorgio.

»Schafskopf«, knurrte der Mann, »Mücken. Kommt, hier können wir nicht bleiben.«

Sie schleppten sich weiter. Der Mond stand am Himmel. Er lag wie ein leichter, heller Schein über dem Land. Sie konnten alles sehen. Die Steine, das Wasser, ihre eigenen Gesichter, auch ihre Schatten. Ein paar Fledermäuse huschten über sie hin, zwei Eulen flogen von einem Baum zum anderen. Ein kleiner Vogel schrie irgendwo im Busch.

Sie versuchten sich nochmals hinzulegen, aber die Mücken verfolgten sie weiter. Erst als sie auf einer kleinen Straße in hügeliges Gelände abbogen und es kühler wurde, hatten sie Ruhe vor ihnen; aber da ging schon die Sonne auf, es wurde Tag, und sie hatten die Lust zum Schlafen verloren.

Sie kamen nach Castano Primo und wanderten nun einen Kanal entlang bis Rho. Die Berge waren vollständig verschwunden, alles war eben und die Felder so groß und breit, dass sie die Knaben kaum übersehen konnten.

In Rho kaufte der Mann noch einmal Wurst und ein ganzes Brot. Die Bäckersfrau schenkte Giorgio und Alfredo noch einen Wecken. »Sie sehen so blass aus. Ihr solltet die Kinder besser füttern.«

»Füttert nur Eure gut!«, knurrte der Narbige.

»Nun, nichts für ungut«, versuchte die Frau den Narbigen wieder zu beschwichtigen, »aber sie schauen wirklich aus, als hätten sie seit Tagen nichts Richtiges in den Magen bekommen.«

Der Mann gab ihnen trotzdem wieder nichts von seiner Wurst. Die Knaben tauchten deshalb ihre Wecken in das klare Wasser eines Baches, um sie weicher und schmackhafter zu machen. Es gab hier viele solche Bäche. Sie flossen durch Kanäle und Schleusen. Sie stürzten über kleine Wehre und manchmal mitten in die Felder hinein. Einige Felder standen sogar vollständig unter Wasser.

»Warum macht man das?«, fragte Giorgio.

»Das sind Reisfelder«, erklärte der Mann mit der Narbe, »die brauchen so viel Wasser.«

Reis wuchs hier; das hatte auch Alfredo nicht gewusst. Sie sahen sich die großen, hohen Halme an.

»In ein paar Wochen«, fuhr der Mann fort, »wird er geschnitten.«

Sie machten noch eine Rast, denn die Sonne lag wie Feuer über der Ebene, und erst, als sie schon ziemlich schräg stand, sprangen sie wieder auf.

»Jetzt müssen wir uns aber beeilen«, mahnte der Mann mit der Narbe, »sonst müssen wir noch einmal unterwegs übernachten.«

Sie hatten Gesellschaft bekommen. Von allen Seiten kamen Burschen und Mädchen und gingen vor oder hinter ihnen her. Sie kamen aus den Feldern, trugen Sensen, Hacken, Spaten und Rechen auf ihren Rücken. Die Mädchen hatten große, breitrandige Strohhüte auf und ihre hohen, gestrafften Körper steckten in sackartigen, blauen, roten, gelben und grünen Kleidern. Die Burschen schützten ihre Köpfe mit bunten Tüchern oder kleinen Kappen, die sie tief in den Nacken geschoben hatten. Ihre Hemden waren gelb und zerschlissen, die Hosen bis über die Knie aufgestülpt. An den braungebrannten, unbeschuhten Füßen klebte eine dicke Lehm- oder Schmutzkruste.

Die Mädchen sangen, die Burschen brummelten dazu oder lachten miteinander und trieben allerlei Späße.

Zu den Menschen gesellten sich auch Fuhrwerke. Schwere, holpernde Karren brachten Steine nach Mailand. Elende, kleine Bauernkarren brachen fast unter der Last von Melonen, Gemüse oder Maiskolben zusammen. Dazwischen fuhren leichte Federwagen an ihnen vorbei, in denen Damen oder Herren in bunten Kleidern saßen.

Giorgio blieb stehen.

»Ist es noch weit bis Mailand?« Er spürte alle seine Glieder.

»Komm nur«, rief der Mann mit der Narbe, »wenn du so groß wärst wie ich, könntest du es schon sehen.«

Ein paar Schritte weiter kletterten die Buben auf den Straßenrand, aber sie sahen nur einen weißlichen Dunst.

Der Mann gesellte sich zu ihnen.

»Seht ihr noch immer nichts?«

Die Knaben schüttelten den Kopf.

»Seht ihr den Turm? Das ist der Turm von Santa Maria delle Grazie. Dort, die vielen kleinen Türme, das ist der Dom.«

Die Knaben entdeckten jetzt ein paar Spitzen, es konnten aber auch Baumspitzen sein, und einige Türme, die Felskuppen glichen; aber sie nickten und sagten: »Ja.«

»Bald kommen auch die ersten Häuser«, sagte der Mann und schritt wieder schneller aus.

Giorgio und Alfredo sahen aber nur Gärten, Wassergräben und hohe Mauern. Links lag ein kleiner Platz. Ein paar Pferde waren an dicke Pfähle gebunden. Einige Kühe und eine Herde Schafe standen hinter einem kleinen Gitter, und vier beladene Esel knabberten an einer Heukrippe.

Als sie den Platz überschritten hatten, marschierten sie bereits auf holperigem, hartem Pflaster. Immer mehr Menschen gingen vor und hinter ihnen her, und der Staub wirbelte immer dichter um ihre Köpfe. Nun kamen auch die ersten Gebäude.

»Sieh«, rief Giorgio, der stehen geblieben war, »das hohe Haus.«

Es war so hoch wie in Sonogno fünf Häuser, die übereinander standen. Giorgio zählte die Fenster. Es waren in jeder Reihe vierzehn.

»Passt auf!«, schrie der Mann mit der Narbe und riss die Knaben auf die Seite. Eine schwere Kutsche rumpelte an ihnen vorbei.

»Macht die Augen auf«, schimpfte der Mann weiter. »Ich habe euch nicht nach Mailand geschleppt, damit ihr mir hier unter die erste Karosse fallt.«

Sie waren nun vorsichtiger; aber sie blieben trotz des Drängens und Schimpfens des Mannes immer wieder stehen, denn sie kamen nicht mehr aus dem Staunen heraus.

Jeder Schritt brachte ihnen etwas Neues. Hier gab es große bunte Läden, dort verzweigten sich ein paar Straßen zu einem großen runden Platz. Da waren Bänke, auf die man sich mitten in der Stadt setzen konnte. Ein paar Reiter galoppierten über den Platz. Aus einer Kirche, die so groß wie das ganze Sonogno war, trippelte eine Schar Kinder in Zweierreihen. Eine bunte, mit einem roten Schirm überdachte Karosse rollte an ihnen vorüber, und dahinter tauchten langbärtige alte Mönche auf.

»Kommt! Kommt!«, schimpfte und knurrte der Mann mit der Narbe immer wieder. »Oder soll ich euch die letzte halbe Stunde noch Beine machen?«

Sie starrten aber schon wieder in ein Café. Die Tische standen bis auf die Straße und an jedem saßen Herren und Damen, und die Damen waren so bunt und geschwätzig wie Papageien. Sie überquerten die Straße und kamen in eine schmälere Gasse, in der Ausrufer Kleiderstoffe und andere Waren anpriesen. Eine Rotte österreichischer Soldaten in ihren auffälligen Uniformen marschierte vorbei, eine ganze Kavalkade von Reitern bog um die Ecke, und bevor sie sich von dieser Überraschung und diesem Schreck erholt hatten, waren sie auf dem Domplatz.

Der Dom sah aus wie ein riesiges Zuckergebäck. »Nein«, sagte Giorgio, »wie die Eiszapfen, die bei uns im Winter in allen Höhlen und Schluchten der Verzasca hängen.«

»Meinetwegen wie ein ganzer Eisberg«, sagte der Mann mit der Narbe, »aber wenn ihr jetzt nicht schneller geht, nehme ich wirklich meinen Knüppel.«

Sie liefen schneller.

Es wurde immer dunkler. Überall brannten kleine Lichter. Aus allen Häusern leuchteten sie, und es sah aus, als brenne die ganze Stadt. Die Straßen wurden enger, holpriger und schmutziger.

»So«, sagte der Mann mit der Narbe nach einigen Minuten, »jetzt noch hier hinein. Dann sind wir da.«

Sie bogen in eine schmale Gasse ein. Sie war dunkler als die anderen. Auch in den Häusern brannten weniger Lichter.

Vor einem der ersten Häuser blieb der Mann stehen. Über der niedrigen Tür flackerte eine Laterne. Sie erhellte eine kleine Scheibe. Darauf stand »Zum goldenen Topf«.

Der Mann schob die Knaben in das Haus und kam selber nach. Sie traten in einen länglichen kahlen Raum. Hinten stand ein langer Schanktisch, vorn waren ein paar ärmliche Stühle und Tische.

An den Tischen saßen mehrere Männer. Auch eine Frau war da. Sie lärmten miteinander und tranken.

Als die Knaben eintraten, blickten die Leute kaum auf; als aber der Mann mit der Narbe in der Tür stand, verstummten plötzlich alle.

»Guten Abend«, rief der Mann mit der Narbe.

Die Männer blieben still. Einer von ihnen, der eine große Schürze um seinen Bauch gebunden hatte, stemmte sich in die Höhe. Es war der Wirt.

»Bist du's, Antonio, oder bist du's nicht?«, rief er. »Wir haben gerade auf deinen Tod getrunken.«

Der Mann mit der Narbe lachte. »Ich glaube, Ihr habt Euch zu früh gefreut. Ich bin es.«

»Es hat doch sogar in der Zeitung gestanden. Ihr alle seid bis auf zwei Knaben ertrunken, und diese Knaben sind dann auch verschwunden«, fuhr der Wirt fort.

»So«, erwiderte der Narbige, »in der Zeitung hat es schon gestanden. Nun, hier sind die beiden Knaben, und mit mir müsst Ihr auch weiter rechnen.«

»Wie bist du denn aus dem Wasser gekommen?«

»Die da«, der Narbige zeigte auf Giorgio und Alfredo, »haben mich herausgezogen.«

»Die Buben?«

Giorgio und Alfredo nickten eifrig. »Ja.«

Der eine der Männer, der eine Brille auf der spitzen Nase trug, musste lachen. »Und zum Dank dafür hast du sie nun doch noch nach Mailand geschleppt.«

»Sollte ich sie etwa in Cannobio lassen?«, brauste der Mann mit der Narbe auf.

»Nein, nein«, beruhigte ihn der Wirt, »die Meister haben uns sowieso den langen Tag geplagt, wo sie Ersatz für die Ertrunkenen hernehmen sollen. Sie werden die beiden morgen sicher mit blankem Silber bezahlen. Aber komm doch«, fuhr er noch freundlicher fort und schob Antonio einen Stuhl zu, »warum setzt du dich nicht. Wir haben auf deinen Tod getrunken. Jetzt wollen wir auch auf deine Rettung trinken.«

»Das ist endlich das richtige Wort.« Der Mann mit der Narbe saß schon.

Der Wirt war unterdessen zum Schanktisch gegangen und hatte einen Fiasco Wein und drei Gläser geholt. Als er zurückkam, schob er den Knaben auch je ein Glas zu. »Ich hoffe«, sagte er mit einem Blick auf den Mann mit der Narbe, »du wirst deinen Lebensrettern auch ein Glas stiften.«

Der Mann mit der Narbe goss sein erstes Glas hinunter. »Meinetwegen sogar zwei.«

Giorgio und Alfredo tranken.

Der Narbige erzählte unterdessen den anderen, wie ihn die Buben aus dem Wasser gezogen und wieder lebendig gemacht hatten.

»Man spricht übrigens sehr schlecht in den Zeitungen von dir«, unterbrach ihn der Wirt.

»Gut oder schlecht.« Der Narbige trank das dritte Glas. »Was geht mich das an.«

»Ich würde mich jedenfalls die nächsten Tage nicht auf den Domplatz stellen«, fuhr der Wirt fort.

Der Narbige lachte. »Das habe ich auch nicht vor. So bald werdet ihr mich hier nicht wieder sehen. Ich komme auch morgen nicht. Ihr müsst die Buben diesmal ohne mich an den Mann bringen.«

»Ich kann noch immer nicht verstehen«, der Spitznasige rückte an seiner Brille, »dass du die beiden überhaupt weiterverkaufen willst. Wenn sie dich nicht aus dem Wasser gezogen hätten, fräßen dich doch jetzt die Fische.«

»O du Schneiderseele«, antwortete der Narbige grob, »ist das nicht genug Unglück, dass mir von zwanzig Knaben achtzehn ertrunken sind? Du bezahlst mir den Schaden doch nicht.«

»Nein«, meckerte der Spitznasige laut, »du würdest das Geld nur versaufen.«

»Aber was machen wir mit den Kindern?«, mischte sich ein Dritter ein, dem ein schwarzes Pflaster auf der Stirn saß und der bisher noch kein Wort gesprochen hatte.

Der Wirt sah nach der kleinen Uhr, die über ihm an der Wand hing. »Heute Abend holt sie keiner mehr.«

»Nein, das glaube ich auch nicht«, gab der Mann mit dem Pflaster zurück.

»Lass sie in deiner Schankstube«, schlug der Mann mit der Narbe vor.

Der Wirt steckte seine großen, fleischigen Hände unter seine Schürze. »Damit sie mir den ganzen Wein austrinken?«

»Dann sperr sie in den Keller.«

»Hm«, machte der Wirt. »In den Keller. Ja, im Keller sind sie wohl am besten aufgehoben. Kommt«, sagte er lauter und stand auf. Er ging hinter den Schanktisch, und die Buben folgten ihm.

Mit Ächzen und Stöhnen hob er eine Falltür in die Höhe und zeigte in das Loch, das sich aufgetan hatte.

»Da hinunter?«, fragte Alfredo.

Der Wirt nickte.

»Ich kann ja gar nichts sehen«, rief Giorgio erschrocken.

»Das ist auch nicht nötig«, tröstete ihn der Wirt. »Fühl nur. Da ist eine kleine Leiter, und wenn du auf dem Boden bist, legst du dich einfach hin.«

»Ich habe Angst.«

Der Mann lachte, sein ganzer Bauch wackelte und drohte die Schürze zu zerreißen. »Ha! Ha! Warum denn? Wenn du keine Angst gehabt hast, den Antonio aus dem Wasser zu ziehen, solltest du auch keine Angst haben, da hinunterzugehen. Dort unten tut dir keiner was, höchstens die Ratten.«

»Ratten!« Giorgio, der schon mit dem Fuß nach der Leiter tastete, zog den Fuß wieder zurück.

Der Wirt wurde jetzt ärgerlich. »So mach schon!« Er gab Giorgio einen Stoß, dass er die schmale Treppe nach unten rutschte.

Giorgio schrie auf. Da rutschte auch Alfredo hinunter. Einen Augenblick später schlug mit einem schweren Knall der Deckel über ihnen zu, und sie waren in dem dunklen Keller allein.

Giorgio wimmerte.

»Hast du dir wehgetan?«, fragte Alfredo.

»Nein, aber es ist so finster und kalt hier unten.«

Alfredo legte seinen linken Arm um Giorgio, der rechte war immer noch etwas angeschwollen. »Es ist nur für eine Nacht. Leg dich neben mich. Wenn wir gleich einschlafen, geht die Nacht am schnellsten vorbei.«

Sie legten sich ganz nahe zusammen. Giorgio tat Alfredos Wärme wohl.

Es blieb aber trotzdem unheimlich in dem finsteren Loch. Giorgio sah nicht einmal die Hand vor den Augen. Irgendwo tropfte Wasser, und in der Nähe raschelte es.

»Das sind sicher die Ratten, von denen der Wirt gesprochen hat. Hörst du sie?«, fragte er leise.

»Wo denn?«, wollte Alfredo wissen.

»Dort.«

Alfredo hörte nun das Rascheln auch. »Lass nur. Ratten sind feig. Wenn sie näher kommen, müssen wir weitersprechen, und wenn eine auf dich zuspringt, pack sie einfach und wirf sie gegen die Wand.«

»Ach Gott«, jammerte Giorgio, »wenn wir doch wenigstens ein Licht hätten und etwas sehen könnten.«

»Komm nur«, Alfredo zog ihn wieder an seine Seite, »am besten ist es, du hörst nicht darauf und denkst nicht mehr daran.«

»Weißt du, was ich glaube?«, fing Giorgio nach einer kurzen Pause wieder an.

»Nun, sag es schon«, ermunterte ihn Alfredo.

»Das ist die Strafe.«

»Ich verstehe dich nicht.«

»Das ist die Strafe, weil wir in Cannobio und Stresa nichts davon gesagt haben, dass sich der Mann mit der Narbe auch gerettet hat.

Wenn wir etwas gesagt hätten, wäre er sicher schon eingesperrt, und wir wären frei.«

»Ich habe dir doch schon erzählt«, erwiderte Alfredo, »ich wäre auch ohne den Mann mit der Narbe nach Mailand gegangen, und ich glaube, du wärst jetzt auch hier, denn du wusstest ja, dein Vater kann das Geld, das er für dich bekommen hat, erst behalten, wenn du in Mailand bei einem Kaminfeger im Dienst bist.«

»Vielleicht hast du recht«, seufzte Giorgio, »aber warum stecken wir plötzlich in diesem Loch?«

»Wer weiß, in was für einem Loch wir morgen stecken«, sagte Alfredo leise und traurig. »Du weißt doch, was der große Knabe auf dem Schiff gesagt hat: Das Schlimmste vom Schlimmen sei noch nicht so schlimm, als in Mailand Kaminfeger zu sein.«

Giorgio sagte nichts mehr, obwohl die Worte Alfredos nichts Tröstliches enthielten. Er schob sich nur noch näher an ihn heran, um ganz mit ihm verbunden zu sein.

Dabei wurde er ruhiger, und obwohl es weitertropfte, wisperte und raschelte, schlief er langsam ein.

Ein Lichtstrahl weckte sie.

»He«, hörten sie die Stimme des Wirtes. »Möchtet ihr nicht heraufkommen? Oder gefällt es euch so gut in meinem Keller, dass ihr ewig da unten bleiben wollt?«

Sie sprangen bestürzt auf. War es denn schon Morgen? Eilig stiegen sie die steile Leiter in die Höhe.

Der Wirt blinzelte sie an. Er hatte ein Käppchen auf, die große Schürze um, und seine Füße steckten in schweren Holzschuhen. »Ihr scheint wirklich gut geschlafen zu haben. Ich habe schon dreimal nach euch geschaut; aber jetzt müsst ihr euch fertig machen, denn in einer halben Stunde werden die ersten Meister kommen.«

Sie mussten sich in einem kleinen Trog waschen.

»Schrubbt euch nur tüchtig«, ermahnte sie der Wirt noch, »damit ihr Farbe bekommt.«

Eine Magd drückte ihnen ein Stück Weißbrot sowie ein paar

kalte Polentaschnitten in die Hand und schob ihnen einen Napf mit Kaffee zu.

»Esst und trinkt tüchtig«, ermunterte sie die Buben, »wer weiß, was ihr morgen bekommt.«

Sie aßen und ließen es sich schmecken.

Giorgio sah durch die schmutzigen Fensterscheiben. Die Gasse lag noch im Halbdunkeln, und die Sonne fiel nur schräg über die Dächer bis zu den oberen Fensterlöchern.

»Können wir einmal hinausgehen?«, fragte er den Wirt.

Der Wirt verzog sein Gesicht, schnupfte und sagte dann: »Wartet nur noch eine Viertelstunde, dann seid ihr den ganzen Tag draußen.« Er lachte dazu, und auch die Magd lachte.

Die Tür wurde aufgerissen, und der Mann mit dem Pflaster, der gestern mit am Tisch gesessen hatte, kam herein.

»Noch niemand da?«, fragte er.

»Nein, aber ich nehme an, sie werden gleich kommen«, entgegnete der Wirt.

»Auf wen warten sie wohl?«, fragte Giorgio Alfredo.

Die Magd, die es gehört hatte, flüsterte ihnen zu: »Auf die Kaminfegermeister, die euch holen sollen.«

Da kam der Erste.

Es war ein schmaler, beinahe zaundürrer Mann. Er sah wie ein Strich aus. Das Gesicht war gelb und saß wie eine Zitrone auf dem dünnen Hals. Er hatte eine zerschlissene Jacke an, eine gestreifte lange Hose und kleine durchlöcherte Schuhe.

»Sind das alle?«, sagte er, ohne überhaupt zu grüßen, ging auf die Buben zu und sah sie mit seinem gelben Gesicht zornig und wütend an.

Der Wirt sagte: »Ja, es sind die beiden Einzigen von den zwanzig, die kommen sollten. Ihr wisst doch, dass die anderen ertrunken sind.«

»Und wann bekommt Ihr neue?«

»Ich weiß nicht. Augenblicklich müssen wir sehr vorsichtig sein, Ihr hört ja wohl, was die Zeitungen geschrieben haben.«

»Die Zeitungen«, plärrte der Mann, »die Zeitungen. Man sollte sie alle verbieten. Wenn die Kamine keine Luft haben, und die Leute nicht feuern können, schreien sie noch mehr!«

Er sah sich wieder die beiden Knaben an. Erst Alfredo, dann Giorgio. Alfredo blickte offen zurück, aber Giorgio sah ängstlich auf die Seite.

»Der gefällt mir besser«, sagte er und zeigte auf Alfredo. »Zeig mir deine Arme.«

Alfredo zeigte sie ihm.

Der Mann legte seine dünnen, spitzen Finger, die genauso gelb waren wie sein Gesicht, um Alfredos Arm. »Ja«, wiederholte er, »der gefällt mir besser. Kräfte hat er auch. Was soll er denn kosten?«

»Achtzig Lire«, sagte der Wirt, und der Mann mit dem Pflaster bestätigte es.

»Achtzig Lire? Dio mio! Glaubst du, ich sei ein Millionär geworden? So viel nehme ich ja den ganzen Winter nicht ein.«

Der Wirt, der bis jetzt dagestanden hatte, setzte sich. »Achtzig Lire, keine Lira billiger, Giuseppe, und mit jedem neuen Käufer, der kommt, schlage ich auf. Also entscheide dich schnell, sonst bekommst du überhaupt keinen von den Knaben.«

»Nein«, maulte der Mann, und sein gelbes Gesicht verzog sich, als hätte er selber hineingebissen, »nie bezahle ich achtzig Lire.« Und er setzte sich.

Es kamen immer mehr Meister herein. Große und kleine, dicke und schmale. Einer hatte ein wabbeliges, aufgedunsenes Gesicht. Ein anderer trug einen langen Bart, und alle waren wohl schon auf Arbeit gewesen, denn sie hatten schwarze Ringe um die Augen und schwarze Hände. Jeder betastete die Knaben, sah sie an, und sie mussten die Arme ausstrecken, man beklopfte ihre Brustkästen, man prüfte ihr Gesicht. Mancher lachte dabei oder machte einen Scherz. Einige fuhren die Kinder auch grob und barsch an und stießen sie in die Seite.

Jeder hörte aber sofort auf, sich um die Kinder zu bemühen, wenn er den Preis erfuhr.

»Achtzig Lire? Du bist wohl verrückt.«

»Habe ich achtzig gesagt«, meinte der Wirt, »jetzt sind es schon zweiundachtzig.«

Die Männer dachten, der Wirt spaße.

»Zweiundachtzig. Dafür bekommt man doch schon eine Ziege!«

»Nun, dann kauf dir eine und lass sie für dich durch den Kamin fahren«, äffte der Mann mit dem Pflaster und lachte laut auf.

Da kamen noch zwei Meister herein. Der eine war klein, er sah aus wie ein Bock und hatte einen Spitzbart. Der andere war rund wie eine Kugel, hatte ein gutmütiges breites Gesicht, große Froschaugen, eine wulstige Nase, und immer, wenn er etwas sagte, hob er seine Hände in die Höhe.

»Oh, Battista!«, begrüßte sie der Wirt. »Oh, Emilio! Guten Tag die Herren.« Er gab jedem die Hand.

»Sind das die Buben?«, fragten die beiden Meister und gingen gleich auf Giorgio und Alfredo zu.

»Ja«, sagte der Wirt.

»Nun«, meinte der mit dem Spitzbart, »er hat wenigstens die Besten gerettet.« Und er besah sich Alfredo von allen Seiten. Der Dicke sah Giorgio an.

»Was willst du für sie haben, Enrico?« Die Hände des Dicken gingen in die Höhe.

»Zweiundachtzig haben sie eben gekostet. Jetzt kosten sie dreiundachtzig.«

Der Spitzbart sah den Wirt nur an, während der Dicke leise pfiff und Froschaugen machte.

»Ich nehme meinen«, sagte der Spitzbart dann.

Der Dicke überlegte noch eine Weile, blickte erst auf Giorgio und danach wieder auf den Wirt. »Du lässt ihn wirklich nicht billiger?«, fragte er.

»Nur teurer.«

»Ich nehme den meinen auch«, erwiderte er rasch. Seine Arme fuhren diesmal bis zum Gesicht.

Plötzlich schrien die anderen Männer: »Und wir!? Und wir!? Wir waren doch früher da!«

»He! Dreiundachtzig hätte ich auch bezahlt«, rief der eine.

»Ich dachte erst, du hättest nur Spaß gemacht«, sagte ein anderer.

Jeder rief etwas, und sie drangen auf den dicken Wirt ein.

Der schob sie auf die Seite, und der Mann mit dem Pflaster lachte sie aus. »Ihr hättet eben früher zufassen sollen«, krähte er. Die beiden Meister störten sich indessen gar nicht an dem Lärm der anderen. Der Dicke nestelte einen Beutel frei und legte das Geld in klingender Münze auf den Tisch; der mit dem Spitzbart wollte in Scheinen bezahlen. Da trat der Mann mit dem Zitronengesicht zwischen ihn und den Wirt.

»Willst du den Buben zweimal verkaufen?«, sagte er und zog Alfredo zu sich herüber.

»Was heißt zweimal?« Der Wirt stützte seine Arme in die Seiten. »Ich weiß nichts davon, dass du ihn kaufen willst!«

»Hast du nicht gehört, wie ich sagte, der da ist besser, den nehme ich?«

»Ich habe nur gehört, dass dir achtzig Lire zu viel waren.«

»Ich habe gesagt, ich finde es zu viel, aber da sind sie«, das Zitronengesicht legte das Geld auf den Tisch, »und der Bube ist mein.«

»Er ist mein«, sagte der Spitzbärtige und zog Alfredo wieder auf seine Seite.

»Du räudiger Hund!« Das Zitronengesicht wurde noch gelber. »Dein. Nichts ist dein! Lass den Buben los, oder du hast das letzte Mal deine Mutter gesehen!«

»Ich?« Der Spitzbärtige gluckste ein sonderbares Lachen. »Du vielleicht.«

Der Streit wurde ernster.

Der Mann mit dem Zitronengesicht zog ein Messer. »Nun«, schrie er, »das werden wir ja gleich sehen.«

Aber da mischte sich der Wirt in den Streit.

»Wenn Ihr Euch durchaus totstechen wollt«, sagte er und packte zuerst den Spitzbärtigen am Rock, »dann macht das auf der Straße.« Und er schob ihn aus dem Schankraum hinaus.

»Ich gehe nicht«, drohte das Zitronengesicht und zeigte weiter sein Messer, »höchstens, wenn du sagst, dass der Bursche mein ist.«

»Zahl zweiundachtzig Lire, und er soll dein sein.«

»Achtzig hast du gesagt.«

»Zweiundachtzig!«

»Achtzig!«

»Nun, ich glaube, ich muss dich doch an die Luft setzen!«

Der Wirt ging ruhig auf das Zitronengesicht zu.

Der senkte sein Messer. »Da hast du sie«, schrie er und warf das Geld auf den Tisch.

»Aber nun troll dich!« Der Wirt war noch immer wütend.

»Erst will ich einen Roten trinken.«

Sie sahen sich einen Augenblick in die Augen. Der Wirt schwankte zuerst, ob er ihm einen bringen sollte, dann gab er ihm aber einen Quinto.

Die anderen Meister hatten dem Streit interessiert zugesehen. Auch der Dicke, der Giorgio gekauft hatte, saß zwischen ihnen und wartete auf das Ende des Streites.

»Dieser Giuseppe ist doch ein Teufelskerl«, sagte er. »Gleich mit dem Messer!«

»Ich will nichts weiter als mein Recht, und wenn ich mein Recht nicht bekomme, ist mir alles gleich.«

»Ein schönes Recht«, brummte der Wirt. »Das nächste Mal kommst du übrigens nicht so leicht davon.« Er holte sich ein Glas und setzte sich zu den Männern.

»Das nächste Mal?«, fragten ein paar von den Meistern. »Wann wird das sein?«

»Ich glaube, nicht so bald. Antonio muss sich erst eine Weile versteckt halten, bevor er wieder ins Tessin fahren kann. Das Unglück mit der Barke hat viel Staub aufgewirbelt.«

»Aber was sollen wir inzwischen machen?«

»Ich weiß es auch nicht«, antwortete der Wirt. »Vielleicht findet Ihr in Mailand ein paar kräftige Burschen.«

»Von den Mailänder Kindern kriechen nicht einmal die aus dem Armenhaus durch die Kamine.«

»Dann wartet eben. Bis zum Winter wird sich der Antonio schon noch einmal auf den Weg machen.«

Der Dicke hatte ausgetrunken und wollte bezahlen. »Lass nur, Battista«, meinte der Wirt. »Jeder Kauf muss begossen werden.« Der Mann dankte, winkte den andern Meistern noch einmal zu und sagte zu Giorgio: »Komm!«

Giorgio sah auf Alfredo. Alfredo stand hinter dem Stuhl seines Meisters. Er war nicht gerade erfreut darüber, dass ihn dieser Giuseppe gekauft hatte, aber was sollte er machen?

»Tschau, Alfredo«, sagte Giorgio.

»Leb wohl, Giorgio«, rief Alfredo zurück.

Sie sahen sich einen Augenblick traurig an. »Wenn ich wenigstens wüsste, wo du hinkommst, dann könnte ich dich manchmal besuchen«, sagte Giorgio. »Kannst du deinen Meister nicht fragen?«

Alfredo tat es.

Der Mann mit dem Zitronengesicht saß die ganze Zeit wie ein brummiger Köter vor seinem Glas. Jetzt drehte er sich halb um. »Wo ich wohne?« Er sah Alfredo mit seinen kleinen, giftigen Augen an. »Das wirst du schon sehen, wenn wir dort sind.«

»Ich möchte es aber meinem Kameraden jetzt sagen«, erwiderte Alfredo.

»Dann sag ihm, wo der Weg in die Hölle geht, gleich daneben, ein Stück um die Ecke, da wohne ich.«

Alle lachten, auch der Wirt, aber dann stand dieser auf, trat zwischen die beiden Buben und sagte: »Er wohnt in der Via della Cerva. Es ist gar nicht so weit von hier.«

Giorgios Meister stand schon in der Tür.

»Na, komm«, mahnte er zum zweiten Mal.

Giorgio dankte dem Wirt, dann winkte er Alfredo noch einmal zu. Einen Augenblick später ging er hinter seinem Meister aus dem »Goldenen Topf« hinaus.

Sie sahen sich beide zuerst nach dem Spitzbärtigen um; aber der war wohl schon gegangen, denn er war weder vor dem Haus noch in der Gasse.

»Das ist auch besser so«, brummte der Dicke vor sich hin. »Dieser Giuseppe ist ja ein wahrer Teufel, und wegen so eines Buben einen Messerstich zu riskieren wäre die reinste Dummheit.«

Der Mann ging mit schweren, bedächtigen Schritten weiter, und Giorgio ging einmal vor und einmal hinter ihm. Mailand war am Tag noch interessanter als gestern Abend und in der Nacht. Aus allen Häusern, Gassen und Straßen kamen die Menschen wie ein unaufhörlicher Strom. Es war Giorgio, als hätten sich alle Menschen aus allen Orten und Städten, die er die letzten beiden Tage durchschritten hatte, hier versammelt. Wie in Bündeln gingen sie durch die Straßen. Junge und Alte, Männer und Kinder, Mädchen und Frauen. Giorgio ging vorsichtig und achtete auf jeden Schritt; denn durch die Fußgänger schoben sich Wagen und Pferde, trampelten Rinderherden und polterten Karossen.

Giorgio blieb immer wieder stehen. Er bewunderte die großen Läden und ihre Auslagen. Er staunte zwei Carabinieri mit ihren hohen Hüten an. Er sah ein paar jungen Mädchen nach, die lange, schleppende Röcke trugen. Einmal sah er die Staatskarosse eines Bischofs mit seinem Gefolge.

»Geh«, sagte Meister Rossi immer wieder. »Geh, sonst kommen wir heute überhaupt nicht mehr heim.« Oder: »Was du heute nicht siehst, kannst du dir ja morgen ansehen. Die Stadt läuft dir nicht davon.«

Da kam aber schon wieder ein Trupp österreichischer Soldaten. Ein paar Kinder jagten die Straße herunter. An der nächsten Straßenbiegung stand ein großer Wagen mit Melonen, Feigen und Weintrauben. Ein Gefesselter wurde von zwei Soldaten vorbeigeführt, und eine schreiende und johlende Menge tobte hinter dem Gefangenen her.

Meister Rossi hatte ihn jetzt am Arm genommen. Er war, das hatte Giorgio schon festgestellt, ein gutmütiger, freundlicher, gar nicht übler Mann. Mit seinen apfelroten Wangen erinnerte er ihn an den alten Baretta, den Jäger. Er hatte auch etwas von dessen leichtem, wiegendem Gang. Er war nur jünger und hatte schwarze, stachlige Haare.

Sie überquerten die Piazza della Scala. Giorgio staunte schon wieder die hohen Gebäude an. Überall standen Menschen herum. Sie plauderten, schrien und lachten wie am Sonntag. Einige offene Wagen rollten auf den Platz. Junge Frauen saßen darin. Sie waren so laut und geschwätzig wie Elstern. Die Pferde hielten, ein Dutzend junger Männer half den Damen aus dem Wagen heraus, dann ging die lachende, lustige Gesellschaft in das Theater hinein.

Sie kamen an eine Kirche. Ein Zug kleiner Mädchen trippelte heraus. Der Meister ging mit Giorgio hinein. Die Kirche war so hoch und groß, dass man die Kirche von Sonogno mitsamt dem Turm in das Kirchenschiff hätte hineinstellen können. Die gewölbte Decke war ein einziges Flimmern von blauen, grünen und roten Farben. Giorgio schwindelte es vor dieser Höhe.

Durch eine Hinterpforte traten sie wieder ins Freie.

»Nun sind wir gleich da«, erklärte der Meister. »Merk dir alles gut, damit du dich bald allein zurechtfindest.«

Die kleine Gasse, in die sie kamen, war nicht viel breiter als die des »Goldenen Topfes«. Sie war nur belebter. Überall waren offene Werkstätten. Giorgio hörte das lustige Klopfen der Schuster, das laute Hämmern von Schlossern, Schmieden und Stellmachern, das

Sägen und Hobeln der Tischler und das lustige Pfeifen eines jungen Korbmachers. Es wurde gegerbt, gemalt, geklopft, gefeilt, geflickt und gehämmert. Es roch nach Leim, nach Pech, nach Holzkohle und nach Farbe. Dazwischen hörte man die Stimmen der Meister und der Gesellen. Manchmal freundlich, manchmal grob. Ab und zu flogen auch Scherzworte von einer Werkstatt zur anderen, und daraufhin brach ein schallendes Gelächter aus.

Meister Rossi wurde von allen Seiten begrüßt.

»Ist das dein neuer Bub?«, schrie ein Schuster.

Meister Rossi nickte.

»Er sieht recht blass aus.«

»Ja«, meinte der Schreiner nebenan, »den musst du gut füttern, sonst fällt er dir aus den Hosen.«

Eine Frau blieb sogar stehen. »Das arme Kerlchen«, klagte sie, »wie kann man nur solche Kinder schon in die Stadt schicken!« Giorgio machte das alles Spaß. Hier gefiel es ihm. Hoffentlich kam Alfredo auch in eine so nette Straße. Der Mann mit dem Zitronengesicht war ihm übrigens gar nicht sympathisch gewesen. Aber vielleicht war er besser, als er aussah.

»Da sind wir zu Hause.« Meister Rossi ging durch eine Tischlerwerkstatt. An den Wänden hingen Sägen und Beile. Es roch nach Firnis und Leim.

Sie gelangten in einen schmalen langen Gang. Von da führten zwei Treppen nach oben; aber sie gingen weiter und kamen in einen viereckigen halbdunklen Hof.

Der Meister schritt auf ein Tor zu, das in das hintere Haus führte. Hier stiegen sie bis in den ersten Stock. Auf beiden Seiten waren viele Türen.

»So«, sagte der Meister, »da wohnen wir.« Er klinkte eine Tür auf und trat in einen Korridor.

Vom Korridor, der in einem schrägen Verschlag endete, gelangte man in eine Küche. Es roch nach Zwiebeln.

»Bist du da?«, fragte die hohe, kreischende Stimme einer Frau. Der Meister antwortete: »Ja.«

»Hast du einen Buben mitgebracht?«

Der Meister sagte wieder nur: »Ja«, und ging in die Küche hinein.

Giorgio war auf dem Korridor stehen geblieben und sah sich nach allen Seiten um.

»Wo hast du ihn denn?«, fragte die Frau weiter.

»Bub!« Der Meister holte Giorgio und stellte ihn vor sich hin. »Da ist er.«

Die Frau war genauso wie ihre Stimme. Hoch, bös und bissig. Sie war außerdem übermäßig mager, hatte ein knochiges, faltiges Gesicht, schwarze, hervorstehende Augen, ein paar übergroße, abstehende Ohren, und ihr Mund war so breit, dass er beinahe von einem Ende des Gesichts zum andern reichte. Über dem Mund sprossen wie bei einem Mann kleine, stachlige Haare.

»Taugt er etwas?«, kreischte sie lauter und fuhr Giorgio erst mit den Augen, dann mit ihren fahrigen, dürren Händen über das Gesicht, die Brust und die Arme.

Die Hände waren heiß und feucht; denn die Frau hatte sie eben erst aus dem großen Waschzuber genommen, der dampfend auf einem Stuhl vor ihr stand.

»Ich glaube schon«, erwiderte der Meister.

»Du glaubst es«, äffte sie ihn nach. »Du glaubst es! Ja, du glaubst alles! Dir kann man eine Katze für ein Kaninchen verkaufen und eine Krähe für eine Taube. Du schmeckst es nicht einmal, wenn du sie essen musst. Was kostet er denn?« Ihre Stimme stieg noch höher.

Der Mann verstummte und hob nur seine Hände.

»So sag's schon«, knurrte die Frau, »oder soll ich erst dein Geld nachzählen?« Sie griff bereits nach seiner Tasche.

»Lass das!«, wehrte der Meister ab.

»Lass das!«, wiederholte sie zornig, und ihre Augen wurden groß wie Froschaugen. »Sag es, oder ich fasse hinein!«

»Zweiundachtzig Lire«, antwortete er leiser.

»O Madonna!« Die Frau war so erstaunt und erschüttert, dass sie sich erst einmal auf einen Stuhl fallen ließ.

Giorgio hätte beinahe darüber gelacht, die Frau schoss aber

schon wieder in die Höhe. »Zweiundachtzig Lire?! Bist du verrückt geworden? Willst du uns unglücklich machen? Wie willst du das bloß verdienen? Der Letzte hat doch nur fünfundfünfzig Lire gekostet, und du bist kaum auf deine Rechnung gekommen. Ach«, ihre Stimme schnappte beinahe über, »wenn *ich* nur gegangen wäre!«

»Es waren nur zwei da«, entschuldigte sich der Meister, »und wenn ich ihn nicht genommen hätte, hätten ihn die anderen genommen.«

»Nur zwei?« Die Frau konnte sich noch immer nicht beruhigen. »Als ob es nicht tausend Rotznasen im Tessin gäbe, deren Eltern sie gerne für ein paar Taler in die Welt schickten.«

»Du gibst ja deinen auch nicht her«, meinte der Mann. »Wenn ich den Anselmo mitnehmen könnte, brauchten wir keinen Heller auszugeben.«

»O du Rabenvater!« Die Frau war jetzt richtig zornig. Sie steckte ihre Hände in das Waschfass, nahm ein großes Wäschestück heraus, wrang es aus, und Giorgio dachte schon, sie würde ihrem Mann gleich damit ins Gesicht schlagen. Aber sie wiederholte nur: »O du Rabenvater. Deinen Sohn, deinen einzigen Sohn willst du mit auf die Arbeit schleppen?! Warum verlangst du nicht lieber, dass *ich* durch die Kamine krieche?!«

»Ich will ihn ja gar nicht haben«, lenkte der Meister wieder ein. »Es war nur so eine Antwort.«

»Sie hat schon genügt, um mir drei Tage das Leben zu verleiden«, fuhr die Frau wütend fort. Ihr Wäschestück war fertig ausgewrungen. Es war ein großes Leinentuch, und sie spannte es über dem Ofen aus.

Giorgio hatte sich, während die beiden sprachen, in der Küche umgesehen. Sie war recht geräumig und sauber.

Rechts war ein großer Kamin mit zwei schönen Sitzecken. Über dem flackernden Feuer hingen zwei schwere Kessel. Nicht weit davon führte eine Tür in einen zweiten Raum. Daneben gewahrte man den Wassertrog, und dann kam ein kleines Fenster, durch das spärliches Licht fiel.

Auf der anderen Seite war ein Tisch und darum herum eine Bank. Der Tisch war gedeckt. Es standen ein Salzfass, ein Brot und drei Teller darauf. Neben den Tellern lagen Holzlöffel.

Links von dem Tisch war eine Anrichte mit allerlei Gläsern, Tellern, Tassen und Schüsseln. Unten war sie wie ein Schrank verschlossen. Giorgio ließ seine Augen noch einmal rundherum gehen. Da erblickte er in der Tür, die von der Küche in die Kammer führte, die Gestalt eines Knaben.

Es war wohl Anselmo, von dem der Meister und seine Frau gesprochen hatten. Sein Gesicht sah genauso aus wie das der Frau, er hatte die gleichen Fledermausohren, den gleichen lang gezogenen Mund, und die Augen standen wie bei einem Frosch weit aus dem Gesicht heraus.

Anselmo betrachtete Giorgio, wie seine Mutter ihn betrachtet hatte. Zuerst mit einem frechen, erstaunten Grinsen, das aber bald feindlich und giftig wurde. Er sah auch genauso hochmütig auf ihn herab. Er war gut einen halben Kopf größer als er.

Seine Mutter hatte ihn auch erblickt.

»Hast du gehört«, kreischte sie, »was dein Vater eben gesagt hat?! Du sollst den Besen nehmen und mit ihm rußen gehen!« Der Knabe verzog den Mund. Dieser wurde so groß, dass Giorgio Angst bekam, sein Gesicht könne nach oben und unten auseinanderklappen.

»Ich habe doch eben gesagt, das war nur so eine Antwort«, brummte der Meister gedämpfter, als hätte er vor seinem Sohn noch mehr Angst als vor der Frau.

»Nun«, schimpfte die Frau weiter, »es kann gar nichts schaden, wenn dein Bub weiß, was er von dir noch zu erwarten hat.«

»Nichts hat er zu erwarten«, brummte der Meister jetzt gröber, »und nun lass endlich dein Maulen. Ich habe Hunger, und wir wollen essen.«

»Aha, der Herr hat Hunger. Wovon wohl? Vom Herumstehen?«, zischte die Frau ihn an. »Oder hat der Herr etwa heute schon etwas getan?«

Sie trocknete sich aber trotzdem ihre Hände an der Schürze ab, trat dann an ihren Kamin und brachte einen Topf auf den Tisch.

Der Meister hatte sich beim Fenster auf die Bank gesetzt. Anselmo schob sich auf das andere Ende der Bank und die Frau setzte sich auf einen Stuhl. Sie machte den Topf auf und schenkte mit einem großen Löffel die Teller voll. Es war eine Zwiebelsuppe. Außerdem schwammen Tomaten, Reis und Kohlblätter in der wohlriechenden, dicken Brühe. Giorgio zog es die Nase zusammen.

Alle drei löffelten. Da sah der Mann auf, und sein Blick ruhte erstaunt auf Giorgio, als hätte er seine Gegenwart ganz vergessen. Dann fragte er: »Bekommt der Bub nichts?«

Die Frau erwiderte schroff: »Nein. Vielleicht heute Abend, wenn er etwas getan hat. Es ist schon schlimm, wenn wir einen Faulenzer füttern müssen.«

Sie nahm aber später das Brot, brach ein Stück ab und warf es Giorgio zu. »Setz dich an den Kamin damit. Kaminfegerbuben kommen nicht an meinen Tisch.«

Giorgio war es gleichgültig, wo er saß, und er setzte sich gern auf einen der Ecksitze des Kamins.

Ein paar Minuten später nahm die Frau noch einen vierten Teller aus dem Schrank und schöpfte ihn voll; aber er war nicht für Giorgio, wie dieser angenommen hatte, die Frau trug ihn an Giorgio vorbei über den Flur, in die Kammer, die gegenüber der Küche lag.

Giorgio hörte sie dort sprechen. Sie redete aber ganz anders als in der Küche, leiser und zärtlicher, dann kam sie wieder zurück.

»Isst sie?«, fragte der Meister, nachdem sie sich wieder an den Tisch gesetzt hatte.

»Sie wird schon. Die Suppe ist ja gut.« Die Frau aß schweigend weiter.

Giorgio bemerkte, dass ihn Anselmo immer noch musterte. Er hatte wirklich einen bösen und giftigen Blick. Vor dem musste er sich in Acht nehmen. Ob er wohl stark war? Er glaubte nicht. Jedenfalls hatte es Giorgio schon mit Größeren aufgenommen, und er würde auch mit dem fertig werden.

Anselmo schob auf einmal, als habe er Giorgios Gedanken erraten, seinen Teller auf die Seite und stand auf.

»Bist du schon satt?«, fragte die Frau erstaunt.

Er sagte nicht ja und nicht nein. Er brummte nur: »Ich mag nicht mehr.«

»Willst du etwa noch eine Scheibe Polenta, oder ein paar Trauben, oder eine Feige?« Die Stimme der Frau war wieder ganz hochgestiegen, und auch der Meister sah seinen Sohn verwundert an.

»Vielleicht dann«, brummte Anselmo. »Ich muss erst einmal hinausgehen.« Er schob den Tisch weg und ging zur Tür.

»Au!«, schrie Giorgio und sprang in die Höhe.

Der Meister und seine Frau drehten sich um. »Was hast du denn?«

»Er hat mich auf den Fuß getreten«, sagte Giorgio zornig und machte Miene, Anselmo nachzustürzen.

»Nimm doch deine Beine zurück«, versetzte die Frau, »dann tritt man dich nicht.«

Der Meister sagte gar nichts. Er aß schon wieder. Anselmo kam zurück. Er war nur auf dem Flur gewesen und grinste Giorgio schadenfroh an. Giorgio hatte seine Beine zurückgenommen. Er wollte nicht gleich den ersten Tag Streit anfangen; aber das wusste er, umsonst hatte ihn Anselmo nicht auf den Fuß getreten. Er würde sich schon rächen.

Anselmo hockte wieder an seinem Platz. Er bekam eine Scheibe Polenta und zwei Feigen. Er aß sie laut schmatzend und sah dabei immer auf Giorgio.

Giorgio hatte nichts mehr zu essen, doch die Gemeinheit des Knaben hatte sowieso seinen Hunger vertrieben. Er dachte nur immer: »Na, warte!«

Der Meister leerte den dritten Teller Suppe. Endlich war er fertig, wischte sich den großen, schwarzen Bart ab, trank noch einen Schluck Wein, dehnte sich, streckte sich, gähnte einige Male und sagte: »Komm, Bub, jetzt müssen wir gehen.«

Giorgio hatte nichts dagegen, wenn er nur endlich von dieser

Frau und Anselmo wegkam. Er sprang eilig auf und ging hinter dem Meister her.

Als sie auf den Flur traten, rief eine Stimme aus der Kammer: »Vater!«

Der Meister machte kehrt und verschwand in der Kammer.

»Wo gehst du hin, Vater?«, hörte Giorgio wieder die Stimme. Es musste die Stimme eines Mädchens sein. Sie war zart und melodisch und tat Giorgio wohl.

»Wir gehen arbeiten«, erwiderte der Vater.

»Ihr? Hast du jetzt einen neuen Buben?«, fragte die Stimme lauter.

»Ja«, antwortete der Meister.

»Dann lass ihn doch einmal hereinkommen.«

Der Meister musste Giorgio gar nicht erst rufen. Giorgio stand schon an der Tür.

Die Kammer war schmal und lang. An der hinteren Seite war ein großes Balkonfenster. Die Sonne schien herein und machte alles hell. In der Kammer waren nichts weiter als ein Bett, ein Stuhl und ein großer Kasten.

Der Meister hatte sich über das Bett gebeugt. In dem Bett lag wirklich ein Mädchen. Giorgio sah zuerst nur ihr bleiches, durchsichtiges, kleines Gesicht, tiefschwarze, beinahe bläuliche Haare, die aufgelöst unter dem Kopf des Mädchens lagen, und große, schöne, traurig aussehende Augen.

»Das ist unsere Tochter«, sagte der Meister. »Sie heißt Angeletta. Sie ist krank.«

»Ja«, wisperte das Mädchen, und ihre feine Stimme hob sich ein wenig. »Ich bin sehr krank. Ich darf seit zwei Jahren nicht mehr aufstehen. Der Arzt hat es mir verboten. Aber wie heißt du denn?«

Auch der Meister entsann sich, dass er Giorgio noch nicht nach seinem Namen gefragt hatte.

»Ja, wie heißt du?«, wiederholte er.

»Giorgio«, antwortete der Knabe und sah Angeletta an.

»Ach«, die Kleine klatschte in die Hände, »dann heißt du genauso wie mein Pate.« Sie richtete sich auf und blickte Giorgio genauer an.

»Wo kommst du denn her?«

»Aus dem Tessin.«

»Ist das weit?«

»Ich glaube, wir sind drei Tage gelaufen.«

»So lange. Ach, und ich darf überhaupt nicht mehr laufen.« Sie machte eine Pause. »Willst du mir nicht einmal deine Hand geben?« Sie brachte auch ihre Hand unter der Decke hervor.

Giorgio fasste danach.

Die Hand war klein und noch weißer als das Gesicht. Giorgio konnte die Adern und alle Knöchelchen sehen. Sie war außerdem feucht und heiß, und er fuhr erschrocken zurück.

Das Mädchen lächelte. »Das geht allen so. Ich habe Fieber.«

»Seid ihr immer noch da?«, kreischte da die Stimme der Frau aus der Küche.

»Ja, Mutter«, sagte das Mädchen. »Ich habe sie aufgehalten. Ich wollte mir einmal den neuen Buben ansehen.«

»An dem ist nicht viel zu sehen«, brummte die Frau verächtlich. »Aber nun geht endlich«, fuhr sie den Mann ärgerlich an. »Das Kind soll nach dem Essen schlafen.«

»Nun, mir gefällt er«, sagte das Mädchen.

»Mir gefällt er nicht«, knurrte Anselmo, der hinter der Mutter auch auf den Korridor getreten war.

Was das Mädchen antwortete, hörte Giorgio nicht mehr. Der Meister hatte ihn schon durch die Flurtür geschoben und polterte die Treppe hinunter. Giorgio sprang hinter ihm her. Aber was das Mädchen auch gesagt haben mochte, von allem, was er heute gesehen und gehört hatte, war sie das Erste, das ihm aufrichtig Freude machte.

Wie hieß sie übrigens?

Angeletta, Engelchen.

Er sagte den Namen ein paarmal leise vor sich hin.

9 »Spazzacamino! Spazzacamino!«*

Unten im Hof war ein kleiner Schuppen. Der Meister nahm eine Leiter, einen Besen, etwas Reisig und anderes Handwerkszeug heraus. Die Leiter hängte er sich über die Schulter. Das Handwerkszeug stopfte er in einen Sack.

»So«, er gab den Sack Giorgio, »das kannst du jetzt immer tragen.«

Sie gelangten durch die Werkstatt auf die Straße. Es war warm, ja heiß, obwohl die Sonne noch immer nur bis zur Mitte der Häuser reichte. Die Gasse war zu eng und die Häuser zu hoch, so dass ihre Strahlen nie bis zu dem harten holperigen Pflaster kamen.

Sie schlenderten durch die Gasse. Hinter der Kirche bogen sie in die Via Manzoni ein. Giorgio war gespannt, was nun kommen würde. Das sollte ja so schlimm sein, wie man überall erzählt hatte.

Vorläufig war es recht lustig.

»Pass gut auf«, ermahnte ihn der Meister, »die ganze Via Manzoni ist unser Revier.«

Er schulterte seine Leiter besser, ging trotz der Menschen und Wagen in der Mitte der Straße und rief: »Spazzacamino! Spazzacamino! Wir fegen Kamine! Lasst eure Kamine von uns saubermachen!«

Er rief es laut und ziehend. Giorgio hatte dem Meister gar nicht eine so kräftige Stimme zugetraut. Er ging dabei langsam weiter und sah zu den Fenstern hinauf. Giorgio trottete genauso langsam hinterher.

Vorläufig passierte auch jetzt nichts Neues. Einige Leute blieben stehen. Ein paar Kinder schrien: »Die Kaminfeger!« »Der schwarze Mann!« Und ein großer Knabe mit Blatternarben zog Giorgio hinten am Sack und lief, als sich Giorgio ärgerlich nach ihm umdrehte, lachend davon.

* »Kaminfeger! Kaminfeger!«

Giorgio ärgerte sich über die Buben. Warum ließen sie ihn nicht in Ruhe? Wenn er den Sack nicht gehabt hätte, wäre er ihnen am liebsten nachgesprungen, um sie zu verhauen.

Ein Wagen drängte sie auf die Seite. Ein Trupp Mönche kam ihnen entgegen. Der Meister schrie schon wieder. Auf einmal drehte er sich aber um. »He«, fragte er und sah Giorgio ärgerlich an, »warum schreist du nicht mit? Warum sagst du kein Wort? Glaubst du, ich will mir die Kehle allein heiser schreien?«

»Ich«, stotterte Giorgio. »Ihr habt mir ja nichts gesagt.«

»Muss man dir alles erst sagen?«, polterte der Meister.

»Mach einfach, was ich mache.«

Giorgio schrie jetzt auch. Er schrie jedes Mal, wenn der Meister eine Pause machte. Es klang piepsig und nicht sehr überzeugend. Manchmal überschlug sich seine Stimme; dann lachten die Buben, die sie immer noch begleiteten, ja deren Schar nach jeder Straßenkreuzung größer wurde.

Giorgio wurde wieder wütend und wollte auf sie losgehen; der Meister hielt ihn fest: »Lass das!«

»Aber sie lachen mich aus!«

»Mich auch«, sagte der Meister leicht. »Es gehört nun einmal zu unserem Beruf, dass uns die Kinder nachlaufen und uns verspotten; daran musst du dich gewöhnen.«

»Ich weiß nicht, ob ich das kann«, entgegnete Giorgio trotzig. »Wenn mich in Sonogno einer auslachte, habe ich ihn verprügelt.«

»Hier bist du in Mailand«, sagte der Meister, »und nicht in Sonogno. Und hier wird nicht geprügelt, sonst bekommst du auch von mir noch deinen Teil.«

Sie schritten schneller und riefen weiter. Giorgio war bereits heiser.

»Da winkt jemand«, meinte der Meister auf einmal, »geh schnell hinauf!«

»Wo?«, fragte Giorgio.

»Dort oben die Jungfer. Frag sie, was sie will!«

Wirklich, in einem Fenster im dritten Stock stand ein Mädchen und winkte.

»Wie soll ich denn da hinaufkommen?«

»Bist du dumm? Wie überall, über die Treppe. Beeil dich! Da drüben ist die Tür. Ich stelle mich hier unter dem Balkon in den Schatten.«

Giorgio klemmte seinen Sack unter den Arm und rannte los. Er machte aber erst einen Bogen und stürzte auf die Buben zu, die an der Hausmauer standen. Besonders auf den Blatternarbigen hatte er es abgesehen, der eine Art Anführer der anderen zu sein schien.

Die Buben waren schneller als er. Sie stoben auseinander, und er konnte nicht einmal dem kleinsten einen Stoß geben.

Nun rüttelte er an der Tür. Es war eigentlich mehr ein Tor als eine Tür. Er drückte es auf. Es war schwer, und Giorgio musste sich mit aller Kraft dagegenstemmen.

Er kam in einen breiten Flur, und von dem Flur gingen zwei Treppen in die Höhe. Sie waren so breit und schön wie daheim die Kirchentreppen. Sie waren außerdem aus Marmor und hatten ein hohes Marmorgeländer.

Musste er nach rechts oder nach links gehen? Er entschied sich für links.

Nach dem ersten Podest wurde die Treppe schmäler. Aber sie war immer noch schön. Auf jedem neuen Absatz stieß er auf zwei Türen. Sie hatten Klopfer wie die Tür des Arztes in Locarno und waren mit allerlei Schnitzwerk eingerahmt. Er stieg und stieg.

War er nicht schon zu weit gegangen? Nein, auf dem dritten Podest stand das Mädchen und wartete.

Sie war rund und nett, hatte ein jugendliches, lachendes Gesicht und sah ihn an.

»Kommt dein Meister nicht mit?«

»Ich soll erst fragen, was Sie wollen«, stammelte Giorgio. Er atmete noch schwer.

»Das heißt«, erwiderte das Mädchen und zeigte alle ihre Zähne, »was die ›Jungfer‹ will. Verstanden?«

Giorgio nickte.

»Also sage deinem Meister, er soll den Kamin fegen. Aber gleich. Wir warten darauf.«

Giorgio schoss wie ein Blitz wieder nach unten: »Wir sollen kommen, Meister!«

Sie fanden die Tür offen und betraten eine große Halle. An den Wänden hingen allerlei Bilder, Teppiche und Waffen. Giorgio wollte sich die Sachen ansehen; aber das Mädchen führte sie gleich in die Küche.

So eine große Küche hatte Giorgio noch nie gesehen. Allein der Kamin war so groß wie ihre Küche daheim, und es hätten wenigstens ein Dutzend Großmütter darin Platz gehabt. Rechts und links von dem Kamin waren Spülsteine. Über dem Kamin hingen schöne zinnerne Teller, und darunter auf dem Sims standen schwere Becher und Kannen. Alles sah so geordnet und feierlich aus wie ein Altar in der Kirche. Die Küche war auch sonst sauber und schön. In der Mitte stand ein schwerer, großer Tisch, an den Wänden waren ebenfalls Tische und darüber hingen Töpfe, Teller und Pfannen. Der größte Teil war aus Kupfer und glänzte wie blanke Spiegel.

»Nun, was wünscht die Mamsell?«, fragte der Meister, zwirbelte seinen Bart in die Höhe und sah das Mädchen übermütig an. Giorgio war erstaunt, wie freundlich der Meister das sagte und wie übermütig er dabei war. Aber das Mädchen antwortete ruhig und einfach: »Wir haben am Sonntag ein großes Essen. Schon das letzte Mal hatte der Kamin keinen rechten Zug. Seht also einmal nach, wo es fehlt.«

»Gern, Jungfer.« Der Meister hatte immer noch seine schmelzende Stimme. Er trat an den Kamin heran und sah in das schwarze Loch hinauf.

»Da müssen wir einmal gründlich rußen«, bemerkte er. Dann rief er Giorgio und befahl: »Mach dich fertig.«

Giorgio hatte keine Ahnung, wozu er sich fertig machen sollte, und sah den Meister fragend an.

»Na, krieche hinein!«

»In das Loch?«

»Ja, in das Loch!«

»Was soll ich darin?«

Der Meister sah die Jungfer mit einem Augenzwinkern an. »Er ist neu. Es ist das erste Mal, dass er mitgeht.«

»Hoffentlich macht er es dann auch gut«, meinte die Jungfer.

»Nun«, prahlte der Meister und schlug sich an die Brust, »dazu bin ich ja da, dass er es gut macht.«

Der Meister wandte sich wieder an Giorgio. »So«, bestimmte er. »Mach die Augen zu und steig in den Kamin hinein. Da ist ein Eisen.« Er hob Giorgios Hand hoch. »Spürst du es? Daran ziehst du dich hinauf. Weiter oben ist ein zweites Eisen, daran kletterst du weiter. Dann kommt ein drittes, ein viertes, ein fünftes, bis du ganz oben bist und den Kopf aus dem Kamin hinausstrecken kannst.«

»Was soll ich aber in dem Kamin machen?«, fragte Giorgio noch einmal.

»Wenn du oben bist, streckst du deine Arme nach rechts und nach links und suchst, wo die anderen Kaminlöcher in den großen Kamin einmünden, und die stößt du dann mit den Händen frei. Den Ruß lässt du einfach nach unten fallen.«

Giorgio fasste Mut, schloss die Augen, packte das erste Eisen und zog sich an ihm in die Höhe.

Der Ruß stürzte wie ein Bach über ihn. Er rieselte seinen Rücken hinunter. Er stieg in seine Nase, dass er niesen musste, in seine Ohren, in seinen Mund. Es war wirklich gut, dass er die Augen geschlossen hatte.

Jetzt musste er sie aber öffnen. Er hob die Hand, um nach dem zweiten Eisen zu fassen. Da fiel ein solcher Berg Ruß über ihn, dass der feine, schwarze Staub auch in beide Augen kam. Am liebsten hätte er aufgeschrien, biss aber die Zähne zusammen und zog sich zum dritten Eisen.

Nun konnte er auf dem ersten Eisen stehen und mit beiden Armen nach links und rechts tasten. Da waren wohl die anderen Kaminlöcher. Jedenfalls fuhr seine rechte Hand in eine tiefe Öffnung hinein. Er zog den Ruß heraus und ließ ihn nach unten fallen, dann stieg er höher.

Der Kamin verengte sich. Außerdem schmerzten seine Augen, die immer noch voll Ruß waren, schlimmer, und die Nase war bereits so verstopft, dass er nur noch durch den Mund atmen konnte. Aber auch das fiel ihm bald schwer. Ihm wurde auch schwindlig, und er kehrte wieder um.

»He!«, hörte er da die Stimme seines Meisters, der ihn gleichzeitig an den Füßen packte. »Was willst du denn schon wieder?«

»Ich kann nicht mehr«, klagte Giorgio weinerlich. »Meine Augen brennen, und ich bekomme keine Luft.«

»Die Augen brennen, dann hast du sie aufgemacht; an die schlechte Luft gewöhnst du dich schon noch. Na, aber schnauf dich ruhig erst aus. Dann musst du noch einmal hinauf.«

Giorgio rieb sich verzweifelt die schmerzenden Augen.

Das Mädchen lachte. »Jetzt siehst du wenigstens wie ein richtiger Kaminfeger aus. Willst du es einmal sehen?« Sie brachte einen Spiegel.

Giorgio erschrak. In seinem kleinen Gesicht waren nur noch die Zähne weiß, das andere war alles schwarz; auch sein Hemd, sein Hals, seine Brust und die Arme.

Er schüttelte sich.

»Höh!«, rief das Mädchen. »Du wirst mir die ganze Küche dreckig machen.«

Auch der Meister lachte. Dann wurde er wieder ernst. »So, Bub«, ermahnte er Giorgio. »Nun beiß die Zähne zusammen. Diesmal musst du bis oben hinauf.«

Giorgio versuchte es. Er hielt tapfer die Augen geschlossen und atmete wieder durch den Mund. Aber als er an der vorletzten Eisensprosse war, wurde ihm erneut übel. Es war nur gut, dass jetzt von oben ein leichter Wind in das Kaminloch wehte. Erleichtert atmete er die frische Luft ein. Hier oben war es auch mit dem Ruß nicht mehr so schlimm. Er wagte es aber doch nicht, noch die letzte Stiege hinaufzusteigen. Er kehrte wieder um.

Der Meister und die Magd kehrten schon den Ruß in einen Eimer. Dann gab das Mädchen dem Meister eine halbe Lira.

»Da«, sagte sie, »und hoffentlich brennt es nun.«

»Wie mein Herz«, witzelte der Meister, »und wenn es doch wieder rußt, rufen Sie uns einfach noch einmal herauf. Wir kommen ja jeden Tag vorbei.«

Das Mädchen bedankte sich auch bei Giorgio.

»War es schlimm?«, fragte sie.

»Es ging«, stammelte Giorgio und schnäuzte die Nase.

»Du sollst auch etwas haben«, sagte sie. Sie nahm aus einem großen Korb, der voll Trauben, Feigen, Orangen und Äpfel auf einem großen Tisch stand, eine Orange: »Hier.«

Giorgio lächelte verlegen, nahm die Orange, und einen Augenblick später polterte er hinter seinem Meister wieder die Treppe hinunter auf die Straße.

Sie begannen ihren Rundgang aufs Neue. Der Meister schrie schon wieder: »Spazzacamino! Wir fegen Kamine!« Giorgio ging noch etwas abwesend und nachdenklich hinter ihm her. Das war ja alles gar nicht so schlimm gewesen. Er trug in der einen Hand seinen Sack und in der anderen die Orange. Ja, sogar diese schöne, gelbe Frucht hatte er geschenkt bekommen. Wie sie wohl schmeckte? Er steckte die Orange in die Tasche. Er wollte sie dem kleinen kranken Mädchen mitbringen. Wie hieß es doch? Ach ja, Angeletta.

Die Knaben waren wieder da. »Oho!«, schrie der Blatternarbige. »Jetzt sieht er doch wenigstens schwarz aus.« Sie verspotteten ihn, und einer machte ihm eine lange Nase.

Giorgio ballte die Faust und schrie »Tagedieb!« zu ihnen hinüber. Da stieß ihn der Meister in die Seite. »Schläfst du schon wieder?« – »Nein«, lachte Giorgio und rief genauso laut mit.

Gleich darauf wurden sie in ein zweites Haus gerufen. Sie traten in ein Zimmer. An den Wänden waren Bücher über Bücher. Sonst lagen nur ein paar schwere Teppiche auf dem Boden. In der einen Ecke waren ein Klavier und ein großer Tisch, der mit Noten und Schriften beladen war.

Ein alter Mann mit einer weißen Mähne und roten, entzündeten Augen wanderte langsam auf und ab. Er hatte trotz des noch warmen Wetters einen festen Samtanzug an, darüber einen dicken, flauschigen Mantel.

»Ach, da kommt Ihr ja, Meister.« Er blieb vor Vater Rossi stehen. »Ich wollte etwas verbrennen, Papiere. Da seht.« Und er zeigte auf einen Stoß Papierrollen, die im Kamin lagen. »Ich sagte zu der Magd: ›Mach Feuer, Pia!‹ Sie holte Holz und Feuerzeug und schlug Funken. Aber was glaubt Ihr? Es brannte nicht. Die Flammen schlugen nicht in die Höhe. Es muss irgendetwas in dem Kamin sein. Deswegen habe ich Euch rufen lassen.«

Der Meister trat an den Kamin. Er sah hinauf. Der Kamin war nicht hoch. Kaum drei oder vier Meter. Trotzdem konnte man kein Licht sehen.

»Ich glaube auch, Herr Professor, dass etwas in Ihrem Kamin ist«, bestätigte der Meister. »Aber das werden wir gleich haben. Klettere hinauf, Giorgio!«

Da keine Eisen in dem Kamin waren, musste Giorgio über Knie, Hände und Rücken des Meisters klettern. Endlich fand er in dem schwarzen Loch einen Halt und zog sich weiter in die Höhe.

Ja, da war etwas. Es war stachlig und bestand aus Holz und Stroh. Er zerrte es nach unten. Da rutschte es auch schon an ihm vorbei und plumpste in die Tiefe. Der Kamin war frei. Er sah auf das benachbarte Haus und einen Baum.

»Ein Vogelnest«, schrie der Meister, »komm herunter!«

Als Giorgio wieder in der Stube stand, betrachtete auch der alte Mann den runden, nestförmigen Klumpen.

»Tatsächlich, Meister, ein Vogelnest. Da hat also das ganze Frühjahr und den ganzen Sommer über ein Vogel zu meinen Häupten gewohnt, und ich habe es nicht einmal gemerkt. Mein Gott, und sicher waren sogar kleine, lebendige Junge darin. Ach«, er strich sich durch die Haare, »es war wahrscheinlich eine Amsel. Ich habe sie ein paarmal singen hören. So …«

Er ging zu dem Klavier, schlug einige leichte Töne an und sang dazu mit einer ungemein feinen Stimme: »Fiu, fiu!« Dann setzte er sich auf einen lustigen Drehstuhl, hüllte die beiden Töne in Läufe und Triller ein und setzte sie unablässig fort.

Giorgio hielt den Atem an und lauschte. Der Meister machte seine Froschaugen. Aber da tippte die Magd dem alten Mann auf die Schulter.

Er drehte sich ärgerlich um.

»Die beiden wollen ihr Geld haben, Herr Professor«, sagte sie.

Giorgio hätte die Magd prügeln können; aber der Professor lächelte schon wieder. »Das hätte ich beinahe vergessen. Was macht es, lieber Meister?«

Der Meister sagte diesmal: »Eine Lira.«

Der Alte nestelte umständlich an einem großen Beutel.

»Da«, sagte er, »aber was geben wir dem Buben?« Und er sah Giorgio interessiert in die Augen.

»Oh«, meinte der Meister, »er bekommt nichts extra, Herr Professor.«

Der Alte war aber schon an seinen Tisch getreten und nahm ein kleines Heft herunter. »Hier«, sagte er, und er drückte es Giorgio in die Hand.

Giorgio war ganz gerührt. »Ich kann aber nicht lesen«, stammelte er.

»Es sind auch Bilder darin«, beruhigte ihn der Alte. »Sieh dir die Bilder an.«

»Es könnte aber schmutzig werden«, wandte Giorgio noch ein.

»Pia wird es dir einpacken.«

Pia brachte schon eine Zeitung und wickelte das Heft umständlich ein.

Giorgio ging immer leichter über das holprige Pflaster. Wenn es nicht schlimmer kam, war dieser Beruf wirklich zu ertragen. Es störte ihn nicht mehr, dass sich die Schar, die um den Blatternarbigen stand, vergrößert hatte, und er rief jetzt beinahe noch lauter als der Meister sein »Spazzacamino; wir kehren Kamine. Lassen Sie Ihren Kamin fegen!« zu den Häusern hinauf.

Der Dritte, der sie rief, war ein Bäckerbursche. Es war wieder ein eiliger Fall.

»Kommt schnell«, sagte der Bursche zum Meister, »unsere ganze Backstube ist voll Rauch, und wir müssen noch das Abendgebäck in den Ofen bringen.«

Sie liefen in eine der Nebenstraßen. Die Bäckerei war an einer Kreuzung, aber die Backstube lag in einem Hinterhaus. Sie mussten über drei enge Höfe. Überall spielten Kinder, überall hing Wäsche, und aus jedem der drei Höfe erscholl ein unheimlicher Lärm.

Die Backstube war zu ebener Erde. Der Bäckermeister und seine Gesellen standen davor.

»Es ist kaum noch zum Aushalten«, klagte der Bäckermeister. »Irgendwo ist die Esse verstopft, die ganze Hitze und der ganze Qualm werden in die Backstube zurückgeschlagen.«

Sie kamen in die Backstube. Der Qualm lag wie eine dicke schwere Wolke darin.

»Habt ihr noch Feuer im Ofen?«, fragte der Meister.

»Etwas.«

»Das muss erst heraus.«

»Madonna!«, jammerte der Bäcker. »Ich bin froh, dass es drin ist. Um sechs müssen meine Gesellen das Brot zu den Kunden bringen.«

»Aber so kann niemand hinein.«

Der Bäcker band sich ein Tuch um den Mund, auch einer der Gesellen. Dann zogen sie mit langen Haken die glühenden Holzscheite aus dem Ofenloch heraus.

Die Luft wurde dadurch noch stickiger. Man konnte kaum etwas sehen.

Alle husteten, auch Giorgio.

»Nun bind dir auch einen Lappen um den Mund!«, sagte der Meister.

»Ich?«, stotterte Giorgio. »Ich habe keinen.«

»In deinem Sack ist einer. Mach schnell!«

Giorgio griff hinein. Ja, da war einer. Er band ihn fest um Mund und Nase.

Der Meister hatte das Gleiche getan.

Sie gingen nun mitten in den Rauch. Zuerst ging es recht gut. Dann machte ihnen der Rauch doch zu schaffen.

Sie mussten zuerst auf den großen Backofen. Er war heiß, und Giorgio verbrannte sich beinahe die Füße.

Der Meister riss eine Klappe auf. Da stürzte der Qualm wie eine schwarze Wand auf sie.

»Steck den Kopf beiseite!«, schrie der Meister.

Giorgio tat es.

Langsam zog der Qualm an ihnen vorbei in die Tiefe. »Nun steig ein!«

Giorgio zögerte. Er hatte unheimliche Angst; aber der Meister schob ihn schon hinein.

In dem schwarzen Loch war es noch heißer als auf dem Backofen. Giorgio verbrannte beinah.

»Er ist nicht hoch«, sagte der Meister. »Vielleicht ist nur ein Ziegel los.«

Giorgio versuchte zu klettern, aber es ging nicht. Wo er auch hinfasste, es war alles so heiß wie Feuer.

»Es geht nicht«, klagte er. »Es ist zu heiß.«

Der Meister gab ihm einen mit Wasser getränkten Lumpen. »Fass damit zu!«

Giorgio wickelte ihn um seine Hände. Er tastete sich weiter in die Höhe. Da war ein Stein. Da noch einer. Er versuchte sich hinaufzuziehen. Auf einmal spürte er, wie die Steine nachgaben, gleichzeitig schwanden ihm die Sinne, und er fiel nach unten.

Er kam wieder zu sich, weil man etwas Kaltes über ihn schüttete. »Noch einen Eimer«, rief der Meister. »Noch einen!« Die Kälte wurde immer schlimmer.

»Er hat ja schon die Augen auf«, sagte einer der Bäckerjungen. Giorgio hatte sie tatsächlich wieder offen, und er war ganz erstaunt, dass er nicht durch die Kaminklappe in den Ofen gefallen war, sondern auf dem Hof vor der Backstube lag und Wasser über seinen Kopf rann.

»Na«, klopfte ihm der Meister auf die Schulter, »steh auf!«

Er versuchte es. Aber da wurde ihm übel, und er musste sich erbrechen.

»Der arme Bub«, hörte er eine Frau sagen. »Er ist ja ganz grün!«

Die anderen Leute, die sich um ihn drängten, bedauerten Giorgio auch und schimpften auf den Bäcker und den Meister. Giorgio gab sich einen Ruck. »Es geht besser«, stammelte er und versuchte zu lächeln.

»Hallo! Und der Rauch zieht sogar ab«, rief der Bäckermeister fröhlich.

Meister Rossi war auch zufrieden. »Ich glaube, es waren ein paar Steine ausgebrochen, und der Bub hat sie bei seinem Fall mit nach unten gerissen. Aber macht morgen kein Feuer. Ich komme recht früh vorbei und bringe die Sache ganz in Ordnung.«

Giorgio hatte sich inzwischen zu seinem Sack getastet.

Der Meister fasste ihn unter. »Komm schnell auf die Straße!«, ermunterte er ihn. »Das wird dir am besten tun.«

Der Menschenring um sie öffnete sich. Die Menschen schalten noch immer auf den Bäcker und Vater Rossi, und der Meister war froh, als sie endlich auf der Straße waren.

Giorgio wurde es aber nicht besser. Er musste sich abermals übergeben. Ihm schwindelte, und die Füße wollten ihn nicht mehr tragen.

Beim nächsten Bordstein setzte er sich. »Ich kann nicht weiter, Meister«, klagte er.

»Wir können nicht schon heimkehren«, meinte der Meister ärgerlich.

»Ich kann wirklich nicht mehr«, stöhnte Giorgio.

»Nun.« Der Meister hatte einen Gedanken. »Komm!« Er zog ihn in die Höhe. »Wir trinken einen Schnaps.«

Er führte Giorgio in die nächste Kneipe, setzte ihn auf einen Stuhl und brachte zwei Schnäpse.

Erst trank er selber einen, dann gab er das zweite Glas dem Knaben.

»Mach die Augen zu und schütt es hinunter!«

Giorgio tat es. Er schnellte aber gleich danach auf. Es war, als habe ihm jemand mit einem Messer in den Hals gestochen. Er musste husten, und die Übelkeit kroch ihm noch stärker den Rücken hinauf.

»Lehn dich zurück«, riet ihm der Meister, »und ruh dich aus.«

Giorgio versuchte es. Es wurde ihm besser, obwohl der Schnaps wie gemahlener Pfeffer im Leibe weiterbrannte.

Der Meister trank unterdessen ein Glas nach dem anderen. Er hatte Freunde gefunden, und es dunkelte schon, als er sich endlich wieder auf den Knaben und seine Arbeit besann. Er schwankte leicht, als sie auf die Straße traten, und diesmal musste Giorgio *ihn* stützen.

Langsam schlenderten sie noch eine halbe Stunde die Via Manzoni auf und ab; aber so laut sie auch schrien, niemand brauchte sie mehr. Nur die Schar der sie begleitenden Kinder wurde größer und größer.

Die Kinder wurden obendrein immer übermütiger. Sie zupften die beiden Kaminfeger am Rock, warfen ihnen Schimpfnamen nach, und der Blatternarbige schrie: »Seht nur die beiden schwarzen Männer! Die wollen Kamine kehren und können kaum noch auf den Beinen stehen. Sie sind beide betrunken!« Der Meister blieb stehen und sah sie wütend an. Auch Giorgio war ärgerlich. Aber er war noch zu schwach, um sich gegen die Buben zu wehren, und er war deswegen froh, als der Meister endlich sagte: »Das Beste ist, wir gehen heim. Heute finden wir doch keine Arbeit mehr.«

Die Gasse war noch lauter und belebter als am Mittag. Die meisten Handwerker hielten ihre Werkstätten noch offen; aber sie hatten Feierabend gemacht. Sie saßen auf ihren Schemeln, schwatzten mit den Vorübergehenden oder unterhielten sich über die Gasse mit ihren Nachbarn. Hie und da saß auch eine Frau zwischen ihnen.

Der Meister ging ein paar Schritte vor Giorgio her. Er schwankte noch immer.

Auch hier lachte man und zeigte auf ihn.

Es schien nicht das erste Mal zu sein, dass Vater Rossi so heimkam. Einige riefen ihn an und machten Witze über ihn.

Giorgio wankte hinter ihm her.

»Ho!«, machte ein Schuster. »Ist der Bub auch besoffen?«

Der Geselle sagte: »Er sieht ja ganz grün aus. Wahrscheinlich ist ihm nur schlecht geworden.«

Giorgio brachte das Werkzeug in den Schuppen und dann stiegen sie langsam und mühsam die Treppe zu ihrer Wohnung hinauf.

Der Meister, der bisher lustig vor sich hingebrummelt hatte, wurde schweigsamer. »Geh *du* zuerst!«, sagte er zu Giorgio und schob ihn vor sich hin.

Giorgio trat in den Gang und tastete sich zur Küche. »Guten Abend«, sagte er. »Wo kann ich mich waschen?«

Die Frau sah ihn erstaunt an, als hätte sie ihn noch nie gesehen. »Ach, du bist es?«, kreischte sie. »Wasch dich unten! Im Hof ist ein Trog. Daneben ist Wasser.«

Inzwischen war auch der Meister in die Küche getreten. »Ach«, stöhnte er, »war das heute wieder eine Hitze, furchtbar! Bald wäre ich umgekommen.«

»So so«, antwortete die Frau grob, »und da hast du natürlich wieder den ganzen Verdienst vertrunken und wahrscheinlich nicht einen Centesimo mit heimgebracht, und wohl auch …« Aber das hörte Giorgio schon nicht mehr.

Der Trog war im mittleren Hof. Daneben lief aus einem Rohr ein Strahl Wasser. Er schöpfte es in den Trog und wusch sich. Ihm wurde wohler, und er reckte und streckte sich. Er wusch sich bedächtig und lange, dann schüttelte er sich wie ein Hund trocken und ging wieder nach oben. Als er in die Küche trat, war der Meister schon nicht mehr da. Dafür saß Anselmo am Tisch. Giorgio fragte nach dem Meister.

»Das Fass war natürlich wieder voll«, klagte die Frau, die noch immer wütend war. »Nicht einen Centesimo hatte er in der Tasche. Jetzt liegt er in seinem Kasten und schläft den Rausch aus.«

Giorgio setzte sich still an seinen Kaminplatz und sah nach dem Tisch. Es gab wieder eine warme Suppe, Polentaschnitten und gefüllte Tomaten.

Giorgio hatte Hunger, und er sah mit großen Augen, wie die Frau und der Knabe die herrlichen Sachen langsam vertilgten. »Bekomme ich nichts?«, fragte er leise.

Die Frau drehte sich hastig um. »Nein«, antwortete sie. »Erstens hast du nichts getaugt, wie mir der Meister erzählt hat.« Sie schüttelte missbilligend den Kopf. »Von ein wenig Rauch gleich in Ohnmacht zu fallen! Zweitens bekommst du nie etwas, wenn der Meister wie ein Fass heimkommt und den ganzen Verdienst versoffen hat. Merk dir das und pass das nächste Mal besser auf ihn auf!«

Die Frau hatte das so laut gesagt, dass sich Giorgio unter dieser Grobheit duckte wie unter Prügeln.

Anselmo sah ihn dabei schadenfroh an, bohrte in der Nase und nahm sich noch eine duftende, goldgelbe Polentaschnitte, obwohl er schon vier verzehrt hatte.

Da hörte man eine feine Stimme aus der Kammer über der Diele. »Bringt ihr mir heute gar nichts?«

Es war das kranke Mädchen, das rief.

»Jetzt habe ich bei Gott wegen dieser beiden Lumpen Angeletta vergessen!« Die Frau sprang eilig auf, legte zwei Polentascheiben und eine gefüllte Tomate auf eine Platte und rannte damit in die Kammer.

»Siehst du, wie es mir schmeckt?«, höhnte Anselmo leise vom Tisch her und sah ihn mit seinen Froschaugen und dem großen, unheimlichen Mund spöttisch an.

Giorgio sagte nichts. Er sah nur wütend zurück. Sie hatten ja noch eine alte Rechnung zu begleichen. Er würde sich schon einmal rächen können.

»Kann ich wenigstens noch etwas auf den Hof?«, fragte Giorgio die Frau, als sie wieder hereinkam.

»Auf den Hof?« Sie stemmte ihre mageren Arme in die Seite. »Das könnte dir so passen, nach der Arbeit noch die halbe Nacht herumzustrolchen. Morgen musst du um fünf aufstehen. Geh, Anselmo, bring den Kerl in seinen Stall!«

Anselmo war schon aufgestanden, schob sich an Giorgio vorbei und befahl: »Mach schnell!«

Sie verließen die Küche. Anselmo trat auf das Gitter zu, das den kleinen Flur in zwei Teile teilte.

»Dahinein!«, kommandierte Anselmo grob wie seine Mutter und riegelte das Gitter auf.

Giorgio sah hinein. Der kleine, abgeteilte Raum fiel schräg nach hinten. In den Ecken lagen alte Sachen: Flaschen, Krüge, ein paar Hosen, ein Sack mit Lumpen, ein kaputter Stuhl und anderes Gerümpel.

»Beeil dich schon!«, schrie Anselmo lauter.

Giorgio kam einen Schritt näher. Da trat ihn der Knabe plötzlich in den Rücken, dass er zusammenschreckte und fiel. Zornig sprang er wieder auf, doch Anselmo hatte das Gitter bereits zugeschlagen, den Riegel vorgeschoben, lachte und streckte ihm die Zunge heraus.

»Mach auf!«, rief Giorgio wütend.

»Ha, ha!«, lachte Anselmo weiter.

»Mach auf!« Giorgio trommelte an das Gitter.

Da trat die Frau aus der Küche.

»Willst du wohl still sein!«, fuhr sie ihn an. »Da bist du, und da bleibst du! Da haben auch die anderen Kaminfegerbuben geschlafen. Das Gitter ist dazu da, dass mir keiner von euch davonläuft. Oder hast du vielleicht gedacht, mein Mann hätte die zweiundachtzig Lire umsonst bezahlt? Merk dir das übrigens: Auf die Straße oder auf den Hof kommst du abends nie!« Sie lachte grob. »Jungen Vögeln stutzt man die Flügel, junge Hunde kettet man an, Landstreicher, wie dich, sperrt man abends ein.« Sie packte Anselmo bei der Hand: »Komm jetzt, Bub!«, und beide gingen in die Küche zurück.

Giorgio war ganz verzweifelt und hatte Tränen in den Augen. Er konnte sich in dem kleinen Raum kaum umdrehen. Überall stieß er an. Er setzte sich auf den kaputten Stuhl, doch da konnte er sich nicht einmal aufrichten. Er nahm den Sack und legte sich darauf. Aber der Sack war so festgestopft, dass er wieder herunterrollte. Außerdem meldete sich sein Hunger erneut. Ach, was hätte er in diesem Augenblick für eine der schönen Polentaschnitten gegeben!

Endlich legte er sich auf den Fußboden, schob seinen Kopf auf ein paar alte Lumpen und versuchte die Augen zu schließen. Aber immer stiegen der Tag und seine Erlebnisse wieder vor ihm auf. Die Kamine wurden plötzlich zu schwarzen Schlünden. Der Rauch wollte ihm, wie eine böse Hand, den Hals zupressen. Der Ruß wurde ein schmieriger, schwarzer Brei, an dem er immer wieder erstickte. Dazwischen kamen schönere Bilder: der alte Mann, der so herrlich Klavier gespielt, die Jungfer, die ihn gestreichelt hatte; aber beides verschwand wieder in einem Nebel von Ruß, Dampf und Rauch.

Er versuchte, an daheim zu denken, an die Nonna, die Zwillinge, an seinen Vater, an seine Tiere. Er sah den alten Baretta, den Grottowirt, dessen Sohn. Aber auch diese Bilder wurden wieder von Ruß und Rauch verzehrt, und er hätte am liebsten aufgeschrien und um sich geschlagen.

Da hörte er seinen Namen. Erschrocken stemmte er sich in die Höhe. Er musste schon eine Weile geschlafen haben, denn es war dunkel um ihn. »Ist jemand da?«, fragte er.

»Ja, ich. Angeletta.« Die Stimme war ganz nahe.

»Du?«, sagte Giorgio erstaunt und etwas lauter. »Ich denke, du darfst nicht aufstehen?«

»Pst«, machte sie, »sei nur still! Einmal am Tag kann ich es schon! Besonders, wenn es niemand sieht.«

»Aber was willst du?«, fragte er weiter.

»Ich habe dir meine Tomate aufgehoben und ein paar Polentaschnitten; pass auf, jetzt öffne ich den Riegel, dann kommst du zu mir, um sie zu essen!«

Der Riegel klirrte, und sie trippelte mit kleinen Schritten in ihre

Kammer zurück. Giorgio folgte. Als er bei ihr eintrat, lag sie bereits wieder im Bett.

Die Kammer war durch eine kleine Lampe, die unter einem Heiligenbild hing, schwach erleuchtet. Giorgio konnte alles genau sehen, auch das Mädchen.

»Setz dich hierher«, sie zeigte auf ihr Bett, »und iss!«

Giorgio kam gehorsam näher und setzte sich.

Angeletta hatte die Tomate und die Polentaschnitten noch auf ihrem Teller.

»Aber hast du keinen Hunger?«, fragte Giorgio, bevor er hineinbiss.

Sie schüttelte den Kopf. »Ich habe nie Hunger.«

Giorgio aß schon. Sie sah ihm zu und sagte kein Wort, bis er alles aufgegessen hatte.

»So«, sprach sie dann, »nun musst du mir erzählen. Aber leise, damit es meine Mutter nicht hört.«

»Was denn?«, wollte Giorgio wissen.

»Oh«, sie hob ihre zarten Hände und legte sie zusammen, »von dir. Von dir daheim. Du kommst doch aus dem Tessin?« Giorgio erzählte nun von seinem Tal, von Sonogno, von der Nonna, von den Tieren, und jetzt spürte er erst, wie schön das alles gewesen war.

»Ach«, unterbrach ihn Angeletta und klatschte in die Hände, »so viele Tiere hast du gehabt!«

Er musste ihr auch von Anita erzählen. Wie alt sie war. Wie sie aussah. Auch das Medaillon und die Kette zeigte er ihr.

»Ihr habt euch also lieb?«, fragte Angeletta.

Giorgio dachte nach. »Vielleicht.«

»Du musst sie lieb haben«, sagte sie da bestimmt. »Weißt du, mich kann man nämlich nur gernhaben. Ich bin sehr krank, und einmal hat der Doktor im Korridor gesagt, ich müsste bald sterben; aber wenn du mich sehr gernhast und ich ein Engel geworden bin, werde ich immer um dich sein und dich beschützen.«

Giorgio blickte sie an. Sie sah jetzt schon zart und durchsichtig wie ein Engel aus. Ihr Gesicht war so weiß wie die Wand, ihre

Augen lagen tief in den Höhlen, und ihre tiefschwarzen offenen Haare lagen wie ein Kranz um sie.

»Bist du nicht müde?«, lächelte sie. »Ich kann nur wenig schlafen. Deswegen brennt immer die kleine Lampe bei mir, weil ich mich sonst in der Dunkelheit fürchte.«

»Nun brauchst du dich aber nicht mehr zu fürchten«, sagte Giorgio. »Jetzt bin ich ja in deiner Nähe.«

Sie lächelte wieder und nickte. »Ja.«

Da fiel ihm seine Orange ein.

»Ach«, sagte er. »Ich habe dir ja etwas mitgebracht.«

»Mir? Was denn?«

Er schlich hinaus und holte die Orange.

Sie klatschte in die Hände. »Die esse ich gern.«

Giorgio musste ihr erzählen, wo er die Orange herhatte. Dabei erinnerte er sich an das Buch, das er erst in seinen Sack und dann in seine Tasche gesteckt hatte, und gab ihr auch dieses.

Nun wollte sie noch allerlei von seiner Arbeit wissen; aber dass er beinahe erstickt und verbrannt war und dass man Wasser über ihn gegossen hatte, verheimlichte er ihr.

Mitten im Erzählen schlief er ein.

Sie stieß ihn an.

»Geh!«, sagte sie. »Du musst nun wieder in deine Kammer.«

Er ging gehorsam hinter sein Gitter. Jetzt war er nicht mehr ärgerlich, dass ihn die Frau in dieses Loch gesteckt hatte. Er fand es auch nicht mehr so fürchterlich. Er war sogar froh, weil er dadurch in Angelettas Nähe war.

Er legte sich wieder hin. Das Mädchen schob den Riegel vor, dann schwebte es leise wie ein wirklicher Engel davon.

10 Giorgio ist kein Dieb und gerät doch unter die Diebe

Giorgio wurde Punkt fünf von der Frau geweckt. Sie pochte an sein Gitter, schob den Riegel zurück und sagte: »Steh auf!« Giorgio war noch müde und wie zerschlagen. Er hatte außerdem Hunger; denn die Tomate und die Polentaschnitten waren nur Leckerbissen gewesen und hatten ihn nicht gesättigt.

Es bestand aber noch keine Aussicht für ihn, etwas zu bekommen. Die Frau wollte, dass er erst arbeite. Sie sagte ihm genau, was er heute und jeden Morgen zu machen habe; denn er war nicht nur ein Kaminfegerbub geworden, er wurde nebenbei ein Mädchen für alles.

Zuerst musste er die Küche und den Korridor kehren. Danach schickte ihn die Frau auf den Hof nach Wasser. Er musste alle Kessel füllen und stieg immer wieder die Treppe hinauf und hinunter. Zuletzt kehrte er das Zimmer von Angeletta. Dabei konnte er sie begrüßen. »Guten Morgen«, sagte er.

Angeletta dankte ihm. Sie war noch blasser und durchsichtiger als am Abend, und ihre dünnen Hände lagen auf der weißen Decke wie welke Blätter.

»Hast du gut geschlafen?«, fragte sie.

Er nickte, obwohl er schlecht geschlafen hatte und ihm jetzt noch alles wehtat von dem harten Lager. Aber er wollte es sich nicht anmerken lassen.

»Ich habe schon das ganze Buch gelesen. Es ist die Geschichte eines jungen Mannes, der arm nach Australien gefahren ist und im Alter reich und gesegnet wieder nach Italien zurückkommt. Wenn du einmal abends Zeit hast, lese ich es dir vor.« Er nickte ihr eilig zu, denn die Frau rief schon wieder nach ihm. Er sollte mit einem Korb in die Gasse und Brot und Reis kaufen. Als er wieder zurückkam, konnte er sich endlich einen Augenblick in seine Kaminecke setzen. Er bekam auch eine Schale dünnen Kaffee und ein Stück Brot.

Der Meister, der seinen Rausch ausgeschlafen hatte und etwas brummig in einer Ecke saß, frühstückte ebenfalls, und als er fertig war, gingen sie beide wieder auf die Arbeitssuche.

Erst sprachen sie noch einmal in der Bäckerei vor, und der Meister setzte ein paar Ziegelsteine ein, dann kehrten sie da einen Ofen und säuberten dort einen Kamin.

Giorgio fiel die Arbeit schon nicht mehr so schwer. Wenn sich seine Lunge auch nur allmählich an den Schmutz, den Dampf und den Ruß gewöhnte, schwindelte ihm doch weniger, und er wurde nicht mehr ohnmächtig.

Er hatte auch bald keine allzu große Angst mehr, in die Kamine hineinzukriechen. Wie hatte die Nonna gesagt: »Der Mensch hat nur *einen* Tod im Leben, und wir wissen ja doch nicht, ob er uns in der Jugend oder im Alter trifft.«

Mittags kamen sie immer pünktlich heim, und wenn es Giorgio gelungen war, den Meister an allen Kneipen vorbeizulotsen oder dafür zu sorgen, dass er nur hie und da einen Grappa oder ein Glas Wein trank, bekamen sie auch beide ihr Essen.

Am Abend war es schon schwerer, den Meister heimzubringen. Aber selbst, wenn er alles vertrank, was sie beide im Laufe des Nachmittags verdienten, wusste Giorgio, dass Angeletta etwas für ihn aufgespart hatte, das sie ihm, wenn alles schlief, zusteckte.

Anselmo brachte ihn allabendlich hinter das Gitter. Aber sonst konnte ihn das Froschgesicht nicht mehr quälen. Wenn er ihn treten oder stoßen wollte, wich er ihm aus, oder er zeigte ihm seine Fäuste.

Anselmo und die Buben, die ihn unter dem Kommando des Blatternarbigen noch immer jeden Tag verlachten, auspfiffen und verspotteten, waren übrigens das Einzige, was das Leben weiter schwer und oft unerträglich machte.

Eines Tages sah Giorgio Anselmo und den Blatternarbigen zusammenstehen.

Wenn es Anselmo auch nicht wagte, seinen Vater und Giorgio öffentlich mitzuverspotten und auszulachen, schien er die Buben doch heimlich gegen Giorgio zu hetzen.

Giorgio stellte ihn eines Abends.

»Ich weiß ganz genau, dass du zu der Bande des Blatternarbigen gehörst«, sagte er zu Anselmo, als er von ihm wieder in seinen Stall gebracht wurde. »Wenn ich dich aber noch einmal mit dem Kerl zusammen sehe, sage ich es deinem Vater.«

Anselmos Froschaugen wurden noch größer, und sein Mund spaltete sich, als wollte er Giorgio verschlingen. »Sag's ihm nur, aber dann pass auf, was ich ihm sage!«

»Was denn?« Giorgio blickte offen in das Froschgesicht.

»Das wirst du noch sehen. Und jetzt hinein mit dir, sonst fliegst du kopfüber!«

»Ich gehe schon«, erwiderte Giorgio ruhig, »aber rühr mich nicht an, sonst …«

»Sonst!« Anselmo äffte ihn nach und holte mit seiner Faust aus.

Giorgio behielt ihn aber im Auge, und Anselmo wagte nicht zuzuschlagen.

Als Giorgio hinter dem Gitter stand, tobte der große Knabe los: »Warte nur!«, schrie er. »Dir werde ich es schon eintränken, mir zu drohen. Du Kröte! Du Ratte! Du Landstreicher!« Er zeigte vor Wut seine Zähne und versuchte sogar, durch das Gitter zu spucken.

Giorgio konnte sich nicht denken, was Anselmo gegen ihn vorbringen wollte, und schlief ruhig ein.

Am andern Morgen sagte der Meister, er hatte schon Jacke und Hut auf und stand auf dem Flur: »Meine Börse ist fort!«

»Deine Börse!«, kreischte die Frau. Auch Giorgio kam neugierig näher, während Anselmo seine Semmel in den Kaffee steckte und ungerührt weiteraß.

»Zwei Lire waren noch darin«, sagte der Meister und suchte in allen Taschen nach ihnen.

»Zwei Lire?«, rief die Frau aufgeregt. »Du wirst sie sicher verloren haben!«

»Nein«, sagte der Meister bestimmt, »gestern Abend, als ich ins Haus trat, war die Börse noch da.«

»Wo denn?«, fragte Anselmo, ohne aufzusehen.

»In meiner Rocktasche.«

Anselmo pfiff. »So?«, meinte er ruhig und kaute weiter. »Dann kann sie nur der Bub haben.« Und er sah Giorgio mit einem triumphierenden Blick aus seinen Froschaugen an. »Ich habe ihn gestern Abend mit der Hand in deiner Tasche gesehen.«

Giorgio war wütend und zugleich erschrocken. War das die Rache des Froschgesichtes?

»Du?«, sagte der Meister und sah Giorgio erstaunt an; denn er hatte den ruhigen, fleißigen Knaben in den wenigen Tagen recht liebgewonnen.

»Du!«, schrie auch die Frau, stürzte auf ihn zu und stülpte ihm seine Taschen um.

Er ließ es ruhig geschehen. »Das ist nicht wahr«, sagte er.

»Willst du vielleicht noch lügen?«, schrie die Frau lauter und schlug ihm ins Gesicht.

»Das ist nicht wahr!«, wiederholte Giorgio. Obwohl ihm zum Weinen war, schaute er die Frau fest an.

»Hast du es gesehen oder nicht?«, wandte sich die Frau wieder an Anselmo.

Der tat so, als berühre ihn die Sache gar nicht. »Natürlich habe ich es gesehen. Er war erst in der rechten und dann in der linken Tasche. Er hat auch etwas herausgenommen und es in seine Tasche gesteckt.

»Du lügst!«, begehrte Giorgio auf. »Dann müsste es doch noch da sein.« Und er kehrte selber noch einmal seine beiden Hosentaschen um.

»Wer weiß, wo du es inzwischen versteckt hast«, erwiderte das Froschgesicht. »Ich habe noch keinen Dieb gesehen, der das, was er gestohlen hat, am helllichten Tag in seiner Tasche mit sich herumträgt.«

Die Frau wandte sich wieder an Giorgio.

»Du Spitzbube. Lügen tust du auch noch. Man sollte dir alle Knochen zerschlagen, und du«, sie drehte sich zu ihrem Mann, »stehst noch immer da, als ob dich die Sache nichts angeht.«

Der Meister wusste wirklich nicht, was er zu der Beschuldigung sagen sollte. Er sah auf einmal auf seine Frau und Anselmo und dann wieder auf seinen kleinen Kaminfeger.

»Du willst es wirklich nicht getan haben?«, fragte er Giorgio zum zweiten Mal.

»Nein!« Giorgio stampfte auf. »Ich habe die Börse nicht genommen.«

»Ich kann es auch nicht glauben. Aber wir werden ja sehen.« Er sah seinen Buben an. »War Giorgio eingeschlossen?«

Anselmo und die Mutter antworteten zu gleicher Zeit: »Ja.«

»Nun, wenn er das Geld wirklich gestohlen und nichts bei sich hat, kann es nur in seiner Kammer sein. Wir gehen jetzt, und Anselmo soll in der Kammer nachsehen. Wenn er es findet, wissen wir, ob Giorgio der Dieb ist oder nicht.«

Die Frau sah ihren Mann einen Augenblick bös an. »Du tust genau so, als ob du dem fremden Buben mehr traust als deinem eigenen.«

»Vorläufig traue ich noch beiden, und bis Mittag werden wir die Wahrheit erfahren. Komm jetzt!« Der Meister fasste Giorgio an der Hand. »Es schlägt schon acht.«

Giorgio war mit dieser Wendung einverstanden. Ja, er war beinahe glücklich darüber; denn wie sollten die Frau und Anselmo die Börse bei ihm finden, die er doch gar nicht angerührt hatte?

Er trottete darum ruhig hinter seinem Meister her, der allerdings heute stiller war als sonst, machte seine Arbeit wie alle Tage und freute sich auf den Mittag, der seine Unschuld beweisen musste.

Sie kamen heim. Da sahen sie, dass die Frau in der Werkstatt schon auf sie wartete.

»Dort kommt er ja, der Dieb!«, schrie sie ihnen entgegen, und auch die Leute in der Gasse sahen Giorgio wie einen Verbrecher an.

»Da ist deine Börse!«, schrie die Frau weiter. »Er hatte sie im Lumpensack versteckt. Er dachte wohl, wir würden dort nicht suchen, aber Anselmo hat sie doch gefunden. Und denk dir, dieser Spitzbub, eine Lira hat er schon herausgenommen und wahrscheinlich woanders versteckt. Ja, da hast du uns ein schönes Früchtchen ins Haus gebracht.« Und ohne zu überlegen oder den erstaunten und erschrockenen Giorgio überhaupt zu Wort kommen zu lassen, fiel sie mitten auf der Straße über ihn her und schlug ihm rechts und links ins Gesicht.

Alle Umstehenden und vor allen Dingen auch der Tischlermeister feuerten sie dazu an.

»Gib's ihm, Mutter Rossi«, schrien sie. »Gib's ihm.«

»So ein Spitzbube!«

»Jaja, das sind die Tessiner Lausejungen. Sie stehlen ehrlichen Handwerkern das Geld und das Brot!«

Mutter Rossi schlug durch die anfeuernden Worte immer wieder zu, und es hätte nicht viel gefehlt, dass auch die anderen über den unglücklichen Giorgio hergefallen wären.

Der Meister war nun auch von der Schuld Giorgios überzeugt, aber es ärgerte ihn, dass seine Frau auf offener Straße den Buben verprügelte, und er schob sie auf die Seite.

»Lass das«, sagte er, »wenn der Bub wirklich der Dieb ist, kann man ihm oben seinen Teil geben. Was soll der Krach hier unten in der Gasse?«

»Was er soll?«, kreischte die Frau. »Jeder soll wissen, was du dir für zweiundachtzig Lire für einen Kerl hast aufschwatzen lassen, und noch heute bringe ich ihn wieder in den ›Goldenen Topf‹ und verlange das Geld zurück, das du für ihn bezahlt hast.«

Aber der Meister hatte Giorgio schon am Ohr genommen; er zerrte ihn an der Frau vorbei in die Werkstatt hinein und über den Hof hinauf in seine Wohnung.

Die Frau kam schimpfend und keifend nach. Sie wollte sich gleich wieder auf Giorgio stürzen, aber der Meister sagte: »Lass mir den Buben erst mal!«

Er zeigte Giorgio die Börse. »Du hast mich nicht nur bestohlen, du hast mich auch belogen.«

»Ich habe weder gestohlen noch gelogen«, erwiderte Giorgio trotzig. Er musste weinen, denn die Frau hatte ihn nicht nur mit den Fäusten, sondern auch mit ihren Holzschuhen geschlagen.

Jetzt wurde der Meister gleichfalls wütend. »Aber hier ist doch die Börse, und Anselmo hat sie in deiner Kammer gefunden.«

»Ich habe trotzdem nicht gestohlen«, versicherte Giorgio wieder. »Bei allem, was mir heilig ist, ich habe sie nicht angerührt.«

»So ein Teufelsjunge!« Das Gesicht des Meisters bekam schwere Falten. Er überlegte sich wohl, was er mit diesem verstockten Sünder machen sollte.

»Frage ihn lieber, wo er die zweite Lira hat«, schrie die Frau wieder, »und wenn er mit ihr nicht herausrückt, prügle ich ihn windelweich!« Sie packte Giorgio schon mit der einen Hand an den Haaren, während sie mit der anderen nach ihrem Holzschuh fasste, und einen Augenblick später trommelte dieser Holzschuh wieder auf den armen Buben nieder.

»Au! Au!«, schrie Giorgio. »Au!«

»Du schlägst ihn ja tot!«, warnte sie der Meister.

Die Frau ließ trotzdem nicht von Giorgio; aber plötzlich stand Angeletta in der Tür.

»Was machst du da, Mutter!«, schrie sie und streckte ihre dünne Hand verzweifelt in die Höhe.

»Gott, das Kind!«, rief die Mutter entsetzt. Sie ließ Giorgio los, stürzte zu Angeletta, hob das Mädchen hoch und wollte es wieder in ihre Kammer bringen.

Angeletta wehrte sich. »Was hast du da gemacht?«, fragte sie zum zweiten Mal, und die Tränen liefen über ihr bleiches Gesicht, als sie den blutenden, weinenden Giorgio sah.

»Ach, er hat Geld gestohlen, dieser Lausejunge«, klagte die Mutter, »nun lügt er auch noch, er sei es nicht gewesen.« Sie wollte mit dem Kind wieder aus der Küche hinaus.

Angeletta hielt sich aber am Türrahmen fest. »Nein, ich will nicht ins Bett. Ich gehe erst, wenn ihr mir versprecht, Giorgio nicht mehr zu schlagen.«

»Er hat doch meine Börse genommen«, sagte nun auch der Vater, um die Prügel zu entschuldigen.

»Ihr dürft ihn trotzdem nicht weiterschlagen.«

»Gut«, beruhigte sie der Vater. »Wir schlagen ihn nicht mehr. Er kommt wieder in seine Kammer, und dort bleibt er so lange eingeschlossen, bis er von allein sagt, dass er meine Börse gestohlen und wo er die zweite Lira versteckt hat.«

Er nahm Giorgio auch schon an der Hand und wollte ihn hinter sein Gitter bringen. Da sprang Anselmo auf: »Das mache ich!«

Anselmo packte den weinenden, zitternden Giorgio mit seinen langen klebrigen Fingern hinten am Hals und schob ihn vor sich her. Er stieß ihn so grob in seine Ecke hinein, dass Giorgio wie eine Kugel zwischen einen Stuhl und eine alte Kiste flog. Dort blieb er wie zerbrochen liegen. Alles schmerzte ihn, der Rücken, der Hals, die Arme, die Brust und vor allen Dingen der Kopf.

Noch viel mehr schmerzte ihn aber, dass er ein Dieb sein sollte, obwohl er noch nie in seinem Leben gestohlen hatte. Er sah wieder die grinsenden, höhnischen Gesichter vor sich, die ihn beschimpft, gestoßen und entehrt hatten. Am schmerzlichsten bedrückte ihn aber das Gesicht seines Meisters, der nun auch an seine Schuld glaubte.

Welch Glück, dass Angeletta in die Küche gekommen war. Ob sie wenigstens von seiner Unschuld überzeugt war? Ach, wenn es doch schon Nacht wäre, damit er ihr alles erzählen könnte! Vielleicht wusste sie einen Rat? Vielleicht ahnte sie sogar, wer die Börse genommen hatte, und konnte den entsetzlichen Verdacht von ihm abwenden?

Er blieb den ganzen Mittag zwischen dem Gerümpel liegen, versteckte sein Gesicht in den Händen und wollte nichts sehen und hören. Er hörte aber doch, wie der Meister wieder wegging, auch die Frau ging noch einmal an dem Gitter vorbei. Jedes Mal beschimpfte und beschuldigte sie ihn wieder. Gegen sieben kam der Meister. Giorgio hörte, wie sie beim Abendbrot saßen und wie Angeletta ihr Essen bekam. Er spürte selber keinen Hunger, obwohl er seit dem Morgen nichts gegessen hatte. Ihn schmerzte noch alles, und sein Kopf war so voller Beulen, dass er ihn nirgends richtig niederlegen konnte. Er horchte. Kam da nicht wieder jemand? Ganz leise schlich jemand an sein Gitter heran. Das konnte doch nur Angeletta sein.

»Angeletta«, flüsterte er und hob seinen Kopf.

An das Gitter presste sich das Froschgesicht. Giorgio sah seine großen Augen, die plumpe Nase und seine Zähne. »Hi! Hi!«, lachte er. »Nein, es ist nicht Angeletta. Ich bin's. Na, wie geht es dir denn?« Und dann fügte er hinzu: »Vielleicht überlegst du dir es nun, ob du mich bei meinem Vater anschwärzen willst oder nicht!«

Giorgio wurde es auf einmal klar. Das alles war Anselmos Rache! Anselmo hatte das Geld gestohlen! Anselmo hatte ihn beschuldigt! Anselmo hatte auch den Geldbeutel in den Lumpensack gesteckt! Und Anselmo hatte auch die eine Lira behalten!

»Du!«, knirschte er und wäre Anselmo am liebsten ins Gesicht gesprungen. Er sagte ihm auch, was er dachte.

Anselmo spottete weiter. »Haha! Wenn dir das nur einer glauben würde! Mein Vater hat außerdem schon mit der Polizei gesprochen. Morgen kommt man und holt dich auf die Wache. Solche Kerle wie du gehören in Mailand ins Gefängnis!« Er streckte Giorgio noch die Zunge heraus und verschwand.

Giorgio blieb sitzen und wartete weiter auf Angeletta. Sie kam sonst jeden Abend. Sie würde auch heute kommen. Aber sie kam nicht.

Warum? Glaubte sie vielleicht auch, er sei der Dieb? Giorgio war ganz verzweifelt. Wenn *sie* es sogar glaubte, wie sollte er es dann dem Meister begreiflich machen, dass nicht *er*, sondern Anselmo der Schuldige war? Dieser Frosch hatte sicher recht: Er war und blieb der Dieb, und sicherlich war der Meister bereits bei der Polizei gewesen, und morgen würde ihn ein Polizist holen!

Er wurde immer trauriger. Er kam wahrscheinlich ins Gefängnis, und später erfuhren auch sein Vater, die Mutter, die Nonna und Anita, dass er wegen Diebstahls eingesperrt worden war.

Da dachte er an Alfredo. Wenn niemand ihm aus alledem heraushelfen konnte, konnte es vielleicht Alfredo. Aber wie kam er zu ihm?

Er lauschte angestrengt, ob er nicht noch die leisen Schritte von Angeletta hörte, doch sie erschien nicht. Von der nahen Kirche hatte es schon zwölf geschlagen. Dann schlug es eins, zwei. Nein, nun kam sie bestimmt nicht mehr.

Wenn er wenigstens aus seinem Stall herausgekonnt hätte! Ach, er wollte fort von diesen Menschen, fort von dieser Schande und diesem Schmerz, die in diesem Haus über ihn gekommen waren!

Aber wie?

Da entsann er sich: Hinten in einer Ecke saßen zwei Bretter recht lose an der Wand. Er hatte sie schon einmal auseinandergebogen, aber nichts weiter als eine dicke gespenstische Schwärze dahinter gesehen.

Vielleicht konnte er doch durch das Loch hinaus. Giorgio trocknete seine Tränen und riss an den Brettern herum. Das eine löste sich leicht, das andere schwer. Jetzt war die Öffnung groß genug, er konnte hindurch.

Aber wo kam er hin? Giorgio tastete mit den Händen in die Dunkelheit, doch er fand nirgends einen Halt und eine Stütze. Dann krallte er sich an das nächste feste Brett und ließ sich nach unten.

Es war eine Mauer da und auf einmal stießen seine Beine auf Grund. Er ließ sich los und stand auf einem Bretterstapel. Vorsichtig ging er weiter.

Jetzt wusste er, wo er war. In einem Schuppen, der sich hinten an das Haus anschloss. In dem länglichen Raum lagerte der Tischler seine Hölzer und Bretter.

Irgendetwas sprang vor Giorgio auf. Er hielt den Atem an, aber es war nur eine Katze. Er schlich einige Schritte nach rechts. Da war die Schuppentür. Er machte sie leise auf und stand in einem kleinen Nebenhof. Es war gespenstisch hell. Von dort oben schien der Mond in das Loch. Giorgio schauerte, aber trotzdem versuchte er tapfer weiterzukommen.

Vorn hinaus traute er sich nicht. Er kletterte deswegen über eine Mauer, kam in einen Garten, stieg zweimal über Gartenzäune, und endlich war er auf der Straße. Er atmete auf. Es war die Via Manzoni. Giorgio lief hinunter. Hier war es noch gespenstischer als auf dem kleinen Hof. Kein Mensch ging auf der breiten Straße, die Häuser wurden zu hohen Mauern. In den Fenstern spiegelte sich der Mond. Er ging immer schneller. Wo wollte er eigentlich hin? Ach, zu Alfredo! Aber er wusste ja gar nicht, wo die Straße war, in der Alfredo wohnte. Er wusste nur den Namen, und wen sollte er danach fragen? Er schien der einzige Mensch zu sein, der jetzt noch durch diese tote, große, steinerne Stadt ging.

Als er an einer Kirche vorbeikam, schlug es halb drei. Ein paar Hunde huschten über die Straße. Ein Wächter kam. Sollte er ihn fragen? Aber dann wollte der Wächter sicher wissen, was er um diese Zeit in der Straße tat, und würde ihn mitnehmen. Deswegen versteckte er sich in einem Haustor und wartete, bis der Mann vorbei war. Wie ein Wiesel rannte er weiter. Er überquerte einen Platz. Ein steinerner Reiter stand in der Mitte, ein Brunnen plätscherte, ein paar Platanen überdachten ihn. Klangen da nicht Schritte? Er blieb stehen, und schon verhallten die Schritte. Er ging schneller, da klapperte es bald vor, bald hinter ihm. Ihm wurde immer ängstlicher zumute. Verfolgte ihn jemand? Endlich merkte er, dass er nur das Echo seiner eigenen Schritte hörte.

Er kam an einen Kanal. Das Wasser floss träge zwischen den hohen Ufern, und der Mond bildete helle Streifen auf der öligen Fläche.

Giorgio blieb einen Augenblick stehen, um sich auszuruhen, dann hetzte er weiter. Er kam über eine Brücke. Er war plötzlich müde. Auch seine Beulen schmerzten ihn wieder. Vor ihm war eine kleine Böschung mit einigen Büschen. Vielleicht konnte er sich hier einen Augenblick verkriechen und ausruhen, bevor er aufs Neue nach Alfredo suchte.

Er kletterte die Böschung hinunter und bog das Gebüsch, das aus kleinem Hasel- und Buchengestrüpp bestand, auseinander. »Halt, oder ich schieße!«, zischte da jemand und hielt ihm eine Pistole unter die Nase. Es war ein großer, schnauzbärtiger Mann. Er hatte eine schwarze Kappe auf und einen Mantel um. Sonst sah Giorgio nur seine großen blitzenden Augen.

»Ich bin ein kleiner Kaminfeger«, stotterte Giorgio.

»Was willst du hier unten?«, knurrte der Mann.

»Ich wollte mich ein paar Minuten ausruhen.«

»Nun, komm einmal mit.« Der Mann packte ihn derb bei der Hand und zog ihn durch die Büsche hindurch.

Giorgio war recht erstaunt; ein paar Schritte weiter lagen noch mehr Männer. Sie hatten ein Feuer angemacht und brieten etwas. »Hier bringe ich einen«, sagte der Schnauzbärtige. »Er spionierte oben an der Brücke herum. Fühl ihm einmal auf den Zahn, Augusto!«

»Wirf ihn nur herüber!«, antwortete der Angeredete und richtete sich hoch. »Ich fang ihn schon auf.«

Der Schnauzbärtige gab Giorgio einen Stoß, dass er beinahe ins Feuer gefallen wäre. Augusto fing ihn tatsächlich auf und zog ihn zu sich her.

»Nun, sing mal, mein Vögelchen«, ermunterte er Giorgio, »aber sing die Wahrheit, verstanden!«

Augusto sah noch wilder und gespenstischer als der Schnauzbärtige aus, und Giorgio fürchtete sich vor ihm. »Ich bin ein kleiner Kaminfeger«, erzählte er stockend, »und ich soll gestohlen haben. Ich bin aber kein Dieb! Deswegen bin ich meinem Meister davongelaufen und suche jetzt meinen Freund Alfredo.«

Die anderen Männer, es waren noch zwei, hatten inzwischen den Topf vom Feuer genommen, große Messer gezückt und stocherten in dem Topf herum. Es musste Fleisch darin sein. Giorgio stieg der Duft lieblich in die Nase, und er spürte wieder seinen Hunger.

»So«, meinte Augusto, »du hast also nicht gestohlen?« Er blinzelte Giorgio lustig an. »Nun, erzähl das deiner Großmutter oder deiner Mutter, uns brauchst du nichts vorzumachen! Übrigens bist du in bester Gesellschaft, und wir können einen Kerl wie dich gerade gebrauchen.«

»He«, fragte der Schnauzbärtige, der in dem Augenblick von einem der anderen abgelöst wurde, »was ist mit dem Buben?«

»Noch nicht viel«, meinte Augusto, »aber wenn er eine Weile bei uns bleibt, kann noch etwas aus ihm werden.«

»Du meinst, wir sollen ihn behalten?«

»Vorläufig auf Probe. Wenn er seine Sache gut macht, kann er auch für immer bei uns bleiben.«

»Gut«, nickte der Schnauzbärtige. »Dann nehmen wir ihn am besten gleich mit.«

»Das habe ich auch gedacht.« Und mit einem Blick auf Giorgio, der noch immer nicht wusste, wie ihm geschah, fragte er: »Hast du Hunger?«

Dies hatte Giorgio im Augenblick mehr als je zuvor im Leben, und er nickte eifrig mit dem Kopf.

»Also iss«, Augusto nahm sich auch ein Stück Fleisch aus dem Topf, »wir müssen gleich weiter!«

Giorgio ließ sich nicht zweimal auffordern. Er langte in den Topf. Es war Hammelbraten. Er erwischte ein Stück Schenkel. »Langsam, langsam«, ermahnte ihn der Schnauzbärtige, »lass uns wenigstens den Kessel!«

Giorgio hatte noch nie so herrliches Fleisch gegessen. Er aß und stopfte so viel in sich hinein, wie überhaupt in ihn hineinging.

»Nun«, lachte der Schnauzbärtige wieder, »dir scheint man wirklich lange nichts gegeben zu haben.«

»Einen ganzen Tag«, stöhnte Giorgio und kaute weiter, »und sonst bekomme ich auch nur trockenes Brot oder Polenta.«

»Das wirst du, wenn du bei uns deine Sache gut machst, nicht mehr essen müssen.«

»Was soll ich denn bei euch machen?«, fragte Giorgio und sah dem Schnauzbärtigen etwas ängstlicher ins Gesicht.

»Das wirst du schon sehen.« Der Schnauzbärtige tat einen langen Zug aus einer großen bauchigen Flasche, und Augusto, der inzwischen das Feuer ausgelöscht hatte, setzte hinzu: »Das, weswegen du heute weggelaufen bist. Wir holen es nur nicht bei so kleinen Leuten wie dir, wir holen es dort, wo zu viel ist.« Und er lachte leise auf.

Giorgio verstand das nicht recht; aber er hatte auch keine Zeit, länger darüber nachzudenken, denn plötzlich miaute es in der Nähe, und Augusto, der den Katzenschrei wiederholte, sagte: »Es ist Zeit, wir müssen gehen.«

Die Männer nahmen ihn in die Mitte. Sie schlichen am Wasser entlang, und ein paar Meter weiter stieß auch ihre Wache zu ihnen. Sie blieben eine Weile zusammen, dann teilten sie sich wieder. Zwei zogen ein Boot aus einem Kanal, stiegen hinein und ruderten zu einer der großen Barken hinüber, die mitten in dem jetzt zu einem breiten See ausgedehnten Wasser standen. Der Schnauzbärtige und Augusto blieben mit Giorgio zurück.

»Du steigst jetzt hinauf auf die Straße«, sagte der Schnauzbärtige zu Giorgio, »stellst dich oben hinter einen Busch und wenn du jemanden siehst oder hörst, miaust du wie eine Katze! Genauso deutlich, wie du es vorhin gehört hast. Verstanden?«

»Aber was macht ihr eigentlich hier?«, fragte Giorgio noch einmal, halb ängstlich, halb neugierig.

»Das habe ich dir schon gesagt: Wir holen uns da drüben, was wir brauchen, und da man es uns am Tage nicht gibt, holen wir es uns bei Nacht.«

»Dann seid ihr Diebe!«, stotterte Giorgio, und der Schweiß trat ihm auf die Stirn.

Der Schnauzbärtige lachte. »Jawohl, Herr Oberdieb. Das habe ich dir auch schon erzählt!«

»Oh«, stammelte Giorgio, »ich habe es euch aber doch gesagt, ich bin wirklich kein Dieb.«

»Erzähl uns das später weiter«, unterbrach ihn Augusto grob, »jetzt verschwinde an deinen Platz und pass auf!«

Giorgio kroch gehorsam nach oben. Der Mond stand noch immer am Himmel. Er sah sich um. Die Straße war milchig weiß, als hätte sie jemand übergossen. Aber es kam niemand. Er hörte nicht das kleinste Geräusch.

Dem Knaben wurde trotzdem immer banger. Nun war er tatsächlich das, was er nicht sein wollte: ein Gefährte von Dieben! Ach – er betete zur Madonna –, wie kam er bloß wieder aus alldem heraus?

Da hörte er ein Plätschern. Der Kahn kam zurück. Giorgio sah immer noch starr geradeaus. Plötzlich vernahm er ein Geräusch hinter sich. Er drehte sich um. Der Schnauzbärtige war neben ihn getreten.

»So, Bub«, flüsterte er, »hier hast du deinen Lohn. Es ist ein Sack mit getrockneten Feigen. Du kannst sie irgendwo auf der Straße verschachern, oder du kannst sie selber essen.

Und wenn du Lust hast, bei uns zu bleiben, wir können dich immer gebrauchen, dann komme morgen an die gleiche Stelle. Aber hüte dich, unser Versteck zu verraten! Wir schmeißen jeden Verräter ins Wasser und ertränken ihn wie eine Katze.«

Giorgio wollte noch sagen: »Ich komme morgen nicht. Ich bin wirklich kein Dieb. Ich will auch den Sack mit den Feigen nicht.« Aber da war der Schnauzbärtige schon wieder verschwunden.

Was sollte er jetzt machen? Das Beste war, er ließ den Sack stehen, ging weiter am Wasser entlang und wartete, bis der Morgen kam.

Näherte sich da nicht jemand? Er sah genauer hin. Ja! Er sah einen Soldaten auf sich zukommen. Er schlenderte langsam am Kanal herauf. Giorgio schlug das Herz bis zum Hals. Gott, wenn man ihn jetzt mit diesem Sack fand! Er rannte ganz verängstigt nach der andern Seite.

Verfolgte ihn der Stadtsoldat? Er wusste es nicht. Er rannte nur unaufhörlich weiter. Da vernahm er einen Pfiff, noch einen zweiten, dann einen dritten. Endlich kam eine Straßenbiegung. Giorgio schoss um die Ecke, aber im gleichen Augenblick wurde er von zwei starken Armen aufgefangen, die sich hinter seinem Rücken wie eine Zange schlossen.

»Haben wir dich, Kleiner?«, sagte ein Mann, der in der bunten Uniform der Stadtsoldaten steckte.

»Ich bin unschuldig«, rief Giorgio verzweifelt. »Ich habe nichts gestohlen, gar nichts!«

Der Stadtsoldat lachte: »Ich habe noch keinen Dieb gesehen, der gesagt hätte, er sei schuldig. Außerdem haben wir ja auch noch nicht behauptet, dass du gestohlen hast. Du kannst auch geraubt oder geplündert, geschossen oder jemanden erschlagen haben. Auf jeden Fall nehmen wir dich mit; denn ein Bub, der früh um vier vor den Stadtsoldaten wie der Teufel davonläuft, hat bestimmt kein gutes Gewissen.«

Er drückte Giorgio die Hände zusammen, zog einen Strick darum und band sie fest. »So, mein Eselchen, nun komm!«

Ein paar Minuten später saß Giorgio auf einer Wache in einer niedrigen, finsteren Zelle. Außer ihm waren noch zwei Burschen und eine alte Frau in dem Raum; alle drei schliefen.

Die Angst und die Verzweiflung überfielen ihn in dieser Nacht zum dritten Mal. Jetzt war er nicht nur des Diebstahls beschuldigt, jetzt hatte man ihn sogar wie einen Schwerverbrecher verhaftet und

in eine Zelle gebracht, und er war nicht einmal mehr so unschuldig wie gestern; denn wenn er auch nicht gestohlen hatte, war er immerhin in der kurzen Zeit seiner Flucht zum Diebsgesellen geworden. Er war sehr bedrückt und weinte vor sich hin.

»Ach«, jammerte er, »warum bin ich eigentlich weggelaufen, warum bin ich nicht in meinem Winkel geblieben und habe geduldig gewartet, was kommen wird?«

Eigentlich war es geschehen, weil er annahm, Angeletta hätte ihn im Stich gelassen und glaubte ebenfalls an seine Schuld.

Ach, wie unrecht Giorgio Angeletta tat! Das Mädchen glaubte nicht nur an seine Unschuld, Angeletta war sogar davon überzeugt. Sie lag in ihrer Kammer und war genauso verzweifelt und bekümmert wie er.

Sie hatte sich zuerst nur aufgeregt, weil der arme Giorgio so verprügelt wurde. Deswegen war sie aufgestanden und ihm zu Hilfe geeilt.

Um sie zu beruhigen, erzählte ihr die Mutter immer wieder, warum sie Giorgio geschlagen habe. Angeletta überlegte einen Augenblick, ob das möglich sei, was die Mutter behauptete, aber bald siegte in ihr der Glaube an Giorgios Unschuld, und sie fühlte genau: Giorgio hat das Geld nicht gestohlen.

Während die Mutter ihr Umschläge machte – Angeletta zitterte noch immer, und die Hitze schlug jeden Augenblick wie eine leichte Welle über Gesicht und Körper –, dachte das Kind weiter über die Sache nach, und ihr fiel allerlei ein, was sie im Laufe des vergangenen Tages und heute beobachtet hatte.

Zweimal sah sie im kleinen Spiegel, der über ihrem Bett hing, wie Anselmo die Börse ihres Vaters in der Hand hielt. Es waren ihr keinerlei Bedenken dabei gekommen, weil sie der Meinung war, Anselmo hätte die Börse im Auftrag des Vaters oder der Mutter aus der Rocktasche genommen.

Sie erinnerte sich aber jetzt, dass Anselmo am Morgen mit der gleichen Börse in der Hand aus der Küche kam, wie er sie öffnete, eine Lira herausnahm, diese in seine Tasche steckte, die Börse wieder schloss und mit ihr in Giorgios Winkel schlich. Was er dann mit ihr getan hatte, wusste sie allerdings nicht.

Jetzt fiel ihr das alles erschreckend ein, und sie ahnte sofort, wer der eigentliche Dieb war. Sie wusste auch gleich, warum Anselmo das tat. Giorgio hatte ihr ja erzählt, mit welcher Feindschaft ihn Anselmo verfolgte, außerdem kannte sie ihren Bruder gut genug und wusste, wozu er fähig war. Sie hätte am liebsten sofort alles ihrer Mutter erzählt, doch sie ahnte, dass die Mutter nur noch zorniger und böser auf Giorgio würde, wenn es sich herausstellte, dass nicht er, sondern Anselmo das Geld gestohlen hatte. Sie wollte lieber bis zum Abend warten und es dem Vater sagen. Der Vater war jedoch, weil ihn die Sache ebenfalls beschäftigte, in einer seiner Kneipen hängengeblieben.

Es war schon zehn, und er war noch immer nicht nach Hause gekommen.

Angeletta erregte dies alles sehr, und ihr Befinden wurde trotz der Bemühungen der Mutter immer schlechter. Als die Mutter Angeletta gute Nacht sagen wollte, merkte sie, dass das Mädchen sogar fieberte, und sie schleppte kurz entschlossen ihre Matratze in die kleine Kammer und erklärte: »Ich schlafe die Nacht bei dir.«

Angeletta stockte der Atem. Nun konnte sie weder den Vater hereinrufen, wenn er nach Hause kam, noch konnte sie mit Giorgio alles besprechen. Sie hatte sich schon den ganzen Tag vorgestellt, wie sie, wenn alles schlief, zu ihm gehen und ihm erzählen wollte, was sie gesehen hatte. Natürlich wollte sie mit ihm auch darüber sprechen, wie sie ihm helfen konnte. Jetzt war das alles unmöglich.

Sie lag deswegen die ganze Nacht genauso verzweifelt und ohne Schlaf auf ihrem Lager wie Giorgio auf seiner Pritsche.

Die Mutter schnarchte einmal laut und einmal leiser. Angeletta wurde vom Fieber und schweren Ängsten gequält, und sie schlummerte erst ein, als es schon dämmerte und von der nahen Kirche sechs schlug.

Doch nach einer halben Stunde erwachte sie durch einen lauten Lärm. Die Mutter hatte entdeckt, dass Giorgio nicht in seinem Verschlag lag. Sie schrie so laut, als ob sie nochmals bestohlen worden wäre, und gleich darauf erschienen auch der Vater und Anselmo auf dem Korridor.

»Seht es euch nur an«, ihre Stimme war schon heiser, »das Früchtchen ist auf und davon! Wer weiß, was er uns noch mitgenommen hat!« Und zu ihrem Mann sagte sie: »Du gehst jetzt gleich auf die nächste Wache und bringst einen Stadtsoldaten mit, damit man den Spitzbuben noch einholt!«

Anselmo sagte: »Ich hatte aber gut zugesperrt, und seht nur, der Riegel ist sogar noch vorgeschoben.«

»Wahrscheinlich ist er durch den Boden oder die Decke«, krächzte die Mutter. »Ich habe dem Burschen vom ersten Tag an nicht über den Weg getraut, und diesem Teufelsbuben ist alles zuzutrauen!«

Anselmo war inzwischen hinter das Gitter geschlüpft. »Hier ist ein Brett los!«, rief er laut. »Hier noch eins. Er hat die beiden Bretter herausgerissen und ist auf und davon!«

»Oh«, jammerte die Frau, »da haben wir ja noch Glück, dass dein Spitzbube uns nicht gleich das ganze Haus eingerissen oder abgebrannt hat. Mach dich jetzt bloß fertig, sonst ziehe ich mich an und hole die Polizei!«

Angeletta hatte aus all dem Geschrei nur verstanden, dass Giorgio verschwunden war, und einen Augenblick später schrie und weinte auch sie.

Die Mutter hörte sofort mit ihrem Geschimpfe auf und stürzte zu ihr. »Was ist denn, Kindchen?«, fragte sie. »Ach«, fuhr sie dann weinerlich fort, »seitdem dieser Kerl in unserem Haus ist, geht es unserem Mädchen jeden Tag schlechter.«

Aber Angeletta wollte nicht die Mutter. »Ich will den Vater«, rief sie.

Der Meister, der noch im Hemd war, kam schon. Er stand erschrocken vor seiner Tochter, die sich mühsam aufgerichtet hatte und ihn mit großen, verweinten Augen ansah.

»Vater«, schluchzte sie nur, »ist es wahr, dass Giorgio fort ist?«

»Ja«, stammelte der Meister.

»Ach«, weinte und jammerte das Kind weiter, »der arme Giorgio!«

»Dauert dich denn der Spitzbub noch?«, fragte die Mutter, die näher getreten war.

»Er war es ja gar nicht«, schrie Angeletta. »Der«, sie zeigte auf Anselmo, »hat das Geld gestohlen!« Und sie erzählte den beiden Eltern alles, was sie gestern in ihrem Spiegel gesehen hatte. Die Eltern waren zuerst recht betroffen. Aber es kam genau so, wie es Angeletta erwartet hatte. Der Vater schimpfte auf Anselmo und sagte: »Ich werde den Teufelsstrick zu Mus schlagen!«, während die Mutter ihr Söhnchen sofort in Schutz nahm und zu entschuldigen versuchte. – »Wo ist der Bub?«, rief der Meister und riss seinen Gürtel von dem Haken.

»Du tust ihm nichts!«, jammerte die Mutter laut.

Der Vater war wirklich zornig und stieß die Mutter auf die Seite. Doch Anselmo, der nach den ersten Worten Angelettas eilig in Giorgios Winkel gekrochen war, schien verschwunden. Er hielt es für besser, da der Vater die Wahrheit wusste, ihm erst am Abend wieder unter die Augen zu treten, und weil gerade das Loch vor ihm war, durch welches sich Giorgio gerettet hatte, ließ er sich ebenfalls durch die Öffnung in die Tiefe hinabgleiten. Der Meister schimpfte noch eine Weile in der Küche, in der Kammer und auf dem Korridor herum und suchte ihn, aber Anselmo war und blieb verschwunden, und die Frau atmete auf.

Plötzlich bekam sie es nochmals mit der Angst zu tun. »Ich möchte bloß wissen, was wir nun der Polizei sagen, wenn sie kommt?«

Da konnte sie der Meister trösten. Er war noch gar nicht auf der Wache gewesen. Als ihn seine Frau am letzten Abend zu der nächsten Stadtwache geschickt hatte, war er erst einmal in den »Goldenen Topf« zum alten Enrico gegangen, um die ganze Geschichte mit ihm zu besprechen. Der Wirt hatte ihm davon abgeraten, zur Polizei zu gehen.

»Erstens bist du dann nicht nur dein Kaufgeld los, sondern auch deinen Buben«, meinte er. »Zweitens, was tun sie dort, um aus einem jungen Dieb wieder einen anständigen Menschen zu machen? Sie prügeln ihn so lange, bis er weder sitzen noch stehen noch liegen kann. Nun, Battista, kauf dir einen Stecken, das kannst du selber.«

Diesmal war die Frau das erste Mal zufrieden mit ihrem Mann; aber Angeletta rief schon wieder.

»Vater«, sagte sie, »du musst mir gleich einen Gefallen tun.«

»Was denn, Kind?«

»Ich habe solche Angst, wahrscheinlich hat sich Giorgio etwas angetan. Zieh dich doch an und sieh, ob du ihn findest! Sage ihm auch, was inzwischen passiert ist und dass er nicht der Dieb ist!«

Der Meister tröstete sie. Das wollte er sowieso tun. Er trank nicht einmal seinen Kaffee. Er ging sofort.

Er fragte in ein paar Kneipen nach Giorgio. Er fragte in ein paar Wachstuben; aber erst in der dritten sagte man ihm, dass man am Morgen einen jungen Burschen unter verdächtigen Umständen am Kanal aufgegriffen habe.

»Darf ich ihn einmal sehen?«, fragte der Meister.

»Gern.«

Der Posten nahm einen Schlüsselbund aus einem Kasten, und sie gingen durch die Wachstube über einen engen Hof, wo man die Gefangenen einsperrte, bis sie nach ihrer Einvernahme entweder freigelassen oder ins nächste Gefängnis verbracht wurden.

»Da hockt er!« Der Soldat schob das kleine Schiebefenster auf, durch das man in die Zelle sehen konnte.

Der Meister sah hinein. »Er ist es.«

»So«, sagte der Wachtmeister nur, »und warum ist er Ihnen davongelaufen?«

Vater Rossi erzählte dem Wachtmeister, ohne seinen Sohn zu sehr zu beschuldigen, alles, was gestern in seinem Haus geschehen war.

»Darum hat er immer geschrien: ›Ich habe nichts gestohlen! Ich bin kein Dieb!‹ Es ist nämlich heute wieder am Kanal in einem Schleppkahn eingebrochen worden, und weil wir ihn da oben angetroffen haben, dachten wir, er gehöre mit zu den Einbrechern, die seit ein paar Wochen das ganze Kanalgelände unsicher machen.«

Giorgio hörte, dass man vor seiner Zelle sprach. Er vernahm auch, dass von ihm die Rede war, und erkannte die Stimme seines Meisters.

Nun ist es aus, dachte er. Der Meister wird dem Wachtmeister sagen, dass ich ein Dieb bin, und der Wachtmeister dem Meister, dass man mich bei einem Diebstahl aufgegriffen hat. Er fing bitterlich zu weinen an und wäre am liebsten im Erdboden versunken.

Da öffnete sich die Zellentür, und Vater Rossi kam herein. Er sah aber gar nicht grimmig oder bös aus, im Gegenteil, er streckte ihm sogar die Hände entgegen und sagte: »Komm!«

»Ich?«, stammelte Giorgio erstaunt.

»Jaja«, bestätigte nun auch der Wachtmeister. »Du kannst gehen. Das nächste Mal laufe aber nicht gleich davon, wenn man dir die Hosen straff zieht. Es ist besser, du wirst einmal unschuldig wegen Diebstahl verprügelt, als wenn du die Prügel verdient hast und wirklich ein Spitzbube bist.«

Giorgio wusste noch immer nicht, wie ihm geschah. Ja, er glaubte zunächst an ein Wunder. Erst als er mit dem Meister in einer kleinen Kneipe saß und der Meister ihm ein Glas Anisschnaps geben ließ und dem staunenden Buben erzählte, was sich inzwischen begeben hatte, atmete Giorgio auf. Alles war gut gegangen, besser, als er es sich überhaupt zu träumen gewagt hatte, und das verdankte er nur seiner kleinen Angeletta. Oh, um wie viel lieber wollte er sie jetzt haben. Viel lieber als Anita, auch viel lieber als Vater und Mutter und die Nonna. Sie standen auf, und der Meister bezahlte.

»Das verspreche ich dir«, sagte der Meister noch, bevor sie wieder auf die Straße traten, »du sollst es von jetzt an besser haben.«

11 Giorgio wird in die Gemeinschaft der Schwarzen Brüder aufgenommen

Meister Rossi hielt sein Versprechen. Giorgio hatte es jetzt besser.

Als Erstes musste ihn Anselmo um Entschuldigung bitten, aber seine Froschaugen und der krampfhaft zusammengebissene Mund zeigten Giorgio am besten, dass mit diesem Händedruck ihre Feindschaft nicht aufhörte, sondern eigentlich erst begann. Der Meister sprach auch mit den Nachbarn auf der Straße und erfand eine Geschichte, die es den Leuten einigermaßen verständlich machte, dass man den kleinen Kaminfeger fälschlicherweise als Dieb bezeichnet hatte. Aber allmählich sickerte es doch durch, wer die Börse in Wirklichkeit gestohlen hatte, so dass Anselmo merklich an Ansehen einbüßte. Das Froschgesicht durfte Giorgio auch nicht mehr in seinen Stall einschließen. Nein, der Stall blieb offen, und Giorgio konnte abends sogar manchmal auf den Hof oder in die Gasse. Sonst änderte sich aber wenig in seinem Leben. Er musste weiter das Mädchen für alles sein, und das einzig Erfreuliche war die Tatsache, dass er jetzt öfter zu Angeletta gehen konnte, ohne zu warten, bis sie kam, um ihn aus seinem Stall herauszulassen.

Er erzählte ihr auch alles, was in jener Nacht passiert war. Sie horchte aufgeregt zu und bat ihn, es ja nicht weiterzuerzählen, damit er nicht doch noch festgenommen würde. »Denn«, sagte sie, »in Wirklichkeit bist du in dieser Nacht tatsächlich der Gefährte einer Diebesbande gewesen.«

Giorgio versprach es ihr. Er war ja selber froh, dass er so schnell wieder aus dem Gefängnis herausgekommen war, und es war auch ein Glück, dass man ihn nicht auf der Wache verhört hatte, vielleicht hätte er dann das Geheimnis des Schnauzbärtigen und seiner Gesellen verraten.

Das Leben ging gemächlich seinen Gang. Giorgio wurde von Tag zu Tag ein besserer Kaminfeger, und sein Meister war zufrieden mit ihm.

Der Spott und die Schimpfreden der Straßenbuben hörten jedoch nicht auf. Der Blatternarbige trieb es immer schlimmer. Er hatte davon gehört, dass Giorgio gestohlen haben sollte, wahrscheinlich sogar von Anselmo, und nun nannten sie ihn, wenn er hinter dem Meister hertrottete, nicht nur den schwarzen Mann, sondern den schwarzen Dieb oder den schwarzen Spitzbuben.

Der Meister tröstete ihn: »Das ist eine alte Feindschaft, die besteht schon seit Jahren zwischen den Kaminfegern und den Straßenbuben. Du musst sie nicht ernst nehmen, dann legt sie sich am schnellsten.«

Giorgio hätte das gern versucht, aber er konnte den Spott und die Quälereien der Buben einfach nicht schweigend ertragen, und er freute sich, als er den Blatternarbigen eines Abends ohne seinen Anhang an einer Straßenecke sitzen sah. Der Blatternarbige kaute an einer Melone. Giorgio trat von hinten an ihn heran.

»Warum beschimpfst du mich immer?«, fragte er.

Der Blatternarbige sah ihn erstaunt und dann mit einem dummen Grinsen aus seinen schwarzen Augen an. Er behielt auch seine Melone zwischen den Zähnen.

»Weil es mir Spaß macht.«

»Aber mir macht es keinen Spaß.«

»Darauf pfeif ich.«

Giorgio stieß ihn von dem Stein, auf dem er saß, hinunter. »Wenn ich dich nun verhaue?«

Der Blatternarbige zog das rechte Augenlid nach unten. »Na, versuch's nur.« Er kaute weiter.

Giorgio musterte ihn. Der Knabe mit dem schmalen Brustkasten war bestimmt schwächer als er. Er hatte zwar sehnige braune Hände, aber die seinen waren genauso fest und sicher noch kräftiger.

»Versuch's nur«, sagte der Knabe nochmals und blinzelte ihn an.

Giorgio stieß ihn in die Seite.

Der Knabe zuckte kaum zusammen. »Na, weiter«, sagte er.

Giorgio stutzte. Wollte ihn der Knabe foppen? Wollte er ihn wild machen? Er stellte sich breit vor ihn hin. »Ich schlage dich gleich wirklich!«

»So«, sagte der Blatternarbige höhnisch, »pass auf, dass *wir* dich nur nicht schlagen!« Und im gleichen Augenblick wurde Giorgio auch schon von hinten von ein paar Armen umschlungen.

Er machte sich mit einem Ruck wieder frei. Jetzt wusste er, warum ihn der Blatternarbige so lange gefoppt hatte. Der Bub hoffte, in der Zwischenzeit würden seine Freunde aufmerksam, dass Giorgio ihn überfallen hatte, und so war es auch. Es standen zwei hinter Giorgio.

Der eine sah wild und böse aus wie eine Katze und tänzelte auf und ab, als hätte er Feuer unter den Füßen.

Der andere war breit und untersetzt; strohiges gelbes Haar lohte auf seinem Kopf, zudem war er einäugig.

»Du wolltest mich doch gerade schlagen?« Der Blatternarbige war aufgestanden und trat näher an Giorgio heran.

Giorgio wusste schon, jetzt half nur noch Schnelligkeit; denn aus den dreien konnten in ein paar Minuten zehn oder zwanzig werden.

»Ja, das wollte ich«, sagte er, und im gleichen Augenblick saß seine Hand in dem schmalen, von Narben übersäten Gesicht. Der Blatternarbige wankte nicht einmal. Er war wirklich ein tapferer Kerl. »Drauf! Faustino! Drauf! Rinaldo!«, schrie er nur, und ohne sich zu besinnen, stürzte er auf Giorgio zu.

Giorgio wehrte sich mit allen Kräften, und er war mehr als froh, als er sich aus der Umschlingung der Buben wieder herauswinden und davonlaufen konnte.

Die Katze und der Einäugige wollten ihm nach, aber der Blatternarbige hielt sie fest. »Lasst ihn nur«, hörte ihn Giorgio noch sagen, »morgen sehen wir ihn ja wieder, und dann kann er uns nicht ausreißen!«

Seit diesem Abend trieben es die Buben noch toller. Sie versuchten, Giorgio zu erschrecken, wenn er durch die Gasse ging, sie traten ihn, sie stürzten sich auf ihn, und die Kleineren bewarfen ihn mit Steinen.

Auch Anselmo war wieder mit dabei, wenn er auch sein Froschgesicht aus Angst vor seinem Vater hinter der nächsten Hausecke oder einem Baumstamm versteckte.

Giorgio beschloss, einmal mit Alfredo über die Buben zu sprechen. Er wollte den Freund sowieso schon lange aufsuchen. Am nächsten Morgen sagte er darum zu Vater Rossi: »Ich möchte zu meinem Freund Alfredo gehen.«

Der Meister hatte nichts dagegen, er erklärte Giorgio sogar, wo er Alfredo finden würde. »Bleib nur nicht so lange«, fügte er hinzu, »damit dich die Stadtsoldaten nicht wieder aufgreifen!«

Giorgio musste ein paar Umwege machen, denn die Bande des Blatternarbigen lauerte ihm jetzt auch am Abend auf, und er konnte kaum einen Schritt vor das Haus tun, ohne dass sie gleich zusammenliefen, ihm den Weg versperrten und ihn verprügeln wollten. Er kletterte durch den Lagerraum des Tischlers, schwang sich über ein paar Zäune und kam oben in der Via Manzoni heraus. Er musste nun nicht weiter fragen, der Meister hatte ihm ja erzählt, wo die Via della Cerva lag, und nach einer halben Stunde war er dort.

Die Gasse war noch kleiner und enger als die, in der Meister Rossi sein Quartier hatte. Hier mussten übrigens mehr Kaminfeger wohnen. Giorgio sah fast vor allen Haustüren Buben mit leichten Rußstreifen unter den Augen sitzen, und manche schienen sich heute überhaupt nicht gewaschen zu haben. Sie sahen ganz schwarz aus.

Er fragte einen Buben nach dem Meister Givo.

»Ach, die Zitrone!«, lachte der Bub. »Geh zwei Schritte weiter; die erste Tür links!«

»Giorgio!«, rief plötzlich eine Stimme hinter ihm.

Er drehte sich erstaunt um.

Da saß ja Alfredo. Aber wie sah er aus! Er war noch schmäler und durchsichtiger. Seine Nase war spitz wie ein Schnabel, und seine Augen lagen so tief und fiebrig in den Höhlen wie die der kleinen Angeletta.

»Alfredo!« Er gab ihm beide Hände.

»Ich sitze jeden Tag hier«, sagte Alfredo, »und warte auf dich.«

»Ich wäre schon lange gekommen«, entschuldigte sich Giorgio, »aber es ging nicht.« Und er berichtete Alfredo, warum er nicht gekommen war.

Er erzählte ihm von Anselmo, seiner nächtlichen Reise durch Mailand, und auch von Angeletta sprach er.

»Aber nun musst du mir von dir erzählen.« Er rückte näher an Alfredo heran.

Alfredo hatte weniger zu berichten. Sein Meister, oder die Zitrone, wie man ihn hier allgemein nannte, war ein böser, mürrischer und streitsüchtiger Mann. Die Frau war ihm davongelaufen, und er hauste nun allein mit Alfredo in einer Kammer und einer kleinen Küche.

Alfredo war nicht nur sein Kaminfegerbub, er hielt auch die kleine Wohnung in Ordnung, kehrte, kochte, kurz, tat alles, was sonst die Frau der Zitrone getan hatte.

Da das dünne Männchen aber nur an Kaffee, Schnaps und Wein Freude hatte und die Hälfte des Tages betrunken war, bekam Alfredo meistens kein Geld, um etwas anderes zu kaufen, auch kein Geld für Holz, und so kam es, dass er fast nur von trockenem Brot und Abfällen oder von dem, was die Zitrone zufällig mit nach Hause brachte, lebte.

Deswegen sah er auch so schlecht und schmal aus. Ja, er hustete, hatte Stiche in der Brust und konnte kaum aufstehen. Sein Meister behandelte ihn, wie Giorgio später von den anderen Buben erfuhr, auch sonst nicht zum Besten. Er schlug ihn, wenn er betrunken nach Hause kam, er schlug ihn, wenn Alfredo nichts gekocht hatte; aber was sollte er kochen, wenn er kein Geld für Holz bekam? Kurz, der arme Alfredo hatte wirklich in Mailand die Hölle gefunden.

Giorgio erzählte Alfredo, weswegen er eigentlich heute zu ihm gekommen sei. »Ich wollte dich fragen, ob ihr euch auch gegen die Mailänder Buben zur Wehr setzen müsst.«

Alfredo schüttelte den Kopf. »Nein, heute nicht mehr.«

»Aber früher?«

»Ja, die erste Zeit haben es diese Straßenwanzen auch schlimm mit uns getrieben; aber du wirst ja schon gemerkt haben, in der Via della Cerva wohnen allein elf Kaminfegermeister und natürlich auch genauso viele Buben. Wir haben uns zu einer Bande zusammengeschlossen, und wenn sie einen von uns bei Tag aufs Korn nehmen, fallen wir abends gemeinsam über sie her.«

Giorgio seufzte auf. »Ach, wenn ich doch auch so eine Bande hätte!«

»Das ist gar nicht schwer«, tröstete ihn Alfredo. »Du brauchst nur unserer Bande beizutreten, dann beschützen wir dich auch. Wir haben hier zum Beispiel Buben aufgenommen, die ganz am Rande von Mailand wohnen und jetzt unter unserem Schutz stehen. Ja, wir schützen jeden Kaminfegerbuben; er muss nur aus dem Tessin sein.«

Giorgio sprang auf. »Kann ich sofort in euren Bund aufgenommen werden?«

Alfredo sah auf den Kirchturm von St. Babila. »In einer halben Stunde kommen wir zusammen.«

Sie sprachen noch eine Weile weiter. Alfredo erzählte von den anderen Kaminfegerbuben der Gasse und Giorgio von dem Professor, der ihm das Buch geschenkt hatte, von seinem Meister, der gut sei, und natürlich immer wieder von Angeletta.

Währenddessen standen die Kaminfegerbuben auf und gingen an ihnen vorbei. Sie sprachen aber nichts, sondern blinzelten nur mit einem Auge herüber; dann verschwanden sie.

Alfredo stieß Giorgio an. »Komm, jetzt müssen wir auch gehen!«

Er schlenderte vor ihm her. Sie bogen in eine kleine Gasse ein, krochen in ein zerfallenes Brunnengewölbe und rutschten einen alten Gang entlang, durch den ein trübes schmutziges Wasser floss, welches man aber nicht sehen, nur fühlen und riechen konnte. Endlich kamen ein paar Stufen, und sie mussten vor einer Tür angekommen sein, denn Alfredo klopfte an. »Parole«, sagte eine Stimme.

»Ticino!«, antwortete Alfredo.

»Losung?«, fragte die Stimme weiter.

»Hie gut Schweiz allezeit!«

»Kann passieren!« Ein Riegel wurde klirrend zurückgeschoben, und sie traten ein.

Was Giorgio jetzt sah, benahm ihm einen Augenblick den Atem. Sie waren in ein altes, schönes Kellergewölbe getreten, das durch eine kleine Lampe erleuchtet war.

Es waren nur ein paar steinerne Bänke darin, die sich um das Gewölbe herumzogen, und auf den Bänken lagen oder saßen die Kaminfegerbuben, die Giorgio eben noch in der Gasse gesehen hatte. Es mussten sogar mehr sein, denn es waren mindestens fünfzehn in dem Gewölbe versammelt.

Bei ihrem Eintritt sprangen die meisten auf und riefen Alfredo ein paar Worte zu, die zeigten, dass Alfredo mit den Versammelten in gutem Einvernehmen stand und eine besondere Stellung innehatte.

»Wen bringst du denn da mit?«, fragte eine tiefe Stimme.

»Den Giorgio«, antwortete Alfredo.

»Ach den«, sagte die Stimme wieder, »der sich so freute, als die Sonne über dem Lago Maggiore aufging.«

Giorgio war erstaunt. Ihm kam die Stimme bekannt vor. Er ging auf den Sprechenden zu. »Gott«, rief er, »das ist ja der Bub, der schon das zweite Mal in Mailand ist!«

»Das bin ich«, bestätigte der Große.

»Dann sind Alfredo und ich nicht die Einzigen, die gerettet wurden?«

»Nein. Ich und der kleine Dante aus Magadino konnten uns auch retten.«

»Der Fischerbub!«

»Ja, der.«

Giorgio strahlte. »Wie mich das freut. Aber wir haben euch ja gar nicht in Cannobio gesehen?«

»Das war auch nicht möglich«, fuhr der Große in seiner ruhigen Art fort. »Wir sind hinüber nach Maccagno geschwommen.«

»Und wo ist der kleine Dante?«

»Vielleicht kommt er noch. Er arbeitet bei einem Meister, der außerhalb Mailands wohnt, und erscheint immer nur einmal in der Woche in unserem Keller.«

Giorgio sah sich weiter um. Ein paar Buben rauchten und einige tranken aus einer Flasche.

»Rauchst du auch?« Einer von den Rauchenden hielt ihm einen alten Tonkopf hin.

Giorgio schüttelte den Kopf. »Nein.«

Der Bub lachte. »Ein richtiger Kaminfeger muss rauchen und trinken können. Na, warte nur, wenn du erst eine Weile bei uns bist, wirst du es schon lernen.«

Der Große fragte ihn jetzt, warum er so spät zu ihnen käme.

»Ich wusste nichts von euch«, entschuldigte sich Giorgio. »Mein Meister wohnt ganz im Norden der Stadt in der Via Borgo spesso, und wenn ich nicht zufällig Alfredos Adresse gewusst hätte, wäre ich sicher auch heute nicht zu euch gekommen.«

»Ja«, sagte Alfredo, der inmitten der Knaben auf einem erhöhten Sitz hockte, »ich will euch auch sagen, warum mein Freund Giorgio heute zu mir gekommen ist.« Und er erzählte den anderen von dem Blatternarbigen und seiner Bande, die Giorgio nicht in Ruhe ließen.

Ein Knabe mit roten Haaren sprang auf. »Den kenn ich. Oh, das ist ein Gefährlicher. Er heißt Giovanni, und die ganze Bande nennt sich ›die Wölfe‹. Seine beiden besten Leute sind ein gewisser Faustino und ein Rinaldo. Rinaldo ist einäugig.«

Giorgio nickte. »Ja, das sind sie.«

»Nun«, meinte der große Knabe, »wenn du unser Mitglied werden willst, werden wir dich vor ihnen schützen.«

»Ich werde es gern!«, rief Giorgio.

»Vor allen Dingen brauchst du dazu zwei Bürgen«, sagte der Große weiter.

Giorgio erschrak. Wo sollte er die hernehmen?

»Ich bin der eine«, rief Alfredo.

»Das kannst du nicht«, unterbrach ihn der Große, »denn in deine Hand muss er ja schwören.«

»Wenn der Hauptmann für ihn gutsagt«, rief da der Rotkopf, »bürge ich gern für ihn.«

»Ich auch! Ich auch!« Drei bis vier Buben waren aufgesprungen und umstanden Giorgio.

Giorgio war ganz stolz. Alfredo war also Hauptmann der Bande. Wahrscheinlich hatte er sie sogar gegründet.

»Gilt es, Antonio?«, fragte Alfredo den Großen.

»Warum soll es nicht gelten? Natürlich. Ich habe doch nichts gegen Giorgio. Ich will nur, dass alles in Ordnung geht.«

»Dann komm!«, rief Alfredo. »Wir wollen ihn aufnehmen.«

Die Knaben sprangen alle auf. Jeder hatte plötzlich eine Kerze oder eine Lampe in der Hand.

Sie machten in der Mitte des Kellers aus den Lichtern einen Kreis, und Giorgio musste hineintreten.

Alfredo stellte sich vor ihm auf.

»Du bist ein Tessiner Kaminfegerbub?«, fragte er.

»Ja«, antwortete Giorgio.

»Du musst ›Ja, mein Hauptmann‹ sagen«, flüsterte ihm der Rotkopf zu.

»Ja, mein Hauptmann!«, wiederholte Giorgio gehorsam.

»Du willst der Bande der schwarzen Brüder beitreten?«

»Ja, mein Hauptmann.«

»Du willst ihr dein ganzes Leben weihen?«

»Ja, mein Hauptmann.«

»Du hast auch zwei Bürgen mitgebracht?«

»Ja, mein Hauptmann.« Und die Bürgen traten einen Schritt vor. »Hier sind wir, Hauptmann!«

Alfredo wandte sich zuerst an den Bürgen zur Rechten.

»Wie heißt du?«

»Enverino, mein Hauptmann«, sagte der Rotkopf.

»Du bestätigst, was dein Freund gesagt hat?«

»Ja, mein Hauptmann.«

»Du bürgst auch für ihn?«

»Immer und in Ewigkeit, mein Hauptmann.«

Alfredo wandte sich an den Bürgen zur Linken.

»Wie heißt du?«

»Augusto, mein Hauptmann.«

»Du bestätigst auch, was dein Freund gesagt hat?«

»Ja, mein Hauptmann.«

»Du bürgst gleichfalls für ihn?«

»Immer und in Ewigkeit, mein Hauptmann!«

Alfredo sah Giorgio jetzt feierlich in die Augen. »Nun hebe die Hand und schwöre noch!«

Giorgio hob sie.

Alfredo sprach ihm den Schwur vor: »Ich will immer ein tapferes Mitglied der Bande der schwarzen Brüder sein.«

»Ich will immer ein tapferes Mitglied der Bande der schwarzen Brüder sein!«

»Ich will ihrem Hauptmann immer gehorchen.«

»Ich will ihrem Hauptmann immer gehorchen!«

»Ich werde nie verraten, was wir in der Bande der schwarzen Brüder besprochen haben.«

»Ich werde nie verraten, was wir in der Bande der schwarzen Brüder besprochen haben!«

»Ich verspreche, nie zu verraten, wo die Höhle der schwarzen Brüder ist.«

»Ich verspreche, nie zu verraten, wo die Höhle der schwarzen Brüder ist!«

»Wenn ich«, Alfredos Stimme wurde noch feierlicher, »meine Schwüre nicht halte, sollen mich alle bösen Geister treffen. Jedes Mitglied der Bande der schwarzen Brüder soll dann das Recht haben, mich zu schlagen, zu bespeien, mich zu verleumden, und ich weiß, dass ich dann selber ein schlechter, ehrloser Mensch bin und nicht mehr in die brüderliche Gemeinschaft der Kaminfegerbuben von Mailand gehöre.«

Giorgio wiederholte das alles in das hohle blasse Gesicht seines Freundes hinein, der noch immer groß und steif vor ihm stand und ihm unablässig in die Augen sah.

»Nun«, sagte er, »ziehe ich dich durch den Kreis des Feuers und nehme dich in unsere Gemeinschaft auf.«

Alfredo gab ihm die Hand und tat es, dann umarmte er ihn und küsste ihn auf beide Wangen.

»Oh«, rief da Antonio, »davon steht nichts in unseren Gesetzen!«

»Er ist mein bester Freund«, sagte Alfredo schlicht, »und wir haben uns schon vor langer Zeit die Treue geschworen und Blutsbrüderschaft geschlossen.«

Alle sahen Giorgio daraufhin noch freundlicher an, und als sie ihm jetzt die Hände schüttelten, drückten sie sie ihm besonders herzlich.

Nachdem sie sich alle wieder gesetzt hatten, sagte Alfredo: »So, nun wollen wir noch besprechen, wie wir unserem neuen Kameraden helfen können.«

Sie sprachen lange und eifrig darüber, und als sich Giorgio eine halbe Stunde später von seinen neuen Freunden trennte, war er sicher, dass die Verfolgungen des Blatternarbigen und seiner Bande bald aufhören würden.

Alfredo begleitete ihn noch ein Stück.

Giorgio fasste ihn stürmisch bei den Händen. »Das ist alles dein Werk?«

»Das meine und das von Antonio«, erwiderte Alfredo bescheiden. »Antonio ist auch ein braver Bursche.«

»Ich weiß nicht«, wandte Giorgio ein. »Mir gefällt er nicht besonders.«

»Er ist ein wenig grob«, beruhigte ihn Alfredo, »und verschlossen. Aber glaube mir, er ist ein guter Kerl. Vor allen Dingen ist er ein guter Tessiner, und du wirst ihn noch schätzen lernen.«

Sie verabschiedeten sich, und Giorgio eilte durch das schon halbdunkle und stiller gewordene Mailand heim.

Angeletta war noch auf. Sie wusste, wo Giorgio gewesen war, und hatte auf ihn gewartet.

Giorgio war ganz erregt von dem, was er die letzten zwei Stunden gesehen und erlebt hatte. Er erzählte aber nur, was er Angeletta erzählen durfte, dass er Alfredo getroffen habe, dass er krank sei, huste und Fieber habe und wie gut er zu ihm gewesen war.

»Oh«, sagte Angeletta, »wenn er wirklich so gut zu dir ist, musst du ihn einmal mitbringen.«

Giorgio versprach es ihr, dann ging er in seine Ecke, wickelte sich in seine Lumpen, und ein paar Minuten später war er eingeschlafen.

Am nächsten Morgen fühlte sich Giorgio wie ausgewechselt. Wenn er den Blatternarbigen oder den Einäugigen zu Gesicht bekam, streckte er ihnen die Zunge heraus, machte eine Faust oder warf seinerseits mit Steinen nach ihnen. Es war gerade umgekehrt wie die letzten Tage. Diesmal reizten die Buben nicht *ihn*, sondern er reizte und verhöhnte *sie*.

Er spürte, wie die Bande immer wütender wurde, ihre Angriffe auf ihn verschärfte, ja verdoppelte. Aber er lachte sich nur ins Fäustchen und dachte: Noch zwei Tage und dann halten wir Abrechnung, du blatternarbiger Giovanni.

Die Abrechnung sollte am Sonntag gegen Abend stattfinden. Sonntags hatten die schwarzen Brüder Zeit; denn den Sonntag benutzten alle Meister zum Trinken, und am Abend lagen sie gewöhnlich schon früh auf ihren Strohsäcken oder irgendwo in den Kneipen herum, und an einem solchen Tag konnten sogar die Kameraden aus den äußersten Vororten kommen.

Die Abrechnung selber sollte in dem Giardino Pubblico stattfinden. Jetzt galt es noch, den Blatternarbigen und seine Wölfe dahin zu locken.

Giorgio erzählte an einem der nächsten Abende, als sie alle ihre Suppe aßen, dass er am Sonntag in der Dämmerung in den Park wolle. Er fragte den Meister förmlich um Erlaubnis. Der Meister erlaubte es ihm auch.

Giorgio kam es aber nur darauf an, dass Anselmo von diesem Spaziergang erfuhr und diese Nachricht dem Blatternarbigen überbracht wurde. Das Froschgesicht gehörte ja noch immer zu dessen Bande.

All dies hatten die schwarzen Brüder untereinander verabredet, denn es prügelte sich in einem Park besser als in einer Gasse. Außerdem erkannte einen keiner so leicht, und man konnte auch, wenn es gefährlich wurde, leichter verschwinden.

Anselmo spitzte wirklich seine Fledermausohren, und Giorgio war sicher, er würde alles, was er gehört hatte, dem Blatternarbigen überbringen.

Beinahe wäre noch etwas dazwischengekommen. Angeletta wurde am Sonntagmorgen wieder fiebriger, und sie wünschte, Giorgio solle bei ihr bleiben.

»Ich muss aber fort«, sagte er.

»Warum?«

»Das kann ich dir erst morgen erzählen.«

»Ich will es aber jetzt wissen«, trotzte Angeletta.

Giorgio blieb fest. »Ich kann es heute nicht sagen. Ich habe es versprochen.«

»Deinem Freund Alfredo?«

Giorgio nickte.

»Du triffst ihn also im Giardino Pubblico?«

Giorgio nickte wieder.

»Dann versprich mir wenigstens, ihn heute Abend mitzubringen.«

»Ich will es versuchen«, meinte Giorgio.

»Bestimmt!« Sie bestand auf ihrem Wunsch.

»Gut, gut«, sagte er, »aber nun muss ich wirklich gehen.«

Anselmo hatte seine Sache tatsächlich gut gemacht. Als Giorgio aus der Haustür trat, merkte er gleich: Die Wölfe hatten die ganze Gasse umstellt, beobachteten ihn und belauerten jeden seiner Schritte.

Sie taten ihm aber nichts. Sie wollten nur wissen, ob Giorgio wirklich in den Park ging.

Giorgio war noch nie in dem großen Park gewesen.

Er hatte große Rasenflächen und schöne Bäume. Er war den ganzen Tag voller Menschen. Jetzt, gegen Abend, waren nur noch

Liebespaare, einige ältere Männer und ein paar verspätete Mägde mit ihren Kinderwagen darin.

Giorgio sah sich um. Die Wölfe waren ihm noch immer dicht auf den Fersen. Der Blatternarbige stand zwischen zwei kleinen Büschen und verteilte seine Leute.

Es mussten ziemlich viele sein. Giorgio sah auch den Einäugigen und Anselmo einen Augenblick. Dass Anselmo mit dabei war, freute ihn am meisten.

Giorgio setzte sich auf eine Bank. Auf der breiten steinernen Platte saß noch ein alter Mann. Jetzt kamen die Buben von allen Seiten näher.

Der Einäugige war zuerst bei ihm. Er stellte sich breit vor Giorgio hin und stierte ihn an. »Da hätten wir dich ja«, zischte er und zeigte seine Fäuste.

Giorgio lächelte ihn an. »Du mich oder ich euch?«

Der Einäugige blieb ruhig. »Dir wird schon noch das Spotten vergehen.«

Die Katze und zwei andere Buben kamen. Die Katze tänzelte um die Bank herum. Giorgio wurde das zu gefährlich, und er stand auf.

Ein gewisser Vincenzo und Anselmo tauchten auf. Anselmo schrie: »Warte nur, jetzt geht es dir dreckig!«

Er stülpte seine Lippen nach vorn und wollte schon auf Giorgio los.

Der Einäugige riss ihn zurück. »Den ersten Schlag führt der Häuptling!«

Der Blatternarbige näherte sich schon. Er führte den Rest der Bande. Er sah so schmutzig und zerlumpt aus wie immer. Mit ihm waren es ungefähr achtzehn Buben, die um Giorgio herumstanden.

»Nun, wie wird es dir?«, höhnte der Blatternarbige.

»Nicht anders als sonst«, erwiderte Giorgio.

»Mut hast du scheinbar«, äffte der Blatternarbige weiter und trat noch einen Schritt näher, »aber«, er holte mit der Hand aus, »gleich wirst du weinen.«

»Halt«, rief da der alte Mann, sprang auf und stellte sich neben Giorgio, »was habt ihr mit dem Buben vor?«

»Nichts«, meinte der Einäugige. »Er lacht nur gern, und wir wollen ihn ein bisschen kitzeln.«

»Ja, und er schreit so gern«, wisperte die Katze – sie hatte eine hohe und heisere Stimme –, »und wir wollen, dass er uns einmal die Tonleiter vorsingt.«

Auch Anselmo drängte sich vor. »He«, machte sein Froschmaul, »und er hat Farbe so gern, und wir wollen ihn darum ein wenig bemalen.«

»Schämt ihr euch nicht?«, rief der alte Mann lauter. »Achtzehn gegen einen.«

»Nein!« Der Blatternarbige schob sich wieder vor. »Viel Feind, viel Ehr, und er kann sich ja verteidigen.«

»Ich werde das nicht zulassen!« Der alte Mann hob seinen Regenschirm.

»Wir auch nicht!«, riefen da ein paar helle Stimmen hinter ihm. Endlich! Giorgio, der schon Angst gehabt hatte, die Freunde könnten sich verspätet haben, atmete auf. Da standen sie! Die schwarzen Brüder hatten sich, während sich die Bande des Blatternarbigen mit dem alten Mann herumstritt, ganz leise herangeschlichen, und ehe sich die Wölfe versahen, wurden sie von den Kaminfegerbuben gepackt, und jeder wälzte sich mit einem Straßenbuben auf der Erde.

Man sah auf einmal nichts weiter als Beine, Fäuste und Köpfe, hörte aufgeregte Rufe und sah Stöcke, Steine und andere Dinge herumsausen.

»Madonna!«, rief der alte Mann. »Das wird ja eine richtige Schlacht!« Er schwang seinen Regenschirm nach allen Seiten und schlug sich aus dem Getümmel heraus.

Der große Antonio hatte sich auf den Blatternarbigen geworfen. Seine Arme schlangen sich um dessen Hals, er bog ihn zurück, dann warf er ihn über die Bank.

»So, du Wanze«, sagte er, »jetzt sollst du einmal spüren, wie ein richtiger Kaminfegerbub zuschlagen kann!«

Er bearbeitete erst den Kopf und dann den Rücken des Blatternarbigen.

Giorgio wollte sich auf Anselmo stürzen. Alfredo schob ihn auf die Seite. »Ist das nicht der Kerl, der dich zu einem Dieb machen wollte?«, fragte er.

Giorgio bejahte.

»Dann überlass ihn mir!«

Giorgio tat es, obwohl er auch große Lust verspürte, Anselmo endlich auf sein Froschmaul zu schlagen.

Alfredo hatte Anselmo schon um die Hüften gepackt und schleuderte ihn auf den Rasen. Anselmo versuchte, sich mit allen Kräften zu wehren. Er spuckte, kratzte und biss.

»Du feiger Hund«, rief Alfredo, »wenn du durchaus beißen willst, so beiß in dies!« Und er stopfte Anselmo eine Handvoll Sand und Steine in den Mund. Dann schlug er weiter auf ihn ein. Auf die Katze hatten sich der Rotkopf und Augusto geworfen. Er war trotz seiner Magerkeit der kräftigste und gewandteste von den Wölfen. Den Rotkopf hatte er schon unter sich. Augusto bearbeitete er einmal mit den Händen und einmal mit den Füßen.

»Geht auf die Seite!«, sagte Giorgio, der sich schon lange nach einem ebenbürtigen Gegner umgesehen hatte, und warf sich der Katze gegen die Brust.

Sie prallten zusammen, packten sich, lösten sich, aber jeder hielt stand. Die Katze war wirklich kräftig. Sie war vor allen Dingen nicht zu fassen. Erst lag Giorgio auf der Erde, und im nächsten Augenblick lag die Katze auf dem harten Sand.

Sie waren die Letzten, die sich noch ernsthaft balgten. Der Blatternarbige war schon geflohen und mit ihm die meisten seiner Bande.

Auch Anselmo rannte jetzt heulend und fluchend davon, und außer der Katze prügelte sich nur noch der Einäugige mit zwei Kaminfegerbuben.

Jetzt griff Antonio in diese Kämpfe ein.

Er packte den Einäugigen hinten am Genick und riss ihn von

seinem Gegner weg. Dann packte er auch die Katze und hob sie wie einen Sack in die Höhe.

»Das sind wohl die beiden Schlimmsten«, sagte er und hielt sie vor sich hin.

Der Einäugige spuckte, die Katze zappelte und versuchte zu kratzen. Aber Antonio ließ sich durch nichts aus seiner Ruhe bringen. Er schlug sie nur ein paarmal mit den Köpfen zusammen, dann warf er sie wie Bälle in das nächste Gebüsch.

Der Einäugige rannte davon. Die Katze sprang aber noch einmal auf Antonio los.

»Hast du noch nicht genug?«, fragte Antonio erstaunt, fasste ihn wieder und warf ihn noch tiefer in das Gesträuch.

Die Katze brüllte auf, doch der schmächtige Bub kam nochmals zurück. »Ihr Lumpengesindel! Ihr dreckigen Kaminfeger!«, keuchte er. »Zweiundzwanzig gegen achtzehn.«

»Ha, ha«, lachte Antonio, »ihr wolltet ja sogar alle achtzehn *einen* verhauen!«

»Das sollt ihr büßen!«, schrie die Katze und tänzelte weiter um Antonio herum.

»Du solltest lieber den Mund halten«, spottete Antonio. »Geh erst einmal heim und lass dir von deiner Mutter die Tränen aus dem Gesicht waschen!«

»Das kann ich schon noch selber. Aber wartet nur. Wir kommen wieder. Dann werdet *ihr* heulen!«

»Warum nicht?«, höhnte diesmal Alfredo. »Besonders nachdem wir heute so gelacht haben.«

Das machte die Katze aufs Neue wütend. Sie nahm einen Stein und wollte ihn auf Alfredo werfen. Da stürzten aber die anderen Kaminfegerbuben noch einmal vor, und die Katze ließ ihren Stein fallen und rannte auch davon.

»Victoria!«, rief Alfredo.

»Victoria!«, rief Giorgio.

Die anderen Buben schwenkten ihre Mützen oder hoben ihre Hände und riefen gleichfalls: »Victoria!«

»Ja, sie sind alle verschwunden«, sagte Antonio nach einer Pause, »aber ich glaube, es ist besser, wir verschwinden ebenfalls, sonst könnten uns die Parkwächter erwischen, dann bekommen wir auch noch Prügel.«

Alfredo nickte. »Also verschwindet!« Er hob seine Hand.

Einige gingen schon.

»Treffen wir uns heute nochmals im Keller?«, fragte der Rotkopf.

»Ich weiß nicht«, erwiderten Antonio und Alfredo zur gleichen Zeit.

»Wer Lust hat«, fuhr Alfredo fort, »kann ja noch ein paar Minuten hinkommen.«

Der größere Teil wohnte aber zu weit weg, und die Buben verabschiedeten sich gleich.

Auch Antonio ging; nur Giorgio und Alfredo standen noch auf dem Kampfplatz.

»Leb wohl«, sagte Alfredo und gab Giorgio seine Hand.

»Musst du schon gehen?«, fragte Giorgio.

»Ich bin müde. Willst du noch etwas von mir?«

»Ich wollte dir danken«, fing Giorgio vorsichtig an. »Außerdem habe ich noch einen Wunsch.« Er erzählte ihm Angelettas Bitte.

»Ich komme gern mit«, sagte Alfredo nur.

»Dank dir!« Sie gingen nun auch.

Vor der Via Manzoni blieb Giorgio stehen. »Wir wollen lieber über die Zäune«, meinte er, und er führte Alfredo durch den Schuppen des Tischlers in seinen Verschlag.

»Warte erst einen Augenblick.« Giorgio lauschte.

Es war aber alles still, der Meister und seine Frau schienen bereits zu schlafen, und auch von Anselmo war nichts zu hören. »Gib mir deine Hand!«, flüsterte Giorgio weiter, und er führte Alfredo leise über den Korridor zu Angeletta.

Angeletta saß aufgerichtet im Bett. »Ich habe euch gehört.«

Giorgio schob seinen Freund vor. »Das ist Alfredo.«

Angeletta gab ihm die Hand.

»Du bist Giorgios Freund. Ich danke dir, dass du gekommen bist. Aber«, fuhr sie erschrocken fort und sah auch Giorgio an, »wie seht ihr denn aus?«

»Wir!« Giorgio und Alfredo fuhren sich zur gleichen Zeit ins Gesicht. Giorgio hatte ein paar Kratzer und zwei Beulen am Kopf, Alfredo blutete aus einer Wunde am Ohr.

Giorgio lachte über seine Beulen. »Das war die Katze.«

»Mich hat Anselmo so zugerichtet«, sagte Alfredo, »aber er wird es bestimmt nicht wieder tun.«

»Mein Bruder?«, fragte Angeletta.

Alfredo schlug sich auf den Mund, aber es war schon zu spät. Er hatte zu viel verraten.

»Ja«, antwortete er, »er hat mich gebissen.«

»Gebissen?« Sie mussten ihr jetzt alles erzählen.

Angeletta lachte und klatschte in die Hände.

»Deswegen ist er so leise nach Hause gekommen. Hoffentlich lässt er Giorgio von nun an in Ruhe.«

»Ich hoffe es auch«, erwiderte Alfredo.

Sie sprachen noch eine Weile. Alfredo musste wieder husten und setzte sich erschöpft an das Fußende des kleinen Bettes.

»Ich glaube, du bist müde«, sagte Angeletta. »Du musst jetzt nach Hause gehen.«

Alfredo senkte den Kopf. »Ich glaube auch.«

Sie verabschiedeten sich.

»Besuch mich bald einmal wieder!« Angeletta winkte noch mit der Hand.

»Gern.« Alfredo winkte zurück.

Giorgio brachte Alfredo bis auf die Straße. Als er zurückkam, rief ihn Angeletta noch einmal herein.

»Hat dir mein Freund gefallen?«, fragte er.

»Ja«, meinte Angeletta. »Beinahe noch besser als du. Aber«, fuhr sie mit einem seltsamen Ernst in der Stimme fort, »er ist krank. Sehr krank.«

»Ich weiß es«, sagte Giorgio. »Er hustet.«

»Es ist nicht der Husten allein.« Angeletta legte sich zurück.

»Er hat genauso fiebrige heiße Hände wie ich, und der Doktor hat gesagt …«

»Angeletta«, unterbrach sie Giorgio erschrocken.

»Ich weiß es ganz genau«, fuhr sie unbeirrt fort. »Ich wusste es schon, als ich ihm das erste Mal in die Augen sah. Er wird wahrscheinlich nicht länger leben als ich.«

Giorgio, der sich durch die Kameradschaft der schwarzen Brüder das erste Mal in Mailand froh und glücklich gefühlt hatte, wurde wieder traurig.

Als er bald darauf in seiner Ecke lag, dachte er unablässig an die Worte Angelettas, und Alfredos blasses und eingefallenes Gesicht stand vor ihm.

Er erinnerte sich, dass Alfredo von einem Geheimnis gesprochen hatte. Vielleicht machte ihn das auch so blass und krank, und er beschloss, an einem der nächsten Tage mit Alfredo darüber zu sprechen.

Wie Alfredo und die schwarzen Brüder sich seiner angenommen hatten, wollte er sich jetzt Alfredos annehmen. Sie hatten doch einen Schwur getan: Sie wollten immer wie zwei Brüder zusammenhalten und Gut und Blut miteinander teilen.

Etwas ruhiger schlief er bald darauf ein.

Dritter Teil

Die Gemeinschaft der Schwarzen Brüder

I Alfredo erzählt sein Geheimnis, und Giorgio jagt, von Angst getrieben, durch das nächtliche Mailand

Angeletta hatte richtig prophezeit. Als Giorgio ein paar Tage später wieder in die Via della Cerva ging und Alfredo besuchen wollte, hörte er von den anderen, dass Alfredo krank war und nicht auf die Straße kommen konnte.

Giorgio wollte zu ihm hinauf.

»Geh lieber nicht«, warnte Antonio. »Die Zitrone ist oben, und außerdem ist der Süffel stockbetrunken nach Hause gekommen, du kannst also höchstens eine Tracht Prügel beziehen, wenn du hinaufgehst, und Alfredo siehst du doch nicht.«

Er wollte am nächsten Abend wiederkommen, aber gerade an diesem Abend schickte ihn die Meisterin noch einmal in die Stadt; er musste einen Sack Maismehl holen. Als er mit dem Sack endlich zurückkam, war es schon zu spät, um noch einen Besuch in der Via della Cerva zu machen.

Am übernächsten Abend wollte er gerade aus der Tür schlüpfen, da stand der sommersprossige Bub aus Magadino vor ihm. »Du?«, staunte Giorgio und begrüßte ihn herzlich. »Wo kommst du her?«

»Von Alfredo«, erwiderte Dante und schnüffelte leicht, wie er es schon auf der Barke gemacht hatte.

»Geht es ihm schlechter?«

Dante nickte. »Es geht ihm sehr schlecht. Ich soll dich bitten, gleich zu ihm zu kommen.«

»Ich wollte sowieso zu Alfredo. Warte einen Augenblick.«

Giorgio ging schnell noch einmal zu Angeletta, um ihr Bescheid zu sagen.

Dem Mädchen traten Tränen in die Augen. »Siehst du, ich hatte recht. Grüß ihn von mir, und hier.« Sie drückte ihm eine Orange in die Hand. »Ich habe sie heute Nachmittag von meiner Tante bekommen.«

Giorgio machte sich mit Dante auf den Weg.

»Du musst mir noch erzählen«, sagte Giorgio zu dem kleinen Fischerbub, »wie ihr euch gerettet habt.«

»Das war ganz einfach. Als ich ins Wasser fiel, habe ich mich von Wind und Wellen treiben lassen. Ich trieb beinahe eine halbe Stunde, da schwamm plötzlich Antonio neben mir. Ein paar Minuten später kamen wir bei Maccagno ans Land und sind über Varese nach Mailand gelaufen.«

»Weißt du, wie wir gerettet wurden?«

»Ja, Alfredo hat uns alles erzählt.«

»Du warst heute bei ihm?«

Dante nickte. »Wir drei Geretteten, Alfredo, Antonio und ich, kommen immer am Dienstag zusammen. Ich freute mich gerade so auf den heutigen Abend; denn Alfredo hatte mir gesagt, dass du wahrscheinlich auch kämst. Aber als ich ihn aufsuchte, stöhnte er und bat mich nur, dich zu holen.«

Sie gingen die Via Manzoni hinab, bogen an einem kleinen Platz, der voller lachender, fröhlicher Menschen war, in die Via Dante, liefen die breite Straße hinauf, und da waren sie schon in der kleinen Gasse.

Es war heute still zwischen den schmalen Häusern. Die jungen Kaminfeger hockten alle um den großen Antonio und sahen zu dem Haus hinauf, in welchem Alfredo wohnte.

Giorgio und Dante traten auf sie zu.

»Du sollst gleich hinaufkommen.« Antonio sah Giorgio traurig an.

»Ganz allein?«

»Ganz allein. Er will nur dich sehen.«

Giorgio ging zu dem Haus hinüber. Es war genauso langgestreckt, dunkel, ja finster wie das Haus, in dem er wohnte. Meister Givo, so hieß die Zitrone, wohnte jedoch nicht im Hinter-, sondern im Vorderhaus.

Giorgio musste drei Treppen hinaufsteigen. Sie waren ausgetreten und steil. Im dritten Stock führten viele Türen nach allen Seiten. Der Knabe horchte erst eine Weile, da hörte er jemand husten. Er ging auf die Tür zu. Ja, das war wohl Alfredo. Er klopfte an und trat ein.

Er kam in eine große, verwahrloste, beinahe leere Küche. Es war nichts weiter darin als ein alter, halbeingefallener Kamin, ein Stuhl und ein Tisch.

Erst sah er Alfredo gar nicht, bis er beinahe über einen großen Strohsack fiel, der dem Kamin gegenüber auf der Erde lag.

»Alfredo!«, rief er.

»Bist du es?«

»Ich bin's. Hast du kein Licht?«

»Doch, aber ich habe es lieber dunkel. Komm, gib mir deine Hand.«

Giorgio gab sie ihm.

»Du musst dich ganz nahe setzen. So.« Alfredo zog ihn auf den Strohsack.

»Dir geht's schlecht?«, fragte Giorgio.

Die Frage war eigentlich dumm, denn die schmale, knochige Hand, die er in seiner Hand hielt, war so heiß wie die Angelettas, beinahe noch heißer, und Alfredos Atem ging keuchend und schwer. Außerdem hustete er jeden Augenblick.

»Mir geht es sehr schlecht«, antwortete Alfredo. »Ich glaube, es hat damals im Wasser begonnen. Vielleicht habe ich mich erkältet. Dazu der lange Marsch nach Mailand. Hier war ja die Arbeit auch nicht leicht. Erst hat es mich nur wie mit tausend Nadeln gestochen. Dann musste ich husten. Auf einmal kam Blut und Ruß aus dem Mund. Seit zwei Tagen schüttelt es mich immer, und ich kann nicht mehr aufstehen.«

»Dein Meister sollte einen Arzt holen.«

Alfredo lächelte schwach. »Ach der! Der hat, seitdem ich mich hinlegen musste, kaum Geld für einen Schnaps. Ich habe dich aber nicht deswegen rufen lassen. Weißt du noch, was ich dir damals erzählt habe, als wir uns kurz vor Locarno trafen?«

»Was meinst du?«

»Nun, warum ich nach Mailand musste?«

»Ja.« Giorgio erinnerte sich. »Du sagtest, du könntest es mir erst in Mailand erzählen. Es sei ein Geheimnis dabei.«

Alfredo nickte. »Die Zeit ist gekommen, ich möchte dir das Geheimnis mitteilen. Aber ich erzähle es nur dir. Du darfst es auch keinem Menschen weitersagen, und ich würde es sogar dir nicht anvertrauen, wenn ich nicht fühlte, dass ich sterben muss.«

»Alfredo!«, rief Giorgio erschrocken. »Sag das nicht.«

Alfredo hustete wieder. »Ich sage, was wahr ist, Giorgio, und nun komm näher, damit ich dir die Geschichte erzählen kann.«

Giorgio setzte sich neben den Kranken. Seine Augen hatten sich inzwischen an die Dunkelheit gewöhnt, und er konnte Alfredo genau sehen.

Er sah sehr elend aus. Sein Gesicht war bis auf zwei rote Flecken auf den Wangen fast weiß. Die Augen waren groß und glänzend, und jeden Augenblick schüttelte es ihn.

»Bist du ganz nahe?«, fing Alfredo wieder an und tastete mit den Händen nach ihm.

»Ganz nahe«, erwiderte Giorgio leise.

»Es ist eine lange Geschichte, und ich hoffe, ich kann sie beenden, bevor der alte Givo zurückkommt.«

Er hustete noch einmal, dann begann er:

Die Geschichte Alfredos

»Ich bin nicht aus einem armen Haus wie du, Giorgio. Ich bin aus einem reichen Haus, sogar aus einem sehr reichen. Der Reichtum kam von meinem Großvater. Er war Architekt und wollte sich, nachdem er geheiratet hatte, selbständig machen. Er brauchte dazu vier- bis fünftausend Franken und bat seine Mutter, die das Vielfache von diesem Betrag besaß, ihm das Geld vorzustrecken. Er wollte es ihr gut verzinsen und sobald als möglich zurückgeben. Die Mutter, die in einem großen Haus etwas außerhalb unseres Dorfes wohnte, war aber sehr geizig. Sie konnte es nicht übers Herz bringen, ihrem Sohn das Geld zu geben. Da wurde mein Großvater sehr bös. Sie beschimpften sich gegenseitig und gingen in Unfrieden auseinander. Erst dachte man, damit sei alles in Ordnung, und mein Großvater würde das Geld woanders aufnehmen. Aber plötzlich war ihm alles, sein Dorf, sein Haus, vielleicht auch seine Familie verleidet, und eines Morgens lag ein Zettel von ihm auf dem Tisch, dass er in die weite Welt gewandert sei, um dort das Glück zu suchen, das ihm seine eigene Mutter nicht gegönnt habe. Seiner Frau und seinem Sohn ließ er alles zurück, was er sonst noch besaß, damit sie in der Zeit, in welcher er fort war, nicht hungern müssten.

Es gab damals ein großes Gerede im Dorf. Die einen beschimpften meinen Großvater, die anderen seine Mutter. Aber was nützte das schon? Der Großvater kam durch das Gerede nicht wieder, und er ließ auch nichts mehr von sich hören. Ein Jahr, fünf Jahre, zehn Jahre waren vergangen, und es war noch immer kein Lebenszeichen von ihm in dem kleinen Dorf eingetroffen. Mein Vater, sein erster Sohn, war inzwischen sechzehn Jahre alt geworden und wusste noch nicht einmal, wie sein Vater aussah. Er schlug sich mit seiner Mutter so recht und schlecht durch; mancher half ihnen auch, und sie litten keine Not. Eines Tages starb die reiche, alte Frau, die noch immer in ihrem großen Haus außerhalb der Gemeinde gewohnt hatte. Die Leute sagten, aus Geiz, denn sie hatte sich die letzte Zeit nicht einmal mehr die Butter zum Brot gegönnt und war regelrecht verhungert. Ihre Schwiegertochter, meine Großmutter, zog in das große Haus. Darin soll es unheimlich ausgesehen haben. Die geizige Alte hatte sich keine Magd mehr gehalten, das Haus wimmelte von Mäusen, Ratten, Kröten, Eulen und kleinerem Ungeziefer, und es dauerte eine ganze Weile, bis man alles herausgeschwefelt hatte und das Haus wieder bewohnbar war.

Beim Aufräumen fand man nun, dass die Alte noch viel mehr besessen hatte, als anzunehmen war. Überall stieß man auf Verstecke mit Kupfer-, Silber- und Goldmünzen, auf Schmuckstücke, die schon viele hundert Jahre alt waren, und die arme und bemitleidete Schwiegertochter war über Nacht zur reichsten Frau des Dorfes geworden. Wegen dieser Tatsache fanden sich bei der noch recht netten und hübschen Frau, die man vorher gar nicht beachtet hatte, auch allerlei Freier ein; da sie aber noch verheiratet war – ihr Mann war zwar verschollen, aber nicht für tot erklärt –, konnte sie die neuen Bewerber mit Anstand zurückweisen. Mit der Zeit fand sie aber selber, dass zu dem großen Anwesen – sie hatte sich einen Knecht und zwei Mägde genommen – ein Mann gehöre. Sie besprach sich zuerst mit dem Wirt des Dorfes, der ein naher Verwandter von ihr war, und auf dessen Rat mit dem Pfarrer. Sie kamen überein, insgeheim nachzuforschen, ob ihr Mann wohl noch lebe oder nicht.

Man schrieb ein halbes Jahr lang in alle Länder, aber wenn man glaubte, irgendwo eine Spur gefunden zu haben, war sie schon wieder verwischt. Die Nachforschungen führten also zu nichts, und eines Tages wurde mein Großvater von Amts wegen für tot erklärt und seine Frau Witwe. Sie trauerte noch ein Jahr um den Toten, aber nachdem das Jahr um war, heiratete sie ihren Verwandten, den Wirt Aprile, obwohl der junge Mann sieben Jahre jünger war als sie. Bald kam auch noch ein Kind. So geschah es, dass mein achtzehnjähriger Vater plötzlich einen Stiefbruder besaß.

Nun hätte das Leben der Wirtsleute in der neuen Bahn friedlich weitergehen können, wenn der Wirt nicht ein Luftikus gewesen wäre. Das viele Geld, das er durch seine Heirat in die Hände bekommen hatte, machte ihn noch leichtsinniger, und es dauerte nur ein paar Jahre, da war der ganze Reichtum verspielt, vertan und vertrunken. Auch das Haus der Großmutter musste verkauft werden, und die beiden besaßen nur noch das alte Wirtshaus, auf dessen Dach bald mehr Hypotheken und Schulden als Ziegel waren.

Um diese Zeit soll ein vornehmer, weißhaariger Mann ins Dorf gekommen sein. Es war um die Mittagszeit; die Leute waren alle in ihren Häusern, und der Mann wurde nur von einer alten, neunzigjährigen Frau gesehen. Sie saß auf dem Kirchplatz und sonnte sich. Er setzte sich zu ihr und fragte nach der Frau eines gewissen Battista Cosini, der vor ungefähr zwanzig Jahren ausgewandert sei, und nach ihrem Sohn, meinem Vater.

Die Alte erzählte ihm die ganze Geschichte und sagte zu ihm: ›Wenn Sie noch ein Weilchen warten, können Sie den Sohn, der ein großer, stattlicher Bursche geworden ist, vorbeigehen sehen. Er ist gerade mit einem Korb ins Heu gegangen.‹

Der alte Mann sei wirklich sitzen geblieben und habe gewartet; aber mein Vater konnte sich keines Fremden entsinnen, der neben der Alten auf dem Kirchplatz gesessen habe, und lachte nur über ihr Geschwätz.

Bald darauf kam aber eine Botschaft aus dem Spital in Lugano; dort war ein alter Mann gestorben, der einen Brief an Flaminio Cosini am M. hinterlassen hatte. Außerdem, so hieß es, stünden ein paar schwere Koffer des Verstorbenen und allerlei andere Sachen im Keller des Spitals. Mein Vater, dem sie gleichfalls zugedacht wären, solle sie abholen. Es stellte sich nun heraus, dass der Brief die letzte Botschaft meines Großvaters an meinen Vater war. Der alte Mann war in den langen Jahren seiner Abwesenheit in Mexiko gewesen, dort sehr wohlhabend geworden und hatte seinen Sohn zu seinem Haupterben eingesetzt. Das Geld lag in Wertschriften in seinen Koffern und in Schatzanweisungen auf verschiedenen Banken. Es war eine sehr große Summe, die mein Vater im Lauf der nächsten Monate ausbezahlt bekam, und er wurde wieder der reichste Mann des Dorfes.

Er kaufte das Haus seiner Großmutter zurück und ließ auch seiner Mutter hie und da etwas zukommen. Aber nie zu viel, denn er wusste, sie gab es nur ihrem Mann, den er nicht besonders liebte, oder sie verwandte es für seinen Stiefbruder, der, obwohl er erst vier oder fünf Jahre zählte, auch schon ein rechter Tunichtgut war. Mein Vater heiratete ein paar Jahre später ein Mädchen aus unserem Dorf, nach fünf Jahren wurde ich geboren, und nach abermals zwei Jahren folgte eine Schwester. Das Mädchen sah so blass aus, als es auf die Welt kam, dass wir sie Bianca nannten. Alles ging nun gut. Mein Vater vergrößerte den Besitz meiner Großmutter, und wir führten ein schönes, geruhsames Leben.

Eines Tages starb die Großmutter, gerade an dem Tag, als der Stiefbruder meines Vaters, knapp zwanzigjährig, heiratete. Es war eine herrschsüchtige, böse Frau, die dafür sorgte, dass sie die Oberherrschaft in der Wirtschaft bekam, und der Stiefvater meines Vaters wurde schon nach ein paar Monaten von ihr an die Luft gesetzt. Aus Kummer darüber nahm er sich einige Tage danach das Leben. Das junge Paar hatte bald Kinder, zuerst zwei Buben, Zwillinge, und später ein Mädchen. Obwohl wir allgemein die reichen Cosini genannt wurden und sie die armen Aprile, spielten wir doch im Garten oder auf der Straße zusammen. Mein Vater, der seinem Stiefbruder ab und zu etwas zusteckte, kam auch ganz gut mit ihm und der jungen Frau aus.

Aber da passierten plötzlich schreckliche Dinge, die unser Leben in kurzer Zeit veränderten. Das Haus der Großmutter fing Feuer. Bianca und ich schliefen in einer abseitigen Kammer. Der Vater war nicht da, aber unserer Mutter gelang es, uns aus der Kammer zu retten. Sie hatte sich jedoch dabei so verbrannt und verletzt, dass sie am nächsten Tag starb, und als der Vater von seiner Geschäftsreise zurückkehrte, war sie schon begraben.«

Bis hierher hatte Alfredo mit langen Pausen, in denen er hustete oder von neuen Fieberschauern geschüttelt wurde, erzählt; jetzt stöhnte er auf und Giorgio fürchtete schon, es könnte mit seinen Kräften zu Ende sein. Alfredo erholte sich aber wieder und erzählte weiter.

»Ich kann dir kaum sagen, wie erschüttert mein Vater war, als er das niedergebrannte Haus sah und hörte, was während seiner Reise geschehen war. Er schrie auf, raufte sich die Haare und stürzte sich in die noch rauchenden Trümmer, als ob unsere Mutter noch unter der Asche und den verkohlten Balken läge. Uns sah er nicht. Auch später nicht. Er ging auch nicht auf den Friedhof. Er wollte einfach nicht glauben, dass unsere Mutter gestorben sei.

Die nachfolgenden Tage und Wochen waren grauenhaft. Unser

ganzer Hausstand schien aufgelöst. Unsere Mägde verlangten ihren Lohn und gingen. Wir schliefen abwechselnd bei einem Nachbarn oder bei dem Stiefbruder meines Vaters im Wirtshaus. Der Vater ließ auch das alte Haus nicht wieder aufbauen, noch machte er sonst etwas. Er irrte den ganzen Tag zwischen den Ruinen umher, abends kam er müde und verzweifelt ins Wirtshaus und ließ sich einen Fiasco Wein oder eine Flasche Schnaps geben. Er trank und trank, ließ sich mit keinem Menschen in ein Gespräch ein, bis er einschlief. Der Wirt und seine Frau schleppten ihn dann in irgendeine Kammer, und am nächsten Morgen, sobald die Sonne aufgegangen war, rannte er schon wieder hinaus.

Wir erkannten ihn nach ein paar Wochen kaum noch. Er wusch sich nicht. Er ließ sich weder Bart noch Haar schneiden, er aß auch nichts und magerte immer mehr ab. Wir verwahrlosten genauso wie unser Vater. Der Haushalt meines Onkels war ein großes Durcheinander. Seine Kinder wuchsen auf wie alle Dorfkinder. Sie trieben sich schon am frühen Morgen in den Stallungen und im Schankraum herum. Kein Mensch kümmerte sich um sie, sie waren verdreckt und verwahrlost, und da sich jetzt auch niemand mehr um uns kümmerte, verkamen wir ebenso. Wir gingen auch nicht mehr zum Pfarrer, wo wir, als die einzigen Kinder des Ortes, lesen und schreiben gelernt hatten, und bald waren wir nicht mehr von den Kindern unseres Onkels zu unterscheiden.

Mit meinem Vater wurde es inzwischen immer schlimmer. Der viele Alkohol machte ihn jähzornig und streitsüchtig, und das steigerte sich so, dass man ihn eines Tages wegbringen musste.

Wir haben ihn nie wiedergesehen, bis wir durch den Pfarrer hörten, dass er in einer Anstalt gestorben sei. Uns Kindern wurde nun mitgeteilt, dass wir einen Vormund bekommen sollten. ›Euer Leben muss wieder in ordentliche Bahnen gelenkt werden‹, verkündete uns der Bürgermeister, und zu unserem Vormund wurde nach einer Besprechung im Gemeinderat unser Onkel bestimmt.

Mir war in diesen Tagen alles gleich. Ich tollte mit den Kindern meines Onkels herum oder saß mit meiner Schwester in irgendeinem Winkel des großen Gasthauses, und wir dachten an unsere Mutter. Manchmal ging ich auch allein zu unserem Haus hinaus, dessen schwarze Ruinen noch immer in dem großen Garten standen. Anstatt Menschen wohnten jetzt, wie zur Zeit unserer Urgroßmutter, Ratten, Eulen und anderes Getier darin.

Nachdem der Onkel unser Vormund und Erzieher geworden war, begann wirklich ein strengeres Regiment für uns. Ich liebte den Onkel nicht. Er war ein schlapper, weicher Mann, der, wie so oft feige Männer, hinterhältig und böse werden konnte. Er war überhaupt ein merkwürdiger Mensch. Einmal war er gutmütig, aber ebenso oft niederträchtig. Seine Stimmungen wechselten unaufhörlich, und wir wussten nie, was er im nächsten Augenblick tun würde. Im Vergleich zu seiner Frau war er aber noch immer ein Lamm. Wo der Onkel nur bös war, war sie boshaft, wo er nur polterte, brachen bei ihr Gift und Galle durch. Sie war es auch, die das strenge Regiment einführte. Aber nicht über alle Kinder. Nur über mich und Bianca.

Bis dahin hatten wir dem lieben Gott die Tage abgestohlen und nichts als Dummheiten gemacht. Sie erklärte uns nun, wir wären durch den Tod von Vater und Mutter verarmt und müssten arbeiten und etwas lernen, damit wir nicht länger als Nichtsnutze auf der Welt herumliefen. Mir kam das sehr seltsam vor, denn ich hörte in der Wirtsstube, dass mein Onkel durch den Tod meines Vaters ›jetzt dick auf dem Geld säße‹.

Ich sah es auch. Die Familie aß besser. Der Onkel hielt sich eine Magd und zwei Knechte, unsere Vettern gingen besser gekleidet, kurz, es zog ein gewisser Wohlstand in dem Wirtshaus ein.

Bianca und ich merkten allerdings nichts davon. Wir mussten aus einer unteren Kammer in die Dachkammer ziehen und unsere Matratzen wurden durch Laubsäcke ersetzt. Wir bekamen genauso plötzlich Plätze am Dienstbotentisch zugewiesen, ich musste mit aufs Feld und Bianca, obwohl sie erst zehn Jahre alt war, hatte in der Küche und in der Schankstube zu helfen. Ich musste außerdem jetzt die Kleider meiner Vettern tragen, die viel kleiner waren als ich. Bianca lief noch schlimmer herum, und obwohl wir immer schwerere Arbeiten bekamen, so dass sich die Leute im Ort schon aufregten, hörten wir trotzdem von der keifenden, bösen Frau kein gutes Wort.

Ich hatte keine Freude mehr am Leben. Meiner Schwester ging es ähnlich und am unglücklichsten fühlten wir uns abends, wenn wir, anstatt in unsern Betten, auf den ungewohnten, harten Laubsäcken lagen. Wir erzählten uns dann gegenseitig von den früheren Zeiten und weinten uns langsam in den Schlaf. Manchmal machten wir auch Pläne, wie wir dem allen entrinnen könnten. Wir wollten fliehen. Aber wohin? Wir wollten an das Grab unserer Mutter gehen und dort so lange liegen bleiben, bis sie uns zu sich holen würde. Wir wollten den Vater suchen, denn manchmal glaubten wir nicht, dass er gestorben sei, aber am nächsten Morgen ging jeder von uns wieder tapfer seiner Arbeit nach, und wir trösteten uns damit, dass wir ja einmal großjährig würden und dann machen könnten, was wir wollten.

Unsere Vettern, die sich früher geehrt fühlten, wenn wir mit ihnen gespielt hatten, behandelten uns jetzt genauso wie ihre Mutter. Sie gaben sich kaum noch mit uns ab und sahen hochmütig auf uns Hungerleider herab. Wenn ich mir dann einen vornahm und ihn verprügelte, besonders weil sie auch immer wieder Bianca verspotteten, rannten sie schnurstracks zu ihrer Mutter, und die kam gleich mit einem Feuerhaken oder einem Stück Holz und gab mir doppelt wieder, was ich ihren Söhnen verabreicht hatte.

Nur in einem war sie mir gegenüber freigebig. Schon früh schob sie mir meistens, wie damals meinem Vater, ein Glas Wein zu. ›Trink, das gibt Blut‹, sagte sie. Auch mittags ließ sie mir immer Wein einschenken. ›Ein richtiger Arbeiter muss auch seinen Wein haben‹, und abends riet sie mir, keinen Kaffee, sondern Wein zu trinken. Da mir der Wein schmeckte, trank ich wirklich, so viel ich trinken konnte, bis mir eine der Mägde sagte: ›Alfredo, ich würde nicht so viel trinken, besonders da sich dein Vater totgetrunken hat.‹ ›Mein Vater?‹, fragte ich erstaunt. ›Ja‹, fuhr sie fort, ›dein Vater. Sie erzählen sich wenigstens im Ort, er habe nach dem Tod deiner Mutter so viel getrunken, dass er davon gestorben sei.‹

Ich vergaß diese Mahnung jedoch bald wieder, bis ich eines Tages ein Gespräch zwischen meinem Onkel und seiner Frau hörte. Er sagte: ›Gib dem Buben nicht so viel Wein‹, und sie antwortete: ›Ich werde sogar dafür sorgen, dass er noch mehr trinkt.‹ ›Warum?‹, wollte er wissen. ›Warum, du Schafskopf? Je mehr er trinkt, umso früher kommt er unter die Erde, und dann bist du nicht mehr der Vormund, sondern der Erbe deines Neffen.‹

Der Onkel sah seine Frau erstaunt an. ›Ja, glaubst du vielleicht‹, fuhr sie gröber fort, ›ich möchte erleben, dass Alfredo mündig wird, alles zurückverlangt, was wir besitzen, und wir wieder, wie zu Zeiten deines Stiefbruders, nur von den Brosamen dieses Burschen leben?‹ Er antwortete nichts, aber ich spürte, er hatte die Rede seiner Frau gut verstanden und war damit einverstanden.

Von dieser Stunde an trank ich keinen Tropfen mehr. Ich verstand auch jetzt, warum Bianca und ich so schwer arbeiten mussten, warum man uns bei Wind und Wetter auf das Feld schickte und uns so wenig und schlecht zu essen gab. Aber da ich es nun wusste, war alles viel leichter zu ertragen. Ich hatte ja auch gehört, ich brauche nur mündig zu werden, um all dieser Plagen ledig und frei zu sein.

Ich erzählte Bianca nichts davon, aber ich tat alles, um auch ihr das schwere Los zu erleichtern und sie lustiger und freudiger zu stimmen. Ich malte ihr aus, wie es später einmal sein würde. ›Ich baue das Haus der Großmutter wieder auf‹, versprach ich ihr. ›Ich mache aus dem verwilderten Gesträuch einen großen Garten, und wir haben jeder wieder ein richtiges Bett, ich einen Anzug und du schöne Kleider.‹ Jetzt schliefen wir zwar immer noch mit Tränen ein, aber die Hoffnung auf eine bessere Zukunft tröstete uns.

Da erzählte mir eines Mittags Bianca, die Tante habe dem Onkel gesagt: ›Der Bub muss dahintergekommen sein, dass der Alkohol schädlich für ihn ist. Er trinkt keinen Tropfen mehr.‹ Der Onkel habe geantwortet: ›Das ist recht dumm. Ich habe mir auf Grund deiner letzten Worte vom Geld der Kinder schon ein paar Wiesen, zwei Kühe und einen Weinberg gekauft.‹ Sie habe ihn deswegen

Die Schwarzen Brüder

Filmfotos
von Martin Valentin Menke und Aliocha Merker

Regie
Xavier Koller

In den Hauptrollen
Moritz Bleibtreu, Richy Müller, Dominique Horwitz,
Waldemar Kobus, Fynn Henkel

Heile Welt: Giorgio und seine Mutter bei der täglichen Arbeit

Giorgios Mutter wird schwer verletzt

Giorgio verabschiedet sich

Luini beobachtet den Angriff

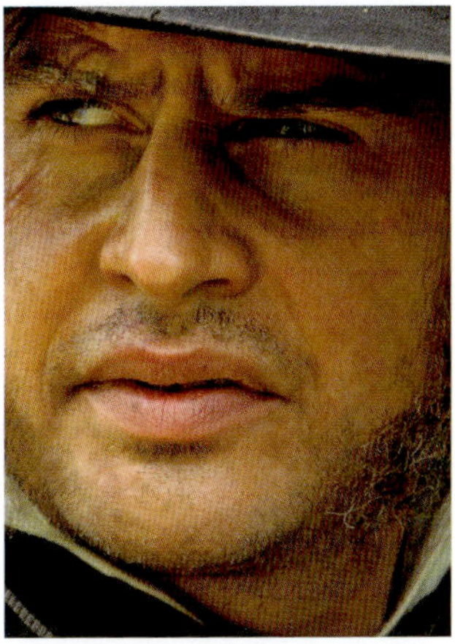

Antonio Luini

Giorgio wird von seinem Vater verkauft

Vor der Überfahrt nach Mailand

Ankunft der Jungen in Mailand

Luini verkauft einen Jungen an Meister Zitrone

Die Kinder werden verkauft

Giorgios neues Zuhause bei Battista Rossi

Angeletta, die Tochter des Battista

Der Spazzacamino mit seinem Battista bei der Arbeit

Giorgio und sein Herr Rossi

Der Battista und sein Spazzacamino

Die Wölfe

Luini droht Giorgio

Der erschöpfte Kaminkehrerjunge

Frau Rossi wird von Pater Antonio zurechtgewiesen

Giorgio und die Wölfe

Die Wölfe gegen die Schwarzen Brüder

Die Wölfe treten die Flucht an

Giorgio bittet Angeletta um Hilfe

Alfredo liegt im Sterben

Angeletta

Das letzte Geleit für Alfredo

Luini mit Pater Antonio im Schlagabtausch

Stärkung vor dem großen Finale

Luini tappt in die Falle

Zurück in der Heimat: Beim Glockenläuten

nicht weiter gescholten, sondern nur gesagt: ›Nun, dann muss ich eben etwas anderes finden, um den Buben schneller loszuwerden.‹

Bianca erzählte mir das alles hastig und erschrocken. Sie zitterte und wollte sofort fliehen. ›Wer weiß, was sie mit uns vorhaben‹, weinte sie. Aber ich wollte nicht. Ich konnte mich nicht mehr so weit von meinem väterlichen Erbe entfernen. Ich überlegte: Wenn sie es jetzt schon angebrochen hatten und wir verschwanden, war mein Onkel imstande und brachte es, bis wir volljährig waren, noch vollständig durch. Außerdem konnte ich mir nicht recht vorstellen, was die Frau meines Onkels machen wollte, um mich schneller ›unter die Erde‹ zu bringen. Ich war ja schon zwölf Jahre alt und so groß und stark wie ein Fünfzehnjähriger. Ich hätte es unter Umständen sogar mit einem Mann aufgenommen.

Immerhin war ich vorsichtig und beobachtete sie jetzt beide. Ich wäre wohl doch nie hinter das gekommen, was die Frau mit uns vorhatte, wenn ich nicht zufällig noch einmal ein Gespräch der beiden gehört hätte. Ich war auf dem Feld gewesen, hatte mir die Hand verstaucht und ging schon vor der allgemeinen Abendbrotzeit heim. Wir aßen gewöhnlich in der hinteren Wirtsstube. Ich schlich mich hinein, weil der Tisch schon gedeckt war. Ich hielt die Stube für das beste Versteck bis zum Abendbrot, streckte mich aber trotzdem noch auf einer abseitigen Bank aus, auf der ich hinter dem überragenden Tisch vor jedem, der in die Stube kam, sicher war.

Ich lag schon ungefähr eine Viertelstunde da, und gerade fielen mir die Augen zu, als ich eine Stimme leise ›Komm!‹ rufen hörte. An den schlurfenden, kleinen Schritten erkannte ich, dass es eine Frau, und bald danach, dass es meine Tante war. Sie setzte sich an den gegenüberstehenden Tisch und sagte noch einmal: ›Na, mach schon!‹ Der Onkel, der bei ihr war, hatte sich kaum gesetzt, da begann meine Tante: ›Heute ist es so weit.‹ ›Was?‹, fragte der Onkel. ›Dass die beiden sterben müssen‹, fuhr die Tante fort. ›Bist du verrückt?‹, fragte er. ›Gar nicht‹, flüsterte sie. ›Außerdem ist es ganz einfach. Heute gibt es Polenta und Pilze. Ich habe mir ein paar Giftpilze geholt und gleichfalls gekocht. Die beiden Kinder bekommen die giftigen und der Knecht und die beiden Mägde die guten. Die Kinder müssen nur ein paar davon essen, dann sind sie tot.‹

Ich hatte meinen Onkel, trotz seiner Tücke und seiner Feigheit, immer für einen halbwegs anständigen Mann gehalten und glaubte, er würde jetzt schimpfen und die Frau eine Hexe und eine Giftmischerin nennen. Er sagte aber nur: ›Und wenn es herauskommt?‹ ›Was soll denn herauskommen?‹, gab sie zurück. ›Die Pilze hat Bianca selber gesucht. Sie hat sie auch selber gekocht, sie wird sie auch selber auf den Tisch bringen. Sie wird also allein daran schuld sein, dass sie und ihr Bruder gestorben sind. Wir essen außerdem gleichfalls Pilze und werden so tun, als ob uns auch elend im Magen sei. Es stirbt ja nicht jeder, der giftige Pilze gegessen hat. Aber dessen kannst du sicher sein‹, ihre Stimme wurde plötzlich hart, ›die beiden werden sterben.‹

Ich wartete immer noch auf eine grobe Antwort des Onkels. Ich dachte auch einen Augenblick daran, aufzustehen und den beiden ihre Gemeinheit ins Gesicht zu sagen. Aber das hätte unsre Feindschaft nur vergrößert. Jetzt, nachdem ich gehört hatte, wessen die Tante fähig war, mussten wir zudem jeden Augenblick auf einen neuen Anschlag von ihrer Seite rechnen.

Ich konnte auch die Essschüsseln vertauschen. Aber es war ja immer so, dass wir alle unsere genauen Plätze hatten und das Essen schon auf den Schalen aus der Küche kam. Außerdem wären dann nur der Knecht und eine der Mägde vergiftet worden und ich der Mörder gewesen.

Ich überlegte das alles blitzschnell. Ich hörte, wie die beiden wieder aufstanden und der Onkel noch im Hinausgehen zu der Tante sagte: ›Na, meinetwegen, mach's. Aber das sage ich dir: Ich habe nichts damit zu tun, und wenn es doch herauskommt, sorge ich dafür, dass sie dich hängen und nicht mich.‹

Ich hörte die Frau noch grob auflachen. ›Ich habe von dir Feigling auch nichts anderes erwartet. Die Hauptsache bleibt, dass du dein Maul hältst. Sie hängen ja in Lugano keinen, bevor sie ihn haben.‹

Sie hatte kaum das Zimmer verlassen«, fuhr Alfredo fort, der wieder eine Weile gehustet hatte, »da sprang ich auf ...«

»So«, hörten die Buben eine Stimme hinter sich sagen, »da sprangst du auf. Und warum springst du jetzt nicht auf, wenn dein alter Meister nach Hause kommt? He!«

Die beiden Knaben waren zu Tode erschrocken, als sie die blecherne, quäkende Stimme hinter sich hörten. Alfredo, der sich etwas aufgestützt hatte, fiel sofort zurück, und Giorgio stemmte sich eilig und ängstlich in die Höhe.

Es war die Zitrone, die groß und hager, einen leeren Fiasco Wein in der Hand, vor ihnen stand. Er sah in dem Halbdunkel des Zimmers in seiner Magerkeit und Dürre wie ein Gespenst aus, und Giorgio war vor ihm bis in die äußerste Ecke der Küche zurückgewichen.

»Ja, du Dreckskerl«, fuhr der Betrunkene fort, »warum stehst du nicht auf, wenn dein alter Meister kommt? Wenn du arbeiten sollst, stöhnst du. Wenn du mir eine Handreichung machen sollst, bist du krank. Aber wenn ich dir den Rücken kehre, kannst du Gäste einladen und ihnen Geschichten erzählen. Also los jetzt«, er stieß Alfredo mit dem Fuß, »steh auf und lass mir meine Flasche wieder füllen, sonst schlage ich dir alle Knochen im Leibe entzwei.«

Alfredo sagte nichts, er rückte nur etwas auf die Seite und sah die Zitrone dabei unverwandt an.

Der Mann rückte ihm aber sofort nach, er schwankte dabei und wäre beinahe umgefallen.

Er keuchte und schien immer mehr in Wut zu geraten. »Du meinst, du kannst dich, wie immer, durch Schweigen vor einer Antwort drücken. Stehst du jetzt auf oder stehst du nicht auf?«

Er hatte die leere Flasche erhoben, rollte mit den Augen und wollte die Flasche Alfredo auf den Kopf schlagen.

Der Kranke hob nur die Hand, aber Giorgio, der all seinen Mut zusammengenommen hatte, sprang vor und warf sich der Zitrone entgegen. »Lassen Sie meinen Freund in Ruhe. Er ist wirklich krank!«, schrie er den Betrunkenen an.

Meister Givo hielt wahrhaftig im Schlagen inne und wandte sich Giorgio zu. »Du bist auch noch da«, zischte er, und seine Augen wurden so groß wie Kugeln. »Ich dachte, du wärst bei meinem Anblick schon aus dem Fenster gesprungen«, kicherte er, sonderbar aufglucksend, »dein Freundchen läuft mir ja nicht davon. Da will ich erst einmal dir Beine machen.«

Er schoss, so schnell er mit seinen schwankenden Beinen konnte, auf Giorgio zu, packte ihn mit der linken Hand am Hals und hob wieder mit der rechten Hand seine Flasche. Giorgio konnte die Hand aber von seinem Hals wegreißen und auf die Seite springen.

Der Betrunkene drehte sich umständlich um und kam Giorgio nach. Der Knabe wusste nicht, was er machen sollte. Er stand jetzt am Kamin in der Nähe der Tür. Sollte er sich in Sicherheit bringen und seinen Freund im Stich lassen? Nein, das konnte er nicht. Aber da war der Betrunkene schon wieder mit seiner Flasche neben ihm.

»Jetzt entwischst du mir nicht«, lallte er, und Giorgio sah die Flasche über sich.

Er war schneller. Er fasste nach einem Stück Holz, das am Kamin lag, hob es und schlug es dem Alten entgegen. Das Holz und die dickbauchige Flasche prallten zusammen. Die Flasche zersprang; aber Giorgio, der mit aller Wucht zugeschlagen hatte, traf auch den Kopf der Zitrone. Nicht schwer, aber doch so, dass der Alte mit einem tiefen Gurgeln zusammensank, erst auf die Knie fiel und sich dann der Länge nach neben Alfredo legte.

Das war es aber nicht allein, was Giorgio erschütterte und erschreckte. Als sein Holz auf den Kopf des Alten schlug, spritzte ihm eine dicke, klebrige Flüssigkeit ins Gesicht. Er sprang ans Fenster. Er ahnte schon, was geschehen war. Sein Hemd, seine Brust und seine Hände waren rot, auch das Stück Holz, das er noch in der Hand hielt. Es war sicher Blut, und er hatte den Alten wahrscheinlich erschlagen. »Dio mio!«, schrie er und warf sich verzweifelt über ihn.

Der Alte versuchte, sich gerade wieder aufzurichten, und sah Giorgio an. Sein Gesicht war auch über und über rot, und die Augen, die wie zwei höllische Lichter auf den Buben starrten, erschreckten Giorgio so, dass er es vor Angst und Verzweiflung nicht mehr aushielt und wieder aufsprang.

Jetzt versuchte der Alte gar noch zu sprechen, aber er ließ nur ein heiseres, kindliches Kichern hören.

»Dio mio!«, schrie Giorgio nochmals. »Dio mio! Ich habe ihn sicher erschlagen!«

Entsetzen und Grauen packten ihn, und er rannte davon.

2 Angeletta verwandelt die Angst in Lachen, und Alfredo erzählt sein Geheimnis zu Ende

Giorgio hatte Glück. Als er auf die Straße kam, war niemand mehr zu sehen.

Er zitterte noch am ganzen Leibe, und das rote, blutüberströmte Gesicht des Alten und dieses teuflisch kindische Kichern standen wie eine entsetzliche Fratze hinter ihm.

Er rannte die Gasse entlang. Da war eine kleine Laterne. Er blieb einen Augenblick stehen. War er noch blutig? Ja, der große, schwarze Fleck saß noch auf seinem Hemd, und auch seine Hände waren noch klebrig und rot.

Giorgio wollte sie in den nächsten Brunnen tauchen, aber gerade als er zu dem plätschernden Brunnen schlich, hörte er Schritte und rannte wie ein Gehetzter um den Brunnen herum. Er jagte immer weiter. Wohin? Er hatte bereits jede Richtung verloren. Da war eine Kirche, die er noch nicht kannte. Dort war eine große Häusermauer. Dahinter ein Kastell. Da ein Wasser. Er fiel beinahe um, aber jeder Schritt oder Laut, den er hörte, trieb ihn aufs Neue vorwärts.

War das nicht die Via Manzoni?

Giorgio atmete auf. Ja, jetzt sah er die Kirche von San Francesco. Ob sie offen war? Er wollte hinein, aber das schwere Tor war geschlossen.

Endlich stand er an der Mauer, über die er zu dem Schuppen des Tischlers kommen konnte. Das Beste war wohl, schnell zu Angeletta zu gehen und ihr zu beichten, was geschehen war. Sie wusste ja immer Rat und Hilfe. Vielleicht wusste sie es auch diesmal.

Er kletterte über die Mauer, und ein paar Minuten später trat er, noch immer von tausend Ängsten gepeitscht, bei der kleinen Angeletta ein.

Sie war noch wach.

»Kommst du endlich?«, fragte sie.

»Ja«, stammelte Giorgio.

»Aber wie siehst du denn aus!« Sie starrte ihn an.

Giorgio streckte ihr seine Arme entgegen. »Das ist Blut. Ich habe jemanden erschlagen.«

»Du hast jemanden erschlagen?« Angeletta hob ihre Hände vors Gesicht.

»Alfredos Meister.«

»Aber wie ist das passiert?«

»Alfredo lag krank auf seinem Strohsack. Er erzählte mir etwas. Plötzlich kam der Meister herein und wollte ihn mit seiner Flasche schlagen. Da habe ich ein Stück Holz genommen und …« Giorgio stockte; er konnte nicht weitersprechen.

»Ist er wirklich tot?«, fragte Angeletta.

»Ich weiß nicht«, stammelte Giorgio. »Er ist umgefallen, und alles war auf einmal voll Blut. Dann hat er sich wieder aufgerichtet und furchtbar gekichert und gelacht. Da bin ich erschrocken und einfach davongelaufen.«

»Nun«, sagte Angeletta beruhigter, »wenn er gelacht oder gekichert hat, lebt er wahrscheinlich noch.«

»Oh«, stammelte Giorgio lauter, »das Lachen war aber furchtbar. So lacht kein Mensch, so lacht höchstens der Teufel.«

Angeletta hatte Giorgio, der noch immer am ganzen Körper zitterte, inzwischen näher gezogen, strich über seine Haare und beschnupperte ihn.

»Das ist aber kein Blut«, sagte sie.

»Kein Blut?« Giorgio machte große Augen.

»Nein.« Sie schnupperte weiter. »Das ist Wein.«

»Wein?« Giorgio, der eben noch vor Angst gebebt und gezittert hatte, fiel es wie Schuppen von den Augen. Der alte Givo hatte ja mit einem Fiasco nach Alfredo und ihm geschlagen. In der Flasche war wohl noch ein Rest Wein gewesen, und als die Flasche durch seinen Stockhieb zersprang, war er über ihn und den Alten gespritzt. Er erzählte es Angeletta.

»So wird es sein«, erwiderte das Mädchen. »Auch was du an

den Händen und dem Hemd hast, ist Wein; aber«, fuhr sie fort, »erzähle mir alles noch einmal ausführlich.«

Giorgio setzte sich auf den Bettrand und erzählte. Wie krank Alfredo war und dass er ihm sein Geheimnis anvertraut hatte.

»Mitten in Alfredos Geschichte sind wir von dem alten Givo unterbrochen worden, und das andere«, schloss er, »weißt du ja schon.«

»Nachdem du den Alten niedergeschlagen hattest, bist du einfach geflohen?«

Giorgio senkte sein Haupt.

»Nun«, meinte sie, »hoffentlich hat sich der Alte, als er sich von deinem Schlag erholt hatte, nicht doppelt an dem armen Alfredo gerächt.«

Das beunruhigte Giorgio jetzt auch, und er machte sich ernstliche Vorwürfe, dass er so eilig davongelaufen war.

»Heute kannst du nicht mehr zu ihm«, tröstete ihn Angeletta, »schlaf jetzt und geh morgen gleich nach dem Abendbrot wieder hin.«

Das wollte Giorgio, aber seine Gedanken kehrten die ganze Nacht und auch während des Tages immer wieder zu der Küche in der Via della Cerva zurück. Er sah das gelbe Gesicht des alten Givo vor sich, jetzt doppelt verzerrt und verbissen, und dazwischen die großen, fiebrigen Augen Alfredos, die ihn kaum einen Augenblick an etwas anderes denken ließen.

Der Meister spürte, dass Giorgio etwas Ernstes beschäftigte, denn der Bub vergaß sogar sein »Spazzacamino! Lasst Eure Kamine kehren!« zu rufen, und er musste ihn ein paarmal bei den Ohren nehmen.

Bei einem Bäcker ließ er sogar seinen Sack mit dem Handwerkszeug liegen. Der Meister war ernstlich böse und gab ihm einige Püffe.

Während des Mittagessens brachte es Anselmo seit langem das erste Mal wieder fertig, Giorgio auf die Füße zu treten und ihn auszuspotten. Ja, Giorgio war so mit seinen Gedanken beschäftigt, er hörte gar nicht, dass die Meisterin schon lange auf ihn einsprach. Er sollte in einem benachbarten Gemüsegeschäft Tomaten für das Abendessen kaufen.

Der Nachmittag verging ungemein langsam, und einmal war er durch einen hohen Kamin wie ein Blitz wieder nach unten gerutscht, weil plötzlich Alfredos Gesicht ganz verzweifelt vor ihm stand. Er hatte vergessen, den Eisenhaken, auf den er sich schwingen musste, auf seine Festigkeit zu prüfen, und sauste mit ihm in die Tiefe.

Gott sei Dank fiel er in einen Aschenrest und schlug sich nur die Hand wund. Aber jetzt passte er besser auf.

Als sie endlich heimkehrten, aß er kaum, verabschiedete sich nur noch schnell von Angeletta, und einen Augenblick später war er schon wieder in der Via della Cerva.

Die Straße war leer. Die meisten Kaminfegerbuben waren noch mit ihren Meistern unterwegs.

Er klopfte bei Alfredo an. Aber niemand hörte ihn. Er klopfte noch einmal. Es blieb weiter still. Da drückte er auf die schmale Klinke und trat ein.

Die Küche sah genauso aus wie gestern. Nur dass Giorgio heute, weil es noch früh am Tag war, alles deutlicher sah. Da lag auch Alfredo noch.

Warum hatte er nicht »Herein« gerufen? Hatte ihn der Alte totgeschlagen? War er nur ohnmächtig? Giorgio beugte sich über ihn. Alfredo stieß die Luft in kurzen Stößen aus dem halbgeöffneten Mund und atmete sie genauso hastig wieder ein. Nein, wenn er auch noch blasser war als am Tag vorher, er schlief nur. Giorgio sah sich um. Und wo war der Alte?

In der Küche lag er nicht.

Er drückte die Tür auf, die von der Küche nach rechts in einen anderen Raum führte. Hier entdeckte er nur einen alten Strohsack, ein klappriges Waschgestell, einen Stuhl, und an der Wand hingen an Nägeln einige Kleider.

Giorgio sah sogar unter die Decken, die unordentlich über dem Strohsack lagen; aber der Alte war nicht darunter. Also schien ihm wirklich nichts passiert zu sein, und wahrscheinlich war er schon wieder seiner Beschäftigung nachgegangen.

Da hörte er Alfredo.

»Wer ist da?«

Er ging sofort wieder in die Küche hinüber. »Ich bin's. Giorgio.«

Alfredo schaute ihn dankbar an. »Das ist schön, dass du wieder da bist. Du bist ja gestern so eilig weggelaufen. Ich dachte, du würdest überhaupt nicht wiederkommen.«

»Ich hatte solche Angst«, gestand Giorgio. »Der Alte war plötzlich ganz blutig, als ich auf ihn einschlug, und ich dachte, ich hätte ihn erschlagen.«

Alfredo versuchte zu lächeln. »Du hättest nur sehen sollen, wie er das Blut abgeleckt hat.«

»Und dann?«

»Dann wollte er wieder aufstehen, doch er hatte keine Kraft mehr. Da ist er einfach liegen geblieben und ein paar Minuten später eingeschlafen. Das ist immer so, wenn er betrunken nach Hause kommt.«

»Aber ich habe ihn doch mitten auf den Kopf geschlagen?«

»Ach, der ist härter als Stein, und der Alte war bereits so betrunken, dass er gar nichts von deinem Schlag gemerkt hat.«

»Wo ist er jetzt?«

»Wo er immer ist. Er wird etwas gearbeitet haben, und wenn er ein paar Centesimi verdient hat, wird er sie in irgendeiner Kneipe vertrinken.«

Giorgio war jetzt beinahe enttäuscht, weil alles so einfach verlaufen war. »Wie geht es dir?«, fragte er weiter.

Alfredo sah ihn an. »Ich weiß noch nicht recht. Nicht besser als gestern. Mir ist nur heißer, und ich habe Durst.«

Giorgio wollte schon nach Wasser springen, da fiel ihm die Orange ein, die ihm Angeletta am Tag zuvor für Alfredo zugesteckt hatte. »Nimm«, sagte er, »von Angeletta.«

»Von Angeletta?«

Giorgio setzte sich. »Sie lässt dich grüßen.«

Alfredo versuchte, die Orange zu schälen, aber er war zu schwach dazu. Da nahm sie ihm Giorgio wieder ab und schälte sie selber.

Während Alfredo die Stücke kaute, fuhr Giorgio mit einem kleinen Besenrest hin und her, kehrte die Scherben zusammen und machte auch sonst Ordnung.

»Dort sind noch Spaghetti.« Alfredo zeigte auf einen kleinen Topf, der auf dem Kamin stand.

»Soll ich sie dir wärmen?« Giorgio fasste schon nach dem henkellosen Topf.

»Mir nicht.« Alfredo schüttelte den Kopf. »Ich kann nur noch trinken. Ich habe schon seit drei Tagen nichts gegessen.«

»Aber wenn ich dir nun eine Suppe koche.«

»Ich will auch keine Suppe, und wenn du selber keinen Hunger hast, so setze dich wieder neben mich, damit ich dir weitererzählen kann.«

»Ach ja«, bat Giorgio. Er hatte den ganzen Tag darüber nachgedacht, wie Alfredos Geschichte wohl zu Ende ging.

»Komm, rück wieder dicht neben mich.« Alfredo machte Giorgio auf seinem Laubsack Platz.

Giorgio saß schon.

»Wo waren wir stehengeblieben?«

»Du hattest gehört, dass dich die Frau deines Onkels vergiften wollte.«

»Uns«, verbesserte Alfredo. »Uns, aber nun höre.«

Alfredo hustete sich erst wieder den Hals frei, dann musste ihm Giorgio eine Decke unter den Kopf schieben, und nun erzählte er weiter.

Die Geschichte Alfredos. Zweiter Teil

»Ich hatte also gehört, dass die Frau meines Onkels meine Schwester und mich vergiften wollte. Wir sollten aus der Welt geschafft werden, damit sie unser Erbe einstecken konnten. Mir erschien das alles so schlimm und grausig, schlecht und gemein, dass ich jetzt nur noch an das Eine dachte, fort, fort aus diesem Haus, und zwar so schnell als möglich.

Ich wusste aber auch, dass ich das sehr vorsichtig anfangen musste. Zuerst wartete ich, bis der Onkel und die Tante die Tür hinter sich zuschlugen, dann ging ich leise aus dem Zimmer.

Ein paar Minuten später kam ich laut pfeifend in die Küche. Tatsächlich, man briet Pilze. Die Tante schmorte sie in einer großen Pfanne, während Bianca Polenta kochte.

Ich winkte Bianca und bat sie, mir eine Schöpfkelle Wasser zu geben. Ich trank sie aus und flüsterte ihr dabei zu: ›Komm gleich, wenn du dich einen Augenblick freimachen kannst, zu mir hinauf in die Kammer.‹

Ich ging indessen voraus und sah mich um. Wenn wir fliehen wollten, mussten wir auch etwas mitnehmen. Übrigens wusste ich noch immer nicht, wohin wir fliehen sollten. Ich zog einen Sack unter meinem Laubsack hervor, in dem ich alles, was ich noch besaß, verstaut hatte: einen Rock, ein paar alte Schuhe, ein Hemd, einige Bücher, die ich früher gern gelesen hatte, und ein kleines gemaltes Bild von meiner Mutter. Ich stopfte alles wieder in den Sack hinein. Da stand Bianca vor mir.

Ich sagte nur: ›Wir müssen sofort fliehen. Die Tante will uns ver-

giften.‹ Bianca war nicht einmal überrascht. Sie wollte ja schon lange fort.

Sie hatte einen ähnlichen Sack wie ich. Sie besaß aber etwas mehr. Einige Kleider, einen Mantel, eine goldene Brosche und ein Goldstück, das sie einmal von der Mutter bekommen hatte. Wir machten einen Plan. Ich sollte beide Säcke nehmen, aus dem Dorf hinaus und über die Felder in einem großen Bogen zu dem Haus unserer Großmutter gehen. Dort würde ich auf sie warten. Bianca wollte sich nach Salz in den Kramladen des Dorfes schicken lassen und dabei davonlaufen.

Ich war schon monatelang nicht mehr im Haus der Großmutter gewesen. Der Zaun, der das große Grundstück umsäumte, war an vielen Stellen eingedrückt, die Gartentür war überhaupt verschwunden, und der Garten selber sah wie eine Wildnis aus. Bäume, Sträucher, Blumen, Efeu und Unkraut waren durcheinandergewachsen. Man erkannte kein Beet und keinen Weg mehr, und es war mühsam, zum Haus vorzudringen. Auch vom Haus sah ich nur die vom Brand geschwärzten Mauern. Ich hatte keine große Lust hineinzugehen, setzte mich deswegen auf die Treppenstufen, die zur Haustür hinaufführten, und wartete auf Bianca.

Sie kam schneller, als ich dachte, fiel mir schluchzend um den Hals und erzählte: ›Die Tante schmort tatsächlich in einem kleinen Pfännchen, neben der großen Pfanne, noch andere Pilze. Sie war sofort einverstanden, als ich nach Salz gehen wollte. In der Zwischenzeit hat sie sicher unsere Teller mit den giftigen Pilzen gefüllt.‹

Ich beruhigte die Aufgeregte, und wir überlegten noch einmal, was wir nun machen wollten. Wir kannten außer unseren Eltern und dem alten Pfarrer, der aber gerade nach Como gereist war, kaum einen Menschen auf der ganzen Welt, zu dem wir gehen konnten, und wir kamen uns jetzt nicht nur arm, sondern auch verloren und verlassen vor. Bianca weinte wieder. Ich versuchte, sie zu trösten, merkte aber bald, dass ich mitweinte.

Wir beschlossen, erst einmal in dem alten Haus zu schlafen und morgen weiterzuüberlegen. Bianca war einverstanden, und wir drangen in das Haus ein. Das Haus sah noch schlimmer aus als der Garten. Die Zimmer waren ausgebrannt und nach oben offen. Eidechsen huschten nach allen Seiten davon, und in der Küche ringelten sich sogar ein paar Schlangen.

Bianca zitterte und wollte nicht weiter. Ich beruhigte sie, und wir gingen auch noch durch die anderen Räume. Ich dachte, dass wir in einem Zimmer bleiben könnten, aber die Dielen waren durchgebrochen, überall wuchsen schon Gräser und Blumen in der Mauer, und so blieb uns nichts anderes übrig, als im Keller unser Glück zu versuchen.

Wir stiegen die alte Treppe hinunter. Der Keller war aber noch bewohnter als das übrige Haus. Das Erste war eine Schar Mäuse, die davonlief, auch zwei Ratten sahen wir und ein paar hässliche Kröten. Bianca weinte wieder, aber schließlich ging sie doch weiter. In dem einen der hinteren Keller stießen wir auf einen Uhu. Als wir eintraten, sträubte er sein Gefieder, öffnete seinen Schnabel und fauchte uns an. Wir rannten sofort wieder hinaus.

In dem anderen Keller roch es nach irgendeinem Tier. Es konnte eine Katze sein. Da wir aber nichts sahen, blieben wir darin. Es sah auch einigermaßen sauber aus. Wir fegten uns eine Ecke besonders rein. Ich breitete unsere Säcke aus, wickelte Bianca in den ihren und kroch in den meinen. Wir wünschten uns beide eine gute Nacht, und Bianca schlief gleich ein.

Ich blieb noch wach, hörte es aus dem Dorf acht und neun und zehn Uhr schlagen und dachte noch immer ganz krampfhaft daran, wo wir beide uns wohl hinflüchten könnten. Da sah ich, dass mich jemand anstarrte. Ich war so erschrocken darüber« – Alfredo war es auch jetzt wieder, er richtete sich etwas auf und krampfte seine Hände zusammen –, »dass mir einen Augenblick das Herz stillstand. Es war kein Gesicht, nur ein runder, großer, beinahe spaßiger Kopf. Es waren auch keine richtigen Augen. Es waren zwei feurige, blitzende Lichter, die mich starr und unbeweglich ansahen. Ich wurde langsam wieder ruhiger, besonders weil die Augen auch ruhig blieben. Aber mit der Zeit wurden sie mir immer unheimlicher, und da sie nicht weggingen, auch wenn ich meine Augen schloss, kroch ich aus meinem Sack heraus und ging auf die Augen zu.

Der Kopf blieb. Auch die Augen verloren nichts von ihrem Feuer. Ich spürte, dass sich dahinter ein langer, schmaler Leib zusammenschob, und plötzlich schnellten Kopf und Augen vor, und ich hatte sie im gleichen Augenblick im Gesicht. Damit schwand aber meine Furcht, denn jetzt wusste ich, was mich angesprungen hatte. Es war eine der großen Wildkatzen, die es in unserer Gegend gab und die wahrscheinlich in diesem Kellerloch ihre Wohnung aufgeschlagen hatte.

Ich schob die eine Hand blitzschnell über meine Augen und schlug mit der anderen auf das Tier ein. Ich musste es auch gut getroffen haben, denn obwohl ich seine Krallen an meiner Hand spürte, fiel es gleich nach unten und flüchtete in eine Ecke.

Dort blieb es sitzen. Wir musterten uns eine Weile, dann kam es zum zweiten Mal auf mich zu. Nur nicht schnell, ganz behutsam, und dabei schrie es furchtbar. Erst wie ein Kind, danach kreischte es wie ein Pfau, später mauzte es wieder, und zuletzt wurden die Töne schrill wie das Keifen einer Frau.

Mich erschreckte auch das nicht. Aber von dem Gekreisch war Bianca aufgewacht, sah das große Tier, schlug erschrocken die Hände vor die Augen und schrie nun auch. Mich brachte das furchtbar in Wut. Ich wäre am liebsten auf das Tier losgegangen, aber Bianca schrie immer schmerzlicher, und so fasste ich sie bei der Hand, packte mit der anderen die Säcke und versuchte, vor dem Tier zurückzuweichen.

Es gelang, obwohl es immer ein paar Schritte hinter mir blieb. An der Tür bückte ich mich nach einem Stein, hob ihn eilig auf und, obwohl die Katze zum zweiten Mal zum Sprung ansetzte, konnte ihr den Stein entgegenwerfen. Ich glaube, ich habe sie auch getroffen, denn sie schrie furchtbar auf. Aber ich wollte es gar nicht mehr wissen. Ich wollte nur wieder aus dem Keller hinaus, und einen Augenblick später standen Bianca und ich wieder im Garten.

Was sollten wir nun machen? Bianca weinte und zitterte. Sie

hatte nur den einen Wunsch, so schnell als möglich in ihre Kammer zu kommen. ›Nach Hause‹, sagte sie immer wieder, ›nach Hause‹. Ich war schon beinahe bereit, in das Haus des Onkels zurückzugehen, wo man uns sicher längst vermisst hatte, da fiel mir der Name einer Magd ein, die viele Jahre in unserem Haus gewesen war. Sie hatte besonders Bianca betreut und sie auch sehr liebgehabt. Sie musste dann plötzlich in das Heimwesen ihres Bruders nach Roveredo ins Valle Mesocco abreisen, weil des Bruders Frau gestorben war.

›Wir gehen zu Veronica‹, sagte ich nun mit einer gewissen Bestimmtheit zu Bianca. Bianca hatte gleichermaßen an Veronica gehangen. Sie konnte sich auch sofort wieder auf sie besinnen. ›Ach ja‹, schluchzte sie, ›gehen wir zu Veronica. Aber gleich, Alfredo, gleich. Ich will keine Minute länger hierbleiben.‹

Wir machten uns sofort auf den Weg. Im Haus meines Onkels war noch Licht. Man suchte uns wohl. Ein Knecht ging mit einer Laterne auf und ab, und auf einmal sahen wir, wie er zusammen mit dem Onkel zu dem Haus unserer Großmutter abbog. Ich war dem Kater jetzt dankbar, dass er uns aus dem alten Gemäuer verjagt hatte, denn wenn wir noch im Keller gesessen hätten, hätten sie uns in ein paar Minuten aufgestöbert und gefunden.«

Alfredo machte eine Pause, stöhnte, räusperte sich und setzte sich wieder zurecht. Es fiel ihm sichtbar immer schwerer zu sprechen, aber er erzählte trotzdem weiter.

»Ich will«, fuhr er langsamer fort, »dir nun noch erzählen, wie wir aus unserem Dorf nach Roveredo gelangten. Es war eine lange und beschwerliche Reise. Zu essen hatten wir, denn es gab Kraut und Bohnen auf den Feldern, auch Rüben und sonst allerlei.

Wir liefen zwei Tage und zwei Nächte. Die erste Nacht verbrachten wir in einem Park hinter Lugano. Bianca war sehr furchtsam und schreckte jeden Augenblick auf. Die zweite Nacht schliefen wir am Monte Ceneri. Es war kalt da oben, und es wurde immer kälter, je höher wir kamen. Der Weg wurde auch steiniger und schlechter, außerdem sahen wir viele Stunden lang kein Haus und keinen Menschen, und ich war froh, als wir endlich in das Tal des Ticino und nach Bellinzona kamen.

Wir bogen nun in das Valle Mesocco ab und erreichten noch am gleichen Tag Roveredo. Ich fragte den ersten Bauern, der uns begegnete, nach Veronica. Da stellte sich heraus, dass es in dem Ort vier Veronicas gab, und so blieb uns nichts weiter übrig, als alle vier aufzusuchen. Es war aber keine davon unsere Veronica. Ich war schon ganz traurig, als uns die letzte, von der wir einen Hafen Milch bekamen, sagte, es wäre noch eine fünfte im Ort gewesen, aber die sei vor einiger Zeit, gerade als sie aus ihrem Dienst bei Lugano zurückgekommen wäre, gestorben.

›Das ist sie wahrscheinlich‹, sagte Bianca traurig. Ich glaubte es auch, wollte aber noch wissen, wo sie gewohnt habe.

›Bei ihrem Bruder‹, sagte das große Mädchen, und sie zeigte auf einen abseits gelegenen Bauernhof, der am Fuß des gegenüberliegenden Berges lag.

Wir waren sehr traurig über diese Botschaft, aber wir wollten doch zu dem Bruder hinübergehen. Wir mussten einen Bach überschreiten, über einige Wiesen gehen, und dann standen wir vor dem kleinen Gehöft.

Wir klopften an. Ein Mädchen machte uns auf. Es waren auch noch zwei Buben da, und dann kam der Bauer. Der war ein großer, vierschrötiger, knurriger Mann, der uns recht misstrauisch aus seinen überbuschten Augen ansah. Wir erzählten ihm trotzdem, wer wir waren und dass wir eine gewisse Veronica suchten. Er blieb mürrisch und misstrauisch, bestätigte uns aber, dass seine Schwester bei einer Familie Cosini in M. in Dienst gewesen sei und er ihr geschrieben habe, weil seine Frau gestorben war. ›Sie ist auch gekommen‹, fuhr er in seiner groben, einfachen Art fort, ›hat aber nur knapp vier Monate den Haushalt geführt, dann ist sie an einem Fieber erkrankt und gestorben.‹

Wir hätten nun eigentlich wieder gehen können. Aber wohin? Ich fasste Mut und erzählte dem Mann, warum wir zu seiner Schwester gekommen waren. Ich erzählte ihm nicht alles, nur dass wir Waisen seien. ›Wir hatten niemand in der Welt als Ihre Schwester. Nun wissen wir nicht, wohin wir gehen sollen.‹ Er sah uns mit einer gewissen Ablehnung an, aber dann sagte er: ›Nun, einen Tag und eine Nacht könnt ihr bleiben, auch essen und schlafen könnt ihr hier, aber dann müsst ihr wieder gehen. Ich kann kaum meine drei Kinder ernähren, und für mehr langt es gewiss nicht.‹

Uns war das vorerst ein großes Geschenk, und wir tunkten dankbar das weiße Brot in die warme Ziegenmilch. Wir krochen genauso dankbar zu den armen Kindern in das warme Heu. Aber ich musste in der langen Nacht immer wieder daran denken, was am nächsten Morgen werden sollte, wenn wir weiterziehen mussten.

Am Morgen war ich schon lange vor dem Bauer auf. Als er herauskam, fragte ich ihn, ob er uns nicht doch behalten wolle. Ich erzählte ihm, dass ich daheim schon Knechtsarbeit gemacht hätte, und Bianca könne kochen und allerlei andere Hausarbeiten verrichten. Aber der Bauer sagte gar nichts dazu. Er nahm nur seine Sense vom Nagel und ging auf das Feld.

Ich bereitete nun auch Bianca darauf vor, dass wir weitermussten. Aber als der Mann am Mittag heimkam und wir die Polenta aßen, die Bianca gekocht hatte, sagte er: ›Bianca kann vielleicht dableiben, aber dich kann ich nicht mitfüttern.‹ Er sagte noch: ›Ich habe gerade gehört, dass ein Mann im Ort ist, der Kaminfegerbuben für Mailand sucht. Er bezahlt dreißig Franken. Du kannst dich ihm dafür anbieten und die dreißig Franken als Kostgeld für deine Schwester dalassen. So ist wenigstens einer von euch gut untergebracht.‹

Ich sagte nicht ja und nicht nein. Es kam alles zu sehr aus heiterem Himmel. Ich nach Mailand, Bianca hier? Ich ein Kaminfegerbub und Bianca als Magd bei dem Bauern? Der Bauer verlangte auch nicht, dass ich ihm gleich antwortete, er sagte nur: ›Überlege es dir bis zum Abend.‹

Bianca wollte nicht, dass ich fortginge. Aber was sollte ich machen? Es war ja besser, wenn wenigstens *sie* ein Unterkommen hatte, und ich wurde in der Zwischenzeit älter und konnte nach dieser

Zeit wahrscheinlich als Knecht gehen und besser für Bianca sorgen. Ich sagte dem Bauer also am Abend: ›Ich gehe nach Mailand.‹ Und wir schlossen noch in der gleichen Stunde den Handel mit dem Mann aus Como ab. Er gab dem Bauern eine Anzahlung von zwanzig Franken, den Rest sollte er bekommen, wenn ich gut in Mailand angelangt war. Als Zwischenadresse gab mir der Mann das Grotto ›Pan perdu‹ an. ›Da triffst du noch mehr Kaminfegerbuben‹, sagte er, ›und am Tag darauf werdet ihr alle auf einem Schiff nach Mailand fahren.‹

Die Stunde der Abfahrt war schon auf den übernächsten Tag festgesetzt und ich musste mich bereits am nächsten Morgen auf den Weg nach Locarno machen. Ich verbrachte noch den ganzen Abend und die halbe Nacht mit Bianca. Sie versprach, nicht zu viel zu weinen, und ich versprach ihr, bestimmt im nächsten Jahr wiederzukommen. Sie schenkte mir die Brosche meiner Mutter, und ich schenkte ihr dafür den Ring unseres Vaters. Am nächsten Morgen umarmten wir uns noch einmal, und ich wanderte wieder den Ticino entlang das Tal hinab.

Ich war schon bis Bellinzona gekommen, da wurde ich von einem Landjäger angesprochen. Er sagte: ›Ich suche einen gewissen Alfredo Cosini und seine Schwester. Sie haben sich heimlich aus M. entfernt.‹ Er fragte mich auch, ob ich dieser Alfredo sei. Ich log dem Mann etwas vor, erzählte ihm, dass ich aus Arbedo käme, einem Ort, den ich vor einer Stunde durchschritten hatte, und nach Bellinzona zu einem Tischler ginge, um eine Bestellung zu machen. Er glaubte mir, und wir trennten uns wieder.

Ich wusste nun, dass mich der Onkel und die Tante weiter suchten, und war beinahe froh, außer Landes zu gehen. In Mailand würden mich die beiden sicher nicht vermuten. Ich war jetzt doppelt vorsichtig und ging allen Leuen, die mir begegneten, aus dem Weg, um zu vermeiden, noch einmal von einem Landjäger angesprochen zu werden. Ich nahm mir auch vor, keinem Menschen mehr Rede und Antwort zu stehen.«

Alfredo richtete sich auf und sah Giorgio das erste Mal wieder an. Er lächelte sogar. »Eine Stunde später traf ich dich. Ich wollte dir ja zuerst auch nicht erzählen, wer ich war und wo ich hinwollte. Du wusstest nun schon das Ziel meiner Reise, den Grund habe ich dir aber auch verschwiegen.«

»Ja«, unterbrach ihn Giorgio, »du hast mir nur gesagt, es sei ein Geheimnis dabei, und du würdest es mir in Mailand erzählen.«

»Vielleicht.« Alfredo, der sich etwas aufgerichtet hatte, legte sich wieder zurück. »Ich hätte dir aber bestimmt auch jetzt noch nichts erzählt, wenn ich nicht schon seit Tagen fühlte, dass es mit mir zu Ende geht und ich sterben muss.«

»Du sollst das nicht immer wieder sagen.« Giorgio war richtig bös auf Alfredo.

Der Kranke, den das Sprechen doch über Gebühr angestrengt hatte, winkte ab. »Unterbrich mich nicht«, bat er. »Ich bin noch nicht zu Ende mit dem, was ich dir erzählen will.«

Giorgio war schon wieder ganz Ohr.

»Ich wollte keinem Menschen etwas von mir und meiner Reise sagen, um Bianca zu schützen. Du weißt nun, meine Schwester ist das Letzte, was ich noch auf der Welt besitze. Sie hängt so sehr an mir wie ich an ihr. Du bist jetzt der einzige Mensch, der weiß, wo sie ist, und dass sie auf mich wartet. Ich habe ihr versprochen, im Frühjahr wiederzukommen.«

Alfredo konnte nicht weitersprechen. Die Sehnsucht nach seiner Schwester überwältigte ihn. Er weinte.

»Ich habe nun eine große Bitte an dich«, fuhr er unter Tränen fort. »Du musst mir versprechen, wenn du hier fortkannst, nach Roveredo zu gehen und Bianca aufzusuchen. Du musst ihr meine letzten Grüße bringen. Du musst mir auch versprechen, dafür zu sorgen, dass sie entweder bei Veronicas Bruder in Roveredo bleibt oder mit dir ins Verzascatal zu deinen Eltern geht. Sie darf ihrem Onkel und ihrer Tante erst wieder begegnen, wenn sie großjährig ist und die beiden ihr nichts mehr anhaben können.«

Alfredo richtete sich halb auf. »Versprich mir das wirklich, Giorgio. Bei unserem Schwur, versprich mir das.«

Giorgio gab ihm die Hand. »Natürlich verspreche ich dir das, Alfredo. Ich gehe bestimmt zu deiner Schwester, wenn mich mein Meister wieder fortlässt, aber«, fügte er hinzu, »wie wird sie mich erkennen und mir glauben, dass ich von ihrem Bruder komme?«

Alfredo schob sein Hemd auseinander und brachte einen Beutel zum Vorschein, der an einem Strick um seinen Hals hing. »In dem Beutel ist ihre Brosche«, flüsterte er. »Außerdem habe ich in dem Beutel zwei kleine silberne Spangen, die ich in unserem Keller gefunden habe, und ein paar Soldi, die man mir hie und da als Trinkgeld bei meiner Arbeit in die Hand gedrückt hat. Das alles bringst du ihr. Ich werde morgen auch noch einen Zettel schreiben und ihn zu der Brosche in den Beutel legen. Das alles musst du ihr geben, und sie wird schon glauben, dass du von mir kommst.«

Alfredo nestelte den Beutel wieder zu und schob ihn unter das Hemd zurück, dann fiel er erneut auf seinen Sack zurück.

»Bist du müde?« Giorgio beugte sich über ihn.

»Ja, sehr.«

»Soll ich lieber gehen?«

»Ich glaube, es ist besser. Außerdem kann jeden Augenblick der Meister kommen, und wenn er dich wieder bei mir findet, macht er noch mehr Krach als gestern.«

»Soll ich morgen wiederkommen?«, fragte Giorgio.

»Es ist nicht nötig. Du weißt jetzt alles, und wenn ich gestorben bin, schicken dir die Freunde bestimmt einen Boten. Dann kommst du und bindest mir den Beutel ab.«

Alfredo sagte das wieder sehr ernst, und Giorgio stiegen sofort die Tränen in die Augen. Er ließ sich aber nichts anmerken, sondern sagte nur leise: »Dann will ich jetzt gehen.«

»Leb wohl«, flüsterte Alfredo.

»Addio.«

Giorgio umarmte ihn. Er küsste ihn auf die Augen und die Wangen, dann ging er.

3 Ein schwerer, ereignisreicher Tag, und es ist ein Glück, dass Giorgio schwimmen kann

Giorgio dachte am nächsten Tag nur an Alfredo. Auch die weiteren Tage beschäftigte er sich unaufhörlich mit ihm, und wenn er heimkam, war seine erste Frage: »Ist keine Botschaft für mich abgegeben worden?«

Es war niemand da gewesen.

Langsam beruhigte er sich, wurde wieder fröhlicher und glaubte Alfredo auf dem Weg der Besserung.

Er erschrak darum sehr, als er eines Abends Antonio vor seinem Haus auf und ab gehen sah.

Er lief ihm entgegen.

»Was ist?«

Antonio sah ihn traurig an. »Alfredo ist tot.«

»Tot!« Giorgio musste sich an Antonio festhalten.

»Ja«, nickte Antonio noch einmal. »Er ist heute Nachmittag gestorben.«

Giorgio raffte sich wieder auf. »Ich komme gleich mit«, sagte er.

Er erzählte Meister Rossi aufgeregt, was geschehen war, und Meister Rossi ließ ihn auch gehen.

Die Kaminfegerbuben wussten es schon. Sie standen alle in der Gasse, sahen Giorgio und Antonio mit niedergeschlagenen Augen an und ließen sie schweigend vorübergehen.

Nur der kleine Dante trat vor.

»Geht ihr hinauf zu ihm?«

Die beiden nickten.

»Ich gehe mit.«

»Nehmt euch in Acht«, warnte sie der Rotkopf. »Die Zitrone ist eben hinaufgegangen.«

»Wir sind ja zu dritt«, sagte Antonio, »und mit einem Toten im Zimmer wird er schon ruhig sein.«

Sie traten bei der Zitrone ein.

Meister Givo musste auch gerade erst gekommen sein. Er hatte sich neben Alfredo niedergelassen, und seine schmierigen, dünnen Finger fuhren über die schmächtige, eingefallene Gestalt.

»Ich glaube, er ist tot«, murmelte er.

Die drei, die schweigend an der Tür standen, sahen jede Bewegung des Alten.

»Ob er wohl etwas hinterlassen hat?« Der Alte fasste in Alfredos Tasche, unter seine Decke, unter den Laubsack. Er drehte den Toten dabei um, und die Schnur kam zum Vorschein, an der Alfredos Beutel hing.

»Ha!«, machte der Alte und zog an der Schnur.

Es war, als ob der Tote spürte, dass der Alte sein einziges Eigentum rauben wollte. Er rollte wieder nach der anderen Seite und die Schnur glitt dem alten Givo aus der Hand.

Der Alte war erschrocken und fuhr einen Augenblick zurück. »Ach was«, sagte er dann, »er ist bestimmt tot. Er atmet ja nicht mehr.«

Er tastete wieder nach der Schnur, packte sie fester, und der kleine Beutel kam zum Vorschein.

Als der Alte den Beutel sah, wurde er noch aufgeregter. Er zappelte richtig. »Ein Beutel!«, rief er. »Ein Beutel!«, packte ihn mit beiden Händen und riss ihn auf.

Die Buben waren inzwischen näher getreten, besonders Giorgio näherte sich dem Alten.

»Eine Brosche!«, schrie der Alte erfreut. »Eine Brosche, und aus Gold!«

Er sprang auf.

Da sah er die Buben im Zimmer. Er war zuerst erschrocken und schob die Hand mit dem Beutel hinter sich, dann sah er, dass es nur Alfredos Freunde waren.

»Was wollt ihr hier?«, schrie er sie an.

»Das ist unser Kamerad.« Antonio zeigte auf Alfredo.

»Euer Kamerad! Euer Kamerad! Aber das ist meine Wohnung.«

Die Zitrone packte mit ihrer freien Hand Antonio an der Schulter und schob ihn gegen die Tür. »Hinaus!«

Antonio hielt die Hand fest. »Lasst das, Meister Givo, es könnte Euch sonst gereuen.«

»Du drohst mir?« Der Alte versuchte, seine Hand wieder loszureißen.

»Ich drohe Euch nicht.« Antonio hielt die magere Hand fest. »Ich warne Euch nur.«

Die Zitrone wandte sich an Giorgio und Dante. »Habt ihr das gehört? Er kommt in meine Wohnung und warnt mich. Soll ich um Hilfe rufen? Soll ich die Polizei kommen lassen? Soll ich ihr sagen, dass Einbrecher und Spitzbuben in meine Wohnung eingedrungen sind und mich berauben wollen?«

»Ihr seid ein Spitzbube!«, rief Giorgio mutig.

»Ich! Du Landstreicher! Du ...« Der Alte machte sein spitzestes Gesicht.

»Wir haben es alle gesehen«, Giorgio wich nicht zurück, »Ihr habt soeben meinen toten Freund bestohlen.«

»O ihr Teufelsgelichter! Den Arm soll man mir abschlagen, wenn das wahr ist.«

Der Alte versuchte noch immer, seine Hand aus den Fingern Antonios zu reißen.

Giorgio war hinter Meister Givo getreten. »Hier habt Ihr ja noch den Beutel, den Ihr Alfredo weggenommen habt.« Er zeigte auf ihn.

»Seinen Beutel! Das ist mein Beutel, den er mir einmal gestohlen hat. Endlich habe ich ihn wiedergefunden!«

»Lügt nicht!«, rief Giorgio laut. »Er hat ihn mir vor einigen Tagen noch gezeigt. Es ist eine Brosche von seiner Schwester und ein Brief an sie darin. Ich sollte ihr beides bringen, wenn er tot ist.«

»O du Lügenmaul!« Der Alte wurde immer gereizter und wütender. »Der Mund soll dir auseinanderfallen, der Himmel soll über dir einstürzen, der ...« Seine Stimme überschlug sich, und plötzlich hatte er sich losgerissen.

Er flüchtete in eine Ecke der Küche, packte den einzigen Stuhl, der im Raum war, hob ihn hoch und schrie: »Hinaus jetzt, sonst schlage ich euch tot.«

Giorgio war vor dem verzerrten, gelben Gesicht des Alten, dem hochgehobenen Stuhl und seiner kreischenden Stimme recht erschrocken und wollte schon flüchten. Auch Dante rettete sich in die Nähe der Tür, aber Antonio blieb ruhig auf seinem Platz stehen.

»Stimmt das, Giorgio, was du eben gesagt hast?«, fragte er.

»Ja«, stotterte Giorgio. »Ich soll den Beutel seiner Schwester bringen.«

»Dann müssen wir ihm den Beutel wieder abnehmen.«

Giorgio nickte.

»Versucht es nur«, kreischte der Alte wieder und fuchtelte mit dem Stuhl über seinem Kopf.

Giorgio wich zur Seite, Dante warf sich auf den Fußboden, aber Antonio ließ den Alten mit dem Stuhl ruhig auf sich zukommen. Plötzlich sprang er vor, und ehe sich's der Alte versah, hatte er den Stuhl in der Hand.

»Gibst du den Beutel nun gutwillig heraus?«, fragte er ihn.

»Nie«, schrie der Alte, »nie!« Und warf sich zum zweiten Mal auf Antonio.

Dante hängte sich diesmal an seine Beine, Giorgio packte ihn an der Hand, und schließlich fiel er wie ein Mehlsack vor Antonio auf den Boden.

»Zu Hilfe! Zu Hilfe!«, schrie er jetzt auf.

Antonio warf sich über ihn und drückte sein Gesicht auf den Boden. »Nimm ihm den Beutel ab«, zischte er Giorgio dabei zu.

»Ich habe ihn schon«, sagte Giorgio.

»Ist auch noch alles darin?«

Giorgio sah hinein. »Ja, da ist der Brief und auch die Brosche.«

»Nun flieht«, sagte Antonio rasch.

Es war höchste Zeit. Man hatte das Schreien des Alten gehört. Im Haus schlugen Türen. Irgendwo rief eine Frauenstimme: »Es hat jemand um Hilfe gerufen!« Auf dem Korridor nahten auch schon Schritte.

Dante lief bereits. Giorgio warf noch einen Blick auf den toten Freund. Alfredo lag jetzt wieder mitten auf seinem Lager. Sein Gesicht war ganz weiß und zusammengefallen. Er sah im Tod noch edler und schöner als im Leben aus. Giorgio kamen wieder Tränen in die Augen.

»Geh jetzt«, zischte Antonio lauter.

»Ich gehe schon.« Giorgio winkte Alfredo noch einmal zu und klinkte die Tür auf.

Das ganze Haus war in Aufregung.

»Wo war es denn?«, hörte er eine Stimme.

»Ich glaube weiter oben«, sagte die Frau.

»Hier!«, schrie der Alte, der noch immer am Boden lag. »Hier!« Seine blecherne Stimme gellte wie eine Trompete durchs Haus. »Schnell! Schnell!« Antonio drängte Giorgio auf den Flur.

»Aber wohin? Ich glaube, wir können nicht mehr durchs Treppenhaus«, flüsterte Giorgio.

Antonio lauschte auf den Lärm, der von oben und unten herankam. »Ich glaub's auch.«

»Was machen wir jetzt?« Giorgio sah Antonio an.

»Ich weiß nicht.« Der große Knabe sah plötzlich blass und zaghaft aus.

Hinter ihnen tobte der Alte schon gegen die Tür, die Giorgio im letzten Augenblick noch abgeschlossen hatte. Er steckte den Schlüssel ein. »Komm«, sagte er. »Gehen wir einfach irgendwo hinein.« Und er drückte eine der benachbarten Türen auf.

Sie waren in einem dunklen Raum.

»Ist jemand da?«, fragte Giorgio leise.

Es blieb still.

Antonio schob den Riegel vor, dann lauschten sie wieder.

Sie konnten jeden Schrei des Alten hören. Jetzt waren die ersten Hausbewohner vor seiner Tür.

»Was ist denn, Givo?«, rief die Frau.

»Diese Lumpen! Diese Spitzbuben! Sie haben mich überfallen! Sie haben mich niedergeschlagen. Sie wollten mich töten!« Seine

Stimme schnappte über und wurde immer kreischender. Er rüttelte an der Klinke. »Und jetzt haben sie mich sogar eingeschlossen!«

»Sollen wir die Polizei holen?«, fragte die dunkle Stimme eines Mannes.

»Die Polizei! Die Polizei!« Die Stimme des Alten wurde immer lauter.

Jemand entfernte sich. Zur gleichen Zeit kam der Schlosser die Treppe hinauf. Er sprengte die Küchentür auf.

Alle drängten zu dem alten Givo hinein.

»Wer hat dich denn überfallen?«, fragte die Frau wieder.

Auch ein Mann fragte: »Wer war es?«

Der Alte holte ein paarmal tief Atem: »Drei Burschen. Sie kamen herein. Sie sind über mich hergefallen. Sie haben mir meinen Beutel gestohlen. Und das geschieht am helllichten Tag in einem Mailänder Bürgerhaus!«

»Ich glaube, den einen habe ich noch gesehen«, sagte die Frau. »Er sprang die Treppe hinunter auf die Straße.«

»Die Polizei muss her«, erklärte die Männerstimme wieder.

»Ja«, fiel der Alte ein. »Sie müssen die Kerle fangen! Sie müssen die Kerle in Ketten legen! Ich will sie selber hängen sehen!«

»Aber wer liegt denn hier?«, hörten Giorgio und Antonio die Frau plötzlich fragen.

»Ein Toter«, antwortete die Zitrone grob.

Die Frau schrie auf. »Ein Toter!«

Das ganze Zimmer musste schon voller Menschen sein, denn die Buben hörten noch viele Stimmen.

»Drängt nicht vor. Stoßt mich nicht. Ruhe!«

Ein Mann fragte: »Haben ihn die Burschen erschlagen?«

»Ach«, sagte die Zitrone, »es ist mein Gehilfe. Er war schon lange kränklich. Ich glaube, er ist heute Morgen gestorben.«

»Der Alfredo«, sagte die Frau. Sie musste ihn kennen. »Ach, der arme Bub.«

Auch die anderen Leute beklagten Alfredo und schienen gar nicht mehr auf das Jammern des Alten zu hören.

»Mich beklagt niemand!«, schrie der Alte wieder laut. »Aber wegen dieses dreckigen Rotzjungen machen sie ein Geschrei!«

»Wir haben einen«, hörte man da von der Straße eine laute Stimme.

»Sie haben einen«, stimmten auch nebenan ein paar Stimmen ein.

»Wo denn?«, fragte der Alte und stürzte ans Fenster.

In der Gasse waren über ein Dutzend Menschen zusammengelaufen. Leute aus den Nebenhäusern, ein Wirt, ein paar Kaminfeger. Auch ein Polizist war unter der Menge.

»Sie haben tatsächlich einen«, schrie der Alte aufgeregt. »Lasst mich vorbei. Ich muss den Kerl sehen!« Und er ruderte durch die Menschen nach unten.

Auch die anderen drängten ihm nach.

»Sieh doch einmal hinunter«, sagte Giorgio und schob Antonio ans Fenster.

Antonio schielte durch den Laden, der vor dem Fenster war. »Ich glaube, es ist Dante. Sie haben ihn; aber unsere Kameraden sind auch da. Wenn Not am Mann ist, werden sie ihn schon retten.«

Der Alte stürzte auf die Straße. »Ja, es ist einer von den dreien, die mich überfallen haben.« Er schoss schreiend auf Dante los. »Du Hund, du!«, kreischte er und versuchte, Dante mit seinen spitzen Fingern zu packen. »Ich werde dich erwürgen!«

Der Polizist warf sich dazwischen und befreite Dante aus den Krallen des Alten.

»Halt, alter Mann«, sagte er. »Den Hals schnüren wir dem Jungen selber zu, wenn es nötig ist. Nicht du. Wozu hätten wir sonst die Gerichte und den Scharfrichter.«

»Ich will ihm wenigstens genauso die Kehle zusammendrücken, wie sie es mit mir gemacht haben!«, schrie der Alte wieder und stürzte sich aufs Neue auf Dante.

Diesmal drängten sich auch die Kaminfegerbuben dazwischen. »Nimm die Hände von dem Buben«, sagte der Rotkopf und schlug sie einfach herunter.

»Äch«, krächzte der Alte und drehte sich wie ein Kreisel herum. »Ich erwürge euch alle.«

»Das lass lieber sein«, warnte der Polizist wieder. »Sag mir erst einmal, was eigentlich los ist.«

»Diese drei Kerle ...«, stotterte der Alte.

»Ich sehe nur einen«, unterbrach ihn der Polizist.

»Dieser«, Meister Givo zeigte auf den armen Dante, »und noch zwei sind in meine Küche gekommen und sind über mich hergefallen. Einer hat mir die Kehle zugeschnürt, der andere hat mir die Hände festgehalten, und der Dritte hat mir meinen Beutel gestohlen.«

»Deinen Beutel?«, sagte Dante, der jetzt wieder mutiger wurde.

»Meinen Beutel, du Kröte!« Er schrie Dante an. »Meinen, meinen, meinen! Und wenn du nicht gleich den Mund hältst, stopfe ich ihn dir noch einmal zu!«

»Du lügst!«, rief Dante. »Und wenn du mir auch den Mund zumauerst, ich sage doch, wem der Beutel gehörte.«

»Du, du, du!« Der Alte tänzelte wie ein Bock um Dante herum, und sein gelbes Gesicht lief blau und rot an.

Der Polizist griff wieder ein. »Beruhigt Euch, alter Mann, und erzählt erst einmal, was in dem gestohlenen Beutel war.«

»Eine goldene Brosche war darin«, stieß der Alte hervor.

Ein paar Leute sahen sich an und lachten.

»Ha, ha«, sagte der Bäcker von gegenüber, »der Meister Givo und eine goldene Brosche!«

Die Umstehenden lachten wieder.

»Warum soll ich denn keine goldene Brosche haben?«, schrie der Alte den Bäcker an.

»Ja«, sagten ein paar von den Kaminfegerbuben und blinzelten sich zu. »Warum soll er keine haben? Es liegen ja genug in Mailand herum.«

»Ihr!«, brauste der Alte wieder auf. »Ihr! Oh, ich könnte euch ...« Und er fuhr auf die Buben los.

»Immerhin«, sagte der Polizist, »muss ich auch wissen, wo Ihr die Brosche herhabt, ehe ich in der Sache etwas machen kann, Alter.«

»Ich, ich!« Meister Givo begann zu stottern, dann besann er sich. »Was geht Euch das überhaupt an? Sie ist mir gestohlen worden, und ich will sie wiederhaben.«

»Vielleicht hat er sie selber gestohlen«, warf einer der Buben ein.

»Ja«, meinte ein zweiter, »das glaube ich auch.«

»Ich, ich!« Der Meister drehte sich nach dem Knaben um, als sei er gestochen worden; dann sagte er noch gröber zu dem Polizisten: »Also wollt Ihr sie mir suchen helfen oder nicht?« Der Polizist antwortete nur: »Ich muss wirklich erst wissen, wo Ihr sie herhabt.«

»Dann rutscht mir den Buckel herunter!« Der Alte drehte dem Polizisten den Rücken. »Rutscht mir alle den Buckel herunter!« Er drehte sich ganz herum und wollte wieder ins Haus. »Halt«, sagte der Polizist und fasste ihn an der Schulter. »So schnell geht das nicht. Ihr habt mich rufen lassen, und jetzt müssen wir die Sache in Ordnung bringen.«

»Ich habe dich nicht rufen lassen«, schimpfte der Alte weiter. »Ich nicht. Einen Polizisten, der auf die Seite der Diebe tritt, würde ich nie rufen. Ich werde jetzt meinen Beutel und meine Brosche selber suchen.«

»Halt!«, befahl der Polizist in strengerem Ton, denn der Alte wollte wieder gehen.

»Lasst mich los!«

»Ihr macht also keine Anzeige, Meister Givo?«, fragte der Polizist.

»Einen Dreck mache ich, und vor allen Dingen nicht bei dir.« Jetzt verschwand er endgültig im Haus.

»Was machen wir nun mit dem Burschen«, sagte der Polizist und kam wieder zurück.

Dante hatte aber den Augenblick benutzt, als der Polizist dem Alten nachging, um zu verschwinden.

»Na, da sind wir sie ja beide wieder los«, lachte der Polizist.

Auch die andern lachten, und der bunte Haufen löste sich langsam auf.

Giorgio und Antonio standen noch immer am Fenster. Sie hatten atemlos dem ganzen Geschehen zugeschaut.

»Da haben wir ja Glück gehabt«, sagte Giorgio leise, als der Polizist wieder verschwand.

Antonio nickte. »Großes Glück.«

Im gleichen Augenblick hörten sie nebenan den Alten. Er war zurückgekommen.

Er schimpfte noch immer über die Spitzbuben, die ihn bestohlen hätten, aber genauso laut über den Polizisten und den Bäcker. Dann hörten sie, wie er die Tür zuschlug und wieder nach unten ging.

»Jetzt betrinkt er sich«, meinte Antonio, »und dann ist er sicher drei Tage besoffen.«

»Oh!« Giorgio sah Antonio an. »Das ist gut. Inzwischen können wir Alfredo begraben.«

»Begraben?« Antonio schüttelte den Kopf. »Sie werden ihn irgendwohin schleppen. Kaminfegerbuben scharrt man einfach ein.«

»Nein«, sagte Giorgio, »Alfredo dürfen wir nicht einscharren lassen, Antonio.«

»Ein Begräbnis kostet viel Geld.«

»Dann müssen wir es beschaffen.«

»Es kostet mindestens fünfundzwanzig Lire.«

»Wenn jeder eine oder eine halbe Lira gibt, werden wir die Summe schon zusammenbekommen.«

»Und wer soll mitgehen?«

»Wir alle!«

Antonio lachte dumpf auf: »Mein Meister lässt mich nicht.«

»Wenn mich meiner nicht lässt«, sagte Giorgio, »laufe ich einfach davon.«

Antonio zweifelte. »Ich glaube, das können nicht alle tun.«

»Du kannst ja die andern schon darauf vorbereiten. Ich will jetzt erst den Beutel in Sicherheit bringen. Morgen Punkt neun bin ich im Loch, dann besprechen wir alles zu Ende.«

Antonio versprach es.

Sie klinkten leise die Tür auf und traten auf den Gang. Giorgio wäre gern noch einmal bei Alfredo eingetreten, aber er hatte Angst, der alte Givo könnte wieder zurückkommen.

»Also, morgen um neun.« Er gab Antonio die Hand. »Und hab noch schönen Dank für deine Hilfe.«

»Ist schon gut«, sagte Antonio, und sie traten zusammen auf die stille Gasse.

Giorgio hatte noch einen weiten Weg vor sich. Die Aufregungen hatten ihn recht müde gemacht. Es war schon spät. Überall waren bereits die Lampen ausgeblasen, und nur ein paar kleine Richtungslaternen brannten noch.

An einer Kirche setzte er sich einen Augenblick nieder. Hatte er überhaupt Alfredos Beutel noch?

Er tastete seine Tasche ab. Die Brosche und der Brief waren noch darin.

Er erhob sich und ging weiter.

Da war es ihm, als liefe jemand hinter ihm her.

Es war ein kleiner, untersetzter Mann. Er hatte ihn schon auf dem Weg zu Alfredo gesehen.

Verfolgte er ihn? Oder täuschte er sich? Aber da war er wieder. Giorgio ging schneller.

Der Mann ging auch schneller.

Er ging langsamer.

Der Mann ging auch langsamer.

Er setzte sich in Trab, aber er bekam den Mann nicht von den Fersen.

Giorgio verstand das nicht. Was wollte der Mann von ihm?

Da stieß er mit aller Macht jemandem gegen die Brust. Er hatte die schwarze Gestalt in der Dunkelheit nicht kommen sehen. »Bist du es, Vögelchen, oder bist du es nicht«, sagte zu gleicher Zeit eine Stimme, und man drehte sein Gesicht ins Licht. Dann pfiff es. »Juhu! Du bist es.« Und Giorgio wurde fester gepackt.

»Du kennst mich wohl gar nicht mehr«, raunzte die Stimme

lauter. Giorgio sah an der schwarzen Gestalt in die Höhe. Ja, jetzt kannte er sie. Es war der Schnauzbärtige, mit dem er neulich am Wasser zusammengetroffen war.

In der Zwischenzeit war auch der andere herangekommen. Es war der kleine Bucklige, der ebenfalls bei der Bande unten am Wasser gelegen hatte.

»Ich verfolge ihn schon den halben Tag«, zirpte der Kleine mit einer piepsigen Stimme. »Ich wusste ja, dass du immer hier stehst. Ich habe ihn deswegen auch hierhergetrieben.«

Giorgio wusste zwar, dass er nur zufällig vorbeigekommen war, aber das bedrückte ihn weiter nicht. Ihn bedrückte, was der Schnauzbärtige eigentlich von ihm wollte.

Er fragte ihn.

»Was ich von dir will? Nicht viel, mein Vögelchen. Vorläufig komm erst einmal mit.«

»Ich bin aber sehr müde«, wandte Giorgio ein.

»Wenn du ein paar Minuten bei uns warst, wirst du schon wieder munter werden.«

»Wo soll ich denn hingehen?«

»Immer der Nase nach und genau fünf Schritt hinter mir.«

Er wandte sich an den Buckligen. »Du folgst uns.«

Giorgio war ganz verzweifelt. Das hatte ihm gerade noch gefehlt, dass diese Leute ihn mitschleppten. Wer weiß, was sie wieder von ihm wollten.

Sie gingen beinahe eine Stunde, immer durch enge Gassen und an Hausmauern entlang. Manchmal auch über Hecken und Zäune, bis sie ans Wasser kamen.

Der Schnauzbärtige pfiff leise. Einen Augenblick später legte ein Kahn an.

»Steig hinein.« Der Schnauzbärtige stieß ihn an.

Giorgio sprang schon.

»Du kannst am Ufer bleiben«, sagte der Mann zu dem Buckligen. Der nickte nur, und der Kahn stieß wieder ab.

Sie fuhren über den Kanal in eine kleine Bucht hinein.

In der Bucht lag ein langer Schleppkahn. Sie fuhren um ihn herum, und Giorgio musste auf den Kahn hinaufklettern.

»Wer ist's?«, fragte eine Stimme.

»Eine Ratte«, antwortete der Schnauzbärtige. Sie gingen an dem Posten, der hinter einem Holzstoß lag, vorbei und kletterten durch eine Luke ins Innere des Schiffes.

In dem langen, schmalen Bauch brannten zwei kleine Lampen. Giorgio sah den Mann, den sie Augusto nannten, und noch zwei andere Männer.

»Wen bringst du uns denn da?« Augusto drehte sein wildes Gesicht herum.

»Sieh dir nur den Vogel an. Wir haben ja lange genug unsere Leimruten nach ihm ausgeworfen.«

Augusto nahm eine Lampe von ihrem Haken und leuchtete Giorgio ins Gesicht. »Aha! Den hast du heute gefangen?« Er richtete sich auf. »Na, mein Bürschlein«, sagte er gröber. »Zittert dir nicht schon das Herz?«

»Ich weiß nicht, warum es mir zittern sollte«, antwortete Giorgio tapfer, obwohl er sich nicht besonders sicher fühlte.

»So, das weißt du nicht? Und warum bist du damals nicht wieder zu uns gekommen?«

»Weil ich kein Dieb bin und auch kein Dieb werden möchte. Ich habe euch ja erzählt, dass ich fälschlich des Diebstahls beschuldigt wurde. Es hat sich alles wieder aufgeklärt, und mein Meister hat mich noch am gleichen Tag von der Wache zurückgeholt.«

»Auf der Wache hast du nicht gepfiffen?«

»Ich weiß nicht, was Ihr meint, Herr«, entgegnete Giorgio.

»Er weiß nicht, was ich meine. Bist du schon einmal mit so einem Lügner zusammengekommen, Roberto?«

»Du kannst es ihm ja trotzdem erklären«, sagte der Schnauzbärtige und stieß Giorgio näher zu Augusto.

»Nun, Vögelchen«, Augusto sah ihm in die Augen, »mit Pfeifen meinen wir, wenn einer seinen besten Freund und Kameraden verrät.«

»Ich habe niemand verraten«, sagte Giorgio laut und legte beteuernd seine Hand auf die Brust.

»Warum hat man dann drei Tage nach deiner Verhaftung unser Lager umstellt? He?«

»Und den Riccardo mitgenommen, Kleiner?«, fügte der Schnauzbärtige hinzu.

»Ich weiß es wirklich nicht, ihr Herren«, beteuerte Giorgio noch immer. »Ich habe kein Wort gesagt, und«, fügte er eifrig hinzu, »man hat mich auch gar nicht nach euch gefragt.«

»Ha, ha, ha!« Jetzt lachten sie alle beide. Auch die zwei anderen, die Würfel spielten, drehten sich einen Augenblick um und lachten mit.

»Ha, ha, ha!« Augusto lachte immer lauter. »Wenn du noch nie gelogen hast, jetzt hast du so dick aufgetragen, dass sogar unser Kahn mitlacht. Die Polizei verhaftet jemand nachts zwischen zwei und drei, nimmt ihn mit auf die Wache und fragt ihn nicht einmal aus. Wie eine Wanze haben sie dich sicher ausgequetscht, so lange, bis kein Tropfen Blut mehr in deinen Adern und kein Gramm Gehirn mehr in deinem verlogenen Kopf war.«

Giorgio hätte heulen können, weil ihn die Männer so verspotteten. Er stampfte auf: »Ich sage die Wahrheit. Man hat mich wirklich nicht ausgefragt. Der Polizist, der mich festnahm, hat mich gleich zu drei anderen in ein finsteres Loch geworfen, und am anderen Morgen hat mich mein Meister, bevor ich überhaupt wieder den Wachtmeister gesehen habe, abgeholt.«

»Sie haben dich deinem Meister auch ohne weiteres mitgegeben, nicht, Kleiner? Vielleicht sogar noch mit einer Entschuldigung«, versuchte ihn Augusto zu foppen.

»Das weiß ich nicht. Ich hörte nur, wie mein Meister dem Wachtposten sagte, dass ich ihm am Abend davongelaufen sei, weil er mir wegen einer Spitzbüberei mit Prügeln gedroht habe. In der Zwischenzeit habe er aber den richtigen Spitzbuben entdeckt, und er bat ihn, mich gleich freizulassen, weil wir beide an die Arbeit müssten.«

Der Schnauzbärtige mischte sich zum zweiten Mal in die Unterhaltung ein. »Warum bist du Unschuldslämmchen denn nicht am nächsten Abend wieder zu uns gekommen?«

»Weil ich nicht wollte. Ich habe euch schon einmal gesagt, ich habe noch nie gestohlen und will auch kein Dieb werden.«

»Oho«, rief Augusto, »warum denn nicht?«

»Unsere Nonna hat mir immer gesagt: ›Giorgio, wenn du von ehrlicher Arbeit nicht satt werden kannst, dann hänge dich lieber auf. Denn von unehrlicher Arbeit kommst du über kurz oder lang an den Galgen.‹«

Die Männer lachten wieder auf.

Augusto sagte: »Da hast du dir ja eine nette Großmutter ausgesucht.«

Auch der Schnauzbärtige lachte: »Die möchte ich nicht geschenkt haben.«

Es war jetzt eine Weile still. Man hörte nur die Würfel der beiden Spieler rollen und das leise Summen der kleinen Öllampen. Giorgio hörte außerdem sein Herz. Es schlug so laut wie das Summen der Lampen und das Klappern der Würfel zusammen.

»Tja«, meinte Augusto, »was machen wir jetzt mit dem Kerl? Ich bin beinahe geneigt, ihm zu glauben.«

»He«, sagte der Schnauzbärtige, »und dass die Polizei unser Lager gefunden hat?«

»Kann ein Zufall sein.«

»Dass sie den Riccardo mitgenommen hat?«

»Auch.«

Augusto drehte sich eine Zigarette, dann fuhr er fort: »Ja, wenn sie wirklich so genau gewusst hätten, wo unser Lager ist, wären sie auch nicht so plump hineingestürzt, sondern hätten die Nacht abgewartet und uns alle zusammen gefangen.«

Der Schnauzbärtige sagte nichts mehr; er brummte nur vor sich hin.

»Was sagt ihr zu dem Fall?« Augusto wandte sich zu den beiden Spielern.

»Mach mit ihm, was du willst«, sagte der eine.

»Lasst ihn laufen oder ersäuft ihn. Mir ist beides recht.« Der Zweite warf schon wieder seine Würfel.

»Meinetwegen könnt ihr ihn auch laufen lassen«, sagte der Dritte, der Giorgio und den Schnauzbärtigen über das Wasser gerudert hatte und nun in einer Ecke saß und still vor sich hin brütete.

»Na, Roberto«, Augusto wandte sich wieder an den Schnauzbärtigen, »jetzt kennst du unsere Meinung. Aber du hast natürlich das letzte Wort.«

»Ich würde ihm wenigstens einen Denkzettel geben«, knurrte der Schnauzbärtige unwillig.

»Ja«, sagte der eine der Würfler, »werft ihn ins Wasser. Ersäuft er, so soll er ersaufen. Kann er schwimmen und sich retten, so soll ihm sein Leben geschenkt sein.«

»Hast du gehört?«, sagte Augusto und stieß Giorgio mit der Faust in die Seite.

Giorgio hatte alles gehört.

Nach den Reden des Schnauzbärtigen hatte er schon das Schlimmste gefürchtet, jetzt atmete er auf. Schwimmen konnte er ja. Damit war sein Leben gerettet.

Er sagte darum: »Mir ist alles gleich. Ich will euch nur noch einmal sagen: Ich bin unschuldig.«

»Sag das den Fischen, wenn sie dich fressen, und wenn sie dich nicht fressen, dank es der Jungfrau, denn dann bist du wirklich unschuldig.«

Augusto sprang auf und fasste Giorgio fest am Kragen. »Komm jetzt.«

Sie gingen auf das Deck des Schiffes zurück. Der Schnauzbärtige und der Ruderer folgten.

»Pack ihn an den Füßen«, rief Augusto auf einmal.

Der Schnauzbärtige packte ihn schon.

Nun hoben sie ihn in die Höhe. Augusto umklammerte seine Hände, der Schnauzbärtige umklammerte seine Beine.

»Der erste Schwung geht in den Himmel«, rief Augusto.

»Der zweite Schwung geht in die Hölle«, brummte der Schnauzbärtige.

»Der dritte ...«

Sie ließen ihn los.

»... geht ins Wasser«, riefen sie beide.

Giorgio plumpste in hohem Schwung hinein.

Es war kalt. Die Nässe legte sich wie ein festes Tuch um seinen Körper, aber er arbeitete sich schnell wieder in die Höhe.

Dann überlegte er. Das linke Ufer war am nächsten. Aber am linken stand der Bucklige. Er schwamm also besser zum rechten hinüber.

»Siehst du ihn?«, fragte der Schnauzbärtige. »Er schwimmt so schnell wie eine Ratte.«

»Oder«, hörte Giorgio den anderen noch sagen, »so schnell wie ein Hund.«

Dann verklangen die Stimmen.

Giorgio schwamm immer besser. Das Schwimmen machte ihn munter und warm. Da erinnerte er sich an Alfredos Brief, den er im Beutel hatte.

Dio mio, der war jetzt sicher vom Wasser schon aufgeweicht.

Er fasste in seine Tasche, zog den Beutel mit dem Brief heraus und hielt ihn mit der rechten Hand über sich. Nun schwamm er nur noch mit der linken.

Das ging langsamer, aber eine Viertelstunde später hatte er Grund unter den Füßen und das Ufer erreicht. Er schüttelte sich, dass das Wasser nach allen Seiten spritzte, dann hängte er sich den Beutel um und setzte sich in Trab.

Nach einer weiteren Viertelstunde war er in seinem Loch.

Er horchte. Angeletta schlief wohl. Jedenfalls ließ sie nichts von sich hören.

Er packte sorgfältig den nassen Brief aus und legte ihn auf ein Brett. Auch die nassen Sachen legte er auf die Seite. Danach rollte er sich wie ein Igel in einen alten Sack, und ein paar Minuten später schlief er.

4 Giorgio sucht einen alten Bekannten auf, um ihn an sein Versprechen zu erinnern, und gibt selber ein Versprechen

Die Knaben waren schon alle versammelt, als Giorgio am nächsten Abend in ihren Keller kam.

Die meisten saßen schweigend und betrübt herum. Nur wenige sprachen.

Antonio, der in einer Ecke hockte, schien am traurigsten zu sein. Als Giorgio eintrat, stand er auf.

»Ich glaube, wir können anfangen«, sagte er.

Jetzt wurde es ganz still in dem kleinen Raum. Man hörte nur das leise Plätschern des Wassers.

Antonio wandte sich direkt an Giorgio, als habe das Vertrauen, das Alfredo diesem Burschen aus Sonogno entgegengebracht hatte, Giorgio unversehens in den Mittelpunkt der kleinen Schar gestellt.

»Wir haben schon über das meiste gesprochen«, begann er.

»Wir haben auch bereits gesammelt. Wir besitzen achtzehn Lire. Das billigste Begräbnis kostet aber zwanzig.«

»Ich habe noch vier mitgebracht«, unterbrach ihn Giorgio.

»Zwei für den Sarg und zwei für ein paar Blumen.«

Eine Lira war von ihm. Die drei anderen hatte ihm Angeletta gegeben, als sie von Alfredos Tod hörte und vernahm, dass ihn die Kaminfegerbuben gemeinsam begraben wollten.

Alle freuten sich über diese Nachricht.

»Dann hätten wir ja alles«, meinte der kleine Dante.

»Ja, dann kann man uns auch nichts mehr in den Weg stellen«, freute sich der Rotkopf.

»Wir haben Alfredo schon in die Kapelle San Carlo gebracht«, begann Antonio wieder. »Auch der Pfarrer weiß Bescheid. Das Begräbnis ist Samstag um elf Uhr. Das Schlimmste ist nur …«

»Was denn?« Giorgio war ganz Ohr.

»Die Meister wollen uns keinen Urlaub geben.«

Alle sprachen jetzt durcheinander.

»Der meine will mir die Knochen zerschlagen, wenn ich am Samstag davonlaufe.«

»Der meine will mich schon heute Abend einsperren.«

»Mein Meister will mir die Polizei nachschicken, wenn ich zum Begräbnis gehe.«

»Meiner hat mich schon geprügelt, als ich nur davon anfing.«

»Ich gehe trotzdem!«, schrie ein Fünfter.

»Ich auch«, sagten ein Sechster und Siebenter.

»Mich kann meinetwegen mein Alter nachher totschlagen«, versicherte der Rotkopf. »Ich begleite Alfredo auf den Friedhof.«

Nur zwei Meister hatten nichts dagegen, dass ihre Buben mit zum Begräbnis gingen.

»Alle oder keiner.« Der kleine Dante stampfte auf.

Antonio nickte: »Das sage ich auch.«

Sie sahen wieder auf Giorgio, als müsse er einen Rat wissen. Giorgio sog an seinen Lippen. »Ja, was machen wir da?«

Endlich fiel ihm etwas ein.

»Kennt ihr den Mann mit der Narbe?«

»Den Antonio Luini.« »Und ob wir den kennen!« »Den Erzhalunken!« »Den Kinderkäufer!« Alle schrien wieder durcheinander.

»Wisst ihr, wo er wohnt?«

Einer wusste es. »In der Via Bagnera. Mein Meister hat ihn einmal dort aufgesucht.«

»Wenn es nur stimmt«, sagte Giorgio nachdenklich, »und hoffentlich ist er zu Hause.«

»Warum?«, fragten die Buben.

»Er hat mir einmal zugesichert, dass ich einen Wunsch bei ihm freihabe. Ich weiß nicht, ob ihr es wisst, Alfredo und ich haben ihn aus dem Wasser gezogen.«

Die Buben nickten.

»Ich werde gleich zu ihm gehen und ihn bitten, bei den Meistern für uns ein gutes Wort einzulegen. Sie sind ja von ihm abhängig, und vielleicht kommen sie dann unserem Verlangen eher nach.«

»Tu das! Tu das!«, riefen die Knaben.

Giorgio wollte sofort aufbrechen.

»Nimm lieber noch zwei mit«, sagte da Antonio, »du musst durch die Gegend, wo die Wölfe wohnen.«

Dante meldete sich freiwillig. Auch der Rotkopf ging mit.

Die Via Bagnera war das Übelste, was Giorgio jemals in Mailand gesehen hatte. Überall lagen Kehrichthaufen, und sie mussten über Unrat und allerlei Abfälle klettern, um vorwärtszukommen. Räudige Katzen und Hunde strichen umher. In den kleinen Türen der verfallenen Häuser saßen einige Frauen und nährten ihre Kinder. Ein paar größere lagen in einer Ecke und schliefen.

Die Nummer stimmte. Es war eine Kneipe.

»Es ist wohl am besten, ihr wartet draußen«, sagte Giorgio.

Er ging allein hinein.

Er kam in einen langen Gang und suchte nach einer Tür, die in die Kneipe führte. Aber der Gang endete auf einem kleinen Hof. Er sah sich um. In dem Hof war ein Brunnen, rechts eine niedrige Mauer, dahinter schlossen sich andere Häuser an.

Eine alte Frau trat auf ihn zu. Sie musste uralt sein. Ihr kleiner, spitzer Kopf saß wie ein gelber Knopf auf dem langen Körper. Die Augen sahen leer auf den Boden. Der Mund mahlte, als kaue er etwas. Die Nase war gelb und sah wie angefressen aus.

Die ganze Gestalt bot einen furchtbaren Anblick. Sie hatte über ihren Körper eine alte Jacke gezogen. Darunter trug sie einen geschlitzten Sack. Ihre dünnen Beine wurden manchmal wie zwei fleischlose Knochen sichtbar. Auch ihre Hände waren so dünn und gelb, als wäre das Fleisch schon von ihnen abgefallen.

»Ach Mutter«, fragte Giorgio, »kennt Ihr einen Antonio Luini? Er soll hier wohnen.«

»Einen Antonio Luini?« Die Alte sah Giorgio einen Augenblick mit ihren großen glanzlosen Augen an. »Und ob ich ihn kenne, den Kinderhändler? Er ist mein Enkel. Aber frag mich nicht, wo er steckt. Hier ist er nicht, und wenn er nicht vorn in der Kneipe sitzt, ist er wahrscheinlich schon wieder in das Tessin gefahren, um neue Kinder zu kaufen.«

»Wisst Ihr«, fragte Giorgio weiter, »wie man in die Kneipe gelangt?«

»Da«, sagte sie und stieß mit ihren knochigen Armen gegen eine kleine Tür, die direkt neben dem Gang war.

Giorgio sah sie jetzt auch, er war erstaunt; denn er hatte noch nie eine Kneipe in Mailand gesehen, in die man nur vom Hof aus hineingehen konnte.

Die Alte schien seine Gedanken zu erraten. »Hier geht man von hinten in die Hölle«, sagte sie, »und kommt auch durch die Hintertür wieder heraus.« Sie lachte gellend auf. »Diese Schafsköpfe«, fuhr sie fort, »als ob Gott nicht überall seine Augen hätte.«

Giorgio drückte die Tür auf und kam in eine Schankstube, die nicht sehr viel breiter als der Gang und auch genauso lang war. Der Schanktisch, hinter dem aber niemand stand, war gleich neben der Tür. Dann waren eine Reihe kleiner Tische und genauso kleiner Stühle und Hocker aneinandergeschoben, bis zu den vergitterten Fenstern, die auf die Gasse führten.

Es herrschte ein eigentümliches Halbdunkel in dem langen Raum, das durch dicke Rauchschwaden, die überall aufstiegen, noch gesteigert wurde.

Giorgio ging an den Tischen entlang. Sie waren alle besetzt. An dem ersten saßen eine kleine, schmierige Frau und ein alter, zahnloser Mann. Beide hatten ein Glas Wein vor sich und tranken. An dem zweiten saßen zwei Soldaten in zerschlissenen Uniformen. Der eine hatte den Kopf in den Arm gelegt und schnarchte. Der andere blickte mit starren Augen geradeaus. Er rauchte und bewegte die Augen auch nicht, als ihn Giorgio anstieß.

Der dritte und vierte Tisch war von ein paar Männern besetzt, die gleichfalls schliefen; doch hinderte sie das nicht – aber das sah Giorgio erst später –, in längeren Abständen den Kopf zu heben, einen Schluck aus dem Glas oder der Flasche, die vor ihnen stand, zu nehmen und dann weiterzuschlafen. Am nächsten Tisch hockten zwei ältere Frauen. Sie unterhielten sich. Die eine war blass und dünn und erinnerte Giorgio an seine Meisterin. Die zweite war älter und kleiner, aber ihr Gesicht sah noch giftiger und boshafter aus.

Sie schwiegen sofort, als Giorgio näher kam, und die Kleinere nahm eine Prise Schnupftabak aus einem großen Beutel und musste gleich darauf furchtbar niesen.

Nun blieben noch zwei Tische. Am vorletzten saß ein zittriger Greis, der eine große Pfeife rauchte, immer etwas vor sich hin murmelte und ganz mit sich beschäftigt war, am letzten ein kleiner, scheuer Mann und eine Frau. Die Frau war breit und groß und passte kaum auf den kleinen Stuhl.

Neben den beiden stand der Wirt. Er war wohlbeleibt, kräftig und hatte winzige Schlitzaugen, die tief in ihren Höhlen vergraben waren. In seiner breiten, derben Hand hielt er einen Fiasco.

»Schenk ein«, sagte die Frau und schob ihm die beiden Gläser hin, die vor ihr standen.

Der Wirt schenkte ein.

Giorgio war stehen geblieben.

Jetzt wandte sich der Wirt um und sah ihn.

»Was willst du denn hier«, knurrte er mit einer bösen, schrillen Stimme, »ich habe doch keine Kinderbewahranstalt. Oder suchst du vielleicht deinen Vater?«

»Ich suche den Antonio Luini«, antwortete Giorgio verlegen, den der ganze Raum und diese wenig vertrauenerweckenden Personen einschüchterten.

»Da sitzt er«, sagte der Wirt und zeigte auf einen der vier Männer, die an dem mittleren Tisch schliefen. »Ob du ihn munter bekommst, ist eine zweite Frage. Er trinkt bereits den dritten Tag und hat schon beinah ein halbes Fass ausgetrunken.«

»Ich muss ihn ganz dringend sprechen«, bat Giorgio. »Es handelt sich um einen Toten.«

Der Wirt lachte. »Antonio macht nicht einmal wegen eines

Lebenden einen Schritt zu viel; aber wir können es ja einmal versuchen.« Er schritt auf einen der Männer zu, packte ihn hinten am Genick, zog ihn hoch und schüttelte ihn.

»Antonio!«, rief er dabei.

Es war der Mann mit der Narbe. Giorgio erkannte ihn ganz genau, obwohl das schwarze, bärtige Gesicht wie unter einer gelben Maske verborgen war. Auch die Narbe war zu sehen. Sie lief rot und schaurig über die Wange.

»Antonio«, schrie der Wirt zum zweiten Mal und schüttelte den Mann wieder.

Der hatte bisher noch kein Lebenszeichen von sich gegeben. Jetzt öffnete er den Mund, gähnte und zeigte alle seine Zähne, dann öffnete er langsam die Augen.

»Zum Teufel nochmal, wer weckt mich denn?«, knurrte er. »Wenn ich saufe, saufe ich und will in Ruhe gelassen werden.«

»Ich glaub es schon«, zwinkerte der Wirt, »aber der da«, und er schob Giorgio vor, »will dich unbedingt sprechen.«

»Der da«, der Mann mit der Narbe richtete seine großen, verglasten Augen auf Giorgio, »den kenne ich ja nicht einmal.«

Nach einer Pause, in der er Giorgio finster anstarrte, fuhr er zorniger fort: »Scher dich in die Hölle, sonst prügle ich dich hinein.« Und er hob sein Glas, um es Giorgio ins Gesicht zu schleudern.

Giorgio war erst erschrocken, aber dann fasste er neuen Mut, packte nun seinerseits den Mann und sagte: »Ich bin es, der Giorgio Bernasconi aus Sonogno. Der Knabe, der Euch bei Cannobio aus dem Wasser gezogen hat.«

Der Mann mit der Narbe ließ die Hand mit dem Glas auf den Tisch sausen. Sie schlug so stark auf, dass das Glas in tausend Stücke zersprang.

»Giorgio heißt du? Aus dem Wasser willst du mich gezogen haben? Mich! Ich habe doch überhaupt nichts mit Wasser zu tun. Heute nicht, morgen nicht, übermorgen nicht.«

»Doch«, fuhr Giorgio eifriger fort, »es war damals, als Ihr mit uns von Locarno nach Stresa fuhrt. Wisst Ihr es denn gar nicht mehr? Es war vor ungefähr zwölf Wochen. Ein Sturm kam auf. Auch ein Gewitter, und das Schiff schlug um.«

Giorgio hatte das alles sehr laut gesagt, so dass auch ein paar von den anderen aufhorchten und die beiden älteren Frauen, die zwei Tische weiter weg saßen, neugierig näher kamen. Auch der Wirt wurde aufmerksam.

Er schüttelte Antonio, der noch immer glasig vor sich hinsah, aufs Neue. »Ich glaube, Ihr solltet aufwachen, Antonio. Die Sache scheint wichtig zu sein. Soll ich Euch nicht lieber einen Kaffee bringen?«

»Ach was«, knurrte Antonio böse, »nichts ist augenblicklich wichtiger als der Wein. Ich will nicht aufwachen, ich will weitertrinken.«

Giorgio ließ nicht locker.

»Doch, Ihr müsst. Ihr müsst mich erkennen und mich anhören. Wisst Ihr, es ist nämlich ein neues Unglück passiert. Mein Freund, einer von den zwanzig Burschen, der damals mit mir und Euch gerettet wurde ...«

Die beiden alten Frauen horchten noch aufmerksamer. Auch ein Soldat stand auf und kam näher.

»Sei jetzt still«, sagte der Wirt ziemlich grob zu Giorgio, dem die ganze Sache eine zu gefährliche Richtung nahm, denn die Geschichte mit dem Schiffsuntergang hatte viel Staub aufgewirbelt, und es war noch nicht allgemein bekannt, dass der Narbige mit dabei gewesen und gerettet worden war.

»Sei jetzt still«, wiederholte der Wirt noch einmal. »Ich mach den Kerl auch ohne dein Geschwätz munter.« Er zog Antonio grob in die Höhe und schleppte ihn wie einen Sack nach hinten. Giorgio wollte ihm folgen.

Aber der Wirt sagte: »Bleib, bis ich dich rufe.« Und Giorgio blieb an dem Tisch stehen, an dem Antonio gesessen hatte.

»Was war damals, mein Bürschlein?«, fragte die dünne Frau und schlängelte sich näher an Giorgio heran.

»Ja, erzähl es uns«, wisperte auch die andere, und Giorgio sah in zwei grünliche, große Krötenaugen.

»Zwanzig Buben waren in dem Schiff«, fuhr die Erste fort.

»Das ganze Schiff ging unter, hast du gesagt?«, flüsterte die Zweite.

»Ja«, bestätigte Giorgio, der gut begriff, dass ihn die beiden nur ausfragen wollten, »aber mehr weiß ich wirklich nicht.«

Da kam auch der Wirt bereits zurück. Er hatte Antonio in einen kleinen Raum neben dem Schanktisch geschleppt und rief Giorgio dort hinein.

In dem fensterlosen Loch, in dem eine Kerze brannte, waren nichts als ein Bett und ein Stuhl.

Der Wirt musste Antonio einen Krug Wasser über den Kopf gegossen haben, denn Antonios Kopf hing noch nach unten und von Haar, Nase und Ohren fielen kleine Tropfen.

Als Giorgio hereinkam, blickte Antonio auf und sah Giorgio finster an: »Du bist der Schwätzer«, knurrte er.

»Ich bin kein Schwätzer«, antwortete Giorgio. »Ich bringe nur eine böse Neuigkeit und brauche Euren Rat.«

»Dabei schreist du alles aus, was unter uns bleiben soll, als müsste es ganz Mailand erfahren.«

»Ich wollte Euch nur munter machen, Herr …«

»Und die ganze Stadt dazu«, fuhr ihm der Narbige über den Mund.

Der Wirt kam zurück. Er brachte einen schwarzen Kaffee.

»So«, meinte er, »der wird dir die letzte Müdigkeit vertreiben.«

Antonio trank ihn langsam in kleinen Zügen. Er sah Giorgio dabei mit bösen Augen an.

»Nun erzähl mir endlich, was du willst«, sagte er und stellte die leere Tasse vor sich hin.

Giorgio begann.

»Alfredo ist gestorben«, sagte er.

»Alfredo«, brummte der Mann. »Was für ein Alfredo? Ich kenne mindestens ein Dutzend, die so heißen.«

»Mein Kamerad. Der, der damals mit auf dem Brett war, als wir Euch aus dem Wasser zogen.«

»Ist das deine ganze Neuigkeit? Jeder stirbt schließlich einmal. Du ebenfalls«, erwiderte der Mann ärgerlich.

»Das ist es auch nicht«, fuhr Giorgio fort, »aber wir möchten ihn morgen begraben.«

»Ihr? Wer?« Der Mann war jetzt ganz munter und richtete sich auf.

»Die Kaminfegerbuben von Mailand.«

»Ja, kennt ihr euch denn?«

»Wir kennen uns alle«, sagte Giorgio stolz, »und wir wollen morgen zum Begräbnis.«

»Was habe ich aber damit zu tun?«, fuhr der Mann gröber fort.

»Die Meister wollen es nicht erlauben …«

»Da tun sie ganz recht daran«, unterbrach ihn der Mann wieder.

Aber Giorgio sprach unbeirrt weiter: »Und ich wollte Euch deswegen bitten, bei ihnen ein gutes Wort für uns einzulegen.«

»Ich!«, schnauzte der Mann.

»Ihr. Die Buben glauben, die Meister hören auf Euch.«

»Nie«, sagte der Mann, und, wie um das Gespräch abzuschneiden, sagte er: »Wolltest du noch etwas?«

Giorgio nahm all seinen Mut zusammen.

»Ihr habt mir einmal etwas versprochen, Herr!«

»Ich?«

»Ja, als wir Euch aus dem Wasser zogen.«

»Was denn?«

»Dass ich einen Wunsch bei Euch gut hätte.«

Der Mann nickte. »Ich erinnere mich. Den hast du auch. Aber nicht für einen anderen, sondern nur für dich.«

Giorgio dachte schnell weiter.

»Habt Ihr mir diesen Wunsch damals gewährt, weil ich Euch aus dem Wasser gezogen habe?«

Der Mann nickte wieder. »Nur deswegen. Ich hätte ihn auch dem anderen gewährt, wenn er mich aus dem Wasser gezogen hätte.«

»Oh«, rief Giorgio und klatschte in die Hände. »Er war es ja. Ich habe ihm dabei nur geholfen.«

»Der Tote war es?«

»Alfredo. Er sah Euch zuerst. Er hat Euch am Rock gepackt und aufs Brett gezogen. Ich habe nur Eure Beine darauf gelegt.«

»Warum erzählst du mir das erst heute?«

»Damals war es ja nicht wichtig, aber jetzt ist es wichtig, denn Ihr sollt Alfredos letzten Wunsch erfüllen.«

Der Narbige machte über Giorgios Eifer ein belustigtes Gesicht. »Und der wäre?«

»Ich habe Euch den Wunsch schon gesagt. Er wollte, dass wir ihn alle zu Grabe tragen, das war sein Vermächtnis an uns.«

»Du Gauner«, lachte der Mann auf, »jetzt hast du mich tatsächlich gefangen. Aber daraus wird nichts.«

»Doch«, sagte Giorgio, »Ihr habt es ja versprochen.«

»Wer sagt dir aber, du kleine Wanze, dass ich mein Versprechen halten werde? He?«

»Ich weiß es«, antwortete Giorgio feierlich. »Solche Versprechen hält man.«

Der Mann mit der Narbe lachte lauter. »Du Teufel. Meinetwegen! Ich will es wenigstens versuchen und mit den Meistern sprechen. Wann soll das Begräbnis sein?«

»Morgen um elf.«

»Morgen schon?«

Giorgio nickte nochmals.

»Das ist recht knapp. Na, wenn ich gleich in den ›Goldenen Topf‹ gehe, treffe ich vielleicht den einen oder den anderen noch und die können es dann weitersagen.«

»Ihr werdet es bestimmt nicht vergessen?«

»Nein«, knurrte der Mann mit der Narbe wieder grob. »Antonio vergisst nichts, und wenn er einmal ja gesagt hat, dann hat er ja gesagt. Verstanden! So«, fuhr er dann etwas milder fort, »nun verschwinde.«

Giorgio verabschiedete sich und ging.

In dem langen Gastraum war es inzwischen ruhiger geworden. Alle saßen wieder an ihren Tischen. Auch die beiden alten Frauen und der Soldat.

Giorgio kam auf den Hof. Da hörte er von der Straße her Lärm.

Was war das?

Es war Dante, der jemand wütend beschimpfte, und auch der andere, der mit ihm war, stritt mit jemandem.

Giorgio ging eilig durch den Gang nach vorn.

Da sah er das Unglück.

Antonio hatte recht gehabt, der Mann mit der Narbe wohnte in einer gefährlichen Gegend. Wahrscheinlich hatte einer von den Wölfen Giorgio und seine beiden Begleiter erkannt, war ihnen nachgegangen, und als Dante und der Rotkopf vor der Kneipe stehen blieben, hatte der Knabe die ganze Bande alarmiert.

Da standen sie vor der Tür.

Der Blatternarbige zuerst, dann die Katze, die wieder wie eine Bachstelze auf und ab wippte, der Einäugige und dahinter noch mindestens ein Dutzend von der Bande. Auch Anselmo war dabei.

»Er ist da drinnen«, schrie der Blatternarbige, »der Kleine hat ihn doch hineingehen sehen. Und das sage ich euch, ihr kommt nicht früher fort, bis wir ihn haben.«

»Er ist nicht da drinnen«, log Dante, der schon rot und heiser war.

»Er ist da drinnen!«

Da trat Giorgio vor.

»Da bin ich«, sagte er. »Was wollt ihr?«

»Da ist er! Da ist er!«, schrie die ganze Bande und stürzte auf ihn los.

Aber Dante und der Rotkopf, die schon verschiedenen solchen Anstürmen standgehalten hatten, wiesen auch diesen zurück.

»Was wollt ihr von mir?«, fragte Giorgio und trat furchtlos zwischen die beiden.

»Da fragt der Kerl auch noch«, schrie der Blatternarbige und schnellte wieder vor. »Dich!«

Dante trat gegen sein Bein, und der Knabe kugelte zurück.

»Wenn ihr nur mich wollt«, sagte Giorgio, »warum lasst ihr dann die anderen nicht in Ruhe?«

»O du Gauner!«, schrien die Buben. »Hört euch nur den an.« – »So ein Wicht!« – »Weil sie uns nicht zu dir lassen, deswegen lassen wir ihnen keine Ruhe!«

»Aber jetzt bin ich doch da«, rief Giorgio. »Also hört auf mit eurer Prügelei und sagt mir, was ihr von mir wollt.«

»Dich verhauen!«, wisperte die Katze.

»Dir alle Knochen zerschlagen«, polterte der Einäugige.

»Mus wollen wir aus dir machen!«, schrie der Blatternarbige.

»Geht jetzt«, flüsterte inzwischen Giorgio zu Dante und dem Rotkopf. »Ihr könnt über den Hof. Einer kann ja in der Nähe bleiben und sehen, was sie mit mir machen, und der andere holt die Bande!«

»Ich lass dich nicht im Stich«, sagte Dante.

»Ich auch nicht«, sagte der Rotkopf.

»Ich will es aber, und wenn ihr nicht geht, befehle ich es euch.«

»Was flüstern die drei da miteinander?«, wisperte die Katze.

»Pass auf, was sie im Schilde führen«, warnte auch der Einäugige, und der Blatternarbige setzte das dritte Mal zum Sprung an.

»Wir flüstern gar nichts zusammen«, antwortete Giorgio. »Ich habe ihnen nur gesagt, dass sie gehen sollen. Ihr habt ja nur mit mir ein Hühnchen zu rupfen.« Und er trat mutig unter sie.

Dante und der Rotkopf verschwanden jetzt.

Ein paar von der Bande wollten ihnen nach.

»Halt!« Giorgio breitete seine Hände aus. »Euer Führer hat gesagt, ihr wollt nur mich. Hat er bei euch so wenig zu sagen?«

»Ja, bleibt da«, sagte der Blatternarbige, »heute rechnen wir nur mit ihm ab.«

»Hier?«, meinte Giorgio unerschrocken und zeigte auf all die Leute, die aus den Fenstern sahen und sich überall angesammelt hatten. »Wollen wir nicht lieber, wie das letzte Mal, in den Volkspark gehen?«

»Da hast du wohl deine Bande wieder hinbestellt«, begehrte die Katze auf.

»Nein«, sagte auch der Einäugige, »darauf fallen wir nicht ein zweites Mal herein.«

»Wir können auch woanders hingehen. Ich reiße euch bestimmt nicht aus«, fuhr Giorgio fort.

»Das wollte ich dir auch nicht raten«, sagte die Katze. »Ich bin der schnellste Junge in ganz Mailand.«

»Aber wohin?«, fragte der Blatternarbige, dem es selber unter den vielen Beobachtern etwas unheimlich wurde.

»Bringt ihn doch in unsere Grube«, schlug Anselmo vor, der sich bis jetzt im Hintergrund gehalten hatte.

»Ja, in die Grube«, stimmten ein paar andere zu.

»Dass er sie dann verrät«, widersprach die Katze.

»Ich glaube, wenn wir ihn erst in unserer Grube haben, wird er sie keinem mehr verraten«, sagte Anselmo und blinzelte dem Blatternarbigen zu.

Der Blatternarbige blinzelte zurück. »Ich glaube, Anselmo hat recht.«

»Ich glaube es auch«, meinte der Einäugige.

»Also in unsere Höhle.« Die Ersten gingen schon die Gasse hinauf.

»Passt aber gut auf«, warnte sie der Blatternarbige noch, »sobald er davonwill, stürzt ihr euch auf ihn.«

»Ihr müsst gar keine Angst haben«, beruhigte sie Giorgio. »Ich habe gesagt, ich gehe mit euch dorthin, wo ihr wollt, und so gehe ich auch dorthin.«

Es war ein merkwürdiger Zug, der sich einige Minuten später durch die Mailänder Straßen bewegte. An der Spitze trabte der Einäugige. Dann kamen einige große Buben von der Bande. Hinter ihnen ging ein junger Kaminfeger, dem man seinen Beruf an seinen verrußten Augenrändern ansah. Neben ihm marschierten der Blatternarbige, die Katze und Anselmo.

Der Zug bog in die Vorstadt ein, dann schlüpften die Knaben auf einen großen Bauplatz. An dessen westlicher Ecke war eine Sandgrube. Dort führten sie Giorgio hinein.

Die Grube war, wie Giorgio gleich sah, offen; aber in der Grube selber waren überall kleine Löcher, in welchen sich immer zwei oder drei Buben verkriechen konnten. Giorgio gefiel das Versteck genauso gut wie ihr Keller, und er sah sich einige Male um.

Sie brachten ihn mitten in die Grube, dann stellten sie sich um ihn herum.

»Nun hätten wir dich«, sagte der Blatternarbige.

»Ja«, riefen auch die anderen und umkreisten ihn. »Jetzt hätten wir dich.«

Anselmo stach gleich Giorgio mit einem Stock in den Rücken; aber Giorgio drehte sich schnell herum, riss Anselmo den Stock aus der Hand, zerbrach ihn und warf ihn dem Froschgesicht an den Kopf.

»Du Feigling«, sagte er dazu.

»Was machen wir nun mit ihm?«, fing einer der Buben wieder an.

»Wir werden ihn so lange verprügeln, bis er keinen Ton mehr piepst«, knurrte der Einäugige, spuckte in die Hände und stellte sich angriffslustig vor Giorgio hin.

»Halt«, rief der Blatternarbige, »den ersten Schlag bekommt er von mir.«

»Nein, von mir«, lispelte die Katze, »mich hat er auch geschlagen.«

Giorgio machte das alles, obwohl er wusste, dass er wahrscheinlich bald furchtbar verprügelt am Boden liegen würde, sichtlich Spaß. Wenn sie sich übrigens weiter so stritten, konnte Dante inzwischen die schwarzen Brüder geholt haben, und dann war es die Bande des Blatternarbigen, welche die Prügel bekam.

Da fiel ihm etwas ein.

»Ich möchte euch erst noch eine Geschichte erzählen, bevor ihr mich verhaut.«

»Ho, ho!«, schrie der Einäugige. »Willst du etwa noch beichten, bevor du in die Hölle fährst?«

Auch der Blatternarbige und die Katze machten erstaunte Gesichter.

»Vielleicht«, sagte Giorgio. »Also wollt ihr oder wollt ihr nicht?«

»Ich weiß nicht«, wisperte die Katze. »Wenn da nur nicht wieder eine Teufelei dahintersteckt!«

Der Blatternarbige schien aber versöhnlicher gestimmt. »Fang schon an. Aber merk dir's, nicht länger als zwei Minuten, dann fängt die Prügelei an.«

»So lange brauch ich gar nicht«, sagte Giorgio. »Ihr wisst«, fuhr er dann langsamer fort, »wir Kaminfegerbuben sind eine Bande, wie ihr eine Bande seid.«

»Und was für eine«, prahlte der Einäugige.

»Ihr habt den Blatternarbigen als Führer.«

»Giovanni heiße ich«, sagte dieser.

»Gut, Giovanni; unser Kapitän heißt, oder hieß, Alfredo.«

»Ja, wir kennen den Bruder«, schrie die Katze.

»Uns hat ein schwerer Verlust getroffen. Alfredo ist gestern gestorben.«

»Gestorben?«, fragte der Einäugige.

Auch der Blatternarbige und die Katze sahen Giorgio befremdet und beinahe bedauernd an. »Ja, gestorben.« Giorgio nickte. »Und wir wollen ihn morgen begraben.« Giorgio machte eine Pause und betrachtete die Bande. Auf die Buben machte der Tod Alfredos Eindruck, einige sahen sogar zu Boden.

»Ist das alles, was du uns zu erzählen hast?«, fragte der Blatternarbige in die Stille hinein.

»Alles«, erwiderte Giorgio.

»Du musst aber doch einen Grund haben, dass du uns das erzählt hast?«, fragte der Blatternarbige weiter.

»Ja und nein«, fuhr Giorgio fort, »denn das Nächste ist schon eine Bitte.«

»Die zwei Minuten sind noch nicht um, also fahre fort.«

»Ich wollte euch bitten«, sagte Giorgio, »dass wir darum unsere Prügelei bis morgen Abend verschieben.«

»Ha, ha!«, schrien alle auf.

»Du Feigling!«, schrie Anselmo.

»Der Schwätzer!«, rief der Einäugige.

»Du Angsthase«, sagte die Katze.

»Ich?« Giorgio versuchte lauter zu sprechen, aber die anderen Stimmen übertönten ihn.

»Ich«, fing Giorgio noch einmal an.

Da raunzte der Blatternarbige. »Ruhe! Lasst ihn zu Ende sprechen!«

»Ich bin kein Feigling, auch kein Angsthase«, sagte Giorgio. »Sonst hätte ich ja meine Freunde nicht weggeschickt. Sonst wäre ich auch nicht so ohne weiteres mit euch gegangen. Ich sagte euch außerdem: Es ist ein Bitte. Ich weiß ja nicht, was ihr heute noch mit mir vorhabt. Ich möchte aber gern morgen früh zu Alfredos Begräbnis gehen. Ich war sein bester Freund. Sogar sein Blutsbruder, und ich verspreche euch ...«

»Still! Still!«, riefen die Knaben.

»Versprich erst gar nichts«, sagte der Einäugige, »du bekommst heute deine Prügel.«

»Ich verspreche euch«, sagte Giorgio lauter, »ich bin morgen ganz allein um dieselbe Zeit wieder hier, und wir wollen dann unseren Kampf ausfechten.«

»Er verspricht es.« – »Hört nicht auf ihn.«

»Er will uns ans Narrenseil nehmen.«

»Schlagt ihm endlich sein Maul zu.«

Die Buben schrien wieder alle durcheinander, und Anselmo schrie am lautesten.

»Ruhe!«, rief der Blatternarbige zum zweiten Mal, dann trat er vor Giorgio.

»Du würdest also morgen freiwillig wiederkommen, wenn wir dich heute freilassen?«

»Ja«, sagte Giorgio noch einmal.

»Du versprichst es.«

»Ich schwöre es sogar.«

»Bei?«

Giorgio hob die Hand. »Bei der Mutter Gottes und bei meinem toten Freund.«

Die Knaben überschrien sich: »Glaub ihm nicht, Giovanni!« – »Er will nur sein Fell retten!« – »Er will uns nur seine Freunde auf den Hals hetzen!« – »Er will …«

Anselmo hatte sich in dem Tumult Giorgio zum zweiten Mal genähert. Diesmal hatte er einen Stein in der Hand.

»Fangt doch einfach an!«, kreischte er und warf den Stein nach Giorgio. Giorgio bückte sich aber, und der Stein flog einem anderen gegen die Brust.

»Hund!« Der andere schlug Anselmo ins Gesicht. Die beiden lagen einen Augenblick später am Boden.

»Ruhe!«, schrie der Blatternarbige zum dritten Mal, und die Katze trennte die balgenden Buben.

»Du schwörst es bei der Mutter Gottes und bei deinem toten Freund?«

Der Blatternarbige war ganz nahe an Giorgio herangetreten.

»Bei beiden!«

»Schwöre es.«

Giorgio hob abermals die Hand. »Ich schwöre es!«

»Du willst ihn doch nicht wirklich laufen lassen«, zischte da die Katze und fauchte den Blatternarbigen an.

Der Einäugige machte auch ein böses Gesicht, und die anderen ballten sich drohend zusammen.

»Ich habe noch nichts davon verlauten lassen, dass er gehen soll«, knurrte der Blatternarbige. »Ich habe ihn nur schwören lassen, dass er, wenn wir ihn nicht verprügeln, morgen wiederkommt!«

»So schwerwiegende Entscheidungen darf nicht ein Einzelner fällen, auch wenn es der Kapitän ist«, sagte die Katze. »Darüber müssen alle abstimmen.«

»Ja, abstimmen. Abstimmen!«, fingen die anderen das Wort auf.

Der Blatternarbige war froh, auf diese Weise die Missstimmung seiner Wölfe wieder in geordnete Bahnen zu lenken. »Ich bin auch für Abstimmung«, sagte er. »Aber meine Stimme zählt doppelt!«

»Meinetwegen dreifach«, zischte die Katze. »Der Kerl bekommt trotzdem heute seine Prügel!«

»Bestimmt!«, riefen auch ein paar andere.

Der Blatternarbige stellte sich auf einen Stein: »Wer ist dafür, dass wir ihn bis morgen laufen lassen, damit er an dem Begräbnis seines Freundes teilnehmen kann? Die Hände hoch!«

Zwei Hände ließen sich sehen.

»Zwei«, bestätigte der Blatternarbige.

»Nun, und die deine?«, fauchte ihn die Katze an.

»Habe ich schon ein Wort gesagt, dass ich dafür bin?«, entgegnete der Blatternarbige hämisch. Dann fuhr er fort: »Wer ist dafür, dass wir ihn heute noch verprügeln?«

»Ich! Ich!«

»Halt!«, rief da Antonios laute Stimme. »Halt! Dazu ist es jetzt zu spät!«

Die Buben, die schon ihre Arme hochgestreckt hatten, hielten mitten im Schreien inne und ließen die Arme schnell wieder fallen. Ein Teil sah sogar erschreckt und verängstigt aus.

»Ja«, sagte Antonio zum zweiten Mal, »dazu ist es jetzt zu spät. Da hättet ihr früher beginnen müssen.«

Die Buben erschraken noch mehr. Um ihre Grube standen alle jungen Kaminfeger. Jeder mit einer Latte oder einem Knüppel, und sie sahen bedrohlich auf sie hinab.

Die Bande schrie auf: »Da hast du es!« – »Wir sind wieder betrogen.« – »Wir sind nochmals hereingefallen!« – »Wir hätten ihn gleich in der Gasse niederschlagen sollen!« – Und anstatt Giorgio zu bedrohen, bedrohten sie jetzt den Blatternarbigen.

Der warf sich voller Wut auf Giorgio. »Du Gauner!«, schrie er. Da flog Antonios Knüppel auf ihn. »Keinen Schritt weiter, oder wir schlagen euch zu Brei!«

Die anderen Kaminfegerbuben hoben auch ihre Knüppel und Latten.

Die Wölfe wichen ein paar Schritte zurück.

Den Blatternarbigen hatte Antonios Knüppel zu Boden geworfen. Giorgio ging jetzt auf ihn zu und half ihm auf.

»Ich habe dich nicht betrogen«, sagte er, zu ihm und zu den anderen gewandt, »euch auch nicht. Ich wusste ja gar nicht, dass meine Freunde kommen. Auch nicht, dass sie euer Versteck finden würden. Ihr habt außerdem meinen Schwur. Denkt daran, morgen Abend um die gleiche Zeit bin ich wieder bei euch, und dann können wir unseren Streit zu Ende führen.«

Er gab dem Blatternarbigen sogar die Hand. »Also nochmals auf morgen.«

Der stotterte nur: »Ja, ja.«

Giorgio kletterte nun zu seinen Freunden hinauf.

»Sollen wir sie noch zusammenschlagen?«, fragte ihn Antonio.

»Nein«, meinte Giorgio. »Sie haben mir ja auch nichts getan.«

»Sollen wir nicht wenigstens unsere Knüppel auf sie schmeißen?«, blinzelte Dante und schwang den seinen schon.

»Nein, seid nicht feiger als sie«, wehrte Giorgio ab. »Alfredo hätte das auch nicht erlaubt.«

Er drehte sich um und ging. Die anderen folgten ihm zögernd. Sie hätten die Wölfe gern noch einmal verhauen.

Als sie den Bauplatz verließen, sagte Antonio: »Du hast uns noch gar nicht erzählt, Giorgio, was du bei dem Mann mit der Narbe erreicht hast.«

»Ach ja«, Giorgio strich sich über die Haare, »er hat mir zugesagt, mit den Meistern zu sprechen.«

»Wir bekommen also frei!«, jauchzten die Buben.

»Er will's versuchen.«

»Nun, ich bekomme sowieso frei«, sagte einer.

»Ich auch«, sagte Dante.

»Ich darf bestimmt auch kommen, wenn ich meinen Meister bitte«, sagte Giorgio, »aber der Mann mit der Narbe wollte gleich in den ›Goldenen Topf‹ gehen und mit allen Meistern sprechen, die da sind, und wenn nicht alles täuscht, ist er jetzt schon dort und tut es wirklich.«

An der Via Borgo spesso trennten sich die Buben.

»Morgen um zehn bei der Kirche«, sagte Antonio noch.

»Um zehn!«, wiederholten alle.

»Gute Nacht!«

»Gute Nacht!«

5 Giorgio hält sein Versprechen, und die Wölfe schließen Frieden mit ihm

Der Mann mit der Narbe hatte Wort gehalten. Als Giorgio zu der Kapelle San Carlo kam, standen die Knaben alle vor dem hohen Portal.

Auch ein paar Erwachsene waren dabei.

Dante berichtete stolz: »Mein Meister ist sogar mitgekommen.«

Die anderen Erwachsenen waren Nachbarn Alfredos aus der Via della Cerva.

Giorgio traute seinen Augen nicht. Auf der gegenüberliegenden Seite des kleinen Platzes sah er den Blatternarbigen, die Katze, den Einäugigen und noch ein paar von den Wölfen.

Waren sie bloß gekommen, um sich zu überzeugen, dass Giorgio sie nicht belogen hatte, oder wollten sie den Leichenzug stören und sie beschimpfen?

Da kam der Blatternarbige auf Giorgio zu. »Wir wollen dich fragen, ob wir mitgehen dürfen.«

Giorgio war ganz gerührt. Also das wollten sie.

»Natürlich, kommt nur.«

Antonio und die anderen kleinen Kaminfeger hatten den Blatternarbigen jetzt auch gesehen.

»Was wollen die?«, fragte Antonio.

»Mitgehen.«

»Mitgehen? – Die haben sicher eine Gaunerei im Schilde.«

»Ich glaube nicht«, sagte Giorgio, »und wenn sie doch eine vorhaben, können wir sie immer noch daran hindern.«

»Du bist dafür, dass sie mitgehen?«

»Ich habe ihnen sogar gesagt, ich freue mich.«

»Gut«, meinte Antonio, »aber auf deine Verantwortung.«

Die Totenglocke läutete, und sie gingen in die Kirche hinein. Die Kirche war hoch und von einer seltsamen Wölbung. Wenn man hinaufsah, glaubte man, in lauter Wolken zu sehen.

Der Sarg war in einer kleinen Seitenkapelle. Antonio hatte alles aufs beste besorgt. Es war ein schmaler, einfacher Holzsarg. Auf dem Deckel war ein A und ein C. Die Anfangsbuchstaben von Alfredos Namen. Zu Häupten und zu Füßen brannten zwei Kerzen. Auf dem Sarg lagen zwei Lilien. Antonio hatte sie von Angelettas Geld gekauft. Auch sonst waren noch Blumen da.

Zwei der Kaminfegerbuben gingen zum Altar. Der alte Kirchendiener hatte gewinkt. Unterdessen stellten sich die anderen um den Sarg auf.

Giorgio kniete nieder und betete. Er dachte noch einmal an alles, was ihn mit Alfredo verbunden hatte. Der Tag, an dem sie sich trafen. Die Nacht in dem Grotto »Pan perdu«. Die Seefahrt. Ihre Rettung. Der Marsch nach Mailand, bis auf das Wiedersehen in der Via della Cerva und in ihrem Keller.

Auch einige andere Knaben beteten.

Da kam der Priester. Es war ein kleiner, schmaler, beinah schüchterner Mann. Er hieß Pater Roberto.

Antonio und Dante gingen neben dem Priester. Sie hatten Ministrantenhemden an und trugen Weihrauchkessel.

Pater Roberto sah mit seinen großen, leicht geröteten Augen auf die Kinder, dann trat er an den Sarg, sprach ein paar Worte, und die Kinder sangen die Litanei.

Auch die Wölfe waren inzwischen hereingekommen. Sie blieben etwas im Hintergrund. Sie hatten ihre Kappen abgenommen und sangen mit.

Der Pfarrer wandte sich an Giorgio.

»Könnt ihr den Sarg tragen?«

Giorgio bejahte.

»Dann nehmt ihn und kommt.«

Ein gewisser Battista aus Bellinzona nahm das Kreuz. Vier andere trugen den Sarg. Dann kam der Pfarrer mit Dante und Antonio. Hinter den dreien gingen Giorgio und die übrigen Kaminfegerbuben. Nach ihnen kam Dantes Meister und einige Frauen, und ganz zuletzt zottelten die Wölfe.

Es war ein kalter Novembermorgen. Durch die Straßen von Mailand pfiff ein eisiger Wind; trotzdem waren viele Menschen auf den Plätzen und Straßen.

Die meisten blickten dem seltsamen Leichenbegängnis nach. Die armen, meist in Lumpen gekleideten Buben sahen erbarmungswürdig aus. Auch der ungehobelte, schmale Sarg machte einen ärmlichen Eindruck. Der Pfarrer sprach ganz leise seine Litanei. Die Kinder murmelten sie genauso leise und eintönig mit.

Hie und da blieb jemand stehen: »Wen begrabt ihr da?«

»Einen Kaminfegerbuben«, antworteten die Angesprochenen.

»Ach so«, antwortete man dann. »Nur einen Kaminfegerbuben.«

Sie zogen durch die halbe Stadt. Ein paar Kutschen mussten stehen bleiben. Die Kutscher schimpften.

»Wen bringt ihr denn da auf den Schindanger?«

»Nehmt lieber eure Hüte ab«, fauchte die Katze.

»Du Lausejunge«, schimpfte der erste Kutscher.

»Du bist selber einer«, knurrten die Buben.

Der Kutscher drohte mit der Peitsche. Da rissen die Katze und Enverino dem Schimpfenden die Peitsche aus der Hand.

An der Piazza del Duomo kam ihnen ein anderer Leichenzug entgegen. Man begrub eine reiche Dame. Es war ein langer, langer Zug mit vielen Equipagen und ein paar hundert Leidtragenden. Aber die jungen Kaminfeger hatten als Erste den Platz beschritten, und der lange Zug musste stehen bleiben.

Die Knaben freuten sich.

Auch Giorgio freute sich, weil eine so vornehme Dame mit ihren vielen Trauergästen warten musste, bis sie mit Alfredo vorbeigeschritten waren.

Der Friedhof lag am Ende der Stadt.

Sie bogen in das hohe Tor ein. Es war ein großes Gräberfeld. Man sah nur Steine, ein paar Bäume und viele Statuen und Kreuze. Giorgio hatte noch nie einen so großen Friedhof gesehen. Er schien größer als ihr ganzes Dorf. Ach, wie drei oder vier Dörfer zusammen. Auch die Engel, die Heilande, die Mausoleen waren von einer Pracht und Schönheit, wie er sie noch nie gesehen hatte.

Die anderen Buben waren genauso erstaunt und betreten.

Der Friedhofswärter führte sie jetzt. Sie zogen unter herrlichen Akazienbäumen zu einer kleinen Kapelle.

Auf einmal kam ihnen ein zweiter Wächter entgegen. Die beiden tuschelten miteinander, und ihr Zug blieb stehen.

Sie wandten sich an Pater Roberto.

Pater Roberto winkte Giorgio.

»Die Männer möchten gern, dass wir deinen Freund am Grab einsegnen. Die Kapelle wird für die Dame gebraucht, die gleich hinter uns kommt«, sagte Pater Roberto.

Giorgio zupfte an seinen Lippen. Sollte er ja sagen?

»Sie bitten dich darum.«

Giorgio willigte ein, und der Zug ging an der Kapelle vorbei auf einen anderen Teil des Friedhofes.

Sie mussten fast bis an das Ende des großen Gräberfeldes gehen, bis sie endlich an der kleinen Grube standen, die für Alfredo gegraben worden war.

Vor der Grube stand ein alter Tisch.

Die vier Träger stellten den Sarg darauf, und dann stellten sich alle anderen darum.

Giorgio musste weinen. Auch Dante und Enverino liefen die Tränen über das Gesicht.

»Wollt ihr eurem toten Freund nicht noch ein Lied singen?«, fragte Pater Roberto und sah sie aus seinen kleinen, freundlichen Augen an.

»Ach ja«, schluchzte Dante.

»Was denn?«

»Am liebsten hatte er unser Kaminfegerlied.«

»Dann singt es doch.«

Antonio begann. Es war das Lied, das sie auf dem See gesungen hatten:

»Ich bin ein armes Kind,
Ich leide bittre Not.
Ich ziehe mit dem Wind.
Wer gibt mir etwas Brot?«

Sie sangen alle Verse, und Giorgio und auch die anderen mussten noch mehr weinen.

Pater Roberto fragte: »Kennt ihr kein Lied aus eurer Heimat?« Die Buben nickten. Diesmal begann Dante:

»Du mein Tessiner Land,
Du Land am blauen See.
Du mein Tessiner Land,
Wie lieb ich Tal und Höh.
Ob ich im Norden bin,
Ob ich nach Süden geh,
Ich hab nur einen Wunsch,
Dass ich dich wiederseh.«

Die anderen fielen ein:

»Ob ich im Norden bin,
Ob ich nach Süden geh,
Ich hab nur einen Wunsch,
Dass ich dich wiederseh.«

Den zweiten Vers begann Enverino:

»Ich lieb dein sattes Grün,
Ich lieb die bunte Au.
Ich lieb den gelben Mais,
Ich lieb der Trauben Blau.
Ob ich im Norden bin –«
usw.

Diesmal sangen auch die Mailänder den Refrain mit:

»Ob ich im Norden bin –«
usw.

Den dritten Vers begann Giorgio:

»Ich lieb die steile Schlucht,
Ich lieb den weißen Stein,
Ich lieb die stille Bucht
Und deinen Sonnenschein –«
usw.

Den vierten Vers sang Antonio:

»Du mein Tessiner Land,
Dir gilt mein Glück, mein Schmerz.
Du mein Tessiner Land,
Du hast mein ganzes Herz –«
usw.

Jetzt war ihnen allen leichter zumute. Das Lied hatte viel von ihrer Traurigkeit hinweggenommen. Ja, es blieb ihnen noch das Tessin, und sie würden es auch noch einmal wiedersehen. Es war nicht allen bestimmt, hier in Mailand zu Grabe getragen zu werden.

»Dürfen wir auch etwas singen?«, sagte der Einäugige, der sich neben Giorgio geschoben hatte.

Bevor Giorgio aber antworten konnte, hatte Pater Roberto schon gesagt: »Gewiss! Gewiss!«

Die Mailänder sangen noch eine traurige Romanze von einem armen Buben, dem Vater und Mutter gestorben waren und der allein in die weite Welt wanderte.

Nachdem sie verklungen war, segnete Pater Roberto den Toten noch einmal, Dante und Antonio schwangen die Weihrauchpfannen, und die ganze Trauergemeinde begleitete den Segen des Pfarrers mit ihren Gebeten und dem Amen.

Nun traten die beiden Friedhofswärter an das Grab. »So«, sagten sie, »das Weitere machen wir.«

Sie brachten den Sarg an die Grube, legten zwei Stricke darum und ließen ihn langsam hinunter.

Giorgio kamen wieder die Tränen. »Armer Alfredo.«

Antonio warf eine Handvoll Erde auf den Sarg. Die anderen taten es auch.

Alle traten jetzt um das Grab.

»Addio, Alfredo.« Giorgio sah noch einmal auf den kleinen Sarg hinab: »Addio.«

Die Knaben trennten sich dann eilig. Alle verschwanden, jeder wollte mit seinem Schmerz so schnell wie möglich allein sein. Giorgio trieb sich noch eine Weile ziellos in den Straßen herum. Gegen Mittag ging er heim.

Der Meister und seine Familie hatten schon gegessen.

»Ich dachte, du kämst heute überhaupt nicht mehr«, schrie ihn die Meisterin an, die sowieso schon böse war, weil Giorgio den Meister um einen halben Tageslohn gebracht hatte.

Giorgio sagte nichts, er hockte sich nur still in seine Kaminecke.

»Der Kerl trotzt auch noch«, fuhr die Meisterin böse fort. Sie war überhaupt seit einigen Tagen wieder sehr grob. Aber Giorgio antwortete auch jetzt nicht.

»Wenn du sogar zu faul bist zu antworten, sollst du auch nichts essen.« Die Meisterin stand auf, nahm den Rest der Suppe, der eigentlich für Giorgio bestimmt war, und schüttete ihn in den Spülstein.

Giorgio war heute alles gleich. Er hatte sowieso keinen Hunger und nur den Wunsch, allein zu sein.

Der Meister und die Meisterin standen auf, um ihren Mittagsschlaf zu halten. Giorgio hatte vor, die Zeit zu benutzen, um zu Angeletta zu gehen, aber da stand Anselmo neben ihm.

Er drehte ihm sein großes, unförmiges Gesicht zu. »Ich hoffe, dass du deinen Schwur nicht vergessen hast und heute Abend zur Stelle bist.«

Giorgio hatte ihn tatsächlich vergessen, obwohl ihm die ganze Sache bis zum Abend wieder eingefallen wäre.

»Du musst dich nicht um mich sorgen«, antwortete er. »Ich bin kein Feigling wie du. Ich komme.«

»Ich, ein Feigling?« Anselmo machte seine Froschaugen und stellte sich vor Giorgio auf.

»Ja, wenn man einem anderen heimlich mit einem Stock in den Rücken stößt oder mit einem Stein wirft, ist man einer«, entgegnete Giorgio.

»Das sollst du büßen«, schrie Anselmo, ballte seine Faust und wollte Giorgio ins Gesicht schlagen.

Giorgio war auf der Hut. Er packte sofort zu und drückte die Faust mit aller Kraft nach unten.

»Lass mich los!«, fauchte Anselmo.

»Gern«, sagte Giorgio, aber er gab ihm zur gleichen Zeit einen Stoß, dass der große Bursche gegen die nächste Wand flog.

»Hund!« Anselmo wollte Giorgio das zweite Mal ins Gesicht schlagen, aber Giorgio wehrte den Schlag noch besser ab.

»Warum wartest du nicht bis heute Abend?«, sagte er. »Dann hast du es viel leichter.«

Anselmo knirschte mit den Zähnen. »Ja, und da sollst du alles doppelt büßen. Alles, was du mir bis heute angetan hast!« Er machte wieder Miene, sich auf Giorgio zu stürzen, dann drehte er sich aber um und ging hinaus.

Giorgio hatte nun keine Lust mehr, zu Angeletta zu gehen. Er wusste auch nicht, ob nicht Anselmo bei ihr war. Außerdem war er müde und versuchte, einen Augenblick die Augen zu schließen.

Alfredos Tod, das Begräbnis, seine Trauer standen noch zu lebendig vor seinen Augen, er konnte nicht einschlafen; und als sich wirklich seine Augen schlossen, weckte ihn der Meister, und sie mussten gehen.

Giorgio war auch, während sie durch die Straßen gingen, abwesend und traurig, und Vater Rossi musste ihn ein paarmal anstoßen, damit er das Rufen nicht vergaß.

Er fror auch zum ersten Mal. Es war über Nacht sehr kalt geworden. Ein eisiger Wind blies durch die Via Manzoni und peitschte seine Haut wie mit kleinen, in Eis getauchten Ruten. Der Kontrast zwischen der Kaminwärme und der Kälte und Feuchtigkeit der Straße verstärkte das Frostgefühl noch mehr. Es wurde ihm heiß, und er schwitzte, wenn er in seinen engen Kaminlöchern steckte, und wenn er wieder auf die Via Manzoni trat, schüttelte es ihn.

Er war froh, als sein Meister vor den kalten Winden in einer kleinen Kneipe Schutz suchte und beschloss, heute früher heimzugehen.

Es gab einen großen Topf Minestra. Sie wärmte Giorgio wieder, und er taute etwas auf.

Anselmo, der auch tüchtig aß, beobachtete ihn die ganze Zeit. Würde er wirklich gehen? Giorgio machte es direkt Spaß, immer langsamer zu essen, und schließlich tat er so, als ob er schliefe. Dann gab er sich aber doch einen Ruck und ging.

Er hatte keine Angst vor dem, was heute mit ihm geschehen würde. Er hatte geschworen, sich im Laufe des Abends den Wölfen zu stellen, und diesen Schwur wollte er halten.

Vor dem Bauplatz wurde er angestoßen. Er sah sich um. Etwas versteckt in einer Ecke stand Antonio.

»Du bist hier?«, fragte er.

»Du bist ja auch hier.«

»Ich habe es doch geschworen.«

»Du willst dich also ohne weiteres von den Kerlen verprügeln lassen, obwohl sie gestern in unserer Hand waren und wir sie nicht verprügelt haben?«

Giorgio sah Antonio an. »Ich habe nichts davon gesagt, dass ich mich verprügeln lassen will. Ich will mich nur mit ihnen prügeln, und sie bekommen bestimmt auch ihren Teil ab.«

»Ich habe sie genau gezählt. Bis jetzt sind neunzehn von der Bande auf den Bau gegangen.«

»Und?«

»Neunzehn und einer ist eine Gemeinheit. Ich gehe mit.«

»Nein, Antonio.« Giorgio schüttelte den Kopf. »Ich gehe allein. Gestern hatten sie mich ja auch allein, und ich habe ihnen geschworen, dass ich auch heute allein komme.«

»Das ist aber doch Wahnsinn!«

»Ich halte mein Versprechen.«

»Nun, so halte ich auch das meine«, erklärte Antonio gröber. »Ich habe versprochen, jedem Kameraden der schwarzen Brüder in allen Lebenslagen beizustehen und zu helfen. Geh voran, ich gehe hinter dir her.«

Giorgio freute sich über Antonios Entschlossenheit, aber er blieb dennoch stehen. »Ich danke dir, Antonio, dass du mir helfen willst«, sagte er noch einmal. »Aber du darfst wirklich nicht mit. Ich gehe allein.«

»Ich gehe mit«, trotzte Antonio noch einmal.

»Du gehst nicht mit.« Auch Giorgio wurde jetzt bestimmter.

»Du kannst mir das nicht verbieten.«

»Doch!«

»Mit welchem Recht?«

»Wir haben Alfredo geschworen, immer unser Wort zu halten, und wir müssen es auch unseren Feinden gegenüber tun.«

»Es war aber ein dummes Versprechen, das du dem Blatternarbigen gegeben hast.«

»Vielleicht, aber Wort bleibt Wort und nun geh heim, Antonio. Sie werden sonst ungeduldig und glauben am Ende, ich käme nicht.«

»Gut«, sagte Antonio nun. »Ich will dich allein gehen lassen, aber heim gehe ich auf keinen Fall. Ich bleibe hier, und wenn sie es zu toll treiben, komme ich doch noch.«

»Mach das, wie du willst, Antonio. Aber jetzt gehe ich wirklich.« Giorgio ging über den Platz an dem hohen Bretterhaufen vorbei, an den Steinpyramiden, an den Ziegelvierecken, an den Kalkfässern, bis er an die große Sandgrube kam.

Die ganze Bande war schon versammelt. Sie stritten sich wieder.

Giorgio hörte zuerst die Stimme des Blatternarbigen und danach die Stimme des Einäugigen.

Der Blatternarbige sagte: »Er kommt!«

Der Einäugige: »Er kommt nicht!«

»Nun«, sagte der Blatternarbige, »ob er kommt oder nicht, mein Beschluss ist gefasst.«

»Du hast gar keine Beschlüsse zu fassen«, schrie der Einäugige. Auch Anselmo mischte sich in den Streit. »Die Beschlüsse fasst wie gestern die ganze Bande.«

»Gut«, meinte der Blatternarbige, »die Bande soll sie wieder fassen, aber glaubt nur nicht, dass es euch dann besser geht. Die Bande denkt heute genau wie ich.«

»Lasst ihn erst einmal kommen«, wandte der Einäugige wieder ein.

»Da bin ich.« – Giorgio stand am Rand der Grube und kam langsam zu der Bande herab. »Da bin ich«, sagte er noch einmal und ging auf den Blatternarbigen zu.

Der Blatternarbige gab ihm die Hand. »Ich freue mich, dass du dein Wort gehalten hast.«

Auch die anderen fanden Worte der Anerkennung.

»Wir wollen auch gleich beginnen.« Giorgio stemmte seine Füße fest in den Sand und streifte seine Hemdsärmel hoch. Aber die Bande hatte scheinbar keine Lust dazu, sofort mit der Prügelei zu beginnen. Alle sahen Giorgio teils freundschaftlich, teils verlegen an. Nur Anselmo und der Einäugige machten trotzige und kampfbereite Gesichter.

»Wollt ihr nicht?«, fragte Giorgio.

Der Blatternarbige spielte mit einem kleinen Dolchmesser. »Wir haben gerade darüber gesprochen, dass du und deine Kameraden doch recht anständige Kerle seid, und es ist sicher nicht richtig, dass wir euch immer nachgehen und beschimpfen. Die Katze wollte allerdings erst abwarten, ob du wirklich so viel Mut aufbringst und dein Versprechen hältst. Nun bist du aber gekommen, und ich sehe keinen Grund mehr, dich zu verprügeln.«

Giorgio erwiderte: »Meine Freunde halten euch auch nicht mehr für schlechte Kerle. Besonders die nicht, die heute Morgen mit beim Begräbnis waren. Ich soll euch das gleichfalls sagen.«

»Was deine Kameraden über uns sagen, geht uns einen Dreck an«, rief der Einäugige. Er trat vor und schob sich unmittelbar neben Giorgio. »Was Giovanni meint, ist noch lange nicht die Meinung aller.«

»Aber meine!« – »Aber meine!«, widersprachen ihm einige.

»Wir haben außerdem gerade beschlossen«, fuhr der Einäugige giftig fort, »dass wieder darüber abgestimmt wird, ob du verprügelt wirst oder nicht. Also lass abstimmen, Giovanni. Verstanden?«

»Stimmt nur ab«, meinte Giorgio ganz gelassen und setzte sich auf ein altes Fass.

»Ich bin dafür, dass das Los entscheidet«, wandte Anselmo ein. Er spürte wohl, dass er und der Einäugige bei einer Abstimmung verlieren würden.

»Nein, abstimmen«, beharrten die anderen.

»Ich bin gleichfalls für abstimmen«, erklärte die Katze.

Der Blatternarbige sah auf den Einäugigen. »Du warst eben auch noch dafür.«

»Ich bin's auch weiter«, knurrte der Einäugige. »Abstimmen ist anständiger.«

Der Blatternarbige schob Anselmo unsanft auf die Seite. »Wir stimmen also ab.« Er wandte sich an alle: »Wer dafür ist, dass wir den Kaminfegerbuben nicht verprügeln, hebe seine Hand.«

»Ich bin dafür!«, schrie die Katze. Er hob gleich beide Hände.

»Ich auch.« – »Ich auch!«

»Ich nicht!«, schrie der Einäugige.

»Ich auch nicht!«, schrie Anselmo.

Noch ein Dritter stimmte gegen den Blatternarbigen.

»Ich habe es euch doch gesagt«, triumphierte Giovanni. »Die Mehrheit ist heute für mich. Sechzehn gegen drei, und da ich zwei Stimmen habe, sogar siebzehn gegen drei.«

»Ich bin auch jetzt noch dagegen«, sagte der Einäugige wütend und versuchte, näher an Giorgio heranzukommen.

»Ich verprügle ihn trotz eures Beschlusses«, geiferte Anselmo, blieb aber wohlweislich mit seinem Froschmaul hinter dem Einäugigen stehen.

»Ich will euch einen Vorschlag machen.« Giorgio stand wieder auf.

»Ihr sechzehn schließt mit mir Frieden, und die drei sollen allein über mich herfallen.«

»Das werden wir auch«, rief Anselmo schon. Er sprang hinter dem Einäugigen hervor, holte mit seinem Knüppel aus und schlug auf Giorgio ein.

Giorgio wankte. Aber weniger vom Schlag als vom Schreck.

Auch die anderen schienen betroffen und erschreckt. Die Katze und der Blatternarbige waren sogar wütend.

Giorgio hatte sich schon wieder erholt.

»Du gemeiner Feigling!«, schrie er Anselmo ins Gesicht. »Du heimtückischer Lump.« Er wischte sich das Blut ab, das in dünnem Gerinnsel über seine Stirn und die Augen floss, und sprang dann dem Froschgesicht gegen die Brust.

Anselmo versuchte, sich zu wehren, stürzte aber gleich zu Boden, und Giorgio warf sich über ihn.

»Helft mir doch«, jammerte er.

Aber keine Hand rührte sich.

»Hilf mir, Rinaldo!«

Er wandte sich an den Einäugigen, denn Giorgio bearbeitete ihn immer wütender mit seinen Fäusten.

»Nein«, sagte auch der Einäugige. »Das war wirklich feig. Einem Feigling helfe ich nicht.«

Da sprang Anselmo plötzlich hoch und rannte davon.

»Jetzt reißt er sogar aus«, keuchte Giorgio und wollte dem Ausreißer nach.

»Halt«, rief da der Blatternarbige, »ausreißen darf er nicht. Entweder kämpft er weiter mit dir, oder wir verhauen ihn. Komm,

Faustino.« Und er rannte mit der Katze Anselmo nach. Giorgio fuhr sich wieder über das Gesicht. Er blutete ziemlich stark.

Der Blatternarbige und die Katze brachten Anselmo.

»So«, sagte der Blatternarbige, »kämpf jetzt, und wenn du noch einmal ausreißt, wirst du von uns verprügelt.«

»Ja, und ganz anders, als wenn dich nur dieser Kaminfegerjunge verhaut«, wisperte die Katze.

»Außerdem«, sagte ein Dritter, »fliegst du dann aus unserer Bande hinaus. Feiglinge können wir nicht gebrauchen!«

Alle drei packten Anselmo und stießen ihn auf Giorgio zu.

Giorgio sog Blut und Tränen durch die Nase, fasste Anselmo und warf ihn ein zweites Mal zu Boden.

»Au, Hilfe!«, schrie Anselmo wieder und verdrehte seine Augen. Giorgio sprang auf. »Nein«, sagte er, »an so einem Angsthasen vergreife ich mich nicht mehr.«

»Hör auf mit Schreien!«, kläffte der Blatternarbige und trat Anselmo wütend in die Seite.

Aber Anselmo schrie nur noch lauter.

»Ein paar Knüppel her!«, kommandierte Giovanni. »Zieht ihm die Hosen herunter!«

Anselmo spuckte und kratzte, schrie und jammerte, aber die Buben hatten ihn schon über eines der leeren Fässer gelegt, die überall herumstanden, und zogen ihm die Hosen aus.

»Haust du mit?«, wisperte die Katze und wollte Giorgio einen Stock geben.

»Verhaut ihn nur selber!« Giorgio, der noch immer blutete, versuchte zu lächeln.

Sie schlugen ihn gottserbärmlich. Anselmo schrie, als ob sie ihm das ganze Hinterteil zerschlagen hätten. Er rief einmal »Oh!« und einmal »Dio mio!«. Die Buben ließen ihn aber erst los, als er überhaupt nicht mehr schreien konnte.

»Nun jagt ihn davon«, sagte der Blatternarbige schließlich. »Ich will ihn nie wieder sehen.«

»Ja, lauf!«, fauchte die Katze. »Sonst verhaue ich dich nochmals.«

Anselmo, der eilig seine Hosen gepackt hatte, rannte schon. Er jagte durch die Sandgrube und kletterte hinauf. Oben raffte er noch eine Handvoll Steine und Sand zusammen und warf sie auf die Bande, dann stürzte er, als ob hundert Teufel hinter ihm her wären, weiter.

»Bist du nun zufrieden?«, fragte der Blatternarbige und ging auf Giorgio zu.

»Ich danke euch. Ich möchte aber wissen, ob mir der Einäugige noch böse ist.«

»Nein«, sagte dieser und gab Giorgio die Hand. »Es tut mir leid, dass dich der feige Kerl so heimtückisch überfallen hat.«

»Tut's weh?«, wollte die Katze wissen.

Giorgio schüttelte den Kopf. Sie merkten aber doch, dass ihn die Wunde schmerzte.

Der Blatternarbige sagte: »Wasche dich wenigstens sauber!«

Giorgio versprach es.

»Komm!«, sagte die Katze. »Hier in der Nähe ist ein Brunnen. Ich gehe mit.«

Giorgio ging gern.

Der Kopf tat ihm nicht nur weh, er brannte wie Feuer. Außerdem war ihm schwindlig.

»Also auf gute Kameradschaft!«, sagte er und sah alle noch einmal an.

»Auf gute Kameradschaft.« Einige schlugen ihm auf die Schulter. Die anderen nickten ihm nur zu.

»Sag's auch deinen Freunden!«, rief der Blatternarbige. »Zwischen unserer Bande und euch soll jetzt Frieden sein.«

Die Katze brachte Giorgio an den Brunnen. Er ließ das kalte Wasser über die Wunde laufen. Es tat gut, und der Schwindel ließ nach.

»Soll ich dich heimbringen?«, fragte die Katze noch.

»Nein.« Giorgio versuchte zu lächeln. »Ich komme allein heim. Wie heißt du übrigens?«

»Faustino.«

»Ich heiße Giorgio.«

»Warum hast du mich nach meinem Namen gefragt?«

»Weil du neulich so tapfer warst. Ich habe tapfere Buben besonders gern.«

»So!«, lispelte Faustino verlegen. »Na, gute Nacht!«, und er rannte mit seinen sonderbaren Zickzacksprüngen davon.

Giorgio ging diesmal die Via Borgo spesso entlang. Er musste sich ja nicht mehr vor den Wölfen in Acht nehmen, und er war richtig froh, dass er jetzt, und noch dazu an Alfredos Begräbnistag, mit der Bande Frieden geschlossen hatte.

Die Buben gefielen ihm auch. Nicht alle. Aber die Katze, der Einäugige und der Blatternarbige waren keine üblen Kerle.

Als er die Korridortür öffnete, sah er zu seinem Erstaunen noch Licht in der Küche.

Er wollte sich heimlich an der Tür vorbei in seine Ecke schleichen.

»Da kommt er ja, dieser Kerl«, schrie aber die Meisterin aus der Küche, und im gleichen Augenblick schoss sie schon auf ihn zu. Giorgio sah sie erstaunt an. Er hatte die Frau noch nie so böse und aufgeregt gesehen.

»Was ist denn?«, wollte er fragen, aber schon war sie ihm mit ihren beiden Händen ins Gesicht gefahren.

»Oh!«, kreischte sie weiter. »Du Satansbrut! Du Teufelsgeschöpf!« Und sie stieß Giorgio bei jedem Wort oder trat ihn mit ihren Holzschuhen.

Ja, sie war so wütend, dass sie wie eine Wilde um Giorgio herumtanzte, und wenn sie auch nur einen Augenblick einen ungeschützten Teil von ihm sah, trat, stieß, schlug und hämmerte sie weiter.

»Was habe ich denn gemacht?«, schrie Giorgio wieder auf.

»Was du gemacht hast?« Sie lachte höhnisch auf. »Hörst du das, Battista. Er will auch noch wissen, was er gemacht hat. Du Dreckskerl, du Scheusal! Komm herein und sieh es dir an, was du gemacht hast!« Und sie stieß Giorgio so lange mit ihren Fäusten, bis er in die Küche rollte.

Was Giorgio nun halb in Tränen sah, war tatsächlich dazu angetan, die Wut, den Hass und die Aufregung der Meisterin zu verstehen.

Etwas abseits vom Kamin stand Anselmo. Er sah noch genauso aus wie in der Sandgrube. Er war im Hemd, hatte es obendrein hochgezogen, und jeder konnte nun sehen, wie ihn seine Bande zugerichtet hatte. Von seinem Oberschenkel bis weit hinauf auf den Rücken liefen blutige Streifen.

Der Bub, der sich wahrscheinlich schon etwas beruhigt hatte, fing, um seine Mutter zu weiteren Taten anzustacheln, gleich wieder zu schluchzen an, und die Meisterin fiel auch sofort aufs Neue über Giorgio her.

Sie packte ihn diesmal mit beiden Händen am Hals, hob ihn hoch, und indem sie ihn mit dem Kopf auf das Hinterteil von Anselmo stieß, schrie sie: »Das hast du gut gemacht, du Ratte. Das hast du gut gemacht, du Spitzbube, da …«. Und sie setzte noch ein paar Dutzend Schimpfworte hinzu. »Das, das, das.« Und im gleichen Moment prasselten auch schon wieder ihre Fäuste auf Giorgio herab.

»Das ist nicht wahr!«, heulte Giorgio auf. »Das war ich gar nicht!«

»Was, du willst auch noch lügen, du Tessiner Strolch?« Und die Frau schlug immer fester auf ihn ein.

»Nein!«, schrie Giorgio weiter. »Das war ich nicht. Das war ich nicht. Das war ich nicht!« Er schrie jetzt so laut, wie er überhaupt schreien konnte.

»Du und deine Kaminfegerbande haben den Buben so zugerichtet!«, kreischte die Frau und versuchte, Giorgios Geschrei mit einigen gutgezielten Schlägen auf seinen Mund ein Ende zu machen.

»Nein«, schluchzte Giorgio und wehrte die Schläge der Frau ab, »das war, das war …«

»Nun, so sag es doch, wenn es jemand anders war!« Die Frau hielt einen Augenblick im Schlagen inne.

Giorgio fiel aber im gleichen Augenblick ein, dass er ja mit den

Tätern vor einer halben Stunde Freundschaft geschlossen hatte, und er wollte sie nicht verraten.

»Das war«, stotterte er nochmals. »Nein«, sagte er dann, »ich sage es nicht.«

»Du warst es!«, schrie die Frau wieder. »Du und deine Kaminfegerbande. Aber ich will dir das schon austreiben!« Ihre Fäuste trommelten immer wilder auf ihn ein.

Da stand der Meister auf, der bisher, ohne etwas zu sagen, am Tisch gesessen und nur manchmal einen halb mitleidigen Blick auf seinen Buben und einen zornigen auf Giorgio geworfen hatte. »Du schlägst ihn ja tot«, rief er und riss seine Frau von Giorgio weg.

»Das will ich auch!« Die Stimme der Frau überschlug sich.

Giorgio hatte sich umgedreht, so dass der Meister jetzt auch sein Gesicht sehen konnte. Es sah furchtbar aus. Die verkrustete Narbe über der Stirn war aufgeplatzt, und das ganze Gesicht so überströmt von Blut, dass man kaum noch etwas erkennen konnte.

Der Meister war richtig erschrocken. Er packte seine Frau fester. »Du hörst jetzt auf!«, fuhr er sie an. »Sieh doch, was du mit dem Knaben gemacht hast! Willst du denn morgen wegen Totschlags ins Gefängnis kommen?«

»Ich will ihn gar nicht sehen. Ich sehe nur meinen Anselmo!«, kreischte die Frau laut.

Dieser fing auch sofort wieder zu weinen an und drückte seine Kehrseite noch weiter heraus.

»Ich habe aber nicht zweiundachtzig Lire für ihn bezahlt, dass du mir den Buben totschlägst«, fuhr der Meister fort. »Immerhin soll er sie mir erst abverdienen.«

Das Argument machte endlich auf die Meisterin Eindruck. Sie stieß Giorgio nur noch ein paarmal mit ihren schweren Holzschuhen in die Seite. »Schaff mir den Kerl wenigstens aus den Augen«, rief sie, »sonst könnte ich ihn doch noch totschlagen!«

»Steh auf!«, befahl der Meister und stieß Giorgio nun selber in den Rücken.

Giorgio versuchte es. Aber jeder Knochen, jede Rippe schien wie zerbrochen. Er ächzte nur auf. »Ich kann nicht.«

»Na, komm!« Der Meister hob ihn in die Höhe und schleppte ihn auf den Korridor. »Nun leg dich hin!«, sagte er und gab ihm einen leichten Schubs, dass Giorgio wie ein Sack in die Ecke fiel.

»Warum machst du auch solche Dummheiten«, schalt er und gab ihm ein paar Kopfnüsse, die aber mehr freundschaftlich als grob gemeint waren.

»Ich war es wirklich nicht, Meister«, schluchzte Giorgio.

»Ach, lüg doch nicht noch! Entweder du warst es, oder es waren deine Freunde. Auf alle Fälle bist du bei der Klopferei mit dabei gewesen. Das sieht man dir doch an.«

»Schon, Meister, aber ...«

Giorgio dachte wieder an den Blatternarbigen, an die Katze und an den Einäugigen und schwieg.

»Ich will's auch gar nicht wissen«, brach der Meister das Gespräch ab. »Ich weiß ja auch, dass ihr Anselmo sicher nicht ohne Grund den Hintern zerschlagen habt. Der Hintern wird auch wieder heilen, aber ich will meine Ruhe im Haus haben und deshalb muss das alles aufhören, verstanden!« Er stieß Giorgio noch einmal gegen den Kopf. »Und nun schlaf«, brummte er und ging wieder in die Küche zurück.

Giorgio versuchte, sich auszustrecken, aber es ging nicht. Er versuchte, sich zu setzen, aber auch das ging nicht. Er stemmte sich in die Höhe und lehnte sich gegen die Wand, doch sofort fingen seine Knie an zu zittern, und er musste sich wieder hinlegen. Es war alles an ihm wie zerschlagen. Wahrscheinlich waren keine Knochen und keine Rippen mehr an ihm heil. Wo er auch hinfasste, hatte er Beulen. Wo er drückte, schmerzte es ihn. Dabei lief das Blut noch immer von seiner Stirn, und auch sein Rücken schien zu bluten.

Er war obendrein ungemein traurig und verzweifelt, weil ihm das gerade heute passiert war, wo er Alfredo verloren hatte. Er dachte wieder mit Sehnsucht an Sonogno, an die Nonna, an Anita und die

Zwillinge, an die Kirche und an seine Tiere, und ihm wurde immer trauriger und elender zumute.

Er hatte sich noch nie so allein und verlassen in dem großen Mailand gefühlt. Die Tränen kamen aufs Neue. Sie flossen immer schneller, und auf einmal brach er in ein verzweifeltes Schluchzen aus.

Ach, dachte er, wenn ich doch hier wegkönnte. Wenn ich doch wieder in Sonogno wäre, bei meinem Bach, meinen Forellen, meinen Wiesen und meinen Wäldern. Wenn ich doch wieder in unserm Haus bei den Eltern wäre! Und er schrie auf vor Sehnsucht und Schmerzen. »Mutter!«, rief er. »Mutter!«

»Giorgio«, flüsterte da jemand.

»Ja«, antwortete er.

»Giorgio.«

»Ja!« Er richtete sich auf.

War das schon seine Mutter?

»Ich bin's.«

Es war Angeletta, die wie ein weißer Engel hinter dem Gitter seines Stalles stand.

»Armer«, sagte sie. »Ich habe dich schon lange weinen hören. Aber ich war wie gelähmt und konnte nicht aufstehen.«

»Du?« Giorgio starrte sie an.

»Ja, ich. Komm!«

Giorgio wischte sich das Blut und das Wasser aus dem Gesicht, stand stöhnend und ächzend auf und ging hinter ihr her.

»Setz dich!«, bat sie sanft.

Giorgio setzte sich.

Angeletta strich ihm über den Kopf. »Was war denn?«

Giorgio erzählte ihr alles.

»Armer«, sagte sie noch einmal. Sie zitterte dabei so, dass Giorgio seinen Schmerz und alles, was ihm widerfahren war, vergaß.

»Ich will dir wenigstens dein Gesicht waschen«, sagte sie und wusch es mit einem Handtuch ab.

»Es geht mir schon viel besser«, lächelte er.

»Ach, wenn ich dir nur mehr helfen könnte«, fuhr sie traurig fort und strich ihm wieder über den Kopf.

»Weißt du übrigens, dass ich heute den ganzen Tag an deinen Freund gedacht habe? Er ist jetzt schon im Himmel. Ich glaube, ich werde bald bei ihm sein.«

»Nein, nein«, stöhnte Giorgio, »stirb nicht, Angeletta! Ich habe dann keinen Menschen mehr.«

»Du hast noch deinen Vater und deine Mutter«, tröstete sie ihn, »deine Nonna und Anita, und denke daran, in Roveredo ist auch noch Bianca, deren du dich annehmen sollst. Du hast noch viele Menschen, und Alfredo und ich bleiben ja auch immer um dich.«

»Glaubst du?«, fragte Giorgio.

Angeletta richtete sich auf. »Ich weiß es.«

6 Giorgio fällt durch einen Kamin, aber in gute Hände

Es wurde immer kälter.

Der Winter war mit aller Strenge eingezogen. Aber es war nicht der Winter, den Giorgio aus dem Verzascatal kannte. In Sonogno war es auch kalt, überall lag Schnee, und in allen Schluchten, Höhlen und Felsen hingen die blitzenden, schweren Eiszapfen. Aber dann blieb man bei den Kühen oder in der Küche. Es gab mittags eine dampfende, warme Suppe und abends ein lustiges Feuer. Die Nonna erzählte Geschichten, und sie saßen um den warmen Kamin, flochten Stroh, schnitzten oder webten.

Der Winter in Mailand war ganz anders.

Giorgio und der Meister gingen weiter bei jedem Wetter durch die Straßen und riefen ihr: »Spazzacamino! Wir fegen Kamine!« »Die Kaminfeger sind da!« Und: »Lasst eure Kamine fegen!«

Der Wind jagte ihnen einmal Staub und das andere Mal Schnee ins Gesicht. Er war einmal eisig und einmal nass, und dazwischen war er wieder so warm wie in den letzten Herbstwochen.

Ja, der Winter in Mailand hatte verschiedene Gesichter. Wenn man eben noch gefroren und sich geschüttelt hatte, konnte man gleich darauf schwitzen. Wenn gerade noch die Zähne vor Frost geklappert hatten, konnte man einen Augenblick später den Kopf wieder in die warme Sonne heben.

Giorgio fror trotzdem beinahe immer.

Er lief weiter barfuß, denn er hatte ja nichts, was er über die Füße ziehen konnte. Er trug noch immer sein altes, schmutziges, schon in Fetzen zerrissenes Hemd, und wenn ihm Angeletta nicht einen Wollschal geschenkt hätte, den er sich wie eine Jacke um die Schultern legte, hätte er noch mehr gefroren. Er klapperte und schüttelte sich auch, weil er sich, seitdem er so verprügelt worden war, noch nicht wieder recht erholt hatte. Die Narbe am Kopf brach häufig auf und blutete neu. Auch sein Leib schmerzte noch, und zwischen seinen Rippen kribbelte es, als säßen sie voller Ameisen.

Die Meisterin schalt ihn weiter einen Rowdy, einen Tagedieb und einen Strolch, obwohl Anselmos Hinterteil schon lange geheilt war.

Sie verfolgte ihn auch noch immer mit heimlichen und offenen Stößen, Püffen und Schlägen, und wenn Giorgio für nur eine Minute zu spät mit dem Brot kam, stieß sie ihn in die Seite.

Mittags bekam er meistens nur noch Reste oder gar nichts, und die Meisterin würzte ihm außerdem jeden Brocken mit Schimpfworten oder mit giftigen Bemerkungen. Auch abends setzte sie ihm nur noch das vor, was die andern übrig gelassen hatten.

Wenn der Meister manchmal brummte, sagte sie nur: »Du hast ja gesehen, wo das gute Essen hinführt. Er ist so stark geworden, dass er unsern armen Anselmo beinahe totgeschlagen hätte, und wenn ich ihn zu gut füttere, schlägt er eines Tages die ganze Familie tot.«

Giorgio ertrug das alles, so gut er es ertragen konnte. Aber es bedrückte ihn. Er wurde immer schwächer und widerstandsloser, und sein Heimweh wuchs jeden Tag mehr.

Die abendlichen Unterhaltungen mit Angeletta ließen ihn seinen Kummer und seine Schmerzen zeitweilig vergessen, und da sie sah, wie er hungerte, steckte sie ihm auch immer wieder etwas zu.

Auch die Abende mit den schwarzen Brüdern heiterten ihn ein wenig auf. Die Bande hatte beschlossen, ihn an Alfredos Stelle zum Hauptmann zu wählen, aber er bat sie, lieber Antonio zu nehmen, weil er zu weit fort wohne, und schließlich wählten sie beide.

Es war auch schön, dass ihn die Wölfe nicht mehr, wenn er hinter seinem Meister durch die Straßen ging, verspotteten. Die Buben nickten ihm sogar zu, und sie passten auch auf, dass keine anderen Buben ihn und seinen Meister beschimpften.

Aber das alles genügte nicht, um die Schmerzen und das Heimweh in seiner Brust zu ersticken. Er ließ den Kopf immer mehr hängen, dachte immer häufiger an Sonogno und das Verzascatal, und er hätte viel dafür gegeben, wenn er einmal wieder in der Küche daheim neben der Mutter und der Nonna hätte sitzen können.

Der Meister spürte, dass sein Giorgio nicht mehr der alte fröhliche Kaminfegerbub war.

»Was fehlt dir denn?«, erkundigte er sich eines Tages, als sie wieder einmal in einer der kleinen Kneipen saßen und zusammen einen Schnaps gegen die Kälte und den eisigen Wind tranken, der durch die Via Manzoni strich.

»Ich habe Heimweh«, gestand Giorgio offen.

Der Meister schob ihm sein Glas zu. »Das vergeht wieder, Giorgio.« Er nannte ihn manchmal bei seinem Vornamen.

»Trink mal! Das bringt dich auf andere Gedanken.«

»Mich schmerzt außerdem die Brust«, klagte Giorgio weiter.

»Das ist vom Ruß«, nickte der Meister, »mir ist es die erste Zeit auch so gegangen.«

»Euch?«

»Ja mir.« Der Meister sah ihn an. »Ich war schon mit zehn Jahren ein Kaminfegerbub, und ich hatte nicht das Glück wie du, dass ich mich nur ein halbes Jahr dazu verdingen musste.«

»Seid Ihr denn nicht gern Kaminfeger?«

Der Meister lachte: »Nein, es macht mir keine Freude, fremden Leuten den Ruß aus den Kaminen zu kratzen.«

»Warum seid Ihr denn überhaupt Kaminfeger geworden?«

»Weil mein Großvater und mein Vater Kaminfeger waren und weil mein Vater wollte, dass sein Handwerk in der Familie bleibt. Wenn ich mir selber ein Handwerk hätte aussuchen können, wäre ich Maurer oder Steinmetz geworden.«

»Wenn ich nicht gern Kaminfeger wäre«, sagte Giorgio laut, »würde ich heute noch alles hinwerfen und doch Maurer oder Steinmetz werden.«

Der Meister lächelte wieder: »Wenn das so leicht wäre, Giorgio. Ich habe eine Familie und die will essen, und essen kann sie nur, wenn ich die Kamine kehre. Ich habe keine andere Arbeit gelernt.« Der Meister trank sein Glas aus. »Komm jetzt«, sagte er dann, »und mach ein freundlicheres Gesicht, damit die Leute nicht immer sagen: ›Was bringt uns denn da der lustige Meister Rossi für einen brummigen Sauertopf mit ins Haus! Wenn der in die Kamine kriecht, werden sie nur noch schlechter brennen.‹«

Giorgio versprach es, und sie traten wieder ins Freie.

Am Anfang der Via Manzoni rief sie ein Mädchen an.

»Kommt, Meister, es eilt!«

Sie kamen in ein schönes altes Haus. Unten war eine lange Vorhalle. Von der Halle kamen sie in eine große getäfelte Küche. Die Küche war die schönste, die Giorgio jemals gesehen hatte. In der Küche stand ein großer Tisch. Auf der rechten Seite lagen gemästete Hühner und gespickte Kalbskeulen, auf der linken Hasen und Fasanen und allerlei Kräuter und Gemüsesorten, vom dicksten Kohl bis zu den zartesten Artischocken.

In der Küche waren außer dem Mädchen, das sie geholt hatte, noch ein weiß bemützter Koch, ein Küchenjunge und ein anderes Mädchen.

Der Koch hantierte mit seinem Buben an einem breiten Kamin. Über einer gedämpften Flamme brieten ein paar Hühner. Rechts und links von der großen Feuerstelle waren noch zwei kleine Roste, auf denen auch einige Hühner brutzelten und dampften.

Die Mädchen trugen auf großen Schüsseln rote Krebse und allerlei Fische herein und hinaus, die wohl vor den Hühnern gebraten oder gekocht worden waren.

»Wo fehlt's denn?«, fragte der Meister lustig. Der Schnaps, den er eben getrunken hatte, und der gute Bratengeruch hatten ihn fröhlich gemacht.

»Riecht ihr es denn nicht?«, sagte der Koch und drehte den großen Spieß mit den Hühnern um.

Ja, man roch es. Ein leichter Rauch schlug in kleinen Wellen aus dem Kamin nach unten.

»Es ist eine recht dumme Sache«, fuhr der Koch brummig fort, »irgendwo ist der Kamin verstopft, und der Rauch schlägt immer wieder auf die Speisen.«

»Hm«, machte der Meister und kratzte sich den Bart, »das wird gar nicht so leicht zu reparieren sein.«

»Ihr müsst es aber reparieren«, sagte jetzt auch eine der Mägde. »Wir haben eine große Gesellschaft, und die Signora hat sich gerade das zweite Mal beschwert, weil die Suppe und der Fisch nach Rauch schmecken.«

Der Meister trat an den Kamin heran.

»Kann man wenigstens für einen Augenblick das Feuer ausmachen?«

»Ihr seid wohl verrückt!«, schrie der Koch. »Wir sind gerade mit dem Fisch fertig, und in fünf Minuten müssen die Hühner auf dem Tisch sein.«

»Dann bratet wenigstens eine Weile nur auf den Rostplatten, sonst kann ich den Buben nicht in den Kamin lassen.«

Der Koch brummte zwar wieder, aber er dämpfte die Flammen und hob mit Hilfe der einen Magd den Spieß mit den Hühnern von dem Feuer herunter.

»So, Giorgio«, sagte der Meister, »versuch mal dein Glück! Nach allem, was ich sehe, kann der Schaden nicht groß sein.« Giorgio hatte jetzt schon Übung in seiner Arbeit. Er fürchtete sich auch nicht mehr in einen heißen Kamin zu klettern. Er band sich ein Tuch fest um den Mund, und dann zog er sich mit einem Schwung nach oben.

Der Kamin schien aber doch noch recht rauchig.

Giorgio tastete sich zu dem ersten Eisen, und da es heiß war, musste er es mit Hilfe eines Lappens anfassen. Er blickte in die Höhe. Wo der Schaden wohl saß? Aber es war alles schwarz, und er musste noch weiter steigen.

Der Kamin war nicht besonders breit, und er kam recht mühsam vorwärts.

Plötzlich spürte er, dass er irgendwo festsaß. Er wollte noch höher hinauf. Es ging aber nicht, auch hinunter kam er nicht mehr.

Was war das wohl, was ihn festhielt?

Schließlich konnte er überhaupt nicht mehr vorwärts. Zur gleichen Zeit wurde ihm sehr ängstlich zumute. Die Angst kam vom Herzen und bedrückte ihn. Bekam er keine Luft mehr, oder war die Luft nur zu heiß?

Er wollte rufen, er rief auch, aber er füllte den Kamin so mit seiner Gestalt aus, dass der Ruf nicht nach unten drang. Er versuchte, wieder ruhiger zu werden, obwohl ihm das Herz schon bis zum Hals klopfte. Schließlich mussten sie ja unten merken, dass er weder hinauf- noch herunterkonnte.

Er hörte sie deutlich sprechen.

Der Koch sagte: »Wenn die Sache nur nicht zu lange dauert.«

Der Meister antwortete: »Der Bursche ist tüchtig. Er wird den Schaden gleich haben.«

Auch eines der Mädchen fragte etwas, aber Giorgio konnte es nicht mehr genau verstehen.

Die Antwort des Meisters verstand er gleichfalls nicht mehr. Er hörte nur sein Herz noch rascher klopfen.

»Bub«, sagte inzwischen der Meister, der jetzt auch stutzig wurde, warum Giorgio so ruhig geworden war. »Bub, was ist denn? Kommst du nicht weiter?«

Da Giorgio nicht antwortete, schob er seinen Kopf in den Kamin und rüttelte an seinen Beinen.

»He!«, schrie er. »Ich habe etwas gefragt. Kannst du nicht antworten?«

Giorgio antwortete wieder nicht.

»Hallo!«, rief der Meister zum dritten Mal und packte Giorgios Beine fester.

»Was ist denn?«, fragte der Koch.

»Ich weiß es nicht. Der Bub gibt keine Antwort mehr.«

»So zieht ihn doch wenigstens heraus«, schrie das eine der Mädchen laut. »Er wird uns sonst bei lebendigem Leibe verbrennen.«

»Beruhigt Euch nur, Jungfer«, meinte der Meister. »Ich tue es schon.« Und er versuchte, Giorgio herabzuziehen.

Es ging aber nicht.

»Er hängt irgendwo fest«, sagte er. »Kommt einmal, Meister Koch, und helft mir!«

Jetzt zogen sie beide.

»Reißt mir aber um Gottes willen dem Burschen nicht die Beine aus!«, fuhr der Meister ängstlich fort, als der Koch sich mit seiner ganzen Kraft an Giorgios rechtes Bein hing.

Erst kamen ein paar Steine, danach Kalk, Schmutz und Lehm, endlich kam Giorgio selber.

Der Meister fing ihn auf.

»Was ist mit ihm?«, schrien die beiden Mägde, und auch der Koch starrte ihn an.

Giorgio hatte die Augen geschlossen. Sein mageres Gesicht war weiß. Seine dünnen Hände hingen kraftlos und ohne Leben nach unten.

»Der Arme«, rief die eine der Mägde, »er ist sicher tot.«

»Ja, ich spür's. Er atmet nicht mehr!«, schrie die zweite noch lauter.

»Um Gottes willen!« Der Koch schlug die Hände zusammen. »Jetzt haben wir zu unserem verstopften Kamin auch noch einen Toten im Haus und dazu dreißig Gäste. Ich glaube, Signora Anna rührt der Schlag.«

Der Meister hielt Giorgio noch immer in seinen Armen. Er war jetzt selber erschrocken. Was sollte er mit dem Knaben machen?

Die kleinere der Mägde war die Tüchtigste. »Legt ihn erst einmal hin!«

»Aber wohin?«, fragte der Meister.

»Auf den Tisch.« Sie schob mit ihren kräftigen Armen das Fleisch und die Gemüsekörbe auf die Seite.

Giorgio lag nun mitten zwischen Kalbskeulen und Krautköpfen. Der Meister beugte sich über ihn, auch der Koch.

»Ich glaube, er ist wirklich tot«, klagte der Meister.

»Ich höre auch nichts mehr«, meinte der Koch und machte ein ängstliches Gesicht.

»Was machen wir bloß!«, schrie das größere Mädchen wieder auf. »Ich habe noch nie einen Toten gesehen.«

Da öffnete sich eine der schweren Türen, und eine große, stattliche Frau trat ein. Sie trug ein langes, blaues Schleppkleid und eine fein bestickte Haube über dem rotbackigen, gutmütigen Gesicht. Es war Signora Anna.

»Kinder«, sagte sie, »wo bleibt ihr? Der Fisch ist noch nicht ganz abgetragen. Die neuen Teller fehlen. Die Hühner fehlen. Die Sauce fehlt. Die Polenta fehlt. Alles fehlt, und vor allen Dingen fehlt ihr selber.« Sie hob ihre breiten fleischigen Hände.

»Also husch, in den Saal!«

»Signora«, stammelte der Koch; er zitterte.

»Was denn?«, fragte die Frau. Sie war kurzsichtig und konnte das bestürzte Gesicht des Kochs nicht erkennen.

»Wir haben einen Toten in der Küche.«

»Einen Toten!« Die Frau trat einen Schritt auf den Koch zu.

»Ja«, stammelte der Koch, »Sie hatten doch den Rußgeruch beanstandet. Da haben wir einen Kaminfeger heraufgeholt. Sein Bub ist in den Kamin gekrochen, und eben haben wir ihn wieder herausgezogen.« Er zeigte auf Giorgio. »Er atmet nicht mehr.«

»Madonna«, sagte die Frau. Aber der Schlag rührte sie nicht, wie der Koch prophezeit hatte; sie wurde nicht einmal ohnmächtig. Sie trat im Gegenteil eilig näher, rüttelte den armen Giorgio ein paarmal hin und her, schob dann seine Augenlider in die Höhe und sagte: »Er scheint wirklich tot zu sein. Habt ihr wenigstens schon zu einem Arzt geschickt?«

»Nein, Signora«, sagten der Koch und der Meister zur gleichen Zeit.

»Dann schnell!« Sie sah die beiden Mägde an. »Pia kann gehen, und du, Carlotta, gehst inzwischen wieder in den Saal und räumst den Rest der Fischteller ab, und dass du mir kein Wort von dem sagst, was hier geschehen ist.«

Pia wollte schon gehen, da sagte Carlotta: »Aber der Doktor Casella ist doch da, Signora. Wollen wir ihn nicht erst fragen, bevor Pia auf die Straße geht?«

»Dass ich das vergessen konnte!« Die Frau schüttelte den Kopf. »Natürlich. Hol ihn! Aber sag es ihm vorsichtig.«

Carlotta ging, und einen Augenblick später trat Doktor Casella in die Küche. Es war ein schlanker, etwas steifer Mann mit einer Glatze. Er hatte helle blaue Augen, eine Brille darüber, einen kleinen gestutzten Bart und einen breiten, halboffenen Mund. Er steckte in einem frackartigen braunen Anzug, hatte halbhohe Beinkleider an, schwarzseidene Strümpfe und große, mit Schnallen überdeckte Halbschuhe. Er hinkte etwas, und seine Arme pendelten, als wären sie zu lang, immer hin und her.

»Sie haben mich rufen lassen, Signora.«

»Ja, Herr Doktor, entschuldigen Sie mich, bitte, aber wir haben hier einen Toten und ich dachte …«

Der Doktor hatte Giorgio schon liegen sehen. »Was ist denn da passiert?«, fragte er und legte seinen Kopf auf Giorgios Herz. Der Meister und der Koch erzählten noch einmal alles. Der Doktor machte ein bedenkliches Gesicht, dann hob er Giorgios Arme und bewegte sie ein paarmal hin und her. Als auch das nichts half, legte er die Hände auf seine Brust und bewegte die Brust auf und ab. Die anderen standen inzwischen mit kläglichen oder gespannten Gesichtern um ihn herum.

»Er blutet auch«, sagte Signora Anna.

Tatsächlich fing Giorgios alte Stirnwunde, die sich, als ihn die Männer aus dem Kamin zogen, wieder geöffnet hatte, zu bluten an.

Der Doktor beklopfte und massierte Giorgios Brust weiter.

»Sehen Sie!«, rief Signora Anna lauter. »Jetzt kommt das Blut auch wieder in sein Gesicht.«

Der Doktor nickte nur, ließ sich aber sonst nicht in seinen Bemühungen stören.

Auch die anderen sahen, wie sich Giorgios Gesicht langsam wieder belebte. Sein Mund öffnete sich. Er atmete. Eine leichte Röte lief die Backen hinauf. Der Kopf lag auch nicht mehr so schlaff auf dem Tisch, er bewegte sich und bekam wieder Festigkeit und Farbe, und endlich öffnete er die Augen.

Signora Anna schlug ihre Hände zusammen. »Er lebt!«, rief sie. »Ach, Herr Doktor, Sie haben ihn gerettet.«

Giorgio sah sich erstaunt um. Er nahm alles wahr: die Küche, die Menschen, auch das lange weißliche Gesicht des Arztes. Aber er war noch ganz abwesend.

»Ach«, sagte er, »da bin ich ja noch, und ich war gerade daheim.« Er schloss die Augen wieder.

Aber sein Herz pumpte das Blut bereits so kräftig durch die Adern, und die Lunge atmete so tief und gleichmäßig, dass er die Augen wieder öffnen musste.

»Wo bist du denn daheim?«, fragte der Arzt.

»Im Verzascatal.«

»Dann bist du ja ein kleiner Tessiner.«

Giorgio nickte.

Der Arzt lachte durch seine Brillengläser. »Ich bin auch einer. Wir sind also Landsleute.«

»Ich bin aus Sonogno«, fuhr Giorgio fort.

»So, und ich aus Lugano.«

Giorgio fühlte sich jetzt schon viel leichter und freier. Von den hellen, durchsichtigen und freundlichen Augen des Arztes ging eine starke Kraft aus. Er wollte sogar aufstehen. Dazu war er aber doch noch zu schwach.

»Du musst liegen bleiben«, sagte der freundliche Mann und drückte ihn wieder zurück. Er wandte sich an die Frau. »Kann der Knabe noch einen Augenblick bei Ihnen Luft schnappen?«

»Natürlich, Herr Doktor«, versicherte sie eilig. »So lange er will.«

»Kommt einmal her, Meister«, rief der Arzt, und sie packten Giorgio sorgsam an Händen und Füßen. »Wir betten ihn in die Nähe des Fensters, und in zehn Minuten sehe ich noch einmal nach ihm.«

Sie legten Giorgio auf zwei große Stühle und schoben dieselben unmittelbar an eine der hohen Fenstertüren, die in einen kleinen Garten gingen. Giorgio atmete die frische Luft tief und langsam ein.

In der Küche war es inzwischen stiller geworden. Die Frau und der Doktor waren gegangen. Der Koch und sein Gehilfe hantierten erneut mit ihren Hühnern und ihren Kalbskeulen. Die Mägde eilten mit Schüsseln, Gläsern und Tellern hinaus und herein, und der Meister hatte sich still an einen Tisch gesetzt.

Giorgio war noch immer sehr matt. Wenn er die Augen schloss, war er sofort wieder in Sonogno bei der Mutter und der Nonna, dann war es ihm wohl, aber sobald er sie öffnete, spürte er wieder den Druck über Brust und Herz, und ihm wurde ängstlich und beklommen. Er roch auch gleich wieder den warmen Bratenduft und wusste, dass er nicht daheim, sondern in einer fremden Küche war.

Wer wohl der große freundliche Mann gewesen war, der so nett mit ihm gesprochen hatte? Er hätte den Meister gern einmal gefragt, aber der Mann wollte ja wiederkommen, dann konnte er ihn selber fragen.

Eine der Mägde näherte sich auf Zehenspitzen. Es war Carlotta: »Na, wie geht's?«, fragte sie.

»Besser«, lächelte Giorgio.

Sie gab ihm einen Apfel.

»Iss, das kann dir nichts schaden.«

Die andere gab ihm ein paar Feigen, und der Koch sagte: »Warte nur, wenn du wieder aufstehen kannst, bekommst du auch ein Stück Huhn, ich habe es schon auf die Seite gelegt.«

Vorläufig aß der Meister für ihn. Carlotta hatte ihm einen großen Teller mit allerlei Fleischresten hingeschoben, und Vater Rossi ließ es sich schmecken. Er war froh, dass es Giorgio wieder besser ging, und blinzelte ihm nach jedem Bratenstück, das er sich in seinen großen Mund schob, mit seinen lustigen rötlichen Augen zu.

Da kam der Arzt wieder, schritt gleich auf Giorgio zu, hob mit seinen weichen schmalen Händen sein Kinn hoch und fragte: »Schon erholt?«

Giorgio bejahte eifrig.

Der Arzt fasste nach seiner Hand. »Ja«, sagte er dann, »der Puls geht gut. Auch das Gesicht ist wieder röter. Nun wollen wir einen Verband um deinen Kopf machen.«

Er wandte sich an die Mägde.

»Habt ihr ein Stück Leinwand da?«

»Jawohl, Herr Doktor«, sagten sie.

Die kleine Carlotta brachte eins.

So, so, dachte Giorgio. Nun brauchte er gar nicht mehr zu fragen. Der Mann war ein Doktor.

Doktor Casella tauchte das Tuch in eine Wasserschüssel, wrang es aus und legte es Giorgio um den Kopf.

Wie das kühlte und wie wohl ihm dabei wurde! Er musste auf einmal doch fragen: »Sind Sie ein richtiger Doktor?«

Der Mann nickte. »Ja, mein Kind, und es war gut, dass ich gerade im Haus war, sonst wärst du wahrscheinlich jetzt schon im Himmel und könntest auf uns herabsehen.«

»Ach«, sagte Giorgio, »bei Alfredo.«

»Wer ist denn das?«

»Mein bester Freund. Wir haben ihn vor einigen Tagen begraben.«

»War er auch ein Tessiner?«

Giorgio nickte. »Und auch ein Kaminfegerbub.«

Der Doktor sah Giorgio eine Weile nachdenklich an. »Nun«, tröstete er ihn, »freu dich lieber, dass du noch lebst. Ich glaube, dein Freund Alfredo würde sich auch freuen, wenn er noch durch die Straßen von Mailand springen könnte.«

Er war aufgestanden und wandte sich zu dem Meister: »Ihr könnt nun mit dem Bub nach Hause gehen. Ich glaube, er ist kräftig genug. Aber legt ihn vorerst ein paar Tage ins Bett. Er sieht ja furchtbar mager und ausgehungert aus.«

Der Meister, der wohl an seine Frau dachte, stammelte: »Wenn es meine Arbeit erlaubt, Herr Doktor.«

»Ihre Arbeit?«, erwiderte der Doktor. »Nun, es ist wirklich besser, wenn der Bub noch ein paar Tage liegt, bevor Ihr ihn wieder mitnehmt. Sonst fällt er Euch zum zweiten Mal um, und dann steht er bestimmt nicht wieder auf.«

»Ich will sehen«, stotterte der Meister wieder.

»Auf jeden Fall lasst ihn morgen im Bett«, lenkte der Doktor ein. »Ich komme gegen Mittag noch einmal bei Euch vorbei, und dann können wir ja weitersehen.«

Der Doktor notierte sich den Namen und die Adresse des Meisters.

»Also bis morgen«, sagte er zu Giorgio, »und ruh dich gut aus!«

Giorgio wollte gehen, aber er musste erst sein Hühnerbein essen. War das gut! Er hatte noch nie so etwas Weiches, Zartes und gut Schmeckendes zwischen seinen Zähnen gehabt.

Der Meister nahm ihn dann bei der Hand, und sie stiegen langsam die Treppen hinunter.

Giorgio war wirklich noch sehr müde. Es drehte sich alles vor ihm, und er fühlte das Herz heftig gegen seine Brust schlagen. Aber sie kamen trotzdem gut auf die Straße und auch ganz gut heim.

Die Meisterin erwartete sie schon.

»Nun«, sie hatte ihre Hände in die Hüften gepresst, »ihr beiden Faulenzer und Säufer, wo habt ihr denn gesteckt? Meint ihr, ich wärme euch das Essen den ganzen Abend?«

»Sei still, Weib«, unterbrach sie der Meister und schob Giorgio vor sich her. »Ich hätte heute beinahe den Burschen verloren. Er war schon halb in einem Kamin erstickt.«

»Wenn er dir nur ganz erstickt wäre, der Teufelsbraten«, krähte sie.

»Du sollst ruhig sein!«, schrie der Meister lauter. »Bring ihm eine Decke in seine Kammer. Er muss sich sofort hinlegen.«

»Ich«, rebellierte die Meisterin, »keinen Finger rühr ich für ihn. Wenn sich dein Prinz durchaus auf eine Decke legen muss, dann hol ihm nur deine.«

»Das werde ich auch«, sagte der Meister böse, schob seine Frau auf die Seite, ging in die Kammer und holte seine Decke.

»Ich brauche auch noch einen Teller Suppe für den Buben«, begann der Meister wieder, als er Giorgio niedergelegt und die Decke unter ihn geschoben hatte.

»Wenn du heute so freigebig bist«, keifte die Meisterin, die mit offenem Mund zugesehen hatte, wie ihr Mann den Buben umsorgte, »kannst du ihm ja auch deine Suppe geben. Für ihn steht nämlich keine mehr auf dem Ofen.«

Der Meister ging zum Kamin, schöpfte einen Teller voll und trug ihn zu Giorgio hinaus.

»Nun löffle sie aus«, sagte er, »dann schlaf gut, damit der Doktor zufrieden ist, wenn er morgen Mittag wiederkommt.«

»Einen Doktor hast du wegen dieses Strauchdiebes sogar kommen lassen?«, schrie die Frau. »Ja, willst du denn seinetwegen dich und deine ganze Familie ruinieren?«

»Ich habe dir schon zweimal gesagt, dass du endlich deinen Mund halten sollst«, fuhr sie der Meister wieder an.

Die Frau hielt ihn aber nicht. »Ich will wissen, wie das mit dem Doktor ist und wer ihn bezahlt.«

»Die Signora Bellini hat den Doktor kommen lassen, und zu dem Buben kommt er morgen aus freien Stücken, weil er ihn gern hat und noch einmal nach ihm sehen will.«

»Dass da nur nicht noch ein dickes Ende nachkommt!«, knurrte die Meisterin, halb grob und halb verwundert.

»Das kann schon sein«, sagte der Meister. »Besonders weil man bei dem Buben alle Rippen sieht. Der Doktor hat sowieso gesagt, er hätte in ganz Mailand noch keinen so mageren Burschen gesehen wie den da.«

»Dass ich ihm nur nicht sein Maulwerk stopfe«, erwiderte die Meisterin, aber sie wurde doch etwas kleinlauter.

»Oder er dir?«, neckte sie jetzt der Meister. »Er wollte sich jedenfalls die Kostmutter, die diesen Buben zu füttern hat, etwas genauer ansehen, wenn er kommt.«

»Mich?«

»Ja, dich«, stichelte der Meister. »Aber geh endlich. Der Bub soll Ruhe haben.« Und ehe die Frau noch einmal antworten konnte, schob er sie in die Küche. Dort rumorte sie weiter. Aber Giorgio hörte sie nicht mehr; er war eingeschlafen.

7 Eine Kalesche kommt in die Via Borgo spesso

»Ich wecke ihn!«

»Du weckst ihn nicht!«

»Ich wecke ihn!«

»Du weckst ihn nicht!«

Giorgio wurde durch das Geschrei munter. Er blinzelte durch die Augenwimpern.

Vor seinem Verschlag standen der Meister und die Meisterin. Der Meister war schon angezogen. Die Meisterin war noch in ihrem gelben Morgenrock, und ihr hageres Gesicht war noch giftiger und gelber als am Abend vorher.

»Ich wecke ihn!«, rief sie weiter.

»Du weckst ihn nicht! Er bleibt heute im Bett!«

»Und wer macht meine Besorgungen?«

»Die kann Anselmo machen.«

»Und wer geht mit dir auf die Arbeit?«

»Ich weiß es noch nicht. Vielleicht gehe ich allein. Vielleicht nehme ich auch Anselmo mit.«

»Meinen Buben!«

Die Meisterin schrie so laut, dass der Meister erst leise »Pst!« machte. Dann antwortete er: »Ja, deinen Buben!«

»O du Teufel!«, schrie die Meisterin noch lauter. »Das sage ich dir, ehe ich zulasse, dass du meinen Buben wie einen Besen durch die Kamine ziehst, will ich mich lieber selber von dir durch die Kamine ziehen lassen.«

Der Meister lachte. Auch Giorgio, der sich vorstellte, wie der Meister seine Frau durch den Kamin zog, konnte nur mit Mühe das Lachen verbeißen.

»Nun gut«, gab der Meister nach, »ich gehe allein, aber das sage ich dir noch einmal: Der Knabe bleibt in seiner Ecke, bis der Doktor kommt.«

»Das werden wir ja sehen«, widersprach die Meisterin noch, um wenigstens das letzte Wort zu haben. Darauf ging sie in die Küche zurück.

Giorgio hörte im gleichen Augenblick, wie der Meister den Korridor verließ, und eine Minute später polterte er die Treppe hinab. Er ging also allein zur Arbeit.

Giorgio hatte die lange Nacht mehr geträumt als geschlafen. Er sah sich wieder im Kamin, gleich darauf ging er in Sonogno durch die Schluchten. Dann wanderte er mit Alfredo eine schöne Straße entlang, aber mitten auf der Straße begegnete ihnen der Mann mit der Narbe. Er wollte sie gerade ansprechen, da verwandelte sich sein böses Gesicht in das freundliche Gesicht des Doktors.

Er schlief auch gleich wieder ein und wachte erst durch ein fürchterliches Getrampel und Geschrei auf der Treppe auf.

Es war unterdessen Mittag geworden. Die Handwerker unten in der Gasse legten ihr Handwerkszeug auf die Seite und bereiteten sich auf das Essen vor. Der Tischler machte noch einen Schwatz mit seinem Nachbarn. Der Fleischer war in seiner blutigen Schürze vor die Tür getreten. Ein paar Frauen, die schnell noch etwas einkaufen wollten, kamen die Gasse herunter, und auch Meister Rossi bog gerade in die Via Borgo spesso ein.

Er hatte heute nicht viel verdient. Sein Helfer fehlte ihm, und er schlenderte missmutig an den Häusern entlang.

»Platz!«, rief es da hinter ihm.

Eine Kalesche bog in die Straße ein.

»Platz!«, rief es noch einmal. Der Kutscher musste immer langsamer fahren, um durch die enge Gasse zu kommen. Der Fleischer sprang zur Seite. Der Glaser räumte einen Kasten weg. Zwei Kinder flüchteten in eine Haustür.

Der Kutscher schrie weiter.

Unmittelbar vor der Tischlerei bog er sich aus seiner Kutsche heraus und fragte den Tischler nach Meister Rossi.

»Zum Meister Rossi wollt Ihr?« Der Tischler wischte sich umständlich seine Hände an der Arbeitsschürze sauber. »Seit wann bekommt denn der Herr Kaminfegermeister so hohen Besuch?«

»Ja, ich will zu Meister Rossi«, sagte auch der Herr, der in der Kalesche saß. Es war ein hoher stattlicher Mann in einem schwarzen Rock. Er hatte eine Brille auf der Nase, helle blaue Augen, einen kleinen gelblichen Bart und in der Hand einen Stock.

»Wenn Ihr wirklich zu Meister Rossi wollt«, sagte der Tischler lauter, »müsst Ihr jetzt aussteigen. Fahren könnt Ihr nicht zu ihm, und wenn Ihr auch mit drei Pferden kommt. Er wohnt hier im Hinterhaus, zweiter Hof, zweite Tür, dritte Etage.«

»Danke, Meister«, antwortete der Fremde und stieg langsam aus der Kutsche. Zum Kutscher gewandt, sagte er noch: »Wendet und erwartet mich in ungefähr zwanzig Minuten wieder. Ich glaube, so lange wird es dauern.«

Inzwischen waren viele Leute zusammengelaufen, die alle den Mann sehen wollten, der in einer Kalesche bei Meister Rossi vorgefahren war.

Der Mann drängte sich durch die Menschen hindurch und wollte gerade in der Haustür verschwinden, als jemand von hinten rief: »Da kommt Meister Rossi.«

Der Mann blieb stehen.

Meister Rossi kam hastig näher. Der Mann in der Kutsche wollte also zu ihm. Jetzt erkannte er ihn auch.

»Ach«, sagte er und machte einen Kratzfuß. »Der Herr Doktor.«

Der Doktor lüftete seinen Hut. »Ja, ich bin's. Nun, was macht unser Kranker?«

»Als ich ging, schlief er noch«, berichtete der Meister. »Aber kommen Sie nur. Wir werden es ja gleich sehen.«

Der Meister ging voran, und der Doktor folgte. Die Menge, die sich noch durch einige Nichtstuer vergrößert hatte, drängte neugierig nach.

»Steht es mit Angeletta schlimmer«, fragte eine Frau, »dass sich die Leute jetzt sogar einen Doktor ins Haus kommen lassen?«

»Er hat nach dem Buben gefragt«, sagte der Tischler.

»Nach Anselmo«, fiel der Fleischer ein. »Ich habe ihn doch eben noch gesehen. Er war kreuzfidel und hatte gerade der Gemüsefrau ein paar Birnen gestohlen.«

»Dann muss es ...«, fing der Tischler an. »Dann muss es der Kaminfegerbub sein, der krank ist«, fuhr der Fleischer fort.

»Ein Kaminfegerbub«, schrie die Frau wieder auf, »und deswegen einen Doktor!«

Die Neugier und das Erstaunen der Leute wurden immer größer, und sie drängten dem Meister und dem Doktor noch eifriger nach. Sie scharrten, polterten, klapperten und sprachen auf der Treppe. Der Lärm, den sie machten, war es auch, der Giorgio aus dem Schlummer geweckt hatte.

Er stemmte sich auf. Im gleichen Augenblick öffnete sich die Tür, und der Meister und der Doktor traten ein.

»Da liegt er«, sagte der Meister und zeigte auf Giorgio.

Der Doktor hatte ihn schon gesehen, zugleich auch den ärmlichen Raum, das Gitter, die Kisten, die Säcke, den Schmutz, den Staub und die ganze ärmliche Umgebung, in die man Giorgio gebettet hatte.

»Hm, Meister«, brummte er, »weich hat er es nicht gerade.«

»Oh«, erwiderte der Meister, »doch. Ich habe ihm gestern Abend sogar meine Decke gegeben.«

Der Doktor sagte nichts mehr. Er wandte sich zu Giorgio: »Du hast also gut geschlafen?«

Giorgio nickte eifrig. »Ich bin gerade erst aufgewacht.«

»Und keine Schmerzen mehr?«

»Doch. Da und da.« Giorgio zeigte auf die Brust und auf den Rücken.

»Nun steh mal auf.«

Giorgio erhob sich.

Unterdessen waren die Leute alle nachgekommen. Der schmale Korridor war gedrängt voll, und auch auf der Treppe stauten sich die Neugierigen.

Jetzt trat die Meisterin aus der Küche. »Ho«, kreischte sie, »was ist denn passiert?«

»Der Doktor«, sagte der Meister und zeigte auf den Arzt, der Giorgio den Rücken beklopfte.

»Dazu muss doch nicht die halbe Stadt Maulaffen halten. Hinaus!« Sie schob den Fleischer und den Tischler zurück, die am weitesten vorgedrungen waren, und drängte sie mit den anderen wieder auf den Korridor. Hinter dem Letzten knallte sie die Tür zu und schloss sie ab.

Der Arzt beklopfte Giorgio weiter. Er ließ ihn auch ein paarmal tief atmen und mehrere Kniebeugen machen. »Nun leg dich wieder«, befahl er, und Giorgio legte sich gehorsam hin. Der Doktor sah noch eine Weile nachdenklich auf ihn herab, da fragte die Meisterin grob: »Was fehlt denn nun eigentlich unserem Prinzchen?«, und sie stellte sich in ihrer ganzen Giftigkeit vor dem Doktor auf.

Der Doktor drehte sich langsam zu ihr und sah sie durchdringend an. Dann nahm er bedächtig seine Brille ab, ersetzte sie durch einen Klemmer und beobachtete sie von neuem.

Die Meisterin wurde durch diese Prüfung unruhig und verlor ein wenig von ihrem Hochmut und ihrer Sicherheit.

»Was ihm fehlt?«, begann der Doktor. »Sehr viel. Erstens ist er noch sehr schwach von der gestrigen Rauchvergiftung, bei der er beinahe erstickt wäre. Zweitens hat er eine angegriffene Lunge. Drittens ist er unterernährt, und viertens macht es mir den Eindruck, als ob ihn jemand unmenschlich geschlagen hätte.«

Die Meisterin musste erst einige Male Luft holen, bevor sie auf die verschiedenen Beschuldigungen antworten konnte.

»Herr, wissen Sie, was Sie da behauptet haben?«, fuhr sie auf.

»Genau das, was ich gesagt habe«, erwiderte der Doktor ruhig und blickte sie wieder an.

»Der Bub soll sich also eine Rauchvergiftung zugezogen haben?«

Der Doktor nickte.

»Und was habe ich damit zu tun?«

»Nichts. Ihr wolltet aber wissen, was ihm fehlt.«

»Er soll eine schlechte Lunge haben?«

»Das hat er. Beide Lungenflügel sind angegriffen.«

»Bin ich auch daran schuld?«

»Ich glaube nicht«, erwiderte der Arzt wieder.

»Er soll unterernährt sein?«

»Bestimmt. Man kann sogar sagen, ausgehungert.« Er zeigte auf Giorgios Gesicht und seine magere Brust. Die Meisterin schob Anselmo vor, der auf einmal aufgetaucht war. »So. Er bekommt alles, was wir bekommen, und genau das Gleiche, was mein eigener Bub bekommt, und auch genau die gleiche Portion.«

»Hm«, machte der Doktor nur und sah sich das breite aufgeschwemmte Gesicht Anselmos an. »Dann scheint es bei ihm nicht anzuschlagen. Er sieht jedenfalls aus, als lebe er nur von Brotrinden und kaltem Wasser.«

»Das kann schon sein, dass es bei ihm nicht anschlägt«, sagte die Meisterin eifrig. »Wir hatten schon einmal einen Jungen, bei dem das beste Essen nicht angeschlagen hat. Und«, fuhr sie mutiger geworden fort, »dass der Bub geschlagen worden ist, nehmen Sie wohl auch zurück.«

»Pst«, machte der Meister jetzt und versuchte, seine Frau zum Schweigen zu bringen.

»Sei still«, fuhr ihm die Frau über den Mund. »Dich stört es ja nicht, wenn deine Frau im ganzen Viertel ins Gerede kommt. Oder meinst du vielleicht«, sie wies zur Tür, »die da draußen horchen nicht?«

»Man könnte auch prügeln sagen.« Der Doktor putzte sich seinen Klemmer. »Jedenfalls scheinen zwei Rippen schwer beschädigt. Auch die beiden Rückenwirbel sind auf Druck empfindlich, und die Beule da oben am Kopf hat der Junge sich wohl auch nicht selber beigebracht.«

»Ja«, die Meisterin streckte beide Hände in die Höhe, »geprügelt habe ich ihn, aber misshandelt habe ich ihn nicht. Ich will Ihnen auch sagen, warum. Weil er meinen Anselmo beinahe totgeschlagen hat. So ist er heimgekommen.« Und sie riss Anselmo die Hosen herunter, um dem Doktor sein Hinterteil zu zeigen. Es war aber nichts mehr zu sehen.

»Striemen über Striemen waren hier«, sagte sie dafür umso lauter. »Geblutet hat es. Drei Tage konnte der Arme weder liegen noch sitzen.«

»Sie sehen ja«, der Doktor versuchte zu lächeln, »es ist schon wieder vollständig verschwunden, während dieser da«, und sein Gesicht wurde sehr ernst, »wirklich schwer verletzt worden ist.«

»Schwer!« Die Frau kreischte auf. »Dabei ist er schon am nächsten Tag wieder auf die Straße gegangen.«

»Wahrscheinlich, weil Ihr ihn geschickt habt. Aber«, fuhr er versöhnlicher fort, »wir müssen uns jetzt gar nicht weiterstreiten. Fest steht auf jeden Fall, dass der Knabe noch immer krank ist und noch mindestens drei oder vier Tage im Bett bleiben muss.«

»Drei oder vier Tage«, es war, als ob sich der Frau alle Haare sträubten, »und wer macht inzwischen seine Arbeit? Mein Mann hat zweiundachtzig Lire für ihn bezahlt.«

»Meine Arbeit«, sagte der Meister besänftigend, »kann ich schon eine Zeitlang allein tun.«

»Allein tun! Allein tun!«, wiederholte die Frau. »Und was bringst du dann am Abend mit? Zwei oder drei Lire. Dir macht es ja nichts aus, wenn inzwischen dein Haus verkommt und deine beiden Kinder und deine Frau Hunger leiden.«

»Was verdient Ihr sonst, Meister?«

»Fünf bis sechs Lire«, antwortete der Meister bescheiden.

»Lüg doch nicht!«, unterbrach ihn die Frau. »Vorgestern hast du acht und vor drei Tagen hast du mir neun Lire heimgebracht.«

»Ich?« Der Meister war ganz erstaunt.

»Ja, du!« Und indem sie ihn wütend in die Seite stieß, fuhr sie fort: »Sie können es mir glauben, Herr Doktor. Acht, neun, sogar zehn Lire verdient er manchmal am Tag mit dem Knaben zusammen, und wenn er allein geht, verdient er höchstens zwei, und die vertrinkt er gewöhnlich, denn der Bub muss auch aufpassen, dass der alte, versoffene Kerl nicht jeden Abend nach seiner Arbeit in die Kneipe geht.«

Der Doktor sah erst die Frau und dann den Meister an. Da aber der Meister, seitdem ihn die Frau so grob in die Seite gestoßen hatte, beharrlich schwieg, sagte er zu der Meisterin: »Also gut. Ich werde Euch für die Zeit, in der der Knabe liegen bleiben muss, pro Tag fünf Lire Entschädigung zahlen. Zehn Lire jetzt und zehn Lire, wenn ich mich davon überzeugt habe, dass der Knabe in der Zeit eine gute Pflege und ein gutes Essen hatte.« Er zog umständlich eine lange, bestickte Börse aus der Tasche und nahm die zehn Lire heraus.

Die Meisterin war plötzlich wie umgewandelt. »Geben Sie sie mir! Der Bub soll es dann wie im Himmel haben.«

Der Doktor sah wieder einen Augenblick auf den Meister. »Geben Sie sie ihr schon!«, meinte er und wandte sich selber langsam der Küche zu.

Der Doktor, der das Geld bereits in seinen dünnen feingliedrigen Fingern hielt, zögerte noch, obwohl die Frau schon gierig nach dem Geld zappelte. »Könnt Ihr den Knaben in der Zeit nicht auch in einen besseren Raum legen?«, fragte er.

»Natürlich«, sagte die Frau eifrig. »Natürlich. Gleich hier hinein werden wir ihn legen, zu meiner Tochter.« Und als sie spürte, dass der Doktor nunmehr das Goldstück in ihre Hand fallen ließ, machte sie auch schon die Tür zu Angelettas Kammer auf.

Der Doktor trat ein. Er war erstaunt in dieser ärmlichen Wohnung eine solch saubere, wenn auch äußerst primitiv möblierte Kammer vorzufinden.

Angeletta saß in ihrem Bett. Sie wusste seit dem gestrigen Abend, dass etwas Besonderes im Haus vorgefallen war. Da aber niemand mehr zu ihr kam, auch Giorgio nicht, hatte sie sich wieder beruhigt und war eingeschlafen.

Als jetzt der große fremde Mann mit dem Klemmer ins Zimmer trat und sie erstaunt ansah, fragte sie gleich: »Was ist denn geschehen, ist etwas mit Giorgio passiert?«

»Ja«, antwortete die Mutter leichthin, »der Doktor sagt, er sei krank.«

»Krank?«, rief Angeletta erschreckt.

Der Doktor nickte. »Und wir werden ihn gleich zu dir in dein Zimmer legen.«

»Ist es schlimm?«, fragte Angeletta weiter.

»Nein«, antwortete der Doktor. »Es geht ihm schon besser, und wenn er ein paar Tage in deinem freundlichen Zimmer liegen kann, wird er bald wieder ganz gesund sein.«

»Das darf er gern!«, rief Angeletta.

»Magst du ihn denn?«, fragte der Doktor erfreut.

Angeletta zwinkerte mit den Augen. »Ja. Wir sind sogar Freunde«, fügte sie leise hinzu.

»Du bist auch krank?« Der Doktor fasste nach ihrer Hand.

»Sogar sehr«, sagte die Mutter geschäftig, die sich wieder neben sie geschoben hatte. »Sie hat immer Fieber und hustet und liegt schon das dritte Jahr im Bett.«

»So«, der Doktor sah Angeletta an, und zur Mutter gewandt fuhr er fort, »nun, wir werden noch darüber sprechen. Aber jetzt wollen wir erst Giorgio holen.«

Giorgio hatte sich schon aufgerichtet und stand an der Tür.

»Da bin ich!«, rief er.

»Wo legen wir dich hin?«, fragte der Doktor.

»Am besten in die Ecke«, sagte die Frau. »Einen Augenblick. Ich hole schnell noch eine Matratze.«

Angeletta klatschte in die Hände. »Der Herr hat gesagt, du darfst ein paar Tage in meiner Kammer liegen.«

»Ich weiß schon«, nickte Giorgio, »bis ich wieder ganz gesund bin.«

Die Meisterin kam zurück. Sie zog die Matratze hinter sich her: »Da leg dich hin!«

Giorgio legte sich gehorsam auf den Strohsack nieder.

»Halt, etwas weiter nach rechts«, rief Angeletta, »damit ich Giorgio auch sehen kann.«

Der Doktor und die Meisterin schoben die Matratze wieder ein Stück vor. Giorgio bekam noch eine Decke, und der Doktor und die Meisterin gingen dann für einen Augenblick hinaus.

»Ich komme noch einmal zurück«, rief der Doktor.

»Wer ist denn der nette Mann?«, fragte Angeletta, die noch immer aufrecht in ihrem Bett saß.

»Ein Arzt«, erklärte Giorgio. »Er hat mich gestern ins Leben zurückgeholt. Ich war beinahe gestorben, und denk dir nur, er ist ein Landsmann von mir. Er heißt Doktor Casella und ist aus Lugano.«

»Was ist mit dir passiert?«

»Oh, nichts weiter.« Giorgio versuchte, sein altes Gesicht zu machen. »Ich bin nur in einem Kamin stecken geblieben. Nun habe ich noch überall Schmerzen und soll ein paar Tage liegen bleiben.« Das von den Rippen und was der Doktor über Angelettas Mutter gesagt hatte, verschwieg er dem Mädchen. »Die ganze Zeit darfst du bei mir liegen!« Angeletta klatschte wieder in die Hände. »Wird das schön werden! Du musst mir von früh bis abends erzählen, und ich erzähle dir auch.«

Da kamen der Doktor und die Mutter schon wieder.

Der Doktor verabschiedete die Mutter, kurz bevor er ins Zimmer trat. »Das holt Ihr in der nächsten Apotheke.« Er gab ihr einen Zettel. »Ich warte hier auf Euch und meinem Kutscher sagt bitte, er solle sich noch ein paar Minuten gedulden.«

»Was«, rief die Frau, »in einer Kutsche seid Ihr sogar zu diesem Landstreicher gekommen?«

Der Doktor verschwand aber schon in der Kammer. Er horchte noch, bis draußen die Tür zuschlug. »So«, lachte er listig, »ich habe sie fortgeschickt. Wir sind für ein paar Minuten allein.«

Er nahm sich einen Stuhl und setzte sich zwischen Giorgio und Angeletta. »Nun erzähl mir einmal, wie du eigentlich nach Mailand gekommen bist.«

Giorgio zögerte einen Augenblick. Er wusste nicht recht, wo er anfangen sollte.

»Stört dich das kleine Mädchen?«, fragte der Doktor. »Ich glaube, du kannst ruhig sprechen. Sie hat gesagt, sie sei deine Freundin.«

Giorgio nickte eifrig. »Ich weiß es. Ich habe ihr außerdem schon meine Geschichte erzählt.«

Giorgio erzählte nun, erst stockend, dann immer schneller und eifriger: von den schweren und bösen Tagen in Sonogno. Warum ihn sein Vater verkaufen musste. Er berichtete von ihrer Fahrt auf dem Lago Maggiore. Von der Wanderung nach Mailand, dem Mann mit der Narbe, von seiner Arbeit, von Alfredo und von der Bande der schwarzen Brüder.

»Alfredo war auch ein Tessiner?«, fragte der Doktor.

»Ja, wir Kaminfegerbuben sind meistens Tessiner.«

»Habt ihr es alle so schwer wie du?«

Giorgio nickte wieder. »Viele haben es noch schwerer als ich. Ich habe wenigstens einen Winkel, in dem ich schlafen kann. Dante schläft bei seinem Meister im Hausflur, Antonio in einem Stall, Enverino und ein paar andere in einem offenen Schuppen.«

Der Doktor schüttelte seinen Kopf. »Warum behandelt man euch so schlecht?«

»Ich weiß nicht, ich glaube aber, es ist schon immer so gewesen.«

»Ist das übrigens alles, was du besitzt?« Der Doktor zeigte auf die Lumpen, die Giorgio anhatte.

»Alles«, bestätigte Giorgio. »Das Tuch«, und er wickelte den kleinen Schal auf, den er um den Hals trug, »hat mir Angeletta geschenkt.«

»Du musst doch wenigstens bei der Kälte Schuhe haben?«

»Wir haben alle keine Schuhe. Die sind viel zu teuer für junge Kaminfeger.«

»Sind denn viele von euch krank?«

»Ich glaube nicht«, meinte Giorgio. »Nur husten tun wir alle.«

»Das nenne ich ja krank«, sagte der Doktor.

»Die Meister behaupten, das komme nur von dem vielen Ruß, den wir einatmen. Wenn wir wieder in unsern Bergen seien, würde das bestimmt besser.«

»Sterben viele von euch?«

»In diesem Jahr ist nur Alfredo gestorben. Aber Sie können ja den Antonio fragen. Antonio ist schon das zweite Mal hier, und er hat gesagt, es stürben viele. Wir sind ja auch erst drei bis vier Monate da, und der Winter hat gerade angefangen.«

»Wo kann ich denn diesen Antonio einmal treffen?«

Giorgio dachte nach: »Am besten in unserer Höhle.«

»In welcher Höhle?«, wollte der Doktor wissen.

»Wir haben einen Keller, wo wir immer zusammenkommen. Alle schwarzen Brüder. Ja, das ist das Beste. Wenn ich wieder gesund bin, führe ich Sie einmal abends hin.«

»Gut«, meinte der Doktor, »und hier ist meine Adresse.« Er gab Giorgio eine Karte.

»Ach«, Giorgio wurde ganz kleinlaut, »ich kann nicht lesen.«

»Du kannst nicht lesen?«

»Nein, in Sonogno ist noch keine Schule, und bis Brione, wo der Pfarrer die Kinder unterrichtet, war es zu weit.«

Der Doktor schüttelte den Kopf. »Dann merk dir's. Weißt du, wo der Dom ist?«

Giorgio wusste es.

»Gegenüber ist das Hotel ›Zur Stadt Rom‹. Dort fragst du nach mir und gibst diese Karte ab. Dann wird man dich schon zu mir lassen oder mich holen.«

Da kam die Meisterin wieder. Ihr knochiges, faltiges Gesicht war rot, und ihre Haare standen in kleinen Büscheln zu Berge. Sie war gerannt. »Die ganze Gasse ist noch unten versammelt«, keuchte sie, »und bestaunt Ihre Kutsche!«

Anselmo, der mitgekommen war, sagte: »Der Kutscher wartet schon dreißig Minuten. Der Tischler meint, allein das Warten koste schon zwei Lire.«

Der Doktor tat, als höre er das alles nicht. Er fragte die Meisterin nur: »Habt Ihr die Medizin mitgebracht?«

Die Meisterin sagte: »Ja, ja.«

»Auch das Fleisch?«

»Ja, auch das Fleisch. Es ist Kalbfleisch. Es ist das Beste, was ich bei unserm Fleischer bekommen konnte.« Und sie packte die Flaschen und das Fleisch aus.

Der Doktor nahm ihr die Flaschen ab. »Die kleine Flasche ist für Eure Tochter. Gebt ihr dreimal am Tag fünf Tropfen. Die große Flasche ist für Giorgio. Er soll zweimal am Tag einen Esslöffel voll nehmen. Das Fleisch ist für beide. Macht eine kräftige Suppe davon und tut auch genügend Kraut und Butter hinein.«

»Ich werde es schon machen«, sagte die Frau. »Bei mir ist noch jeder satt geworden und zu seinem Recht gekommen.«

»Hoffen wir, dass es wenigstens jetzt stimmt«, erwiderte der Doktor und blinzelte mit den Augen, »denn bis heute sah der Knabe nicht nach Fleisch und Bouillon aus.«

»Fangen Sie schon wieder an?« Die Meisterin stemmte ihre Arme in die Seite.

»Nein.« Der Doktor lachte. »Ich höre auf.«

Er sagte auch der Meisterin, wo er wohne. »Und«, setzte er hinzu, »lasst mich wissen, wenn es einem von den beiden schlechter geht. Dann komme ich wieder.«

Er gab den Kindern die Hand: »Erholt euch gut!« Er strich ihnen noch einmal über die Köpfe.

»Danke«, erwiderte Giorgio, und auch Angeletta dankte. Einen Augenblick später brachte ihn die Meisterin unter allerlei Verbeugungen und Komplimenten hinaus.

»Wo ist der Mann auf einmal hergekommen?«, fragte Angeletta. Sie sah dem Doktor noch immer mit großen Augen nach. »So ein freundlicher, guter Herr.«

»Ich weiß auch nicht«, antwortete Giorgio. »Ich war schon ganz weit weg. In Sonogno, bei der Nonna, bei den Zwillingen. Dein Vater und der Koch sagten sogar, ich hätte nicht mehr geatmet, als sie mich endlich aus dem Kamin herausgezogen hatten, und wie ich die Augen aufmachte, war er plötzlich da.«

Angeletta sah noch immer geradeaus. »Sicher hat ihn Alfredo geschickt«, sagte sie leise. »Ja, ich weiß es genau. Alfredo ist es gewesen.«

»Vielleicht.« Giorgio war nachdenklich geworden. »Vielleicht.«

Vierter Teil

Das Haus auf dem Hügel

8 Eine Freude, die in einer großen Enttäuschung endet und zu einem schwerwiegenden Entschluss führt

Giorgio hatte es nun vier Tage so gut wie noch nie in seinem Leben. Er lag auf einer breiten, weichen Matratze und konnte sich mit einer Decke vor der Kälte schützen. Früh bekam er Kaffee und Weißbrot an sein Lager. Mittags gab es meistens eine gute Suppe und Braten, und am Abend brachte die Meisterin noch einmal etwas Gesottenes oder Gebratenes in die Kammer.

Hie und da kam auch ein Kellner aus dem Hotel »Zur Stadt Rom« und gab eine zugedeckte Schüssel mit einem Gruß vom Doktor »Für meine beiden kranken Pfleglinge« ab.

Die Kinder mussten sie immer selber öffnen.

In der ersten waren ein paar schöne gebackene Fische, in der zweiten Datteln, Feigen, Äpfel und Nüsse und in der dritten ein ganzes Brathuhn.

Das Schönste aber an diesen Tagen war für Giorgio, dass er von früh bis abends bei Angeletta sein konnte und sie diese Freuden gemeinsam erlebten.

Die meiste Zeit musste Giorgio erzählen.

Die Geschichte von Alfredo kannte sie schon. Jetzt erzählte er ihr seine Geschichte: von Sonogno. Von seinem Tal. Von den Adlern, von den Schlangen, von den Käuzen und was er sonst alles wusste.

Als er damit fertig war, fing er mit den Geschichten an, die ihm die Nonna abends erzählt hatte, und als auch die zu Ende gingen, musste Angeletta aus ihrem Leben erzählen. Es war nicht viel, was sie zu berichten hatte.

Angeletta war in der Via Borgo spesso geboren und kannte außer der Gasse nur die Via Manzoni, die Kirche San Francesco di Paolo, die Giardini Pubblici und ein paar benachbarte Straßen und Gassen. Sonst war sie nirgends hingekommen. Mit sieben Jahren hatte sie die Mutter in eine der benachbarten Klosterschulen gebracht. Dort lernte sie von den Nonnen singen und beten, lesen und schreiben. Nach zwei Jahren war sie krank geworden und jetzt lag sie schon viele, viele Monate im Bett. Sie war nicht traurig deswegen. Sie hatte sich daran gewöhnt. Auch darüber, dass sie bald sterben musste, machte sie sich keine Gedanken mehr, ja, sie freute sich beinahe darauf, »ein Engel« zu werden.

»Vielleicht kann dich mein Doktor wieder gesund machen«, sagte Giorgio. »Ich war ja auch schon beinahe tot, und er hat mich wieder ins Leben zurückgerufen.«

Angeletta schüttelte den Kopf. »Nein, das glaube ich nicht. Mich macht niemand wieder gesund.« Am vierten Tag fuhr der Doktor, wie er es versprochen hatte, wieder vor ihrem Haus vor.

Er brachte diesmal den Kutscher mit herauf. Der Kutscher stellte vor Angeletta einen Korb mit Apfelsinen und zwei Büchern hin. Für Giorgio hatte der Doktor ein Taschenmesser mitgebracht.

Die Kinder freuten sich und dankten ihm für alles. Auch für das, was ihnen der Doktor geschickt hatte.

Der Meister und die Meisterin, die beide im Haus waren, dankten ihm auch. Der Meister war kurz und verlegen wie immer. Er sagte »Hm, hm« und »So, so« und: »Sie waren sehr freundlich.«

Die Meisterin sprach in langen, hochtönenden Worten. »Unser lieber Herr Doktor. Unser Wohltäter. Ich werde jetzt immer für Sie beten. Ich ...« Sie versuchte ihm sogar die Hand zu küssen.

Der Doktor wehrte ab: »Wir wollen lieber noch einmal nach unserem Patienten sehen.«

Giorgio musste wieder aufstehen und sich ausziehen, und der Doktor klopfte ihn ab.

»Geht es schon besser?«, fragte der Meister.

Der Doktor nickte.

Er legte seinen Kopf noch einmal an Giorgios Brust. »Atmen«, sagte er.

Giorgio atmete.

Dann tastete er alle Stellen ab, die Giorgio vor ein paar Tagen geschmerzt hatten. »Tut es noch weh?«

»Kaum«, antwortete Giorgio.

Der Doktor gab ihm einen kleinen Klaps: »Dann kannst du nach dem Essen das erste Mal wieder aufstehen und auf die Straße gehen, und«, er dachte einen Augenblick nach, »am besten ist es, du kommst einmal zu mir.«

»Oh«, sagte Giorgio, »wir treffen uns immer erst abends.«

»Pst!« Der Doktor legte einen seiner langen Finger auf den Mund. »Das ist unser Geheimnis. Über den Abend sprechen wir später.«

»Kann er denn auch bald wieder arbeiten?«, wollte der Meister wissen.

»Wenn ihm der Nachmittag gut bekommt, sicher. Ich werde es Euch durch den Buben sagen lassen, Meister.«

Er ging auf Angeletta zu. »Nun«, fragte er sie, »wie geht es denn unserm Mädchen heute?«

»Gut«, lächelte sie. »Ich habe mich so gefreut, weil Giorgio in meiner Kammer schlafen konnte.«

»Nimm nur deine Medizin brav weiter.« Der Doktor strich ihr über den Kopf, dann verließ er die Kinder.

Giorgio konnte es nicht erwarten, er stand schon vor dem Essen auf. Obwohl ihm noch etwas schwindlig war, ließ er es sich nicht nehmen, Angeletta die Suppe zu bringen.

Nach dem Essen las ihm Angeletta aus den beiden dicken Büchern vor. Es war die Geschichte des Ritters Don Quijote und seines Dieners Sancho Pansa. Es hatte viele lustige kleine und große Bilder, und Giorgio hatte während des Vorlesens beinahe vergessen, dass er zum Doktor musste.

Bei den ersten Schritten durch die Gasse wurde ihm wieder schwindlig. Aber mit jedem Schritt ging es besser, und als er auf die Via Manzoni kam und der frische Wind, der durch die Straßen pfiff, um seine Ohren wehte, fühlte er sich wohler. Auf dem Domplatz war ein fröhliches Treiben. Es war eine Art Markt mit allerlei Verkaufsbuden, wie damals in Locarno. Es drängten sich nur viel mehr Buden und auch mehr Menschen auf dem großen Platz zusammen.

Das Hotel »Zur Stadt Rom« stand schräg gegenüber dem Dom. Es war ein alter, sehr schöner Bau. Beinahe so schön wie eine Kirche. Die Tür war von großen Marmorsäulen umrahmt. Darüber prangte in goldenen Lettern der Name des Hotels. Vor der Tür stand ein großer Mann in einer bunten Uniform. Er hielt einen gewaltigen Stock in der Hand, auf dessen Spitze eine Kugel war. Neben ihm standen zwei Burschen in genauso bunten Uniformen. Sie stießen oder rissen die schwere Tür auf und zu.

Ein paar Offiziere mit hohen Federbüschen gingen hinein. Eine Kalesche fuhr vor, aus der zwei Damen ausstiegen. Der große Mann mit dem langen Stock begrüßte sie mit einer tiefen Verbeugung. Ein junger Mann begleitete ein zierliches Fräulein heraus. Eine Kutsche wurde gerufen, und die beiden stiegen ein.

So ging es eine ganze Zeit. Giorgio sah und staunte nur. Dazwischen ging er auf und ab. Denn sobald er stehen blieb, sah ihn der Mann mit dem Stecken mit bösen rollenden Augen an. Giorgio hatte wirklich Angst vor ihm. Wie sollte er jemals an diesem Berg von einem Mann vorbei ins Hotel hineinkommen? Auf einmal, als er wieder an ihm vorbeihuschen wollte, hielt ihn der Hochbemützte mit seinem Stecken auf.

»Was willst du hier, du kleiner Spitzbube? Willst du etwa stehlen? He? Ich werde dich gleich dem nächsten Polizisten übergeben.«

Giorgio zitterte: »Nein, Signore, nein«, stammelte er. »Ein Herr Doktor hat mich herbestellt. Ich soll ihn hier aufsuchen.«

»Ein Herr Doktor?«, lachte der Mann. »Das muss ein schöner Doktor sein, der dich hierherbestellt hat. Wohl der Doktor Nieda oder der Doktor Nochnichtgeboren?«

Giorgio verstand den Mann nicht und stotterte nur: »Nein, so hieß der Herr nicht.«

»Ha, ha!«, lachte der große Mann wieder, und das Lachen dröhnte über den Platz, als wenn jemand Wasser in einen Eimer gösse. Auch die beiden Burschen lachten und hielten sich ihre uniformierten Bäuche.

»Das glaube ich auch, dass dein Doktor nicht so hieß«, fuhr der Mann fort, »aber ich bin der Meinung, ich muss dich wirklich dem nächsten Polizisten übergeben.«

»Nur das nicht!«, rief Giorgio. »Dann gehe ich lieber wieder.« Er wollte sich auch schon in Trab setzen, da fiel ihm die Karte ein, die ihm der Doktor gegeben hatte. Er fischte sie aus seiner Tasche und zeigte sie: »Da ist der Name.«

»Der Doktor Casella?«, sagte der große Mann und machte auf einmal ein höchst gewichtiges Gesicht.

Giorgio nickte.

»Der Doktor Casella?«, wiederholte er noch einmal. »Und er soll dich bestellt haben?«

»Ja.« Giorgio wurde richtig eifrig. »Er war präzis vor zwei Stunden in unserer Wohnung und hat mir gesagt, ich solle nach dem

Mittagessen hier sein und nach ihm fragen. Er hat mich ja auch wieder gesund gemacht.«

»Ach« – der große Mann fasste sich an das Kinn –, »dann bist du wohl der Knabe, dem wir das Essen geschickt haben?«

Giorgio strahlte: »Die beiden großen Forellen.«

»Und das Backhuhn!«, lächelte der Mann. Er wurde zusehends freundlicher. »Und die Schüssel mit den Früchten?«

»Ja, ja!« Auch Giorgio nickte immer eifriger.

»Dann wollen wir einmal deine Ankunft dem Herrn Doktor melden.«

Einer der Burschen sprang schon, und einen Augenblick später trat der Doktor, lächelnd wie immer und mit einem kleinen Stock bewaffnet, auf die Straße.

»So, da bist du«, sagte er und gab Giorgio die Hand.

Giorgio strahlte ihn an.

»Weißt du auch schon, warum ich dich kommen ließ?«

»Nein.« Giorgio schüttelte den Kopf.

»Weil wir uns den Markt hier einmal ansehen wollen.« Und der Doktor zeigte mit seinem Stock auf die vor ihm stehenden Stände und Buden.

»Oh«, sagte Giorgio nur.

»Also komm!« Der Doktor schritt in eine der kleinen Gassen, die durch die Budenstadt führten, hinein.

Er drehte sich noch einmal um. »Was sehen wir uns denn zuerst an, Giorgio? Nicht wahr, so heißt du doch?«

»Ja«, antwortete Giorgio aufgeregt, denn er war schon mit all seinen Gedanken bei den schönen Sachen, die in den Buden vor ihm aufgestapelt waren.

Der Doktor hatte einen Schuhstand entdeckt.

Die kleine Bude war über und über mit leichten und schweren Schuhen bedeckt und behangen. Es gab da Schuhwerk in vielerlei Formen. Kleine und große. Zierliche und grobe. Solche für Damen und solche für Herren. Holzschuhe und Schuhe von feinstem Leder. Kleine Pantöffelchen und hohe Stulpenstiefel.

»Nun, welche willst du?«, fragte der Doktor und sah Giorgio an, der diese Pracht mit großen Augen anstaunte.

»Ich?«, sagte Giorgio. »Keine. Ich bin in Sonogno barfuß gegangen, und ich kann auch hier barfuß gehen.«

»Du musst aber Schuhe haben, wenn du gesund bleiben willst«, bestimmte der Doktor.

»Natürlich«, rief das kleine Männchen, das hinter der Bude stand, und schoss wie ein Sperber auf den Doktor zu. »Natürlich braucht der Knabe Schuhe.« Und zu Giorgio gewandt sagte er: »Sicher müsstest du deine Beine in Stiefeletten stecken. Zu einem richtigen Burschen gehören ein Paar feste Schuhe, damit er ein ganzer Kerl wird.«

Er hatte Giorgio schon auf eine kleine Bank gesetzt und schob ihm ein Paar von den gröberen Schuhen über die Füße.

»Passen sie?«, fragte er.

Giorgio, der noch immer nicht wusste, was er sagen sollte, antwortete nur: »Sie sind so kalt, und für mich ist das alles so ungewohnt.«

»Das gibt sich«, beschwichtigte ihn das Männchen. »Aber wir können auch noch ein paar bessere probieren.« Und er zog die ersten wieder von Giorgios Füßen und passte ihm ein Paar andere, feinere an.

Giorgio wusste noch immer nicht, was er sagen sollte.

»Nimm sie nur«, sagte der Doktor. »Ich glaube, sie sitzen recht gut.«

»Darf ich sie anbehalten?«, fragte Giorgio noch.

»Natürlich«, lachte der Doktor, »und nun komm; wir wollen dir noch ein festeres Hemd und eine Hose kaufen.«

Giorgio wusste gar nicht, wie ihm geschah. Es war wie ein Traum. Aber der Doktor ging tatsächlich mit ihm von Bude zu Bude. Er bekam noch eine derbe Hose, ein dunkelblaues, festes Hemd, eine dicke Wolljacke und einen breiten Gürtel, den er an Stelle seines Strickes um die Hüfte binden musste.

Alle Leute sprangen herbei, um ihn zu bedienen und nach seinen

Wünschen zu fragen. Der Mann, bei dem sie den Gürtel gekauft hatten, wollte ihm sogar noch ein Paar Strümpfe verkaufen, aber Strümpfe, nein, die wollte Giorgio nicht.

»Nun brauchen wir bloß noch eine Mütze, dann ist unser junger Mann fertig angezogen«, bemerkte der Doktor, der der Verwandlung mit genau solcher Freude wie Giorgio zugesehen hatte.

»Eine Mütze!« Giorgio riss die Augen auf.

»Natürlich, komm nur!«

In einer großen Bude, in der alles, von der kleinsten Kappe bis zum schönsten Hut, zu kaufen war, suchten sie sich die Mütze aus. Giorgio wollte eine kleine Schirmkappe, aber der Doktor kaufte ihm eine Wollmütze, die man über die Ohren ziehen konnte.

»Bald wird es noch kälter in Mailand, und du wirst sie brauchen.«

Sie waren inzwischen wie zwei Schwimmer durch das Meer von Buden, Menschen und Verkäufern geschwommen und standen vor der Passage Coville.

»Nun wollen wir uns den jungen Mann einmal ansehen«, meinte der Doktor, und er führte Giorgio an ein großes Spiegelfenster, das den Eingang zu einem Coiffeurladen zierte.

Giorgio sah in den Spiegel.

Er erkannte sich kaum wieder. Er sah jetzt wie ein vornehmer Knabe aus. Die Mütze hing über sein halbes Gesicht. Dann begann die zweireihige Jacke. Unter der Jacke schossen die neuen Hosen wie zwei Röhren hervor, und unter den Röhren sah man die glänzenden, schönen Stiefel.

»Wie gefällst du dir?«

»Ich weiß gar nicht, wie ich Ihnen danken soll«, sagte Giorgio. Der Doktor lachte. »Mir hat das Einkaufen auch Freude gemacht.« Er fasste ihn am Arm: »Und jetzt wollen wir es noch feiern.«

Sie setzten sich an einen der kleinen Tische, die hier überall aufgestellt waren. Giorgio hatte unter den vielen vornehmen Menschen zuerst Herzklopfen, dann beruhigte er sich aber wieder.

Ein Kellner kam. »Was wünschen die Herrschaften?«

»Was willst du, Giorgio?«, fragte der Doktor.

»Ich, ich ...« Er dachte daran, was der Meister immer trank, wenn sie beide zusammen in eine der kleinen Kneipen gingen. »Einen Wermut«, bat er.

»Oho.« Der Doktor erhob einen Finger. »Das wollen wir lieber nicht trinken. Bringen Sie dem Knaben eine Schokolade.«

»Und Ihnen, mein Herr?«

»Bringen Sie *mir* den Wermut.«

Der Kellner ging und brachte es.

»Jetzt wollen wir beide noch darauf anstoßen, dass wir uns getroffen haben.« Der Doktor hob sein Glas. »Und hoffentlich sehen wir uns wieder.«

»Verreisen Sie denn?«

Der Doktor nickte: »Morgen früh fahre ich wieder nach Lugano.«

»Aber Sie wollten doch mit zu den schwarzen Brüdern kommen.«

»Das können wir ja noch. Du hast doch gesagt, wir können sie nur am Abend sehen.«

»Ja«, bestätigte Giorgio. »Wenn sie mit ihrer Arbeit fertig sind.«

»Dann treffen wir uns also nochmals.«

»Gern«, sagte Giorgio. »Bestimmen Sie nur, wo.«

»Am besten hier in der Passage. Ich werde um neun an dem gleichen Tisch auf dich warten. Aber nun geh heim und leg dich nochmals ein paar Stunden hin, damit du heute Abend nicht zu müde bist und auch morgen nicht, wenn deine Arbeit wieder beginnt.«

Giorgio versprach es, bedankte sich noch einmal für alles, packte den Beutel, in den er seine alten Sachen gesteckt hatte, und wollte davon.

»Halt!«, rief da der Doktor. »Wir haben ja deine kleine Freundin vergessen.«

Sie kauften noch ein buntes Tuch und einen Spiegel für sie, und nun rannte Giorgio endgültig heim.

Vor der Via Borgo spesso blieb er stehen. Sollte er so nach Hause gehen?

Es war wohl besser, er zog sich wieder seine alten Sachen an, denn sonst forderte er nur den Neid der Meisterin heraus, und sicher würde auch Anselmo neidisch werden.

Er kletterte über die Mauer, verschwand im Schuppen des Tischlers, und als er heimkam, hatte er wieder seine alten Sachen an und die neuen im Beutel.

Die Meisterin sah ihn an: »Du bist recht lange fortgeblieben«, schimpfte sie.

»Wir haben Abschied gefeiert, der Doktor und ich«, erklärte Giorgio. »Der Doktor fährt morgen wieder nach Lugano.«

»So, und was hast du da?« Die Meisterin fasste nach seinem Beutel.

»Nichts weiter.« Giorgio warf das Bündel in seine Ecke. »Ein paar alte Sachen.« Dann drehte er sich um und ging zu Angeletta in die Kammer, um sich noch einige Stunden niederzulegen.

Er konnte es aber nicht unterlassen, Angeletta wenigstens von seinem Glück zu erzählen. Er gab ihr auch den kleinen Spiegel und das Tuch, das ihr der Doktor mitgeschickt hatte.

»Du musst mir aber alles zeigen, was du bekommen hast«, bat Angeletta.

Giorgio nickte. »Heute Abend, wenn ich wiederkomme.«

»Gehst du noch einmal fort?«

»Ich treffe den Doktor ein letztes Mal in unserer Höhle. Er will auch mit den anderen sprechen.«

Giorgio war jetzt wirklich müde, und er schlief bis zum Abendbrot.

Der Meister war recht aufgeräumt, als er heimkam.

»Was hat dir dein Doktor gesagt?«, fragte er.

»Ich soll morgen wieder mit auf die Arbeit gehen«, berichtete Giorgio.

»Es wird auch höchste Zeit«, sagte der Meister. »Mir fällt die Arbeit allein immer schwerer.«

Es war acht, als sie sich endlich zum Essen setzten.

Gleich nach dem Essen schlüpfte Giorgio wieder fort. Er rannte, was er rennen konnte. Es schlug gerade neun, als er an der Passage war.

Der Doktor saß bereits an seinem Tisch. »Aber wo hast du denn deine neuen Sachen?«, fragte er.

»Die habe ich daheim gelassen«, erwiderte Giorgio. »Ich kann sie doch nicht jeden Tag anziehen.«

»Du Schafskopf«, lachte der Doktor. »Dazu sind sie doch da.« Sie gingen auf den Domplatz.

»Wo ist denn eure Höhle?«

Giorgio nannte die Straße.

Der Doktor winkte eine Droschke heran.

»Wir fahren?« Giorgio hob erstaunt die Hände.

»Ja.« Der Doktor zeigte auf seinen steifen Fuß. »So weite Strecken muss ich fahren.«

Am Eingang der Gasse stiegen sie aus. Giorgio überfiel es plötzlich heiß: Konnte der Doktor überhaupt bis zu ihrer Höhle vordringen? Nun, sie wollten es wenigstens versuchen. Sie krochen in das Brunnengewölbe hinein.

»Geht es noch tiefer?«, wollte der Doktor wissen.

»Nein. Jetzt geht es geradeaus.«

Der Doktor kroch, so gut es ging, hinter Giorgio her. Nun kamen sie an die Stufen.

»Parole?«, sagte eine Stimme.

»Ticino«, antwortete Giorgio.

»Losung?«, fragte die Stimme weiter.

»Hie gut Schweiz allezeit.«

»Kann passieren!«

Der Riegel wurde vorgeschoben, und Giorgio trat ein.

»Giorgio!«, rief Antonio erfreut und kam auf Giorgio zu.

»Ja, ich bin's«, sagte Giorgio.

»Du warst krank?«

Giorgio bejahte. »Woher weißt du das?«

»Oh«, sagte Antonio, »ich erfahre alles.«

Unterdessen war auch der Doktor eingetreten. Giorgio zeigte auf ihn: »Ich habe noch jemand mitgebracht.«

Da der Doktor ziemlich gebeugt durch die kleine Tür gekrochen war, hatten ihn die Knaben alle für einen Kameraden gehalten. Jetzt, als er sich aufrichtete, sahen sie erst, dass ein Erwachsener in ihrem Keller war.

Die Knaben, die wie gewöhnlich auf der steinernen Bank gesessen hatten, sprangen auf.

»Ein Mann! Wer ist das?« Sie drängten auf Giorgio, Antonio und den Doktor zu.

»Setzt euch!«, beruhigte sie Giorgio. »Ich werde es euch erzählen.«

Die Knaben standen aber noch immer herum.

»Setzt euch«, bat Giorgio nochmals und schob die Nächsten auf ihre Sitze.

Der Doktor sah sich inzwischen den Keller der schwarzen Brüder an, der wie immer nur durch ein kleines Licht erleuchtet war. Er betrachtete auch die Jungen. Es waren ziemlich viele. Die ganze Bande war versammelt.

Giorgio erzählte ihnen von seinem Unfall und wie ihm der Mann da, der ein Doktor sei, das Leben gerettet habe.

»Es ist ein Landsmann von uns«, fuhr er fort, »und er wollte euch alle gern einmal sprechen. Darum habe ich ihn mitgebracht.«

»Ja«, sagte der Doktor, der sich inzwischen auf die Bank niedergelassen hatte, »ich wollte euch einmal kennenlernen und wissen, was euch nach Mailand und zu diesem Beruf getrieben hat.«

»Oh«, sagte Antonio, »meine Mutter hat mich einfach verkauft. Ich bin schon das zweite Mal hier.«

Ein gewisser Paulino erzählte, dass er von seinem Stiefbruder verkauft worden sei. »Mein Vater und meine Mutter sind schon längst tot.«

Dante erzählte seine Geschichte: vom Vater, der sein Boot durch den Sturm verloren hatte und ihn darum nach Mailand schicken musste. »Es ist ja nicht mehr lange«, sagte er noch. »Im Frühjahr gehe ich wieder zurück.«

Jeder hatte seine Geschichte; fast jede war sehr traurig, aber sie erzählten sie so leidenschaftslos und einfach, als wäre es gar nichts Besonderes.

Der Doktor nickte nur immer und sah sich jeden der Knaben, während sie erzählten, genau an. Da war Antonio, groß, stark und mit einem gutmütigen, offenen Gesicht. Dort der magere, sommersprossige, kleine Dante. Der Rotkopf, mit dem er danach sprach, war blass und zerlumpt, als lebe er schon viele Jahre in dieser Höhle. Paulino, den sein Bruder verkauft hatte, war klein und schmächtig, und auf seinen dünnen Händen konnte man alle Adern sehen. Augusto war breiter und kräftiger, aber auch er trug nur Lumpen auf seinem knochigen Leib.

Der Doktor wollte noch wissen, wie es ihnen gehe, wo sie wohnten, wie sie lebten, ob ihnen ihre Arbeit viel Mühe mache, ob sie oft geprügelt würden, warum sie alle so elend und verhungert aussähen und noch viel mehr.

Die Knaben antworteten. Manchmal einzeln, manchmal alle durcheinander. Manchmal lauter, manchmal leiser. Es war viel Trauriges, was der Doktor da erfuhr.

Die meisten wurden geprügelt. Der Rotkopf schlief in einem Schuppen. Antonio hatte sein Lager in einem Stall. Dante war von seinem Meister im Hausflur untergebracht worden, wo es zog und kalt war; deswegen schüttelte es ihn den ganzen Tag.

»Hungern müssen wir«, erzählte Augusto, »damit wir nicht dick werden.«

»Und warum sollt ihr nicht dick werden?« Der Doktor sah ihm in die Augen.

»Weil wir sonst nicht mehr durch die Kamine klettern können. Nein, ein Kaminfegerbub muss immer schlank bleiben, sonst kann man ihn nicht mehr brauchen.«

Der Doktor notierte sich vieles. Mit einigen sprach er auch länger; besonders mit Antonio sprach er ausführlich.

»Ich will euch auch erzählen«, sagte der Doktor freundlich, »warum ich zu euch gekommen bin. Ich habe nicht geahnt, wie viele kleine Tessiner hier in Mailand als Kaminfeger arbeiten. Das alles erfuhr ich erst, als ich zufällig Giorgio fand, wie er beinahe in einem Kamin erstickt war. Ich habe mir darauf überlegt, wie man euch helfen könnte. Zuerst war ich bei unserm Konsul, aber«, fuhr er mit trauriger Stimme fort, »eure Eltern haben regelrechte Kaufverträge mit euern Meistern über euch abgeschlossen, und es gibt vorläufig kein Mittel, euch daraus zu lösen. Ich kann also höchstens über euer Elend schreiben. Das soll auch geschehen, und deswegen habe ich mir eure Geschichten erzählen lassen. Aber sonst kann ich hier nichts für euch machen. Nein«, er sah die Buben der Reihe nach an, »mehr könnte ich nur in Lugano und auf Schweizer Boden für euch tun.«

Er fuhr dem neben ihm stehenden Antonio durch das Haar.

»Nun muss ich aber gehen.« Er sah sich um. »Habt ihr eine Kasse?« Eine Kasse hatten sie.

Der Doktor zog einen Beutel aus der Tasche. »Dann will ich euch einige Lire geben. Dafür kauft euch Wollstrümpfe, damit ihr wenigstens gesund durch den Winter kommt.«

Antonio verwaltete die Kasse und nahm das Geld. Es waren dreißig Lire.

»So.« Der Doktor gab allen die Hand. »Auf Wiedersehen in Lugano. Giorgio weiß meinen Namen und weiß auch, wo ich in Lugano wohne.« Dann wandte er sich zum Gehen.

»Ich bringe Sie wieder hinaus«, sagte Giorgio und nahm ein Licht.

In der kleinen Gasse nahmen sie endgültig voneinander Abschied.

»Wie haben Sie das gemeint, dass Sie uns in Lugano helfen können?«, fragte Giorgio verlegen.

»Wie ich es gesagt habe.«

»Wir sollen also«, Giorgio zögerte einen Augenblick, »ausreißen und zu Ihnen kommen?«

»Das habe ich nicht gesagt.« Der Doktor blinzelte ihn an. »Ich habe nur gesagt, hier kann ich euch nicht helfen; aber in Lugano könnte ich es.«

Giorgio sah den Doktor an: »Dann also auf Wiedersehen in Lugano.« Er drückte ihm kräftig die Hand.

Als Giorgio zurückkam, sprachen auch die anderen darüber, wie der Doktor das mit seiner Hilfe in Lugano wohl gemeint habe.

Antonio erklärte: »Wir sollen davonlaufen.«

Dante war der gleichen Meinung.

Der Rotkopf meinte: »Nein, wir sollen uns bei ihm melden, wenn wir Ostern hier fortkönnen.«

»Ich gehe früher«, entschied Antonio, »vielleicht kann er mir wirklich helfen.«

Auch Augusto versicherte: »Ich brenne so bald als möglich durch. Wenn mein Stiefbruder dann das Kaufgeld zurückzahlen muss, geschieht es ihm nur recht.«

Alle wollten nun Giorgios Meinung wissen.

»Ich habe das Gefühl, es ist ihm gleich, wann wir kommen«, sagte Giorgio, »er wird uns immer zu helfen versuchen.«

»Würdest du mitfliehen?«, fragte ihn Antonio.

»Ich weiß nicht. Ich müsste es mir erst noch eine Nacht überlegen.«

»Ich fliehe bestimmt«, sagte Antonio.

Dante war vorsichtiger. »Ich vielleicht auch.«

»Aber haltet den Mund«, rief Augusto.

»Ja«, meinte Giorgio, »wir wollen alles noch genau und in Ruhe besprechen.«

Antonio, Giorgio und der Rotkopf redeten noch darüber, was sie mit dem Geld machen könnten, das ihnen der Doktor gegeben hatte.

Antonio wollte für alle Schuhe kaufen.

»Das wird nicht langen«, befürchtete Giorgio.

»Dann wenigstens Strümpfe«, meinte der Rotkopf.

»Das hat keinen Zweck, wenn wir keine Schuhe haben«, wandte Giorgio ein.

Sie einigten sich, das Geld zu verteilen.

»Die Bande besteht zur Zeit aus neunzehn Knaben«, sagte Antonio.

Der Rotkopf zählte nach. »Ja«, bestätigte er. »Mit Alfredo waren wir genau zwanzig.«

»Gib jedem erst eine Lira«, schlug Giorgio vor.

»Und den Rest?«, fragte Antonio.

Giorgio überlegte einen Augenblick. »Den heben wir auf für die, die wirklich fliehen wollen.«

»Bist du damit einverstanden?« Antonio wandte sich an den Rotkopf. Dem Rotkopf war es gleich, und Antonio zahlte die neunzehn Lire aus. Dann gingen sie auseinander und schlüpften einzeln, wie sie gekommen waren, wieder aus ihrem Keller hinaus.

Giorgio rannte noch eiliger heim, als er hergerannt war. Er freute sich auf seine Sachen, wollte sie auspacken und anziehen und sich dann Angeletta zeigen.

Als er in seinen Winkel fasste, um das Paket aufzuheben, war es fort. Aber wo war es?

Er sah sich um. Hier hatte er es hingeworfen. Er tastete alles ab, aber es war nicht mehr da.

Er sah genau nach, tastete auch in die andere Ecke seines Verschlages. Es war auch dort nicht.

Wo konnte es sein?

Er klopfte aufgeregt bei Angeletta an. Sie war noch auf und wartete auf ihn.

»Mein Paket ist weg«, stotterte er.

»Was für ein Paket?«, fragte Angeletta.

»Das mit meinen Sachen.«

»Was?« Angeletta richtete sich auf.

»Ja, ich hatte es in meinen Winkel gelegt, und jetzt kann ich es nicht finden.«

»Nimm mein Lämpchen«, sagte Angeletta.

Giorgio leuchtete damit noch einmal alles ab. Das Paket war und blieb verschwunden.

»Ich verstehe das nicht«, sagte Giorgio. »Jemand muss es gestohlen haben.«

»Vielleicht hat es die Mutter nur weggelegt«, versuchte ihn Angeletta zu trösten.

»Oder Anselmo«, sagte Giorgio.

»Auf jeden Fall musst du bis morgen früh warten, die Eltern schlafen schon.«

Giorgio wollte sich an seine alte Stelle legen, aber die Matratze war verschwunden.

»Ja«, erzählte Angeletta traurig, »die Mutter hat gesagt, du seist nun gesund und müsstest wieder in deinem Loch schlafen.«

Giorgio hatte das zwar erwartet, doch erst für den nächsten Tag, und er ging jetzt doppelt traurig in seinen Verschlag. Obwohl er sich Mühe gab, konnte er nicht einschlafen. Er dachte immer an seine schönen Sachen, wie er sie mit dem Doktor eingekauft hatte, und dass sie jetzt verschwunden waren. Warum hatte er sie auch nicht anbehalten? Der Doktor hatte ihn ja deshalb sogar ausgescholten.

Er musste aber doch eingeschlafen sein, denn unerwartet wurde er durch einen Tritt geweckt.

Die Meisterin stand vor seinem Lager.

»Steh auf!«, rief sie.

Giorgio sprang gehorsam auf, wusch sich und suchte wieder nach seinem Paket.

Die Meisterin beobachtete ihn.

»Was suchst du denn?«, fragte sie.

»Ich habe gestern ein Paket mitgebracht«, sagte er kleinlaut.

»Was war denn darin?«, wollte die Meisterin wissen.

»Der Doktor hat mir Schuhe, eine Jacke, eine Hose, ein Hemd, eine Mütze und einen Gürtel gekauft, und als ich gestern Abend wieder heimkam, war alles verschwunden.«

»So«, lachte sie höhnisch, »und das soll ich glauben?«

»Es ist wirklich wahr«, beteuerte Giorgio.

»Hat er dir vielleicht auch noch einen Mantel, einen Hut, einen Schirm und eine Weste gekauft?«, spottete die Frau weiter.

»Nein, nur Schuhe und einen Anzug«, erwiderte Giorgio, »aber ich kann sie nirgends finden.«

»Soll das etwa heißen, dass *ich* sie habe?«, kreischte die Meisterin, und ihre Froschaugen wurden größer.

»Nein«, stammelte Giorgio, »aber ...«

»Was, aber ...« Und dann strenger: »Hör jetzt auf mit deiner Sucherei. Hier ist der Milchtopf und der Korb für das Brot. Geh! Du kannst später weitersuchen.«

Giorgio lief gehorsam die Treppe hinunter und kaufte ein. Als er zurückkam, musste er noch den Korridor, die Küche und die Kammer säubern. Er suchte dabei weiter nach seinem Bündel. Aber es war und blieb verschwunden.

Als er den letzten Winkel ausgefegt hatte, stand der Meister schon in der Küche.

»Trink deinen Kaffee. Wir müssen gehen.«

»Oh«, stammelte Giorgio und sah ihn verzweifelt an.

»Was hast du denn?«, fragte der Meister.

Giorgio erzählte auch ihm, was passiert war.

»Schuhe? Einen Rock, eine Hose, eine Mütze? Das hat dir alles der Doktor geschenkt und es ist verschwunden? Wo soll es denn hin sein?« Der Meister sah erstaunt erst Giorgio, dann seine Frau an.

»Ich weiß es nicht«, stammelte Giorgio.

»Ich habe auch nichts gesehen«, sagte die Meisterin grob.

»Geht jetzt! Ich werde selber einmal suchen. Wenn es wirklich wahr ist, was der Bub erzählt hat, und kein Schwindel, werden sich die Sachen schon finden.«

»Ich glaube auch, das ist das Beste«, meinte der Meister.

»Wenn wir zurückkommen, werden die Sachen sicher wieder da sein.«

Giorgio wollte noch immer nicht gehen, aber die Meisterin stieß ihn einfach zur Tür hinaus, und da der Meister hinter ihm her drängte, blieb ihm nichts anderes übrig, als auch zu gehen.

Sie wanderten wieder durch die Via Manzoni. Giorgio hing immer noch mit jedem Gedanken seinem Bündel nach, und als sie heimkamen, war seine erste Frage: »Habt Ihr meine Sachen gefunden, Frau Rossi?«

»Ich habe das ganze Haus auf den Kopf gestellt und nicht einmal den Schatten von einem Bündel gefunden«, antwortete sie grob.

»Es war aber doch da«, rief Giorgio laut.

»Wenn es da war, hättest du besser darauf aufpassen müssen. Ich weiß nur, dass es nicht da ist.« Sie schob Giorgio in seine Kaminecke und gab ihm seinen Teller Suppe und ein Stück Brot.

Giorgio konnte aber nicht essen. Er sah immer nur die Meisterin an und war ganz verzweifelt.

Anselmo trat herein. Er stampfte wie ein Soldat. Giorgio traute seinen Augen nicht. Da war ja schon etwas aus seinem Bündel. Anselmo hatte seine Schuhe an.

Anselmo ging ruhig, vor sich hinpfeifend, an Giorgio vorbei, setzte sich auf seinen Fensterplatz und ließ sich einen Teller Suppe geben.

Giorgio starrte nun auf Anselmo.

»Was glotzt du denn?«, schrie die Meisterin, die sein Gesicht beobachtete.

Giorgio nahm allen Mut zusammen. »Das sind meine Schuhe«, sagte er und zeigte auf Anselmo.

»Deine Schuhe!«

Die Meisterin sprang auf.

Auch der Meister war neugierig geworden und sah auf Anselmos Beine.

Giorgio nahm noch einmal seinen Mut zusammen, er nickte und sagte: »Ja.«

Die Meisterin stieß den Meister in die Seite: »Frag Anselmo selber, wo er die Schuhe herhat.«

»Na«, sagte der Meister, »wo hast du die Schuhe her?«

Anselmo löffelte erst noch zwei Löffel Suppe, dann antwortete er ruhig: »Ich war heute Morgen mit der Mutter auf dem großen Markt, dort haben wir sie gekauft.«

»Weißt du nun, wem die Schuhe gehören, du Lausejunge?« Die Meisterin hatte schon lange wieder ihren alten Ton angenommen.

»Sie sind aber genau wie die meinen«, betonte Giorgio lauter. »Willst du vielleicht behaupten, Anselmo habe gelogen, was?« Die Frau trat aus der Bank und kam auf Giorgio zu. »Soll vielleicht auch *ich* gelogen haben, was? Ja«, schrie sie lauter, »ich war heute Morgen mit Anselmo auf dem großen Markt und habe ihm von dem Geld, das mir der Doktor gegeben hat, ein paar Schuhe und auch sonst allerlei gekauft.«

Dann hat sie wahrscheinlich auch alle meine anderen Sachen genommen und sie Anselmo gegeben, dachte Giorgio.

Die Meisterin schien Giorgios Gedanken zu erraten. »Schau mich nur an«, sagte sie, »und wenn du vielleicht noch behaupten willst, wir hätten dir auch noch deine anderen Sachen gestohlen, so kannst du jetzt gleich ein paar hinter die Ohren haben.« Und ehe Giorgio sich's versah, schlug sie zu, dass ihm sein Teller aus der Hand fiel und die Suppe über den ganzen Kamin spritzte.

»Das ist doch wohl nicht nötig, dass du den Buben gleich wieder schlägst«, schalt der Meister.

Giorgio, der mühsam seinen Schmerz verbiss, war aufgestanden. »Ich lasse mich nicht bestehlen und obendrein noch schlagen«, trotzte er.

»Hast du das gehört!«, brüllte die Meisterin. »Erst belügt er uns, dann sagt er, wir hätten ihn bestohlen, und nun bedroht er mich, und du willst mich auch noch hindern, ihn zu schlagen, anstatt aufzustehen und den Teufelsbraten selber zu prügeln.«

Der Meister hatte sich aber schon erhoben. Was Giorgio da in seiner Wut herausgestoßen hatte, war auch nach seiner Meinung so schlimm, dass es bestraft werden musste.

»Komm einmal her«, befahl er. Giorgio kam gehorsam näher. »Erzähl mir die Sache noch mal. Du hast vom Doktor Sachen geschenkt bekommen, sie in ein Bündel gepackt und das Bündel in deine Ecke gelegt, und jetzt ist es weg?«

»Ganz weg«, bestätigte Giorgio.

»Du behauptest nun, Anselmo hätte die Schuhe an, die in deinem Bündel waren, obwohl die Meisterin und Anselmo sagen, dass sie die Schuhe heute Morgen gekauft haben?«

»Es können nur meine Schuhe sein«, beharrte Giorgio weinend.

»Schafskopf«, unterbrach ihn der Meister, »in Mailand gibt es ein paar tausend solcher Schuhe. Aber sei jetzt still.«

Er kam einen Schritt näher. »Du behauptest weiter, Anselmo habe dir nicht nur die Schuhe, sondern auch die anderen Sachen gestohlen?«

»Wo sollen sie sonst sein?«, schluckte Giorgio.

»He«, mischte sich die Frau wieder ein, »und wer sagt uns denn, dass deine Geschichte nicht Schwindel ist? Wer kann es denn beweisen, dass dir dein Doktor die Sachen gekauft hat, und wer kann es beweisen, dass du sie mitgebracht hast?«

»Der Doktor selber«, rief Giorgio wie befreit. »Ich werde ihn gleich holen.« Er machte sich los und rannte zur Tür. Plötzlich blieb er stehen.

»Warum gehst du nicht?«, fragte der Meister.

Auch die Meisterin sah ihn erwartend, halb spöttisch, halb höhnisch, an.

Ja, warum ging er nicht? Der Doktor hatte ja gesagt, er würde früh mit der ersten Post nach Lugano fahren. Wer weiß, wo er jetzt schon war.

»Der Doktor ist bereits fort«, stammelte er.

»So, der Doktor ist schon fort«, sagte der Meister nur.

Die Meisterin aber triumphierte: »Da hast du ihn wieder, deinen Schwindler und Spitzbuben. Willst du ihm nun wenigstens sein Hinterteil verhauen?«

»Aber Angeletta weiß es auch!«, schrie Giorgio, als der Meister schon nach ihm griff.

»Angeletta?« Der Meister ließ Giorgio los. »Hat sie die Sachen gesehen?«

»Nein«, stotterte Giorgio. »Aber ich habe ihr davon erzählt.«

»Ja, ja!«, schrie die Meisterin. »Wie uns! Ein feiner Plan, und jetzt möchtest du noch mein eigenes Fleisch und Blut gegen mich aufhetzen.«

Der Meister war nun auch überzeugt, dass Giorgio die Unwahrheit sagte. Er zögerte aber noch immer, ihn zu schlagen.

»Siehst du jetzt ein«, sagte er nur, »dass du überführt bist?«

»Nein! Nein! Nein!« Giorgio schüttelte verzweifelt seinen Kopf. »Ich habe doch alle Sachen schon angehabt. Der Doktor und ich waren damit in einem Kaffeehaus. Ich habe mich sogar schon in einem Spiegel darin gesehen. Ich, ich …«

»Bekommt er nun seinen Teil«, schrie die Meisterin grob, »oder nicht?«

»Bück dich!«, befahl der Meister.

Aber Giorgio bückte sich nicht.

Da bog ihn der Meister zwischen seine Knie, und bevor er sich's versah, hieben der Meister, die Meisterin und auch Anselmo, der aufgestanden war, mit Händen und Fäusten auf seinen Rücken und auf seine Hinterseite.

Giorgio spürte jeden Schlag, aber er sagte kein Wort. Nein, er biss die Zähne zusammen; lieber wollte er sich totschlagen lassen als eine Träne vergießen.

»Du Lügner«, sagte der Meister nach einer Weile, »nun wirst du wohl genug haben!« Und er ließ Giorgio wieder frei.

Giorgio schnellte in die Höhe und wankte mit zittrigen Knien in seine Kaminecke zurück.

Der Meister war schon in seine Kammer gegangen, um seinen Mittagsschlaf zu halten. Die Meisterin stellte sich noch einmal vor ihm auf.

»So«, höhnte sie, »das wird dir wohl geschmeckt haben, und heute Abend bekommst du noch einmal Prügel, merk dir das!« Auch Anselmo stellte sich mit seinen neuen Stiefeln vor ihm auf. »Na«, lachte er, »stehen sie mir nicht gut? Und warte nur, wenn ich erst meine neue Mütze, meine neue Jacke und meine neue Hose anhabe, dann wirst du Augen machen und staunen!« Und er gab Giorgio noch einen Tritt mit seinen neuen Stiefeln.

Giorgio war zu zerschlagen, um sich gegen die beiden zu wehren; er stand mühsam auf und wankte hinter sein Gitter. Dort warf er sich hin und fing an zu weinen.

Dass man ihm seine Sachen gestohlen hatte, war schlimm, aber dass man ihn einen Lügner genannt und der Meister, den er gern hatte, sogar glaubte, er sei ein Lügner, und ihn verprügelte, war viel schlimmer. Das schmerzte auch mehr als alle Schläge.

Da dachte er an den vergangenen Abend. Ja, nun gab es nur noch eines: fliehen.

Gestern hatte er noch bei Angeletta und dem Meister bleiben wollen. Jetzt war es klar, er musste fort. Keine Minute länger wollte er in einem Haus bleiben, wo man ihm alles, sogar seine Ehre zu stehlen versuchte.

Giorgio erhob sich vorsichtig. Durch seinen Bretterverschlag konnte er gleich in den Schuppen steigen und dann bis zum Abend in den Keller gehen und auf die anderen warten.

Nur von Angeletta wollte er Abschied nehmen. Ja, das war er ihr schuldig.

Er ging ein paar Schritte vor. Anselmo war auf die Gasse gegangen. Wahrscheinlich protzte er jetzt mit den gestohlenen Stiefeln vor den anderen Kindern. Der Meister und die Meisterin schliefen bereits.

Giorgio trat leise bei Angeletta ein.

Angeletta, die den neuen Krach gehört hatte, hielt die Hände vor die Augen und schluchzte.

Er erzählte ihr, was geschehen war.

»Anselmo hat die Schuhe sicher gestohlen«, versicherte sie, als Giorgio mit seinem Bericht zu Ende war. »Ganz sicher, und er hat auch bestimmt die anderen Sachen. Aber was willst du machen?«

»Ich will fort«, erklärte Giorgio. »Ich kann hier nicht mehr bleiben. Ich will fliehen.« Und er erzählte ihr, was der Doktor gesagt und was Antonio, Augusto und Dante beschlossen hatten.

»Ja«, sagte Angeletta, »fliehe!«

»Aber was wird dann aus dir?«

»Fliehe!«, sagte sie noch einmal. »Ich muss doch bald sterben, und es ist mir ein Trost, wenn ich dich vorher wieder daheim weiß.«

»Es ist aber eine beschwerliche, lange Flucht«, sagte Giorgio.

»Ja«, flüsterte Angeletta, »ihr müsst essen und werdet Geld brauchen.«

Da erinnerte sich Giorgio, dass sie noch einige Lire für die Flucht in ihrer Kasse hatten.

»Ich kann euch ein paar von meinen Orangen schenken«, meinte Angeletta. »Außerdem werde ich dir heute mein Brot aufheben, und vielleicht finde ich noch etwas, was ich dir mitgeben kann.«

»Ich will aber gleich fliehen.«

»Jetzt schon?«

Er senkte bejahend den Kopf.

»Ihr müsst doch erst Vorbereitungen treffen.«

»Das müssen wir. Ich will es aber von unserer Höhle aus machen.«

»Gut«, sagte sie. »Deswegen kannst du aber doch noch einmal zu mir kommen. Keiner weiß ja von deinem heimlichen Gang; versprich mir's, am Tag, bevor ihr Mailand verlasst, sagst du mir noch addio.«

»Das wird schon morgen oder übermorgen sein.«

»Und wie erfahre ich, dass eure Flucht geglückt ist und du in Sicherheit bist?«

»Wir sind drei oder vier, die fliehen. Einer von denen, die dableiben, wird es dir mitteilen.«

»Dann leb wohl, Giorgio, und mach leise, damit dich niemand hört.«

»Leb wohl, Angeletta.«

Er sah sie noch einmal an, dann schlich er auf den Fußspitzen aus der Kammer.

9 Eine gefährliche Flucht, aber die neue Kameradschaft bewährt sich

Es war langweilig in dem kalten Keller. Das Wasser tropfte von allen Wänden. Manchmal hörte Giorgio von der Straße ein dumpfes Geräusch. Dann klang es, als ob sich Schritte näherten. Hie und da wurde auch der ganze Keller erschüttert. Oben fuhr ein Wagen oder eine Kutsche vorbei. Giorgio wurde es langsam unheimlich, allein in dem dunklen Loch. Er fror auch, obwohl er sich in alle Lumpen gewickelt hatte, die herumlagen. Die Kälte nahm gegen Abend noch zu, und dann schmerzten ihn der Rücken und die Hinterseite von den Prügeln. Selbst die alten Stiche im Rücken und unterhalb der Rippen machten sich wieder bemerkbar, und er war recht froh, als endlich ein Licht sichtbar wurde und Antonio vor ihm stand.

»Du bist schon da?«, fragte er.

»Schon seit Mittag. Ich bin meinem Meister ausgerissen.« Und Giorgio erzählte Antonio, was passiert war.

»Was willst du jetzt machen?«

»Mit euch fliehen.«

»Was, du fliehst mit?« Antonio ließ vor Freude die kleine Lampe fallen, so dass sie wieder im Dunkeln waren.

Antonio tastete nach ihr.

»Lass sie nur«, sagte Giorgio, »im Dunkeln bespricht sich das alles besser.«

»Ich habe gestern noch lange mit Dante gesprochen, wir wollen schon bald fort«, begann Antonio wieder.

»Ich auch. Ich kann ja nicht wieder nach Hause. Am liebsten wäre mir, wenn wir bereits morgen gehen könnten.«

»Wenn Dante heute kommt, geht es. Wenn nicht, muss ich ihm morgen erst Bescheid sagen. Aber übermorgen können wir bestimmt gehen.«

»Gut«, Giorgio streckte sich, »so lange kann ich es hier schon aushalten.«

»Bestimmt«, sagte Antonio eifrig. »Ich bringe dir heute Abend noch eine Decke und Brot, und Augusto kann dir auch etwas bringen.«

Giorgio suchte Antonios Hand. »Also übermorgen, ganz früh.« Er drückte sie fest.

»Ja«, bestätigte Antonio, »um fünf bin ich da.«

»Weißt du übrigens, wie weit es bis Lugano ist?«

»Zwei oder drei Tage werden wir schon brauchen«, schätzte Antonio.

»So lange! Und wovon leben wir in der Zeit?«

»Elf Lire haben wir ja noch in der Kasse. Dazu kommt das Geld, das jeder selber hat.«

Giorgio nickte. »Ich glaube, damit werden wir auskommen.« Langsam kamen die anderen.

Zuerst Augusto.

Sie nahmen ihn gleich auf die Seite.

»Giorgio flieht mit«, flüsterte Antonio.

»Fein!«, rief Augusto.

»Wir gehen nun schon übermorgen.«

»Übermorgen?«, sagte Augusto zögernd.

»Passt dir das nicht?«

»Doch, doch. Es kam mir nur etwas plötzlich, dass ich in zwei Tagen schon nicht mehr in Mailand sein soll.«

Die anderen waren jetzt alle versammelt, nur Dante und ein Knabe aus Riva San Vitale fehlten noch.

Die meisten hatten sich wieder im Kreis gelagert. Ein paar rauchten. Sie hatten von ihrem Geld Tabak mitgebracht. Der Rotkopf zog eine Weinflasche aus der Tasche und ein kleiner Junge aus Montagnola einen Sack mit Feigen.

Antonio schob sich in die Mitte: »Wir fliehen«, erklärte er.

Es wurde auf einmal ganz still im Keller. Alle sahen sich an.

»Wer flieht?«, fragte der Rotkopf.

»Augusto, Dante, ich und«, er zögerte einen Augenblick – »Giorgio.«

»Was!«, schrien die Knaben. »Giorgio auch? Wer bleibt dann bei uns?«

Die meisten waren aufgestanden.

Giorgio beruhigte sich. »Ich wollte nicht fliehen, aber jetzt muss ich.« Er erzählte nochmals, was er schon Antonio erzählt hatte.

Die Knaben verstanden ihn und beruhigten sich wieder.

Der Rotkopf knurrte: »Ich würde dem Spitzbuben aber vorher alle Knochen zerschlagen.«

»Ich würde ihm alles abnehmen und ihm dabei das Fell mit vom Leibe ziehen«, sagte Augusto.

»Ich«, rief der Knabe aus Montagnola, »würde ihn so zuschanden schlagen, dass er sich gerade noch in den Sachen begraben lassen könnte.«

Da erhob sich der Rotkopf wieder. »Aber wer wird unser Kapitän, wenn ihr alle geht?«

»Ja!«, schrien alle durcheinander: »Wer wird unser Kapitän?« – »Wer wird unser Hauptmann?« – »Wer führt die Bande, wenn Giorgio und Antonio verschwinden?«

»Wir fliehen ja erst übermorgen«, beruhigte sie Antonio, »und bis morgen Abend könnt ihr euch das genau überlegen.«

»Am besten wäre der Rotkopf«, sagte einer.

»Nun, der Giorgio ist mir schon lieber«, meinte der Knabe aus Montagnola.

»Aber der flieht doch mit«, sagte ein Dritter.

Die Knaben redeten wieder alle durcheinander und konnten sich auf niemanden einigen.

Augusto, Antonio und Giorgio setzten sich unterdessen in eine Ecke und sprachen allein weiter.

Zuerst berieten sie darüber, wie sie Dante am schnellsten benachrichtigen könnten.

»Ich werde es übernehmen«, versprach Antonio. »Denn du«, wandte er sich an Giorgio, »musst ja im Versteck bleiben, und Augusto weiß nicht, wo Dante wohnt.«

Dann sprachen sie noch darüber, was jeder Einzelne mitnehmen sollte.

»Nur das Nötigste«, warnte Giorgio, »damit wir schneller vorwärtskommen.«

»Weiß denn einer den Weg?«, fragte Augusto.

»Ich weiß ihn so einigermaßen«, sagte Antonio, »und dann können wir ja fragen.«

Sie wandten sich wieder den anderen zu. Die sprachen oder stritten sich noch. Die meisten rauchten dabei und tranken. Einige waren auch schon gegangen.

»Also bis morgen«, verabschiedete sie Antonio.

»Und seid pünktlich«, bat Augusto.

Auch Antonio und Augusto gingen. Sie wollten die Decken und Brot holen. Zuletzt war nur noch der Rotkopf da.

»Du musst mir schreiben, Giorgio, wenn alles gutgegangen ist.«

»Ich kann leider nicht schreiben«, gestand Giorgio.

»Dann musst du es gleich lernen. So lange kann ich schon warten.«

»Und wo soll ich hinschreiben?«

»Schreib an mich und an die kleine Kneipe, die in unserm Haus ist. Der Wirt händigt es mir schon aus.«

Er nannte Giorgio seinen Namen und auch den Namen der Straße, wo die Kneipe war. Giorgio versprach, sich alles genau zu merken und von Lugano zu berichten.

Nun war er wieder allein. Das Licht brannte noch, aber es blieb trotzdem unheimlich. Das Wasser tröpfelte schneller, und was war das, was so eilig über das Steinpflaster huschte? Giorgio sah genauer hin: eine Ratte.

Da kam noch eine zweite. Dort eine dritte. Sie machten erst einen Bogen um das Licht, aber dann trippelten sie eilig und neugierig auf das Licht zu.

Die Ersten stellten sich auf die Hinterbeine und tasteten die kleine Laterne ab. Dann kamen noch mehr. Eine Mutter und zwei kleine.

Giorgio fürchtete sich vor den grauen Tieren und stieg ängstlich auf die Steinbank.

Eine wanderte auf der Steinbank entlang. Sie war groß und dick. Giorgio wollte schon schreien, da blieb das Tier stehen. Draußen wurden wieder Geräusche laut. Giorgio atmete auf. Augusto und Antonio kamen zurück.

Antonio hatte sogar zwei Decken mitgebracht und Augusto einen großen Sack.

Giorgio überlegte. Sollte er ihnen sagen, wie sehr er sich fürchtete, die Nacht allein im Keller zu verbringen, und einen der beiden bitten, bei ihm zu bleiben?

Er wollte es gerade tun, da sagte Augusto: »Ich habe gleich alles mitgebracht. Ich bleibe auch hier. Wer weiß, ob ich morgen noch so gut wegkomme.«

Giorgio war froh. »Das ist schön«, rief er erleichtert. »Da bin ich nicht so allein.«

Antonio breitete seine Decken aus. »Lass das Licht brennen«, sagte er noch, »es gibt Ratten hier.«

Giorgio nickte. »Es waren schon einige da.« Und er erzählte von ihnen.

Augusto schien keine Angst vor Ratten zu haben. »Bei uns ist das ganze Haus voll. Wenn sie zu frech werden, muss man sie am Schwanz packen und durch die Luft wirbeln, dann kommen sie nicht gleich wieder.«

Sie wickelten sich in ihre Decken, und Giorgios Angst war tatsächlich durch Augustos Nähe verschwunden. Antonios schwere Gestalt war kaum durch die Tür geschlüpft, da schliefen sie schon. Sie schliefen bis weit in den Tag.

Am Mittag kam Antonio für einen Augenblick wieder. »In der Gasse weiß man schon, dass Augusto fort ist. Oh, werden die morgen erst Augen machen!« Er lachte.

Auch noch ein paar andere kamen für einige Minuten. Der eine brachte einen Apfel, der andere ein Stück Wurst. »Damit ihr nicht verhungert.«

Am Abend waren sie alle wieder versammelt. Auch der kleine Dante war gekommen.

Jeder hatte etwas mitgebracht. Ein Stück Stockfisch, Brot, einen Stecken für die Reise, eine Flasche Wein, ein Halstuch. Der Rothaarige sogar die Hälfte von seiner Lira, die er Antonio beinahe gewaltsam in die Hand drücken musste.

Dann sprachen die Knaben über die Wahl.

Giorgio setzte sich für den Rotkopf ein.

Auch Augusto war für ihn.

Zwei andere wollten den Buben aus Montagnola, doch bei der Wahl fiel nur eine Stimme auf ihn.

Giorgio und Antonio nahmen den Rotkopf einen Augenblick auf die Seite und erzählten ihm, was nur sie wussten. Wo der Notausgang aus dem Keller war und wo sich das Versteck für die Kasse befand. Sie sagten ihm auch den Namen und die Adresse des Doktors in Lugano, für den Fall, dass später noch andere fliehen wollten.

»Wann geht ihr nun?«

»Morgen ganz früh.«

Als sie sich verabschiedeten, fielen sie sich gegenseitig in die Arme. Diejenigen, die dablieben, wünschten den vier Flüchtlingen ein gutes Gelingen für die Flucht und die vier Ausreißer den Zurückbleibenden alles Gute und ein baldiges Wiedersehen.

»In der Heimat«, sagte der Knabe aus Montagnola.

»Ja, im Tessin«, antworteten Giorgio und Antonio.

Dante musste noch einmal heim, während Antonio mit im Keller blieb.

Bevor er ging, nahm Giorgio Dante auf die Seite. »Sei pünktlich«, prägte er ihm ein. »Du weißt, wir wollen um fünf gehen.«

»Ich bin pünktlich«, versprach Dante, »ich grabe nur noch die Sachen aus, die ich hinter unserm Haus eingegraben habe. Wahrscheinlich komme ich sogar noch im Laufe der Nacht zurück.«

Die Bande war kaum fort, und Antonio und Augusto hatten sich gerade niedergelegt, da sagte Giorgio: »Ich habe auch noch einen Weg zu machen.«

»Wohin?«, fragten die beiden erstaunt.

»Zu meinem Meister. Ich muss mich noch von Angeletta verabschieden.«

»Ist das nicht zu gefährlich?«, fragte Antonio. »Ich habe gerade gehört, dass dein Meister der Polizei gemeldet hat, dass du ausgerissen bist.«

»Ich habe es Angeletta versprochen. Ich gehe außerdem nicht durchs Haus zu ihr. Ich gehe auf Umwegen durch einen Schuppen.«

»Ich glaube, es ist besser, wir kommen mit.« Antonio wickelte sich schon aus der Decke. »Wenn dir etwas zustößt, sind wir wenigstens in deiner Nähe.«

Giorgio hatte nichts dagegen, und sie gingen.

Es war schon sehr spät, als sie durch die dunklen Straßen wanderten.

Von den Türmen schlug es elf Uhr.

Giorgio ließ seine Freunde im Schuppen. »Ich steige jetzt ein. In einer Viertelstunde bin ich wieder zurück.«

Angeletta klatschte leise in die Hände, als er in die Kammer trat. »Ich habe dich schon gestern Abend erwartet. Ach, ist das schön, dass du gekommen bist.«

Giorgio erzählte ihr leise, dass sie am nächsten Morgen fliehen wollten. Er berichtete ihr auch, wer alles mitfloh.

»Ich habe dir schon allerlei zurechtgelegt«, flüsterte Angeletta genauso leise, und sie gab ihm einen Beutel, in dem Orangen, Brot und eine halbe Wurst waren.

»Und weißt du, ich glaube, Anselmo hat wirklich alle deine Sachen gestohlen, oder die Mutter hat sie dir weggenommen und Anselmo gegeben. Kaum warst du verschwunden, hatte er auf einmal eine neue Mütze, einen neuen Rock und eine neue Hose an.«

Angeletta beschrieb die neuen Kleidungsstücke. Es war kein Zweifel möglich, das waren seine Sachen.

»Ich will dir auch etwas zeigen. Siehst du«, Angeletta wies auf einen Nagel an der Wand, »hier hat er den Gürtel und die Mütze hingehängt. Die Jacke und die Hose sind drüben im Schrank. Er will wohl die Sachen noch ein paar Tage vor dem Vater verstecken. Dem Vater war es nämlich auf einmal doch nicht mehr recht glaubhaft, dass die Mutter die Schuhe gekauft habe, besonders nachdem du so schnell nach den Prügeln verschwunden bist. Wenn er jetzt auch mit deinen anderen Sachen vor seine Augen träte, würde er doppelt misstrauisch werden.«

»Oh«, sagte Giorgio, »da kann ich ja den Gürtel und die Mütze wieder mitnehmen.«

»Natürlich«, lachte Angeletta, verstummte aber gleich darauf und lauschte ängstlich, ob niemand erwacht sei. »Darauf habe ich mich schon den ganzen Abend gefreut«, hob sie leise wieder an, »und auch darauf, wenn Anselmo morgen kommt und sieht, dass die Sachen verschwunden sind.«

Giorgio stopfte sie eilig in Angelettas Beutel. »Nun muss ich aber gehen. Meine Freunde sind mitgekommen und warten unten im Schuppen.«

»Halt«, flüsterte Angeletta. »Ich habe noch etwas für dich.«

»Was denn?«, fragte Giorgio neugierig.

Angeletta nahm das goldene Kreuz, das sie an einer Kette um den Hals trug, und hängte es Giorgio mit einer hastigen Bewegung um.

»Nein«, protestierte Giorgio, »das musst du behalten.«

»Ich brauche es nicht«, meinte das Mädchen. »Es ist sowieso von einer Tante, die ich nicht gern habe, und du hast dann ein Andenken von mir, wenn ich tot bin.«

»Dann musst du auch das von mir nehmen.« Giorgio zog das kleine Herz aus der Tasche, das ihm Anita zum Abschied gegeben hatte.

Angeletta kannte es. »Das ist doch von deiner Freundin.«

»Das macht nichts. Sie wird es schon verstehen, dass ich es dir geschenkt habe, besonders wenn ich ihr erzähle, wie gut du immer zu mir warst.«

»Erzähl ihr nur auch, wie gut du zu mir warst«, sagte Angeletta traurig und schlang ihre schmalen Hände um seinen Hals.

Sie weinte leise. Auch Giorgio weinte. Sie legten ihre Gesichter eine Weile aneinander, während ihre Tränen gemeinsam über ihre Backen flossen.

»Jetzt muss ich aber wirklich gehen«, sagte Giorgio tapfer.

»Ja, geh.« Angeletta stieß ihn leicht von sich.

»Auf Wiedersehen«, flüsterte Giorgio.

»Nein, wiedersehen werden wir uns bestimmt nicht«, schluchzte das kleine Mädchen. »Leb wohl und lass es dir gutgehen.«

Giorgio hatte seinen Sack über den Rücken genommen und öffnete die Tür.

Was war das? Er hörte es in der Nähe atmen.

Um seine Hände freizubekommen, stopfte er den Sack unter das Hemd, dann tastete er sich langsam weiter.

Kein Zweifel, der Atem war noch immer neben ihm. Waren Antonio und Augusto ihm nachgestiegen? Aber vielleicht war es auch jemand anders? Jedenfalls schien es das Beste, er sagte nichts und schlich leise hinüber zum Gitter.

Giorgio war schon am Gitter, öffnete es und glitt in seine Ecke. Da hörte er den Atem wieder. Diesmal dicht hinter sich. Er hob die Bretter auf die Seite, zog den Sack wieder hervor und ließ ihn in die Tiefe fallen. So, jetzt war er freier. Im gleichen Augenblick spürte er einen Schlag im Genick.

Der Schlag war so heftig, dass er beinahe gestürzt wäre. Er bekam aber sein Gleichgewicht wieder und schlug nun doppelt kräftig zurück.

»Au!«, schrie jemand. Er musste diesen Jemand mitten ins Gesicht getroffen haben, und jetzt wusste er auch, wer es war. Es war Anselmo.

Anselmo hatte erwartet, dass Giorgio noch einmal zurückkommen würde, und sich deswegen, nachdem seine Eltern eingeschlafen waren, aus dem Schlafzimmer geschlichen und im Korridor in einer Ecke niedergekauert.

Obwohl er sich vorgenommen hatte, die ganze Nacht aufzubleiben, war er eingeschlafen und erst wieder munter geworden, als Giorgio schon bei Angeletta im Zimmer war.

Er schlich sich leise näher und belauschte ihr Gespräch. Er hörte auch, wie Giorgio die Mütze und den Gürtel wieder einsteckte, und wollte jetzt seine Eltern oder wenigstens seine Mutter rufen, aber da kam Giorgio schon heraus.

Giorgio, der aus dem Hellen in das Dunkle trat, hörte nur Anselmos eiligen Atem. Anselmo aber sah Giorgio ganz deutlich, auch den Sack, den er bei sich trug.

Er schlich Giorgio nach, beobachtete, wie er in seine Ecke schlich, ein paar Bretter auseinanderschob, und im gleichen Augenblick schlug Anselmo zu.

Giorgios Gegenschlag traf ihn zwischen Mund und Nase. Er war so hart, dass ihm sofort das Blut aus der Nase schoss.

Er schrie wieder auf und fasste zu gleicher Zeit nach Giorgio, der sich schon zwischen die Bretter gezwängt hatte, und hielt ihn fest. – Giorgio schlug zum zweiten Mal zu.

Diesmal brüllte Anselmo. »Hilfe! Hilfe! Vater! Mutter!«

Giorgio hatte ihn oberhalb des rechten Auges getroffen.

Die Eltern hatten Anselmo gehört. Die Kammertür wurde aufgerissen. Jemand kam eilig durch die Küche, und im gleichen Augenblick waren die Schritte auf dem Korridor.

Es war die Meisterin. »Anselmo!«, kreischte sie. »Anselmo! Was ist denn?« Da stand auch der Meister hinter ihr.

»Hier!«, schrie Anselmo. »Hier! Ich habe ihn. Es ist Giorgio. Er wollte noch einmal bei uns einbrechen!«

Giorgio schlug zum dritten Mal zu, denn Anselmo hielt ihn noch immer fest. Das Froschgesicht hatte sich mit der einen Hand in seinem Hemd und mit der anderen in seiner Hose verkrallt.

»Au!«, brüllte Anselmo wieder. »Au! Er schlägt mich tot!«

»Lässt du mich los?«, zischte Giorgio wütend.

»Nein! Nie! Kommt doch! Vater! Mutter! Helft mir!«

Giorgio trommelte jetzt auf Anselmos Finger.

»Wo steckt er denn, der Malefizkerl«, knurrte der Meister.

»Hier!«, rief Anselmo. »Er ist schon mit einem Bein außerhalb der Kammer!«

»Ich sehe nichts!« Der Meister versuchte, sich vorzutasten.

»Hier! Au! Hier! Au!«, schrie Anselmo, denn Giorgio trommelte immer fester auf seine Finger.

»Wartet!«, schrie die Meisterin. »Ich hole eine Lampe.« Sie rannte in die Küche zurück.

Giorgio wusste, wenn er sich nicht, bis die Meisterin zurückkam, von Anselmo befreien konnte, war er verloren. Er schlug wieder und wieder auf Anselmo ein, aber das Froschgesicht hielt fest, als hinge sein Leben davon ab.

Da hörte er neben sich Augustos Stimme. »Dreh deinen Kopf auf die Seite.«

Giorgio tat es.

Eine Latte schlug an seinem Kopf vorbei, gerade auf die rechte Hand Anselmos, die sich immer noch in Giorgios Hose verkrallt hatte.

»Au!«, schrie Anselmo wieder. »Au!« Er heulte richtig auf.

»Sie haben mir meine Hand zerschlagen.«

Die Latte sauste zum zweiten Mal an Giorgios Kopf vorbei und traf Anselmos andere Hand.

Anselmo schrie jetzt wie ein Tier. Im gleichen Augenblick verlor Giorgio das Gleichgewicht und stürzte mit dem Kopf voran in die Tiefe.

Es war allerhöchste Zeit gewesen. Die Meisterin trat gerade mit der Lampe aus der Küche.

Giorgio fiel auf Antonio, vielmehr in seine Arme.

»Schnell«, flüsterte Antonio. »Wir müssen ausreißen. Wenn die so weiterbrüllen, wecken sie noch die ganze Stadt.«

Giorgio rannte schon. Antonio und Augusto sprangen hinter ihm her. Sie jagten durch den Schuppen, kletterten durch die Zäune, huschten durch die Via Manzoni und in zwanzig Minuten waren sie wieder in ihrem Keller.

»Das war wirklich Hilfe in höchster Not«, schnaufte Giorgio und sah seine Freunde dankbar an.

»Ich wollte schon lange zuschlagen«, sagte Augusto, »ich hatte nur Angst, ich könnte auch dich treffen.«

Plötzlich musste Giorgio lachen. Jetzt war Anselmo doch noch zu den Prügeln gekommen, die er ihm zugedacht hatte.

»Ja, gerade auf seine Diebsfinger habe ich ihn getroffen.«

Augusto lachte mit.

»Habt ihr übrigens meinen Sack mitgenommen?«, fragte Giorgio.

»Da ist er.« Antonio warf ihm den Sack hin.

Giorgio nahm ein paar Orangen heraus und verteilte sie.

Die Buben versuchten, endlich zu schlafen, aber sie waren doch zu aufgeregt, außerdem konnte ja Dante jede Minute kommen. Aber Dante kam nicht.

An dem Rollen der ersten Räder merkten sie, dass es schon Tag war, und Dante war immer noch nicht da.

»Wo er wohl bleibt?«, fragte Augusto.

»Ich weiß nicht«, sagte Antonio. »Dante ist sonst zuverlässig, er wollte pünktlich hier sein.«

Augusto kroch hinaus.

»Es ist schon hell«, berichtete er, als er wieder zurückkam.

»Ich glaube, es muss schon sieben oder acht sein.«

Sie warteten noch eine Weile, dann kroch Antonio aus dem Keller. »Es ist schon neun«, sagte er. »Nun können wir nicht mehr gehen und müssen bis morgen warten.«

Sie aßen etwas und warteten weiter, aber es läutete Mittag, und Dante war noch immer nicht da.

Endlich hörten sie Schritte.

Giorgio ging an die Tür. »Parole?«, fragte er.

»Weiß ich nicht«, sagte die Stimme.

»Losung!«

»Weiß ich auch nicht«, sagte die Stimme wieder.

Giorgio winkte den beiden anderen. »Ich glaube, wir sind verraten worden«, flüsterte er, »da kommt jemand, der unsere Parole nicht kennt.«

»Einer oder zwei?«, fragte Antonio.

»Ich glaube einer«, sagte Giorgio.

»Was willst du?« Antonio trat an die Tür.

»Ich komme von eurem Dante«, wisperte die Stimme.

Antonio pfiff: »Bist du allein?«

»Ganz allein.«

Antonio riss die Tür auf. »Dann komm herein.«

Giorgio machte große Augen. Wer da klein und behände durch die Tür schlüpfte, war die Katze.

»Du?«, sagte er.

»Ja, ich!«

Die Katze sah sich um. »Schön habt ihr's hier.«

Giorgio, Augusto und Antonio umringten ihn.

»Du kommst also von Dante?«, fragte Giorgio noch einmal.

»Ja, von dem Kleinen. Er nannte sich wenigstens so.«

»Und was bringst du von ihm?«

»Nichts. Er liegt bei uns in der Sandgrube und kann nicht weiter.«

»Kann nicht weiter? Habt ihr ihn festgehalten?« Giorgio richtete sich drohend vor der Katze auf.

»Wir?« Die Katze sah alle drei an. »Wir haben doch Freundschaft mit euch geschlossen.«

»Aber was fehlt ihm denn?«

»Er kann nicht laufen.«

»Nicht laufen?« Diesmal fragten gleich alle drei.

»Ja, er wollte wahrscheinlich mit euch ausreißen, und als er nachts bei seinem Meister über den Zaun kletterte, hat ihn ein Hund gebissen. Er hat sich noch bis in die Stadt geschleppt, aber in der Nähe unserer Grube ist er zusammengebrochen. Wie wir heute Vormittag hinkamen, lag er da und wimmerte. Ich habe ihm schwören müssen, dass ich nichts verrate; er hat mir dann genau gesagt, wo ihr steckt, und da bin ich nun, um euch das alles zu erzählen.«

»Woher weißt du denn, dass wir ausreißen wollen? Hat dir Dante das auch gesagt?«, fragte Augusto grob.

»Gott behüte! Das wissen wir auch ohne ihn. Das weiß doch schon die halbe Stadt. Überall ist es angeschlagen, dass ein paar Kaminfegerbuben ihren Meistern davongelaufen sind. Du«, er zeigte auf Giorgio, »wirst sogar wegen Diebstahls gesucht. Du sollst gestern Abend bei deinem Meister eingebrochen sein.«

»Das hat sicher die Meisterin verbreitet«, sagte Giorgio, und er erzählte der Katze, was geschehen war.

»Dieser Anselmo«, wisperte die Katze. »Das sieht ihm ähnlich. Nun, du weißt ja, dass wir ihn aus unserer Bande ausgestoßen haben.«

Giorgio lächelte. »Ja, das weiß ich. Die Meisterin hat mich deswegen halbtot geschlagen.«

»Warum denn?«

Giorgio erzählte der Katze auch das.

»Warum hast du nicht gesagt, dass *wir* es waren?«

»Ich bin kein Angeber.«

»Das hättest du ruhig sagen können. Uns hätte sie kein Haar gekrümmt. Sie kennt uns«, sagte die Katze. »Warst du übrigens deswegen krank?«

»Auch«, antwortete Giorgio. »Aber das Schlimmere war, ich hatte eine Rauchvergiftung und wäre beinahe gestorben.«

»Wir haben alle davon gehört«, sagte die Katze gewichtig. »Auch dass der Arzt zweimal in eurem Haus war.«

»Aber was machen wir jetzt mit Dante?«, mischte sich Antonio in ihr Gespräch.

»Ja, was machen wir?«, fragte auch Giorgio.

»Ist es denn schlimm?«, wollte Antonio wissen.

»Der Köter hat ihn tüchtig vorgenommen. Jetzt hat er Schmerzen und Fieber. Wir haben ihm einen Umschlag um das Bein gemacht.«

»Wer weiß denn alles von ihm?«, fragte Giorgio besorgt.

»Nur der Blatternarbige und ich.«

»Könnt ihr ihn herbringen?«

»Vielleicht. Es ist aber gar nicht nötig. Unsere Grube liegt an der Landstraße, die nach Varese führt. Die müsst ihr gehen, wenn ihr in das Tessin wollt.«

»Hm, dann müssen wir wohl warten, bis es Dante wieder bessergeht«, knurrte Augusto laut.

Die Katze sah ihn an. »Ja, das macht man wohl unter Kameraden.«

»Das musst du uns gar nicht erst vorhalten«, sagte Augusto noch bissiger.

Die Katze machte ihr spitzes Gesicht: »Na, es sah aber so aus.«

»Das Wichtigste ist, dass in der Zeit niemand erfährt, wo wir sind«, erklärte Giorgio.

»Unsertwegen könnt ihr sicher sein«, betonte die Katze.

»Aller?«

Die Katze nickte wieder.

»Wenn sie eine Belohnung auf unsere Festnahme setzen, wie sie es bei allen Ausreißern machen, auch?« Augusto schob sich wieder an die Katze heran.

»Die haben sie schon ausgesetzt. Fünfundzwanzig Lire bekommt der, der etwas über die Ausreißer weiß.«

»Die willst du dir nicht verdienen?«, fragte Augusto halb spöttisch, halb grob.

»Pass auf«, knurrte die Katze und ballte die Fäuste, »dass ich sie dir nicht gleich auszahle.«

»Was habt ihr denn?« Antonio trennte die beiden, die sich wie junge Hähne gegenüberstanden.

»Ich habe ihm damals im Giardino Pubblico seine Nase eingeschlagen«, wisperte die Katze und zwinkerte mit den Augen, »und das hat er noch nicht vergessen.«

Antonio lachte. »Sie sitzt ja trotzdem noch im Gesicht, Augusto. Du sollst wirklich nicht so nachtragend sein.«

»Es war aber gemein«, schimpfte Augusto.

Die Katze kicherte. »Gemein? Mich haben dafür sechs von euch beinahe zu Mus geschlagen, und ich habe noch kein Wort von Gemeinheit gesagt.«

»Ja«, sagte jetzt auch Giorgio, »vertragt euch endlich. Wir wollen lieber darüber nachdenken, was weiter geschehen soll.« Sie beschlossen zu warten, bis es Dante besserginge. Antonio wollte ihn außerdem in der Nacht besuchen. Dann gaben sie der Katze noch eine Lira.

»Kauft Brot für Dante«, sagte Giorgio, »und sorgt weiter gut für ihn.«

»Das machen wir schon«, wisperte die Katze, »wir pflegen ihn, als ob er einer der Unseren wäre.«

Die Knaben mussten noch den ganzen Tag und auch noch den nächsten in ihrem Keller bleiben. Antonio hatte den Rotkopf verständigt, dass bis auf weiteres immer nur einer in den Keller kommen sollte, damit die drei nicht verraten würden.

Es war übrigens erstaunlich, dass sie keiner anzeigte, auch keiner von den eigenen Kameraden, denn fünfundzwanzig Lire waren für jeden Kaminfegerbuben eine sehr große Summe.

Die zweite Nacht besuchte Giorgio Dante.

Er lag in einem der kleinen Sandlöcher und fieberte noch. Der Hund hatte ihn in die Wade und in den Fuß gebissen. Die Wade war schon abgeschwollen, aber die Wunde am Fuß eiterte, und Dante konnte kaum auftreten.

»Ich kann wirklich nichts dafür«, jammerte er. »Ich habe es gestern bereits Antonio gesagt. Ich musste über einen Zaun, da fiel der Hund mich an, und schon hatte er mich gebissen.«

»Jammere nicht«, tröstete ihn Giorgio. »Wir machen dir doch keinen Vorwurf. Werde nur wieder gesund.«

»Ich werde schon, ich werde schon«, versprach er. »Heute war das Fieber bereits nicht mehr so schlimm. Du siehst ja, die Wunde in der Wade ist schon zugeheilt, und sie hat am meisten geschmerzt.«

»Wirst du bald wieder gehen können?«

»Vielleicht übermorgen. Vielleicht erst in drei Tagen.«

Sie mussten aber doch schon früher aufbrechen. Die Katze stand plötzlich wieder in ihrem Keller.

»Anselmo hat Dante entdeckt«, zischte er.

»Was?« Die drei sprangen auf.

»Ja, er war heute ganz früh in unserm Sandloch. Keiner hat ihn kommen sehen. Auf einmal stand er vor unserer Höhle. Der Blatternarbige kochte Dante gerade eine Suppe. ›Hier ist ja einer von den vier Ausreißern‹, schrie er, und ehe wir uns von unserm Erstaunen erholen konnten, war Anselmo wieder davon.«

»Was machen wir nun?« Giorgio war ganz aufgeregt.

»Nun, vorläufig haben wir Dante hinter einen Bretterhaufen gelegt. Ich glaube aber, dort liegt er nicht lange sicher, und am besten ist es wohl, wir bringen ihn jetzt aus der Stadt hinaus.«

»Gut«, sagte Giorgio, »wir werden heute Abend auch gehen. Aber wo treffen wir uns?«

Die Katze dachte nach: »Kennt ihr Rho?«

Antonio und Augusto schüttelten den Kopf.

»Ich kenne es«, rief Giorgio. »Wir sind durch Rho gewandert, als wir nach Mailand kamen.«

»Gut. Wir bringen Dante heute Nacht oder morgen früh dorthin.«

Giorgio gab ihm die Hand: »Aber bestimmt.«

Die Katze sagte nur: »Auf die Wölfe könnt ihr euch verlassen.«

Die drei warteten noch, bis es dunkler wurde, dann schulterten sie ihre Säcke und brachen auf.

»Wo liegt dieses Rho?«, fragte Antonio.

»Am Kanal«, antwortete Giorgio.

»Das ist einfach. Dann gehen wir immer nur dem Wasser nach.«

Antonio führte, solange sie durch Mailand gingen; denn er

kannte Mailand am besten. Sie huschten wie Gespenster von Haus zu Haus, von Gasse zu Gasse. Um die Plätze machten sie einen Bogen.

Endlich kamen sie an den Kanal. Sie gingen nun immer an ihm entlang. Es stieg kalt vom Wasser herauf, aber da sie im Trab blieben, merkten sie die Kälte kaum.

Die Häuser traten zurück. Die hohen Kaimauern liefen in kleine Erddämme und Wiesen aus. Rechts und links waren ein paar Bäume. Sie atmeten auf; sie hatten Mailand nun schon weit hinter sich gelassen.

Jetzt übernahm Giorgio die Führung.

Es war gar nicht so einfach vorwärtszukommen. Von dem großen Kanal gingen viele kleine Kanäle ab. Manchmal mussten sie große Umwege machen, bis sich diese nochmals teilten und sie über das schnelle, eisige Wasser springen konnten.

Es dämmerte bereits, als die ersten Häuser von Rho endlich in Sicht kamen.

»Wo verstecken wir uns?«, fragte Antonio.

»Am besten in der Nähe der Straße«, meinte Augusto.

Giorgio war aber dafür, sich unmittelbar am Kanal zu lagern, und nur einer sollte an der Straße bleiben. Die anderen waren damit einverstanden.

Zuerst wachte Antonio.

Giorgio und Augusto krochen inzwischen zusammen. Jetzt fühlten sie die Kälte. Schade, dass sie ihre Decken nicht mitgenommen

hatten. Sie mussten immer wieder aufstehen und mit den Händen schlagen, um sich zu erwärmen.

Augusto löste Antonio ab.

»Hast du nichts gesehen?«, fragte Giorgio, als Antonio zurückkam.

»Nichts«, sagte Antonio. »Hoffentlich bringen sie ihn wirklich. Er ist jetzt ganz in ihrer Hand.«

»Ich glaube, auf die Katze können wir uns verlassen.«

»Ja, er ist ehrlicher und offener als der Blatternarbige. Auch mutiger.«

»Oh, der Blatternarbige ist auch ein feiner Kerl.«

Antonio nickte: »Aber die Katze ist mir lieber.«

Es war schon hell, als Giorgio die Wache übernahm. Die ersten Bauern wanderten nach Mailand. Eine Kuhherde wurde vorübergetrieben. Ein paar Mädchen gingen auf die Felder.

Giorgio lag hinter einem Steinhaufen, von dem er die Straße genau übersehen konnte.

Die Sonne schob sich jetzt wie ein glühender roter Ball über einen kleinen Höhenzug. Es musste also schon acht oder neun sein. Ob es noch Schwierigkeiten gegeben hatte? Ob die Polizei und Anselmo doch Dantes habhaft geworden waren?

Da sah Giorgio einen Wagen heranrollen. Ein Knabe zog ihn, und ein anderer schob.

Waren sie das vielleicht? Aber wie sollten sie zu einem Wagen kommen, und wo war dann Dante?

Giorgio wandte seinen Blick wieder ab. Im gleichen Augenblick war der Wagen in einer Viehherde verschwunden.

»Uff!«, hörte Giorgio eine Stimme sagen.

Er horchte auf. Das war doch der Blatternarbige.

Wirklich, er war es. Da war auch der Karren wieder, und die Katze stand dahinter und schob.

»Hallo!«, machte Giorgio und erhob sich.

»Da sind sie«, lachte die Katze erfreut. »Wir dachten schon, wir müssten den Karren bis nach Lugano ziehen.«

»Es war doch abgemacht, dass wir euch in Rho treffen.«

»Ja, aber wer wusste denn, dass Rho so weit weg liegt?«

»Und wo habt ihr Dante?«

Jetzt lachten beide.

Da fielen die Säcke, die auf dem Karren lagen, auseinander, und Dantes schmales, fiebriges Gesicht sah heraus: »Da bin ich.«

Inzwischen waren auch Antonio und Augusto herangekommen.

»Wir dachten schon, ihr kämt nicht«, bemerkte Augusto mit einer gewissen Bissigkeit.

»Du solltest eben weniger denken«, wisperte die Katze. »Dann heilt auch deine Nase schneller.«

»Fängst du schon wieder an?«, knurrte Augusto wütend.

»Nein«, sagte die Katze und stellte sich auf die Zehen. »Ich höre gerade auf.«

»Wir waren schon ganz verzweifelt«, sagte Giorgio. »Die Sonne steht ja bereits am Himmel.«

»Wir waren gestern den ganzen Tag, die Nacht und heute Morgen auch verzweifelt«, antwortete der Blatternarbige.

»Warum denn?«, fragten die drei.

»Nun, Anselmo war natürlich hingegangen und hatte alles dem nächsten Posten erzählt. Eine Stunde später waren sie schon da, auch ein Mann mit einer Narbe. Sie suchten den ganzen Bauplatz nach Dante ab. Wir lagen hinter unserm Bretterstapel wie die Hasen und dachten jeden Augenblick: Jetzt finden sie uns. Aber dann gingen sie endlich, und wir hofften, wir wären gerettet. Plötzlich schreit die Katze auf: ›Sie kommen mit Hunden zurück!‹ Tatsächlich, der eine der Polizisten hatte zwei große Doggen an einer Kette. Was sollten wir machen? Ich habe zur Katze gesagt: ›Du bleibst‹, und habe mir Dante auf den Buckel geladen. Wir sind halb auf zwei und halb auf vier Beinen durch ein paar Zäune gekrochen, und ich habe Dante zu meiner Großmutter in die Wohnung gebracht.«

»Ja«, wisperte die Katze und lachte, »und ich habe inzwischen mit den Hunden Katz und Maus gespielt. Der Mann mit der Narbe hatte sie an unsern Lumpen in der Höhle riechen lassen. Sie hatten auch gleich die Witterung und kamen auf den Stapel zu. Sie machten ein furchtbares Gebell, aber sie konnten nicht herein, und ich bin langsam immer tiefer zwischen die Hölzer gekrochen. Sie mussten den halben Stapel auseinandertragen. Auf einmal rief ein Polizist: ›Ich habe ihn!‹ Er hatte mich auch und zog mich wie eine Maus aus der Falle. Die großen Hunde waren wie verrückt. Sie sprangen an mir in die Höhe, und der eine hätte mich beinahe gebissen.

Der Mann mit der Narbe kam, auch Anselmo. ›Aber das ist er ja gar nicht!‹, schrien sie beide. Anselmo sagte noch: ›Nein, das ist die Katze.‹ ›So‹, sagten die Polizisten, ›das ist die Katze?‹ Und der eine sagte noch: ›Warum bist du vor uns davongelaufen?‹ ›Weil ich Angst vor den Hunden hatte‹, antwortete ich. ›Und wo sind deine Kumpane?‹, wollten sie wissen. Ich sagte: ›Ich weiß es nicht.‹ ›Und wo ist der junge Kaminfeger, den wir suchen?‹ ›Ich weiß es auch nicht.‹ ›Liegt er vielleicht noch unter dem Holz?‹, fragte der Mann mit der Narbe. Ich zuckte wieder die Achseln. Da haben sie noch einmal den Holzstapel abgesucht. Ich habe gelacht und gedacht, jetzt wird ihn Giovanni schon in Sicherheit gebracht haben.

Ich wollte nun ausreißen, aber der eine Hund war bei mir geblieben, und jedes Mal, wenn ich mich erhob, knurrte er. Endlich kamen die anderen zurück. ›Er ist doch noch entwischt‹, sagte der Mann mit der Narbe. ›Nun, dafür nehmen wir jetzt den mit‹, meinte der eine der Polizisten, und schon hatte er mich am Kragen. ›Mich?‹, schrie ich. ›Warum denn?‹ ›Weil du einen Ausreißer begünstigt hast.‹ ›Einen Ausreißer?‹, antwortete ich. ›Wer ist denn einer?‹ ›Dieser junge Kaminfeger‹, sagte der Polizist. ›Er ist seinem Meister davongelaufen.‹ ›Das wusste ich nicht‹, sagte ich. ›Ich wusste nur, ein Hund hat ihn ins Bein gebissen, und er war krank. Deswegen haben wir ihn gepflegt.‹ ›Natürlich wusste er, dass Dante ausgerissen ist!‹, schrie da Anselmo, der sich bisher im Hintergrund gehalten hatte und jetzt vortrat. ›Natürlich, sie stecken ja unter einer Decke!‹ ›Ich?‹ Ich schrie, so laut ich schreien konnte: ›Pass auf, dass ich nicht den Leuten erzähle, was ich von dir weiß, du Spitzbube, du!‹ ›Was denn?‹, schrie Anselmo. ›Wo die Sachen her sind, die du anhast, und warum du so ein blaues Auge hast.‹« Die Katze zwinkerte. »Er sah nämlich schlimm aus. Ihr müsst ihn ziemlich verprügelt haben. ›Oh‹, kreischte Anselmo, ›das erzähl ich meiner Mutter.‹ Ich sagte: ›Erzähl es ihr nur. Sie war ja mit dabei.‹ Da aber auch die Schutzleute aufmerksam wurden, schwieg er, und als ich nun meinen Mund hielt, ließen sie mich endlich mit ein paar Püffen frei.«

»Ich«, fing der Blatternarbige wieder an, »hatte Dante inzwischen in den Keller meiner Großmutter gebracht. Natürlich heimlich, denn sie durfte nichts davon wissen; dann machte ich mich auf die Suche nach der Katze, damit wir weiter überlegen konnten, wie wir Dante nach Rho brächten. Ich fand aber die Katze nicht. Weder in der Höhle noch auf dem Bauplatz, wo inzwischen alles leer war, noch bei seinen Eltern.«

Die Katze lachte: »Und ich suchte Giovanni in der ganzen Stadt. Ich wollte gerade wieder heimgehen, da sah ich ihn. Er stand quietschvergnügt bei ein paar Polizisten auf unserer Wache und hörte ihnen zu.«

»Ja«, kicherte der Blatternarbige, »ich schlenderte vorbei und hörte, dass sie von euch Kaminfegerbuben sprachen. Einer sagte: ›Wisst ihr es schon? Sie sind noch in der Stadt. Man soll überall genau aufpassen, besonders an den Straßen nach Lugano und Locarno. Einer ist übrigens am Bein verletzt. Kinder, die hinken, sind unbedingt festzunehmen und zu verwahren, bis sich jemand meldet, der sie legitimieren kann.‹«

»Das war eine böse Sache«, fiel die Katze wieder ein, »wir wussten jetzt, dass es gar nicht so einfach sein würde, Dante nach Rho zu bringen, wie wir es euch versprochen hatten.«

»Ich«, sagte der Blatternarbige triumphierend, »kam dann auf die Idee mit dem Wagen.«

»Nun«, schob die Katze ein, »weil deine Großmutter einen Wagen hat.«

»Ja«, fuhr der Blatternarbige fort, »sie fährt damit jeden Morgen ihren Kohl auf den Markt.«

Sie erzählten jetzt immer schneller, und die drei Kaminfegerbuben konnten kaum folgen.

»Wir durften aber auch nicht nachts fahren, weil das aufgefallen wäre.«

»Auch nicht spät am Tag. Punkt zehn braucht meine Nonna ihren Wagen, und sie darf es ja nicht wissen, dass wir jetzt mit ihm durch die Welt bummeln.«

»Wir mussten also warten, bis es einigermaßen hell war, dann haben wir Dante in den Sack gesteckt, den Sack in den Wagen geladen und sind los.«

»Ha, ha«, lachte die Katze wieder auf, »beinahe wäre es uns noch einmal schlechtgegangen. Gerade wie wir aus der Stadt fahren, kommt ein Zöllner aus der Zollwache und sagt: ›Buben, was habt ihr in euern Säcken?‹«

»Ja«, sagte Dante, der das erste Mal wieder sprach, »ich habe es auch gehört und dachte: Jetzt haben sie mich doch noch.«

»Ich habe richtig gezittert«, sagte der Blatternarbige.

Die Katze kicherte. »Aber ich habe gesagt: ›Sehen Sie doch nach, wenn Sie es durchaus wissen wollen, Signore!‹ Da hat er eine Faust gemacht, gelacht und ist wieder in sein Zollhaus zurückgegangen.«

»Ja«, der Blatternarbige atmete befreit auf, »und wir waren gerettet.«

Dante war inzwischen aus dem Wagen gestiegen. Er sah sehr blass aus und hinkte stark. Nein, fest auftreten konnte er noch nicht. »Aber es geht schon«, meinte er, »wenn wir langsam marschieren und hie und da eine Pause machen.«

»Marschiert nur gleich los«, drängte der Blatternarbige. »Je weiter ihr heute kommt, umso besser ist es.«

Giorgio, Antonio und Augusto waren der gleichen Meinung. »Habt vielen Dank.« Giorgio trat auf die beiden zu. Auch Augusto und Antonio gaben ihnen die Hand.

Der Blatternarbige wurde ganz verlegen: »Lasst es nur gut sein. Es hat uns doch Spaß gemacht. Wer schlägt der Polizei nicht gern ein Schnippchen!«

Auch Dante bedankte sich noch einmal.

Die Katze stieß Augusto in die Seite. »Bist du mir immer noch böse?«

Augusto musste lachen. Die Katze war doch ein netter Kerl, wenn sie ihm auch die Nase zerkratzt hatte. »Nein«, sagte er, und er war es wirklich nicht mehr.

Die beiden drehten ihren Wagen um und fuhren zurück.

Dante hatte sich auf einen Steinhaufen gesetzt und wickelte ein Tuch um den eiternden Fuß. Giorgio, Antonio und Augusto sahen einmal auf ihn und einmal auf den Karren, der langsam verschwand.

Sie winkten.

Die Katze und der Blatternarbige winkten zurück.

Dante war inzwischen fertig geworden.

»Los!«, rief Antonio.

»Los«, sagte auch Giorgio.

Sie nahmen Dante in ihre Mitte und marschierten weiter.

10 Hunde, Polizisten, Zöllner und ein pfiffiger Bauer

Der Tag war für einen Dezembertag erstaunlich warm. Die Sonne stieg immer höher. Es war keine Wolke zu sehen. Die Winde, die über die leeren Felder kamen, waren wie warme Hüllen. Sie umspülten die Wandernden mit ihrer Wärme und wuschen die Kälte und den Frost der Nacht wieder ab. Die Knaben wurden fröhlich und heiter; sie summten sogar ein Lied, während sie weitermarschierten. Wenn nur nicht immer die Umwege gewesen wären! Um jeden größeren Ort machten sie einen Bogen. Wenn ihnen jemand entgegenkam, setzten sie sich auf den Straßenrand, taten, als ob sie spielten, nur damit niemand annahm, dass sie von weither kamen und noch einen weiten Weg vor sich hatten. Es sollte auch niemand sehen, wie Dante hinkte.

Dante hielt sich tapfer. Wenn er auf den Fußspitzen lief, ging es, aber sobald er anstieß, schrie er auf, und Giorgio und Antonio mussten ihn ein Stück tragen. Es war nicht sehr schwer. Sie verschränkten ihre Hände und Dante setzte sich darauf. Später nahmen sie einen Stecken, den sie in halber Höhe hielten. Dante saß nun richtig und konnte außerdem seine Hände um ihre Hälse schlingen.

Gegen Mittag machten sie eine lange Pause. Sie waren in ein großes Gebüsch gekrochen. Giorgio teilte die letzten Orangen von Angeletta aus, und Antonio verteilte das Brot.

Jetzt mussten sie nach der Straße nach Lugano fragen. Giorgio schlich wieder auf den breiten Weg und hockte sich an den Straßenrand.

Er ließ erst einige Leute vorbeigehen. Einen Bauer, zwei Mädchen, ein paar Viehtreiber. Dann kam ein Priester. Giorgio stand auf. Er wollte den Priester fragen.

»Gelobt sei Jesus Christus«, grüßte er.

»In Ewigkeit, Amen«, dankte der Pfarrer.

Giorgio blieb stumm stehen.

»Willst du noch etwas?«

»Ich wüsste gern, welcher Weg nach Lugano führt.«

»Nach Lugano?« Der Priester sah Giorgio erstaunt an.

»Ja.«

»Willst du dorthin?«

Giorgio überlegte einen Augenblick, ob er lügen sollte. Er konnte ja sagen: Ich habe einen Onkel in Lugano und möchte gern wissen, wie ich dorthin komme. Es fiel ihm noch eine ganze Menge ein, was er sagen konnte, aber er sagte schließlich nur kurz: »Ja.«

»Hm.« Der Priester legte die Hände zusammen. »Das ist ein weiter Weg.«

»Ich weiß es«, antwortete Giorgio.

Der Priester wurde gesprächiger. »Nun, du gehst am besten zuerst nach Varese.«

»Nach Varese?«

»Ja, dort fragst du weiter. Es gibt dann zwei Straßen. Die eine geht über Ponte Tresa. Da musst du nicht mit dem Schiff fahren. Die andere geht über Porto Ceresio, dort ist eine Fähre.«

»Oh, da gehen wir doch besser über Ponte Tresa«, sagte Giorgio unvorsichtig.

»Ihr«, sagte der Priester verwundert. »Seid ihr denn mehrere?« Und er sah sich um.

»Ja«, erwiderte Giorgio. »Zwei. Aber mein Freund kommt erst nach.«

Nun hatte er doch gelogen.

Der Pfarrer war unterdessen weitergegangen, und auch Giorgio ging wieder zu seinen Kameraden zurück.

Am Nachmittag kamen sie langsamer vorwärts. Dantes Wunde blutete wieder, und er wurde recht matt.

Als die Sonne unterging, waren sie erst in Caronno. Das heißt in der Nähe. Sie ließen den Ort rechts liegen und schlichen sich durch ein paar noch nicht überackerte Maisfelder an den Häusern des kleinen Ortes vorbei.

Giorgio ging später allein hinein, um Brot und ein Stück Wurst zu kaufen.

Als er zurückkam, hatten Antonio und Augusto Dante in alle entbehrlichen Kleider gewickelt. Dante schüttelte es. Er hatte wieder Fieber und Schmerzen.

Nachts wachten sie abwechselnd neben ihm. Sie machten ihm kalte Umschläge. Gegen Morgen schien es etwas besser zu sein, und er wollte weiter.

Sie trugen ihn aber vorsichtigerweise, und so kamen sie noch langsamer vorwärts als am Vortage.

Gegen Mittag lagerten sie in einem kleinen Wäldchen. Die Sonne schien wieder, und es war fast so warm wie im Sommer. Giorgio und Augusto legten sich sogar mitten in die pralle Sonne. Antonio war in das nächste Dorf gelaufen, um neues Brot und Käse zu kaufen.

Plötzlich kam er eilig zurück. Er schnaufte, und der Schweiß lief ihm von der Stirn.

»Was ist denn?«, fragte Giorgio, der aufgesprungen war.

»Sie sind wieder hinter uns her«, keuchte Antonio.

»Wer?«, fragte Giorgio erschrocken und erstaunt.

»Zwei Polizisten, der Mann mit der Narbe und Anselmo. Sie haben auch ihre Hunde mit. Es sind fürchterliche Tiere.«

»Was!« Giorgio und Augusto machten große Augen. Auch Dante richtete sich ängstlich auf.

»Ja, sie müssen unsere Spur gefunden haben. Jedenfalls sind sie unten im Dorf. Wenn mich nicht alles täuscht, hat mich Anselmo sogar erkannt, als ich aus dem Bäckerladen kam, und die anderen auf mich aufmerksam gemacht.«

»Verdammt«, sagte Giorgio.

Auch Augusto machte ein wütendes Gesicht. »Wie haben sie nur erfahren, dass wir nach Lugano wollen?«

Giorgio fiel der Priester ein. Ob er sie wohl verraten hatte? Er sagte seinen Verdacht den anderen.

Antonio und Augusto glaubten es nicht. Sie hatten auch recht. Die Richtung ihrer Flucht war durch einen Zufall verraten worden.

Die Katze und der Blatternarbige waren langsam mit ihrem Wägelchen wieder nach Mailand gezottelt. Als sie an die Zollwache kamen, wo man sie noch vor ungefähr einer Stunde unbehindert hatte durchfahren lassen, gerieten sie in einen Auflauf.

Die Zollwächter hatten einen hinkenden Knaben festgenommen und nach dem Mann mit der Narbe und Anselmo geschickt, die die vier Ausreißer kannten.

»Ist das einer der Durchbrenner?«, fragte der Offizier und stellte Anselmo und dem Mann mit der Narbe den Gefangenen vor.

Es war ein ärmlicher, zerlumpter Bube, der in der Nähe der Zollstelle gebettelt hatte.

»Nein.« Anselmo schüttelte sein Froschgesicht, und auch der Mann mit der Narbe verneinte.

Da sah der eine der beiden Polizisten, die am Tag zuvor die Baustelle nach Dante abgesucht hatten, die Katze und den Blatternarbigen vorbeikommen.

»He«, sagte er und pfiff laut, »dort ist ja der Bursche wieder, den wir gestern festgenommen hatten.« Er winkte der Katze. »Wo kommst du her?«

»Oh«, erwiderte die Katze, »von außerhalb.«

»Und du?«

»Ich auch«, sagte der Blatternarbige.

»Was habt ihr denn in dem Wagen gefahren?«

Die Katze überlegte einen Augenblick. »Kalbsfüße«, sagte er dann lustig.

»Ja«, meinte Anselmo, der in dem Wagen herumgestöbert hatte, »der eine Sack ist noch blutig.«

Da schnüffelten auf einmal auch die Hunde an dem Sack und bellten laut. Der eine stellte sich sogar in die Höhe.

Der Polizist, der ein dickes, bärtiges Gesicht hatte, pfiff wieder: »Ich glaube«, zwinkerte er, »es sind Menschenfüße gewesen.« Und er packte die Katze am Ohr.

»Meinetwegen auch Menschenfüße«, jammerte Faustino. »Aber

lasst mich um Gottes willen los. Mein Ohr ist doch keine Ziehharmonika.«

»Töne gibt es doch«, lachte der Polizist, »und deshalb wollen wir einmal weiterziehen.« Und er zog weiter.

»Au!«, schrie die Katze lauter.

»Das will ich nicht hören. Ich will wissen, zu wem die Füße gehören. Sonst ziehe ich dich am Ohr um ganz Mailand herum.«

»Au! Au!« Die Katze schrie immer verzweifelter.

»Sag's schon, Faustino«, ermunterte ihn der Blatternarbige. »Sie sind ja in Sicherheit.«

»Aha!«, krähte der Polizist. »Der zweite Vogel pfeift leichter.« Und er packte mit seiner anderen Hand auch den Blatternarbigen am Ohr.

Jetzt schrien sie beide.

»Ihr habt die Ausreißer also in eurem Karren aus Mailand gefahren?«, examinierte sie der Bärtige aufs Neue.

»Nein!«, schrien sie, und die Katze setzte hinzu: »Die meisten sind gelaufen.«

»Aber den mit dem kaputten Bein habt ihr gefahren?«

»Kaputt war es nicht«, brüllte die Katze. »Ein Hund hat ihn nur gebissen.«

»Und«, setzte der Blatternarbige hinzu, »jetzt ist er sicher schon damit in Lugano.«

»Soso«, sagte der andere Polizist. »Nach Lugano wollen die Schlingel. Das ist ja schön, dass wir nun auch das wissen.«

Die Katze hätte dem Blatternarbigen am liebsten auf den Mund geschlagen, so ärgerlich war er, dass ihm das Reiseziel der vier schwarzen Brüder entschlüpft war, aber da zog sie der Bärtige schon wieder an ihren Ohren.

»Wann habt ihr ihn denn hinausgefahren?«

»Gestern Nacht schon«, schrie die Katze schnell, damit der Blatternarbige nicht wieder die Wahrheit sagte.

»Lügner«, sagte da der eine Wachtposten. »Vor zwei Stunden sind sie hier vorbeigefahren. Ich habe sie gefragt, was sie in ihrem

Wagen führen. Da haben sie mir eine Nase gedreht und sind weitergegangen.«

»Vor zwei Stunden erst!«, rief der Bärtige erfreut. »Dann holen wir sie noch ein. Nehmt mal die Vögel vorläufig in Verwahrung.« Er schob den Zöllnern die Katze und den Blatternarbigen zu, pfiff den Hunden, und die vier rannten eilig davon.

Sie holten die Buben aber nicht ein, und im Dorf waren sie nur zufällig auf Antonio gestoßen.

»Was machen wir jetzt?«, fragte Giorgio.

»Wir müssen gleich weiter«, sagte Antonio.

»Wenn das nur so einfach wäre.« Giorgio hatte sich inzwischen umgesehen. »Hinter uns liegt ein See. Rechts und links ist Sumpf, und vor uns ist das Dorf. Wir können also nur geradeaus gehen, und da laufen wir den Polizisten und den Hunden in die Arme.«

»Dort kommen sie schon!«, rief Dante erschrocken, der zum Dorf hinübergesehen hatte.

Tatsächlich, sie jagten in diesem Augenblick aus dem Dorf heraus. Zuerst kamen die Hunde, hinter ihnen Anselmo. Hinter Anselmo kamen der Mann mit der Narbe und zuletzt die beiden Polizisten.

Giorgio legte die Hand vor die Augen. »Ja, die kommen hier herauf, und wenn wir uns retten wollen, können wir nur durch den Sumpf oder durch das Wasser.«

Sie zogen sich eilig an das Wasser zurück.

»Ich glaube, ich kann nicht mit«, klagte Dante weinerlich.

»Warum nicht?« Giorgio sah ihn an.

»Ich kann mit dem Bein nicht schwimmen. Außerdem schüttelt es mich schon wieder.«

»Und wie ist es, wenn wir durch den Sumpf gehen?«

Antonio hatte es schon an ein paar Stellen probiert. »Da versinken wir alle. Das ist noch gefährlicher als das Wasser.«

Sie kamen an eine kleine Scheune.

Was war das? Sie reckten sich hoch. Ein Bauer lud Heu auf seinen Wagen. Er hatte zwei Kühe davor und stampfte gerade das letzte Heu fest.

»Wenn wir in die Scheune hineinkriechen?«, sagte Dante.

»Dann fangen sie uns noch schneller als draußen«, knurrte Antonio grob.

»Oh«, rief Giorgio, »und wenn uns der Bauer unter seinem Heu versteckt?«

»Wenn«, meinte Antonio. »Er sieht mir nicht so aus.«

»Ich will ihn auf alle Fälle fragen.«

Sie rannten auf den Wagen zu. Dante humpelte mühsam hinterdrein. Der Bauer war ein kleines, pfiffiges Männchen. Er hatte ein rundes Gesicht, lustige schwarze Augen und ein paar Haarzotteln, die beinahe bis auf seine Backen fielen. Er sah die Knaben erstaunt an. »Was wollt ihr denn?«

»Wir sind vier arme Kaminfegerbuben«, begann Giorgio. »Wir sind aus Mailand geflohen und wollen zurück in unsere Heimat.«

»So«, erwiderte das Bäuerchen, »und was wollt ihr dabei von mir?«

»Die Polizisten suchen uns.«

»Ja«, stammelte Dante, der jetzt auch herangehumpelt war, »sie sind hinter uns her, und wir wollten Euch bitten, uns zu verstecken.«

»Ich?«, lachte der Mann. »Ich, nein, ich kann euch nicht verstecken. Wo denn? Unter meinem Hut?« Er lupfte seinen großen schwarzen Hut. »Da geht nicht einmal der Kleinste von euch darunter.«

»Unter das Heu«, bat Giorgio.

»Ja«, flehte Dante. »Steckt uns unter das Heu, da sucht uns sicher keiner.«

»Das könnte euch so passen, und wenn sie euch finden, hängen sie mich mit auf.«

»Ach«, sagte Antonio, »die hängen keinen von uns. Wir haben ja nichts angestellt.«

Da ertönte Hundegebell.

»Sie kommen schon!«, rief Giorgio erschrocken.

Auch Dante und Augusto zuckten zusammen.

»Biet ihm doch etwas an«, flüsterte Antonio leise Giorgio zu. »Vielleicht tut er es dann.«

Giorgio hatte auch schon daran gedacht, aber was sollte er dem Mann anbieten? Er fasste an seine Brust. Da packte er die Kette, die ihm Angeletta gegeben hatte.

Konnte er die dem Bauer anbieten? Aber was würde Angeletta wohl sagen? Vielleicht würde sie ihm sogar dazu raten, wenn sie wüsste, in welcher Gefahr er und seine Freunde waren. Er streifte die Kette mit dem Kreuz vom Hals.

»Wenn Ihr uns versteckt, schenke ich Euch das Kreuz.« Giorgio reichte es dem Bauer.

Das Bäuerchen machte große Augen. »Ist es aus Gold?«

»Ja«, nickte Giorgio hastig, »aus purem Gold.«

»Ist es nicht gestohlen?«

»Nein, es ist ein Geschenk.«

Der Bauer drehte das Medaillon noch immer in seiner Hand. »Na, dann kommt meinetwegen«, brummte er endlich.

Er machte jetzt selber das Heu auseinander, stopfte die Buben hinein, setzte sich oben darauf, schwang seine Peitsche über den Kühen, und der schwere, hochbeladene Wagen setzte sich langsam in Bewegung.

Die Hunde, große gefleckte Doggen, waren noch an der Stelle, wo die Buben eben gelagert hatten. Jetzt kamen sie in großen Sprüngen auf den Wagen zu und bellten diesen an.

Der Bauer hob seine Peitsche: »Schert euch davon, ihr Teufel.« Die Doggen jagten ein Stück weiter, bis an die Stelle, wo die Knaben auf den Wagen geklettert waren, dann kamen sie in wilden Sätzen zurück.

Der Bauer knallte wieder mit seiner Peitsche. Eine der Doggen heulte auf und blieb zurück. Die andere sprang weiter an dem Wagen hoch und zeigte alle Zähne.

Der Bauer wollte gerade zum zweiten Mal zuschlagen, da kam der Mann mit der Narbe um einen Busch und pfiff die Hunde zurück.

»Seid Ihr toll geworden?«, schrie er den Bauern an. »Wollt Ihr die Hunde totschlagen?«

»Wenn die Bestien meine Kühe noch einmal anspringen, kann ihnen das schon passieren«, knurrte der Bauer und schwang seine Peitsche aufs Neue.

Jetzt keuchten auch Anselmo und die beiden Polizisten daher. »Was ist denn los?«, fragte der jüngere der Polizisten, der den Streit noch gehört hatte.

»Er hat nach unseren Hunden geschlagen«, sagte der Mann mit der Narbe und zeigte auf den Bauer.

»Du Schnapsgesicht«, antwortete der Bauer zornig. »Sag auch das andere.« Und zu den Polizisten gewandt: »Sie wollten meinen Kühen an den Leib, und wenn sie es nochmals versuchen«, seine Peitsche knallte wieder, »bekommen sie noch mehr Prügel.«

»Es sind Polizeihunde«, sagte der erste Polizist. Er war ein großer, stattlicher Mann mit einem kleinen Schnurrbart.

»Polizeihunde?« Dem Bauer machte das keinen Eindruck. »So, so, dann bringt ihnen einmal Anstand bei. Seit wann haben Polizeihunde das Recht, auf meiner Wiese mich und meine Kühe anzuspringen, Herr Polizist!«

»Regt Euch nur nicht auf, Bauer«, sagte der zweite Polizist, der bärtiger, älter und ruhiger war, »wir wollen ja gar nichts von Euch. Wir suchen vier Ausreißer aus Mailand, und die Hunde haben gerade ihre Spur wiedergefunden.«

»Ihre Spur«, antwortete der Bauer noch immer grob, »ihre Spur. Sind meine Kühe eure Ausreißer, oder bin ich es?« Und fügte hinzu, als ihn die beiden Polizisten halb lachend, halb ärgerlich ansahen: »Bis jetzt haben sie wenigstens nur uns verfolgt und keinen anderen.«

Die Polizisten lachten nun auch.

»Gut«, sagte der Bärtige wieder, »ich werde sie, bis Ihr vorbei seid, an die Leine nehmen. Aber im Ernst, Bauer, habt Ihr nichts von den Rackern gesehen? Sie müssen hier vorbeigekommen sein. Es sind wahre Teufelskerle, und wenn Ihr uns auf die Spur bringt, könnt Ihr fünfundzwanzig Lire verdienen. So viel haben die Mailänder Kaminfeger, denen sie davongelaufen sind, auf ihre Köpfe ausgesetzt.«

»Wie viel?«, fragte der Bauer noch einmal.

»Fünfundzwanzig Lire!«

Die Burschen waren schon ängstlich geworden, als die großen Hunde bellend gegen den Wagen sprangen. Als die Polizisten so unmittelbar neben ihnen standen, dass sie ihren Atem hören konnten und ihre Uniformen durch das Heu schimmern sahen, wurden sie noch ängstlicher, und als sie gar hörten, was der eine Polizist sagte und der Bauer zurückfragte, blieb ihnen beinahe das Herz stehen.

Was würde der Bauer antworten?

Zuerst pfiff er nur leise, dann sagte er: »Fünfundzwanzig Lire! Solche Bengel! Dann müssen sie ja wirklich große Spitzbuben sein.«

Giorgio biss die Zähne zusammen. Antonio und Augusto hielten den Atem an. Dante hätte am liebsten losgeheult. Noch ein Wort mehr, und sie waren verraten.

»Nun gut«, fing das Bäuerchen wieder an. »Ich will es euch sagen. Ja, ich habe sie gesehen. Nicht wahr, sie waren alle ziemlich zerlumpt, und der eine hinkte ein wenig?«

Die beiden Polizisten, der Mann mit der Narbe und Anselmo antworteten eifrig: »Ja, ja, das sind sie.«

Auch die Hunde bellten und zerrten an ihren Ketten, als wollten sie die Worte ihrer Herren bestätigen.

»Sie haben mich gefragt«, der Bauer schob eine neue Pause ein, die den Buben wie eine Ewigkeit vorkam, »ob ich nicht wüsste, wie sie am schnellsten durch den Sumpf kämen; sie wollten nach Varese und hätten sich verlaufen. Da habe ich gesagt«, der Bauer richtete sich etwas auf und zeigte mit seiner Peitsche nach einem Erlenbusch, »gleich hinter dem Strauch geht ein winziger Pfad durch den Sumpf. Sie werden wohl jetzt beinah durch sein. Wenn ihr euch aber beeilt, könnt ihr sie vielleicht noch erwischen.«

»Schönen Dank«, sagte der bärtige Polizist. Anselmo und der Mann mit der Narbe rannten schon auf den Pfad zu. Auch der Polizist mit den Hunden jagte in die angegebene Richtung.

»He«, schrie der Bauer hinter ihnen her, »wenn ihr sie bekommt, lasst es mich aber wissen und vergesst die Belohnung nicht. Ich bin scharf auf den Preis.« Dann schwang er seine Peitsche wieder, sagte »Hüh!« und »Hott!«, und der Wagen holperte langsam weiter.

Die Buben waren wie befreit, aber sie wagten sich noch immer nicht zu rühren.

Der Bauer fuhr inzwischen gemächlich ins Dorf hinein, sprach hier ein Wort und da ein Wort, und ein paar Minuten später klapperte der schwere Wagen in einen kleinen Hof.

»So, ihr Spitzbuben«, meinte der Bauer lachend, »nun könnt ihr herauskommen.«

Die vier kletterten herunter, schüttelten sich das Heu vom Kopf, aus den Kleidern und sahen sich um. Der Wagen stand in einer kleinen, überdeckten Scheune. Rechts war ein Kuhstall, und links führte eine Tür ins Wohnhaus.

Giorgio, Antonio und Augusto umringten den kleinen Bauern. »Vielen Dank«, sagte Giorgio.

»Vielen Dank«, sagten auch die beiden anderen.

»Nichts zu danken! Nichts zu danken«, kicherte das Bäuerchen und schüttelte sie wieder von sich ab.

»Ich hatte solche Angst«, gestand Dante, der jetzt auch näher gekommen war.

»Ich auch«, sagte Augusto.

»Warum denn, Kinder?« Der Bauer sah sie an.

»Ich dachte, Ihr würdet uns für die fünfundzwanzig Lire verkaufen«, sagte Dante, »fünfundzwanzig Lire ist doch ein Haufen Geld.«

Der Bauer kicherte wieder. »Sicher, sogar ein großer Haufen.

Aber glaubst du, ein Bauer würde jemals auf das Geschwätz eines Polizisten hereinfallen? Die halten nie, was sie versprechen. Da ist mir euer Kreuz schon lieber.«

Er nahm es wieder heraus. »Und«, fuhr er fort, »wer tut heute schon der Polizei einen Gefallen? Sie sind ja noch viel größere Diebe und Gauner als alle Spitzbuben zusammengenommen. Aber kommt«, er packte Dante an der Schulter, »ihr sollt noch etwas zu essen bekommen.«

»Wir?«, riefen die Buben erstaunt.

»Ja, ihr, oder glaubt ihr, ich würde euch ohne einen Bissen Brot wieder in die Welt schicken? Ihr seht sowieso wie halbe Monde aus, und wenn der nächste Wind kommt, bläst er euch um.«

Der Bauer schob sie in eine große Küche.

In der Küche waren ein langer Tisch, ein paar Töpfe und ein Kamin. Es war beinah wie bei Giorgio zu Hause. Am Kamin saß auch eine Nonna. Außerdem waren noch eine Frau und ein großer und ein kleiner Bub im Raum.

Der Bauer erzählte nun seiner Familie, was sich eben zugetragen hatte.

Der größere der Buben, der auf den Namen Enverino hörte, sagte: »Die Polizisten waren schon heute Morgen im Dorf. Ich habe sie gesehen.«

Die Frau stellte einen großen Topf mit Minestra auf den Tisch, auch ein paar Holzteller und Löffel. »Kommt«, sagte sie, »der Bauer hat euch doch sicher nicht mitgebracht, damit ihr nur Maulaffen feilhalten sollt. Esst!«

Der Bauer lachte wieder, knuffte Giorgio in die Seite, und die Buben mussten sich setzen.

Sie aßen. So gut hatte ihnen seit langem keine Suppe mehr geschmeckt. Sogar Dante aß mit Appetit, obwohl er immer noch fieberte und sein Fuß wieder mehr schmerzte.

»Wie wollt ihr denn weiter?«, fragte der Bauer.

»Wir wollen zuerst nach Varese und dann nach Ponte Tresa«, erzählte Giorgio.

»Das ist noch eine weite Reise.« Der Bauer füllte ihnen die Teller wieder. »Da werdet ihr nicht vor morgen Abend ankommen.«

»Ja«, nickte Giorgio, »wahrscheinlich noch später. Dante kann ja kaum gehen.«

»Was hat er denn?«

Dante zeigte seinen Fuß. »Ein Hund hat mich gebissen.«

Der Bauer sah sich die Wunde an. Er machte kleine Augen und ein ernstes Gesicht. »Das sieht recht böse aus. Zeig es einmal der Großmutter, die versteht sich auf Wunden.«

Dante humpelte zu der alten Frau hinüber.

Die Nonna betrachtete die Wunde von allen Seiten. »Eiter«, sagte sie, »Eiter. Da muss man eine Salbe machen.«

Sie stand auf, packte einen festen Stecken und humpelte in den Garten. Sie kam mit einem Büschel Kräuter zurück, warf sie in einen Kessel und schüttete noch Fenchel hinein.

Die anderen Buben waren inzwischen ans Fenster gegangen und blickten auf die Straße.

»Da kommen sie wieder!«, zischte plötzlich Antonio und wich vom Fenster zurück.

Auch der Bauer sah hinaus. Tatsächlich! Draußen trotteten die beiden Polizisten, der Mann mit der Narbe und die Hunde vorbei. Auch Anselmo zottelte einen Augenblick später hinter ihnen her.

»Ha, ha«, lachte der Bauer, »die werden wütend sein, dass sie euch nicht gefunden haben.«

Antonio hatte sich inzwischen verkrochen. Auch Augusto und Giorgio wichen immer weiter in die Küche zurück.

Der Bauer schalt sie aus. »Habt nur keine Angst. Hier kommen sie nicht herein. Sie glauben ja, ihr seid durch den Sumpf gewatet.«

Die Buben blieben aber ängstlich und wollten gleich fort.

»Nein«, sagte der Bauer, »das gibt es nicht. Erst muss der da seinen Umschlag haben. Wartet übrigens.« Er setzte sich seine Kappe auf. »Ich will einmal sehen, wo die vier hingegangen sind; vielleicht kann ich sie ein wenig ausfragen.«

Sie waren ins Wirtshaus gegangen. Die Polizisten und der Mann mit der Narbe saßen am Mitteltisch, hatten sich Brot, Salami und Wein geben lassen und aßen. Anselmo hockte an einem Nebentisch und verzehrte auch etwas.

Der Bauer setzte sich zu den Polizisten. »Nun«, fragte er sie, »habt ihr sie nicht?«

Die drei sahen ihn an. »Nein«, brummte der Bärtige, »die hatten schon einen zu großen Vorsprung. Aber wir haben sie im Nachbardorf avisiert. Es stehen ja überall Posten, um die Lausbuben zu fangen, und wir wissen ja nun, wo sie hinwollen.«

»Schade«, meinte der Bauer. »Ich hatte mich schon auf die fünfundzwanzig Lire gefreut.« Er stand wieder auf.

Anselmo war von ein paar Dorfbuben umgeben. Er hatte wohl am Morgen bereits mit ihnen gesprochen. Jetzt berichtete er großspurig: »Heute sind uns die Kerle noch einmal entschlüpft, aber morgen erwischen wir sie bestimmt. Wir wissen ja, dass sie über Varese nach Lugano wollen. Da können sie nur über die Brücke von Ponte Tresa gehen.«

Hm, dachte der Bauer, der auch an Anselmos Tisch einen Augenblick stehen geblieben war, es war doch ganz gut, dass ich meine Nase ein paar Minuten ins Wirtshaus gesteckt habe. Und er ging vergnügt wieder heim.

In der Küche kochten unterdessen im Kessel der Fenchel und die Kräuter; sie waren zu einem dicken Brei geworden.

Die Nonna rührte ihn immer wieder um.

»Heb dein Bein«, krächzte sie nach einer Weile.

Dante hob es.

Sie hatte etwas von der breiigen Masse auf einen Löffel gestrichen, blies ihn erst etwas kalt, dann pappte sie den Brei über die offene Wunde und wickelte ein Tuch darüber.

»Nun musst du dich hinlegen«, sagte sie.

»Aber wir wollen ja gehen«, rief Giorgio.

»Legen«, wiederholte die Nonna grob und sah Giorgio mit ihren kleinen roten Augen streng an.

Da kam der Bauer wieder ins Zimmer. Er hatte das letzte Wort der Nonna gehört. »Ja, legt euch nur hin. Legt euch alle miteinander ins Heu. Heute könnt ihr doch nicht mehr gehen. Die Polizisten wissen genau, wo ihr hinwollt. Sie haben außerdem überall ihre Posten aufgestellt. Auch im Nachbardorf, und wir müssen einen anderen Weg für euch suchen.«

»Aber wohin denn?«

»Am besten wird es sein, ihr geht nach Porto Ceresio. Da müsst ihr nur über den See. Aber dann seid ihr gleich in der Schweiz.«

»Ich weiß aber gar nicht, wo Porto Ceresio ist«, sagte Giorgio kläglich.

»Oh«, rief Enverino, der ältere der beiden Buben des Bauern, »aber ich weiß es. Ich weiß sogar einen Waldweg, wo ihr ziemlich schnell nach Porto Ceresio kommen könnt. Wenn es der Vater erlaubt, bringe ich euch morgen früh so weit, bis ihr den Weg allein findet.«

Der Bauer nickte. »Sicher darfst du das. Aber jetzt geht wirklich schlafen! Ich wecke euch schon rechtzeitig. Bis Porto Ceresio ist es ja noch eine Tagesreise, und ihr müsst ausschlafen.« Die vier krochen in die Scheune, und ein paar Minuten später schliefen sie schon.

Es war noch dunkel, als sie der Bauer weckte. »Macht schnell«, sagte er, »die Polizisten schlafen in der Kneipe, und sie wollen um sechs Uhr geweckt werden. Ihr müsst schon eine Strecke Wegs hinter euch haben, bevor sie aufstehen.«

Sie mussten noch einen Becher Milch trinken. Die Frau packte ihnen außerdem ein paar Brote in ein Tuch. »Behüt euch Gott«, sagte sie, »und kommt gut heim!«

Sie dankten ihr und gaben auch dem Bauer die Hand.

Enverino stand schon vor der Tür.

Draußen war es noch dunkel, und sie mussten sich anfassen, damit sie sich nicht aus den Augen verloren.

Sie gingen quer durch die Felder, stiegen einen kleinen Berg hinauf und kamen in einen Wald. Sie gingen ziemlich schnell, und es fiel ihnen erst nach beinahe einer Stunde auf, dass auch Dante mit ihnen Schritt hielt.

Giorgio drehte sich um und sah ihn an: »Du gehst ja heute so gut«, sagte er und strich ihm über den Kopf.

Dante nickte. »Der Schmerz ist wie verschwunden. Ich kann auch besser auftreten, bin nicht mehr so heiß, und es schüttelt mich auch nicht mehr.«

Sie wanderten jetzt immer an einem Bach entlang. Rechts lag ein Dorf und links ein Kloster und ein großer Weiher.

Auf einmal sahen sie Wasser.

»Ist das schon der Luganer See?«, fragte Augusto.

»Nein«, Enverino schüttelte den Kopf, »das ist der See von Varese.«

Sie bogen noch weiter nach rechts und mussten wieder über einen Berg. Der Wald wurde immer dichter.

Auf dem nächsten Hügel blieb Enverino stehen.

»Nun könnt ihr den Weg nicht mehr verfehlen«, sagte er.

»Wenn ihr den Hügel hinuntergeht, kommt ihr wieder in ein Tal. Der Bach fließt bei Porto Ceresio in den Luganer See. In drei oder vier Stunden seid ihr dort.«

Da die Buben aber Hunger hatten, sie waren ja schon sechs Stunden unterwegs, wollten sie erst essen.

»Dann warte ich noch«, sagte Enverino und setzte sich zu ihnen. Enverinos Mutter hatte ihnen Käse und Brot eingepackt. Sie teilten es mit Enverino und legten sich noch eine Stunde ins Gras.

Dante spürte sein Bein wieder, und es war recht gut, dass sie sich eine Weile ausruhten.

Dann verabschiedeten sie sich.

Als Enverino schon fast hinter den ersten Büschen verschwunden war, blieb er noch einmal stehen. »Ich habe etwas vergessen«, rief er und kam zurück.

Er gab Giorgio ein kleines Paket. »Das hat mir mein Vater für dich gegeben. Du sollst es aber erst aufmachen, wenn du in Lugano bist.«

Giorgio sah Enverino erstaunt an und steckte das Päckchen ein.

Als der Bub das zweite Mal zwischen den nächsten Büschen verschwunden war, brachen sie auf. Sie waren nun wieder vorsichtiger und gingen langsamer.

Hin und wieder mussten sie Dante unter die Arme greifen, aber im Allgemeinen ging es weit besser als die anderen Tage. Der Wald hörte auf, es gab auch keine Büsche mehr und zu gleicher Zeit sahen sie eine große Wasserfläche.

»Das ist der Luganer See!«, rief Augusto laut.

»Ja, das ist er«, bestätigte Antonio, »und da drüben«, er zeigte auf den Bergrücken, der wie eine steile Wand aus dem Wasser in die Höhe schoss, »ist die Schweiz.«

»Dort ist auch Porto Ceresio!« Giorgio wies auf ein paar Häuser, die sich wie eine Mauer am Wasser entlangzogen, und jetzt sahen sie auch die ersten Schiffe.

»Da kommt eines aus der Schweiz herüber!« Dante wies auf einen großen, schwerfälligen Kahn, der mühsam und wie ein stumpfes Messer die glatte Fläche des Sees zu zerschneiden versuchte.

»Das wird die Fähre sein«, meinte Giorgio. »Wenn ich nur wüsste, wie wir, ohne Aufsehen zu erregen, darauf kommen. Aber an der Fähre wissen sie sicher schon Bescheid, dass vier junge Kaminfeger gesucht werden, und wenn wir hinkommen, fragen sie uns aus und nehmen uns fest.«

»Wir müssen bis zum Abend warten«, schlug Antonio vor.

Giorgio lachte. »Am Abend sehen sie uns auch an, wer wir sind. Nein, wir müssen uns etwas Besseres ausdenken.«

»Gehen wir vorerst einmal in das Schilf«, schlug Augusto vor und zeigte auf einen kleinen Schilfwald, der vom Wasser her sich weit hinein ins Land zog, »dort können wir ja weiter überlegen.«

Sie gingen hinüber. Das Schilf war tatsächlich ein gutes Versteck.

Sie krochen hinein und sahen mit sehnsüchtigen Augen nach den Bergen und Ortschaften auf der anderen Seite des Wassers.

»Schwimmen kann man nicht«, sagte Giorgio nach einer Weile.

»Nein«, meinte Antonio, »das ist zu weit.«

»Auch zu kalt«, setzte Dante hinzu.

»Wir müssen uns ein Floß bauen«, schlug Antonio vor.

»Wir können auch einen Kahn stehlen«, sagte Dante. »Ich kann rudern. Augusto ist am See geboren. Er rudert sicher gleichfalls.«

Augusto nickte.

»Natürlich«, sagte Giorgio, »das können wir.«

Auch Antonio war glücklich über den Vorschlag.

Sie warteten, bis die erste Dämmerung kam, dann schlichen sie sich langsam nach Porto Ceresio hinüber.

Der Ort war aber noch recht hell. Ein paar Lampen brannten. Ein Karren ratterte über den Kai. Vor einer Kneipe standen einige Männer und schwatzten.

»Wir müssen erst sehen, wo ein paar Kähne liegen«, sagte Dante.

»Aber nur einer!«, meinte Antonio.

Giorgio ging schon.

Er schlenderte den Strand entlang.

Die Kähne lagen alle in der Nähe einer großen Anlegebrücke. Hier legte sicher das Fährschiff an.

Auf der Brücke standen einige Leute.

Giorgio tat unbefangen, pfiff leise und kam langsam näher. Es waren drei Männer, die sich an das Geländer der Brücke lehnten. Ein Zöllner, ein Polizist und ein Mann in Zivil.

Giorgio wollte gerade an ihnen vorübergehen, da hörte er eine laute, krächzende Stimme: »Natürlich, sie sind entweder nach Ponte Tresa gegangen oder hierher nach Porto Ceresio, und wenn sie heute nicht kommen, dann kommen sie morgen.«

Giorgio erschrak. Der so sprach, war der Mann mit der Narbe. Er war derart erschrocken, dass er alle Vorsicht vergaß, sich eilig umdrehte und davonrannte.

»He, Bursche«, rief der Zollwächter, »warum reißt du denn aus?« – Auch der Mann mit der Narbe drehte sich nach dem Flüchtenden um.

»He! Hallo! Das ist ja einer von der Bande!«, schrie er. »Da werden auch die anderen nicht weit sein.« Und er stürzte von der Brücke herunter und rannte hinter Giorgio her.

Giorgio war schon wieder bei seinen Kameraden.

»Fort! Der Mann mit der Narbe ist in der Nähe!«

»Wo denn?«

»Dort oben! Seht, da kommt er schon.«

Aber auch der Zöllner und der Polizist kamen.

»Es sind ja drei!«, jammerte Dante.

»Meinetwegen vier. Lauf nur!«

»Aber wohin?«

»Am besten zum Wasser!«, rief Augusto. »Vielleicht finden wir doch noch einen Kahn.«

Sie rannten schräg zum Wasser. Auch Dante rannte, was er rennen konnte.

»Halt!«, schrie der Mann mit der Narbe, der ihnen in großen Sätzen folgte.

Auch der Polizist kam immer näher. Nur der Zöllner, der ungewöhnlich dick war, keuchte noch in der Nähe der Anlegebrücke.

»Hier ist ein Kahn«, rief Antonio, der an der Spitze lief.

»Hinein!«, befahl Giorgio.

Antonio war bereits darin. »Er ist festgebunden«, klagte er.

Giorgio war auch schon im Kahn. Der Kahn schaukelte an einem dicken Strick. Er zog das Messer heraus, das ihm der Doktor geschenkt hatte, und schnitt den Strick durch.

Jetzt sprang Augusto zu ihnen.

»Schnell, Dante«, rief Giorgio dem Kleinen zu, der gleichfalls herankeuchte, »noch einen Sprung, und du bist gerettet.«

Auch Dante sprang. Aber er sprang zu kurz und fiel ins Wasser. Giorgio gab ihm die Hand. Augusto packte ihn hinten am Nacken, und sie zogen ihn eilig wieder heraus.

Da hatte sie der Mann mit der Narbe erreicht. »Halt«, schrie er noch einmal, »halt!«

Giorgio und Augusto stießen das Boot aber bereits ab, und es schoss wie ein Pfeil in den See hinaus.

»Die Ruder«, rief Dante, »die Ruder!« Er war noch pudelnass, aber seitdem er in einem Boot und auf dem Wasser war, schien er wie verwandelt.

Jetzt merkten sie erst, dass keine Ruder im Boot waren. »Ach«, stöhnte Augusto, »nun sind wir doch verloren!«

Der Polizist stand bereits neben dem Narbigen. »Halt!«, schrie er mit dem um die Wette. »Halt oder ich schieße!«

Er schoss auch, aber nur in die Luft, und die Ladung knatterte über das Boot hinaus.

»Was machen wir jetzt?«, jammerte Giorgio. Er war noch verzweifelter als Augusto.

»Nur Mut!«, rief der nasse Dante. »Vorläufig treibt der Kahn noch eine Weile weiter, und wenn sie uns nicht gerade totschießen, werden wir schon entkommen.«

Der Polizist stellte das Schießen ein und rannte mit dem Narbigen an die Landungsbrücke zurück.

»Was machen sie wohl dort?«, fragte Antonio.

»Sie werden uns sicher mit einem Boot nachsetzen«, vermutete Augusto, »und dann haben sie uns gleich.«

»Einen Dreck haben sie«, unterbrach ihn Dante. »Helft mir mal.«

Über dem Bootsboden lagen ein paar dünne Bretter. Dante und Antonio rissen sie ab.

»Schiebt sie zwischen die Rudernaben«, kommandierte der kleine Dante, während er sie Giorgio und Augusto hinüberreichte.

Sie taten es.

»Gehen sie dazwischen?«

Augusto nickte.

»Hurra!«, rief Dante. »Nun wollen wir sehen, ob sie uns einholen.«

Antonio und Augusto mussten jeder eines der dünnen Bretter in die Hände nehmen. Sie kamen an die vorderen Rudernaben. Giorgio und Dante stellten sich hinter ihnen auf.

»Taucht sie ein und dann vorwärts«, befahl Dante.

13

Es ging nicht leicht; besonders Giorgio, der noch nie gerudert hatte, fiel es schwer, das dünne Brett durch das Wasser zu ziehen. Aber Dante brachte doch Schwung in die Sache. Auf einmal spürten sie, wie ihr Boot vorwärtsglitt.

In der Zwischenzeit hatten sich der Mann mit der Narbe und der Zöllner gleichfalls in ein Boot gesetzt. Sie hatten richtige Ruder und kamen schneller vorwärts.

Giorgio und Dante sahen es.

»Beeilt euch«, rief Dante, »sie kommen uns nach!« Er ruderte hastiger. Auch Antonio und Augusto gaben sich Mühe, aber das Boot kam trotzdem näher.

»Eins! Eins!«, kommandierte Dante. Er sah sich erneut um.

Der Mann mit der Narbe war schon deutlich zu erkennen.

»Halt!«, schrie er das dritte Mal: »Halt oder wir schießen wieder!«

Der Zöllner stand auch auf, um zu schießen, aber inzwischen waren die Knaben ein paar Schiffslängen weitergekommen.

»Schnell! Schnell!«, zischte Dante leise. »Dort kommt ein Nebel! Noch hundert Meter, und wir sind gerettet!«

Die anderen sahen ihn auch. Es war eine weiße, undurchsichtige Mauer. Sie ruderten wie die Wilden.

Auch der Zöllner und der Mann mit der Narbe sahen die Nebelwand. Der Zöllner setzte sich wieder. Die vier Ruder klatschten in gleichmäßigem Takt auf das Wasser.

»Schneller! Schneller!« Der kleine Dante trieb seine Kameraden immer eifriger an.

»Wollt Ihr nicht noch einmal schießen?«, hörten sie den Mann mit der Narbe sagen.

»Ich hab's schon probiert«, knurrte der Zöllner, »es geht nicht. Ich glaube, ich habe das Zündhütchen verloren.«

»Verdammt«, fluchte der Mann mit der Narbe, »dann entwischen sie uns doch noch.«

»Ich fürchte auch«, brummte der Zöllner.

Die Knaben waren ihnen schon entwischt. Sie glitten in den Nebel hinein, ohne es zu merken. Auch Dante merkte es erst, als er sich wieder nach dem anderen Boot umsah. Es war plötzlich verschwunden.

»Gerettet!«, rief er. »Gerettet!«

»Ist es wahr?« Giorgio sah sich nach dem Boot um.

Es war nicht mehr da. Es war, wie ihr Boot, vom Nebel verschluckt worden.

11 Das Haus auf dem Hügel

Der Zollwächter Antonio Riva machte einen Rundgang. Er unternahm ihn nicht zufällig, wie sonst manchmal um diese Zeit. Auf dem See schaukelte ein Boot.

Es war ein mittlerer Schifferkahn, wie sie zu Dutzenden auf dem See fuhren, und er schaukelte schon beinahe zwei Stunden hin und her. Er schien ihm nicht besonders verdächtig, aber auf dem Boden des Kahnes lag etwas, das konnten ein paar Säcke, es konnte aber auch ein Mensch sein.

Antonio Riva kannte die Strömung. Wenn der Wind jetzt umschlug und von Osten kam, trieb das Boot wieder hinaus. Wenn er von Westen kam, trieb es langsam gegen das Ufer.

Er hätte ja eigentlich sein Boot nehmen und hinausfahren können. Aber dazu war ihm die Sache nicht wichtig genug. Nein, entweder kam das Boot allein ans Ufer, oder es wurde wieder hinüber nach der anderen Seite getrieben.

Der Mann schnüffelte leicht, dann lächelte er. Der Wind kam von Westen. Nun brauchte er sich nur rechts von der großen Kastanie aufzustellen, da trieb der Wind um diese Zeit alles heran.

Er ging hin, das Boot stieß gerade ans Ufer.

Noch immer war nicht genau zu erkennen, was darin war. Es schien ein Knäuel von Sachen zu sein. Jetzt erkannte er da einen Arm, dort einen Kopf und hier ein paar Beine.

Männer waren es nicht, es konnten nur Kinder sein. Er stieg die wenigen Schritte bis zum Wasser hinunter. Ja, es waren Kinder.

»He!«, rief er und rüttelte an dem Boot.

Dante war der Erste, der aufwachte.

Der Bub war, nachdem sich der Nebel wie eine Decke über sie gelegt hatte, vor Müdigkeit umgefallen und ins Boot gestürzt. Nach ihm waren auch die anderen eingeschlafen.

Ja, Dante war der Erste, der die Augen aufschlug. Es rief doch jemand? Und wo waren sie? Gestern waren sie noch in der Lombardei gewesen, verfolgt von dem Mann mit der Narbe, den Polizisten und ihren Hunden, und heute? Er öffnete die Augen.

Das Erste, was er erblickte, war das rote, aufgedunsene Gesicht eines Zollwächters oder Polizisten, und er spürte einen gewaltigen Schreck. Er war in dem Glauben eingeschlafen, sie seien gerettet, und nun begrüßte ihn mit dem ersten Sonnenstrahl so ein Gesicht.

Er schrie: »Antonio, Giorgio, Augusto!« Und im gleichen Augenblick schnellte er in die Höhe und wollte ins Wasser.

»Halt, Bursche!« Der Zöllner packte ihn am Kragen.

Auch die anderen waren aufgewacht.

Antonio machte noch ganz verschlafene Augen. Augusto liefen vor Schreck die Tränen über die Backen. Nur Giorgio schien gleichgültiger, obwohl auch er das Gefühl hatte: Nun ist alles zu Ende.

»Wo sind wir?«, fragte er, so ruhig er fragen konnte.

»In Morcote«, antwortete der Zöllner.

»In Morcote!« Giorgio sprang auf. Auch Antonio und Augusto machten plötzlich fröhliche Gesichter.

»Also in der Schweiz!«

Der Zöllner verzog sein breites Gesicht und lächelte: »Natürlich in der Schweiz.«

»Madonna«, schluchzte Augusto und sank Antonio in die Arme.

»Und ich wollte mich gerade ins Wasser stürzen«, lachte Dante.

Der Zöllner schmunzelte. »Hier ist es nicht tief. Wir hätten dich schon wieder herausgezogen. Aber wo kommt ihr denn her?«

»Aus Mailand«, sagte Giorgio ehrlich.

»Dann seid ihr die vier jungen Kaminfeger, die sie überall suchen?«

Sie nickten. »Ja, wir sind in der Nacht über den See geflohen und wollen nach Lugano zum Doktor …«

»Halt!«, gebot der Zöllner. »Sagt mir lieber nicht, wo ihr hinwollt, denn wenn ich es weiß«, er blinzelte sie verschmitzt an, »muss ich es, wenn ich danach gefragt werde, sagen.«

Die Buben lächelten auch.

»Wir haben noch eine Bitte«, sagte Dante.

»Was für eine?«

»Den Kahn haben wir gestohlen.«

Der Mann lachte wieder. »Ich habe mir schon gedacht, dass ihn euch niemand geliehen oder geschenkt hat.«

»Könnt Ihr ihn dem Besitzer wiedergeben?«

»Natürlich. Bindet ihn nur fest. Aber dann verschwindet. In einer halben Stunde kommt das erste Fährschiff von Porto Ceresio herüber, und vielleicht kommt schon jemand mit, der sich nach euch erkundigt.«

Sie dankten dem wackeren Mann und gingen.

»Weiß einer von euch den Weg?«, rief ihnen der Zöllner noch nach.

Augusto wusste ihn. »Zuerst kommt Melide.«

»Ja, ihr müsst immer am See entlanggehen. In zwei bis drei Stunden seid ihr dort.«

Die kleine Straße war recht bequem. Rechts sah man ins Wasser. Auf der anderen Seite ging es steil den Berg hinauf. Ein paar Ziegen weideten neben der Straße, ein Bauer trottete mit einer Kuh vor ihnen her. Sonst war alles still, nur der Wind rauschte in den Büschen und Bäumen.

Sie waren noch immer müde, besonders Dante klagte wieder über Müdigkeit und Schmerzen. Aber die Freude, endlich in der Schweiz und gerettet zu sein, trieb sie immer schneller vorwärts.

Melide ist ein kleines Dorf. Es liegt, wie Morcote, unmittelbar am Wasser. Ein Schuster hämmerte in seiner Werkstatt. Ein paar Bauern sprachen über das Wetter. Eine große Reisekutsche bog rechts auf die Landzunge ein, wo die Fähre über den See nach Bissone führte.

Sie hielten sich nirgends auf. Nicht einmal essen wollten sie, obschon sie noch allerlei Essbares in ihrem Sack hatten.

Die Straße stieg jetzt an. Die Landschaft wurde immer felsiger. Wie eine übergroße Pyramide ragte der San Salvatore vor ihnen auf.

Ein Stück Fels war abgestürzt und lag im Wasser. Auf dem Felsen war eine kleine Wirtschaft, eine Brücke führte hinüber. Unterhalb des Felsens brannten und dampften ein paar große Kalköfen.

Die Straße senkte sich wieder, und mehrere Häuser tauchten auf.

»Ist das Lugano?«, fragte Giorgio.

Augusto, der sich hier auskannte, schüttelte den Kopf. »Das ist erst Paradiso.«

Von hier sahen sie aber Lugano. Es war ein großer, anmutiger Hügel, über den viele kleine Villen und Häuser zerstreut waren.

»Ist das schön!«, riefen die Knaben.

Sie gingen bis an den See hinunter. Die Straße führte nun unmittelbar am Wasser entlang.

Ein paar Männer kamen ihnen entgegen. Eine schwere Postkutsche ratterte die Straße nach Carona hinauf. Der Kutscher knallte mit seiner Peitsche über die Pferdeköpfe, dann nahm er sein Horn und blies.

Große Gärten stießen bis an das Wasser. Sie waren leer und kahl. Verschiedene Sträucher waren dick mit Stroh und Lumpen zugebunden. Nur ein paar Magnolien zeigten ihre dicken grünen Blätter, und einige Palmen stießen ihre Wedel wie kleine Fächer in die dünne blaue Luft.

Die Häuser standen dichter. Eines hatte ein buntes Schild, es war ein Hotel. Man schaffte Stühle heraus. Eine kleine Kalesche fuhr vor. Einige Leute mit Koffern gingen auf ein Schiff, das am Kai lag.

»Nun sollten wir fragen«, sagte Antonio.

»Ja, damit wir nicht zu weit laufen«, stöhnte Dante. Er trat auf einen Mann zu, der am Wasser saß und angelte.

»Wir wollen zum Doktor Casella«, sagte er.

Der Angler blickte ihn an: »Dann geht doch.«

»Schafskopf«, brummte Antonio. »Du musst den Herrn fragen, wo er wohnt.«

Dante tat es.

»Ach so«, sagte der Angler. »Seht ihr da oben das große Haus?« Er zeigte auf den Hügel.

»Das große mit den vielen Fenstern und dem weißen Anstrich?«, fragte Dante.

Der Angler nickte. »Dort wohnt er.« Dann drehte er sich um und angelte weiter.

Die Knaben gingen durch ein paar enge, belebte Gassen und stiegen zu dem Haus hinauf. Es war das schönste auf dem Hügel. Eine große Mauer lag darum. Sie mussten erst mühsam den Eingang suchen. Da stand: »Dr. Casella, Arzt«. Darüber war ein Klingelzug.

»Ich klingle«, sagte Dante.

»Nein, ich«, sagte Augusto.

Da hatte Antonio schon an der Klingel gezogen.

Ein lustiger Dreiklang ertönte. Sie hörten auch schon ein paar schlurfende Schritte über das Pflaster kommen. Die große Tür öffnete sich.

Aber das war nicht die hohe, schmale Gestalt und das freundliche Gesicht des Doktors, sondern die kleine Gestalt einer mürrischen alten Magd.

»Zu wem wollt ihr?«, sagte sie und musterte sie mit ihren geröteten, blitzenden Augen.

»Zum Doktor Casella!«, riefen sie.

Sie musterte die vier noch einmal. »Der ist nicht da«, brummte sie dann und schlug das Tor mit einem lauten Krach wieder zu.

Die Knaben sahen sich an. Nun waren sie seit vielen Tagen unterwegs, um ihrer Hölle zu entrinnen, und da schlug man ihnen das Tor des Paradieses im letzten Augenblick doch noch zu.

Sie waren ganz verzweifelt. Dante weinte sogar. Auch Giorgio war dem Weinen nahe.

»Was machen wir jetzt?«, fragte Antonio nach einer Weile.

»Was sollen wir machen? Warten«, antwortete Giorgio bekümmert, und er setzte sich vor dem Tor auf die Erde.

Da öffnete sich das Tor abermals. Ein Knabe kam heraus. Er

war so groß wie Giorgio, hatte blonde strähnige Haare, helle klare Augen und ein langes straffes Gesicht. Auf dem Kopf saß eine Schülermütze. Darunter war eine feste Jacke, ein Paar derbe, genauso gefärbte Hosen, außerdem trug er Stiefeletten.

Er blieb erstaunt stehen, als er die vier armen, zerlumpten und blassen Burschen vor dem Tor hocken sah.

»Wer seid ihr?«, fragte er.

»Wir kommen von Mailand.« Giorgio hatte sich halb erhoben.

»Von Mailand?« Der Knabe horchte interessiert auf. »Bist du etwa der Giorgio?«

Giorgio nickte, und sein bekümmertes Gesicht wurde wieder heller.

»Mein Vater hat mir von dir erzählt. Sind das deine Kameraden, die Kaminfegerbuben?«

Giorgio nickte wieder.

Der Knabe zog ihn ganz hoch. »Aber so steht doch auf und kommt ins Haus.«

Augusto sagte: »Das wollten wir auch, aber eure Magd hat gesagt: ›Der Doktor ist nicht da.‹«

Der Bub lachte: »Dieser Drache. Ich bin doch da, und bis Vater zurückkommt, seid ihr meine Gäste.«

Er sah sie wieder alle vier an. »Ich heiße übrigens Lorenzo«, setzte er hinzu.

»Lorenzo.« Sie sprachen den Namen nach.

»Ich heiße Antonio«, sagte der Große dann.

»Ich Augusto.«

»Ich Dante.« Der Kleine hatte sich auch erhoben.

»Jetzt kommt aber endlich herein!« Der Knabe riss das Tor weit auf, und sie sahen in einen großen Garten.

»Euphrosine!«, rief Lorenzo. »Euphrosine!«

Die Magd erschien wieder.

»Wie kannst du meine Gäste draußen stehen lassen«, schalt Lorenzo halb ärgerlich, halb belustigt und ging auf die Magd zu.

»Eure Gäste?«, erwiderte die Magd spitz und misstrauisch. »Sie wollten zum Doktor.«

»Sie wollen auch zu mir«, erklärte Lorenzo laut. »Mach das Haus weit auf, Euphrosine!«

»Nein«, die Magd breitete beide Arme aus, »wenn sie wirklich ins Haus sollen, müssen sie erst ins Waschhaus und gewaschen werden. Sie haben ja den ganzen Tessiner Dreck an den Beinen, an den Hosen und im Gesicht.«

»Meinetwegen.« Lorenzo lachte wieder. »Aber mach schnell, damit das Badewasser bald warm wird.«

Euphrosine brummte etwas und watschelte mit ihren kurzen Beinen auf ein kleines Gebäude zu. Lorenzo ging mit den vier Buben inzwischen um das Haus herum.

Das große schöne Haus hatte eine breite Säulenhalle, auf jeder Seite war ein Balkon und nach dem See zu eine überdeckte Veranda, von der man weit über das Wasser und auf die Berge sehen konnte.

Lorenzo zeigte ihnen den Garten. Er hatte viele kleine Lauben, einen Wintergarten, in dem Palmen, ein paar Zitronen- und zwei Orangenbäume standen und allerlei Kakteen und andere seltene Blumen und Pflanzen. Daneben war noch ein großes Gewächshaus, in dem ein alter Gärtner hin und her ging.

Die Buben staunten alles an, und was sie nicht kannten, erklärte ihnen Lorenzo.

Er kam ihnen mit jedem Wort näher und wurde ein immer besserer Kamerad. Als er sah, dass Dante hinkte, brachte er ihm sogar einen Stock.

Die Magd erschien wieder. »Fertig! Fertig!«, rief sie, und alle gingen ins Badehaus hinüber.

Über einem großen Feuer aus Holzscheiten hing ein Kessel. Das Wasser kochte schon. Die vier mussten sich in eine Wanne stellen. Die Magd schüttete erst kaltes und später warmes Wasser hinein und dann schrubbte sie die schmutzigen Leiber ab. Giorgio schrie und Augusto jammerte. Antonio wurde sogar mit einer groben Bürste bearbeitet. Nur Dante wurde zart angefasst. Euphrosine war, nachdem die Buben einmal im Haus waren, doch recht freundlich zu ihnen.

Giorgio sprang als Erster wieder aus der Wanne.

Wo waren seine Sachen?

Euphrosine hatte sie auch in einen Wasserkessel gesteckt.

»Mein Beutel!«, schrie Giorgio erschrocken auf.

»Nur keine Aufregung«, beruhigte ihn Euphrosine. »Hier ist er. Auch das Messer war in deiner Tasche.« Sie reichte ihm beides hin. Sie hatte alle Taschen geleert, und die Sachen lagen säuberlich auf einem Fensterbrett.

»Was ziehen wir nun aber an?«, jammerten die Buben.

Euphrosine und Lorenzo hatten dafür gesorgt.

Lorenzo brachte gerade seine Hemden, Hosen und andere Kleidungsstücke. Euphrosine packte Dante und Antonio, für die nichts da war, in große Tücher, und dann durften sie mit ins Haus gehen.

Sie kamen durch die Säulenhalle in das Innere.

War das schön!

»Aaaa!«, machten die Buben und sahen sich staunend um.

Alles war aus schwarzem und weißem Marmor. An den Wänden hingen bunte, mit Tieren bestickte Teppiche, und in halber Höhe standen ein paar Vasen.

Lorenzo führte sie weiter.

Sie mussten durch einen großen hellen Raum in das Speisezimmer gehen. Da war eine lange Tafel für sie gedeckt. In der Mitte thronte eine Suppenschüssel, und vor jedem stand ein schöner, blau umrandeter Teller mit Löffel, Messer und Gabel. »Setzt euch«, sagte Lorenzo.

Sie waren noch ganz verwundert und benommen von all dem Schönen und setzten sich nur vorsichtig auf die bunt überzogenen Stühle.

»Habt ihr Hunger?«

»Und wie«, meinte Augusto. »Wir haben seit gestern Abend nichts gegessen.«

»Na«, brummte Euphrosine, »dann wird es euch schon schmecken.«

Sie war hinter ihnen ins Zimmer getreten und schenkte die dampfende Suppe ein. Die Buben aßen und ließen es sich schmecken. Antonio ließ sich das dritte Mal geben.

»Lass etwas Platz«, neckte Lorenzo.

»Gibt es denn noch mehr?«, fragte Antonio.

Es gab noch viel mehr. Erst kam eine große Schüssel Reis. Nach dem Reis gab es Fleisch und allerlei Salate. Nach den Salaten brachte die Magd noch eine süße Speise.

»Uff«, stöhnte Augusto, »so rund war ich noch nie.« Er strich sich genießerisch über den Bauch.

»Und ich«, rief Dante. »So möchte ich alle Tage essen.«

Auch Giorgio war so satt wie noch nie in seinem Leben, und Antonio jammerte sogar, weil er sich zu voll gegessen hatte.

»Nun zeig mir mal gleich dein Bein«, sagte Euphrosine zu Dante, nachdem sie die letzten Teller abgeräumt hatte. »Und euch«, sie wandte sich an die anderen, »wird Lorenzo inzwischen zeigen, wo ihr schlafen könnt.«

Sie nahm Dante mit in das große Arztzimmer, und Lorenzo führte Antonio, Giorgio und Augusto nach oben.

Sie stiegen die breite Treppe in den ersten Stock hinauf und dann eine schmälere in den zweiten.

Lorenzo machte eine Tür auf. »Hier«, er zeigte hinein, »schlafen Augusto und Antonio.«

Es war ein hohes helles Zimmer mit zwei Betten, einem großen Schrank und einem Waschtisch.

Augusto hielt ängstlich die Hände vor die Brust. »Ich habe noch nie in einem Bett geschlafen«, sagte er.

»Ich auch nicht«, meinte Antonio.

»Dann schlaft ihr heute das erste Mal darin.« Lorenzo schob die beiden in das Zimmer hinein.

»Komm«, sagte er zu Giorgio, »du schläfst bei mir.« Und er führte ihn in das benachbarte Zimmer.

Es waren zwei ineinandergehende Räume, ein kleiner Schlafraum mit zwei großen Schlafkojen und ein großes Eckzimmer, in dem ein Arbeitstisch, Bücher und ein paar Stühle waren.

»Hier wohne ich«, sagte Lorenzo, »und das zweite Bett ist für meinen Cousin, der immer im Sommer kommt, aber jetzt steht es leer, und ich freue mich, wenn du darin schläfst.«

Giorgio sah alles erstaunt und mit großen Augen an. »Und wo schläft Dante?«, fragte er noch.

»Er schläft im Zimmer beim Gärtner«, antwortete Lorenzo. »Dort haben wir auch noch ein Bett frei.«

»Schlaf nur gleich ein paar Minuten«, fuhr Lorenzo fort. »Ich muss sowieso in die Stadt gehen und noch etwas besorgen. Das«, er wies auf das hintere Bett, »ist das deine, in dem vorderen schlafe ich.«

Giorgio hatte eigentlich keine Lust zu schlafen. Alles, was in der letzten Stunde auf ihn eingestürmt war, war so neu und erstaunlich und erschütterte ihn so sehr, dass er noch gar nicht wusste, was er dazu sagen sollte. Er ging erst noch einen Augenblick in dem großen Eckzimmer umher, betrachtete ein paar Kupferstiche, trat an das Bücherregal und setzte sich an den kleinen Arbeitstisch, dann zog er sich aber doch gehorsam aus und kroch in das breite Bett.

Giorgio lag das erste Mal auf einer schneeweißen Decke unter einer Federhülle. In Sonogno hatte er immer auf einem Laubsack geschlafen, den er sich selber stopfen musste, in Mailand auf dem blanken Fußboden und nur die letzten Tage auf einer harten Wollmatratze. Das hier war alles viel weicher und weiß wie Schnee, nur nicht so kalt, und er versank sofort in einen tiefen, traumlosen Schlaf.

Er wusste nicht, wie lange er geschlafen hatte, aber als er wieder erwachte, war schon ein leichtes Halbdunkel in der Kammer. Er stand auf.

Seine alten Sachen lagen, bis auf das Hemd, frisch gewaschen und trocken vor seinem Bett. Das Hemd war neu und wahrscheinlich von Lorenzo.

Er zog die Sachen an und trat aus der Kammer.

Lorenzo saß am Fenster seines Zimmers vor einem kleinen Licht und las. »Hast du ausgeschlafen?«, fragte er.

»Ich glaube«, gähnte Giorgio.

Lorenzo lachte. »Ich glaube auch. Du hast sechs Stunden geschlafen. Die anderen sind schon alle unten beim Vater.«

»Sechs Stunden?« Giorgio wollte es nicht glauben.

»Es stimmt. Aber komm jetzt! Wir wollen zur Nacht essen und haben nur noch auf dich gewartet.«

Die ganze Gesellschaft saß tatsächlich schon mit dem Doktor am Tisch.

Dante hatte einen frischen Verband um den Fuß. Augusto stand an einem großen Aquarium mit Goldfischen. Antonio sprach mit dem Doktor.

Giorgio ging verlegen auf ihn zu.

»Dass wir uns schon so bald wiedersehen würden, hätte ich nie gedacht«, begrüßte ihn der Doktor und schüttelte ihm die Hände.

»Ich wollte ja auch erst im Frühjahr kommen, wenn mein halbes Jahr vorbei ist«, sagte Giorgio, »aber dann kamen viele böse Sachen. Auch meine schönen Kleider haben sie mir gestohlen.«

Er erzählte alles und weinte fast.

Der Doktor tröstete ihn. »Ich habe es beinahe erwartet, dass alles so enden würde. Deine Meisterin war eine richtige Hexe. Armer Bub.« Er strich Giorgio über das Gesicht. »Aber mach dir keine Sorgen. Die Sachen können wir wieder kaufen, und ich freue mich sogar, dass du schon jetzt mit deinen Kameraden gekommen bist.«

Die Magd läutete mit einer Glocke, und sie gingen ins Speisezimmer. Es gab wieder allerlei gute Dinge: Fisch und Fleisch, getrocknete Weintrauben und Nüsse, eine süße Speise und Eingekochtes. Zum Schluss bekamen sie alle noch einen warmen, gewürzten Wein. Die Buben mussten nun von ihrer Flucht erzählen. Der Doktor sagte nur manchmal »Hm, hm« oder »So, so«. Auch einmal »Pfui«, als er hörte, dass der Zollwächter sogar hinter ihnen her geschossen hatte. Lorenzo machte große Augen. Er wollte immer mehr wissen und lebte alles mit.

»So, die ›Katze‹ hieß der Bub?«, fragte er Dante. »Und sie haben dich in einem Wagen aus Mailand geschmuggelt. Haha. Dem Mann mit der Narbe werde ich, wenn ich ihm begegne, auch seine andere Backe zeichnen. Und Anselmo«, er dachte nach, »Anselmo geben wir, wenn wir ihn erwischen, der Euphrosine. Sie muss ihn in den großen Kessel stecken, und dann sieden wir ihn, bis er rot wie ein Krebs wird.«

Nachdem sie auch den Wein ausgetrunken hatten, sagte der Doktor: »Nun geht schlafen, Buben. Morgen werden wir dann sehen, was wir weiter mit euch machen.«

Die Knaben standen gehorsam auf, obwohl sie gern noch länger zusammengeblieben wären.

Lorenzo zeigte Giorgio noch alles, was er in seinem Zimmer hatte. Danach musste Giorgio wieder von Mailand erzählen. Sie lagen schon in ihren Betten, Lorenzo hatte die Beine angezogen und sah immer zu Giorgio hinüber.

»Wie hieß eure Bande eigentlich?«, fragte er.

»Die schwarzen Brüder.«

»Und die andere?«

»Die Wölfe.«

Auch von der Flucht wollte Lorenzo mehr erfahren.

Giorgio erzählte von der Angst, die sie alle vier gehabt hätten, als die großen Hunde gegen den Wagen sprangen.

»Dass der Bauer das Kreuz von Angeletta genommen hat, war aber doch nicht recht«, meinte Lorenzo.

Da erinnerte sich Giorgio an das Paket, das ihm Enverino, der Sohn des Bauern, noch im letzten Augenblick geschenkt hatte.

»Er hat mir auch etwas gegeben«, erwiderte er eilig, wie um den Bauern zu entschuldigen, und zog das Paket aus der Tasche.

»Was denn?«

»Ich weiß es noch nicht. Er hat gesagt, ich soll es erst in Lugano aufmachen.«

Lorenzo lachte. »Jetzt bist du doch in Lugano.«

Giorgio lachte mit. »Richtig.« Und er riss das schmutzige Papier auseinander.

»Oh!«, rief er.

»Was ist es denn?« Lorenzo rückte neugierig näher.

»Das Kreuz. Er hat es mir wiedergegeben.«

Er hielt es in die Höhe. Wirklich, es war das kleine Kreuz von Angeletta, mit der Kette.

»Ich habe ihm unrecht getan«, sagte Lorenzo. »Er ist doch wirklich ein anständiger Kerl.«

Giorgio wusste noch gar nicht, was er sagen sollte. Eine große Wärme schoss ihm ins Herz. »Außerdem hat er uns noch Suppe gegeben«, erzählte er weiter, »und seine Frau Brot und Käse, und sein Sohn hat uns bis Porto Ceresio gebracht; dabei hätte er tatsächlich fünfundzwanzig Lire an uns verdienen können.«

»Wir werden es ihm schon noch einmal danken«, meinte Lorenzo, der auch ganz gerührt war.

»Wann denn?«, fragte Giorgio.

»Wenn wir groß sind. Willst du übrigens mein Freund werden?«, fügte er hinzu und sprang aus seinem Bett heraus und zu Giorgio hinüber.

»Dein Freund?« Giorgio sah den großen, gerade gewachsenen Knaben erstaunt und erfreut an. »Gern«, antwortete er dann. »Ich hatte schon einmal einen Freund. Er hieß Alfredo, aber er ist vor kurzer Zeit gestorben.«

»Ich weiß es«, nickte Lorenzo. »Mein Vater hat mir von ihm erzählt. Er war auch ein junger Kaminfeger, und ihr habt ihn zusammen begraben.«

»Ja«, sagte Giorgio, »alle schwarzen Brüder.«

»Du bist also nun mein Freund.« Lorenzo reichte ihm die Hand.

»Ja«, nickte Giorgio. »Wir müssen aber noch einen Schwur leisten.«

»Einen Schwur?« Lorenzo sah ihn fragend an.

Giorgio dachte an die Worte, die ihm Alfredo damals am Bach vorgesprochen hatte. »Wir müssen schwören, dass wir von jetzt an immer wie zwei Brüder zusammenhalten und dass wir Gut und Blut miteinander tauschen, bis an unser Lebensende.«

Sie schworen es.

»Nun schenk ich dir noch etwas. Freunde müssen sich etwas schenken.« Lorenzo ging an seinen Bücherschrank und kam mit einem dicken Buch zurück. »Das ist das schönste Buch, welches ich habe. Coopers Lederstrumpf. Es handelt auch von zwei Freunden, von Lederstrumpf und dem letzten der Mohikaner.«

»Ich kann aber nicht lesen.«

»Das lehre ich dich«, sagte Lorenzo leichthin.

»Was schenke ich aber dir?« Giorgio überdachte einen Augenblick alles, was er hatte. »Ich weiß es«, rief er. »Ich erzähle dir dafür das Geheimnis Alfredos.«

»Ein Geheimnis? Ja, erzähle es.«

»Morgen«, wehrte Giorgio ab. »Heute ist es zu spät.«

Aber Giorgio konnte sagen, was er wollte. Lorenzo gab nicht eher Ruhe, bis er ihm auch noch die Geschichte von Alfredo erzählte.

Es schlug von allen Kirchen Luganos Mitternacht, als Lorenzo endlich das Licht löschte und jeder wieder in sein Bett kroch. »Du«, flüsterte Lorenzo noch.

»Ja«, sagte Giorgio.

»Wenn du Bianca in Roveredo aufsuchst, gehe ich mit.«

12 Noch einmal der Mann mit der Narbe und Alfredos Worte gehen in Erfüllung

Der Doktor saß schon am Tisch, als die Knaben in das Speisezimmer kamen.

»Wie habt ihr geschlafen?«, fragte er.

»Gut«, schrien sie alle, aber Giorgio und Lorenzo schauten sich dabei verstohlen an.

»Was macht dein Bein?« Der Doktor sah Dante an.

»Großartig!«, rief der und hob es mit seinem Verband auf den Tisch, dass alle lachten. »Es tut gar nicht mehr weh. Morgen kann ich sicher wieder auftreten.«

Es gab Kakao, dann Weißbrot, Butter, Honig und Konfitüre. Sie ließen es sich schmecken; besonders in die Honigdose langten sie immer wieder aufs Neue.

Als sie satt waren, klopfte der Doktor an seine Tasse.

»Nun wollen wir einen Plan machen. Giorgio kommt mit mir in die Stadt. Wir haben noch etwas einzukaufen.«

Er sah zu Giorgio hinüber. »Einverstanden, Giorgio?«

»Gern.« Giorgio nickte.

»Augusto und Antonio machen sich in der Gärtnerei nützlich. Wollt ihr?«

Sie wollten.

»Lorenzo geht in die Schule.«

Lorenzo lachte: »Das muss ich ja alle Tage.«

»Und ich?«, schrie Dante.

»Du musst noch den ganzen Tag im Bett bleiben.«

Dante maulte und wollte nicht, aber der Doktor bestand darauf, und er gab nach.

»So«, sagte der Doktor noch, »Punkt zwölf kommen wir wieder hier zusammen, und dann sehen wir, was ich weiter mit euch machen kann. Gilt's?«

»Ja!«, schrien die Buben. »Ja!«

Der Gärtner stand in der Tür. »Der Wagen wartet, Herr Doktor.«

»Oh«, rief Giorgio, »sogar mit dem Wagen fahren wir?«

Sie rannten alle mit hinaus.

Vor der Tür standen ein Pferd und ein Wagen. Das Pferd war ein lustiges schwarzes Tier, das die Knaben mit seinen großen Augen prüfend ansah. Der Wagen war eine leichte offene Kalesche.

Der Doktor stieg auf den Bock. Er kutschierte selber, und Giorgio durfte sich neben ihn setzen.

Der Gärtner riss das große Tor auf. Das Pferd hob den Kopf, tänzelte hin und her, und dann schoss es durch das Tor auf die Straße.

Sie fuhren auf engen Serpentinenwegen hinunter zum See. Der Doktor musste erst Krankenbesuche machen. Giorgio war ganz stolz. Er blieb inzwischen auf dem Wagen sitzen oder stieg aus und stellte sich neben das Pferd.

Sie waren schon einmal an dem großen Hotel vorbei bis Paradiso gefahren, jetzt fuhren sie nach der anderen Seite. Das Pferd stand vor einem hohen Haus in der Via Nassa.

Giorgio war abgestiegen und kraulte dem schwarzen Teufel den Hals. Auf einmal hielt er inne und zuckte zusammen. Da kam der Mann mit der Narbe.

War er es wirklich? Ja, es waren sein großer Hut, seine wilden schwarzen Haare, seine tückischen, boshaften Augen, die große, geschwungene Nase, und jetzt sah er auch die Narbe, die über die Wange lief.

Giorgio wäre am liebsten in den Boden versunken. Der Mann wollte sie sicher auch hier in Lugano suchen und, wenn er sie gefunden hatte, festnehmen lassen. Wie hatte der Doktor in Mailand gesagt? »Eure Eltern haben euch gegen reguläre Kaufbriefe verkauft.« Also, wenn der Mann mit der Narbe seine Kaufbriefe in Lugano vorzeigte, konnte er sie bestimmt auch hier festnehmen lassen und wieder nach Mailand zurückbringen. Die Kaufbriefe waren ja sogar in der Schweiz ausgestellt.

Wenn ihn der Mann wenigstens nicht sähe! Oder wenn doch der Doktor schon käme! Giorgio dachte sich viele solche »Wenns« aus und sah dabei verzweifelt zu Boden.

Der Mann mit der Narbe sah ihn nicht. Er brummte vor sich hin und ging gleichgültig an ihm vorüber. Gleich darauf bog er in eine kleine Kneipe ein und war verschwunden.

Endlich kam der Doktor mit seinem schwerfälligen, langsamen Gang. Giorgio atmete auf. »Kommen Sie«, rief er, »schnell!«

»Was hast du denn?« Der Doktor sah ihn prüfend an. »Wir haben doch keine Eile.«

»Ach«, stammelte Giorgio und versuchte, den Doktor wieder auf den Wagen zu drängen, »der Mann mit der Narbe ist da.«

»In Lugano?«

»Ja, er ist gerade hier vorbeigekommen.« Giorgio zitterte. »Er will uns sicher wieder holen.«

»Wo ist er denn hin?«, fragte der Doktor weiter.

»Dahinein, dahinein.« Giorgio zeigte auf die kleine Kneipe, über der ein silberner Fisch hing.

»Zum alten Ermanni.« Der Doktor wollte auf die Kneipe zugehen.

»Ja«, sagte Giorgio, der immer noch zitterte. Er hatte sich schon auf den Bock geschwungen. »Aber lassen Sie uns doch lieber fahren.«

»Beruhige dich nur«, sagte der Doktor, »ich will ihn mir nur einmal ansehen.«

»Er hat einen schwarzen Hut auf«, flüsterte Giorgio. »Und die Narbe sehen Sie sicher auch. Sie geht über die ganze Wange.«

Der Doktor ging in die Kneipe hinein. Einen Augenblick später kam er wieder heraus. Er schwang sich neben Giorgio. »Er hat einen halben Liter Nostrano bestellt und isst etwas. Er wird also nicht so bald wieder fortgehen.«

»Ja«, stammelte Giorgio, »fahren wir schnell. Er kann uns sicher verhaften lassen, und dann müssen wir wieder nach Mailand zurück.«

»Nein«, beruhigte ihn der Doktor, »das kann er nicht. Die Polizei wird ihn vorher selbst festnehmen.«

»Die Polizei!« Giorgio erschrak wieder. Diesmal aber freudig. Der Doktor nickte: »Warte nur.«

Sie fuhren auf die Piazza Riforma. Ein paar Fischstände standen da. Auch einige Bauern mit Kastanien und Mais. Sie fuhren um sie herum vor das große Stadthaus.

Der Doktor stieg ab: »Komm mit!«

Sie traten in einen langen Raum, vor dem ein Polizist stand. In der Stube waren noch zwei Polizisten und ein Mann in Zivil. Die Leute sprangen auf.

»Herr Doktor?«, sagte der Mann in Zivil.

Der Doktor grüßte zurück. »Ich habe Ihnen etwas mitzuteilen, Herr Kommissar.«

»Aber setzen Sie sich doch.« Der Kommissar schob dem Doktor einen Stuhl hin.

»Die Sache hat nicht viel Zeit«, fuhr der Doktor fort. »Können Sie sich noch daran erinnern, dass im Sommer eine Barke mit achtzehn oder zwanzig kleinen Tessiner Kaminfegerbuben auf dem Lago Maggiore untergegangen ist?«

»Gut, Herr Doktor. Sehr gut.« Der Kommissar nickte.

»Daraufhin wurde doch ein gewisser Antonio Luini, man nannte ihn allgemein ›den Mann mit der Narbe‹, wegen fahrlässiger Tötung gesucht.«

Der Kommissar nickte wieder: »Er wäre sicher auch verhaftet und verurteilt worden, aber es wurde festgestellt, dass er, wie auch der Besitzer der Barke, bei dem Unglücksfall mit ertrunken ist.«

»Er lebt«, rief der Doktor, »und er ist zur Zeit in Lugano.«

»Er lebt?« Der Kommissar schlug auf den Tisch. Auch die Polizisten horchten auf und traten interessiert näher. »Und er ist in Lugano?«

»Er sitzt beim alten Ermanni im ›Silbernen Fisch‹ und trinkt einen halben Liter Nostrano. Der Knabe da«, er schob Giorgio vor, »ist einer der Überlebenden des Unglücks. Er hat ihn erkannt.«

»Können Sie mitkommen, Herr Doktor?« Der Kommissar nahm eine Pistole, und die beiden Polizisten schnallten sich ihre Säbel um.

»Gern«, erwiderte der Doktor. »Gern. Ich sehe mit Freuden zu, wenn Sie den Halunken festnehmen. Aber seien Sie vorsichtig. Er soll ein gefährlicher Mensch sein.«

Der Kommissar lachte. »Wir sind ja zu dritt.«

Die Kneipe war ziemlich voll. Einige Bauern tranken einen Quinto Barbera. Ein paar Luganeser saßen vor einem Wermut. Der Mann mit der Narbe hockte abseits in einer Nische und kaute Salami und Brot.

Der Kommissar trat an ihn heran.

»Seid Ihr der Antonio Luini?«

Der Mann mit der Narbe sah auf: »Warum?«

»Weil ich es wissen muss.«

Der Narbige trank wieder einen Schluck Wein und schob ein Stück Salami in den Mund. »Nun, vielleicht bin ich es«, brummte er, »vielleicht bin ich es aber auch nicht.«

»Ja oder nein«, sagte der Kommissar gröber, »verstanden! Ich bin von der Polizei. Wir suchen ihn nämlich.«

»Den Luini?« Der Narbige sah den Kommissar erneut an. »Was soll er denn getan haben?«

»Das werdet Ihr schon noch erfahren«, sagte der Kommissar streng.

Der Mann mit der Narbe lachte: »Nun, wenn Ihr den Antonio Luini sucht und sogar von der Polizei seid und mir nicht einmal sagen wollt, warum Ihr den Luini sucht, bin ich es natürlich nicht.« Der Narbige lachte abermals.

»Macht keine Witze, Mann.« Der Kommissar wurde ärgerlich.

»Ich mache keine Witze, Herr Kommissar. Ihr habt gefragt, und ich habe geantwortet.«

»Nun, wir werden Euch auch so erkennen«, unterbrach ihn der Kommissar. »Bub!« Er rief nach Giorgio.

Giorgio stand schon da. Ihm schlug das Herz noch immer, besonders als ihn der Mann mit der Narbe jetzt wütend ansah und aufsprang.

»Du hast mich also verpfiffen?«, schrie er und wollte auf Giorgio losstürzen, aber der Kommissar fasste ihn an den Schultern und drückte ihn wieder auf seinen Stuhl.

Der Narbige wandte sich nun schroff gegen ihn.

»Warum nehmt Ihr den da nicht fest, wenn Ihr schon jemand festnehmen wollt?«, polterte er los. »Schleppt ihn auf Eure Wache! Er ist ein Spitzbube. Er ist ein Ausreißer. Er hat gestohlen. Er hat eingebrochen. Er ist seinem Meister davongelaufen. Er hat einen anderen halb zum Krüppel geschlagen. Er hat …«

Der Narbige hielt erschöpft inne, dann fuhr er langsamer fort: »Ich bin extra heute aus Mailand nach Lugano gekommen, um mir den Burschen von Euch auszubitten.«

»Ich bin kein Dieb und kein Spitzbube!«, schrie Giorgio, der seinen Mut wiedergefunden hatte, jetzt genauso wütend. »Ich bin auch kein Einbrecher. Ich habe noch nie jemandem etwas gestohlen.«

»Ruhig, Bub«, sagte der Kommissar und schob ihn wieder etwas zurück. »Ich will im Augenblick von dir nur wissen: Ist das der Antonio Luini oder nicht?«

»Er ist es!«, rief Giorgio laut.

»Der, der im Sommer mit einer Barke und zwanzig jungen Tessinern über den Lago Maggiore gefahren ist, weißt du, wo das große Unglück geschehen ist?«

»Derselbe!«, nickte Giorgio wieder. »Sechzehn von uns ertranken.«

»Erkennst du ihn wirklich genau?«

Giorgio nickte noch eifriger: »Ich habe ihn ja damals sogar aus dem Wasser gezogen. Ohne mich und meinen Freund Alfredo wäre er bestimmt ertrunken.«

Der Kommissar wandte sich wieder an den Mann mit der Narbe: »Ihr habt die Aussage des Knaben gehört?«

»Er lügt!«, schrie der auf und sprang wieder in die Höhe.

»Ich lüge nicht!«, entgegnete Giorgio. Er wurde jetzt immer tapferer. »Es sind außerdem noch zwei in Lugano, die mit auf dem Schiff waren«, fuhr er fort, »die kennen ihn auch.«

»Wollt Ihr noch immer nicht die Wahrheit sagen?« Der Kommissar starrte dem Mann mit der Narbe in die Augen.

»Nein! Nein!«, schrie dieser plötzlich laut, stürzte seinen Tisch gegen den Kommissar um, dass Brot, Wurst und Weinflasche auf den Boden fielen, und rannte an Giorgio und dem Doktor vorbei zur Tür.

Dort standen aber die beiden Polizisten.

»Halt«, sagte der eine, die Pistole in der Hand, »sonst schieß ich dich nieder!«

Der andere hatte ihn schon gepackt.

Der Kommissar, der mit dem Tisch zu Boden gestürzt war, keuchte auch schon heran.

»Bindet dem Kerl die Hände!«, schrie er. »Rasch, und dann auf die Wache mit ihm.«

Sie taten es und stießen ihn aus der Kneipe hinaus.

»Wo wohnt der Bub?«, fragte der Kommissar den Doktor noch. »Wir werden ihn wahrscheinlich noch einmal brauchen.«

»Bei mir«, sagte der Doktor. »Die anderen beiden, die den Mann mit der Narbe auch kennen, gleichfalls.«

»Wir danken Ihnen schön.« Der Kommissar fasste nach seinem Hut. »Das scheint ja tatsächlich ein ganz gefährlicher Bursche zu sein.«

Der Doktor bejahte: »Wie gefährlich, werdet Ihr aber erst erfahren, wenn es zur Verhandlung kommt. Ich möchte auf jeden Fall dazugeladen werden.«

»Natürlich, Herr Doktor. Natürlich.« Der Kommissar rannte seinem Gefangenen nach.

»Nun, Giorgio«, fragte der Doktor, als sie wieder auf dem kleinen Bock zusammensaßen, »wollen wir jetzt noch einkaufen oder wollen wir erst heimfahren und die Verhaftung dieses Mannes feiern?«

»Heim!«, bat Giorgio nur. »Heim!« Er konnte noch gar nicht fassen, was eben geschehen war. Nun kamen also nicht sie hinter Schloss und Riegel, sondern der Mann mit der Narbe, der sie die halbe Woche verfolgt hatte. Natürlich mussten das auch die anderen so schnell wie möglich erfahren. Alles andere hatte Zeit.

Das kleine Pferd trabte den Berg hinauf.

Dabei fiel Giorgio etwas ein. Was hatte Alfredo gesagt, als sie damals mit dem Mann mit der Narbe nach Mailand gingen? »Wenn er wirklich ein Schurke ist, wie alle sagen, wird ihn der Teufel auch holen, ohne dass wir ihn verraten.« Nun hatte er ihn geholt.

Giorgio musste abspringen und nach dem Gärtner läuten. Der Alte machte das Tor auf, und sie fuhren hinein.

»Hallo, hallo!«, rief Giorgio, als er Antonio und Augusto am Glashaus stehen sah.

»Was schreist du denn so?«, fragten die beiden.

»Die Polizei hat den Mann mit der Narbe festgenommen!«

»Was?« Sie starrten Giorgio mit offenem Mund an.

»Ja, eben. Ich war mit dabei.« Er erzählte ihnen aufgeregt, was geschehen war.

Augusto schlug vor Freude die Hände zusammen. Antonio schüttelte nur seinen großen Kopf. Der kleine Dante, der aus dem Bett gekrochen war, hüpfte auf seinem gesunden Bein auf und ab und schrie: »Evviva!« und »Vittoria! Der Herr Doktor und die Polizei sollen leben!«

Inzwischen war auch Lorenzo heimgekommen. Er hatte bereits gehört, dass man in der Stadt einen Mann verhaftet hatte. Wie ein Lauffeuer war es durch die Straßen gegangen. Wer es war, wusste er nicht, und als er es erfuhr, jauchzte er vor Freude auf. »Ach«, sagte er zu Giorgio, »der Mann mit der Narbe! Jetzt werden wir uns an ihm rächen.«

Der Doktor war schon ins Haus gegangen. Er rief die Buben herein. »Nun können wir unsere Beratung noch vor dem Essen abhalten.«

Die vier kamen. Auch Lorenzo folgte nach.

Der Doktor führte sie in sein Arbeitszimmer. Es war ein langer, saalartiger Raum. Vom Fußboden bis an die Decke standen Bücher. Wo keine Bücher standen, hingen Bilder und alte Kupferstiche. Auch ein großes Menschengerippe lehnte drohend an der Wand.

Den Buben gruselte es beinahe.

Der Doktor hatte sich an den großen Kamin gesetzt, der die hintere Wand des Zimmers einnahm. Ein lustiges Feuer flackerte auf. Lorenzo fasste nach dem kleinen Blasebalg und setzte sich seinem Vater zu Füßen.

Die anderen hockten vor dem Feuer, zogen die Beine hoch und sahen den Doktor an.

»Was machen wir nun mit euch?« Der Doktor strich sich über das Kinn. »Ihr seid natürlich nach dem Gesetz Rechtsbrecher. Eure Eltern, Geschwister oder Vormünder haben mit dem Mann mit der Narbe einen Kaufvertrag abgeschlossen, demzufolge ihr ein halbes Jahr in Mailand als Kaminfegerbuben zu arbeiten habt. Ihr habt den Vertrag nicht gehalten und seid ausgerissen. Ich bin daran mitschuldig, denn ich habe euch, wenn auch nicht offen, doch dazu ermuntert. Ich«, er lächelte etwas, »gehöre also mit auf die Anklagebank.«

Er zog eine Rolle aus der Tasche. »Nun wollen wir uns aber euren Vertrag einmal näher ansehen. Ich habe mir einen besorgt.« Er rollte die Rolle auf. »Darin steht, dass ihr anständig gehalten werden sollt. Man will dafür sorgen, dass ihr in Mailand gut untergebracht seid. Und«, er las vor, »die Knaben werden auch warme Kleidung und gut zu essen bekommen.«

Giorgio sprang auf. »Steht das wirklich darin?«

»Wort für Wort!«

»Ich habe in einem Schuppen geschlafen«, rief Augusto.

»Ich habe jeden Tag an einem anderen Ort geschlafen«, erzählte Antonio. »Solange es warm war, auf einem Boden, und dann einmal da und einmal dort. Mein Meister verlangte nur, dass ich jeden Morgen pünktlich um sieben Uhr zur Stelle war.«

»Ich hatte meinen Laubsack in einem Hausflur«, sagte Dante.

»Das weiß ich alles«, unterbrach sie der Doktor. »Ihr habt es mir ja schon in Mailand erzählt. Ich weiß auch, dass ihr kaum zu essen bekommen habt, und sicher hat auch keinem von euch euer Meister eine Jacke oder eine Hose geschenkt oder gekauft.«

»Nicht einmal ein neues Hemd habe ich bekommen«, klagte Antonio, »obwohl ich das meine«, er zeigte den Wollfetzen, »nur bei der Arbeit zerrissen habe.«

Den andern war es genauso ergangen.

»Nun gut«, sagte der Doktor, »darum habe ich euch ja auch nicht abgeraten, auszureißen und Rechtsbrecher zu werden. Ich glaube, wenn wir alle fünf vorgeladen werden, ihr als Ausreißer und ich als Verführer«, er lächelte wieder, »wird immerhin Anklage gegen Anklage stehen. Das heißt, wenn uns überhaupt jemand anklagt, denn der, der uns anklagen könnte, sitzt vorläufig hinter Schloss und Riegel, und er wird, soweit ich unsere Gerichte kenne, wahrscheinlich nicht so bald wieder herauskommen.«

»Bravo!«, schrie Lorenzo und klatschte in die Hände.

Die Knaben sahen sich nur freudig an. Sie konnten es noch immer nicht fassen, dass statt ihrer der Mann mit der Narbe festgenommen worden war.

»Das ist der erste Teil unserer Besprechung«, fing der Doktor wieder an. »Und ihr seht, er ist gut zu Ende gegangen. Aber jetzt kommt der zweite.« Er sah einen nach dem andern an. »Was machen wir weiter?«

Die Buben wussten nicht recht, was der Doktor meinte.

»Ich will wissen, was ihr nun anfangen wollt«, sagte der Doktor.

Und da noch immer keiner antwortete, sagte er deutlicher: »Will vielleicht einer von euch nach Hause?«

Er wandte sich zuerst an Augusto.

Augusto schüttelte den Kopf. »Nein! Meine Stiefmutter würde mich nur wieder nach Mailand verkaufen. Meine richtige Mutter und mein Vater sind tot. Ich habe noch drei kleinere Geschwister, einen richtigen und zwei Stiefbrüder, die werden auch ohne mich kaum satt.«

Antonio wollte auch nicht heim: »Meine Mutter hat mich schon das zweite Mal nach Mailand verkauft. Was soll ich also bei ihr? Ich habe es daheim außerdem genauso schlecht wie bei meinem Meister in der Via della Cerva.«

Dante hatte nichts dagegen, nach Hause zu fahren. Weil er aber sowieso zu Ostern irgendwo in die Lehre kommen sollte, konnte er auch gleich in Lugano bleiben und etwas lernen.

»Ich werde deinem Vater eine Karte schreiben, dass du in Lugano bist«, sagte der Doktor. »Wenn er dann will, dass du daheim in eine Lehre gehen sollst, kann er dich ja holen.«

Er wandte sich an Giorgio: »Und du?«

»Ich bleibe auch gern hier. Schreibt aber meinem Vater nicht. Ich habe meiner Nonna versprechen müssen, dass ich ihr erst eine Nachricht schicke oder wieder nach Sonogno komme, wenn ich etwas geworden bin.«

»Gut«, nickte der Doktor.

Er setzte sich etwas zurück. »Das war also Punkt zwei. Punkt drei: Was wollt ihr nun werden? Ich habe euch ja versprochen, dass ich euch helfen will, also sagt es.«

»Ich möchte Bootsbauer werden!«, krähte Dante als Erster.

»Bootsbauer. Gut. Da werden wir sicher einen Meister finden.«

»Ich würde gern Gärtner«, sagte Antonio.

»Da kannst du vielleicht sogar zu unserem alten Giuseppe in die Lehre gehen. Ihm wird die Arbeit sowieso zu schwer. Auf alle Fälle werde ich ihn einmal fragen.«

Er drehte sich zu Augusto: »Nun, Augusto, rede du.«

Augusto rutschte eine Weile verlegen auf seinem Platz hin und her. Alle sahen ihn an.

»Sag's schon«, stupfte ihn Antonio.

Augusto zögerte weiter.

Auch Giorgio redete ihm zu.

»Kaminfegermeister«, sagte er endlich.

»Kaminfegermeister?« Alle hielten den Atem an.

Auch der Doktor sah ihm verwundert ins Gesicht.

»Ja, ein richtiger Kaminfegermeister«, fuhr Augusto fort. »Kein Kaminfegerbub.«

»Aber warum denn?«, fragte der Doktor.

»Oh«, strahlte Augusto, »mein Meister hatte es doch recht gut. Er verdiente am Tag sechs bis acht Lire, hatte immer sein Brot und seinen Wein, und wir Buben machten die Arbeit für ihn.«

»Du willst dir dann also auch so einen armen Kaminfegerbuben halten, der für dich in die Kamine kriecht?«

Augusto nickte: »Ich werde ihn aber etwas besser behandeln.«

Der Doktor lachte schallend: »Etwas besser, Augusto.« Dann wurde er ernster.

Auch die anderen wussten noch immer nicht, was sie zu Augustos Wunsch sagen sollten.

»Nein«, rief Dante, »das darfst du nicht werden.«

Giorgio sagte: »Ich sehe dich nicht mehr an.«

Antonio war richtig böse. »Am besten ist es wohl«, knurrte er, »wir bringen dich heute noch nach Mailand zurück.«

Aber auf Augusto machte das alles kaum Eindruck: »Ich habe mir das Meistersein immer so schön vorgestellt, wenn ich in die Kamine kriechen musste und mein Meister mit den Leuten sprach. Oder wenn er in die Kneipe ging und ich auf ihn warten musste.«

»Willst du nicht lieber Maurer werden?«, sagte nun auch der Doktor.

»Oder Metzger?«, schlug Antonio vor.

»Oder Stuckateur?«

Sie sprachen alle auf ihn ein. Schließlich wollte er es einmal als Maurer versuchen.

»Ich weiß aber nicht«, fügte er hinzu, »vielleicht werde ich doch lieber Kaminfegermeister.«

Nun war Giorgio an der Reihe.

»Was willst du werden?«, fragte der Doktor.

»Ich möchte zuerst lesen lernen.«

»Gut«, sagte der Doktor, »aber das ist kein Beruf.«

»Dann schreiben. Mein Freund Alfredo konnte so gut schreiben.«

»Gut. Aber das ist auch noch kein Beruf. Du musst doch ein Handwerk lernen.«

Giorgio dachte eine Weile nach. Ja, was wollte er lernen? Bauer, wie sein Vater? Das musste er nicht lernen. Das konnte er schon, und dann hätte er auch gleich wieder nach Hause gehen können.

Die andern versuchten, ihm zu raten, wie sie Augusto geraten hatten.

»Schreiber!«, rief Antonio.

»Schneider. Da kannst du dir die feinsten Sachen machen!«, schrie Dante.

»Maler«, sagte Augusto.

Jeder wusste einen anderen Rat.

»Überlege es dir nur genau«, meinte der Doktor.

Giorgio fiel aber im Augenblick nichts ein, und sein Blick kreiste immer unruhiger und ängstlicher von einem zum andern. Zuletzt blieb er auf Lorenzos Gesicht haften. Wusste der keinen Rat? Sie waren doch seit gestern Freunde.

Da sagte Lorenzo auch schon: »Werde doch Lehrer, wie ich.«

»Ach ja.« Giorgio war wie erlöst. »Ich werde Lehrer.«

Der Doktor sah ihn nachdenklich an. »Das ist sehr schwer. Da musst du noch viele Jahre in die Schule gehen und sehr, sehr viel lernen.«

»Oh«, sagte Giorgio und sah wieder auf Lorenzo, »das will ich schon.«

»Nun«, meinte der Doktor, »ich will mir auch das noch einmal überlegen.« Und weil Euphrosine unerwartet in der Tür stand, fügte er hinzu: »Aber kommt jetzt, wir wollen essen.«

Nach dem Essen fuhr der Doktor gleich wieder in die Stadt, und als er zurückkam, hatte er für jeden eine gute Nachricht.

»Du kannst Schreiner werden, Dante. Ein Schreinermeister in

Paradiso, der auch Boote repariert, will dich aufnehmen. Er hat eine kleine Kammer, wo du wohnen kannst. Morgen Mittag sollst du dich bei ihm vorstellen.«

»Für Antonio habe ich auch einen Meister gefunden. Unser Giuseppe nimmt dich zwar gern als Gehilfen, aber du sollst vorher erst zwei Jahre zu seinem Bruder nach Castagnola, der eine große Gärtnerei hat. Wenn du dort das Wichtigste gelernt hast, kannst du zu ihm kommen und hier weiterlernen.«

»Augusto«, der Doktor lachte, »ich habe mich sogar bei einem Kaminfegermeister erkundigt. Es gibt zwei in Lugano, aber beide brauchen zur Zeit keine Lehrlinge. Erst im nächsten Jahr. Geh also ruhig einmal zu einem Maurermeister und lerne, wie man Kamine baut, bevor du zu einem Kaminfegermeister gehst. Wenn dir das Mauern gar keinen Spaß macht, kannst du ja im nächsten Frühjahr immer noch umsatteln.«

»Nehmen denn die Maurermeister in Lugano Lehrlinge?«, fragte Augusto schüchtern.

»Und ob«, nickte der Doktor, »ich habe gleich vier gefunden. Du darfst sie dir morgen selber ansehen, und der, der dir am besten gefällt, bei dem kannst du bleiben.«

»Und nun, Giorgio.« Er zog Giorgio zu sich heran. »Ich habe deinetwegen mit einem Magister und einem Professor gesprochen. Es ist wirklich recht schwer, aus dir einen Lehrer zu machen. Du müsstest sehr fleißig lernen, noch viele Jahre in die Schule gehen und viele Examen bestehen. Also, überlege es dir noch einmal gut. Du musst mir erst morgen antworten.«

»Ich habe schon mit Lorenzo gesprochen«, sagte Giorgio. »Lorenzo will mir helfen.«

»Ja«, rief Lorenzo, »wir sind Freunde geworden. Ich erzähle ihm, was ich schon weiß, dann geht es sicher viel schneller mit ihm.«

»Dann soll er meinetwegen schon morgen mit den ersten Stunden beginnen. Wenn es zu schwer für ihn wird, kann er ja immer noch etwas anderes lernen.«

Giorgio drückte dem Doktor die Hände. »Danke«, sagte er, »danke.«

Plötzlich fiel ihm etwas ein. »Ach«, seufzte er, »ich kann morgen doch noch nicht in die Schule gehen.«

»Warum denn nicht?«, wollte der Doktor wissen.

»Es ist ein Geheimnis.«

»Kannst du es mir nicht erzählen?«

Giorgio zögerte.

»Ich weiß es schon«, rief Lorenzo. »Es ist wirklich ein großes Geheimnis.«

Der Doktor lächelte: »Wenn du es Lorenzo gesagt hast, kannst du es mir auch erzählen.«

»Ich weiß nicht.« Giorgio sah unsicher auf die anderen.

»Komm, wir gehen in mein Arbeitszimmer.«

Giorgio ging mit dem Doktor in den großen Raum, in dem sie schon am Morgen gewesen waren. Der Doktor setzte sich an den Kamin, und Giorgio setzte sich ihm gegenüber. Nun erzählte er die Geschichte von Alfredo zum dritten Mal. Er zeigte dem Doktor auch Alfredos Brief und die goldene Brosche.

Der Doktor konnte sich sogar an Alfredos Vater erinnern. »Ich erinnere mich genau«, sagte er. »Es war ein Fall von Schwermut. Der Mann sprach auf einmal kein Wort mehr. Als er dann hier in die Klinik kam, aß er auch nichts mehr und ist buchstäblich verhungert.«

Der Doktor wollte sich jetzt nach Alfredos Stiefeltern erkundigen. »Ich will einmal hören, ob sie noch in M. wohnen.«

»Aber heimlich«, bat Giorgio. »Wahrscheinlich wollen sie Bianca noch immer vergiften.«

»Du willst sie also zuerst besuchen?«

»So schnell wie möglich. Ich will ihr ja den Brief und die letzten Grüße von Alfredo bringen.«

»Hm«, machte der Doktor und sah vor sich hin.

Da kam Lorenzo ins Zimmer herein. Er hatte die letzten Worte Giorgios noch gehört.

»Vater«, bat er, »ich möchte mitgehen.«

»Wohin?«

»Nach Roveredo zu der kleinen Bianca. Wir können vielleicht am Samstag gehen. Da habe ich schulfrei. Wir übernachten in Roveredo und kommen am Sonntag zurück.«

»So.« Der Doktor lehnte sich leicht in seinen Lehnstuhl zurück.

»Ist dir das nicht recht, Vater?« Lorenzo drückte sich an ihn. »Oder was hast du?«

»Ich denke darüber nach, was wohl die kleine Bianca von eurem Besuch hat. Sie wohnt bei wildfremden Menschen und lebt von der Hoffnung, dass eines Tages ihr Bruder kommt und sie wieder in ihr früheres Leben zurückholt, und da kommt ihr nun zu ihr, erzählt, ihr Bruder sei tot, und nehmt ihr die letzte Hoffnung.«

»Oh«, sagte Lorenzo, »wir können sie ja mitbringen. Bitte, Vater?« Er fiel dem Doktor um den Hals. »Ja, wir bringen sie mit. Ich wünsche mir schon lange eine Schwester, und da ist eine, und sie ist sogar schon so groß.«

»Zwölfjährig wird sie sein«, versicherte Giorgio eifrig. »Alfredo war zwei Jahre älter als sie.«

»Gerade über das«, meinte der Doktor, »habe ich nachgedacht.« Er stand auf. »Ja, bringt sie mit. Und damit ihr keine Schwierigkeiten habt, werde ich euch einen Brief an den Pfarrer von Roveredo mitgeben. Er ist ein alter Studienfreund von mir.«

»Ach«, rief Lorenzo und umarmte seinen Vater, »du bist doch der beste Vater der Welt.«

13 Die Reise zu Bianca

Am nächsten Samstag regnete es.

Giorgio und Lorenzo mussten sich noch eine ganze Woche gedulden, bis sie endlich nach Roveredo aufbrechen konnten. Antonio, Dante und Augusto gaben ihnen das Geleit.

Augusto trug schon eine lange Maurerhose, ein buntes Halstuch und schwere Holzschuhe. Er fand, der Maurerberuf sei der schönste Beruf der Welt, und er wollte nie etwas anderes werden.

Dante erzählte von Brettern, Sägen, Leimtöpfen und behauptete, er habe schon einen Hobel in den Händen gehabt und ein Brett gerade gehobelt.

Antonio war der Stillste der kleinen Gesellschaft. Er war eigentlich auch früher still und verschlossen gewesen und nur unter der Bande etwas lauter geworden.

Hinter der kleinen Kapelle der Madonna della Salute in Massagno trennten sie sich. Die drei wanderten wieder zurück und Giorgio und Lorenzo gingen allein weiter.

Die Knaben wussten jetzt alle, wohin Giorgio und Lorenzo wollten. Es hatte sich nicht länger geheim halten lassen.

»Grüß Bianca von uns!«, rief ihnen Dante nach.

»Ja, auch von mir!«, schrie Augusto.

Antonio winkte nur und sah Giorgio noch einmal an. Sie waren in den letzten Tagen auch gute Kameraden geworden. Die drei verschwanden. Giorgio und Lorenzo ließen die letzten Häuser und Gärten hinter sich und marschierten in das breite Vedeggiotal. Es war eine schöne, alte Straße, die sie entlangmarschierten. Nebenan plätscherte und schäumte das Wasser.

Sie kamen durch Vezia, Cadempino, überschritten den Fluss und stiegen mit der Straße immer höher.

Ein Postwagen kam ihnen entgegen, eine Viehherde, ein Trupp Soldaten. Ein großer Raubvogel strich über die Wälder, und von rechts setzten ein paar Rehe über die Straße.

Während die beiden tapfer weiterwanderten, sprachen sie miteinander. Giorgio erzählte vom Verzascatal und wie schön es da sei. Manchmal sangen sie auch oder zeigten sich gegenseitig die kleinen Dörfer, die breiten Felderstreifen, die Berge, und, ohne dass sie es recht gemerkt hatten, waren sie auf der Passhöhe des Monte Ceneri angekommen.

Sie stießen beide ein lautes »Ah!« aus. Es war wirklich herrlich, von dieser Höhe auf das breite Delta des Ticino, auf Bellinzona und Locarno und auf die spiegelglatte Fläche des Lago Maggiore hinabzusehen.

Giorgio zeigte Lorenzo, wo ungefähr das Verzascatal lag und die Verzasca mit Donnern und Schäumen aus den Bergen brach; dann setzten sie sich unter einen Kastanienbaum und aßen.

Nach dem Essen stiegen sie die steile und steinige Straße in das Tal des Ticino hinab. Es war ein schöner, wenn auch kalter Tag, und sie schritten rüstig weiter.

Sie betrachteten die Berghöhen mit ihren überzuckerten Schneekronen; sie sahen in die Sonne, die wie aus einem feinen Schleier auf die Erde schien. Sie verfolgten die vielen Arme des Ticino, die manchmal zu winzigen Seen anschwollen oder sich wie kleine Gerinnsel hinter Büschen und Schilfwäldern verkrochen. Sie zeigten auf die vielen Dörfer, die wie Spielzeug über die große Ebene verstreut waren, und wenn sie sich nichts mehr zu zeigen hatten, sangen sie wieder.

Es war ihnen richtig sonntäglich zumute, obwohl sie nichts Sonntägliches vor sich hatten. Sie sollten ja einem kleinen Mädchen mitteilen, dass ihr Bruder gestorben war.

Manchmal schossen kleine Bäche über den Weg, einmal kürzten sie eine Biegung der Poststraße durch einen felsigen, steinigen Pfad ab. Ein Schäfer mit seiner Herde versperrte ihnen die Straße. In Cadenazzo war an einem schweren Wagen ein Rad gebrochen, und alles, was in dem Wagen war, lag auf der Straße: Kisten und Säcke, Ballen und Flaschen, und sie halfen dem armen Kutscher die Sachen auf die Seite zu tragen. Gegen vier Uhr waren sie in Bellinzona.

Die altertümliche Stadt mit ihren dicken Mauern, die wie große Raupen die Berge hinauf- und hinunterkrochen, gefiel ihnen. Sie sahen auch zu den alten Burgen und Kastellen hinauf, die mit ihren dicken Türmen wie Wächter über der Stadt standen, und wären gern zu einem der Kastelle hinaufgestiegen, aber sie hatten keine Zeit, sie mussten weiter.

Sie gingen nun eine Weile am Ticino entlang. Es war ein wilder, herrlicher, lebendiger Fluss. Er war so blau wie der Himmel und schäumte vor jedem Stein wie das Meer. Giorgio sah große, schnelle Forellen. Er hätte am liebsten eine gefangen. Nun, vielleicht auf dem Rückweg.

Hinter Arbedo teilte ein hoher Berg das Tal in zwei Teile. Von links kam der Ticino. Von rechts rauschte weniger stark und gewaltig die Moesa.

Sie mussten nach rechts abbiegen.

Giorgio blieb einen Augenblick stehen. Hier hatte auch Alfredo gestanden. Nun mussten sie nur noch knapp eine Stunde gehen.

Sie kamen durch Lumino und San Vittore. Eine halbe Stunde später waren sie da. Giorgio erkannte den Ort nach der Beschreibung Alfredos gleich wieder. Dort war die Kirche. Davor und dahinter zogen sich die Häuser am Wasser entlang, und das Haus des Bauern, wo Bianca wohnte, musste etwas abseits am Berg liegen.

Die Dämmerung lag schon über der kleinen Ortschaft. Sie gingen durch die Hauptstraße bis zur Kirche.

»Ich denke«, sagte Lorenzo, »du gehst zuerst allein zu Bianca. Ich gehe unterdessen zum Pfarrer und gebe ihm den Brief meines Vaters, dann komme ich nach.«

Giorgio war einverstanden.

Hinter der Kirche bog er ab. Jetzt sah er das kleine Gehöft. Es lag an einem steilen Hang, der mit Büschen und Bäumen bewachsen war.

Giorgio ging schneller.

Das Gehöft bestand aus einem kleinen Wohnhaus und einem

Stallgebäude. Ein kleiner Garten lag darum. In dem Garten spielten drei Kinder.

»Guten Abend«, grüßte Giorgio.

Die Kinder hatten ihn nicht kommen hören; jetzt sahen sie erstaunt, fast erschrocken auf. Es waren zwei Knaben und ein kleines Mädchen. Die Kleine fing sogar an zu weinen, als sie Giorgio sah.

»Ich suche ein Mädchen, das Bianca heißt«, sagte Giorgio und trat näher.

Die beiden Buben verzogen ihre Gesichter und starrten den fremden Jüngling nur an.

»Kennt ihr sie nicht?«, fragte Giorgio weiter.

Die Buben legten die Hände auf den Rücken und antworteten wieder nicht.

»Es ist die Schwester von Alfredo«, begann Giorgio aufs Neue; aber die beiden Buben blieben stumm wie Fische, und das Mädchen rannte auf einmal ins Haus.

Giorgio war schon recht missmutig, da sagte der eine Bub und zeigte nach links: »Dort kommt sie.«

Giorgio drehte sich eilig um. Ja, da kam jemand.

Es war ein großes, schlankes Mädchen. Beinahe so groß wie er. Es trug ein einfaches blaues Kleid, war barfuß und hielt eine Hacke und einen Korb in den Händen.

Sie kam schnell näher.

Jetzt konnte Giorgio auch ihr Gesicht sehen. Es war genauso länglich und blass wie das von Alfredo. Sie hatte auch Alfredos Nase und seine Haare. Nur die Backen waren runder, und auch das Kinn hatte nicht Alfredos Eckigkeit.

Giorgio ging ihr ein paar Schritte entgegen. Da fiel ihm erschreckend ein, dass er sich auf der langen Wanderung nach Roveredo keinen Augenblick überlegt hatte, wie er Bianca die schlimme Nachricht überbringen wollte. Er sagte deswegen nur: »Ich komme von Alfredo.«

»Von Alfredo!« Das Gesicht des Mädchens, das erst genauso misstrauisch und verschlossen wie die Gesichter der Kinder gewesen war, hellte sich auf. »Von Alfredo aus Mailand?«, fragte sie noch einmal.

Giorgio nickte eifrig. »Ja, aus Mailand. Er hat mir auch etwas mitgegeben.« Und er reichte Bianca den Beutel Alfredos.

Das Mädchen machte ihn auf. »Das ist ja meine Brosche«, sagte sie erstaunt, »und da ist ein Brief.«

Sie öffnete den Brief mit ihren schlanken, von der Sonne und vom Wetter gebräunten und gehärteten Händen und sah hinein. Gleich darauf ließ sie ihn fallen und blickte Giorgio mit großen erschrockenen Augen an. »Ist denn Alfredo tot?«

Sie machte ein so entsetztes und verzweifeltes Gesicht, dass Giorgio sofort die Tränen kamen.

»Ja«, sagte er. »Wir haben ihn alle zusammen begraben.«

»O Gott!«, schrie das Mädchen auf, ließ Brief, Beutel, Hacke und Korb fallen und rannte an Giorgio vorbei ins Haus.

Giorgio sah ihr erschrocken nach, dann nahm er den Beutel und den Brief wieder an sich.

Er hätte gern gewusst, was in dem Brief stand, aber er konnte ja nicht lesen, und so starrte er nur auf die großen, von Wasser und Schmutz verschmierten Buchstaben.

Er wollte dem Mädchen gerade nachgehen, da legte sich eine schwere Hand auf seine Schulter.

»Was machst du hier?«, fragte eine grobe, poltrige Stimme.

Giorgio fuhr herum, denn die Hand schmerzte. Er blickte in ein hartes, knochiges Gesicht und in ein Paar dunkle, gefährlich blickende Augen. Das war der Bauer.

»Ich bin ein Freund Alfredos, des Bruders von Bianca«, stammelte Giorgio schüchtern. »Ich habe ihr einen Gruß von ihrem Bruder aus Mailand gebracht.«

»Das muss ein schöner Gruß gewesen sein, wenn das Mädchen alles hinwirft und davonläuft«, brummte der Bauer noch unfreundlicher, bückte sich und hob den Korb und die Hacke auf.

»Ja«, erwiderte Giorgio, »Alfredo ist tot.«

»Tot?«, wiederholte der Bauer. »Jetzt habe ich das Mädchen

also ganz auf dem Hals.« Er ging mit großen Schritten an Giorgio vorbei.

»Nein!«, rief ihm Giorgio nach. »Sie sollen Bianca nicht auf dem Hals haben. Ich nehme sie mit nach Lugano.«

»Du?« Der Bauer drehte sich wieder um.

Giorgio bejahte eifrig. »Zum Doktor Casella. Dort bin ich auch.«

Der Bauer sah ihn nachdenklich an. »Das Mädchen bleibt hier«, sagte er dann. »Ich habe sie von dem Bruder übernommen. Sie kommt nicht fort.«

»Ich soll sie aber mitbringen«, stotterte Giorgio.

»Hast du mich nicht verstanden? Geh jetzt, sonst mach ich dir Beine. Du hast das Mädchen schon genug erschreckt!« Der Bauer schlug das Gatter und gleich danach auch die Haustür hinter sich zu.

Giorgio stand auf einmal allein vor dem Haus, auch die beiden Buben waren mit dem Vater ins Haus gegangen. Was sollte er machen? Nun war er so nah am Ziel, und da donnerte dieser Bauer alle Türen hinter sich zu und drohte ihm noch.

Wo nur Lorenzo blieb? Vielleicht wusste der einen Rat. Er drehte sich um, um wieder ins Dorf zu gehen, aber da kam Lorenzo schon und brachte sogar den Pfarrer mit.

»Nun«, sagte der Pfarrer, ein kleiner, rotbackiger Mann, »hast du es dem armen Mädchen gesagt?«

Giorgio nickte: »Aber der Bauer will sie mir nicht mitgeben.« Der Pfarrer lächelte. »Das kann ich verstehen. Wir haben das Mädchen hier alle lieb und lassen es nicht gern gehen. Aber komm, sprechen wir noch einmal mit dem Mann.«

Der Pfarrer ging voran. Er klopfte an die Tür.

Die Tür wurde aufgerissen, und das Gesicht des Bauern sah heraus: »Bist du immer noch da?«, schrie er.

»Nein, ich bin's«, sagte der Pfarrer.

»Ach, der Herr Curato.« Der Bauer entschuldigte sich und machte die Tür weit auf. »Kommen Sie herein und nehmen Sie Platz.«

Der Pfarrer ging hinein, und die beiden Knaben schlüpften mit durch die Tür.

Das Haus hatte nur einen einzigen Raum, der gleichzeitig Küche, Stube und Schlafzimmer war.

In der Mitte stand ein Tisch. Die Kinder standen alle drei davor. Bianca hatte sich über die blank gescheuerte Tischplatte geworfen und schluchzte, dass ihr ganzer Körper geschüttelt wurde.

»Bianca«, sagte der Pfarrer und trat auf sie zu.

Sie schaute auf. »Ach«, rief sie, als sie den Pfarrer erkannte, und hob ihre Hände, »mein Bruder ist tot!«

»Ich weiß es.« Er strich ihr behutsam über den Kopf.

»Nun habe ich keinen Menschen mehr auf der Welt«, weinte und schluchzte sie weiter.

»Das glaube ich nicht, Kind. Du hast den Bauern, der dich gern hat. Du hast drei Kinder, die dich wie ihre älteste Schwester lieben. Du hast mich.« Er strich ihr wieder über den Kopf: »Und du hast noch viel mehr.«

»Das ist alles nicht Alfredo. Alfredo war so gut. Alfredo war so lieb. Alfredo war der beste Bruder der Welt.«

»Ich glaube es«, beruhigte sie der Pfarrer. »Aber tröste dich, er hat dir dafür zwei neue Freunde und Brüder geschickt, und wenn ich den Brief meines Studienkameraden Doktor Casella richtig verstehe, sollst du auch bald wieder ein neues Heim und einen neuen Vater bekommen.«

Der Bauer horchte auf.

»Aber sie hat doch hier ein Heim, und die Kinder haben sich gerade an sie gewöhnt.«

»Ja«, nickte der Pfarrer, »sie hat auch hier ein Heim. Ich glaube aber doch, du musst sie gehen lassen. Du weißt ja sicher, das Mädchen ist aus einer reichen Familie. Der Doktor Casella will sie jetzt in sein Haus aufnehmen und alles tun, damit die kleine Bianca wieder zu ihrem Recht und zu ihrem väterlichen Erbe kommt. Das Mädchen wird also wahrscheinlich bald ihr Glück machen, und dem willst du doch nicht im Wege stehen.«

»Ich weiß nicht«, brummte der Bauer und fuhr sich mit den klobigen Händen durch das pechschwarze filzige Haar.

Auch die Kinder spürten wohl, dass man ihnen Bianca nehmen wollte.

»Ich lasse sie nicht fort«, rief der kleinere der Buben und warf sich Bianca in den Schoß.

»Ich auch nicht«, drohte der größere und stellte sich trotzig vor dem Pfarrer und Giorgio auf. Jetzt war Bianca selber aufmerksam geworden. »Was ist?«, fragte sie. »Was wollen die beiden?«

Der Pfarrer sagte: »Du sollst mit ihnen nach Lugano gehen.«

»Was soll ich da?«

»Der Doktor Casella, ein guter Freund von mir, will dich dort in seine Familie aufnehmen und dich etwas lernen lassen, damit du ein gescheites großes Mädchen wirst.«

»Ich habe es doch gut hier«, sagte Bianca.

»Sicher hat sie das«, knurrte der Bauer, und zum Pfarrer gewandt fuhr er fort: »Sie sehen, das Mädchen will gar nicht.«

Der Pfarrer hob nur die Hände.

»Aber Alfredo will es«, sagte da Giorgio.

»Alfredo?«, fragte das Mädchen.

»Ja«, wiederholte Giorgio. »Ich war sein bester Freund. Als er starb, hat er mich gebeten: ›Geh zu meiner Schwester. Du sollst jetzt ihr Bruder werden und für sie sorgen. Ich werde ihr das alles auch schreiben.‹«

»Hat er das getan?«, mischte sich der Pfarrer wieder ein.

»Hier ist der Brief.«

Der Pfarrer nahm umständlich eine Brille aus der Tasche und fragte den Bauern: »Hast du ein Licht?«

Der Bauer nahm eine kleine Öllampe vom Kaminsims, zündete sie an und stellte sie auf den Tisch. Der Pfarrer zog sich zu gleicher Zeit einen Hocker heran, setzte sich und las.

»Liebe Bianca«, begann er. »Wenn dir mein Freund Giorgio den Brief bringt, bin ich schon lange tot.«

Bis zu dieser Stelle kannte auch Bianca den Brief, dann hatte sie ihn fallen lassen und war weinend ins Haus gelaufen. Sie fing auch jetzt wieder zu weinen an.

»Du musst aber nicht traurig sein«, las der Pfarrer weiter. »Ich habe meinem Freund Giorgio das Versprechen abgenommen, genauso für dich zu sorgen, wie ich für dich gesorgt habe. Er soll dir ein neuer Bruder sein. Gehe mit ihm, wenn er zu dir kommt. Er wird dich mit ins Verzascatal zu seinen Eltern nehmen oder sonst wohin, wo du, bis du großjährig bist, sicher sein kannst. Ich schicke dir mit ihm deine Brosche wieder zurück, damit du ihm Glauben schenkst. Ich küsse und grüße dich das letzte Mal, dein Bruder Alfredo.«

Der Pfarrer hatte mühsam Wort für Wort buchstabiert, nun sah er zu dem Bauern auf: »Da müssen wir sie wohl gehen lassen. Es ist der letzte Wille eines Sterbenden.«

Der Bauer brummte etwas. Das kleine Mädchen schluchzte laut auf. Die beiden Buben stellten sich noch trotziger vor Giorgio und dem Pfarrer auf.

Der alte Mann sah jetzt auf Bianca.

»Kann ich den Brief wiederhaben, Herr Pfarrer?«, fragte das Mädchen.

»Natürlich. Er ist ja für dich.«

»Auch den Beutel?«

Sie blickte auf Giorgio.

Giorgio reichte ihr auch den Beutel.

Sie faltete den Brief zusammen und steckte ihn zu der Brosche in den leinenen Sack, dann stand sie auf.

Auch der Pfarrer war aufgestanden. »Gehst du nun mit?«, fragte er.

»Ich werde es euch morgen sagen, Herr Curato«, antwortete das Mädchen schlicht.

»Gut, gut«, der Pfarrer steckte seine Brille ein, »wir wollen es dir überlassen, was du machst. Aber entscheide dich früh. Die beiden sollen in Bellinzona die Post nehmen. Auch für dich ist ein Platz bestellt, und die Post wartet nicht.«

Er ging zur Tür.

»Gute Nacht«, sagte er noch.

»Gute Nacht«, brummte der Bauer.

Giorgio und Lorenzo sagten auch: »Gute Nacht«, aber ihnen dankte niemand.

Als sie durch den kleinen Garten gingen, sah sich Giorgio noch einmal um. Bianca stand am Fenster und sah ihnen nach. Dann wandte sie sich wieder ab und trat in den Raum zurück. Giorgio war unruhig: »Ob sie wohl mitgeht?«

Auch Lorenzo teilte seine Unruhe.

»Lasst sie nur«, sagte der Pfarrer. »Sie wird schon den richtigen Entscheid treffen, und wenn sie heute und morgen nicht mitgeht, kommt sie vielleicht später nach. Jedenfalls«, er fasste nach Giorgios Hand, »kannst du beruhigt sein, mein Bub. Wenn mein Freund, der Doktor, einmal ihre Sache in die Hand genommen hat, wird er sie auch gut zu Ende führen.«

Das musste der Pfarrer gar nicht sagen, das glaubte Giorgio nach allem, was er in den letzten Tagen gesehen und erlebt hatte, auch ohne seine Worte.

Sie durften im Pfarrhaus in einem großen Bett mit einem Thronhimmel schlafen.

Es war noch dunkel, da wurden sie schon wieder von einer alten Magd geweckt. »Ihr müsst frühstücken. Eure Post geht um neun Uhr von Bellinzona ab, und ihr habt eine gute Stunde zu marschieren.«

Es gab herrliches, noch warmes Brot mit Butter und Honig. Giorgio sah trotzdem immer nach der Tür.

»Ob sie wohl kommt?«

Lorenzo hob die Schultern.

Aber sie kam nicht.

Kurz vor acht kam der Pfarrer. »Nun«, meinte er, »sie ist offenbar bei den Kindern geblieben.«

Die Knaben nickten traurig.

»Kopf hoch«, munterte sie der Alte auf. »Da ich jetzt weiß, was mit ihr ist, werde ich ein wachsameres Auge auf sie haben, und hier ist sie sicher wie in Gottes Schoß.«

Sie mussten eilen. Der Pfarrer gab ihnen noch Grüße an den Doktor mit. »Sagt ihm, ich würde ihm in ein oder zwei Tagen noch über die Sache berichten.«

Der Morgen war nass und neblig. Der Himmel hatte sich überzogen. Sie rannten mit großen Schritten durchs Dorf. Es war noch still, nur ein paar Hähne krähten, und eine Kuh brüllte. Sie traten aus dem Dorf hinaus und sahen noch einmal hinüber zu dem Gehöft, in dem Bianca wohnte. Da stand sie neben ihnen.

Sie wussten selber nicht, woher sie plötzlich gekommen war, und sie schraken richtig zusammen.

»Da bin ich«, sagte sie. »Ich gehe mit.«

Das Mädchen trug dasselbe fadenscheinige Kleid wie gestern. Außerdem hatte sie ein Tuch um den Kopf geschlungen. Sonst besaß sie nichts.

Sie hatte auch noch das gleiche verweinte, kleine Gesicht wie am Vortag, ja sie schien die ganze Nacht geweint zu haben, denn sie sah noch weißer und trauriger aus.

Sie war sofort in den festen Schritt der Knaben eingefallen, obwohl sie barfuß war. Sie hielt auch tapfer neben ihnen aus und wich nicht von ihrer Seite.

Lorenzo und Giorgio sahen sie manchmal verstohlen an. Giorgio wollte einige Male etwas sagen. Er wagte es aber nicht. Auch Bianca sagte kein Wort. Sie blickte nur still vor sich hin.

Der Pfarrer hatte ihnen genau eingeprägt, wo sie sich melden sollten. Die Poststelle war mitten auf dem Markt von Bellinzona.

Der hohe Wagen, eine gelbe große Reisekutsche, stand schon da. Sie musste eine lange Fahrt hinter sich haben, denn sie war schmutzig und bis zu den Fenstern bespritzt. Man konnte oben und im Wagen sitzen. Auch die neuen Pferde waren schon eingespannt. Es waren vier starke, stämmige Gäule. Zwei waren braun und zwei waren weiß.

Die Knaben traten an sie heran und streichelten sie, während sich Bianca still auf einen Stein setzte.

Der Postillion kam aus dem Posthaus. Es war ein junger, flotter

Bursche. »Seid ihr die drei Passagiere, die ich von Bellinzona mitnehmen soll?«

Lorenzo nickte.

»So leichtes Volk habe ich lange nicht gefahren«, lachte er. »Wir werden eine schnelle und lustige Fahrt haben. Steigt ein!« Da es noch immer regnete, stiegen sie in den Wagen.

Der Postillion blies in sein Horn, dann knallte er mit der Peitsche über seine Pferde hinweg, und die Postkutsche rollte und polterte aus Bellinzona hinaus.

Bianca war noch immer still und saß steif und unbeweglich auf dem harten Polster. Lorenzo und Giorgio dagegen sprangen in dem großen Wagen hin und her. Einmal sahen sie durchs rechte und dann wieder durchs linke Fenster. Im Postwagen war die Aussicht noch viel kurzweiliger und interessanter als am Tag vorher.

In Cadenazzo hielt der Postillion die Pferde an und kam von seinem Bock herunter. Er riss die Tür zum Wagen auf.

»Wollt ihr jetzt nicht herauskommen, Kinder?«, fragte er. »Der Regen hat aufgehört, und auf meinem Bock ist es viel lustiger als in der engen Kutsche.«

»Gern!«, riefen Lorenzo und Giorgio gleichzeitig und sprangen hinaus, um zu dem Kutscher hinaufzuklettern.

Da besannen sie sich auf Bianca. Ob sie auch kam?

Giorgio sah sich um. Er kniff Lorenzo, der schon auf halber Höhe stand, ins Bein. Sie kam!

Der Postillion half ihr hinauf, und nun saßen sie alle drei neben ihm.

Der junge Mann blies erst wieder ein Stück auf seinem Horn, bevor er seine Peitsche schwang, und dann kletterte der große Wagen, manchmal langsam, manchmal schneller, die steile Serpentinenstraße zum Monte Ceneri hinauf.

Der lustige Bursche machte viele Späße und brachte die Knaben zum Lachen. Er zeigte ihnen auch allerlei. Er kannte jedes Dorf, jedes Haus, jeden Bach, grüßte beinahe jeden Menschen und wusste von allen eine Geschichte.

Giorgio und Lorenzo lachten mit, wenn sie sich auch Mühe gaben, ihre Freude nicht zu laut zu zeigen.

Bianca saß zwischen ihnen. Auch hier oben sah sie die erste Zeit nur still vor sich hin. Dann blickte sie aber doch manchmal auf, schaute auf den Lago Maggiore, fing hie und da einen Scherz oder ein Wort des Postillions auf und endlich verzog sich ihr Gesicht zu einem ernsten Lächeln. Sie sah gleich anders aus. Giorgio war ganz erstaunt. »Jetzt siehst du genauso aus wie Alfredo, als wir uns das erste Mal sahen«, sagte er. »Da lächelte er ebenso.«

Sie wurde allmählich auch gesprächig. Sie wollte von Giorgio wissen, wo er Alfredo das erste Mal getroffen habe. Giorgio erzählte und zeigte hinunter in das Tal, wo die Verzasca in einem breiten Strom in das große Delta des Ticino fließt.

Auf der Höhe hielt der Postillion einen Augenblick an. Er machte die Pferde los und schüttete ihnen Hafer und Häcksel vor.

Giorgio, Bianca und Lorenzo setzten sich inzwischen auf eine Bank, und Giorgio erzählte weiter.

Bianca wollte jetzt alles wissen.

Giorgio erzählte von der Fahrt auf dem Wasser, wie sie beinahe ertrunken wären. Von ihrer Reise nach Mailand. Von der Nacht im Keller. Von der Bande. Von den Kämpfen mit den Wölfen. Von Alfredos Krankheit und von seinem Tod. Bianca weinte wieder, und Giorgio war froh, als der Postillion die Pferde einschirrte und zum Weiterfahren blies.

Sie kletterten wieder zu ihm hinauf.

Die Reise ging nun immer bergab. Die Pferde liefen Trab. Der Postillion blies ein Lied, und die beiden Knaben sangen dazu.

Am schönsten war es, wenn sie durch ein Dorf fuhren und die ganze Jugend hinter ihrem Wagen herlief. Manchmal hielt der Postillion, gab einen Postsack ab oder bekam einen, dann stieß er ins Horn, und die Fahrt ging weiter.

Bianca wurde wieder fröhlicher. Als der Postillion eines der alten Tessinerlieder blies und Giorgio und Lorenzo laut mitsangen, hörten die Buben, dass Bianca auch sang.

In Vezia mussten sie einem Bauernwagen ausweichen, und dabei wäre die hohe Kutsche beinahe in den Straßengraben gestürzt. Der Postillion konnte die Pferde im letzten Augenblick noch auf die Seite reißen, aber der Wagen schwankte wie ein Schiff, und die Kinder hatten ein paar Sekunden große Angst. Hinter Vezia ging es wieder bergauf.

»Nun sind wir gleich da«, sagte Giorgio zu Bianca.

Bianca war wieder trauriger geworden, sie nickte nur.

Genau an der Stelle, wo die Straße eine Gerade bildete, um dann steil nach Lugano abzufallen, wurden sie auf einmal überfallen.

Dante, Augusto und Antonio stellten sich der Kutsche in den Weg.

»He!«, schrien sie. »Halt! Halt!«

Der Postillion lachte. »Sind das Buschräuber, Wegelagerer oder Zaunritter?«

Und er schwang seine Peitsche.

»Nein!«, riefen Lorenzo und Giorgio. »Das sind unsere Freunde.«

»Dann wollen wir halten.« Der Bursche bremste, machte »Brr!«, und die Pferde hielten an.

Die drei kletterten auf den Bock hinauf.

»Hallo!«, sagte Dante. »Ist sie das?« Und er zeigte auf Bianca. Giorgio nickte.

»Wer sind die Burschen?«, wollte das Mädchen wissen.

»Das sind alles Alfredos Freunde.«

»Ich und Antonio«, erklärte Dante stolz, »sind schon mit ihm auf der Barke gewesen.«

Augusto sagte: »Ich war täglich mit ihm in Mailand zusammen. Wir wohnten in der gleichen Gasse.«

Der Postillion knallte mit seiner Peitsche, und die Pferde setzten sich wieder in Trab.

Die Knaben sangen jetzt alle zusammen. Erst ein Lied, das Giorgio und Lorenzo schon vorher gesungen hatten, und dann sangen sie das Kaminfegerlied.

»O Madonna«, maulte der Postillion, »ist das aber traurig.«

»Das war auch eine traurige Zeit«, sagte Giorgio.

»Dann singt mal wieder etwas Lustiges.«

Sie sangen ein Lied von der Landstraße, das sie auch oft in Mailand gesungen hatten.

»Wo wohnt ihr denn?«, fragte der Postillion nach einer Weile. Lorenzo nannte die Straße und beschrieb das Haus.

»Ach, beim Doktor Casella.«

Die Buben nickten.

»Da kann ich euch ja vorbeibringen. Groß ist der Umweg nicht.« Und er bog anstatt nach links nach rechts ab.

Vor dem großen Tor blies er noch einmal.

Der alte Gärtner, Euphrosine und auch der Doktor kamen heraus.

»Habt ihr sie?«, fragte der Doktor.

»Ja«, riefen alle fünf, »wir haben sie.«

Die allgemeine Fröhlichkeit steckte jetzt auch Bianca wieder an, und sie lächelte sogar, als sie die Knaben sorgsam vom Wagen hoben.

»So groß bist du schon?«, sagte der Doktor erstaunt, und dann fügte er herzlicher hinzu: »Willkommen, Bianca, in deiner neuen Heimat.«

»Es war gar nicht so einfach, sie mitzunehmen«, erzählte Giorgio. »Der Bauer wollte sie nicht fortlassen.«

»Ja«, fügte Lorenzo hinzu, »ich musste erst mit dem Herrn Pfarrer kommen.«

»Bist du wenigstens gern mitgekommen?« Der Doktor sah Bianca an.

»Ich weiß nicht«, erwiderte das Mädchen. »Ich glaube, wenn es Alfredo nicht gewünscht hätte, wäre ich genauso gern geblieben. Der Bauer brauchte mich, und die Kinder hatten mich liebgewonnen und ich sie auch.«

»Wir dachten auch schon, sie käme nicht mehr«, fuhr Giorgio fort. »Der Pfarrer hatte es ihr freigestellt, ob sie bleiben oder gehen wollte. Aber plötzlich stand sie da.«

»Wir werden dich hier auch liebhaben«, sagte der Doktor und schob seinen Arm unter den ihren, »die Buben, die alte Euphrosine, der alte Giuseppe und ich.«

»Ja«, schrien die Knaben, »alle!«

»Aber nun kommt ins Haus«, rief Euphrosine, »sonst wird das ganze Essen kalt.«

Der Doktor ging mit Bianca voraus, dann kamen die Buben und hinter ihnen der Gärtner und Euphrosine. Es war wieder im großen Speisezimmer gedeckt. Es sah richtig feierlich aus. Der alte Giuseppe hatte ein paar große blühende Kakteen zwischen die Teller gestellt und jeder Knabe, auch Bianca, hatte noch ein Geschenk auf dem Teller.

Bianca saß neben dem Doktor, und der Doktor ließ sich von ihr erzählen. Wie es ihr in Roveredo ergangen sei. Was sie da gemacht habe. Auch von dem Bauern und von den drei Kindern erzählte sie ihm.

»Ich war unterdessen auch nicht müßig«, sagte der Doktor. »Ich war in M. und habe mich nach deinem Onkel und deiner Tante erkundigt. Als ihr beide so eilig verschwunden seid, müssen sie es mit der Angst zu tun bekommen haben. Vielleicht haben sie auch gedacht, ihr seid irgendwohin gelaufen, um euch über sie zu beschweren. Jedenfalls haben sie ein paar Tage nach eurer Flucht alles verkauft, was sie ohne Schwierigkeiten verkaufen konnten, und sind verschwunden. Keiner in M. weiß, wohin. Keiner hat auch je wieder etwas von ihnen gehört. Nur die Wiesen, die Wälder, die Felder, das Haus deiner Großmutter und ihren Garten haben sie nicht verkaufen können, weil das alles noch auf die Namen deiner Eltern lief, und sobald du dich ausgeruht hast, werden wir zusammen hinauffahren und uns alles ansehen. Dann werden wir den Leuten von M. auch sagen, dass einer von euch beiden noch lebt, und wenn du später das einmal alles wieder in Besitz genommen hast, wirst du noch ein recht reiches Mädchen sein.«

»Oh«, sagte Bianca nur, »wie schön wäre es, wenn Alfredo noch lebte. Er hatte mir versprochen, das alte Haus wieder aufzubauen und aus der Wildnis wieder einen Garten zu machen.«

Der Doktor strich ihr über den Kopf: »Sei nicht traurig, Kind. Alfredo war ein tapferer Knabe, wie mir alle seine Freunde erzählt haben, und er ist so tapfer gestorben, dass er sicher nicht will, dass du dich jetzt um ihn grämst und weinst.«

»Ja«, sagte der sonst so schweigsame Antonio, »er war der Tapferste von uns. Deswegen haben wir ihn auch zu unserm Kapitän gemacht.«

Euphrosine brachte die Suppe, dann gab es Fleisch und Gemüse und zuletzt noch eine große Torte. »Bianca zum Willkomm« stand mit Zuckerguss darauf.

Alle klatschten in die Hände und ließen die alte Euphrosine hochleben, auch Bianca stand auf und gab ihr die Hand.

Nach dem Essen durfte die ganze Gesellschaft zum Doktor an den Kamin kommen. Lorenzo und Giorgio erzählten weiter von ihrer Reise und Antonio, Augusto und Dante von ihrer Arbeit.

»Ach«, unterbrach sie der Doktor und fasste in seine Tasche, »ich hätte beinahe das Wichtigste vergessen. Ihr habt eine Karte bekommen.«

Sie war aus Mailand. »An Giorgio, Dante, Augusto und Antonio bei Doktor Casella in Lugano« stand darauf.

Der Doktor las sie vor. »Wir hoffen, ihr seid gut in Lugano angekommen. Hier wird es täglich kälter, und ich möchte auch bald kommen. Euer Rotkopf und die anderen aus der Bande der schwarzen Brüder.«

»Gott«, sagte Giorgio betroffen. »Ich hatte dem Rotkopf ja versprochen, gleich eine Nachricht zu schicken, wenn wir in Lugano sind.«

»Das können wir immer noch machen«, tröstete ihn der Doktor.

»Darf er denn auch kommen?«, fragte Antonio schnell.

Der Doktor dachte einen Augenblick nach, bevor er antwortete. »Ich glaube«, erwiderte er dann, »es ist besser, wir warten den Prozess gegen den Mann mit der Narbe ab. Ihr müsst dann alle erzählen, wie schlecht es euch in Mailand ergangen ist. Auch von Alfredos Tod und von den anderen Kaminfegerbuben, die in Mailand erfroren, verhungert oder sonst gestorben sind. Wenn wir das alles wahrheitsgetreu berichten und in die Zeitungen bringen, dürfen vielleicht alle eure Kameraden auf einmal wieder in das Tessin zurückkommen.«

»Das wollen wir!«, riefen Antonio, Augusto und Dante.

»Ja«, ereiferte sich Giorgio, »wir werden den Leuten auch noch einmal erzählen, wie unsere Barke untergegangen ist.«

»In diesem Sinne«, fügte der Doktor hinzu, »wollen wir dem Rotkopf schreiben. Ich glaube, er wird sich dann gern noch ein paar Wochen gedulden.«

Auf einmal sagte Euphrosine, die für den Doktor eine Schale Kaffee gebracht hatte: »Das Mädchen ist ja eingeschlafen.«

Die Knaben drehten sich um. Wirklich, Bianca, die in einem großen Ledersessel saß, hatte die Augen geschlossen und schlief.

Sie atmete ganz ruhig. Jetzt sahen sie erst, wie schön, aber auch wie zart und zerbrechlich das Mädchen war.

Euphrosine nahm sie vorsichtig aus dem Sessel in ihre Arme. »Wo schläft sie?«, fragte der Doktor.

»Heute schläft sie bei mir«, sagte Euphrosine, »und sobald sie sich etwas eingewöhnt hat, bekommt sie das Zimmer neben den Buben.«

Der Doktor nickte nur.

Euphrosine fasste das Kind fester und trug es ganz vorsichtig aus dem Zimmer.

»So«, sagte der Doktor, »nun seid ihr alle beisammen, Dante, Giorgio, Bianca, Augusto, Antonio und Lorenzo. Nicht, Bub, du gehörst doch jetzt auch mit dazu?«

»Und wie«, bestätigte Lorenzo.

»Nun wollen wir sehen, dass wir uns das Leben so leicht und so fröhlich wie möglich machen, und das macht man am besten durch Arbeit. Wir haben beinahe eine Woche gefaulenzt und Feste gefeiert. Morgen, Buben, fängt das neue Leben und die Arbeit an. Einverstanden?«

Er reichte ihnen seine Hand hin.

Und wie sie einverstanden waren! Sie schlugen kräftig ein.

»Gute Nacht«, sagte der Doktor.

»Gute Nacht.«

Wie ein Vogelschwarm flogen sie auseinander.

14 »Ich wusste immer, dass aus dem Knaben etwas wird«

Es war viele Jahre später, an einem schönen Aprilmorgen. Die Sonne brannte wie ein helles Feuer auf das Tessinerland. Alles blühte. Die Aprikosen standen wie kleine lustige Frühlingsflammen in allen Gärten und Feldern. Die Apfel- und Birnbäume waren eine einzige große weiße Blüte. Auf den Wiesen wogten Tausende von gelben, blauen, weißen und roten Blumen, an den Bachrändern schossen ganze Bündel scharf riechender Narzissen aus der Erde, und das weiße Land mit all seinen Bergen, Seen, Tälern und Wäldern sah aus wie ein großer, überaus prächtiger Blumenteppich.

An diesem Morgen – ein leichter Wind, der alles in eine feine Wolke von Blütengerüchen hüllte, wehte das Tal des Ticino herunter – ritten ein junger Mann und eine junge Frau die Straße entlang, die von Bellinzona nach Locarno führte.

Der junge Mann war groß und hager, hatte bräunliches Haar, ein offenes, wenn auch blasses Gesicht, ein kleines Bärtchen und helle Augen. Der kräftige Körper steckte in einem derben Anzug, der unten in ein paar festen Stiefeln endete und oben in einer kleinen lustigen Kappe.

Die junge Frau war genauso groß wie er. Auch so blass. Sie war ganz in Blau gekleidet, angefangen mit dem blauen Hütchen. Auch Jacke und Rock waren blau, bis hinab zu ihren Strümpfen und Schuhen, die auch einen bläulichen Farbton hatten.

Die Tiere, die sie ritten, waren kleine, struppige Pferde. Sie hatten sie in Bellinzona gemietet und wollten sie in ein paar Tagen wieder zurückbringen.

Hinter Gordola, vor einer Brücke, hielt der junge Mann sein Pferd an: »Ich glaube, hier müssen wir abbiegen.«

»Frag doch lieber«, bat seine Begleiterin.

»Ich täusche mich nicht.« Er sah hinunter in das Wasser. »Hier kommt die Verzasca herab, und da geht der Weg hinauf.«

Er lenkte sein Pferd nach rechts, und auch das andere bog sofort nach rechts ein.

Erst führte die kleine Straße noch durch Felder, Weingärten und mit Blumen übersäte Wiesen. Dann stieg sie an. In kleinen, rohen Felsstufen führte sie immer höher hinauf.

Die Pferde nahmen jede Stufe mit einem Sprung, als seien sie solche Wege gewohnt. Aber die Reiter mussten sich mit beiden Händen festhalten, damit sie nicht jählings von ihren Pferden herunterfielen.

Ein Kastanienwald nahm sie auf. Bevor sie aber hineinritten, hielt der junge Mann sein Pferd an und drehte sich um. »Sieh«, sagte er.

Auch die junge Frau wandte den Blick.

»Oh«, antwortete sie nur.

Unter ihnen lag die weite Ebene, die von Bellinzona bis Locarno reicht und die sie eben durchritten hatten. Darüber sahen sie die hohen Berge. Auf den meisten lag noch Schnee, und ganz weit rechts spiegelten sich die weißen Kuppen in dem blauen Wasser des Lago Maggiore.

»Oh«, sagte die junge Frau noch einmal, »dass die Welt so schön sein kann.«

Die Pferde wollten weiter. Sie kletterten den steilen Weg wie Gämsen hinauf.

Er wurde enger, ja das ganze Tal verengte sich zu einer tiefen Schlucht.

Die Felsen drängten sich wie zwei Tormauern zusammen, der Weg wurde zu einer kleinen Rille, und die Pferde fanden kaum die Handbreit Erde, auf die sie ihre Füße stellen konnten. Alles war außerdem auf einmal von einem wilden, grausigen Rauschen erfüllt, das wie eine gewaltige Musik durch die Schlucht donnerte, brüllte und dröhnte.

»Was ist das?«, fragte die junge Frau erschrocken.

»Das ist die Verzasca«, rief der junge Mann, »gleich wirst du sie sehen.«

Wie ein einziger Wirbel wälzte, quirlte, tobte, schüttete, spritzte, jauchzte und drehte sie sich unter ihnen, schoss über Felsen und Steine, schnellte über Klippen und Abhänge, schäumte über Baumwurzeln und Geröll und gurgelte in schwarze Löcher.

»Ich habe Angst!«, rief die junge Frau und hielt sich mit beiden Händen am Hals ihres Pferdchens fest.

Der junge Mann tröstete sie. »Ich hatte das auch einmal. Sieh nur tapfer hinein, oder wenn du es gar nicht ertragen kannst, sieh hinauf in den Himmel oder auf die Berge.«

Der Weg wurde noch steiler, dann fiel er genauso jäh wieder nach unten. Er war manchmal so abschüssig, dass die Pferde ins Rutschen kamen, aber sie rutschten immer nur bis zum nächsten Stein, dann standen sie wieder fest.

Vor einer schmalen Brücke, die nur lose aus großen Stämmen zusammengebunden war, stiegen die beiden ab. Sie nahmen die Pferde am Zügel und führten sie hinüber.

Auf der anderen Seite stiegen sie wieder auf. Jetzt konnten sie bis zum ersten Dorf sogar im Trab reiten. Es war Vogorno und lag unmittelbar über dem Wasser.

Das Tal verengte sich erneut. Der Fluss lärmte wieder, als bohre, schösse, zwänge, keile er sich zum ersten Mal durch die Steine, die Löcher und all das Geröll.

Der junge Mann ritt voraus, das andere Pferd hielt sich immer dicht hinter ihm.

Die Straße stieg wieder an. Jetzt schwebte sie wie ein Seil am Felsen und unter ihnen gurgelte und toste das Wasser.

»Mach lieber die Augen zu«, sagte der junge Mann, »und sieh nicht hinunter.«

Es war wirklich gefährlich. Vierzig bis fünfzig Meter fiel der Fels steil ab. Aber obwohl der Pfad nur ein paar Hände breit in den Felsen geschlagen war, gingen ihn die Pferde so sicher und setzten so tapfer einen Fuß um den anderen auf, als wären sie auf einer breiten Straße.

Manchmal mussten sich die Reiter bücken, so hart streifte sie der Felsen, der über ihnen hing. Einige Male lagen auch Bäume oder große Steine auf dem Weg. Dann machten die Pferde vorsichtig einen Bogen oder versuchten, die Hindernisse zu überklettern. Wenn sie dann wieder auf dem ausgetretenen Pfad standen, wieherten sie laut und freudig auf.

»Ich habe wieder Angst«, klagte die Reiterin. »Wollen wir nicht einen Augenblick rasten?«

»Gleich«, tröstete sie der junge Mann. »In ein paar Minuten sind wir in San Bartolomeo. Dort will ich dir die Kirche zeigen.«

Sie ritten noch um ein paar Felsblöcke herum, da lag es vor ihnen. San Bartolomeo war eine kleine Anhäufung von Häusern und Scheunen. Es hing wie eingemauert an dem felsigen Berg.

Nirgends war ein Garten oder ein kleiner Platz, nur vor der Kirche war ein armseliges Viereck, auf dem man von den Pferden steigen konnte, aber auch von da sah man tief in die Schlucht hinunter.

»Hier habe ich vor neun Jahren auch Rast gemacht«, sagte der junge Mann. »Es war eine große Dürre und alle Leute dankten an diesem Tag Gott, weil es endlich wieder regnete.« Hinter dem Dorf wurde der Weg breiter und schöner. Die Felsen traten zurück. Es gab sogar Felder, Weinberge und einen kleinen Kastanienwald. Sie ritten durch Lavertezzo, durch Chiosetta. Hinter Chiosetta überschritten sie das erste Mal den rauschenden, schäumenden Fluss und trabten auf der anderen Seite weiter.

In Brione machten sie in einem Grotto die zweite Rast. Sie banden ihre Pferde an und ließen sich einen Liter Wein, etwas Brot und Käse geben.

Der kleine, rundliche Wirt brachte alles und setzte sich zu ihnen.

»Wohin wollen die Herrschaften, wenn's erlaubt ist zu fragen?«

»Nach Sonogno«, antwortete der junge Mann.

»Nach Sonogno?« Der Wirt sah ihn prüfend an. »Was habt Ihr denn da verloren?«

»Ich bin der neue Lehrer, und das da ist meine Frau.«

»Der neue Lehrer?« Der Wirt schüttelte seinen Kopf. »Was jetzt alles in unsere Dörfer kommt! Es heißt ja auch, sie wollen eine neue Straße bauen.«

»Wäre das denn so schlimm?«, meinte die junge Frau. »Die alte ist ja so schlecht, dass man sich zu Tode fürchten kann.«

»Man weiß nie, was mit solchen neuen Sachen in die Täler kommt. Krieg, Pestilenz, Schulden, allerlei Stadtflitter. Auf keinen Fall etwas Gutes, und ohne solche Neuerungen bleiben wir schön unter uns.«

»Ich glaube, Ihr habt unrecht«, widersprach der junge Mann. »Mit einer neuen Straße kommt auch Verkehr in die Täler, Handel, Wohlstand. Ihr könnt euern Wein und eure Feldfrüchte besser verkaufen und allerlei mehr.«

»Wir wollen's hoffen. Wir wollen's hoffen. Es sind auch viele dafür.« Der Wirt nahm eine Prise Schnupftabak. »Ich bin und bleibe aber dagegen. Wir haben vorher gelebt und werden auch weiter leben.«

Sie bezahlten die kleine Zeche und saßen wieder auf. Das Tal teilte sich hier. Sie ritten nach rechts.

Der Weg wurde wieder schlechter, steiniger, steiler und einsamer. Die Pferde glitten manchmal aus; es lag noch Eis und Schnee zwischen den Steinen. Ja, es war sogar recht kalt hier oben. Die Bäume blühten noch nicht, und es waren kaum Knospen an den Ästen.

Ein Bauer mit vier Kühen kam ihnen entgegen. Die Pferde lehnten sich schräg an den Felsen. Die junge Frau hatte wieder Angst, aber die Kühe schoben sich vorsichtig und ohne anzustoßen an den haarigen Pferdeleibern vorbei.

Sie mussten noch durch Gerra und Frasco. Hinter Frasco wurde der Weg noch einmal eng. Manchmal bestand er nur aus kleinen Felsentreppen, aber die Pferde bezwangen ihn doch.

Kurz vor einer kleinen Schlucht hielt der junge Mann sein Pferd an und wartete, bis seine Begleiterin herangeritten war. »Sieh da hinauf«, sagte er und zeigte nach oben. »Hinter dem kleinen Busch habe ich damals gesessen, als der Mann mit der Narbe das erste Mal in Sonogno war und mich kaufen wollte. Ich wollte einen Stein oder einen Felsen auf ihn rollen, aber dann unterließ ich es. Ich ahnte wohl schon, dass der Mann mit der Narbe mein Schicksal war und ich erst nach Mailand wandern musste, um dich zu finden.«

»Was ist eigentlich aus dem Mann geworden?«, fragte die junge Frau. »Ich habe seit dem Prozess nichts mehr von ihm gehört.«

»Ich weiß es auch nicht. Er hat damals fünf Jahre Gefängnis bekommen, und als er wieder freikam, wurde er des Landes verwiesen. Er darf nie wieder in die Schweiz zurück.«

»Dann kann er auch keine Kinder mehr kaufen?«

»Das könnte er ohnehin nicht mehr. Es gehen keine Buben mehr als Kaminfeger nach Mailand. Der Prozess hat so viel Staub aufgewirbelt, dass man danach alle unsere alten Freunde von der Bande der schwarzen Brüder aus Mailand zurückgeholt hat. Außerdem hat man den Handel mit Kindern überhaupt verboten.«

Die Pferde drängten weiter. »Siehst du übrigens den kleinen Pfad dort?«, fragte der junge Mann noch.

»Ich sehe ihn.«

»Da stand Anita an jenem Morgen, als ich Sonogno verließ. Sie hätte es beinahe verhindert, dass ich nach Mailand reiste.«

»Anita ist das Mädchen, das auf dich warten wollte.«

Der junge Mann nickte.

»Was wird sie sagen, wenn du mit einer Frau nach Sonogno kommst?«

Der junge Mann lachte. »Sie ist die Einzige, vor der ich mich ein wenig fürchte.«

»Ist sie so bösartig?«

»Nein, nein, aber sie hat eine spitze Zunge und kann kratzen.« Nun lachte die junge Frau auch. »Wenn du dich nicht vor mehr fürchtest, wollen wir weiterreiten.«

Sie ritten noch eine knappe Viertelstunde, da tauchte Sonogno auf.

»Das ist deine Heimat.« Die junge Frau drängte sich neben ihn, und die Pferde standen Leib an Leib.

»Das ist meine Heimat«, antwortete der junge Mann. »Das ist die Kirche. Dort ist der Monte Zucchero. Da die Schlucht. Hier oben wohnt der Pfarrer. Dort unten sind unsere Äcker, da oben in dem Viereck hat Anita gewohnt, und dort ganz oben, wo die beiden alten Bäume stehen, ist die Wirtschaft.«

»Was machen wir nun?«, fragte die junge Frau und sah ihn an.

»Wir reiten erst einmal zum Grotto.«

»Nicht zu deinen Eltern?«

»Zu meinen Eltern möchte ich erst nach dem Essen kommen. Ich will auch vorher fragen, wie es ihnen geht.«

Sie ritten über das holperige Pflaster, an dem alten Brunnen vorbei und bogen in die kleine Gasse ein, die zum Grotto hinaufführte.

»Hallo!«, rief der junge Mann.

Da kam schon jemand. Es war der alte Scala. Er war noch immer so dick wie vor neun Jahren. Außerdem hatte er Hängebacken bekommen, und seine Augen lagen noch tiefer unter den langen Wimpern.

»So hoher Besuch.« Er verbeugte sich leicht.

Giorgio lachte. »So hoch ist er nicht. Ich bin der neue Lehrer, und das ist meine Frau.«

Der Wirt verbeugte sich trotzdem weiter. »Der neue Lehrer! Die Schule ist beinahe fertig«, berichtete der Alte eifrig. »Auch die Wohnung. Wir haben das ganze vorige Jahr daran gebaut. Dann mussten wir eine Pause machen. Sie wissen ja, hier wird es bald kalt, und im Winter kann man nicht bauen.«

Giorgio beruhigte ihn. »Ja, ich weiß es, und jetzt möchten wir erst einmal etwas essen.«

Der alte Scala klatschte in die Hände. »He!«, schrie er dazu. »He!«

Eine Tür tat sich auf, und eine junge Frau mit einem Kind auf dem Arm trat heraus.

»Schwiegertochter«, sagte der Alte, »das sind der neue Lehrer und seine Frau. Was kannst du ihnen bieten? Gibt es Forellen? Gibt es Kaninchen?«

»Beides«, sagte die junge Frau und blickte den Lehrer und seine Gattin fragend an.

Giorgio trat einen Schritt näher. »Mach uns Forellen, Anita«, sagte er und lächelte sie an.

»Madonna!« Die Frau hätte beinahe das Kind fallen lassen. »Das ist ja der Giorgio.«

Sie drückte ihm herzlich die Hand.

Giorgio lachte. »Ja, der Gleiche, auf den du warten wolltest.« Sie lachte mit. »Ein halbes Jahr hatten wir ausgemacht, aber jetzt sind schon neun vergangen, und ich sehe ja, du hast auch nicht warten können und dir eine Frau genommen.«

Sie gab auch Bianca die Hand.

»Der Giorgio ist das?«, rief der Wirt und drängte sich zwischen die drei. »Der Giorgio?« Er packte erst ihn und dann Bianca an der Schulter.

»Ja«, sagte er dann, »die Anita hat vor zwei Jahren meinen Enverino geheiratet. Sie hat wirklich lange auf dich gewartet. Aber jetzt ist sie, glaube ich, auch ganz glücklich.« Er kniff seine Augen zusammen und sah seine Schwiegertochter mit einem leichten Lächeln an. »Oder nicht?«

»Und ob«, sagte die Frau, »besonders seitdem ich doch meinen Giorgio habe. Und noch dazu einen, der mir nicht gleich morgen wieder davonläuft.« Und sie hob ihren Buben hoch und küsste ihn auf beide Backen.

»Giorgio heißt er?«, sagte Bianca und küsste das Kind ebenfalls.

Der große Giorgio kam gleichfalls näher und sah sich den Knaben an.

»Wo ist denn Enverino?«, fragte er.

»In Locarno«, antwortete Anita. »Er kauft einiges ein. Morgen oder übermorgen kommt er zurück.«

Der Wirt war inzwischen zum Fischkasten gegangen und hatte zwei große Forellen herausgenommen. Er drückte sie Anita in die Hand. »Nun mach aber schnell. Sie werden sicher Hunger haben und essen wollen.«

»Das haben wir«, antworteten die beiden gleichzeitig.

»Ich gehe schon«, lachte Anita und verschwand mit ihrem Kind wieder im Haus.

»Wo wollt ihr euch hinsetzen?«

»An den Steintisch, an dem ich schon so gern als Bub saß.« Und Giorgio ging mit Bianca zu dem großen Steintisch hinüber, der unmittelbar an dem Felsen stand, der gleich hinter dem Haus wie eine Mauer in die Höhe schoss.

»Ich hole euch noch eine Decke.« Der Wirt watschelte auch ins Haus.

Sie setzten sich inzwischen nieder.

Bianca schob ihren Arm unter Giorgios Arm. »Nun hast du also umsonst Angst gehabt«, neckte sie ihn.

Giorgio hatte ein Lächeln im Gesicht. »Wie groß sie übrigens geworden ist! Ich dachte, sie müsste immer noch elf Jahre alt sein, struppiges Haar haben und wie ein Knabe pfeifen.«

»Du bist ja auch größer geworden, und wie groß, beinahe noch größer als ich.«

Der Wirt kam zurück und breitete die Decke aus. »Warst du schon bei deinen Eltern, Giorgio?«, fragte er. Er sagte wieder wie früher »du« zu Giorgio.

»Nein. Wir wollen sie erst nach dem Essen überraschen. Was machen sie? Ich weiß ja nichts von ihnen. Ich weiß nur, dass die Mutter damals, bevor ich fortging, den Fuß gebrochen hatte.«

»Das war eine böse Sache«, nickte der Wirt. »Sie hat noch lange gelegen. Beinahe sechs Monate. Dann wurde es fast über Nacht besser, und jetzt geht es ihr recht gut.«

»Und was macht der Vater?«

»Auch ihm geht's gut. Er brummt noch etwas mehr als früher und hat seinen Ärger mit den Kindern, aber ich glaube, sonst ist er zufrieden.«

»Ihr meint die Zwillinge. Die müssen aber doch schon groß sein?«

»Ach«, der Wirt winkte ab, »nach denen kräht kein Hahn mehr. Der eine ist in Locarno, und der andere ist nach Ascona gegangen.

Sie wollten beide Maurer werden und sind es wohl längst. Nein, ich meine die, die noch nachgekommen sind.«

»Welche?«, fragte Giorgio erstaunt.

»Die beiden Mädchen und der Emilio«, lachte der Wirt. »Die Mädchen sind, glaube ich, jetzt sieben und acht, und der Junge ist sechs.«

Giorgio schüttelte weiter erstaunt seinen Kopf. Das wusste er ja alles noch gar nicht.

Inzwischen brachte Anita die Forellen. Der Wirt holte noch Brot, etwas Salat, eine Flasche Asti Spumante, und dann stießen sie alle vier auf die glückliche Heimkehr Giorgios an.

Nach dem Essen begleitete sie der alte Scala zu Giorgios Elternhaus.

»Siehst du«, sagte Giorgio zu Bianca und zeigte hinauf, »dort oben bin ich geboren.«

»Dort oben?« Bianca lächelte. »Ach, muss das lustig sein. Es hängt ja wie ein Nest an der Mauer.«

»Es ist auch ein Nest. Komm, wir wollen hineinsteigen.«

Sie verabschiedeten sich vom alten Scala und kletterten die schmale Stiege hinauf.

Sie traten in den Stall. Die Kühe und die Ziegen waren noch nicht auf den Alpen. Die Tiere standen vor ihren Raufen, zupften Heu und Laub oder käuten wieder.

»Eins, zwei«, Giorgio zählte die Kühe. »Ach, da ist ja noch ein Kälbchen. Das letzte habe ich ›Anita‹ getauft; wenn es noch keinen Namen hat, werden wir es ›Bianca‹ nennen.«

Er klopfte an die Küchentür und trat ein.

Die Familie hatte gerade gegessen. Aber sie saßen noch alle um den Tisch herum. Der Vater war noch genauso groß, schwarzbärtig und kräftig wie immer. Er hatte seine Hemdsärmel hochgestreift, und seine braunen, muskulösen Arme lagen wie ein paar Baumstämme auf der festen Tischplatte. Die Mutter sah einen Schein blasser und verhärmter aus als vor neun Jahren, und am Kamin saß sogar noch die Nonna.

Die Alte war noch dünner als damals, als Giorgio das letzte Mal mit ihr am Kamin gesessen hatte, und die Haut lag wie ein Lappen über ihren Backenknochen. Aber ihre Augen fuhren noch mit der alten Lebendigkeit durch die halbdunkle Küche. Sie war auch die Erste, die die beiden Fremden bemerkte.

»Da«, sagte sie, hob ihren Stock und zeigte geradeaus.

Die beiden Mädchen, die neben der Mutter saßen, drehten sich um und starrten auf die Eintretenden.

Der Vater stand auf und ging auf sie zu. »Was wollt ihr?«, fragte er.

Giorgio lächelte. »Ich bin der neue Lehrer, der im Herbst nach Sonogno kommt, und das ist meine Frau.« Und er schob Bianca vor.

»Ihr seid der neue Lehrer?« Der Vater strich sich über den Bart. »Macht es Euch bequem.« Und er wies auf seinen Stuhl. Jetzt war auch die Mutter aufgestanden. »Gib nur der jungen Frau auch einen«, sagte sie.

Da aber keiner mehr frei war, setzte sich Bianca neben die Nonna an den Kamin.

»Wie viel Kinder habt Ihr?«, fragte Giorgio weiter.

»Drei«, sagte der Vater, und die Mutter bestätigte es.

»Diese drei?« Giorgio zeigte auf die beiden Mädchen und den Knaben. »Ich habe gehört, Ihr hättet sechs.«

»Hatten wir auch.« Der Vater stopfte bedächtig seine Pfeife und zündete sie an. »Hatten wir auch. Aber der Älteste ist vor neun Jahren verschollen, und die beiden Zwillinge haben ein Handwerk gelernt und sind auch schon hinaus in die Welt.«

»Du sollst nicht immer ›verschollen‹ sagen«, krächzte die Nonna, »Giorgio ist nicht verschollen. Das weiß ich genau. So einer geht nicht unter. Der kommt eines Tages wieder.«

»Das sagt sie immer«, erwiderte der Vater. »Damit will sie uns trösten.«

»Schafskopf«, knurrte die Nonna. »Was ich sage, stimmt. Wenn er wirklich verschollen wäre, wüsste ich es schon.«

»Wo ist er denn hin?«, fragte Giorgio.

»Ich habe ihn als Kaminfegerbub nach Mailand verkauft. Wir hatten damals keinen Rappen im Haus, und meine Frau lag auf den Tod krank in der Kammer, und wir brauchten das Geld für einen Arzt.«

»Hättest du mich lieber sterben lassen, als den Buben zu verkaufen«, stöhnte die Mutter. »Ich weine noch heute darüber, wenn ich daran denke, dass du unser eigenes Fleisch und Blut für zwanzig Franken an den Mann mit der Narbe verschachert hast.«

»Beruhige dich nur«, meinte der Vater verlegen. »Wenn er tot ist, ist er heute längst im Himmel und hat uns verziehen. Wenn er noch lebt, wie die Nonna sagt, wird er uns heute auch verziehen haben.«

»Ihr glaubt, er ist gestorben?«, begann Giorgio wieder.

»Es ging damals ein Gerücht durch das Dorf, dass sechzehn Kaminfegerbuben, die mit einer Barke nach Mailand gebracht werden sollten, bei einem Sturm in der Nähe von Brissago ertrunken seien, und ich glaube, unser Giorgio war darunter.«

Giorgio nickte. »Es waren aber nicht sechzehn auf der Barke, sondern zwanzig. Vier konnten sich retten.«

»Hört ihr's«, triumphierte die Nonna, »vier konnten sich retten, und Giorgio war dabei. Das ist so sicher, wie ich hier sitze.«

»Wenn es nur stimmt«, klagte die Mutter. »Die letzten neun Jahre gäbe ich dafür, wenn ich das, was du damals getan hast, wieder rückgängig machen könnte, oder wenn ich wüsste, dass Giorgio noch am Leben ist.«

»Aber Frau«, begehrte der Vater auf, »versündige dich nicht. Haben wir nicht in den Jahren drei neue Kinder bekommen, und hast du sie weniger lieb als Giorgio?«

»Ich habe sie auch lieb. Aber wenn Giorgio da wäre, hätte ich sie noch lieber.«

Giorgio schob seinen Stuhl näher an den Stuhl der Mutter heran und lächelte sie an. »Wenn ich Euch nun aber sage, dass Euer Sohn lebt?«, sagte er.

»Er lebt?« Die Mutter sprang auf.

Giorgio stand auch auf. Er nickte.

»Er lebt!«, fuhr die Mutter aufgeregt fort. »Sagt es noch einmal. Sagt es ganz schnell.« Die Mutter war dicht an Giorgio herangetreten und sah ihm ängstlich und zugleich erfreut in die Augen.

»Ja«, sagte Giorgio, »er lebt.«

Da stutzte die Mutter einen Augenblick, dann schrie sie auf und warf ihre Arme um Giorgios Hals. »Oh«, rief sie nur. »Oh!«

»Aber Mutter, beruhige dich doch.« Der Vater schob sich dazwischen. »Was soll der Herr Lehrer von dir denken?«

»Er ist es ja selber«, unterbrach ihn die Mutter. »Giorgio! Giorgio! Und ich habe dich jetzt erst erkannt.«

Sie küsste und umarmte ihn immer wieder.

»Du bist es?« Der Vater riss Giorgio beinahe gewaltsam von der Mutter los.

Giorgio lachte. »Ja, Vater. Ich bin es.«

»O Madonna!« Der Vater erkannte ihn nun auch. »Du Landstreicher! Du Strick! Du Herumtreiber!« Und er erdrückte den armen Giorgio fast an seiner breiten Brust.

Die Mädchen stürmten nun auch auf ihn ein. »Der Giorgio! Der Giorgio!« Sie hängten sich an seine Arme und an seine Beine.

Nur der kleine Emilio blieb unschlüssig in der Mitte der Küche stehen. Dann sagte er langsam: »Ich glaube es nicht.«

»Ha, ha!«, lachte Giorgio und hob ihn auf. »Warum glaubst du es denn nicht?«

»Weil du mir dann einen Kauz mitgebracht hättest.«

»Einen Kauz?« Giorgio war überrascht. »Warum denn einen Kauz?«

»Die Anita, die Schwiegertochter vom alten Scala, hat einen, und als ich ihn für meinen Stall haben wollte, sagte sie: ›Den gebe ich nicht um alles Geld der Welt her. Der ist noch vom Giorgio. Aber wenn er einmal wiederkommt, wird er dir sicher einen mitbringen.‹«

Giorgio setzte den Buben wieder auf den Boden: »Lebt denn mein Stall noch?«

Der Kleine nickte eifrig. »Ich habe ein Eichhörnchen, einen Finken und eine Wildtaube darin.«

»Dann sollst du auch bald einen kleinen Kauz haben«, versprach Giorgio.

»Im Glockenturm sind welche«, erzählte der Bub eifrig. »Ich komme nur noch nicht hinauf.«

»Ich weiß es«, lachte Giorgio. »Morgen früh holen wir einen.«

»Willst du mich denn nicht auch begrüßen?«, sagte da die Nonna mit ihrer lauten Stimme.

»Ich komme schon«, sagte Giorgio und wand sich aus den Armen der anderen.

Die Nonna war aufgestanden.

Er umfasste sie vorsichtig.

»Drück deine alte Nonna nur fester«, befahl sie, »und wenn du sie totdrückst.«

Sie umarmten sich wieder.

»Nun, war es richtig, dass ich dir damals gesagt habe, ›Giorgio, geh‹? He!« Und sie schüttelte ihn mit ihren dünnen Armen.

»Das hast du ihm gesagt?«, fragte die Mutter.

Auch der Vater war erstaunt.

»Ja, ich. Er wollte nämlich nicht gehen. Er wollte zu dir, Anna, und da habe ich ihm gesagt: ›Wenn du ein richtiger Bub und kein Feigling bist, gehst du.‹ Nun«, fragte sie noch einmal, »antworte, Giorgio. War es richtig?«

»Es war richtig, Nonna«, erwiderte Giorgio. »Ich habe auch immer an deine Worte gedacht.«

»Hört ihr's?«, rief die Alte und sah triumphierend nach allen Seiten, und nach einer Pause fügte sie hinzu: »Nun zeig mir deine Frau, Bub.«

Ach ja, Giorgio hatte eine Frau mitgebracht, das hatten sie in ihrer Freude und ihrem Jubel vergessen.

Bianca war die ganze Zeit still in der Kaminecke sitzen geblieben. »Komm«, sagte Giorgio jetzt, »lass dich auch begrüßen.« Zuerst begrüßte sie die Nonna.

Diese sah sie lange mit ihren großen Augen an. »Du scheinst eine brave Frau zu sein. Liebst du deinen Mann auch?«

Bianca nickte. »Und wie.«

»Sie ist die Schwester eines Freundes von mir«, erklärte Giorgio. »Er war Kaminfegerbub wie ich.«

Die Mutter nahm sie in die Arme. »Ich hab dich auch lieb, wenn du Giorgio liebhast.«

»Ich auch«, schmunzelte der Vater. Er hatte die Pfeife in die Hand genommen, um Bianca herzlicher zu umarmen.

»Du wirst jetzt also unser erster Schullehrer«, sagte der Vater, nachdem sie sich alle wieder um den Tisch gesetzt hatten und eine Flasche Nostrano tranken.

»Ja, im Oktober beginne ich mein neues Amt«, antwortete Giorgio.

»Wie bist du überhaupt Schullehrer geworden?«, fragten die beiden Mädchen neugierig.

»Das ist eine lange Geschichte, und eines Tages werde ich sie euch erzählen. Heute wollen wir uns nur freuen, dass wir wieder zusammen sind.«

»Das wollen wir«, nickte der Vater.

»Von ganzem Herzen«, sagte die Mutter.

Die Nonna, die sich wieder in ihre Ecke verkrochen hatte, kicherte leise: »Ich wusste immer, dass er wiederkommt und dass aus dem Jungen etwas wird.«

Inhalt

Erster Teil: Der Mann mit der Narbe

Zweiter Teil: Die verkauften Knaben

Dritter Teil: Die Gemeinschaft der Schwarzen Brüder